HEYNE BÜCHER

SCIENCE FICTION

Herausgegeben
von Wolfgang Jeschke

Von **Gene Wolfe** erschien in der Reihe
HEYNE SCIENCE FICTION & FANTASY:

Der fünfte Kopf des Zerberus · 06/3415
Das Buch der Feiertage · 06/4340
Soldat des Nebels · 06/4602
Frees Vermächtnis · 06/5348

DAS BUCH DER NEUEN SONNE:

Der Schatten des Folterers · 06/4063
Die Klaue des Schlichters · 06/4064
Das Schwert des Liktors · 06/4065
Die Zitadelle des Autarchen · 06/4066
Die Urth der Neuen Sonne · 06/4655

DAS BUCH DER LANGEN SONNE:

Die Nachtseite der Langen Sonne · 06/5941
Der See der Langen Sonne · 06/5942
Der Caldé der Langen Sonne · 06/5943
Der Exodus aus der Langen Sonne · 06/5944

in der
BIBLIOTHEK DER SCIENCE FICTION LITERATUR:

Der fünfte Kopf des Zerberus · 06/79

GENE WOLFE

DER CALDÉ DER LANGEN SONNE

DAS BUCH DER LANGEN SONNE
Dritter Roman

Aus dem Amerikanischen von
JÜRGEN LANGOWSKI

Deutsche Erstausgabe

WILHELM HEYNE VERLAG
MÜNCHEN

HEYNE SCIENCE FICTION & FANTASY
Band 06/5943

Besuchen Sie uns im Internet:
http://www.heyne.de

Titel der amerikanischen Originalausgabe
CALDÉ OF THE LONG SUN
Deutsche Übersetzung von Jürgen Langowski
Das Umschlagbild ist von Richard Bober

Umwelthinweis:
Dieses Buch wurde auf chlor- und
säurefreiem Papier gedruckt

Redaktion: Wolfgang Jeschke

Amerikanische Erstausgabe
A TOR Book, published by Tom Doherty Associates Inc., New York
Mit freundlicher Genehmigung der Autors
und Paul & Peter Fritz, Literarische Agentur, Zürich
(# 50 956)

Printed in Germany Juni 1998
Umschlaggestaltung: Atelier Ingrid Schütz, München
Technische Betreuung: M. Spinola
Satz: Schaber Datentechnik, Wels
Druck und Bindung: Ebner Ulm

ISBN 3-453-13982-8

Für Todd Compton,
Klassizist und Rockmusiker

Inhalt

1

Die Sklaven der Scylla

Von dem Aufstand, der die Stadt erschütterte, ebenso unbeeindruckt wie vom heftigen Gewitter, das mit jeder Bö drohte, den Schiffsstein zu zertrümmern und die Ziegel der Häuser in den Lehm zurückzuschwemmen, aus dem sie gebrannt worden waren, musterte Seine Kogniszenz Patera Quetzal, der Prolokutor des Kapitels der Heiligen Stadt Viron, sein derzeit hartes, fahles Gesicht in der polierten Wölbung der silbernen Teekanne.

Wie jeden Tag zu dieser Stunde drehte er den Kopf nach rechts und betrachtete sein Profil, in dem die Nase kaum zu erkennen war, inspizierte auf ähnliche Weise die andere Seite und hob schließlich das Kinn, um den langen und von zahlreichen Falten überzogenen Hals zu untersuchen. Er hatte wie jeden Morgen nach dem Aufstehen Gesicht und Hals sorgfältig in Form gebracht und geschminkt, aber es bestand immer die (wenngleich unwahrscheinliche) Möglichkeit, daß um zehn Uhr irgend etwas nicht mehr ganz in Ordnung war. Aus diesem Grund schob er, amüsiert und doch sehr gründlich vorgehend, täglich um diese Zeit eine Untersuchung seines Äußeren ein.

»Denn ich bin ein vorsichtiger Mann«, murmelte er, während er so tat, als müßte er eine schmale weiße Augenbraue glattstreichen.

Ein Donnerschlag erschütterte den Palast des Prolokutors bis in die Grundfesten, als er das letzte Wort aussprach. Alle Lichter im Raum strahlten mit voller Kraft, und draußen trommelten Hagelkörner und Regentropfen an die Scheiben.

Patera Remora, der Koadjutor des Kapitels, nickte feierlich. »Ja, das seid Ihr, Euer Kogniszenz. Ihr seid wahrhaftig ein … äh … ein äußerst umsichtiger Mann.«

Aber man konnte nie ganz sicher sein. »Ich werde alt, Patera. Auch ein vorsichtiger Mann wie ich wird einmal alt.«

Remora nickte wieder, und das schmale, kantige Gesicht drückte Bedauern aus. »So ist es leider, Euer Kogniszenz.«

»Und so ist es auch mit vielen anderen Dingen. Unsere Stadt … der ganze Whorl wird alt. Wenn wir jung sind, sehen wir nur, was jung ist wie wir selbst. Junge Grashalme auf alten Gräbern. Neue Blätter alter Bäume.« Quetzal hob noch einmal das Kinn, um das gewölbte Spiegelbild auf der Teekanne mit verhangenen Augen zu betrachten.

»Die goldene Jahreszeit der Schönheit und der … äh … der Schwermut, Euer Kogniszenz.« Remoras Finger spielten mit einem köstlichen Sandwich.

»Wenn wir in uns selbst die Vorboten des nahenden Alters spüren, dann bemerken wir die gleichen Anzeichen auch im Whorl. Es gibt heute nicht mehr viele Chemische, die einen Menschen kannten, der seinerseits einen Menschen kannte, der sich noch an den Tag erinnern konnte, als Pas den Whorl gemacht hat.«

Von diesem raschen Zug durch zahlreiche Generationen etwas verwirrt, beschränkte Remora sich darauf, einfach nur zu nicken. »Gewiß, Euer Kogniszenz. Gewiß nicht, Euer Kogniszenz.« Er wischte verstohlen etwas Marmelade von einem Finger ab.

»Es wird einem bewußt, daß sich die Dinge wiederholen, daß auch Mythen zyklisch wiederkehren. Als ich mein Amt übernahm, bekam ich die Gelegenheit, viele alte Dokumente durchzusehen. Ich habe sie alle sorgfältig gelesen. Ich machte es mir damals zur Gewohnheit, mich dreimal im Monat am Hieraxday nur damit zu beschäftigen. Nur damit und mit den unvermeidlichen Trauerfeiern. Ich hatte meinem Protonotar strikte Anweisung gegeben, keine Termine auf diese Tage zu legen. Ich kann diese Praxis nur wärmstens empfehlen, Patera.«

Abermals erschütterte ein Donnerschlag den Raum, und draußen vor den Fenstern fuhr ein Blitz vorbei wie ein lebendiger Drache.

»Ich werde diese kluge … äh … diese kluge Praxis sofort wieder einführen, Euer Kogniszenz.«

»Sofort, sagt Ihr?« Quetzal blickte von der silbernen Teekanne auf, fest entschlossen, sich bei der nächsten sich bietenden Gelegenheit das Kinn frisch zu pudern. »Ihr könnt ja zum jungen Incus gehen und ihm entsprechende Anweisungen geben, wenn Ihr wollt. Sagt es ihm sofort, Patera. Sagt es ihm gleich jetzt.«

»Das ist … äh … das ist leider nicht möglich, Euer Kogniszenz. Ich habe Patera Incus auf … äh … ich habe ihn am Molpsday auf einen Botengang geschickt. Er ist … äh … er ist bisher noch nicht zurückgekehrt.«

»Ich verstehe. Ich verstehe.« Mit zitternder Hand hob Quetzal seine Tasse, bis der vergoldete Rand die Lippen berührte, dann ließ er sie wieder sinken, allerdings nicht so weit, daß das Kinn wieder zum Vorschein kam. »Ich möchte Fleischbrühe haben, Patera. Das hier gibt mir keine Kraft. Fleischbrühe will ich. Seid so gut und kümmert Euch darum.«

Der Koadjutor, der diese Bitte oft genug gehört hatte, stand sofort auf. »Ich werde sie eigenhändig zubereiten, Euer Kogniszenz. Es wird nur einen Augenblick dauern. Das Wasser muß … äh … muß erst kochen. Euer Kogniszenz können sich ganz auf mich verlassen.«

Quetzal stellte vorsichtig die zierliche Tasse auf die Untertasse zurück und sah Remora nach, der sich sofort an die Arbeit machte und das Zimmer verließ. Ein paar Tropfen schwappten über, aber nur ein paar, denn er war, wie er gesagt hatte, ein vorsichtiger Mann. Die Tür wurde sachte geschlossen. Gut. Der Riegel rastete ein. Sehr gut. Jetzt konnte niemand mehr hereinkommen, ohne Lärm zu machen und einen Augenblick lang aufgehalten zu werden. Quetzal hatte den Mechanismus im Riegel höchstpersönlich entworfen.

Ohne sich von seinem Stuhl zu erheben, zog er die Puderquaste aus einer Schublade und tupfte sich behutsam fleischfarbenes Pulver auf das schmale, spitze Kinn, das er beim Aufstehen mit so großer Sorgfalt geformt hatte. Dann drehte er wieder wie zuvor den Kopf von einer zur anderen Seite, lächelte, runzelte mehrmals die Stirn und betrachtete das Spiegelbild seines Äußeren auf der Teekanne. Gut, sehr gut!

Der Regen peitschte so heftig gegen die Fenster, daß dünne Rinnsale kalten Wassers durch die Spalten der Fensterrahmen getrieben wurden. Das Wasser sammelte sich auf den Marmorfensterbänken und tröpfelte in kleinen Wasserfällen auf den inzwischen patschnassen Teppich. Auch das war gut so. Um drei Uhr würde er ein privates Opfer beaufsichtigen, einundzwanzig gescheckte Pferde für den verstorbenen Ratsherren Lemur – gerichtet an alle Götter, damit endlich ein Regen, der mehr war als nur ein kleiner Schauer, die Äcker Virons segnen sollte. Wie es aussah, konnte man die Pferde nun als Dankopfer darbringen, und genau das gedachte Quetzal zu tun.

Ob die Ordenskongregation inzwischen über Lemurs Dahinscheiden unterrichtet war? Quetzal überlegte, ob er die Versammlung entsprechend informieren sollte, falls die Teilnehmer noch nicht im Bilde waren. Es war eine schwierige Entscheidung, die gewisse Konsequenzen nach sich ziehen würde. Während er nachdachte, klappte er die mit Scharnieren befestigten Reißzähne aus den Vertiefungen im Gaumen. Sie rasteten ein, und er grinste fröhlich das Spiegelbild seiner verzerrten Fratze an.

Fast gleichzeitig mit dem Klappern des Türriegels war ein weiterer Donnerschlag zu hören, aber Quetzal hatte sicherheitshalber den Riegel im Auge behalten. Wieder klapperte es, dieses Mal etwas lauter, als Remora, der draußen vor der Tür stand, mit dem ungewöhnlich geformten Eisengriff kämpfte, der, wenn er sich widerstrebend weit genug gedreht hatte, den schweren Riegel aus der Verankerung heben würde.

Quetzal tupfte sich beinahe abwesend mit der Serviette die Lippen ab. Als er das Tuch in den Schoß sinken ließ, waren die Reißzähne verschwunden. »Ja, bitte, Patera?« fragte er ungeduldig. »Was gibt es? Seid Ihr schon soweit?«

»Eure Fleischbrühe, Euer Kogniszenz.« Remora stellte ein kleines Tablett auf dem Tisch ab. »Soll ich Euch … äh … soll ich Euch eine Tasse einschenken? Ich habe eigens eine saubere Tasse mitgebracht.«

»Tut das, Patera. Bitte, tut das.« Quetzal lächelte. »Während Ihr draußen wart, habe ich über das Wesen des Humors nachgedacht. Habt Ihr auch schon einmal darüber nachgedacht?«

Remora setzte sich wieder. »Ich fürchte nein, Euer Kogniszenz.«

»Was ist aus dem jungen Incus geworden? Ihr habt doch sicher nicht erwartet, daß er so lange unterwegs sein würde.«

»Nein, Euer Kogniszenz. Ich habe ihn nach Limna geschickt.« Remora gab mit einem Löffel das Suppenpulver in die saubere Tasse und goß aus dem kleinen Kupferkessel, den er mitgebracht hatte, Wasser darüber. Eine kleine Dampfwolke stieg auf. »Ich … äh …

ich bin ein wenig in Sorge. Es war ... äh ... es war letzte Nacht recht unruhig, was?« Er rührte eifrig um. »Dieser ... äh ... dieser junge Silk. Patera Silk, leider. Ich kenne ihn.«

»Mein Protonotar hat mir davon erzählt.« Quetzal nahm die dampfende Tasse mit gnädigem Nicken entgegen. »Ich hätte doch gedacht, daß Limna ein sicherer Ort ist.«

»Das hätte ich auch gedacht, Euer Kogniszenz. Das hätte ich auch gedacht.«

Quetzal nippte vorsichtig. Er behielt die heiße, salzige Flüssigkeit einen Augenblick lang im Mund und schlürfte sie genießerisch durch die eingeklappten Reißzähne.

»Ich habe ihn geschickt, um nach ... äh ... nach einer Person zu suchen, Euer Kogniszenz. Nach jemandem, der mit diesem Patera Silk bekannt ist. Die Zivilgarde sucht ja bereits nach Patera selbst, was? Und gewisse ... äh ... gewisse andere Personen suchen ebenfalls nach ihm. Andere ... äh ... andere Interessenten. Das habe ich mir sagen lassen. Heute morgen, Euer Kogniszenz, habe ich weitere Leute losgeschickt, die den jungen Incus suchen sollen. Leider aber wird sie der Regen ... äh ... so notwendig er auch ist, behindern, was?«

»Schwimmt Ihr, Patera?«

»Ob ich was, Euer Kogniszenz? Meint Ihr, ob ich ... äh ... ob ich im See schwimme? Nein. Ich war schon viele Jahre nicht mehr schwimmen.«

»Ich auch nicht.«

Remora hatte keine Ahnung, worauf sein Vorgesetzter hinauswollte. »Jedenfalls ist es eine gesunde ... äh ... eine gesunde Ertüchtigung. Für jene jedenfalls, die ihr ... äh ... die ihr körperlich gewachsen sind. Wollt Ihr vor dem Opfer noch heiß baden, Euer Kogniszenz? Oder – ich habe es! – die Quellen. Es gibt ... äh ... es gibt gesegnete Quellen in Urbs. Heilquellen, sehr gesund. Vielleicht … äh … vielleicht wäre ein vorübergehender Ortswechsel ratsam, solange es hier so … äh … so unruhig ist?«

Quetzal schüttelte sich. Er konnte sich schütteln und dabei wackeln wie ein dicker Mann, doch die paar Mal, die Remora gezwungen gewesen war, den Alten zu Bett zu bringen, hatte er fühlen können, daß dessen Körper leicht und sehnig war.

»Die Götter …«, begann Quetzal. Er brach ab und lächelte.

»Wir müssen den Göttern gehorchen, keine Frage, Euer Kogniszenz. Ich würde mich, wenn Ihr es wünscht, unterdessen hier an Ort und Stelle vergewissern, ob die Interessen des Kapitels auch gewahrt werden, was?« Remora schüttelte sich das glatte schwarze Haar aus den Augen. »Daß alle Rituale durchgeführt werden, wie es sich … äh …«

»Ihr erinnert Euch sicher an die Geschichte, Patera.« Quetzal wiegte sich hin und her, als sei er über irgend etwas sehr amüsiert. »Ah Dam und eine Eh Vah wie Kaninchen im Garten. Die … wie nennt Ihr sie?« Er hob eine schmale Hand, über die sich blaue Venen zogen, und formte mit Handfläche und Fingern eine Schale.

»Eine Kobra, Euer Kogniszenz?«

»Die Kobra hat Eh Vah überredet, die Früchte von diesem einen Baum zu essen. Es waren Zauberfrüchte, deren Genuß Weisheit übertragen konnte.«

Remora nickte. Unterdessen überlegte er angestrengt, wie er das Gespräch wieder auf die Heilquellen bringen könnte. »Ich erinnere mich an die … äh … an die Allegorie.«

Quetzal nickte lebhaft, ganz der weise Lehrer, der einen kleinen Jungen lobt. »Es steht alles in den Schriften. Oder sagen wir, fast alles steht dort. Ein Gott namens Ah Lah hat die Eh Vah und ihren Gatten aus dem Garten vertrieben.« Er brach ab und hing eine Weile seinen Gedanken nach. »Anscheinend haben wir Ah Lah inzwischen praktisch vergessen. Ich kann mich jedenfalls nicht erinnern, daß ihm jemals auch nur ein einziges Opfer dargebracht worden wäre. Und niemand fragt, warum die Kobra die Frau überhaupt überreden wollte, die Frucht zu essen.«

»Aus reiner … äh … aus reiner Boshaftigkeit vielleicht, Euer Kogniszenz? Das habe ich jedenfalls immer angenommen.«

Quetzal wiegte sich etwas schneller und machte ein feierliches Gesicht. »Damit die Eh Vah auf den Baum klettert, Patera. Und der Mann hinterher. Die Geschichte ist noch nicht zu Ende, weil sie noch nicht wieder herabgeklettert sind. Deshalb habe ich Euch auch gefragt, ob Ihr schon einmal über den Humor nachgedacht habt. Ist Patera Incus eigentlich ein guter Schwimmer?«

»Also, ich … äh … ich weiß es nicht, Euer Kogniszenz.«

»Immerhin glaubt Ihr ja zu wissen, daß die Frau, nach der er für Euch suchen sollte, zusammen mit Eurem ungezogenen Silk zum See fahren wollte. Sein Name steht übrigens überall auf den Wänden.«

»Also … äh … Euer Kogniszenz sind … äh … sind wie immer äußerst gut informiert.« Remora wand sich wie ein Aal.

»Ich habe es gestern fünf Stockwerke hoch an einer Hauswand gesehen«, fuhr Quetzal ungerührt fort. »Große Buchstaben.«

»Wie widerwärtig, Euer Kogniszenz.«

»Vergeßt nicht, welches Gewand Ihr tragt, Patera. Ich kann übrigens ganz gut schwimmen. Nicht so gut wie ein Fisch, aber ich bin ein recht guter Schwimmer. Oder besser, ich war es früher einmal.«

»Das ist gut zu hören, Euer Kogniszenz.«

»Es braucht sehr lange Zeit, wenn die Götter einen Witz erzählen. Deshalb solltet Ihr in den alten Aufzeichnungen alles über den Hieraxday nachschlagen, was Ihr finden könnt, Patera. Ihr lernt dadurch, auf eine andere, viel bessere Art und Weise nachzudenken. Ich danke Euch für die Fleischbrühe. Und jetzt laßt mich allein.«

Remora stand auf und verneigte sich. »Wie Euer Kogniszenz wünschen.«

Seine Kogniszenz starrte gedankenverloren an Remora vorbei.

Sehr mutig geworden, faßte Remora den kühnen Entschluß, noch eine Bemerkung zu machen. »Ich habe oft beobachtet, daß Eure Art zu denken etwas … äh … daß sie ganz anders ist als die der meisten Menschen und dabei soviel exakter.«

Er bekam keine Antwort. Remora trat einen Schritt zurück. »Um welches … äh … um welches Thema es auch geht, Eure Kogniszenz sind immer auf … äh … auf wundersame Weise hervorragend im Bilde.«

»Wartet.« Quetzal hatte eine Entscheidung getroffen. »Die Aufstände. Ist die Alambrera schon gefallen?«

»Was sagt Ihr da? Die Alambrera? Warum … äh … aber nein. Meines Wissens nicht, Euer Kogniszenz.«

»Heute abend.« Quetzal langte nach der Fleischbrühe. »Setzt Euch, Patera. Ihr springt immer so unruhig herum. Ihr macht mich ganz nervös. Das ist bestimmt nicht gesund, was Ihr da macht. Lemur ist tot. Habt Ihr das schon gehört?«

Remora riß den Mund auf, klappte ihn wieder zu. Er setzte sich.

»Nein, Ihr wußtet es noch nicht. Dabei ist es Eure Pflicht, solche Dinge in Erfahrung zu bringen.«

Remora bekannte sich mit einem beschämten Nicken zu seinem Versäumnis. »Darf ich mich erkundigen, Euer Kogniszenz …«

»Woher ich es weiß? Ich habe es auf die gleiche Weise erfahren, auf die ich erfahren habe, daß die Frau, die Ihr von Incus suchen laßt, mit Patera Caldé Silk zum Lake Limna gefahren ist.«

»Euer Kogniszenz!«

Wieder schenkte Quetzal seinem Stellvertreter Remora das schmallippige Lächeln. »Fürchtet Ihr, man könnte mich verhaften, Patera? Mich in die Gruben werfen? Dann würdet Ihr wohl Prolokutor werden. Nein, ich fürchte die Gruben nicht.« Quetzals länglicher, völlig unbehaarter Kopf glänzte über der Tasse. »Nicht in meinem Alter, nein.«

»Dennoch flehe ich Eure Kogniszenz an, etwas … äh … etwas vorsichtiger zu sein.«

»Warum brennt die Stadt noch nicht, Patera?«

Verblüfft blickte Remora zum nächsten Fenster.

»Lehmziegel und Mauern aus Schiffsstein. Holzbalken stützen die oberen Stockwerke. Stroh oder hölzerne Schindeln auf dem Dach. Gestern sind fünf Straßenzüge mit Geschäften ausgebrannt. Warum brennt heute nicht die ganze Stadt?«

»Es regnet, Euer Kogniszenz.« Remora riß sich zusammen und schöpfte neuen Mut. »Es regnet … äh … es regnet seit heute morgen sehr heftig.«

»Genau. Patera Caldé Silk ist am Molpsday mit einer Frau nach Limna gefahren. Am gleichen Tag habt Ihr Incus dorthin geschickt, eine Bekannte Pateras zu suchen. Es muß sich um die gleiche Frau handeln, da Ihr so geheimnisvoll getan habt. Ratsherr Loris hat übrigens eine Stunde vor dem Mittagessen durch das Glas mit mir gesprochen.«

Remora spannte sich. »Hat er Euch erzählt, daß Ratsherr Lemur nicht mehr unter uns weilt, Euer Kogniszenz?«

Quetzal wiegte den Kopf hin und her. »Er sagte, Lemur sei vielleicht doch noch am Leben, Patera. Daß es Gerüchte gäbe. So schien es jedenfalls. Er bat mich, ihnen heute nachmittag entgegenzutreten.«

»Wenn Ratsherr Loris … äh … wenn er Euch nun erklärt, daß …«

»Lemur ist mit Sicherheit tot. Wenn er nicht tot

wäre, dann würde er persönlich mit mir sprechen. Oder er würde sich im Juzgado zeigen. Oder beides.«

»Aber trotzdem, Euer Kogniszenz ...«

Ein weiterer Donnerschlag verbündete sich mit Quetzals schmaler Hand, die erhoben wurde, um Remora zu unterbrechen.

»Kann das Ayuntamiento ohne ihn weiterbestehen? Das ist die Frage, Patera. Sagt mir, wie Ihr darüber denkt.«

Um etwas Zeit zum Nachdenken zu gewinnen, nippte Remora an seinem inzwischen nur noch lauwarmen Tee. »In der ... äh ... in der Alambrera ist Munition gelagert, und im Quartier der Zivilgarde östlich der Stadt ebenfalls.«

»Das ist mir bekannt.«

»Es ist ein ... äh ... ein wirklich schrecklicher Ort, Euer Kogniszenz. Man hat mich informiert, daß die Außenwand zwölf Ellen dick sei. Und dennoch erwarten Euer Kogniszenz, daß dieses Bauwerk heute abend fällt? Darf ich, bevor ich meine eigene Meinung sage, fragen, aus welcher Quelle Eure Kogniszenz Informationen bekommen?«

»Ich habe keine«, erwiderte Quetzal. »Ich habe nur laut nachgedacht. Wenn die Alambrera in ein oder zwei Tagen nicht gefallen ist, dann wird Patera Silk scheitern. Das ist meine Meinung. Und jetzt sagt mir die Eure.«

»Euer Kogniszenz, es ist mir eine Ehre. Man muß natürlich auch die ... äh ... die schlafende Armee berücksichtigen. Ratsherr Lemur ... äh ... Ratsherr Loris wird zweifellos die Kämpfer zu den Waffen rufen, falls er die Situation als ... äh ... als gefährlich einstuft.«

»Eure Meinung, Patera.«

Remoras Tasse klapperte auf der Untertasse. »Solange die Zivilgarde dem Ayuntamiento treu ergeben bleibt, Euer Kogniszenz«, er holte tief Luft, »solange wird Patera Caldé meiner Meinung nach, auch wenn ich … äh … wenn ich sicherlich kein Experte für militärische Fragen bin, wohl keinen Erfolg haben.«

Es sah aus, als lauschte Quetzal dem Sturm. Ungefähr fünfzehnmal tickte die wie ein Sarg geformte Standuhr neben der Tür, und während der langen Pause war nur das Heulen des Windes und das Peitschen des Regens zu hören. Schließlich fragte Quetzal: »Angenommen, Ihr würdet erfahren, daß die Zivilgarde schon zu Silk übergelaufen ist?«

Remora riß die Augen auf. »Wollen Euer Kogniszenz damit andeuten, daß …«

»Nein, es gibt keinen Grund, das anzunehmen. Eine rein hypothetische Frage.«

Remora, der reichlich Erfahrung mit Quetzals hypothetischen Fragen hatte, holte wieder tief Luft. »In diesem Fall würde ich sagen, Euer Kogniszenz, daß unter derart unglücklichen Umständen … äh … wenn also solcherart unglückliche Umstände eintreten sollten, daß die Stadt unter diesen Umständen in äußerst gefährliches … äh … in äußerst gefährliches Fahrwasser käme.«

»Und das Kapitel?«

Remora machte ein bekümmertes Gesicht. »Auch das Kapitel, Euer Kogniszenz. Womöglich würde es dem Kapitel sogar noch schlechter ergehen. Als Augur könnte Silk sich … äh … ohne weiteres selbst zum Prolokutor erklären und zum Caldé obendrein.«

»Was Ihr nicht sagt. Fehlt es ihm etwa an Ehrerbietung für Euch, mein Koadjutor?«

»Nein, Euer Kogniszenz. Ganz im Gegenteil.«

Quetzal schlürfte schweigend seine Fleischbrühe.

»Wollen Euer Kogniszenz andeuten, daß das Kapitel … äh … daß wir Patera Caldés Schar unterstützen sollen?«

»Ihr sollt ein Rundschreiben aufsetzen, Patera. Ihr habt fast sechs Stunden Zeit. Das sollte mehr als genug sein. Ich werde es unterzeichnen, wenn wir im Großen Manteion fertig sind.« Quetzal starrte die restliche braune Flüssigkeit in seiner Tasse an.

»An den gesamten Klerus, Euer Kogniszenz?«

»Hebt vor allen Dingen hervor, daß Ihr es für Eure heilige Pflicht haltet, den Verletzten Trost und den Sterbenden das Letzte Gebet zu spenden. Deutet an, aber sagt nicht offen ...« Quetzal hielt inne. Ihm war eine Idee gekommen.

»Ja, Euer Kogniszenz?«

»Daß mit Lemurs Tod der Anspruch auf die Herrschaft endet, den die Ratsherren bisher verwirklicht haben. Sagtet Ihr nicht, Ihr seid mit Patera Caldé Silk bekannt?«

Remora nickte. »Ich habe ... äh ... vor einiger Zeit an einem Scylsday ein längeres Gespräch mit ihm geführt. Wir haben die finanziellen Probleme seines Manteions ... äh ... erörtert, und ... äh ... auch verschiedene andere Dinge.«

»Ich kenne ihn nicht persönlich, Patera. Aber ich habe alle Berichte in seiner Akte gelesen, die Beurteilungen seiner Lehrer und die Notizen seines Vorgängers. Daraufhin habe ich ihn empfohlen. Pflichtbewußt, einfühlsam, intelligent und fromm. Natürlich auch ungeduldig, wie man es bei einem Mann seines Alters erwarten kann. Respektvoll, wie Ihr jetzt bestätigt habt. Ein unermüdlicher Arbeiter, was sein Theonomie-Lehrer immer wieder betont hat. Gefügig. In den letzten paar Tagen ist er ungeheuer populär geworden. Sollte es ihm tatsächlich gelingen, das Ayuntamiento zu stürzen, dann wird er mindestens ein Jahr oder länger an der Macht bleiben. Vielleicht sogar viel länger. Natürlich muß ein junger Augur, der nach der Charta herrscht, erfahrene Ratgeber um sich haben, wenn er im Amt bleiben will ...«

»In der Tat, Euer Kogniszenz«, sagte Remora heftig

nickend. »Dieser … äh … dieser Gedanke ist mir auch schon gekommen.«

Quetzal deutete mit seiner Tasse zum Fenster. »Wir müssen uns auf einen Wetterumschwung gefaßt machen, Patera.«

»Auf einen … äh … auf einen nachhaltigen Umschwung, Euer Kogniszenz.«

»Wir müssen uns an die neuen Verhältnisse gewöhnen. Deshalb habe ich gefragt, wie gut der junge Incus schwimmt. Wenn Ihr ihn erreichen könnt, dann sagt ihm, er soll kräftig paddeln. Habe ich mich deutlich ausgedrückt?«

Remora nickte wieder. »Ich werde … äh … ich werde mich bemühen, herauszustellen, daß das Kapitel von ganzem Herzen die … äh … eine rechtmäßig eingesetzte Regierung zu unterstützen gedenkt, Euer Kogniszenz.«

»Dann geht nun. Verfaßt den Brief.«

»Und wenn die Alambrera nun doch nicht … äh … was?«

Es war nicht zu erkennen, ob Quetzal ihm zugehört hatte. Remora stand auf und zog sich zurück. Er schloß hinter sich die Tür.

Auch Quetzal erhob sich jetzt, und ein Beobachter, falls es einen gegeben hätte, wäre mehr als nur ein bißchen überrascht gewesen zu sehen, daß die zusammengesunkene Gestalt sich zu dieser Größe entfalten konnte. Als führe er auf Rädern, glitt Quetzal durch das Zimmer und öffnete das breite Fenster, das den Garten überblickte. Der schräg herunterprasselnde Regen drang ins Zimmer, und eine Bö ließ die purpurne Robe wie ein Banner hinter ihm flattern.

So blieb er eine Weile reglos vor dem Fenster stehen. Die Schminke rann ihm in rosa- und fleischfarbenen Bächen vom Gesicht, während er die Tamarinde betrachtete, die er vor zwanzig Jahren hatte pflanzen lassen. Sie war inzwischen höher als die meisten Gebäude in der Nähe; die glänzenden, vom Regen blank gewaschenen Blätter strichen im Wind am Fensterrahmen vorbei und drangen, als er das Fenster öffnete, sogar die Handbreit eines Kindes weit in sein Schlafgemach ein, als wären sie schüchterne Sibyllen, sich des freundlichen Empfangs sicher, aber dennoch aus Gewohnheit verzagt. Der Baum, zu dem die Blätter gehörten, war inzwischen groß genug geworden. Er war ein Quell der Freude für Quetzal: ein Geschöpf, das ihn beschützte und ihn an sein Zuhause erinnerte, ein Unterpfand der Freiheit.

Quetzal durchquerte den Raum und versperrte die Tür, dann streifte er die durchnäßte Robe ab. Selbst bei diesem Guß und obwohl er fliegen konnte, war der Baum der sicherste Ort.

Auk saß im Bug und ertrug geduldig den peitschenden, eiskalten Regen. Über ihm erhob sich drohend die Steilklippe. Er blickte zum Felsvorsprung hoch, dann richtete er den Nadler auf den Auguren, der neben dem Fall stand. »Dieses Mal habt Ihr keine Dummheiten gemacht. Ich glaube fast, Ihr werdet allmählich klug.« Der Sturm war bei der Aufblendung ausgebrochen, und er zeigte keine Zeichen der Ermüdung.

Chenille rief plötzlich: »Dorthin steuern!« Sie streckte den Arm aus. Kalte Rinnsale strömten aus dem durchnäßten feuerroten Haar und verschmolzen zu einem kleinen Bach, der zwischen ihren vollen Brüsten hindurch zu den nackten Lenden hinunter strömte.

Der alte Fischer, der das Ruder bediente, tippte sich an die Mütze. »Aye-aye, Sengende Scylla.«

Sie hatten Limna am Abend des Molpsday verlassen. Am nächsten Tag, von der Aufblendung bis zur Abblendung, war die Sonne ein grellweißes, loderndes Band im blendend hellen Himmel gewesen. Der

Wind, am Morgen noch angenehm und kräftig, war eingeschlafen und zu einem nutzlosen Lüftchen verkümmert. Hin und wieder wehte noch eine Bö, aber zur der Zeit, als die Märkte schlossen, herrschte endgültig Windstille. Auk hatte den größten Teil des Nachmittags im Schatten des Segels verbracht, Chenille hatte sich unter die Deckaufbauten zurückgezogen. Dennoch hatten er und sie und auch der Augur einen schlimmen Sonnenbrand abbekommen.

Am Abend war der Wind wieder aufgefrischt, doch er wehte aus der falschen Richtung und brachte sie ihrem Ziel nicht näher. Unter Anleitung der alten Fischer und von der Göttin angetrieben, die von Chenille Besitz ergriffen hatte, waren sie wieder und wieder gegen den Wind gekreuzt. Auk und der Augur hatten bei jeder Kehre wie wild Wasser schöpfen müssen, ihnen wurde ständig schlecht, das Boot neigte sich, bis die Reling fast das Wasser berührte, das Positionslicht pendelte wie wild oben am Hauptmast und krachte bei jedem Stoß gegen das Holz. Wohl ein dutzendmal ging die Laterne ganz aus und ließ die drei müden Männer drunten vor Angst erstarren, sie könnten im Dunkeln ein anderes Boot rammen oder selbst gerammt werden.

Einmal hatte der Augur versucht, Auk den Nadler aus dem Hosenbund zu reißen. Auk hatte ihn geschlagen und getreten und über Bord ins aufgewühlte Wasser des Sees geworfen. Wie durch ein Wunder und mit viel Glück und großem Mut hatten die alten Fischer ihn mit einem Bootshaken retten können. Zur Aufblendung war abermals ein neuer Wind aufgefrischt, dieses Mal aus Südosten. Es war der Vorbote eines Sturms, der den Regen vor sich her trieb wie eine schräge Wand und der von Blitzen begleitet wurde.

»Das Segel herunter!« kreischte Chenille. »Laßt dort nach, Idiot! Nehmt die Rah herunter!«

Der Augur eilte sich, ihr zu gehorchen. Er war schätzungsweise zehn Jahre älter als Auk und hatte vorstehende Zähne und kleine, weiche Hände, die schon kurz nachdem sie Limna verlassen hatten, zu bluten begonnen hatten.

Nachdem die Rah heruntergekracht war, drehte Auk sich im Sitzen um und lugte nach vorne, wo ihr Ziel liegen mußte. Er sah nichts außer regennassem Fels. Unter dem dürftigen Schutzdach seiner Beine war ein empörtes Quaken zu hören. »Nun komm schon heraus«, sagte er zu Silks Vogel. »Wir sind hier unter einer Klippe.«

»Nicht rauskommen!«

Auch wenn der Regen am Fuß der Klippe nicht ganz so heftig fiel und obwohl sie vor dem Wind geschützt waren, schien es hier kälter zu sein als auf dem offenen See. Auk dachte an die neue Sommertunika, die er auf dem Weg nach Limna getragen hatte. Sie war durchnäßt, genau wie die weite Hose. In den gut gefetteten Reitstiefeln schwappte das Wasser.

Die schmale Bucht, in die sie glitten, wurde immer enger. Links und rechts erhoben sich feuchte schwarze Felsen fünfzig oder mehr Ellen über den Hauptmasten. Hier und dort strömten kleine Wasserfälle, die der Sturm geboren hatte, als schlanke, silberne Fäden herab und platschten laut ins stille Wasser. Über ihnen wuchsen die Klippen zusammen, und die eiserne Mastspitze kratzte über den Stein.

»Das Schiff paßt durch«, sagte Chenille zuversichtlich zu dem alten Fischer. »Weiter drinnen wird die Decke höher.«

»Ich würde gern wieder das Hauptsegel setzen, Ma'am«, sagte der alte Fischer fast beiläufig. »Ich muß es aufziehen, weil es naß geworden ist. Es schimmelt sonst.«

Chenille hörte nicht auf ihn. Auk deutete auf das Segel und trat zum Auguren ans Fall. Er freute sich auf die körperliche Arbeit, bei der ihm warm werden würde.

Oreb hüpfte auf die Rah und plusterte das feuchte Gefieder auf. »Vogel naß!« Sie glitten an riesigen, weiß gestrichenen Metalltanks vorbei. Das Schiff paßte mit knapper Not an ihnen vorbei.

»Ein *Heiliges Fenster*! Seht nur, da! Ein Fenster und ein *Altar*, dort! Schaut!« Die Stimme des Auguren bebte vor Freude, und er ließ das Fall los. Auk versetzte ihm einen Tritt, daß der Augur flach auf den Boden stürzte.

»Ich muß gleich beidrehen, Ma'am, es wird eng.«

»Kümmert Euch um die Ruderpinne. Macht dort am Heiligen Fenster fest.« An den Auguren gewandt, fügte Chenille hinzu: »Habt Ihr Euer Messer dabei?«

Er schüttelte betrübt den Kopf.

»Dann nehmen wir dein Schwert«, sagte sie zu Auk. »Kannst du ein Opfer durchführen?«

»Ich habe gesehen, wie es gemacht wird, Aufbrausende Scylla, und ich habe ein Messer im Boot. Damit geht es vielleicht besser.« Mutig geworden, fügte Auk hinzu: »Aber ein Vogel? Ich dachte, du magst keine Vögel.«

»Den da?« Sie spuckte ins Wasser.

Sie prallten gegen einen Fender aus geflochtenem Tauwerk, dann knirschte die Reling am Kai, das aus dem nackten Fels geschlagen worden war. Zwischen dem Bootsdeck und dem Kai, auf dem die Tanks und das Heilige Fenster standen, war nur ein Höhenunterschied von einer Elle. »Macht uns fest.« Chenille deutete auf den Auguren. »Helft ihnen dabei. Nein, am Heck, Idiot. Er übernimmt den Bug.«

Auk band das Fall fest und sprang auf das steinerne Kai. Es war naß und so glitschig, daß er beinahe ausgerutscht wäre. Im unsteten Licht in der Höhle bemerkte er den großen Eisenring erst, als er beinahe darüber gefallen wäre.

Der Augur hatte seinen Ring eher gefunden und befestigte bereits das Seil. Er richtete sich auf. »Ich … ich bin ein *Augur*, Ungestüme Scylla. Ich habe Euch und den anderen der Neun *zahlreiche Opfer* dargebracht. Es wäre mir eine *Freude*, Ungestüme Scylla, wenn ich mit seinem Messer …«

»Vogel nicht gut«, krächzte Oreb. »Götter hassen.« Er flatterte mit dem verletzten Flügel, als wollte er prüfen, wie weit er damit käme.

Chenille sprang auf den glitschigen Stein und winkte dem alten Fischer mit gekrümmtem Zeigefinger. »Ihr da. Kommt her.«

»Ich sollte aber …«

»Ihr sollt machen, was ich Euch sage, sonst lasse ich Euch von meinem Schläger auf der Stelle umbringen.«

Auk war erleichtert, daß er wieder seinen Nadler ziehen konnte. Er war wieder auf vertrautem Terrain.

»Scylla!« keuchte der Augur. »Einen *Menschen* opfern? Also, wirklich …«

Sie fuhr herum und fauchte ihn an. »Was hattet Ihr überhaupt auf meinem Boot zu suchen? Wer hat Euch geschickt?«

»Schneiden böse«, versicherte Oreb ihr.

Der Augur holte tief Luft. »Ich bin der P-Protonotar S-Seiner *Eminenz*.« Er strich sich die triefende Robe glatt, als würde ihm plötzlich bewußt, wie verwahrlost er aussah. »S-Seine E-Eminenz hat mir aufgetragen, e-eine bestimmte j-junge *Frau* ausfindig zu machen …«

Auk richtete den Nadler auf ihn.

»E-Euch. Groß, rotes Haar und so weiter. Ich konnte ja nicht *ahnen*, daß es sich um *Euch* handelte, Wilde Scylla.« Er schluckte und fügte verzweifelt hinzu: »S-Seine Absichten w-waren nur die allerbesten, denn S-Seine Eminenz …«

»Herzlichen Glückwunsch, Patera.« Chenilles

Stimme klang jetzt ruhig und beinahe höflich. Sie hatte die beunruhigende Angewohnheit, längere Zeit unbeweglich in Haltungen zu verharren, die ein normaler Mensch nur ein paar Sekunden ertragen hätte. Sie tat es auch jetzt, und der schräg gelegte Kopf und die funkelnden Augen waren die einzigen Körperteile, die verrieten, daß sie lebendig war. »Ihr seid äußerst erfolgreich gewesen. Demnach habt Ihr die vorherige Besitzerin identifiziert? Ihr sagtet doch, diese Frau hier«, sie deutete auf ihre Brust, »sei Euch beschrieben worden?«

Der Augur nickte eifrig. »*Jawohl,* Wilde Scylla. Feuerrotes Haar und ... sie kann gut mit dem *Messer* umgehen und ...«

Chenille verdrehte die Augen, bis nur noch das Weiße zu sehen war. »Euer Eminenz. So hat Silk ihn auch angeredet. Ihr wart bei meiner Abschlußprüfung zugegen, Euer Eminenz. So hat er sich ausgedrückt.«

Der Augur sagte hastig: »In seinem Namen sollte ich ihr unsere *Dienste* anbieten. Die Dienste des *Kapitels*. Wir möchten unseren *Rat* und unsere *Unterstützung* anbieten und unsere unbedingte *Loyalität* zum Ausdruck bringen. S-Seine Eminenz hat Informationen bekommen, nach denen – daß Ihr mit Patera Silk zum See gegangen wärt. Seine Eminenz ist Patera Silks *Vorgesetzter*. Er – ich – wir möchten unsere unverbrüchliche *Treue* zum Ausdruck bringen, Ungestüme Scylla.«

»Für Kypris, meint Ihr wohl.«

Irgend etwas lag in Chenilles Stimme, das keine Antwort zuließ. Der Augur konnte sie nur anstarren.

»Böser Mann«, warf Oreb vorsichtshalber ein. »Schneiden?«

»Einen Auguren? Daran habe ich noch gar nicht gedacht, aber das ist eigentlich ...«

Der alte Fischer räusperte sich und spuckte aus.

»Wenn Ihr wirklich die Sengende Scylla seid, Ma'am, dann würde ich gern was sagen.« Er wischte sich den grau durchsetzten Bart mit dem Handrücken ab.

»Ich bin Scylla. Beeilt Euch. Wir müssen jetzt gleich opfern, wenn wir überhaupt ein Opfer darbringen wollen. Mein Sklave wird bald eintreffen.«

»Ich habe mein Leben lang zu Euch gebetet und Euch geopfert. Ihr und Euer Vater seid die einzigen, die für uns Fischer wichtig sind. Ich will ja nicht sagen, daß Ihr mir etwas schuldig wärt. Ich habe mein Boot, und ich hatte eine Frau und habe die Jungs großgezogen. Ich bin immer zurechtgekommen. Ich wollte aber sagen, daß Ihr einen der Euren verliert, wenn ich geopfert würde. Damit wäre dann einer weniger da, der Euren alten Pas verehrt. Vielleicht glaubt Ihr, ich hätte Euch mitgenommen, weil dieser große Kerl da seinen Nadler in der Hand hat. Aber in Wirklichkeit hätte ich Euch auch freiwillig überall hingefahren, wohin Ihr auch wolltet, sobald ich wußte, wer Ihr seid.«

»Ich muß mich im Mainframe reintegrieren«, sagte Chenille zu ihm. »Vielleicht hat sich etwas Neues ergeben. Seid Ihr jetzt fertig?«

»So ziemlich. Der große Kerl da, der macht alles, was Ihr von ihm verlangt, und das würde ich an seiner Stelle auch tun. Aber in Wirklichkeit gehört er Hierax, Ma'am.«

Auk fuhr auf.

»Er gehört nicht Euch und auch nicht Eurem Pas. Vielleicht weiß er das selbst nicht, aber ich weiß es. Sein Vogel und der Nadler, den er da hat, und das große Schwert am Gürtel und das Messer, das er im Stiefel stecken hat, das alles hat es mir verraten. Ihr solltet es sogar besser sehen können als ich. Was diesen Auguren hier angeht, wenn der mich als Opfer verarbeiten soll, also, den habe ich ja schließlich gestern abend aus dem See gefischt, und neulich habe ich außerdem gesehen, wie noch ein anderer aus dem See gefischt wurde. Früher haben wir immer gesagt ...«

»Beschreibt den anderen.«

»Ja, Ma'am.« Der alte Fischer dachte nach. »Ich glaube, da wart Ihr gerade unten in der Kajüte. Als sie ihn herausgeholt haben, hat er in unsere Richtung geschaut. Es kam mir so vor, als hätte er den Vogel gesehen. Er war ziemlich jung. So groß wie der große Kerl dort. Blonde Haare ...«

»Silk!« rief Auk.

»Ihr sagt, er wurde aus dem Wasser gezogen?«

Der Fischer nickte. »Es war Scups Boot. Ich kenne Scup seit dreißig Jahren.«

»Vielleicht habt Ihr recht«, sagte Chenille. »Vielleicht seid Ihr wirklich zu wertvoll, um Euch zu opfern, und ein alter Mann zählt sowieso kaum.«

Sie ging zum Fenster, fuhr herum und wandte sich noch einmal an sie. »Paßt genau auf, was ich Euch jetzt sage, Ihr drei. Ich werde mich gleich aus dieser Hure hier zurückziehen. Mein göttliches Wesen wird aus ihr in dieses Heilige Fenster übergehen, das ich hier einbauen ließ. Ich werde mich dann mit meinem größeren göttlichen Selbst im Mainframe reintegrieren. Habt Ihr das verstanden? Ihr alle?«

Auk nickte stumm. Der Augur kniete nieder und senkte den Kopf.

»Kypris, meine Todfeindin, die Feindin meiner Mutter, meiner Brüder und unserer Schwestern – die Feindin unserer ganzen Familie –, sie hat hier in Viron Unruhe gestiftet. Es scheint so, als hätte sie diesen Idioten auf ihre Seite gezogen – wie war noch Euer Name?«

»Incus, Wilde Scylla. Ich ... ich bin Patera *Incus*.«

»Diesen Trottel, den dieser Idiot hier Seine Eminenz nennt. Ich zweifle nicht daran, daß sie auch meinen Prolokutor und mein Ayuntamiento für sich gewinnen will, wenn sie das schafft. Ihr vier, die Hure könnt Ihr mitzählen, wenn ich mit ihr fertig bin, Ihr vier sollt dafür sorgen, daß sie scheitert. Benutzt Drohungen und Gewalt und beruft Euch auf mich. Tötet, wenn Ihr töten müßt, und man wird Euch deshalb nicht anklagen. Wenn Kypris zurückkehrt, dann tut etwas, damit ich auf Euch aufmerksam werde. Fünfzig oder hundert Kinder sollten reichen, um meine Aufmerksamkeit zu erregen. Viron hat ja mehr Kinder als genug.«

Sie funkelte die Männer nacheinander an. »Hat noch jemand Fragen? Wenn Ihr Fragen habt, dann laßt sie jetzt sofort hören. Einwände?«

Oreb krächzte leise und beobachtete sie aus einem glänzenden schwarzen Auge.

»Gut. Ihr sollt von jetzt an meine Propheten sein. Sorgt dafür, daß Viron mir treu ergeben bleibt, und Ihr sollt meine Gunst genießen. Glaubt nichts, was Kypris Euch womöglich erzählt. Mein Sklave müßte gleich kommen. Er wird Euch begleiten und Euch helfen. Wendet Euch an den Prolokutor und an die Commissioner im Juzgado. Sagt allen, die Euch zuhören wollen, daß Ihr mich gesehen habt. Tragt alles weiter, was ich Euch gesagt habe. Ich hatte gehofft, das Boot des Ayuntamiento in diesem Dock zu finden. Normalerweise ist es hier, aber heute ist es nicht da, deshalb müßt Ihr in meinem Namen zu den Ratsherren gehen. Der alte Mann kann Euch wieder hierherbringen. Sagt ihnen, daß ich ihr Boot versenken und sie alle in meinem See ersäufen werde, wenn meine Stadt in Kypris' Hände füllt.«

Incus stammelte: »Eine *Th-Theophanie,* o Wilde S-Scylla, w-würde uns ...«

»Das würde Eure Ratsherren nicht überzeugen. Sie halten sich für sehr klug. Aber Theophanien könnten trotzdem nützlich sein. Wenn ich mich reintegriert habe, werde ich darüber nachdenken.«

Sie schritt zum feuchten Steinaltar und sprang mühelos hinauf.

»Ich habe diese Anlage hier bauen lassen, damit Euer Ayuntamiento heimlich opfern und sich, wenn ich es für nötig hielt, mit mir beraten konnte. Hier ist kein bißchen Asche zu sehen. Auch dafür werden sie zahlen müssen.

Ihr da.« Sie deutete auf Auk. »Dieser Augur namens Silk will die Stadt für Kypris in die Hände bekommen. Helft ihm, aber zeigt ihm auch, wem er wirklich verpflichtet ist. Wenn er es nicht einsehen will, dann bringt ihn um. Ihr habt meine Erlaubnis, Euch in diesem Fall als mein Caldé ausrufen zu lassen. Dieser Idiot hier kann sich unter vergleichbaren Umständen meinetwegen zum Prolokutor machen.«

Sie wandte sich ans Fenster und kniete nieder. Auch Auk fiel auf die Knie und zog den Fischer mit sich herunter. Incus kniete bereits. Auk räusperte sich und begann, das Gebet zu sprechen, dessen Worte er auf dem Pilgrim's Way, als Scylla ihm sich als Göttin offenbart hatte, durcheinandergebracht hatte. »Sieh uns, liebliche Scylla, die Wundervolle des Wassers …«

Incus und der Fischer stimmten ein. »Siehe unsere Liebe und unsere Sehnsucht für Dich. Läutere uns, o Scylla!«

Als der Name der Göttin ausgesprochen wurde, hob Chenille mit einem erstickten Schrei die Arme. Die Wirbel der Heiligen Farben erfüllten in Nußbraun und Dunkelbraun, Aquamarin, Orange, Scharlachrot und Gelb, Himmelblau und Trübrosa das Heilige Fenster. Einen Augenblick lang schien es Auk, als könnte er im Fenster das höhnische Gesicht eines jungen Mädchens sehen, das noch ein oder zwei Jahre davon entfernt war, eine Frau zu werden.

Chenille zitterte heftig. Dann erschlaffte ihr Körper und sank auf dem Altar in sich zusammen. Bewußtlos rollte sie herunter und fiel auf den dunklen, glitschigen Stein der Mole.

Oreb flatterte zu ihr hinüber. »Göttin fort?«

Das Gesicht des Mädchens – falls es überhaupt ein Gesicht gewesen war – verschwand in einem Schwall grünen Wassers, als würde es von einer Welle überspült. Die Heiligen Farben kehrten zurück. Zuerst waren sie nur ein Funkeln auf der Welle, dann breiteten sie sich über den ganzen Bildschirm aus und tanzten und wirbelten, um schließlich zu verblassen und dem gewohnten schimmernden Grau zu weichen.

»Ich glaube schon«, sagte Auk. Er stand auf und bemerkte, daß er immer noch den Nadler in der Hand hielt. Er stopfte sich die Waffe unter die Tunika und fragte unsicher: »Alles klar, Jugs?«

Chenille stöhnte.

Er half ihr, sich aufzusetzen. »Du bist mit dem Kopf auf den Felsen geknallt, Jugs, aber das wird schon wieder werden.« Vom Wunsch getrieben, etwas für sie zu tun, aber unsicher, was am besten für sie wäre, rief er: »Ihr da! Patera! Holt etwas Wasser.«

»Mädchen kotzen?«

Auk schlug nach Oreb, der aber rechtzeitig zur Seite hüpfte.

»Hackum?«

»Ja, Jugs. Ich bin da.« Er drückte sie mit dem Arm, der ihren Rücken stützte, sanft an sich. Er spürte die Hitze, die ihre sonnenverbrannte Haut ausstrahlte.

»Du bist zurückgekommen. Ich bin ja so froh, Hackum.«

Der alte Fischer hustete und bemühte sich krampfhaft, den Blick von Chenilles Brüsten abzuwenden. »Vielleicht wäre es besser, wenn ich mit ihm eine Weile auf dem Boot bliebe?«

»Wir gehen alle an Bord.« Er hob Chenille auf.

Incus kam mit einer verbeulten Blechtasse voll

Wasser und fragte: »Wollt Ihr etwa der Göttin nicht gehorchen?«

Auk wich der Frage aus. »Sie sagte, wir sollen zum Juzgado gehen. Wir müssen also zuerst nach Limna zurück und dort eine Kutsche in die Stadt nehmen.«

»Sie wollte aber jemanden schicken. Sie sagte, sie wollte ihren Diener schicken, der uns hinbringen soll.« Incus hob die Tasse und trank einen Schluck. »Außerdem sagte sie, ich würde *Prolokutor* werden.«

Der alte Fischer runzelte die Stirn. »Dieser Kerl, den sie uns schicken will, der müßte ja ein eigenes Boot haben. Er müßte eins haben, weil wir sonst nicht hier herauskommen. Aber was wird mit meinem Boot, wenn wir mit ihm fahren? Sie hat doch gesagt, ich soll die anderen mitnehmen und die Ratsherren aufsuchen, oder? Wie soll ich das denn machen, wenn ich mein Boot nicht dabei habe?«

Oreb flatterte auf Auks Schulter. »Silk suchen?«

»Du hast es kapiert.« Chenille auf den Armen tragend, schritt Auk rasch über das Kai und begutachtete die Entfernung zwischen der Mole und dem Boot. Es war eine Sache, vom Deck aus an Land zu springen, aber eine ganz andere, den Sprung zurück mit einer Frau auf den Armen zu tun, die größer war als die meisten anderen Frauen. »Nehmt das Seil da«, fuhr er Incus an. »Zieht das Boot näher heran. Ihr habt es viel zu locker gelassen.«

Incus schürzte die Lippen. »Wir können uns aber unmöglich dem Befehl der Göttin widersetzen.«

»Ihr könnt hierbleiben und auf den warten, den sie schicken wollte. Wir werden uns dann mit Euch in Limna treffen. Ich und Jugs, wir fahren mit Daces Boot zurück.«

Der alte Fischer nickte erfreut.

»Wenn *Ihr* die Befehle der Göttin mißachten wollt, mein Sohn, dann werde *ich* nicht versuchen, Euch aufzuhalten. Allerdings ...«

Irgendwo in der Dunkelheit hinter dem letzten Tank fiel etwas mit einem Krachen zu Boden. Das Kreischen von Metall, das über Stein kratzte, hallte durch die Höhle. Eine neue Stimme, tiefer und lauter als ein menschliches Organ, dröhnte: *»Ich bringe sie hin! Gebt sie mir!«*

Die Stimme gehörte einem Talus, der größer war als alles, was Auk bisher gesehen hatte. Das grün schimmernde Bronzegesicht war zu einer haßerfüllten Grimasse gegossen worden, blendend helles gelbes Licht strahlte aus den Augen, die glänzenden schwarzen Läufe eines Flammenwerfers und zweier Maschinengewehre ragten aus dem offenen Mund. Im zuvor dunklen hinteren Teil der Höhle war jetzt ein giftgrüner Schimmer zu sehen.

»Ich bringe sie hin! Ich bringe Euch alle hin! Gebt sie mir!« Der Talus fuhr einen Arm aus und rollte auf sie zu. Eine stählerne Hand, beinahe so groß wie der Altar, von dem sie gefallen war, schloß sich um Chenille und pflückte sie aus Auks Armen. So hätte ein Kind eine kleine ungeliebte Puppe aus den Armes eines anderen Mädchens gerissen. *»Steigt auf meinen Rücken! Scylla befiehlt es!«*

Ein halbes Dutzend in großem Abstand eingesetzte, gekrümmte Stahlstangen dienten als Leiter. Auk kletterte als erster die Metallflanke des Talus hoch. Die Nachtdohle war schon hinaufgeflattert. Als Auk oben ankam, setzte die riesige Hand des Talus Chenille direkt vor Auk auf dem abschüssigen Metall ab.

»Festhalten!«

Zwei Stangen, den Leitersprossen ähnlich, liefen wie ein Geländer rings um den Rücken des Talus. Auk packte eine mit der linken Hand und hielt Chenille mit der rechten Hand fest. Chenilles Lider flatterten. »Hackum?«

»Ich bin immer noch bei dir.«

Incus' Kopf erschien über der Wölbung, als er den

Rücken des Talus heraufkletterte. Sein verschlagenes Gesicht sah im trüben Licht krank aus. »Bei-bei *Hierax*!«

Auk kicherte.

»So-so helft mir doch hinauf.«

»Helft Euch selbst, Patera. Ihr wart der einzige, der auf ihn warten wollte. Ihr habt Euren Willen bekommen. Jetzt seht zu, wie Ihr mit ihm zurechtkommt.«

Bevor Auk zu Ende gesprochen hatte, sprang Incus mit erstaunlicher Beweglichkeit auf den Rücken des Talus, offenbar angetrieben vom muskulösen Arm des Fischers, der einen Augenblick später heraufgeklettert kam. »Ihr würdet einen ausgezeichneten Einbrecher abgeben, alter Mann«, sagte Auk zu ihm.

»Hackum, wo sind wir hier?«

»In einer Höhle am Westufer des Sees.«

Der Talus wendete auf der Stelle. Ein schwarzes Band bewegte sich, während das andere blockiert war. Auk spürte das Pochen der Maschinen unter ihnen.

Aus dem Gelenk zwischen dem nach oben gerichteten Hals und dem gewaltigen Rücken, auf dem sie sich festhielten, drangen schwarze Rauchwolken. Das Ungetüm wiegte sich, ruckte und fuhr rückwärts. Dann schlitterte es zur Seite, und eiskaltes Wasser spritzte hoch, als eine Raupenkette vom Kai rutschte. Incus hielt sich an Auks Tunika fest, als der Talus auf ihrer Seite untertauchte. Einen Augenblick lang sah Auk, daß das Boot höher stieg als ihre Köpfe.

Die Welle, die es gehoben hatte, brach wie ein Hammerschlag über ihnen zusammen, ein erstickendes, eiskaltes Tosen, das aber sofort wieder von ihnen abließ. Als Auk die Augen öffnete, sah er Chenille schreiend aufrecht sitzen. Ihr tropfnasses Gesicht zeigte blankes Entsetzen.

Etwas Schwarz-Rotes landete mit einem Plumps auf seiner triefnassen Schulter. »Boot schlecht! Geht unter!«

Aber als der Talus wieder auf das Kai hinauffuhr, sah Auk, daß es noch schwamm. Allerdings lag es auf der Seite, der Mast war abgerissen und schwamm als Treibholz im unruhigen Wasser.

Der Talus drehte den Kopf, der so groß war wie ein Felsblock, zu ihnen herum. Die Drehung ging weiter, bis man meinen konnte, daß ihm jeden Augenblick das Genick brechen müßte. *»Fünf sind nicht nötig! Der Kleine kann gehen!«*

Auk blickte vom Auguren zum Fischer zur hysterisch kreischenden Chenille. Erst dann erkannte er, wer gemeint war. »Vogel, wenn du verschwinden willst, dann kannst du abhauen. Er sagt, daß er dir nicht weh tut, wenn du verschwindest.«

»Vogel bleibt«, murmelte Oreb. »Silk suchen.«

Der Talus drehte den Kopf wieder zurück und fuhr vorwärts. Der gelbe Lichtschein seiner Augen wurde von den gewölbten Seiten des letzten weißen Tanks reflektiert. Hinter ihnen hing leer und tot das Heilige Fenster. Knapp über dem behelmten Kopf des Talus flammten trübe grüne Lichter auf, und das kabbelige Wasser des Kanals machte unebenem Fels Platz, als die Höhle zu einem düsteren Tunnel schrumpfte.

Auk legte den Arm um Chenilles Hüfte. »Wie wär's mit etwas Gesellschaft, Jugs?«

Sie weinte weiter, aber ihr Schluchzen verlor sich im kräftigen Fahrtwind.

Er ließ sie los, zog den Nadler und schob die seitliche Platte zurück. Schmieriges Wasser rann ihm über die Finger. Er blies in den Mechanismus. »Wenn er trocken ist, sollte er eigentlich wieder funktionieren«, sagte er zu Oreb. »Aber ich müßte gelegentlich mal ein paar Tropfen Öl auf die Nadeln geben.«

»Mädchen brav«, erklärte Oreb ihm nervös. »Nicht schießen.«

»Mädchen böse«, gab Auk zurück. »Mann auch böse. Aber nicht schießen. Und nicht weggehen.«

»Vogel böse.«

»Genau.« Er küßte zärtlich Chenilles verbrannten roten Rücken. »Leg dich ruhig hin, wenn du willst. Leg den Kopf auf meinen Schoß. Vielleicht kannst du etwas schlafen.«

Aber noch während er die Worte aussprach, wurde ihm bewußt, daß er sie vielleicht zu spät gesprochen hatte. Der Talus fuhr jetzt bergab, denn der Stollen führte, wenn auch beinahe unmerklich, nach unten. Links und rechts huschten die Einmündungen anderer Gänge vorbei, noch dunkler als die feuchten Schiffssteinwände. Wassertropfen, die an der ebenmäßigen Decke wie Diamanten funkelten, wurden vom Luftzug heruntergerissen, als sie vorbeifuhren.

Der Talus wurde langsamer. Irgend etwas schlug gegen seinen großen Bronzekopf, daß dieser hallte wie ein Gong. Dann begannen seine Maschinengewehre zu feuern und spuckten blaue Flammenzungen.

2

Silk ist zurück!

»Es wäre besser«, murmelte Maytera Marble, »Ihr würdet es tun, Schwester.«

Maytera Mint sperrte den kleinen Mund auf. Dann schloß sie ihn wieder ganz fest. Gehorsam sein bedeutet zu gehorchen, das hatte sie sich schon tausendmal selbst gesagt. Gehorsam sein, das bedeutete mehr, als nur den Tisch zu decken oder einen Teller mit Keksen zu holen. »Wie Ihr wünscht, Maytera. Der Hohe Hierax weiß, daß ich nicht bei Stimme bin, aber wenn es denn sein muß, dann sei es.«

Maytera Marble seufzte zufrieden, ein winziges Zischen im Lautsprecher hinter den Lippen, das niemand außer ihr selbst hören konnte.

Maytera Mint stand mit glühenden Wangen auf und musterte die versammelte Gemeinde. Die Hälfte oder mehr waren Diebe; einen Moment lang fragte sie sich, ob die Bilder der Götter vor ihnen sicher seien.

Sie stieg die Stufen zum Ambion hinauf. Schrecklich laut kamen ihr das Murmeln der Besucher und das stetige Prasseln des Regens auf dem Dach vor. Das erste Mal seit Anfang Frühling fiel frisch riechender Regen durch das Gotteslicht und spritzte auf die schwarze Fläche des Altars; allerdings schien er allmählich nachzulassen.

Molpe, betete sie, Wundervolle Molpe, bitte schenk mir dieses eine Mal eine volltönende Stimme. »Ein paar …« Sie brach ab und holte tief Luft. »Ein paar unter Euch kennen mich nicht …«

Die meisten sahen nicht einmal in ihre Richtung. Und die paar, die sie ansahen, konnten sie offenbar nicht verstehen. Wie beschämt jetzt wohl der galante Captain, der ihr sein Schwert gezeigt hatte, ihretwegen gewesen wäre!

Bitte, Kypris! Scharfzahnige Sphigx, große Göttin des Krieges …

Unter den Rippen spürte sie eine eigenartige Schwellung, und durch ihren Kopf flogen Geräusche, die sie nie gehört, und Anblicke, die sie nie gesehen hatte: donnernde Hufschläge der Kavallerie, das Dröhnen großer Kanonen, das entsetzliche Brüllen der Löwen der Sphigx, silberhelle Fanfarenstöße, das scharfe, helle Knattern von Maschinengewehren. Eine Frau, die sich einen blutverschmierten Lumpen um den Kopf gewickelt hatte, richtete die Reihe der Soldaten aus: *»Haltung annehmen! Haltung annehmen! Vorwärts, marsch! Vorwärts, marsch! Folgt mir!«*

Mit einer ungestümen Geste zog die zierliche Maytera Mint ein Schwert, das sie nicht einmal selbst sehen konnte. »Freunde!« Doch nach der ersten Silbe brach ihre Stimme.

Lauter, Mädchen! Weck die Massen auf!

»Freunde, einige von Euch wissen nicht, wer ich bin. Ich bin Maytera Mint, eine Sibylle dieses Manteions.« Sie überblickte rasch die Versammlung. Maytera Marble applaudierte ihr still; die paar hundert schwatzenden Stimmen waren verstummt.

»Die Gesetze des Kapitels gestatten es, daß eine Sibylle das Opfer durchführt, wenn kein Augur zugegen ist. Bedauerlicherweise ist genau dies heute in unserem Manteion der Fall. Uns ist klar, daß unter diesen Umständen nur wenige von Euch bleiben wollen. In der Hat Street gibt es ein anderes Manteion, das von allen Göttern sehr geliebt wird. Ich bin sicher, daß dort in diesem Augenblick, während ich hier zu Euch spreche, bereits ein heiliger Augur damit beschäftigt ist, ein Opfer vorzubereiten. Ihr müßt nur in Richtung Markt gehen und dann links abbiegen. Es ist nicht weit.«

Sie wartete hoffnungsvoll und lauschte dem prasselnden Regen; aber kein einziger der etwa fünfhundert Besucher, die Sitzplätze ergattert hatten, stand auf, und kein einziger unter denjenigen, die zu Hunderten im Gang standen, machte Anstalten zu gehen.

»Patera Silk ist gestern abend nicht ins Pfarrhaus zurückgekehrt. Wie viele von Euch sicher wissen, sind Männer von der Zivilgarde gekommen, um ihn zu verhaften ...«

Das zornige Murren der Zuhörer schwoll an wie das Knurren eines riesigen Untiers.

»Das war gestern, als die Freundliche Kypris, in deren Schuld wir unser Leben lang stehen werden, uns ein zweites Mal beehrt hat. Wir alle sind sicher, daß es sich nur um einen schrecklichen Irrtum handeln kann. Aber solange Patera Silk nicht zurückgekehrt ist, können wir nur annehmen, daß er verhaftet worden ist. Patera Gulo, der angesehene Augur, den Seine Kogniszenz uns geschickt hat, damit er Patera Silk unterstützt, scheint das Pfarrhaus früh am Morgen verlassen zu haben; zweifellos in der Absicht, Patera Silk freizubekommen.«

Maytera Mint hielt inne und fuhr mit nervösen Fingern über den schartigen Stein des alten Ambions. Dann blickte sie zu den aufmerksamen Andächtigen hinab, die vor der ersten Bank auf dem Boden hockten. Schließlich wanderte ihr Blick zu den begierigen Gesichtern der Menschen, die sich im Narthex drängten.

»So geht die Pflicht, die Opferungen durchzuführen, auf Maytera Marble und mich über. Es wird heute einige Dutzend Opfer geben. Wir haben sogar einen makellosen weißen Stier für den Großen Pas, und das ist ein Opfer, wie man es selbst im Großen Manteion nicht alle Tage zu sehen bekommt.« Wieder hielt sie inne, um dem Regen zu lauschen und sich zu sammeln, während sie den Blick auf den Altar gerichtet hielt.

»Unsere geliebte Maytera Rose ist zu den Göttern gegangen, in deren Dienst sie ihr Leben lang gestanden hat. Aus Gründen, die uns richtig und angemessen erschienen, haben wir beschlossen, ihre sterblichen Überreste nicht zur Schau zu stellen. Dort drüben, vor dem Altar, steht ihr Sarg.

Wir sind sicher, daß den unsterblichen Göttern ihre beispielhafte Frömmigkeit nicht verborgen geblieben ist. Ich habe gehört, wie jemand sagte, sie sei die älteste biochemische Person in diesem Viertel gewesen, und das kann durchaus der Wahrheit entsprechen. Sie gehörte zur letzten jener glücklichen Generation, für die noch prothetische Hilfsmittel vorhanden waren. Selbst die Klügsten unter uns verstehen heute leider nicht mehr, nach welchen Prinzipien diese Geräte funktionieren. Jedenfalls konnten sie Maytera Roses Leben verlängern, so daß sie selbst die Kinder derer überlebte, die sie noch als Kinder unterrichtet hatte. Doch auch ihr Leben konnte nicht unendlich lange erhalten werden. Sie hätte dies auch nicht gewünscht. Gestern versagten ihre Hilfsmittel, und so wurde unsere geliebte Mitschwester von dem Leiden erlöst, das ihr hohes Alter mit sich gebracht hatte, und auch von den Mühen, die doch ihr einziger Trost waren.«

Mehrere Männer, die in den Gängen gestanden hatten, öffneten die Fenster. Es schien, als würde kaum noch Regen hereingeweht. Das Unwetter war demnach beinahe vorbei, dachte Maytera Mint.

»Bei dem Opfer, das wir heute morgen darbringen werden, geht es also nicht wie sonst an den Tagen, an denen man uns ein Opfertier schenkt, nur darum, den unsterblichen Göttern unsere Ergebenheit zu zeigen. Dies soll das letzte Opfer unserer lieben Maytera Rose sein, und damit meine ich, daß nicht nur der weiße Stier und die anderen Tiere geopfert werden, die draußen warten, sondern daß Maytera Rose sich selbst opfert und geopfert hat.

Jedes Opfer hat zwei Facetten. Zuerst einmal die, daß wir den Göttern ein Geschenk machen. Zweitens aber teilen wir auch ein Mahl miteinander. Deshalb hoffen wir, meine liebe Mitschwester und ich, daß Ihr nicht schockiert seid, wenn ich Euch nun sage, daß meine liebe Schwester einige der wundervollen Geräte an sich genommen hat, die bisher unserer geliebten Maytera Rose das Leben erleichtert haben. Selbst wenn wir so nachlässig gewesen wären, Maytera Rose nach einiger Zeit zu vergessen, was wir natürlich nicht sind, jetzt könnten wir sie um keinen Preis mehr vergessen. Die Geräte werden uns zugleich an ihr Leben und ihr Pflichtbewußtsein erinnern. Obwohl ich weiß, daß ihr Geist nun auf dem Goldenen Pfad wandelt, werde ich nie vergessen, daß ein Teil von ihr in meiner Schwester weiterlebt.«

Jetzt oder nie.

»Wir freuen uns, daß so viele gekommen sind, um ihr die letzte Ehre zu erweisen. Aber draußen stehen noch viel mehr Menschen, Männer, Frauen und Kinder, die ihr diese Ehre erweisen würden, wenn sie es nur könnten. Leider aber haben sie in unserem Manteion keinen Platz gefunden. Das ist eine Schande, wie ich finde, ihretwegen und in den Augen der Götter.

Es gibt jedoch, wie einige von Euch sicher wissen, eine Lösung für dieses Problem. Die Lösung besteht darin, den Sarg, den Altar und das Heilige Fenster vorübergehend auf die Straße zu verlegen.«

Damit würden die Anwesenden natürlich ihre kostbaren Sitzplätze verlieren. Sie rechnete schon halb mit einem Aufstand, aber nichts geschah.

Sie wollte gerade fortfahren und sagen: »Ich würde deshalb vorschlagen ...«, doch dann hielt sie sich zurück. Es war ihre Entscheidung, sie war dafür verantwortlich und mußte sich um die Durchführung kümmern. »Genau das werden wir also heute tun.« Die dicken, in Leder gebundenen Chrasmologischen Schriften lagen vor ihr auf dem Ambion. Sie hob das Buch hoch. »Horn? Horn, bist du hier?«

Er winkte und stand auf, damit sie ihn sehen konnte.

»Horn war einer von Maytera Roses Schülern. Horn, such dir bitte fünf andere Jungen aus, die dir helfen, den Sarg zu tragen. Der Altar und das Heilige Fenster sind sehr schwer, denke ich. Wir brauchen Freiwillige, die uns beim Tragen helfen.«

Sie hatte eine Idee. »Nur die stärksten Männer, bitte. Ob zwanzig oder dreißig der stärksten Männer, die hier anwesend sind, bitte vortreten könnten? Meine Schwester und ich werden Euch anleiten.«

Der Ansturm der stärksten Männer überwältigte sie beinahe. Nur ein paar Sekunden später schwebte der Altar auf unzähligen Händen und Armen, wackelte und schaukelte wie eine Kiste auf See, während er von einem menschlichen Strom durch den Gang zur Tür getragen wurde.

Mit dem Heiligen Fenster hatten sie etwas mehr Mühe; nicht weil es schwerer war, sondern weil die dreihundert Jahre alten Klammern, mit denen es im Boden des Manteions befestigt war, verrostet waren und mit dem Hammer gelöst werden mußten. Die heiligen Kabel schlängelten sich hinter dem Fenster her, als es zur Tür getragen wurde. Manchmal spuckte und knisterte es, was die unmittelbare Gegenwart einer Gottheit anzeigte.

»Ihr habt das wundervoll gemacht, Schwester, einfach wundervoll!« Maytera Marble war Maytera Mint nach draußen gefolgt. Jetzt legte sie der jüngeren Schwester eine Hand auf die Schulter. »Einfach alles nach draußen zu tragen und eine Andacht im Freien abhalten! Wie seid Ihr nur darauf gekommen?«

»Ich weiß es nicht. Ich dachte nur daran, daß die meisten Leute draußen auf der Straße gestanden haben und daß wir drinnen waren. Wir konnten sie ja nicht einfach hereinlassen, wie wir es sonst manchmal tun. Außerdem«, fügte Maytera Mint mit einem listigen Lächeln hinzu, »denkt nur an all das Blut, Schwester. Wir hätten Tage gebraucht, um danach das Manteion zu säubern.«

Es waren mehr Opfertiere vorhanden, als in Maytera Marbles kleinem Garten untergebracht werden konnten. Man hatte den Spendern eindringlich erklärt, daß sie die Tiere selbst festhalten mußten, bis sie an der Reihe waren, sie zum Altar zu führen. Die Folge davon war, daß die Sun Street jetzt beinahe wie ein stark frequentierter Viehmarkt aussah. Wie viele wären wohl gekommen, fragte Maytera Mint sich, wenn es nicht geregnet hätte? Sie schauderte. Wie es aussah, waren Opfertiere und Spender zwar durchnäßt, aber durchaus guten Mutes. Mensch und Vieh wartete dampfend in der jetzt wieder sonnenüberfluteten Sun Street.

»Ihr braucht etwas, auf das Ihr Euch stellen könnt«, warnte Maytera Marble. »Sonst wird man Euch nicht verstehen können.«

»Dann bleibe ich gleich hier auf der Treppe«, entschied Maytera Mint.

»Freunde ...« In ihren eigenen Ohren klang ihre Stimme hier draußen im Freien schwächer als vorher im Manteion. Sie versuchte, sich einen Trompeter und dann eine Trompete vorzustellen. »Freunde! Ich will nicht alles wiederholen, was ich drinnen gesagt habe. Dies ist jedenfalls Maytera Roses letztes Opfer. Ich weiß, daß ihr klar ist, was Ihr alle für sie getan habt, und ich bin sicher, daß sie froh darüber ist.

Meine Schwester und ihre Helfer werden jetzt auf dem Altar ein heiliges Feuer entfachen. Wir müssen heute ein großes Feuer machen …«

Zu ihrer Überraschung stimmten die Leute jubelnd zu.

»Wir müssen ein großes Feuer machen, und ein Teil des Holzes ist naß. Aber heute, an diesem Nachmittag, soll der ganze Himmel unser Gotteslicht sein und das Feuer unseres Herrn Pas direkt aus der Sonne auf uns herabscheinen lassen.«

Einer Straße bunter Ameisen gleich, hatte eine schlingernde Reihe kleiner Mädchen bereits begonnen, Zedernholzscheite zum Altar zu transportieren, wo Maytera Marble sie in winzige Stücke zerbrach.

»Patera Silk wirft gewöhnlich vor dem Opfer einen Blick in die Schriften. Wir wollen es heute genauso halten.« Maytera Mint hob das Buch und öffnete es aufs Geratewohl.

»›Was wir auch sind, wir sind ein wenig Fleisch, ein wenig Atem und der Teil, der das andere beherrscht. Verachte das Fleisch, als lägest du schon im Sterben; es ist nichts als Blut, Knochen und ein Netzwerk aus Nerven und Adern. Siehe auch den Atem als das an, was er ist: Immer gegenwärtig ist die Luft, und doch immer neu, wie sie unablässig eingeatmet und ausgeatmet wird. Das Dritte aber ist das Beherrschende. Laß nicht länger zu, daß dieser Teil versklavt wird, laß nicht zu, daß er an Fäden geführt wird wie eine Marionette. Klage nicht länger über dein Los und fürchte dich nicht vor der Zukunft.‹

Patera Silk hat uns oft erklärt, daß jede Passage der Schriften mindestens zwei Bedeutungsebenen hat.« Die Worte waren ihr entglitten, bevor ihr klar wurde, daß sie an dieser Stelle nur eine Interpretation erkennen konnte. Sie suchte in Gedanken hektisch nach der zweiten Bedeutungsebene.

»Die erste scheint so klar, daß ich mir dumm vorkäme, wenn ich es erklären würde, auch wenn es meine Pflicht wäre, eine Erklärung zu geben. Ihr alle habt es aber, da bin ich sicher, bereits verstanden. Ein Teil oder sogar zwei Teile, wie es der Autor der Chrasmologischen Schriften sagt, unserer geliebten Maytera Rose sind verblichen. Wir dürfen nie vergessen, daß dies die geringeren Teile waren, die Teile, auf die wir keinen besonderen Wert legen sollten. Der bessere Teil aber, jener Teil, den die Götter liebten und den wir alle, die sie kannten, geliebt haben, wird niemals sterben. Dies ist also die Botschaft für alle, die um sie trauern. Ganz besonders natürlich für mich und meine teure Schwester hier.«

Hilf mir! Hierax, Kypris, Sphigx, bitte, helft mir!

Sie hatte das Schwert des Offiziers berührt, der gekommen war, um Silk zu verhaften. Ihre Hand zuckte und wollte es packen, und irgendeine Kraft tief in ihrem Innern, die sie bisher verleugnet hatte, half ihr, die Menschen drunten völlig in ihren Bann zu schlagen.

»Ich sehe einen Mann mit einem Schwert.« Sie sah keinen, aber es waren Dutzende bewaffneter Männer anwesend. »Einen stattlichen Mann. Wollt Ihr vortreten, Sir? Wollt Ihr mir Euer Schwert leihen? Ich brauche es nur für einen Augenblick.«

Ein vierschrötiger Kerl, der wahrscheinlich glaubte, sie meinte ihn, drängte sich nach vorn. Er hatte ein Jagdschwert. Der Korb war mit Muscheln besetzt, der Griff aus Horn geschnitzt, und es hatte eine blitzende, doppelschneidige Klinge. Mit ziemlicher Sicherheit gestohlen.

»Danke.« Sie hob das Schwert, und der polierte Stahl glänzte im heißen Sonnenlicht. »Heute ist Hieraxday. Das ist ein guter Tag für eine Totenmesse. Ich glaube, es ist ein Zeichen dafür, wie sehr die Götter Maytera Rose geschützt haben, wenn sie an einem Tarsday die Augen für immer schloß, so daß ihre Totenmesse am Hieraxday stattfinden kann. Aber was ist nun mit uns? Haben die Schriften nicht auch uns etwas zu sagen? Ist nicht auch für uns heute Hieraxday, genau wie für die verstorbene Maytera Rose? Natürlich ist es so, und wir wissen das.

Seht dieses Schwert.« Ein lange verleugneter Teil ihres Selbst sprach durch ihre Lippen. Die kleine Maytera Mint, die so viele Jahre lang nichts anderes als Maytera Mint in sich selbst gesehen hatte – sie hörte die Worte mit dem gleichen Erstaunen wie die Menschen unter ihr, und wie die Zuhörer wußte auch sie nicht, welche Worte sie als nächstes sprechen würde.

»Viele unter Euch tragen Schwerter wie dieses. Und Ihr habt Messer und Nadler und diese kleinen Bleischläger, mit denen man fest zuschlagen kann, obwohl man sie fast nicht sieht, wenn jemand sie in der Hand hat. Hierax allein mag wissen, was Ihr noch alles habt. Aber seid Ihr auch bereit, den Preis dafür zu bezahlen?«

Sie hob das Jagdschwert hoch über den Kopf. Irgendwo unter den Opfertieren wartete auch ein weißer Hengst. Das Blitzen des Schwerts oder der Tonfall ihrer Stimme ließen ihn steigen und mit den Hufen in der Luft auskeilen, und der Spender, der das Tier festgehalten hatte, wurde überrumpelt und umgeworfen.

»Denn der Preis ist der Tod. Nicht der Tod in dreißig oder vierzig Jahren, sondern ein Tod, der heute eintritt! Heute! Und ich sage Euch, *ich werde mich dir nicht unterwerfen! Ich bin kein Sklave und kein Ochse, der zur Schlachtbank geführt wird! Versündige dich gegen mich, versündige dich gegen die Götter, und du wirst sterben! Denn ich fürchte nicht dich noch den Tod!*«

Das Brüllen der Zuhörer schien die ganze Straße zu erschüttern.

»So steht es in den Schriften, Freunde, im Buch hier in unserem Manteion. Und das ist die zweite Bedeutung.« Maytera Mint gab dem Eigentümer das Schwert zurück. »Danke, Sir. Es ist eine wunderschöne Waffe.«

Er verneigte sich. »Sie steht Euch zur Verfügung, wann immer Ihr sie braucht, Maytera, und dazu eine starke Hand, die sie führt.«

Maytera Marble hielt sich am Altar mit der flachen, glänzend polierten Messingschale bereit, mit der sie das Sonnenlicht bündelte. Vom kleingehackten Zedernholz stieg ein Rauchwölkchen auf, und gerade, als Maytera Mint hinschaute, entstand die erste, noch fast unsichtbare Flamme.

Sie raffte den langen Rock hoch und trabte die Treppe hinunter, um sich mit ausgebreiteten Armen vor dem Heiligen Fenster aufzubauen. »Ihr Götter, akzeptiert das Opfer dieser heiligen Sibylle. Obwohl unsere Herzen trauern, fügen wir, ihre Schwestern und ihre Freunde, uns Eurem Willen. Aber wir bitten Euch, sprecht zu uns von den Zeiten, die kommen werden für sie wie für uns. Was sollen wir tun? Sagt nur ein einziges Wort, und wir werden es ehren wie einen großen Schatz.«

Maytera Mints Geist war leer – sie machte eine dramatische Pause, bis sie sich an den Sinn, wenn auch nicht an die vorgeschriebenen Worte der Anrufung erinnerte. »Doch wenn Ihr nicht zu uns sprechen wollt, dann wollen wir auch dies demütig hinnehmen.« Sie ließ die Arme sinken.

Maytera Marble, die neben dem Altar stand, winkte den Spender des ersten Opfers heran.

»Dieser schöne weiße Ziegenbock soll ein Opfer sein für …« Wieder ließ ihr Gedächtnis sie im Stich.

»Kypris«, half Maytera Marble.

Natürlich, für Kypris. Die ersten drei Opfertiere gingen alle an Kypris, die mit ihrer Theophanie am Scylsday die Stadt in Aufregung versetzt hatte. Aber wie war der Name des Spenders?

Maytera Mint blickte hilfesuchend zu Maytera Marble, aber Maytera Marble winkte seltsamerweise jemandem in der Menge zu und achtete nicht auf sie.

»Für die Bezaubernde Kypris, die Göttin der Liebe, gespendet von Ihrem ergebenen Jünger ...«

»Bream«, sagte der Spender.

»Von Ihrem ergebenen Jünger Bream.« Jetzt kam der Augenblick, den sie am meisten gefürchtet hatte. »Bitte, Maytera, wenn Ihr es tun könntet, bitte?« Aber sie hatte das Opfermesser schon in der Hand. Maytera Marble stimmte den uralten Klagegesang an, und die Metallbeine ließen den schweren Bombasin ihres Habits hoch fliegen, während sie tanzte.

Ziegenböcke waren normalerweise recht widerspenstig, und dieser hier hatte lange, geschwungene Hörner, die gefährlich aussahen. Aber er stand ruhig da wie ein Schaf und sah sie aus schläfrigen Augen an. Er war zweifellos ein Streicheltier gewesen und entsprechend aufgezogen worden.

Maytera Marble kniete neben dem Opfertier nieder und hielt den irdenen Pokal, den besten, den das Manteion hatte, unter den Hals des Ziegenbocks.

Ich werde dabei die Augen schließen, sagte Maytera Mint sich insgeheim und ließ sie offen. Die Klinge drang so leicht in den weißen Hals des Ziegenbocks ein, als hätte die Sibylle ein Stück Butter geschnitten. Einen entsetzlichen Augenblick lang starrte der Ziegenbock Maytera Mint an, betrogen von den Menschen, denen er sein Leben lang vertraut hatte; dann machte er einen Satz, bespritzte beide Sibyllen mit seinem Blut, strauchelte und fiel auf die Seite.

»Wundervoll«, flüsterte Maytera Marble. »Nicht einmal Patera Pike hätte das besser hinbekommen.«

Maytera Mint gab flüsternd zurück: »Ich glaube, mir wird gleich schlecht.« Maytera Marble spritzte den Inhalt des Pokals ins tosende Altarfeuer, wie Maytera Mint es so oft getan hatte.

Zuerst den Kopf mit den jetzt ohnmächtigen Hörnern. Suche die Verbindung zwischen Schädel und Wirbelsäule, dachte sie. So scharf es auch war, das Messer konnte keinen Knochen schneiden.

Dann die Hufe, die mit Goldfarbe lackiert waren. Schneller, mach doch schneller! Sie würden sowieso schon den ganzen Nachmittag brauchen; sie wünschte, sie hätte öfter gekocht, auch wenn sie nur selten Fleisch hatten, das zum Knochen geschnitten werden mußte. Sie zischelte: »Ihr müßt aber den nächsten nehmen, Schwester. Ihr müßt es mir einfach abnehmen.«

»Wir dürfen jetzt nicht wechseln!«

Sie warf den letzten Huf ins Feuer, und die Beine des armen Ziegenbocks blieben als blutige Stummel zurück. Immer noch verkrampft das Messer festhaltend, wandte sie sich wieder ans Heilige Fenster. »Akzeptiere, o freundliche Kypris, diese schöne Ziege als Opfer. Und wir bitten Dich, sprich zu uns von den Tagen, die kommen werden. Was sollen wir tun? Sage nur ein Wort, und wir werden es in Ehren halten.« Sie sandte ein stummes Gebet an Kypris, an eine Göttin, die ihr seit dem letzten Scylsday vorkam wie eine größere Kopie ihrer selbst. »Falls Du aber beschließen solltest zu schweigen ...«

Sie ließ die Arme sinken. »So beugen wir uns Deinem Willen. Wir bitten Dich, sprich zu uns durch dieses Opfer.« Die Opfer bei Orpines Beerdigung hatten, um es zurückhaltend auszudrücken, recht düstere Prophezeiungen abgegeben. Maytera Mint hoffte inbrünstig, auf günstigere Weissagungen zu stoßen, als sie den Bauch des Ziegenbocks aufschlitzte.

»Kypris segnet ...« Lauter. Die Leute mußten sich

sehr anstrengen, um sie zu verstehen. »Kypris segnet den Geist unserer verstorbenen Schwester.« Sie richtete sich auf und nahm die Schultern zurück. »Sie versichert uns, daß Maytera Rose alle Sünden, die sie je begangen hat, vergeben sind.«

Der Kopf des Ziegenbocks zerplatzte im Feuer, daß die Holzkohle nur so flog: ein Omen kommender Gewalttaten. Maytera Mint beugte sich noch einmal über den Kadaver und versuchte verzweifelt, sich an das wenige zu erinnern, was sie über die Kunst der Auguren wußte – Bemerkungen, die Patera Pike und Patera Silk gelegentlich gemacht hatten, halbherzige Lektionen am Tisch von Maytera Rose, die ebenso aus Ekel gesprochen hatte, wie um sie zu unterweisen.

Die rechte Seite des Tiers betraf den Spender und den Auguren, der das Opfer durchführte, den Opfernden und den für das Opfer Verantwortlichen. Die linke Seite gab Auskunft über die Gemeinde und die ganze Stadt. Die rote Leber sprach von kommenden Bluttaten, und dort zwischen den wirren Venen war die Form eines Messers zu sehen. Das war das Zeichen des Auguren – auch wenn sie selbst kein Augur war –, das auf ein Quadrat deutete. Mit ziemlicher Sicherheit war das der quadratische Stengel der Minze, die ihr selbst den Namen gegeben hatte. Daneben erkannte sie einen Schwertgriff. Sollte sie durch das Schwert sterben? Nein, die Klinge wies von ihr fort. Sie sollte das Schwert halten, aber das hatte sie doch schon getan, oder nicht?

In den Gedärmen erkannte sie einen dicken Fisch (wahrscheinlich eine Brasse) und ein Gewirr kreisrunder Formen; möglicherweise Halsketten oder Ringe. Diese Interpretation würde sicherlich willkommen sein. Die Ringe befanden sich nahe an der Brasse, einer überlagerte sie sogar. Also war die Zeit sehr nahe. Sie stieg zwei Stufen höher.

»Zuerst für den Spender. Die Göttin begünstigt

Euch. Sie ist über Euer Opfer sehr erfreut.« Es war eine schöne Ziege, und Kypris hätte sicher nicht von Wohlstand gesprochen, wenn sie nicht zufrieden gewesen wäre. »Ihr sollt bald Reichtümer bekommen, vor allem Juwelen und Gold.«

Von einem Ohr bis zum anderen grinsend, zog Bream von dannen.

»Für uns alle aber und für die Stadt sind Gewalt und Tod angekündigt, aus denen aber schließlich etwas Gutes erwachsen wird.« Sie blickte noch einmal zum Kadaver und wollte sich vergewissern, ob sie dort wirklich das Zeichen der Addition gesehen hatte. Aber es war verschwunden, falls es je existiert hatte. »Sonst kann ich in diesem Opfer nichts erkennen, aber ein geübter Augur wie Patera Silk könnte natürlich viel mehr ablesen.«

Sie suchte in der Menschenmenge vor dem Altar nach Bream. »Der Spender hat als erster Anspruch auf das Opfertier. Er möge vortreten, falls er von diesem Tier einen Anteil erhalten will.«

Die Armen drängten sich bereits nahe an den Altar heran. Maytera Marble flüsterte: »Ihr müßt die Eingeweide und die Lungen verbrennen, Schwester!«

Es war ein weiser und guter Brauch, nur kleine Stücke herauszuschneiden, wenn die Versammlung groß war, und hier waren mindestens zweitausend Gläubige versammelt; aber andererseits standen ihnen Dutzende von Opfertieren zur Verfügung, und Maytera Mint hatte wenig Zutrauen zu ihren Fähigkeiten. Sie verteilte ganze Keulen und Viertel und wurde mit dankbarem Lächeln beschenkt.

Als nächstes kam ein Paar weißer Tauben an die Reihe. Wurden Tauben ausgeteilt oder im ganzen verbrannt? Sie waren genießbar, aber Maytera Mint erinnerte sich, daß Silk bei Orpines Totenmesse einen schwarzen Hahn im ganzen verbrannt hatte. Man konnte auch in Vögeln lesen, doch wurde das selten gemacht. Wäre der Spender womöglich beleidigt, wenn sie nicht in den Vögeln las?

»Eine soll gelesen und verbrannt werden«, erklärte sie dem Mann mit fester Stimme. »Die andere werden wir mit der Göttin teilen. Bleibt hier, wenn Ihr Euren Anteil bekommen wollt.«

Er schüttelte den Kopf.

Die Tauben flatterten verzweifelt, als ihre Hälse durchgeschnitten wurden.

Sie holte tief Luft. »Akzeptiere, o Freundliche Kypris, diese schönen Tauben als Opfer. Wir bitten Dich, sprich zu uns von den Zeiten, die kommen werden. Was sollen wir tun? Sprich nur ein Wort, und wir werden es in Ehren halten.« Hatte sie die Tauben wirklich schon getötet? Sie riskierte einen Blick zu den leblosen Körpern. »Falls Du aber beschließen solltest zu schweigen ...«

Sie ließ die Arme sinken. Ihr wurde bewußt, daß ihr Habit inzwischen völlig mit Blut besudelt war. »Wir beugen uns Deinem Willen. So bitten wir Dich denn, durch dieses Opfer zu uns zu sprechen.«

Sie kratzte Federn, Haut und Fleisch vom rechten Schulterblatt der Taube und betrachtete die feinen Linien der Adern. Ein Vogel mit ausgebreiteten Schwingen; zweifellos, weil der Spender Swan oder so ähnlich hieß. Sie hatte es schon wieder vergessen. Eine Gabel auf einem Teller. Ob die Göttin dem Mann sagen wollte, daß er zu Abend essen würde? Unmöglich! Ein winziger Blutstropfen schien aus dem Knochen zu sickern. »Ein Teller, der mit Gewalt erworben wird«, verkündete sie dem Spender des Opfers. »Falls die Göttin eine zweite Botschaft für Euch hat, dann bin ich zu unwissend, um sie zu erkennen.«

Maytera Marble flüsterte: »Der nächste Spender ist mein Sohn, Bloody.«

Wer war Bloody? Maytera Mint dachte, daß sie den Namen eigentlich hätte kennen müssen. »Der Teller wird in Verbindung mit dem nächsten Spender erworben werden«, erklärte sie dem Mann, der ihr die Tauben gebracht hatte. »Ich hoffe, die Göttin will uns damit nicht sagen, daß Ihr ihm den Gegenstand wegnehmt.«

Maytera Marble zischte: »Er hat unser Manteion gekauft, Schwester.«

Maytera Mint nickte, ohne die Worte zu verstehen. Ihr war heiß, ihr war übel, sie litt unter dem sengend heißen Sonnenlicht und unter der Hitze, die vom großen Altarfeuer ausstrahlte, und der Dampf des verbrennenden Blutes hatte sie beinahe vergiftet. Sie bückte sich und untersuchte das linke Schulterblatt der Taube.

Miteinander verbundene Ringe, doch die Kette war gebrochen.

»Viele, die in unserer Stadt in Ketten liegen, sollen befreit werden«, verkündete sie. Dann warf sie die Taube ins Heilige Feuer. Sie erschrak, als ein kleines Mädchen kam und frisches Zedernholz nachlegte. Eine alte Frau war überglücklich, als Maytera Mint ihr die zweite Taube überreichte.

Der nächste Spender war ein beleibter, fast sechzigjähriger Mann. Mit ihm kam ein jüngerer, gutaussehender Bursche, der dem älteren kaum bis an die Schulter reichte. Der Jüngere trug einen Käfig mit zwei weißen Kaninchen. »Für Maytera Rose«, sagte der ältere Mann. »Kypris ist die Göttin der Liebe, nicht wahr?« Er wischte sich mit einem Taschentuch den Schweiß von der Stirn, und sein schwerer Körpergeruch breitete sich aus.

»Ja, sie ist die Göttin der Liebe.«

Der jüngere Mann grinste schief und schob Maytera Mint den Käfig hinüber.

»Nun ja, Rosen sind ja die Blumen der Liebenden«, sagte der ältere Mann. »Dann sollte das hier in Ordnung gehen.«

Maytera Marble schniefte. »Gefangene Opfer sind nicht akzeptabel. Bloody, laß ihn den Käfig öffnen und mir eins der beiden Kaninchen geben.«

Der ältere Mann schien zu erschrecken.

Maytera Marble hob das Kaninchen hoch und zog den Kopf des Tiers zurück, um die Kehle freizulegen. Falls es überhaupt Regeln für Kaninchen gab, dann hatte Maytera Mint sie vergessen. »Wir werden es mit ihnen halten wie mit den Tauben«, erklärte sie so energisch wie möglich.

Der ältere Mann nickte.

Schau an, dachte sie. Die tun alles, was ich von ihnen verlange. Sie akzeptieren alles, was ich sage! Sie schnitt dem ersten Kaninchen den Kopf ab, warf ihn ins Feuer und öffnete den Bauch.

Die Eingeweide schienen im heißen Sonnenlicht dahinzuschmelzen. Sie sah eine Reihe verwahrloster Männer mit Musketen, Schwertern und selbstgemachten Piken. Sie hörte in der Ferne ein Maschinengewehr feuern.

Sie stieg wieder die Treppe hinauf und überlegte, wie sie am besten mitteilen konnte, was sie gelesen hatte. »Die Botschaft ist sehr deutlich. Außergewöhnlich deutlich. Ungewöhnlich deutlich.«

Die Menschen in der Menge murmelten.

»Wir ... meist finden wir unterschiedliche Botschaften für den Spender und den Auguren und für die Versammlung und die Stadt, auch wenn manche Dinge einander entsprechen. Bei diesem Opfer hier fällt alles in einem Punkt zusammen.«

Der Spender rief: »Steht dort, welche Belohnung ich vom Ayuntamiento bekommen werde?«

»Den Tod.« Sie starrte ihm ins gerötete Gesicht und wunderte sich, daß sie kein Bedauern empfand. »Ihr werdet bald sterben, oder wenigstens derjenige, der das Opfer brachte, wird sterben. Vielleicht ist auch Euer Sohn gemeint.«

Sie hob die Stimme und lauschte dem Maschinengewehr. Sie fand es seltsam, daß niemand sonst es vernahm. »Der Spender dieser beiden Kaninchen hat mich daran erinnert, daß die Rose, die Namensblume unserer verstorbenen Schwester, in der Sprache der Blumen für die Liebe steht. Er hat recht damit, und die Schöne Kypris, die so freundlich zu uns Menschen hier in der Sun Street war, ist diejenige, die diese Sprache erfunden hat. Es ist die Sprache, in welcher Liebende sich mit Blumengebinden mitteilen. Meine eigene Namensblume, die Minze, steht für die Tugend. Ich habe mir immer vorgestellt, daß mein Name mich besonders stark verpflichtet, den Anforderungen gerecht zu werden, die an eine heilige Sibylle gestellt werden. Ich dachte zuerst nur an Barmherzigkeit, an Demut und … und so weiter. Aber *Tugend* ist ein altes Wort, das in den Chrasmologischen Schriften vor allem mit Stärke und Mut im Kampf für eine gerechte Sache in Verbindung gebracht wird.«

Die Menschen standen andächtig schweigend vor ihr. Sie lauschte noch einmal, aber das Maschinengewehr feuerte nicht mehr, falls es überhaupt jemals gefeuert hatte.

»Ich besitze diese Eigenschaften nicht gerade in hohem Maße, aber ich will im Kampf, der uns bevorsteht, alles tun, was in meinen Kräften steht.« Sie blickte wieder zum Spender und wollte ihm eigentlich etwas über Mut im Angesicht des Todes sagen, doch er war zusammen mit seinem Sohn schon wieder in der Menge verschwunden.

»Für uns alle«, rief sie, »der Sieg!« Was war das für eine silberhelle Stimme, die sich über das Murmeln der Menge erhob? »Wir müssen für die Göttin kämpfen! Mit Ihrer Hilfe werden wir siegen!«

Wie viele Opfer waren es noch? Sechzig oder mehr? Maytera Mint fühlte sich, als hätte sie nicht einmal mehr genug Kraft für ein einziges weiteres Opfer.

»Aber ich habe schon zu lange die Tiere geopfert. Ich bin jünger als meine liebe Schwester hier, und ich habe nur die Leitung übernommen, weil sie es wünschte.« Sie gab Maytera Marble das Opfermesser und nahm ihr das zweite Kaninchen ab, bevor sie Einwände erheben konnte.

Ein schwarzes Lamm für Hierax kam nach den Kaninchen an die Reihe. Maytera Mint war ungeheuer erleichtert, als sie sah, wie Maytera Marble es annahm und vor dem unbeeindruckt grau schimmernden Heiligen Fenster opferte. Sie selbst klagte und tanzte, wie sie es so oft für Patera Pike und Patera Silk getan hatte. Sie fing das Blut des Lamms auf und spritzte es auf den Altar, und Maytera Marble warf den Kopf des Tiers ins Feuer. Jetzt achteten alle auf Maytera Marble, und niemand achtete mehr auf sie.

Nacheinander wurden die zierlichen Hufe des Lamms den Göttern dargeboten. Ein rascher Streich mit dem Opfermesser, und der Bauch war geöffnet. Maytera Marble flüsterte: »Schwester, kommt her.«

Erschrocken trat Maytera Mint einen Schritt näher; Maytera Marble, die ihre Verwirrung bemerkte, krümmte einen ihrer neuen Finger. »Bitte!«

Maytera Mint beugte sich neben ihr über den Kadaver, und Maytera Marble murmelte: »Das hier müßt Ihr für mich lesen, Schwester.«

Maytera Mint starrte verständnislos das Metallgesicht der älteren Sibylle an.

»Ich meine es ernst. Ich weiß, was mit der Leber ist, und ich weiß, was Tumoren bedeuten. Aber Bilder konnte ich noch nie in Eingeweiden sehen.«

Maytera Mint schloß die Augen und schüttelte den Kopf.

»Ihr müßt!«

»Maytera, es tut mir wirklich leid.«

Nicht mehr so weit entfernt wie beim ersten Mal

begann das Maschinengewehr wieder zu knattern. Darauf folgte das dumpfe Knallen von Musketen.

Maytera Mint richtete sich auf. Jetzt hatten anscheinend auch Schaulustige am Rande der Menschenmenge die Schüsse gehört.

»Freunde! Ich weiß nicht, wer dort kämpft. Aber es scheint mir, als …«

Ein pummeliger junger Mann in schwarzer Kleidung drängte sich durch die Menge. Er hatte es so eilig, daß er mehrere Menschen beinahe umwarf. Als sie ihn sah, erkannte sie mit ungeheurer Erleichterung, daß sie die Verantwortung an jemand anders abgeben konnte. »Freunde, weder meine liebe Schwester noch ich werden für Euch in diesem schönen Lamm lesen. Es ist nicht mehr nötig, daß wir Sibyllen für Euch die Opfer leiten. Soeben ist Patera Gulo zurückgekehrt!«

Er stand neben ihr, noch bevor sie das letzte Wort gesprochen hatte, zerzaust und schwitzend in seiner wollenen Robe, aber mit triumphierendem Strahlen. »Ihr alle hier und die ganze Stadt, Ihr sollt einen richtigen Auguren bekommen, der die Opfer leitet. Jawohl! Aber nicht ich werde dieser Augur sein. Patera Silk ist wieder da!«

Die Leute jubelten und brüllten, bis Maytera Mint sich die Ohren zuhalten mußte.

Gulo gebot der Menge mit erhobenen Armen Schweigen. »Maytera, ich habe Euch nichts gesagt, weil ich Euch nicht hineinziehen und nicht beunruhigen wollte. Aber ich habe den größten Teil der Nacht damit verbracht, etwas auf Wände zu schreiben. Und ich habe mit – mit vielen Leuten gesprochen. Mit jedem, der mir zuhören wollte, und ich habe sie gebeten, das gleiche zu tun. Ich habe mir eine Schachtel Kreide aus der Palaestra mitgenommen. Silk muß Caldé werden! *Silk muß Caldé werden! Da kommt er!*«

Hüte und Halstücher wurden in die Luft geworfen. »SILK MUSS CALDÉ WERDEN!«

Dann sah sie ihn. Kopf und Schultern überragten den Geschützturm eines grünen Schwebers der Zivilgarde. Er winkte, während der Schweber, wie es alle Schweber taten, Staubwolken aufwirbelte – doch der Lärm der Menschen war so groß, daß sich das Fahrzeug in gespenstischer Stille zu bewegen schien.

»Ich bin gekommen!« dröhnte der Talus noch einmal. *»Ich stehe in Scyllas Diensten! Ich diene der mächtigsten aller Göttinnen! Laßt mich passieren! Oder sterbt!«* Die beiden Maschinengewehre feuerten gleichzeitig, und die Querschläger sausten mit schrillem Kreischen durch den Gang.

Auk, der Chenille flach auf den Rücken des Talus gezogen hatte, als die ersten Schüsse fielen, hielt sie verzweifelt fest. Nach etwa einer halben Minute hörte das rechte Maschinengewehr zu feuern auf, dann auch das linke. Er konnte keine Schüsse der Gegner mehr hören.

Er richtete sich vorsichtig auf und lugte über die breite Schulter des Talus hinweg. So weit er sehen konnte, lagen Chemische auf dem Boden des von kriechenden Lichtern erhellten Gangs. Einige der Toten brannten. »Soldaten«, berichtete er.

»Männer kämpfen«, ergänzte Oreb. Er flatterte unbehaglich mit dem verletzten Flügel. »Eisenmänner.«

»Das Ayuntamiento«, Incus räusperte sich, »muß die Armee gerufen haben.« Der Talus rollte weiter, bevor er fortfahren konnte. Ein Soldat schrie auf, als der Talus ihn unter den Laufbändern zerquetschte.

Auk setzte sich zwischen Incus und Chenille. »Ich glaube, es ist Zeit, daß wir zwei uns mal unterhalten, Patera. Ich konnte nichts sagen, solange die Göttin noch in der Nähe war.«

Incus erwiderte seinen Blick, ohne das Wort zu ergreifen.

»Ich bin ziemlich grob mit Euch umgesprungen, und das mache ich normalerweise nicht mit einem Auguren. Aber Ihr habt mich wütend gemacht, und ich bin nun einmal, wie ich bin.«

»Guter Auk!« bekräftigte Oreb.

Er lächelte bitter. »Manchmal. Jedenfalls wollte ich sagen, Patera, daß ich nicht in die Verlegenheit kommen möchte, Euch von diesem breiten Arsch runterzuschmeißen. Ich möchte Euch nicht in diesen Gängen zurücklassen müssen. Aber wenn nötig, würde ich es tun. Ihr habt vorhin gesagt, Ihr wärt zum See gekommen, um Chenille zu suchen. Wenn Ihr von Ihr wußtet, dann müßt Ihr doch auch etwas über mich und Silk erfahren haben, oder?«

Incus schien zu explodieren. »Wie könnt Ihr hier herumsitzen und über *nichts* reden, während da unten Männer im Sterben liegen!«

»Bevor ich Euch gefragt habe, wart Ihr, wie es schien, ziemlich gelassen.«

Dace, der alte Fischer, kicherte.

»Ich habe für sie *gebetet*.«

Auk stand wieder auf. »Dann werdet Ihr sicher gern hinunterspringen und ihnen die Vergebung des Pas übermitteln.«

Incus blinzelte unsicher.

»Und wenn Ihr schon einmal mit Nachdenken angefangen habt, dann könnt Ihr mir vielleicht auch gleich erklären, was Euer Jefe mit Chenille anfangen wollte.« Er runzelte übertrieben böse die Stirn und spürte, wie er dabei tatsächlich wütend wurde.

Der Talus feuerte erneut. Es war ein dröhnender Schuß aus einer großen Kanone, die Auk bisher noch nicht bemerkt hatte. Der Widerhall des explodierenden Geschosses kam sofort nach dem Schuß.

»Ihr habt *recht*.« Incus stand auf. Mit zitternder

Hand riß er eine klappernde Gebetskette aus schwarzem Gagat aus einer Tasche seiner Robe. »Ihr habt recht, weil Hierax Euch *gedrängt* hat, *mich* an meine Pflichten zu erinnern. Ich … ich *gehe* jetzt.«

Irgend etwas prallte vom Ohr des Talus ab und fuhr, wie ein klagender Geist heulend, durch den Tunnel. Oreb, der auf dem Helm des Talus gesessen hatte, um den Kampf zu beobachten, ließ sich mit erschrecktem Quaken in Auks Schoß nieder. »Böser Kampf!«

Auk ignorierte den Vogel und beobachtete Incus, der mit Daces Hilfe an der Seite des Talus herunterkletterte. Hinter dem Talus erstreckte sich der Tunnel endlos weit, eine schmaler werdende Röhre aus grünen Punkten, die wie kleine Feuer die Dunkelheit durchbrachen.

Als Auk sah, wie Incus neben einem gefallenen Soldaten niederkauerte, spuckte Auk aus. »Wenn ich es nicht mit eigenen Augen gesehen hätte … ich hätte nicht geglaubt, daß er den Mumm dazu hat.« Eine Salve prallte vom Talus ab wie Regentropfen, und Daces Antwort ging im Lärm unter.

Der Talus röhrte, und eine blaue, aus seinem Mund spuckende Flamme erhellte den Tunnel wie ein Blitz. Gleichzeitig begannen wieder die Maschinengewehre zu hämmern. Dann drehte sich der gewaltige Kopf herum, und ein Auge sandte einen dünnen Lichtfaden aus, der Incus' schwarze Robe erfaßte. *»Kehr zu mir zurück!«*

Immer noch über den Soldaten gebeugt, antwortete Incus, doch Auk konnte die Worte nicht verstehen. Der ewig neugierige Oreb flatterte durch den Tunnel zu Incus. Der Talus blieb stehen und rollte rückwärts. Einer seiner ausfahrbaren Arme langte nach Incus.

Dieses Mal war Incus' Stimme deutlich zu hören. »*Ich* werde mitkommen, wenn du *ihn* hier ebenfalls mitnimmst.«

Es gab eine Pause. Auk drehte sich um und beobachtete die metallene Maske, das Gesicht des Talus.

»*Kann er sprechen.*«

»Ich hoffe, daß er es *bald* können wird. Ich versuche gerade, ihn zu *reparieren.*«

Die gewaltige Hand senkte sich, und Incus machte Platz. Oreb hüpfte munter auf den Rücken des Talus zurück. »Lebt noch!«

Dace grunzte zweifelnd.

Die Hand klappte nach unten. Oreb flatterte auf Auks Schulter. »Vogel daheim!«

Mit grotesker Zärtlichkeit wurde der Soldat von Fingern, die so dick waren wie seine Schenkel, zwischen die gebogenen Griffe gesetzt.

»Lebt noch?« erkundigte Oreb sich neugierig.

Es sah nicht danach aus. Arme und Beine, die aus lackiertem Metall bestanden, waren zerkratzt und hatten jeden Glanz verloren. Die Glieder bewegten sich nicht und waren in unnatürlich aussehenden Winkeln abgeknickt. Das Metallgesicht, das eigentlich Mut ausstrahlen sollte, zeigte die Trostlosigkeit, die allen zerstörten Dingen zu eigen ist. Als Oreb ihn mit einem glänzenden, schwarzen Auge scharf ansah, konnte Auk nur die Achseln zucken.

Der Talus rollte weiter, als Incus heraufstieg. »Ich werde ihn … er ist nicht *tot*«, sagte der kleine Augur keuchend. »Nicht völlig.«

Auk gab ihm die Hand und zog ihn herauf.

»Ich habe … habe nämlich gerade die *Liturgie* rezitiert. Und ich habe gesehen – die Götter erweisen uns manchmal eine große Gnade! Ich habe in seine *Wunde* gesehen, wo die Brustplatte aufgesprungen ist. Ihr müßt wissen, daß wir auf der Schola lernen, Heilige Fenster zu reparieren.«

Vorsichtig, um nicht vom Talus herunterzufallen, kroch er zu dem Soldaten, der reglos auf dem Rücken lag. Er deutete auf den Verletzten. »Ich war ziemlich gut darin. Und ... und ich hatte inzwischen mehrmals Gelegenheit, Chemischen zu *helfen*. Sterbenden Chemischen, meine ich.«

Er nahm das Gammadion vom Hals und hielt es Auk hin, damit dieser es ansehen konnte. »Das hier ist Pas' verlassenes Kreuz. Ihr habt es bestimmt schon oft gesehen. Aber man kann die Winkel voneinander lösen und mit den Einzelteilen einen Chemischen öffnen. Paßt auf.«

Er entfernte mit geübten Bewegungen die aufgeplatzte Brustplatte. Fast im Zentrum war ein ausgefranstes Loch zu sehen, durch das er den Zeigefinger steckte. »Hier hat ihn die Kugel getroffen.«

Auk beäugte die vielfältigen Mechanismen, die hinter der Platte verborgen gewesen waren. »Ich sehe dort kleine Lichtfunken.«

»Natürlich seht Ihr sie!« sagte Incus triumphierend. »Was Ihr da seht, ist das, was *ich* unter der Platte gesehen habe, als ich ihm die Vergebung des Pas brachte. Sein Primärkabel wurde durchtrennt, und das dort sind die Enden der Leitungen. Das ist genau das gleiche, als wäre Euch die Wirbelsäule durchtrennt worden.«

Dace fragte: »Könnt Ihr sie denn flicken?«

»Allerdings!« Incus strahlte begeistert. »Dank der Gnade des Pas! Denn er sorgt für uns, für seine angenommenen Kinder, indem hier auf dem Rücken des tapferen Talus ein Mann sitzt, der dem Soldaten tatsächlich seine Gesundheit und seine Kraft *zurückgeben* kann.«

»Damit er uns umbringt?« fragte Auk trocken.

Incus zögerte. Er blickte besorgt drein und hob die Hand. Der Talus fuhr inzwischen langsamer, so daß sie den Fahrtwind, der ihnen vor der Schießerei scharf um die Ohren gepfiffen hatte, nur noch als leichten Lufthauch spürten. Chenille (die flach auf der geneigten Rückenplatte des Talus gelegen hatte) setzte sich auf und bedeckte die nackten Brüste mit den Unterarmen.

»Also, nun denn«, sagte Incus schließlich. Er zog ein winziges schwarzes Gerät, das aussah wie eine sehr kleine Zange oder eine große Pinzette, aus einer Tasche seiner Robe. »Das hier ist ein Optiksynapter, ein *äußerst* wertvolles Werkzeug. Damit ... Nun, seht einfach her.«

Er deutete in die Brusthöhle des Soldaten. »Der schwarze Zylinder hier ist der Triplex, das ist der Teil, der Eurem Herzen entspricht. Er läuft jetzt im Leerlauf, aber normalerweise drückt er die Hydraulikflüssigkeit in die Glieder, damit sich der Soldat bewegen kann. Das Hauptkabel läuft zu dieser Mikrobank – dieses große silberne Ding hier unter dem Triplex –, wo die Instruktionen aus dem Postprozessor umgesetzt werden.«

Chenille fragte: »Könnt Ihr ihn denn wirklich wieder zum Leben erwecken?«

Incus sah sie erschrocken an. »Wenn er *tot* wäre, dann könnte ich das natürlich nicht, Erhabenste Scylla ...«

»Ich bin nicht sie. Ich bin ich.« Einen Moment lang sah es so aus, als müßte sie gleich wieder weinen. »Ich bin einfach ich. Ihr kennt mich noch nicht, Patera, und ich kenne Euch nicht.«

»Ich kenne dich auch nicht«, sagte Auk. »Erinnerst du dich? Ich will dich aber irgendwann mal kennenlernen. Wie wär's mit jetzt gleich?«

Sie schluckte und schwieg.

»Braves Mädchen!« erläuterte Oreb. Weder Incus noch Dace wagten es, etwas zu sagen, und das Schweigen wurde etwas bedrückend.

Mit einem Arm seines Gammadions entfernte Incus die Schädelplatte des Soldaten. Nach einer Untersuchung, die nach Auks Gefühl mindestens eine halbe Stunde gedauert hatte, schob Incus einen Winkel des Kreuzes zwischen zwei dünne Drähte.

Und der Soldat sprach: »K-vierunddreißig, zwölf. A-vierunddreißig, siebenundneunzig. B-vierunddreißig …«

Incus zog den Winkel heraus und erklärte Dace, was er getan hatte. »Er hat sich selbst *gescannt*, versteht Ihr? Das ist ungefähr so, als würdet Ihr zum Arzt gehen. Der Arzt hört Eure Brust ab und sagt Euch, daß Ihr husten sollt.«

Dace schüttelte den Kopf. »Wenn Ihr den Soldaten wieder zusammenflickt, wird er uns einfach umbringen, wie der große Kerl hier ganz richtig gesagt hat. Ich finde, wir sollten ihn lieber runterwerfen.«

»Nein, das wird er *nicht* tun.« Incus beugte sich wieder über den Soldaten.

Chenille gab Dace die Hand. »Es tut mir leid, daß Ihr Euer Boot verloren habt, Kapitän. Und es tut mir leid, daß ich Euch geschlagen habe. Können wir trotzdem Freunde sein? Mein Name ist Chenille.«

Dace nahm ihre Hand in die große, gichtige Pranke. Dann ließ er sie los und zupfte am Schirm seiner Mütze. »Dace, Ma'am. Ich habe Euch nichts vorzuwerfen, Ma'am.«

»Danke, Kapitän. Patera, mein Name ist Chenille.«

Incus blickte vom Soldaten auf. »Ihr habt mich gefragt, ob ich ihm das *Leben* zurückgeben könnte, meine Tochter. Aber er ist nicht tot; er kann lediglich die Körperteile nicht bewegen, die mit Hydraulikflüssigkeit versorgt werden müssen. Er kann den Kopf, die Arme und die Beine nicht bewegen. Er kann aber *sprechen*, wie Ihr gehört habt. Er tut es jedoch nicht, weil er einen *Schock* erlitten hat. Das ist jedenfalls meine Meinung als *Experte*. Das Problem ist, all die durchtrennten Leitungen wieder zu verbinden. Sonst bewegt er am Ende noch die *Arme*, wenn er *laufen* will.« Er kicherte.

»Aber ich finde wirklich …«, setzte Dace noch einmal an.

»Und *außerdem* werde ich ihn mir *gefügig* machen. Damit wir in Sicherheit sind. Es ist nicht *legal*, aber wenn wir tun sollen, was Scylla uns befohlen hat …« Er beugte sich wieder über den reglosen Soldaten.

Chenille sagte: »Hallo, Oreb.«

Oreb hüpfte von Auks Schulter auf ihre Schulter hinüber. »Nicht weinen?«

»Ich muß nicht mehr weinen.« Sie zögerte, nagte an der Unterlippe. »Die anderen Mädchen erzählen mir immer, wie stark ich sei, weil ich so groß bin. Ich glaube, ich sollte mich allmählich bemühen, meinem Ruf gerecht zu werden.«

Incus blickte wieder auf. »Soll ich Euch vielleicht meine *Robe* leihen, meine Tochter?«

Sie schüttelte den Kopf. »Es tut weh, wenn etwas meine Haut berührt. Rücken und Schultern sind am schlimmsten. Es ist oft vorgekommen, daß Männer mich nackt gesehen haben. Normalerweise hatte ich da aber vorher ein paar getrunken oder eine Prise Rost genommen. Rost macht es mir leichter.« Sie wandte sich an Auk. »Ich heiße Chenille, Bursche. Ich bin eins von Orchids Mädchen.«

Auk nickte. Er wußte nicht recht, was er antworten sollte. Schließlich sagte er: »Ich bin Auk. Sehr erfreut, Chenille.«

Das war das letzte, an das Auk sich erinnern konnte. Er lag mit dem Gesicht nach unten auf kaltem, feuchtem Stein. Er hatte starke Schmerzen, und irgendwo entfernten sich Schritte, bis sie nicht mehr zu hören waren. Er drehte sich auf den Rücken und setzte sich auf. Dabei bemerkte er, daß ihm Blut aus der Nase rann und auf das Kinn tröpfelte.

»Hier, Kämpfer.« Er kannte die Stimme nicht. Sie klang metallisch und hatte keine Resonanz. »Nehmt das hier.«

Ihm wurde ein Stück weißes Tuch in die Hand gedrückt, das er sich sofort unter die Nase hielt. »Danke.«

In einiger Entfernung rief eine Frau: »Bist du das?«

»Jugs?«

Links von ihm war der Tunnel stockdunkel, ein rechteckiges schwarzes Loch, in dem in weiter Ferne ein grüner Funke schimmerte. Rechts brannte etwas – ein Schuppen oder ein großer Wagen, soweit er sehen konnte.

Die unbekannte Stimme fragte: »Könnt Ihr aufstehen, Kämpfer?«

Auk, der sich immer noch das Tuch ins Gesicht preßte, schüttelte den Kopf.

In der Nähe des brennenden Gebäudes, oder was es auch war, bewegte sich jemand: eine kleine, stämmige Gestalt, die einen Arm in einer Schlinge trug. Dann bemerkte er Männer mit dunkler und seltsam scheckiger Haut ... Auk blinzelte und sah genauer hin.

Es waren Soldaten in Kampfanzügen. Chemische, wie er sie manchmal bei Aufmärschen gesehen hatte. Sie lagen wie tot auf dem Boden, neben sich die Waffen, gespenstisch beleuchtet von den flackernden Flammen.

Eine kleine, schwarz gekleidete Gestalt löste sich aus dem Durcheinander und grinste ihn breit an. »Ich hatte Euch schon den Göttern überantwortet, mein Sohn. Aber wie ich sehe, haben sie Euch zurückgeschickt.«

Durch das Tuch quetschte Auk hervor: »Ich kann mich an überhaupt nichts erinnern.« Dann fiel ihm ein, daß Scylla ihn fast zwei Tage lang begleitet hatte und daß sie überhaupt nicht so war, wie er sie sich vorgestellt hatte. Er riskierte es, das Tuch wegzunehmen. »Kommt her, Patera. Setzt Euch. Ich muß mit Euch reden.«

»Gern. Ich muß übrigens auch mit *Euch* reden.« Der kleine Augur ließ sich auf dem nackten Schiffsstein, der den Fußboden bildete, nieder. Auk sah die weißen, viel zu großen Zähne blitzen.

»War es wirklich Scylla?«

»Das solltet Ihr eigentlich besser wissen als ich, mein Sohn.«

Auk nickte langsam. Der Kopf tat ihm weh, und die Schmerzen erschwerten das Nachdenken. »Ja, aber ich bin eben nicht sicher. War sie es, oder war es nur ein Teufel, der sich verstellt hat?«

Incus zögerte. Das Grinsen wurde breiter, und immer mehr Zähne waren zu sehen. »Das ist *wirklich* schwer zu erklären.«

»Ich habe Zeit.« Auk tastete im Hosenbund nach dem Nadler. Er war noch da.

»Mein Sohn, wenn ein Teufel eine Göttin nachahmt, dann *wird* er in gewisser Weise zu dieser Göttin.«

Auk hob eine Augenbraue.

»Oder zu einem Gott. Zu Pas, oder sagen wir, zu Hierax. Er wäre ständig in Gefahr, mit dem Gott selbst zu verschmelzen. Das lehrt jedenfalls die Wissenschaft der *Theodämonie*.«

»Alles klar.« Das Messer steckte noch im Stiefel, der Hirschfänger hing an seiner Hüfte.

»Das sind die *Tatsachen*, mein Sohn.« Incus räusperte sich wichtigtuerisch. »Soll heißen, das sind die Tatsachen, soweit wir sie mit rein menschlichen Worten überhaupt zum *Ausdruck* bringen können. Es gilt als *sicher*, daß die Teufel es aus ebendiesem Grund nicht oft wagen, einen Gott zu imitieren, während die unsterblichen Götter sich mit Sicherheit *niemals* herablassen, einen Teufel nachzumachen.«

Der Mann mit dem verletzten Arm umrundete das Feuer. Auk wechselte das Thema und fragte: »Das ist unser Talus, nicht wahr? Haben die Soldaten ihn erwischt?«

Die unbekannte Stimme sagte: »Genau. Wir haben ihn erledigt.«

Auk drehte sich um. Hinter ihm hockte ein Soldat. »Mein Name ist Auk.« Chenille hatte er sich mit den gleichen Worten vorgestellt. Es fiel ihm jetzt wieder ein; er hatte es getan, bevor er bewußtlos geworden war. Er gab dem Soldaten die Hand.

»Corporal Hammerstone, Auk.« Der Soldat hörte gerade rechtzeitig zu drücken auf, bevor er Auk die Knochen brach.

»Sehr erfreut.« Auk versuchte aufzustehen. Er wäre gestürzt, wenn Hammerstone ihn nicht aufgefangen hätte. »Ich glaube, ich bin noch nicht ganz der alte.«

»Ich bin auch etwas wacklig auf den Beinen, Kämpfer.«

»Dace und diese junge Frau setzten mir zu, daß Corporal Hammerstone Euch tragen müßte, mein Sohn. Ich habe mich um *seinetwillen* dagegen gesträubt. Er würde es natürlich *gern* tun, wenn ich ihn bitten würde. Er und ich, wir sind die *allerbesten Freunde.*«

»Mehr als Freunde«, ergänzte Hammerstone. Seine Stimme klang völlig humorlos. »Mehr als Brüder.«

»Er würde einfach *alles* für mich tun. Ich bin in Versuchung, es Euch zu demonstrieren, Auk, doch ich muß mich zurückhalten. Es ist mir lieber, Ihr denkt eine Weile darüber nach, immer unter dem Eindruck eines gewissen *Zweifels.* Vielleicht necke ich Euch ja auch nur, vielleicht übertreibe ich. Was denkt Ihr?«

Auk schüttelte den Kopf. »Es spielt keine Rolle, was ich denke.«

»Genau. Weil Ihr *gedacht* habt, Ihr könntet mich von diesem dreckigen kleinen Boot werfen, ohne dafür *bestraft* zu werden. Ihr dachtet, ich würde *ertrinken,* und dann wärt Ihr mich los. Aber *jetzt* sehen wir, nicht wahr, wie sehr Ihr Euch *geirrt* habt. Ihr habt es Euch selbst zuzuschreiben, daß Eure Meinung jetzt überhaupt nicht mehr gefragt ist.«

Chenille kam aus der Dunkelheit heran. Sie hatte

eine lange Waffe mit einem zylindrischen Magazin in der Hand. »Kannst du jetzt laufen, Hackum? Wir haben auf dich gewartet.«

Oreb, der auf dem Lauf der Waffe saß, fügte hinzu: »Alles klar?«

»Es wird schon wieder«, erklärte Auk. »Was hast du da?«

»Einen Raketenwerfer.« Chenille setzte die Waffe auf den Boden. »Damit haben sie unseren Talus erledigt; jedenfalls glauben wir das. Stony hat mir gezeigt, wie man damit schießt. Ansehen erlaubt, anfassen verboten.«

Die Schmerzen hinderten Auk daran, den Scherz voll und ganz zu würdigen, aber er sagte: »Erst zahlen, was?«

Sie grinste listig, und er fühlte sich sofort viel besser. »Vielleicht nicht einmal dann. Patera, hört zu. Ihr auch, Stony. Kann ich Euch jetzt mal sagen, was ich mir denke?«

»Kluges Mädchen!« versicherte Oreb ihnen.

Incus nickte. Auk zuckte die Achseln und sagte: »Ich muß sowieso noch eine Weile sitzen bleiben. Komm her, Vogel.«

Oreb hüpfte auf seine Schulter. »Übles Loch!«

Chenille nickte. »Er hat recht. Wir haben ziemlich komische Geräusche gehört, als ich dort hinten war, um eine Waffe zu suchen. Wahrscheinlich sind weiter vorn noch mehr Soldaten. In dieser Richtung sind mehr Lichter, das hilft uns vielleicht.«

»Nicht, wenn wir den Patrouillen aus dem Weg gehen wollen«, wandte Hammerstone ein.

»Richtig«, fuhr Chenille fort. »Aber Oreb hätte das gleiche über irgendeinen anderen Ort hier unten sagen können, und es hätte immer gestimmt. Auk, ich wollte dir noch sagen, daß ich früher mal einen zierlichen kleinen Dolch am Bein getragen habe. Er hatte eine Klinge, die ungefähr so lang war wie mein Fuß, und ich dachte, das wäre die richtige Größe. Ich meine, ein Messer oder ein Nadler oder was sonst, das muß doch passen wie ein Schuh, oder? Verstehst du, was ich meine?«

Er verstand es nicht, aber er nickte trotzdem.

»Erinnerst du dich noch daran, daß ich Scylla war?«

»Ich wüßte vor allen Dingen gern, ob du dich selbst daran erinnern kannst.«

»Ein wenig. Ich erinnere mich auch an Kypris; an die vielleicht sogar noch etwas besser. Das habt Ihr nicht gewußt, Patera, nicht wahr? Ich war Kypris. Ich habe beide Göttinnen verkörpert, aber innendrin war ich immer noch ich selbst. Ich glaube, so muß sich ein Esel fühlen, wenn jemand auf ihm reitet. Er ist immer noch der alte, und er heißt immer noch, wie er heißt; aber er ist genauso auch der Reiter, und er geht, wohin der Reiter ihn lenkt, und macht, was der Reiter von ihm will. Und wenn er nicht pariert, dann bekommt er Tritte, bis er pariert.«

Oreb legte mitfühlend den Kopf schief. »Armes Mädchen.«

»Und ziemlich schnell gibt der Esel auf. Wenn du ihn trittst, marschiert er los, wenn du die Zügel anziehst, hält er an. So oder so, es ist ihm irgendwann ziemlich egal. So ähnlich habe ich mich auch gefühlt. Ich wollte unbedingt Rost bekommen, und ich habe darüber nachgedacht, und dann war ich auf einmal unheimlich müde. Und plötzlich hatte ich das Gefühl, ich würde träumen. Ich war im Manteion in Limna, dann auf einem Altar in einer Höhle, und ich war unglaublich gut in Form. Aber ich kann mich an überhaupt nichts erinnern, oder wenn ich mich erinnere, dann fällt es mir nicht auf. Aber als ich zum Schrein hochgestiegen bin, diese hohen Klippen hinauf, da sind mir einige Sachen wieder eingefallen. Daß ich vorher Kypris war, meine ich.«

Incus seufzte. »*Scylla* hat das erwähnt, meine Tochter, daher wußte ich es schon. Daß Ihr Euren *Körper* mit der Göttin der *Liebe* geteilt habt! Wie ich Euch *beneide*! Es muß ein unvergleichliches *Erlebnis* gewesen sein!«

»Das war es wohl wirklich. Besonders schön war es aber nicht. Es hat überhaupt keinen Spaß gemacht. Aber je länger ich darüber nachdenke, desto klarer wird mir, daß es auf eine ganz andere Art und Weise trotzdem wundervoll war. Ich war ja nicht ganz genau die gleiche wie sonst. Ich glaube, als sie aus mir herausgingen, haben die Göttinnen ein paar Krümel von sich zurückgelassen, und vielleicht haben sie auch etwas von mir mitgenommen.«

Sie hob den Raketenwerfer und fuhr mit den Fingern über die Geschosse, die ein Stück aus dem Magazin herausragten. »Jedenfalls wollte ich sagen, daß ich, nachdem der Talus getroffen worden war, eingesehen habe, daß ich mich geirrt hatte, was das Passen der Dinge angeht. Ich meine damit jetzt den Dolch und die anderen Sachen. Man kann diese Dinge nicht mit Schuhen vergleichen. Je kleiner ein Mädchen ist, desto größer muß ihr Messer sein. Scylla hat mir diese Ideen zurückgelassen, glaube ich. Vielleicht auch nur die Fähigkeit, so etwas selbst zu erkennen.«

Sie überlegte kurz, dann fuhr sie fort.

»Jedenfalls hat Auk hier immer einen hübschen Nadler dabei, aber ich glaube, er braucht ihn kaum. Wenn ich leben würde, wie er lebt, und das werde ich vielleicht bald, dann würde ich ihn fast jeden Tag benutzen. Und dann habe ich diesen Raketenwerfer gefunden, und der ist sogar noch größer. Er war leergeschossen, aber ich habe einen zweiten gefunden, dessen Lauf plattgequetscht war, weil der Talus darübergefahren ist. Der zweite war noch geladen, und Stony hat mir gezeigt, wie man diese Waffen lädt und entlädt.«

Auk sagte: »Ich glaube, ich muß mir auch eine neue Waffe besorgen. Vielleicht eine Muskete. Wahrscheinlich liegen hier einige herum.«

Incus schüttelte den Kopf und tastete nach Auks Hosenbund. »Ihr solltet mir lieber erlauben, Euren Nadler an mich zu nehmen, mein Sohn.«

Und sofort wurden Auks Arme von hinten mit einem im wahrsten Sinne des Wortes stählernen Griff festgehalten.

Mit offensichtlichem Mißfallen hob Incus Auks Tunika vorne hoch und zog den Nadler aus dem Hosenbund. »Damit könntet Ihr Corporal Hammerstone nichts tun, aber mich könntet Ihr damit vermutlich *umbringen.*« Er lächelte Auk an und zeigte ihm die großen Zähne. »Oder *Euch selbst,* mein Sohn.«

»Nicht schießen«, murmelte Oreb. Es dauerte einen Augenblick, bis Auk auffiel, daß er Chenille meinte.

»Wenn Ihr ihn mit einer *Muskete* erwischt, Corporal, dann sollt Ihr sie ihm *sofort* abnehmen und zerstören. Das gilt für Musketen und alle anderen ähnlichen Waffen.«

»Ahoi, Leute, ahoi!« Der alte Fischer rief und winkte. Er hob sich als dunkle Silhouette vor dem brennenden Talus ab. *»Er sagt, er stirbt, und er will mit uns reden!«*

Silk richtete sich auf, bis er einigermaßen bequem auf dem Geschützturm sitzen konnte. Dann winkte er mit beiden Armen. Sein Gesicht war nach dem Unwetter mit Schlamm verschmiert, der jetzt rissig wurde und sich von der Haut löste. Die farbenfrohe Tunika, die Doktor Crane ihm in Limna gekauft hatte, war ebenfalls vom Schlamm verschmiert. Er fragte sich, wie viele der Menschen, die winkten und die jubelnd und rufend um den Schweber sprangen, ihn überhaupt erkannten.

SILK MUSS CALDÉ WERDEN!

SILK MUSS CALDÉ WERDEN!

Sollte wirklich wieder ein Caldé eingesetzt werden, und sollte er selbst Caldé werden? Seine Mutter hatte diesen Titel gelegentlich erwähnt. In ihrem Schrank hatte eine geschnitzte Büste des alten Caldé gestanden.

Er blickte die Sun Street hinauf und riß die Augen auf. Das dort war doch gewiß die silbergraue Fläche eines Heiligen Fensters, die im grellen Sonnenlicht kaum auszumachen war – ein Heiliges Fenster mitten auf der Straße.

Der Wind trug den vertrauten Geruch einer Opferung heran – Rauch von Zedernholz, brennendem Fett, brennendem Fell, brennenden Federn. Die Mischung war stärker als die Gerüche von heißem Metall, heißem Tran und Staub, die den Schweber einhüllten. Vor dem silbrig schimmernden Fenster rutschte ein schwarzer Ärmel an einem dünnen grauen Metallarm hinunter, und einen Augenblick später sah er Maytera Marbles glänzendes, geliebtes Gesicht unter einer winkenden Hand. Es schien zu schön, um wahr zu sein.

»Maytera!« Er konnte im Lärm, den die Menschenmenge machte, kaum die eigene Stimme vernehmen. Er brachte die Zuschauer mit einer großen Geste zum Schweigen, die Arme ausgestreckt, die Handflächen nach unten gedreht. *»Ruhe! Ruhe, bitte!«*

Der Lärm ließ nach und wich dem ängstlichen Blöken von Schafen und dem wütenden Zischen von Gänsen. Als die Menge sich vor dem Schweber teilte, konnte er die Tiere selbst erkennen.

»Maytera, macht Ihr wirklich eine Opferung im Freien?«

»Maytera Mint macht es. Ich assistiere nur.«

»Patera!« Gulo war wieder da. Er trottete neben dem Schweber her, die schwarze Robe grau vom

Straßenstaub. »Wir haben Dutzende Opfertiere, Patera! Dutzende!«

Sie würden abwechselnd opfern müssen, wenn sich die Zeremonie nicht bis zur Abblendung hinziehen sollte, und genau das hatte Gulo natürlich auch erkannt. So viele prächtige Opfertiere, vor einer so großen Versammlung auftreten! Aber er verlangte damit ja nicht mehr (wie Silk sich scharf ermahnte) als das, was ihm als Akoluth zustand. Außerdem konnte Gulo sofort beginnen, während er, Silk, sich erst noch waschen und umziehen mußte. »Halt«, sagte er zum Fahrer. »Bleibt hier stehen.« Der Schweber sank vor dem Altar auf den Boden.

Silk schwenkte die Beine vom Geschützturm herunter und sprang auf das Deck davor. Er wurde sofort mit einem stechenden Schmerz belohnt.

»Freunde!« Eine Stimme, die ihm irgendwie bekannt vorkam, schrill und doch mitreißend, hallte von den Mauern aller Gebäude in der Sun Street wider. »Hier kommt Patera Silk! Hier ist der Mann, dessen Ruhm Euch zum ärmsten Manteion der ganzen Stadt gelockt hat. Zum Fenster, durch das die Götter wieder auf Viron herabblicken!«

Die Menge brüllte begeistert.

»Hört ihn an! Erinnert Euch an Eure heiligen Pflichten und an die seinen!«

Silk, der die Sprecherin beim vierten Wort erkannt hatte, blinzelte, schüttelte den Kopf und sah wieder hin. Nun war es still, und er wußte nicht mehr, was er hatte sagen wollen.

Ein Hirsch, der sich unter den wartenden Opfertieren befand – sicherlich ein Opfer für Thelxiepeia, die Göttin der Weissagung –, schien ihn in die richtige Richtung zu weisen. Er tastete unwillkürlich nach der Kante des Altars, der noch in weiter Ferne war. »Zweifellos wollt Ihr den Göttern in diesen unruhigen Zeiten viele Fragen stellen. Gewiß gibt es auch viele Fragen, die ich selbst gern stellen würde. Vor allem aber möchte ich um die Gnade aller Götter bitten, ganz besonders um die Gunst der Stechenden Sphigx, auf deren Befehl Armeen marschieren und kämpfen. Zu ihr bete ich um Frieden. Aber bevor ich die Götter bitte, zu uns zu sprechen und uns Ihre Gunst zu erweisen, muß ich mich waschen und ordentliche Kleidung anziehen. Ich bin in einen Kampf geraten, wie Ihr seht – in einen Kampf, in dem gute und tapfere Männer gestorben sind. Und bevor ich in unser Pfarrhaus gehe, um mir das Gesicht und die Hände zu waschen und die Kleider hier in den Ofen zu werfen, muß ich Euch etwas berichten.«

Sie hörten mit großen Augen und offenem Mund zu.

»Ihr habt Euch sicher schon gefragt, warum ich in einem Schweber der Zivilgarde angefahren komme. Vielleicht haben einige unter Euch, als sie den Schweber sahen, sogar gedacht, die Zivilgarde hätte die Absicht, die Opferung zu verhindern. Ich weiß es, weil ich bemerkt habe, wie manche unter Euch die Waffen gezogen und sich nach Steinen umgesehen haben. Aber ich will Euch sagen, daß die Gardisten hier in Viron eine neue Regierung eingesetzt haben.«

Es gab Hochrufe und jubelnde Schreie.

»Oder, wie ich vielleicht besser hätte sagen sollen, man wird zu der alten Regierungsform zurückkehren. Sie wollen, daß wir wieder einen Caldé haben …«

»Silk ist Caldé!« rief jemand.

»Und wir wollen die Regeln wieder in Kraft setzen, die in unserer Charta festgelegt sind. Einige dieser tapferen, ergebenen Gardisten habe ich in Limna getroffen, und weil ich fürchtete, wir könnten von anderen Einheiten der Garde aufgehalten werden, schlug ich dummerweise vor, wir sollten so tun, als sei ich ihr Gefangener. Ihr wißt inzwischen, was die Folge dieses Einfalls war. Andere Gardisten haben uns angegriffen in der Absicht, mich zu retten.« Er hielt inne und holte Luft.

»Vergeßt das nicht. Denkt daran, daß nicht jeder Gardist, den Ihr seht, Euer Feind ist, und vergeßt nicht, daß selbst diejenigen, die sich uns widersetzen, Bürger unserer Stadt Viron sind.« Sein Blick wanderte wieder zu Maytera Marble. »Ich habe meinen Schlüsselbund verloren, Maytera. Ist das Gartentor offen? Ich müßte doch auf diesem Weg ins Pfarrhaus kommen können.«

Sie legte die Hände wie ein Trichter vor den Mund (die Hände sahen aus, als könnten sie einer biologischen Frau gehören) und rief: »Ich werde für Euch öffnen, Patera!«

»Patera Gulo, macht bitte mit dem Opfer weiter. Ich werde so bald wie möglich wieder da sein.«

Unbeholfen sprang Silk vom Schweber und versuchte, soviel Gewicht wie möglich auf das unverletzte linke Bein zu verlagern. Sofort war er von Menschen umringt, die ihm Glück wünschen wollten. Einige trugen die grünen Uniformen der Zivilgarde, einige gesprenkelte grüne Kampfanzüge, die meisten aber waren mit hellen Tuniken und wallenden Gewändern bekleidet, und nicht wenige trugen kaum mehr als Lumpen. Sie berührten ihn, wie sie das Bild einer Gottheit berührt hätten, sie platzten heraus und erklärten ihm hastig, daß sie auf ewig seine Schüler, seine Partisanenkämpfer und seine Jünger sein wollten. Sie schoben ihn weiter wie ein vom Regen angeschwollener Strom.

Dann spürte er die Gartenmauer gegen seinen Ellbogen drücken, und Maytera Marble, die schon am Tor stand, winkte ihm. Gardisten keilten mit den Kolben ihrer Musketen aus, um ihm einen Weg durch die Menge zu bahnen. Direkt neben seinem Ohr sagte eine Stimme: »Ich komme mit Euch, mein Caldé. Ihr braucht jetzt jemanden, der Euch Tag und Nacht beschützt.« Es war der Captain, mit dem er um vier Uhr am Morgen in Limna gefrühstückt hatte.

Das Gartentor fiel hinter ihm mit einem Knall zu, und Maytera Marble schloß von innen ab. »Warte hier«, befahl der Captain einem gepanzerten Gardisten. »Niemand darf hereinkommen.« Er wandte sich wieder an Silk und deutete zum Zönobium. »Ist das Euer Haus, mein Caldé?«

»Nein, mein Haus ist dort drüben. Das dreieckige Gebäude.« Etwas zu spät wurde ihm klar, daß man die dreieckige Form vom Garten aus gar nicht erkennen konnte. Der Captain mußte ihn für verrückt halten. »Das kleinere dort. Patera Gulo wird die Tür wohl nicht verschlossen haben. Potto hat meine Schlüssel.«

»Ratsherr Potto, mein Caldé?«

»Ja, Ratsherr Potto.« Als er den Namen aussprach, fielen ihm wieder die Schmerzen ein, die er am Vortag erlitten hatte. Pottos Faustschläge, die Elektroden, Sands schwarzer Kasten. Gewissenhafte Antworten, die ihm doch nur neue Schläge und weitere Folterungen mit den Elektroden an den Genitalien eingebracht hatten. Silk schob die Erinnerungen fort, als er über den Kiesweg humpelte. Der Captain ging hinter ihm, und hinter dem Offizier kamen fünf Soldaten. Sie passierten den sterbenden Feigenbaum, in dessen Schatten die Tiere, die für Orpines Geist geopfert worden waren, gewartet hatten. Dann kam der Laubengang, in dem er mit Kypris gesprochen und mit Maytera Marble geschwatzt hatte, dann ihr Garten und seine eigenen Brombeeren und die welkenden Tomatenpflanzen. Es ging viel zu schnell, als daß er sie als liebe, alte Freunde hätte innerlich begrüßen können.

»Laßt Eure Männer draußen warten, Captain. Sie können im Schatten des Baums neben dem Tor ausruhen, wenn sie wollen.« Ob auch sie dem Untergang geweiht waren? Vom Deck des Schwebers aus hatte er von Sphigx gesprochen. Die Kämpfer, die in Schlachten starben, wurden als Opfer für Sphigx angesehen, genau wie man sagte, daß jene, die vom Blitz erschlagen wurden, dem Gott Pas geopfert würden.

Die Küche war noch so, wie er sie verlassen hatte. Falls Gulo gegessen hatte, seit er im Pfarrhaus eingezogen war, dann hatte er nicht hier gegessen. Orebs Becher mit Wasser stand noch neben dem Ball, den er Horn abgenommen hatte, auf dem Küchentisch. »Wenn das nicht passiert wäre, hätten die großen Jungs gewonnen«, murmelte er.

»Ich bitte um Verzeihung, mein Caldé?«

»Hört nicht auf mich – ich habe nur mit mir selbst gesprochen.« Er schlug das Angebot des Captains, ihm zu helfen, aus und mühte sich mit der Handpumpe ab, bis er sich kaltes Wasser ins Gesicht und in das zerzauste hellblonde Haar spritzen konnte. Irgendwie, dachte er, roch er bestimmt noch nach den unterirdischen Gängen. Er mußte sich einseifen und abspülen, den Geruch herauswaschen und sich die Haare mit einem Tuch abtrocknen.

»Captain, vielleicht wollt Ihr Euch auch waschen. Bitte, tut Euch keinen Zwang an, während ich mich oben umziehe.«

Die Treppe war steiler, als er sie in Erinnerung hatte. Das Pfarrhaus, das ihm immer schon klein vorgekommen war, schien beengter denn je. Er setzte sich auf das Bett, das er am Morgen des Molpsday unordentlich zurückgelassen hatte, und schlug Doktor Cranes Verband auf das faltige Laken.

Er hatte der Menge gesagt, daß er seine Tunika und die lockere braune Hose verbrennen würde, aber so durchnäßt und verschmutzt sie auch waren, es waren fast neue Kleidungsstücke, und sie waren von ausgezeichneter Qualität. Wenn man sie wusch, konnten sie einen armen Mann ein Jahr oder länger kleiden. Er zog die Tunika aus und warf sie in den Wäschekorb.

Der Azoth, den er in Hyacinths Boudoir gestohlen hatte, steckte im Hosenbund. Er küßte ihn und ging mit ihm zum Fenster, um ihn noch einmal zu untersuchen. Nach dem, was Crane ihm gesagt hatte, war er niemals Hyacinths Eigentum gewesen; Crane hatte sie nur gebeten, die Waffe für ihn aufzubewahren, weil er glaubte, man würde eher seine als ihre Gemächer durchsuchen. Crane hatte den Azothen seinerseits von einem unbekannten Fürsten in Trivigaunte bekommen. Die Waffe war als Geschenk für Blood gedacht gewesen. Wenn dem so war, dann mußte er sie natürlich Blood übergeben. Er durfte Blood nichts mehr stehlen; er hatte sich am Phaesday schon viel zu weit in diese Richtung bewegt.

Andererseits, dachte Silk, wenn Crane ermächtigt worden war, die Waffe wegzugeben (so schien es in der Tat gewesen zu sein), dann gehörte sie jetzt ihm; denn Crane hatte sie ihm gegeben, als er im Sterben lag. Man konnte sie für Tausende Karten verkaufen und das Geld einem guten Zweck zuführen – aber nach kurzer ehrlicher Selbstprüfung wurde ihm klar, daß er die Waffe keinesfalls gegen Geld eintauschen würde, selbst wenn er das Recht dazu hätte.

Irgend jemand in der Menge vor der Gartenmauer hatte ihn am Fenster bemerkt. Die Menschen jubelten, stießen einander an und deuteten zu ihm herauf. Er wich zurück, schloß die Vorhänge und betrachtete noch einmal Hyacinths Azothen, einen Gegenstand von strenger Schönheit und eine Waffe, die eine ganze Kompanie der Zivilgarde aufwiegen konnte – die Waffe, mit der er den Talus in den unterirdischen Gängen getötet hatte, und die Waffe, mit der Hyacinth ihn bedroht hatte, als er sich nicht zu ihr hatte legen wollen.

Ob sie ihn wirklich so sehr begehrt hatte? Oder

hatte sie gehofft, er würde sie lieben, wenn sie sich ihm hingab, wie er gehofft hatte (er erkannte durchaus den wahren Kern in diesem Gedanken), ihre Liebe zu erwecken, indem er sich ihr verweigerte? Hyacinth war eine Prostituierte, eine Frau, die man für ein paar Karten für eine Nacht kaufen konnte – was bedeutete, daß der Preis für ihre Gunst beispielsweise die Zerstörung eines verwunschenen, heulenden Monitors in einem verborgenen Turm war. Er war ein Augur, ein Vertreter des höchsten und heiligsten Berufsstandes. So hatte man es ihn gelehrt.

Ein Augur, der bereit war, Karten zu stehlen wie jene, für die sie ihren Körper verkaufte. Ein Augur, der bereit war, nachts einen Mann zu bestehlen, dem er am Mittag bereits drei Karten abgeschwatzt hatte. Mit einer dieser Karten hatte er Oreb und einen Käfig gekauft. Ob er mit drei Karten hätte Hyacinth kaufen können? Um sie zu seinem eigenen alten, dreieckigen Käfig zu bringen, zum Pfarrhaus mit den verriegelten Türen und den verrammelten Fenstern?

Er legte den Azothen auf den Schreibtisch, legte Hyacinths Nadler und die Gebetskette daneben und zog sich die Hose aus. Die Hose war sogar noch stärker verschmutzt als die Tunika. Die Knie waren regelrecht in Schlamm eingebacken, obgleich die Farbe der Hose den wahren Zustand etwas beschönigte. Als er sie sah, fiel ihm ein, daß Auguren vielleicht gar nicht Schwarz trugen, damit sie, durch die Farbe des Tartaros beschützt, die Götter bei ihren Ratschlüssen belauschen konnten, sondern vielmehr, weil die schwarze Farbe einen starken Kontrast zum frischen Blut bildete und zugleich Flecken verbarg, die man nicht mehr herauswaschen konnte.

Die Unterhose war zwar sauberer als die Hose, aber auch sie war vom Regen eingeweicht worden. Sie folgte der Hose in den Wäschekorb.

Unhöfliche Menschen bezeichneten die Auguren

aus gutem Grund als Metzger, und er hatte an diesem Tag noch einige Tiere zu schlachten. Wenn man von seiner Neigung zum Diebstahl absah, waren Auguren dann in den Augen eines Gottes, beispielsweise des Außenseiters, wirklich bessere Menschen als eine Frau wie Hyacinth? Waren sie wirklich bessere Menschen als die Menschen, in deren Namen sie vor die Götter traten? Biologische und Chemische waren in den Augen der Götter erbärmliche Geschöpfe, und die Augen der Götter waren letztlich die einzigen, auf die es ankam.

Er bemerkte ein Augenpaar im milchigen kleinen Spiegel, in dem er sich rasierte. Als er schärfer hinsah, schälte sich auch Mucors Totenkopfgrinsen heraus. Mit leicht mißlungener Koketterie sagte sie: »Es ist nicht das erste Mal, daß ich dich nackt sehe.«

Er fuhr herum und erwartete, sie auf dem Bett sitzen zu sehen, aber sie war nicht dort.

»Ich wollte dir von meinem Fenster und meinem Vater erzählen. Du wolltest ihn ja bitten, mein Fenster zu versperren, damit ich nicht mehr herauskommen und dich ärgern kann.«

Er hatte sich wieder einigermaßen in der Gewalt. Er holte eine saubere Unterhose aus der Kommode und zog sie an, dann schüttelte er den Kopf. »Das wollte ich nicht wirklich tun. Ich hoffte, es würde nicht nötig werden.«

Eine Stimme von unten: *»Mein Caldé?«*

»Ich komme gleich, Captain.«

»Ich habe Stimmen gehört, mein Caldé. Ihr seid doch nicht in Gefahr?«

»Es spukt im Pfarrhaus, Captain. Ihr könnt heraufkommen und Euch selbst überzeugen, wenn Ihr wollt.«

Mucor kicherte. »Ich dachte, ihr sprecht so mit ihnen? Durch die Gläser? Deshalb habe ich mich im Spiegel gezeigt.«

»Mit einem Monitor, meinst du?« Er hatte gerade vorher an einen Monitor gedacht; hatte sie etwa seine Gedanken gelesen? »Ja, es ist ganz ähnlich. Du mußt sie gesehen haben.«

»Für mich sehen sie alle unterschiedlich aus.«

»Ja, das kann ich mir vorstellen.« Mit beträchtlicher Erleichterung zog Silk eine saubere schwarze Hose an.

»Ich dachte, ich könnte eine Art Monitor für dich sein.«

Er nickte zustimmend. »Genau wie du dein Fenster benutzt, benutzen die Götter die Heiligen Fenster. Ich hatte noch nicht an diesen Vergleich gedacht, aber es liegt nahe.«

Ihr Gesicht im Spiegel, das kein Spiegelbild war, tanzte auf und nieder. »Ich wollte dir sagen, daß du meinen Vater nicht mehr bitten kannst, das Fenster zuzusperren. Er wird dich töten, wenn er dich sieht. Potto sagte meinem Vater, er müßte das tun, und mein Vater hat es versprochen.«

Also hatte das Ayuntamiento erfahren, daß er noch lebte und sich in der Stadt aufhielt. Und wenn es noch nicht darüber informiert war, dann würde es auch bald erfahren, daß er hier im Pfarrhaus war. Man würde treue Gardisten und vielleicht sogar Soldaten schicken.

»Also ist es egal. Und mein Körper wird sowieso bald sterben, und dann bin ich frei wie die anderen. Macht dir das etwas aus?«

»Ja. Ja, natürlich macht mir das etwas aus. Eine Menge sogar. Warum wird dein Körper sterben?«

»Weil ich nichts mehr esse. Ich habe früher gern gegessen, aber jetzt mache ich mir nichts mehr daraus. Ich will lieber frei sein.«

Ihr Gesicht begann zu verblassen. Er blinzelte, und dann waren nur noch die Augenhöhlen zu sehen. Ein Lufthauch bewegte die Vorhänge, dann verschwanden auch die Augenhöhlen.

Er sagte: »Du mußt etwas essen, Mucor. Ich will nicht, daß du stirbst.« Er wartete, hoffte auf eine Antwort. »Ich weiß, daß du mich hören kannst. Du mußt etwas essen.« Er hatte ihr sagen wollen, daß er ihr und ihrem Vater unrecht getan hatte. Daß er Abbitte leisten wollte, auch wenn Blood ihn danach umbringen würde. Aber es war zu spät.

Er wischte sich die Augen trocken und holte die letzte saubere Tunika heraus. Die Gebetskette und ein Taschentuch kamen in eine Hosentasche, Hyacinths Nadler in die andere. (Er würde ihn zurückgeben, sobald er konnte, aber der schwierige Augenblick, in dem sie einander wiedersehen würden, lag in quälend weiter Ferne.) Der Azoth kam hinter den Hosenbund; vielleicht würden ihm die Weissagungen einen Hinweis gegen, was er mit der Waffe tun sollte. Er dachte noch einmal daran, sie zu verkaufen, dann fiel ihm wieder das heulende Gesicht ein, das Mucor so ähnlich gesehen hatte. Er schauderte.

Der saubere Kragen und die Ärmelstutzen der zweitbesten Robe mußten ausreichen. Und da wartete auch schon der Captain am Fuß der Treppe. Er sah so schmuck aus wie in diesem – in diesem Lokal in Limna. Rusty Lantern, so hatte es geheißen.

»Ich habe mir Sorgen um Eure Sicherheit gemacht, mein Caldé.«

»Um meinen Ruf, meint Ihr wohl. Ihr habt eine Frauenstimme gehört.«

»Es kam mir eher vor wie die Stimme eines Kindes, mein Caldé.«

»Ihr dürft gern das obere Stockwerk durchsuchen, wenn Ihr wollt, Captain. Wenn Ihr eine Frau – oder ein Kind – findet, dann laßt es mich wissen.«

»Hierax soll meine Knochen bekommen, wenn ich je an so etwas gedacht habe, mein Caldé!«

»Sie ist gewiß ein Kind des Hierax.«

Die Tür zur Silver Street war geschlossen, wie es sich gehörte. Silk rüttelte an der Türklinke, um sich zu vergewissern, daß sie auch zugesperrt war. Das Fenster war zu und ebenfalls verriegelt.

»Ich kann auch einen Gardisten hier postieren, wenn Ihr es wünscht, mein Caldé.«

Silk schüttelte den Kopf. »Wir werden jeden Gardisten brauchen, den Ihr habt, fürchte ich. Womöglich noch mehr. Dieser Offizier im Schweber …«

»Major Civet, mein Caldé.«

»Sagt Major Civet, er soll Männer postieren, die Alarm geben, sobald das Ayuntamiento Truppen schickt, um mich zu verhaften. Ich denke, sie sollten eine oder zwei Straßen entfernt ihre Posten beziehen.«

»Zwei Straßen oder weiter, mein Caldé, und zwischen ihnen müssen Männer Streife gehen.«

»Sehr gut, Captain. Kümmert Euch darum. Ich bin bereit, mich einem Prozeß zu stellen, wenn es nötig ist, aber nur, wenn das den Frieden bringt.«

»Ihr mögt bereit sein, mein Caldé. Wir sind es nicht. Und auch die Götter sind es nicht.«

Silk zuckte die Achseln und trat in die Sellaria. Die Tür zur Sun Street war abgeschlossen und verriegelt. Zwei Briefe lagen auf dem Kamin. Einer trug das Siegel des Kapitels mit Messer und Pokal, der zweite eine Flamme, die zwischen zwei trichterförmig zusammengelegten Händen brannte. Er steckte sie in die große Tasche seiner Robe. Beide Fenster zur Sun Street waren verriegelt.

Als sie durch den Garten zur Straße eilten, dachte Silk die ganze Zeit an Mucor. Und an Blood, der sie adoptiert hatte. Dann dachte er an den Höchsten Hierax, der vor ein paar Stunden aus dem Himmel niedergestoßen war, dann an Crane und an den ernsten jungen Gardisten, mit dem er und Crane im Rusty Lantern gesprochen hatten. Mucor wollte sterben und sich Hierax hingeben; und er, Silk, mußte sie retten, wenn er das konnte. War es ein Fehler gewesen, daß er sie ein Kind des Hierax genannt hatte?

Vielleicht nicht. Frauen wie Männer waren die Adoptivkinder der Götter, und kein Gott paßte so gut zu Mucor wie Hierax.

3

Ein Paßwort für den Tunnel

»Böses Ding!« murmelte Oreb, während er den brennenden Talus beobachtete. Offenbar war der Vogel nicht sicher, ob die Kampfmaschine ihn hören konnte. Als der Talus nicht reagierte, sagte er noch einmal, etwas lauter: »Böses Ding!«

»Halt's Maul!« Auch Auk sah besorgt zum Talus hinüber.

Chenille wandte sich an den Talus. Sie näherte sich ihm mit dem Raketenwerfer im Anschlag. »Wir würden das Feuer löschen, wenn wir könnten. Wenn wir Decken hätten oder … oder sonst etwas, um die Flammen zu ersticken.«

»Ich sterbe! Hört zu!«

»Ich wollte einfach nur sagen, daß es uns leid tut.« Sie sah sich zu den vier Männern um, und Dace nickte.

»Ich diene Scylla! Du mußt hören!«

Incus richtete sich zu seiner vollen Größe auf. »Du kannst dich voll und ganz darauf verlassen, daß ich alles in meinen Kräften Stehende tun werde, um dem Auftrag der Göttin gerecht zu werden. Ich spreche jetzt ebenso für meinen Freund Corporal Hammerstone wie für mich selbst.«

»Das Ayuntamiento hat Scylla betrogen! Zerstöre es!«

Hammerstone nahm Haltung an. »Bitte um Erlaubnis zu sprechen, Talus.«

Der schlanke schwarze Lauf eines Maschinengewehrs zitterte, dann feuerte das Gewehr. Die Salve flog fünf Ellen über ihren Köpfen vorbei und pfiff in Form von heulenden Querschlägern durch den Tunnel.

»Vielleicht solltet Ihr lieber schweigen«, flüsterte Auk. Er hob die Stimme. »Scylla sagte uns, Patera Silk werde versuchen, das Ayuntamiento zu stürzen, und befahl uns, ihm zu helfen. Das werden wir tun, wenn wir können. Ich meine damit Chenille und mich und diesen Vogel.«

»Sagt es dem Juzgado.«

»Richtig, das hat sie auch befohlen.« Dace und Incus nickten.

Eine Flammenzunge leckte über die Wange des Talus. *»Das Paßwort! Thetis! In den Unterkeller …«* Im Talus explodierte etwas, und das ganze Ungetüm bebte.

Überflüssigerweise rief Auk: »Zurück!« Als sie durch den Tunnel flohen, verhüllten Flammen das große Metallgesicht.

»Das Biest ist erledigt. Der geht gleich hoch!« Dace war sogar noch langsamer als Auk, der sich vorkam, als wackelte er auf unsicheren Kleinkinderbeinen durch den Gang.

Eine zweite gedämpfte Explosion, dann wurde es still bis auf das Prasseln der Flammen. Hammerstone, der im Gleichschritt mit Auk marschiert war, gab den Takt auf und schnappte sich eine Muskete. »Die hat einem Schläfer gehört«, sagte er fröhlich zu Auk. »Seht her, wie der Lauf glänzt. Wahrscheinlich wurde sie noch nie abgefeuert. Ich konnte meine nicht mitnehmen, weil ich Euch bewachen mußte.« Er legte die neue Muskete an und zielte.

Oreb quakte, und Auk sagte: »Vorsicht! Ihr könntet Jugs treffen.«

»Die Waffe ist gesichert.« Hammerstone ließ das Gewehr sinken. »Ihr kennt sie schon länger, was?«

Auk nickte und ging etwas langsamer, damit Dace zu ihnen aufschließen konnte. »Seit dem Frühling, glaube ich.«

»Ich hatte auch einmal ein Mädchen«, sagte Hammerstone. »Sie war ein Hausmädchen, aber das hätte man ihr nie angesehen. Sie war bildhübsch.«

Auk nickte. »Was ist dann passiert?«

»Ich kam zur Reserve. Ich mußte schlafen, und als ich aufwachte, war ich nicht mehr in der Stadt stationiert. Vielleicht hätte ich Moly auch suchen sollen.« Er zuckte die Achseln. »Aber ich habe mir gedacht, sie hätte inzwischen schon jemand anders gefunden. Genau wie die anderen.«

»Ihr werdet sicher auch wieder jemanden finden, wenn Ihr es nur wirklich wollt«, beruhigte Auk ihn. Er blieb stehen und sah zurück; der Talus war noch sichtbar, aber klein und fern, ein Punkt orangefarbenen Feuers, kaum größer als das nächste Licht. »Ihr könntet jetzt tot sein«, sagte er. »Was wäre passiert, wenn Patera Euch nicht in Ordnung gebracht hätte?«

Hammerstone schüttelte den Kopf. »Das kann ich ihm nie vergelten. Ich kann ihm überhaupt nicht zeigen, wie sehr ich ihn liebe. Wir können ja nicht weinen. Wußtet Ihr das?«

»Armes Ding«, warf Oreb schockiert ein.

Auk sagte zu Oreb: »Du kannst ja auch nicht weinen, du Trottel.«

»Vogel weinen!«

»Ihr Fleischköpfe erzählt immer, wie gut wir Chemischen es angeblich hätten«, fuhr Hammerstone fort. »Aber es gut haben, das heißt für Euch anscheinend, daß man nicht essen kann, daß man zweiundsiebzig oder manchmal sogar hundertzwanzig Stunden am Stück im Dienst ist. Es gut haben heißt, daß man so lange schläft, daß sich inzwischen der ganze Whorl verändert hat und daß man alles neu lernen muß. Es gut haben heißt, daß hinter jeder Frau sieben oder acht Blechkameraden her sind. Wollt Ihr das mal versuchen?«

»Verdammt, nein!«

Dace zupfte Auk am Ärmel. »Danke, daß Ihr gewartet habt.«

Auk schüttelte die Hand ab. »Ich kann ja selbst nicht besonders schnell laufen.«

Etwas fröhlicher meinte Hammerstone: »Ich könnte Euch beide tragen, aber ich habe keinen Auftrag. Patera würde es nicht wollen.«

Daces Grinsen entblößte ein dunkles Loch, wo zwei Zähne fehlten. »Mama, meine Suppe eß ich nicht.«

Auk kicherte.

»Er meint es gut mit mir«, versicherte Hammerstone ihnen. »Er sorgt für mich. Das ist ein Grund dafür, daß ich bereit bin, für ihn zu sterben.«

Auk unterdrückte seinen ersten Gedanken und sagte statt dessen: »Denkt Ihr denn überhaupt nicht mehr an Eure alten Kumpels? An die anderen Soldaten?«

»Natürlich denke ich noch an sie. Aber Patera ist mir eben wichtiger.«

Auk nickte.

»Ihr müßt das ganze Bild betrachten. Unser Oberbefehlshaber müßte eigentlich der Caldé sein. Von dort kommen die allgemeinen Anweisungen. Aber es gibt keinen Caldé, und deshalb hängen wir alle in der Luft. Niemand hat das Recht, Befehle zu geben, aber wir tun es eben, weil wir es tun müssen, damit die Brigade weiter funktioniert. Sand ist mein Sergeant, versteht Ihr?«

»Hmm-hm.«

»Und Schist und Shale sind Soldaten in unserem Trupp. Sand gibt mir die Befehle, und ich gebe ihnen die Befehle. Dann sagen sie, jawohl Corporal, zu Befehl, Corporal. Aber wir fühlen uns alle nicht wohl dabei.«

»Mädchen warten?« fragte Oreb. Er hatte Chenilles fernen, nackten Rücken beobachtet.

»Sie wird schon warten«, sagte Auk zu ihm. »Aber jetzt halte den Schnabel. Das hier ist interessant.«

»Neulich zum Beispiel«, fuhr Hammerstone fort. »Da hatte ich einen Gefangenen zu bewachen. Eine Gefängnistür war entzwei, und ich habe versucht, ihn festzuhalten, aber er ist mir entwischt. Wenn alles normal verlaufen wäre, dann hätte ich dabei die Ärmelstreifen verloren, versteht Ihr? Nur, daß das nicht passiert ist. Ich habe nur einen Anpfiff von Sand bekommen und dann noch einen vom Major. Warum ist das so?« Ein Finger, so dick wie ein Rohr, zielte auf Auk, der den Kopf schüttelte.

»Ich sage es Euch. Weil sie beide wußten, daß Sand eigentlich überhaupt nicht ermächtigt war, irgendwelche Befehle zu geben, und wenn ich gewollt hätte, dann hätte ich ihm sagen können, daß er sich's irgendwo reinschieben kann.«

»Reinschieben?« Oreb schielte Hammerstone mit schiefgelegtem Kopf an.

»Wollt Ihr hören, wie es wirklich war? Ich habe mich ziemlich mies gefühlt, als es passiert ist, aber es war noch viel schlimmer, als ich mit ihnen gesprochen habe. Nicht wegen der Dinge, die sie gesagt haben. Mir war ja klar, was sie mir vorbeten würden. Nein, es war, weil sie mir nicht die Streifen abgenommen haben. Ich hätte nie gedacht, daß ich so was mal sagen würde, aber so war es. Sie hätten es ohne weiteres tun können, aber sie haben es nicht gemacht, weil sie wußten, daß sie nicht vom Caldé ermächtigt worden waren, und ich mußte immer denken, Ihr braucht mir nur zu sagen, ich soll sie abnehmen, weil ich sie auch selbst abnehmen kann. Aber dann hätten sie sich noch schlechter gefühlt.«

»Ich habe noch nie für jemand anders außer für mich selbst gearbeitet«, warf Auk ein.

»Man braucht aber jemanden. Ich jedenfalls brauche jemanden. Fühlt Ihr Euch denn jetzt gut?«

»Besser als vorhin.«

»Ich habe Euch beobachtet, weil Patera mir den Auftrag dazu gegeben hat. Ihr könnt kaum laufen. Ihr habt einen Schlag vor den Kopf bekommen, als es den Talus erwischt hat, und wir dachten, Ihr wärt erledigt. Patera mochte diesen Gedanken anfangs sogar. Aber so richtig hat er ihn dann doch nicht gemocht. Da kam dann wieder sein edelmütiger Charakter zum Vorschein. Versteht Ihr, was ich damit sagen will?«

Dace schaltete sich ein. »Das große Mädchen hat ihn angeschrien und geheult.«

»Ja, das auch. Schaut her ...!«

»Wartet einen Augenblick«, sagte Auk. »Chenille hat geweint?«

Dace kicherte. »Sie hat mir mehr leid getan als Ihr.«

»Sie war aber gar nicht da, als ich aufgewacht bin!«

»Sie ist weggelaufen. Ich war drüben und habe mit dem Talus geredet, aber ich habe sie gesehen.«

»Als ich zu mir kam, war sie da«, sagte Hammerstone. »Sie hatte einen Raketenwerfer, aber der war leer. Dort, wo wir waren, lag ein zweiter, dessen Lauf zerquetscht war. Vielleicht hat sie ihn auch angeschleppt, ich weiß es nicht. Jedenfalls habe ich ihr, nachdem ich mit Patera über Euch und einige andere Dinge gesprochen hatte, gezeigt, wie man aus dem kaputten das Magazin herausnehmen und in den anderen reinschieben kann.«

Dace sagte zu Hammerstone: »Sie ist den Tunnel hinuntergelaufen, während Euch der Augur repariert hat. Dieser große Kerl hier, der war ausgeknipst, und niemand wußte so richtig, wieviel er abbekommen hatte. Als sie dann zurückkam und sah, daß er immer noch nicht wieder zu sich gekommen war, fing sie an zu heulen.«

Auk kratzte sich am Ohr.

»Ihr habt einen Schädelbruch, Kerl, da gibt's kein Vertun. Ich hab so was schon einmal gesehen. Ein Matrose auf meinem Boot hat mal den Ladebaum an den Schädel bekommen. Er hat ein paar Nächte in der Kajüte gelegen, bevor wir ihn an Land bringen konnten. Er hat noch ganz normal gesprochen und war nur ab und zu mal weg. Wir haben ihn zum Doktor gebracht, und der hat wohl alles gemacht, was er konnte, aber am nächsten Tag ist der Mann trotzdem gestorben. Ihr habt Glück, daß der Schlag nicht härter war.«

»Wieso ist das Glück?« fragte Hammerstone.

»Nun ja, das ist die Frage, was? Er will eben genausowenig ein toter Mann sein wie ich.«

»So redet Ihr Fleischköpfe immer. Aber seht es Euch mal richtig an. Kein Ärger mehr, nicht mehr arbeiten müssen. Nicht mehr durch diese Tunnel patrouillieren und überall nachsehen, wo doch nichts ist, und wenn man Glück hat, höchstens hier und dort mal einen Gott erschießen. Nicht mehr ...«

»Gott erschießen?« wollte Oreb wissen.

»Ja«, sagte Auk, »was, zum Teufel, soll das heißen?«

»So nennen wir sie eben«, erklärte Hammerstone. »In Wirklichkeit sind sie Tiere. So ähnlich wie Hunde, nur daß richtige Hunde gehorchen und daß die hier unberechenbar sind. Wie die Götter.«

»Ich habe noch keine Tiere hier unten gesehen.«

»Ihr seid auch noch nicht lange hier. Stellt Euch nur vor, Ihr wärt schon lange da. Es gibt Fledermäuse und riesige Blindschleichen, besonders unter dem See. Hier sind überall Götter, aber weil wir fünf sind und weil ich Soldat bin, und weil hier ziemlich viele Lichter aktiv sind, lassen sie uns in Ruhe. Aber wartet nur, bis es dunkel wird.«

»Ich dachte, es macht Euch nichts aus zu sterben«,

erinnerte Dace ihn. »Das habt Ihr jedenfalls vorhin gesagt.«

»Jetzt macht es mir etwas aus.« Hammerstone deutete durch den Tunnel zu Incus, der hundert Ellen vor ihnen ging. »Das wollte ich Euch doch gerade sagen. Auk meinte, er brauchte keinen Trupp von Kameraden und keinen Anführer wie Patera oder so.«

»Richtig«, bekräftigte Auk. »So ist es.«

»Dann setzt Euch hier hin. Schlaft einfach ein. Dace und ich gehen weiter. Ich sehe Euch an, daß Ihr ziemlich geschwächt seid. Das Laufen fällt Euch schwer. Nun, Ihr müßt auch nicht laufen. Ich werde warten, bis wir weit genug entfernt sind, dann werde ich Euch erschießen.«

»Nicht schießen!« protestierte Oreb.

»Ich werde warten, bis Ihr Euch niedergelassen habt, versteht Ihr? Ihr würdet überhaupt nicht merken, daß es geschieht. Ihr würdet irgendwann sogar glauben, daß ich es vielleicht doch nicht tun würde. Was meint Ihr?«

»Nein, danke.«

»Also gut, und jetzt kommt das, was ich Euch erklären wollte. Es gefällt Euch natürlich nicht, wenn ich Euch so einen Vorschlag mache. Wenn ich weitermachen würde, dann würdet Ihr sagen, daß Ihr auf Euer Mädchen aufpassen müßt. Ihr würdet das sagen, obwohl Ihr so schwer verletzt seid, daß Ihr kaum auf Euch selbst achtgeben könnt. Oder daß Ihr vielleicht für Euren sprechenden Vogel sorgen müßtet oder so. Nur, daß das alles Unfug wäre, weil Ihr das in Wirklichkeit gar nicht wollt, auch wenn Ihr wißt, daß das sinnvoller wäre als das, was Ihr jetzt macht.«

Schwach und elend, wie er war, konnte Auk nur die Achseln zucken. »Wenn Ihr meint.«

»Für uns ist das anders. Einfach nur hier unten herumsitzen und alle Systeme herunterfahren, bis ich einschlafe, und dann nur noch schlafen und niemand kommt und weckt mich, das fände ich gut. Das würde auch meinem Sergeant oder dem Major gefallen. Der Grund dafür, daß wir das nicht machen, ist der, daß wir auf Viron achtgeben müssen. Das heißt, daß wir im Grunde für den Caldé arbeiten, weil der uns sagt, was gut ist für Viron und was nicht.«

»Silk soll der neue Caldé werden«, warf Auk ein. »Ich kenne ihn, und das hat ja auch Scylla gesagt.«

Hammerstone nickte. »Es wäre schön, wenn es dazu kommen würde, aber es ist noch nicht soweit, und vielleicht geschieht es nie. Aber jetzt habe ich Patera, versteht Ihr? Ich kann jetzt hinter ihm gehen, wie ich es gerade tue, und ihn die ganze Zeit ansehen, und er sagt nicht einmal mehr, daß ich ihn nicht ansehen soll, wie er es vorher gemacht hat. Deshalb will ich mich jetzt so wenig hinsetzen und sterben, wie Ihr es wollt.«

Oreb hüpfte begeistert. »Gut, gut!«

Als sie ein Stück weitergegangen waren, fragte Incus einigermaßen schroff: »Seid Ihr *sicher*, daß das alles ist, meine Tochter?«

»Das ist alles, seit Patera Silk mir die Beichte abgenommen hat, wie ich schon sagte«, erklärte Chenille. »Alles, an das ich mich erinnern kann, jedenfalls.« Entschuldigend fügte sie hinzu: »Das war ja erst am Sphigxday, deshalb ist nicht viel passiert, und Ihr habt gesagt, daß die Dinge, die ich getan habe, als ich Kypris oder Scylla war, nicht zählen.«

»Nein, sie zählen nicht. Die Götter *können* nichts Böses tun. Wenigstens nicht auf *unserer* Ebene.« Incus räusperte sich und vergewisserte sich, daß er die Gebetskette richtig hielt. »Da dies so ist, übermittle ich Euch, meine Tochter, die Vergebung aller Götter. Im Namen unseres *Herrn Pas* sei dir vergeben. Im Namen der *Göttlichen Echidna* sei dir vergeben. Im prächtigen, glorreichen Namen der *Funkelnden Scylla*, der *lieblich-*

sten Göttin und der *Erstgeborenen* der Sieben, im Namen der *unvergleichlichen Schutzherrin* unserer Stadt …«

»Ich bin nicht mehr sie, Patera. Ehrlich.«

Incus, der von seinen eigenen, auf falschen Voraussetzungen beruhenden Phantasien mitgerissen worden war, entspannte sich wieder. »Es sei Euch vergeben. Im Namen der *Molpe* sei Euch vergeben. Im Namen des *Tartaros* sei Euch vergeben. Im Namen des *Hierax* sei Euch vergeben.«

Er holte tief Luft. »Im Namen der *Thelxiepeia* sei Euch vergeben. Im Namen der *Phaea* sei Euch vergeben. Im Namen der *Sphigx* sei Euch vergeben. Und im Namen aller *Nebengötter* sei Euch vergeben. Kniet nun nieder, meine Tochter. Ich muß das Zeichen der Addition über Eurem Kopf machen.«

»Es wäre mir lieber, Auk könnte das nicht sehen. Könntet Ihr nicht …«

»Kniet nieder!« sagte Incus streng, und durch lange Übung gewöhnt, fügte er sofort hinzu: »Und *neigt* den Kopf.« Sie gehorchte, und er ließ die Kette vor und zurück und von einer Seite zur anderen pendeln.

»Ich hoffe, er hat das nicht gesehen«, flüsterte Chenille, als sie wieder aufstand. »Ich glaube, er ist nicht besonders scharf auf Religion.«

»Das *dachte* ich mir schon.« Incus schob die Gebetskette in die Hosentasche zurück. »Aber Ihr bezeichnet Euch als *fromm,* meine Tochter? Wenn Ihr das behauptet, dann müßt Ihr mich gerade getäuscht haben.«

»Ich dachte einfach, es wäre besser so. Daß Ihr mir die Beichte abnehmt, meine ich. Wir hätten dort hinten umkommen können, als unser Talus gegen die Soldaten gekämpft hat. Auk hätte es ja beinahe erwischt, und die Soldaten hätten uns anschließend töten können. Ich glaube, sie wußten nicht, daß wir auf seinem Rücken gesessen haben, und als er Feuer fing, hatten sie vielleicht nur Angst, er könnte explodieren. Wenn sie recht behalten hätten, dann wären wir auf diese Weise umgekommen.«

»Sie werden irgendwann kommen, um ihre *Toten* zu bergen. Ich muß sagen, daß mir diese Aussicht gewisse *Sorgen* bereitet. Was ist, wenn wir ihnen *begegnen*?«

»Ja. Sollen wir nicht die Ratsherren besiegen?«

Incus nickte. »Das habt *Ihr* uns, als Scylla von Euch Besitz ergriffen hatte, jedenfalls aufgetragen, meine Tochter. Wir sollen übrigens auch *Seine Kogniszenz* absetzen.«

Incus gestattete sich ein Lächeln, er konnte es sich einfach nicht verkneifen. »Ich soll sein Amt übernehmen.«

»Ihr wißt doch, was Menschen passiert, die sich gegen das Ayuntamiento auflehnen, Patera? Sie werden getötet oder in die Gruben geworfen. Und zwar ohne Ausnahme.«

Incus nickte bedrückt.

»Deshalb dachte ich, es wäre besser, wenn Ihr mir vorher noch die Beichte abnehmt. Ich habe vielleicht noch einen Tag zu leben. Das ist nicht sehr viel Zeit.«

»Frauen und *Auguren* bleibt gewöhnlich das unwürdige Verfahren einer Exekution erspart, meine Tochter.«

»Auch wenn sie sich gegen das Ayuntamiento auflehnen? Ich glaube nicht. Wie auch immer, man würde mich in die Alambrera sperren oder in die Gruben werfen. In den Gruben werden die Schwachen aufgegessen.«

Incus, der einen ganzen Kopf kleiner war als sie, blickte zu ihr auf. »Ich hatte bisher *keineswegs* den Eindruck, Ihr könntet *schwach* sein, meine Tochter. Und Ihr wißt ja selbst, daß Ihr mich *geschlagen* habt.«

»Das tut mir leid, Patera. Es war nicht persönlich gemeint, und Ihr sagtet ja auch, daß es nicht zählt.«

Sie sah sich über die Schulter zu Auk, Dace und Hammerstone um. »Sollten wir nicht etwas langsamer gehen?«

»Aber *gern*!« Er hatte Mühe gehabt, mit ihr Schritt zu halten. »Wie ich schon sagte, meine Tochter, darf man das, was Ihr mit mir getan habt, nicht als etwas *Böses* bewerten. *Scylla* hat jedes Recht, mich zu schlagen, wie eine Mutter ihr Kind schlägt. Vergleicht das aber mit *Auks* Verhalten mir gegenüber. Er hat mich *gepackt* und in den See geworfen.«

»Daran kann ich mich nicht erinnern.«

»*Scylla* hatte das nicht befohlen, meine Tochter. Er hat aus seinem eigenen, *bösen Willen* heraus gehandelt, und falls ich gefragt werden würde, ob ich ihm *dafür* die Beichte abnehmen würde, dann weiß ich *wirklich* nicht, ob ich mich dazu überwinden könnte. Findet Ihr ihn eigentlich attraktiv?«

»Wen? Auk? Natürlich.«

»Ich muß gestehen, daß ich ihn *ebenfalls* für einen schmucken Kerl gehalten habe, als ich ihn kennenlernte. Er ist natürlich keinesfalls *hübsch* zu nennen, aber ich fand seine *Kraft und Männlichkeit* wirklich beeindruckend.« Incus seufzte. »Man träumt … ich meine, eine junge Frau wie *Ihr*, meine Tochter, träumt doch sicherlich hin und wieder von so einem Mannsbild. Ein wenig *derb* vielleicht, aber nicht ohne eine gewisse innere *Empfindsamkeit*, wie man hofft. Aber wenn man ihm dann in Fleisch und Blut *begegnet*, ist man am Ende doch immer wieder enttäuscht.«

»Er hat mich ein paarmal gehauen, als wir zu diesem Schrein gelatscht sind. Hat er Euch das erzählt?«

»Ihr habt einen *Schrein* aufgesucht?« Incus zog ungläubig die Augenbrauen hoch. »Auk und Ihr? Nein, so etwas auch.«

»Daß er mich gehauen hat, meinte ich. Ich dachte, vielleicht … ach, schon gut. Einmal habe ich mich auf einen dieser weißen Steine gesetzt, und da hat er mich getreten. Er hat mich ans Bein getreten. Ich war deshalb ziemlich geladen.«

Incus schüttelte entsetzt den Kopf, als er hörte, wie brutal Auk gewesen war. »Ich hätte mir es ja *gleich* denken können, meine Tochter. Nun ja, ich werde Euch bestimmt nicht vorwerfen, wenn Ihr deshalb *wütend* geworden seid.«

»Ich habe es erst nach einiger Zeit herausbekommen. Kypris hatte mich nämlich – Ihr wißt ja, was Scylla gemacht hat. Es war bei Orpines Beerdigung. Orpine ist ein Mädchen, das ich früher kannte.« Chenille nahm den Raketenwerfer in die andere Hand und wischte sich die Augen trocken. »Es tut mir immer noch leid, was mit ihr passiert ist.«

»Euer Kummer *ehrt* Euch, meine Tochter.«

»Jetzt liegt sie in einer Kiste in der Erde, und ich laufe in diesem Sarg hier herum, nur daß meiner viel tiefer ist. Ich frage mich, ob sie sich jetzt, wo sie tot ist, genauso fühlt. Vielleicht ist es so ähnlich.«

»Ihre *Seele* hat sich bestimmt schon mit den Göttern im Mainframe vereinigt«, sagte Incus freundlich.

»Ihre Seele, klar, aber was ist mit ihr selbst? Wie nennt Ihr diese Wände hier? Manchmal bauen die Leute Häuser daraus.«

»Die Ungebildeten nennen es *Schiffsstein*, die Gebildeten sagen *Navislapis*.«

»Eine große Kiste aus Schiffsstein. Da stecken wir alle drin. Wir sind im Grunde genauso begraben wie Orpine. Ich wollte gerade sagen, daß Kypris sich Auk nie offenbart hat. Anders als Scylla. Die hat es ihm sofort gesagt, aber er dachte trotzdem, Kypris sei in mir drin, und er mochte sie sehr. Er hat mir diesen Ring geschenkt, seht Ihr? Dann hat sie mit den Leuten in Limna gesprochen und ist ins Manteion gegangen, und da ist sie verschwunden. Sie ist aus mir rausgeflogen, und plötzlich saß ich allein vor dem Heiligen Fenster. Ich hatte Todesangst. Ich hatte etwas Geld dabei und habe dann Red Ribbon gekauft …«

»Branntwein, meine Tochter?«

»Ja. Ich habe das Zeug in mich hineingekippt und mir vorgestellt, es wäre Rost, weil es die gleiche Farbe hatte. Ich habe eine ganze Menge gebraucht, bis ich keine Angst mehr hatte, und irgendwo hinten in meinem Kopf oder unten in meinem Bauch wollte die Angst überhaupt nicht verschwinden. Dann sah ich Auk, das war noch in Limna, und ich habe ihn angebaggert, weil ich keine Kohle mehr hatte. Ich war ziemlich besoffen, ich war einfach ein besoffenes Flittchen. Deshalb hat er mich natürlich vermöbelt. Er hat mich aber nie so geschlagen, wie Bass es einmal getan hat, und es tut mir leid, daß ich Euch geschlagen habe. Sollen die Götter nicht auf uns achtgeben, Patera?«

»Das tun sie auch, meine Tochter.«

»Also, Scylla hat nicht achtgegeben. Sie hätte dafür sorgen können, daß ich nicht so viel in der Sonne bin, und ich hätte meine Kleider behalten müssen, um keinen Sonnenbrand zu kriegen. Uns wurde heiß, als ich für sie gerannt bin, und die Kleidung war im Weg, deshalb hat sie sie einfach heruntergerissen und weggeworfen. Mein bestes Winterkleid.«

Incus räusperte sich. »Ich wollte gerade *darauf* zu sprechen kommen, meine Tochter. Auf Eure Nacktheit, meine ich. Vielleicht hätte ich es schon während Eurer Beichte tun sollen. Ich habe aber gefürchtet, Ihr könntet es mißverstehen. Ich selbst habe ebenfalls einen Sonnenbrand, und im übrigen müßt Ihr wissen, daß Nacktheit ungezogen ist.«

»Aber die Kerle werden heiß. Bei mir jedenfalls, und bei Violet. Ich habe mal gesehen, wie ein Kerl beinahe die Wand besprungen hätte, als sie sich ausgezogen hat. Sie hatte einen von diesen wirklich guten Büstenhaltern an, die einem die Titten hochschieben und dabei aber so locker aussehen, daß es nicht künstlich wirkt.«

»Nacktheit, meine Tochter«, fuhr Incus tapfer fort, »ist nicht nur falsch, weil sie bei schwachen Menschen begehrliche Gedanken weckt, sondern auch, weil sie *oft* der Anlaß für *gewaltsame* Angriffe ist. Begehrliche Gedanken sind für sich genommen schon falsch, wie ich bereits sagte, auch wenn sie keine *schwere* Sünde sind. Gewaltsame Angriffe sind dagegen *große* Sünden. Was nun die begehrlichen Gedanken angeht, so liegt die ganze Schuld bei Euch selbst, wenn Ihr Euch *absichtlich* entblößt, um solche Gedanken zu wecken. Im Falle von *gewalttätigen Angriffen* liegt die Schuld beim *Angreifer*. Er ist verpflichtet, sich zurückzuhalten, wie sehr man ihn auch gereizt hat. Aber ich bitte Euch, meine Tochter, überlegt Euch genau, ob Ihr wünschen würdet, daß *irgendeine* Menschenseele von den unsterblichen Göttern abgewiesen wird.«

»Auf den Kopf geschlagen zu werden, wie es manchmal passiert«, räumte Chenille bereitwillig ein, »das hat natürlich niemand gern.«

Incus nickte dankbar. »*Das* kommt natürlich auch noch dazu. Ihr müßt bedenken, daß die *Männer*, die am stärksten zu diesen Angriffen neigen, *keinesfalls* die edelsten Vertreter meines Geschlechts sind. Ganz im *Gegenteil*! Ihr könntet dabei noch zu *Tode* kommen. Das geschieht tatsächlich hin und wieder mal einer Frau wie Euch.«

»Da habt Ihr wohl recht, Patera.«

»Oh, *natürlich* habe ich recht, meine Tochter. Darauf könnt Ihr Euch verlassen. In unserer gegenwärtigen Gesellschaft kann Nacktheit zum *Glück* keinen großen Schaden anrichten. Ich selbst bin, würde ich sagen, jedenfalls dagegen gefeit. Ebenso der Soldat, dessen Leben ich dank der Gnade und der Hilfe unserer *Lieblichen Phaea* retten durfte. Der Kapitän unseres Bootes …«

»Dace.«

»Ja, Dace. Auch Dace ist nicht in Gefahr oder in keiner großen Gefahr, und zwar dank seines fortgeschrittenen Alters. Auk, von dem meiner Ansicht nach hinsichtlich Eures Wohlergehens die größte Gefahr zu erwarten war, wurde dank des Einwirkens der *Göttlichen Echidna*, die stets um die Enthaltsamkeit Eures wie meines Geschlechts besorgt ist, so schwer verletzt, daß er nun mit großer Wahrscheinlichkeit keinen Angriff mehr gegen Euch oder …«

»Auk? Das würde er ganz bestimmt nicht tun.«

Incus räusperte sich wieder. »Ich will nicht mit Euch darüber streiten, meine Tochter. Mögt Ihr recht haben oder ich, obwohl ich glaube, daß ich selbst die Sache durchaus treffend einzuschätzen weiß. Aber nun bedenkt noch *folgendes*: Wir werden den Juzgado betreten und dazu das Paßwort benutzen, das der Talus uns gegeben hat. Sobald wir dort sind …«

»Müssen wir das tun, sobald wir wieder zurück sind? Ja, das müssen wir wohl tun, aber ich habe noch nicht richtig darüber nachgedacht; ich habe nur daran gedacht, daß ich Auk zu einem Arzt bringen muß. Ich kenne einen guten Arzt. Und dann will ich mich hinsetzen und jemanden bitten, mir die Füße zu waschen, und dann will ich etwas Puder und ein wenig Rouge und ein schönes Parfüm auflegen, und dann etwas trinken und essen. Seid Ihr nicht hungrig, Patera? Ich bin schon halb verhungert.«

»Mir ist das Fasten nicht gänzlich *unbekannt*, meine Tochter. Um das Thema zu wechseln, wir müssen auf *jeden Fall* zum Juzgado gehen. Das sagte uns der Talus, als Hierax' Fänge sich um ihn schlossen. Er sagte, er habe diese Anweisungen von Scylla bekommen, und ich persönlich glaube ihm. Er sagte, das Ayuntamiento müsse *zerstört* werden, wie Scylla es selbst bei jener *unvergeßlichen* Gelegenheit sagte, als sie verkündete, daß sie *mich* zu ihrem Prolokutor auserwählt hat. Der *Talus* deutete an, daß wir den Ratsherren ihre Entscheidung mitteilen müssen, und er gab uns ein Paßwort, damit wir in den Tiefkeller vordringen können. Ich muß gestehen, daß ich bisher gar nichts von der Existenz eines solchen Tiefkellers wußte, aber es muß ihn demnach wohl geben. Nun *bedenkt* also, meine Tochter, daß Ihr bald …«

»Thetis, so lautete es, nicht wahr? Ich habe mich schon gefragt, was er damit meinte, als er das sagte. Funktioniert das Wort wie ein Schlüssel? Ich habe schon einmal gehört, daß es solche Türen geben soll.«

»Es sind *uralte* Türen«, klärte Incus sie auf. »Türen, die vom *Großen Pas* selbst gebaut wurden, als er den Whorl erschuf. Im Palast des Prolokutors gibt es eine solche Tür. Mir ist das Paßwort bekannt, aber ich darf es Euch natürlich nicht verraten.«

»Thetis ist ein schöner Name. Es ist doch ein Name, oder? Ich weiß nicht viel über die Götter, ich kenne nur die Neun. Und den Außenseiter. Patera Silk hat mir ein wenig über ihn erzählt.«

»Ja, es ist ein Name.« Incus strahlte selbstzufrieden. »In den *Schriften*, meine Tochter, werden die Methoden, nach denen wir Auguren auserwählt werden, in *schönen*, aber dennoch *bildhaften* Worten erklärt. Es heißt dort …« Er hielt inne. »Ich fürchte, ich kann die Passage nicht *wörtlich* zitieren. Ich muß es wohl mit meinen eigenen Worten sagen. Jedenfalls steht dort, daß jedes neue Jahr, das Pas uns schenkt, einer *Flotte* gleicht. Ihr kennt Euch ja mit Booten aus, meine Tochter, denn Ihr wart mit mir zusammen auf diesem elenden kleinen Fischerboot.«

»Ja, natürlich.«

»Also, jedes neue Jahr wird mit einer Flotte verglichen, in der es so viele Boote wie Tage gibt. Anmutige Schiffe voller junger Männer. Jedes dieser Boote muß auf seiner Reise in die *Unendlichkeit* an *Scylla* vorbeifahren. Manche segeln ganz nahe an ihr vorbei, während andere in *größerer* Entfernung bleiben. Die jungen Männer an Bord drängen sich dort, wo sie am *weitesten* von ihrer liebevollen Umarmung entfernt sind. Aber das hat natürlich nichts zu *bedeuten*. Von jedem der Boote wählt sie die jungen Männer aus, die dir am besten gefallen.«

»Ich verstehe nicht, wie ...«

»Aber«, fuhr Incus nachdrücklich fort, »wie kommt es nun, daß diese Boote alle an ihr vorbeifahren? Warum bleiben sie nicht einfach im Hafen liegen? Oder warum segeln sie nicht zu einem *anderen* Ort? Das liegt daran, daß eine Nebengöttin mitwirkt, deren Aufgabe es ist, die Boote zu Scylla zu leiten. Diese Göttin ist *Thetis*, und deshalb ist ihr Name ein sehr schönes Paßwort für uns. Es ist ein *Schlüssel*, wie Ihr ganz richtig sagtet. Ein *Ticket* oder eine *beschriftete Tafel* wird uns den Weg in den Juzgado öffnen und uns zugleich aus diesen kalten und dunklen und *schrecklichen* Tunneln befreien.«

»Glaubt Ihr denn, wir haben uns dem Juzgado inzwischen genähert, Patera?«

Incus schüttelte den Kopf. »Ich weiß es nicht, meine Tochter. Wir sind ein *gutes Stück* auf diesem *unglücklichen* Talus gereist, und er ist sehr *schnell* gefahren. Ich wage zu *hoffen*, daß wir uns inzwischen unter der Stadt befinden.«

»Ich glaube, wir sind noch nicht weit über Limna hinaus«, wandte Chenille ein.

Auk hatte Kopfschmerzen. Manchmal hatte er das Gefühl, jemand triebe ihm einen Keil in den Schädel, manchmal fühlte es sich eher wie ein Nagel an. Auf jeden Fall tat ihm der Kopf manchmal so weh, daß er kaum noch einen klaren Gedanken fassen konnte. Er mußte sich zu jedem Schritt zwingen und bewegte sich wie ein Automat. Schritt auf Schritt tat er schlurfend und müde auf einem Weg, der anscheinend niemals enden wollte. Wenn die Kopfschmerzen hin und wieder einmal nachließen, wurde ihm so übel wie noch nie im Leben. Er hatte das Gefühl, er müßte sich jeden Augenblick übergeben.

Hammerstone marschierte neben ihm, aber die großen, mit Gummisohlen verstärkten Füße des Soldaten machten beim Laufen weniger Lärm als Auks Stiefel, während sie über den feuchten Schiffsstein tappten. Hammerstone hatte Auks Nadler an sich genommen, und als die Kopfschmerzen nachließen, überlegte Auk, wie er den Nadler zurückbekommen könnte. Aber das waren Illusionen und Trugbilder, wie sie in einem Alptraum vorkommen mochten.

Zum Beispiel stellte Auk sich vor, er würde Hammerstone von einer Klippe aus in den See stoßen und ihm im letzten Augenblick den Nadler entreißen. Oder er würde ihm auf einem steilen Dach ein Bein stellen, oder er würde in Hammerstones Haus einbrechen, den Soldaten schlafend vorfinden und den Nadler aus dem Safe stehlen. Hammerstone taumelte und rollte in Auks Traumbildern das Dach hinunter, während Auk Nadel auf Nadel in Hammerstones Körper jagte, bis eine zähe dunkle Flüssigkeit aus den Wunden drang und die weißen Dachschindeln und das Wasser des Sees mit Hammerstones schwarzem Blut bedeckt waren, in dem sie anschließend beide ertranken.

Nein, Incus hatte ja seinen Nadler. Er hatte ihn unter der schwarzen Robe verwahrt. Aber Hammerstone besaß eine Muskete. Mit den Kugeln einer Muskete konnte man sogar einen Soldaten töten. Die Kugeln drangen manchmal sogar durch die Lehmwände von Häusern und schlugen durch die massigen Körper von Pferden, Ochsen und natürlich auch Männern. Diese Kugeln rissen schreckliche Wunden.

Oreb flatterte auf seinen Schultern herum und kletterte, sich mit Krallen und dem roten Schnabel festhaltend, von einer zur anderen Seite. Er lugte Auk in die Ohren und konnte dessen Gedanken lesen; aber Oreb konnte genausowenig wie Auk selbst erkennen, in welche Richtung die Gedanken laufen wollten. Oreb war ja nur ein Vogel, und Incus würde ihn Auk nicht wegnehmen. Den Hirschfänger und das Messer hatte man ihm schließlich auch gelassen.

Dace hatte ebenfalls ein Messer. Unter der Tunika trug Dace sein altes, spitz zulaufendes Messer mit der breiten Klinge, das er benutze, um die Fische, die er mit dem Fischerboot gefangen hatte, auszuweiden und zu filetieren. Das Messer hatte sich blitzschnell bewegt, geführt von einer sicheren Hand, obwohl es für eine so feine Arbeit völlig ungeeignet schien. Plötzlich war Dace kein alter Mann mehr, sondern dem alten Messer untertan, beinahe wie ein Speichellecker bei Hofe, und das Messer ertrug seine Gegenwart, wie Daces altes Boot sie alle getragen hatte, obwohl im Boot doch nirgends etwas zu sehen war, das als Antrieb gedient hätte. Es hatte sie getragen, als wären sie auf einem Kinderspielzeug gefahren, auf einem dieser Spielzeuge, die schießen oder fliegen können, weil sie äußerlich die richtige Form haben, obwohl sie doch innen hohl sind und leer wie Daces Boot, so eigenartig leer wie das Boot oder so massiv wie eine Kartoffel. Bustard würde sich schon um Dace kümmern.

Sein Bruder Bustard hatte ihm, Auk, die Schleuder abgenommen, weil er auf Katzen geschossen und sich geweigert hatte, sie freiwillig abzugeben. Bustard war einfach unfair. Das fing damit an, daß er der ältere war, obwohl sein Name mit einem *B* begann und Auks Name mit einem *A*, und es war auch nicht in Ordnung, daß Bustard als erster gestorben war. Bustard hatte bis zu seinem Ende und noch darüber hinaus unfair gespielt und Auk betrogen und am Ende sogar sich selbst. So war das Leben nun einmal, und so war der Tod. Ein Mann lebte, solange man ihn haßte, und wenn man ihn zu mögen begann, dann starb er. Niemand außer Bustard hatte Auk so verletzen können. Dieses Vorrecht hatte Bustard sich immer zu sichern gewußt. Jetzt war Bustard wieder da und trug ihn, trug ihn wieder auf den Armen, obwohl Auk sich nicht erinnern konnte, daß Bustard ihn schon einmal getragen hätte. Bustard war nur drei Jahre älter als er selbst, und vier im Winter für eine kurze Zeitspanne. Hätte Bustard ihm die Mutter ersetzen können, an die Bustard sich angeblich erinnerte und an die Auk überhaupt keine Erinnerung hatte? Nein, das wäre nicht möglich gewesen. Bustard mit diesem großen schwarzen Vogel, der ihm auf dem Kopf herumhüpfte wie die Vögel, mit denen Frauen manchmal ihre Hüte schmückten, ein Vogel mit schwarzen Knopfaugen und einem ruckenden und nickenden Kopf. Nein, das war kein ausgestopfter Vogel auf dem Hut einer Frau, der das Leben imitierte und den Tod verhöhnte.

Die Trappen, nach denen sein Bruder Bustard benannt war, konnten fliegen – und das war die reine Wahrheit, denn Bustards Mutter war ja auch Auks Mutter gewesen, und sie hatte Lily geheißen, und die Lilien waren ein Symbol für die Wahrheit. Lily war inzwischen aber mit Hierax davongeflogen und hatte ihn und seinen Bruder verlassen. Deshalb betete Auk niemals zu Hierax, dem Tod oder dem Gott des Todes, oder jedenfalls betete er nur selten zu ihm und nie aus ganzem Herzen, auch wenn Dace gesagt hatte, daß er, Auk, zu Hierax gehörte. Hierax hatte ihm ja schließlich Bustard genommen, den Bruder, der ihm wie ein Vater gewesen war und der ihm die Schleuder abgenommen hatte und noch einige andere Dinge, an die er sich nicht mehr erinnern konnte.

»Geht es Euch jetzt besser, Kerl?«

»Es geht mir gut, ja«, sagte er zu Dace. Und dann: »Ich glaube, ich muß gleich kotzen.«

»Meint Ihr, Ihr könnt wieder ein Stück laufen?«

»Schon gut, ich werde ihn tragen«, erklärte Bustard. Aber dann erkannte Auk, daß die rauhe Baritonstimme nicht seinem Bruder, sondern dem Soldaten Hammerstone gehörte. »Patera meinte, ich dürfte das tun.«

»Ich will aber nicht auf Eure Kleidung kotzen«, wandte Auk ein, aber Hammerstone lachte nur. Sein Metallkörper bebte leicht, und die Muskete, die er auf dem Rücken trug, klapperte gegen den Metallpanzer.

»Wo ist Jugs?«

»Sie ist da vorn, sie ist mit Patera vorausgegangen.«

Auk hob den Kopf und versuchte, etwas zu sehen, aber er konnte nur einen Blitz sehen und dann einen Brand, in weiter Ferne, wo die Konturen grün verschwammen. Dann sah er das grelle Licht einer explodierenden Rakete.

Der weiße Stier stürzte, das Blut aus einer Arterie sprudelte aus der Wunde im rein weißen Hals und spritzte auf die vergoldeten Hufe. Jetzt, dachte Silk, als die Orchideengirlanden vom goldenen Blatt rutschten, das die Hörner geschmückt hatte.

Er kniete neben dem Kopf nieder, der auf den Boden gesunken war. Jetzt, wenn überhaupt, war der richtige Augenblick.

Sie erschien, als hätte er sie in Gedanken gerufen. Die Spitze seines Messers schälte gerade das rechte Auge des Stiers aus dem Schädel, als er aus dem Augenwinkel die Heiligen Farben im Heiligen Fenster erkannte: lebhaftes Hellbraun oder Gelb, über das wie Schuppen andere Farbflecken rieselten: Azurblau, Taubengrau, Rosa und Rot und Tiefschwarz. Und Worte, die er zuerst nicht recht verstehen konnte, gesprochen von einer Stimme, die beinahe klang, als gehörte sie einem alten Weib. Doch andererseits war sie dafür zu lebendig, zu beschwingt, zu jung.

»Hört mich an, die Ihr reinen Herzens seid.«

Er hatte angenommen, es müßte Kypris sein, wenn ihnen überhaupt eine Gottheit ihre Gunst schenkte. Aber jetzt war im Heiligen Fenster übergroß das Gesicht einer Göttin zu sehen, die ihm nicht so gut vertraut war. Die funkelnden Augen hingen knapp unter der Oberkante des Fensters, die schmale Unterlippe verschwand sogar unter dem unteren Rand, wenn sie sprach.

»Wessen Stadt ist dies, Augur?« Es gab ein Rascheln, als alle, die sie verstehen konnten, niederknieten.

Silk, der bereits neben dem Stier auf den Knien hockte, verbeugte sich ungelenk. »Die Stadt deiner ältesten Tochter, Große Königin.« Die Schlangen, die ihr Gesicht umgaben – mächtiger als das Handgelenk eines Mannes, aber im Verhältnis zu dem riesigen Mund, der Nase, den Augen und den bleichen, eingefallenen Wangen kaum dicker als ein Haar – verrieten ihm sofort, wer sie war. »Viron ist die Stadt der Sengenden Scylla.«

»Vergeßt es nicht, ihr alle. Vor allem du nicht, Prolokutor.«

Silk war so verblüfft, daß er beinahe den Kopf umgedreht und sich umgesehen hätte, wer damit gemeint war. Sollte es möglich sein, daß der Prolokutor anwesend war, irgendwo in der nach Tausenden zählenden Menge?

»Ich habe dich beobachtet«, sagte Echidna. »Ich habe zugehört.«

Selbst die wenigen Tiere, die noch am Leben waren, verstummten jetzt.

»Diese Stadt muß die Stadt meiner Tochter bleiben. Das war der Wille ihres Vaters, für den ich hier spreche. Und es ist mein Wille. Die verbleibenden Opfer mußt du ihr widmen. Ihr und niemand anders. Ungehorsam wird Zerstörung nach sich ziehen.«

Silk verneigte sich wieder. »Es soll geschehen, wie Du es befohlen hast, Große Königin.« Dabei hatte er jedoch das Gefühl, nicht so sehr einer Göttin zu gehorchen, sondern vielmehr einer Drohung nachzugeben; aber er hatte keine Zeit, das Gefühl zu analysieren.

»Eine ist unter euch, die fähig ist, die Führung zu übernehmen. Sie soll eure Anführerin sein. Sie soll vortreten.«

Echidnas Augen, so hart und schwarz wie Opale, hefteten sich auf Maytera Mint. Die Sibylle erhob sich und trat mit winzigen, fast affektierten Schrittchen vor die ehrfurchtgebietende Erscheinung im Heiligen Fenster. Sie neigte demütig den Kopf, und als sie neben Silk stand, war ihr Kopf kaum höher als seiner, obwohl er kniete.

»Du sehnst dich nach einem Schwert.«

Falls Maytera Mint daraufhin nickte, war es eine so kleine Bewegung, daß sie mit Menschenaugen nicht zu sehen war.

»Du bist ein Schwert. Du bist mein Schwert. Du bist Scyllas Schwert. Du bist das Schwert der Acht Großen Götter.«

Von den Tausenden, die vor dem Manteion versammelt waren, hatten höchstens fünfhundert, wenn überhaupt so viele, verstehen können, was Maytera Marble, Patera Gulo oder Silk gesagt hatten. Aber alle, von denen, die so nahe am Altar standen, daß ihre Hosenbeine vom Blut bespritzt waren, bis zu den Kindern, die ganz hinten von Müttern hochgehalten wurden, die kaum größer waren als sie selbst, alle konnten die Göttin hören, konnten das Dröhnen ihrer Stimme vernehmen, auch wenn sie nur teilweise verstehen konnten, was die Große Echidna, die Königin der Götter, die höchste und bedeutendste Stellvertreterin des Doppelköpfigen Pas, ihnen zu sagen hatte. Während Echidna sprach, wogte die Menschenmenge hin und her wie ein Weizenfeld in einem aufziehenden Sturm.

»Die Bündnistreue dieser Stadt muß wiederhergestellt werden. Wer sich gegen sie vergangen hat, soll ausgestoßen werden. Der zur Zeit herrschende Rat. Töte seine Mitglieder! Setze die Charta meiner Tochter wieder ein. Die stärkste Festung der Stadt. Das Gefängnis, das ihr die Alambrera nennt. Zerstöre es!«

Maytera Mint kniete nieder, und wieder war ihre Stimme wie eine silberhelle Trompete zu hören. »Das will ich tun, Große Königin!« Silk konnte kaum glauben, daß diese durchdringende Stimme im Körper der zierlichen, schüchternen Sibylle entstand.

Nachdem sie geantwortet hatte, endete die Theophanie. Der weiße Stier lag tot neben Silk, ein Ohr berührte seine Hand. Das Heilige Fenster war wieder leer wie zuvor, aber in der Sun Street knieten die Gläubigen mit benommenen, leeren oder verzückten Gesichtern. Weit entfernt – so weit, daß er sie nicht sehen konnte – schrie eine Frau vor Schmerz oder in religiöser Verzückung.

Er hob die Hände, wie er es schon einmal auf dem Schweber getan hatte. »Ihr Leute von Viron!«

Einige, die Hälfte vielleicht, gab zu erkennen, daß man ihn gehört hatte.

»Die Königin des Whorl hat uns mit ihrer Gegenwart beehrt! Echidna selbst …«

Die Worte blieben ihm im Hals stecken, als irgend etwas Brennendes wie eine feurige Faust in die Stadt herunterfuhr. Sein Schatten, normalerweise unter dem wohltätigen Licht der Langen Sonne nur ein verschwommener und diffuser Fleck, war als pechschwarzer Umriß wie ein Scherenschnitt auf dem Boden zu sehen.

Er blinzelte und taumelte zurück, als übte das grellweiße Licht einen körperlich spürbaren Druck auf ihn aus. Dann war es vorbei, und er konnte die Augen wieder öffnen. Der sterbende Feigenbaum, dessen oberste Äste über der Krone der Gartenmauer zu sehen waren, brannte. Die trockenen Blätter knackten und knisterten, während fetter schwarzer Rauch von ihnen aufstieg.

Eine Bö fachte die Flammen an, und die Rauchsäule tanzte und drehte sich. Sonst schien sich nichts verändert zu haben. Ein brutal aussehender Mann, der neben dem Sarg vor dem Altar kniete, sagte: »W-war das auch ein Wort von den Göttern, Patera?«

Silk holte tief Luft. »Ja, das war es. Es war ein Wort von einem Gott, nicht von Echidna, und ich habe das Wort verstanden.«

Maytera Mint sprang auf, und ihrem Beispiel folgten hundert oder mehr andere. Silk erkannte Gayfeather, Cavy, Quill, Aloe, Zoril, Horn und Nettle, Holly, Hart, Oont, Aster, Macaque und Dutzende weiterer Gemeindemitglieder. Die Silbertrompete, in die Maytera Mints Stimme sich verwandelt hatte, rief sie zur Schlacht. »Echidna hat gesprochen! Wir haben den Zorn des Pas gespürt! Auf zur Alambrera!«

Die Versammlung verwandelte sich in einen Mob.

Jetzt waren die Menschen wieder auf den Füßen, und es schien so, als redeten und riefen sie alle gleichzeitig. Die Maschine des Schwebers röhrte laut. Gardisten, einige beritten und einige zu Fuß, riefen: »Mir nach, Leute!« – »Mir nach!« – »Zur Alambrera!« Einer gab mit seiner Muskete einen Schuß in die Luft ab.

Silk sah sich nach Gulo um. Er wollte ihn eigentlich schicken, den brennenden Baum zu löschen, aber Gulo war schon ein gutes Stück entfernt und hatte sich an die Spitze eines Zuges von hundert oder mehr Menschen gesetzt. Andere führten den weißen Hengst zu Maytera Mint, und ein Mann verschränkte die Hände und verneigte sich vor ihr. Sie setzte einen Fuß in die Hände des Mannes und sprang mit einer Behendigkeit, die Silk ihr niemals zugetraut hätte, auf den Rücken des Pferdes. Das Pferd bäumte sich auf und keilte mit den Vorderhufen aus, als sie ihm einen Tritt mit den Hacken gab.

Er fühlte sich ungeheuer erleichtert. »Maytera! Maytera!« Er nahm das Opfermesser in die linke Hand und vergaß die Würde, die Auguren eigentlich jederzeit an den Tag legen sollten. Er rannte zu ihr, daß die schwarze Robe im Wind flatterte. »Hier, nehmt das!«

Silbern, leuchtend grün und blutrot flog der Azoth, den Crane ihm gegeben hatte, über die Köpfe der Menge hinweg zu ihr. Er hatte zu hoch und zwei Ellen zu weit nach links geworfen, aber sie fing die Waffe auf, wie er es gehofft hatte.

»Drückt auf den Blutstein«, rief er, »wenn Ihr die Klinge sehen wollt!«

Einen Augenblick später griff die vernichtende Klinge des Azothen unendlich weit in den Himmel hinaus. Sie rief: »Kommt doch nach, Patera! Sobald Ihr die Opfer beendet habt!«

Er nickte und rang sich ein Lächeln ab.

Zuerst das rechte Auge. Es kam Silk so vor, als sei zwischen dem Moment, als er niedergekniet war, um das Auge aus der Augenhöhle zu schälen, und dem Moment, als er es ins Feuer legte und Scyllas kurze Litanei murmelte, eine Ewigkeit vergangen. Als er das Gebet beendete, war die Versammlung auf ein paar alte Männer und eine Gruppe kleiner Kinder, die von älteren Frauen bewacht wurden, geschrumpft. Alles in allem waren höchstens noch einhundert Menschen anwesend.

Mit leiser, tonloser Stimme verkündete Maytera Marble: »Die Zunge für Echidna. Echidna hat zu uns gesprochen.«

Echidna selbst hatte verlangt, die verbleibenden Opfer müßten Scylla gewidmet werden, aber Silk befolgte den Vorschlag. »Sieh uns, Große Echidna, Mutter der Götter, Unvergleichliche Echidna, Königin dieses Whorl …« (Gab es überhaupt noch andere, wo Echidna nicht die Königin war? Alles, was er auf der Schola gelernt hatte, sprach dagegen, aber er hatte das überlieferte Gebet verändert, weil er glaubte, daß es so sein könnte.) »Nähre uns, Echidna, und befreie uns durch das Feuer.«

Der Kopf des Stiers war so schwer, daß er ihn nur mit Mühe aufheben konnte. Er hatte damit gerechnet, daß Maytera Marble ihm helfen würde, aber sie rührte sich nicht. Er fragte sich, ob das goldene Blatt auf den Hörnern einfach schmelzen oder auf andere Weise von den Flammen zerstört werden würde. Das war aber nicht wahrscheinlich, und so nahm er sich vor, das Gold später zu retten, denn so dünn das Blattgold auch war, es hatte einen gewissen Wert. Ein paar Tage vorher hatte er überlegt, daß Horn und die anderen Jungen die Vorderfront der Palaestra neu streichen konnten, und dafür mußte man Farbe und Pinsel kaufen.

Horn, der Anführer der Jungen, und die Schläger und die anständigen Familienväter aus dem Viertel griffen jetzt mit Maytera Mint zusammen die Alambrera an. In ihrem Gefolge waren Jungen, die noch nicht einmal Bärte hatten, und Mädchen, die kaum älter waren als die Jungen, und junge Mütter, die noch nie eine Waffe in der Hand gehabt hatten. Aber wenn sie überlebten …

Er mußte das anders formulieren, dachte er: Falls einige von ihnen überlebten.

»Sieh uns, Liebliche Scylla, wundervolle Herrscherin der Gewässer, siehe unsere Liebe und unsere Sehnsucht nach deiner Liebe. Reinige uns, o Scylla, und befreie uns durch das Feuer.«

Die letzte Wendung wurde für alle Götter gesprochen, sogar für Tartaros, den Gott der Nacht, und für Scylla, die Göttin des Wassers. Während er den Kopf des Stiers auf den Altar wuchtete und in die richtige Position brachte, überlegte er, daß die Worte »Befreie uns durch das Feuer« ursprünglich wohl Pas allein gewidmet gewesen waren. Oder vielleicht auch Kypris, denn die Liebe war wie ein Feuer, und Kypris hatte von Chenille Besitz ergriffen, deren Haar feuerrot gefärbt war. Was war eigentlich mit den Feuern, die jenseits der kahlen Steinfläche, die den Bauch des Whorl darstellte, in den Himmelsländern zu sehen waren?

Maytera Marble, die rings um den Kopf des Stiers frisches Zedernholz hätte nachlegen müssen, blieb unbeweglich stehen. Er tat es selbst und benutzte eine Menge, die sie vorher, bevor Kypris erschienen war, in einer ganzen Woche nicht verbraucht hätten.

Der rechte Vorderhuf. Dann der linke. Dann der rechte hintere Huf, dann der linke. Letzteren bekam er nur mit viel Mühe frei. Unsicher betastete er die Schneide des Messers. Es war immer noch sehr scharf.

Selbst nach einer Theophanie wäre es undenkbar gewesen, nicht in einem so großen Opfer wie dem Stier zu lesen. So öffnete er den gewaltigen Bauch des Tiers und betrachtete die Eingeweide. »Krieg, Tyrannei und schreckliche Brände.« Er sprach so leise, wie er es wagte, und hoffte, die alten Leute würden ihn nicht hören können. »Möglich, daß ich mich irre. Ich hoffe es jedenfalls. Echidna hat gerade eben direkt zu uns gesprochen, und sie hätte uns doch sicher gewarnt, wenn uns solche Gefahren drohen würden.« Irgendwo im Hinterkopf hörte er plötzlich Doktor Crane kichern. *Briefe von den Göttern im Bauch eines toten Stiers, Silk? Ihr nehmt da Verbindung mit Eurem eigenen Unbewußten auf, das ist alles.*

»Es ist mehr als nur eine entfernte Möglichkeit, daß ich mich irre und daß ich nur meine eigenen Ängste in dieses prächtige Opfer hineinlese.« Silk hob die Stimme. »Ich will noch einmal betonen, daß Echidna in dieser Hinsicht nichts gesagt hat.«

Viel zu spät fiel ihm ein, daß es seine Pflicht gewesen wäre, der Versammlung ihre Worte genau zu übermitteln. Er holte das jetzt nach und ergänzte den Bericht durch alles, was er über ihr Dasein an Pas' Seite und ihre wichtige Rolle für Enthaltsamkeit und Fruchtbarkeit noch wußte. »Ihr seht also, daß die Große Echidna uns einfach aufgefordert hat, unsere Stadt zu befreien. Da diejenigen, die in den Kampf gezogen sind, auf ihren Wunsch gegangen sind, dürfen wir voller Zuversicht erwarten, daß sie siegen werden.«

Er opferte Scylla das Herz und die Leber.

Ein junger Mann hatte sich zu den Kindern, den alten Frauen und den alten Männern gesellt. Irgendwie kam er Silk bekannt vor, aber als Silk kurzsichtig blinzelnd den geneigten Kopf ins Auge faßte, konnte er ihn nicht unterbringen. Ein kleiner Mann war es, der eine hellgelbe Seidentunika trug, die mit Goldfäden durchwirkt war. Das gelockte schwarze Haar glänzte in der Sonne.

Der Kopf des Stiers zischte und knisterte, dann platzte er mit einem lauten Knall – er zerbarst, wie der korrekte liturgische Begriff lautete –, und ein Funkenregen ging von ihm aus. Es war ein Zeichen für die Unruhen in der Stadt, aber das Zeichen kam zu spät. Aus den Aufständen war eine Revolution geworden, und es schien durchaus möglich, daß diese Revolution bereits einem Menschen den Tod gebracht hatte.

Wirklich, man konnte sagen, daß Doktor Crane, der so gern gelacht hatte, und der ernste junge Soldat bereits gefallen waren. Heute morgen (heute morgen erst!) war Silk so vermessen gewesen, dem Captain zu sagen, daß man nicht zur Gewalt greifen dürfe, um das Ayuntamiento abzusetzen. Er hatte zum Beispiel daran gedacht, daß die Menschen sich weigern konnten, die Steuern zu entrichten oder zu arbeiten, daß die Zivilgarde womöglich Beamte verhaften und festsetzen konnte, die den vier noch amtierenden Ratsherren nach wie vor ergeben waren. Statt dessen hatte er dazu beigetragen, einen Wirbelsturm zu entfachen. Mißmutig erinnerte er sich daran, daß der Wirbelsturm Pas' ältestes Symbol war, und er bemühte sich zu verdrängen, daß Echidna von den »Acht Großen Göttern« gesprochen hatte.

Mit einem letzten geschickten Schnitt löste er den letzten Hautfetzen vom Bauch des Bullen. Er warf das Fell mitten in das Altarfeuer. »Die gnädigen Götter laden uns ein, an ihrem Festmahl teilzunehmen. Großzügig geben sie uns die Speisen zurück, die wir ihnen anbieten, und was sie berührt haben, ist uns nun heilig. Darf ich annehmen, daß der Spender nicht mehr anwesend ist? In diesem Fall mögen alle, die das Geschenk der Götter annehmen möchten, zu mir vortreten.«

Der junge Mann in der hellgelben Tunika setzte sich in Bewegung, um seinen Teil vom geopferten Bullen zu holen, aber eine alte Frau hielt ihn am Ärmel fest. »Laßt die Kinder zuerst gehen!« zischelte sie. Silk nahm an, daß der junge Mann wahrscheinlich kein Opfer mehr besucht hatte, seit er selbst ein Kind gewesen war.

Für jeden, der vortrat, schnitt Silk ein Stück rohes Fleisch heraus und bot es auf der Spitze des Opfermessers an. Für viele Kinder würde dies für lange Zeit das letzte Fleisch sein, das sie zu essen bekämen. Was nach der Zeremonie noch übrig war, würde man morgen für die glücklichen Schüler der Palaestra kochen.

Falls es für die Palaestra und ihre Schüler überhaupt ein Morgen gab.

Das letzte Kind war ein kleines Mädchen. Mutig geworden, schnitt Silk für sie ein erheblich dickeres Stück ab. Wenn Kypris sich entschieden hatte, von Chenille wegen deren feuerrotem Haar Besitz zu ergreifen, warum hatte sie dann auch von Maytera Mint Besitz ergriffen? Maytera Mint hatte ihm das im Laubengang anvertraut, bevor er nach Limna aufgebrochen war. Ob Maytera Mint je geliebt hatte? Zuerst wollte er diesen Gedanken einfach abtun, aber dann ... hatte Chenille, die in einem Angstanfall Orpine erstochen hatte, jemals einen Menschen außer sich selbst geliebt? Oder war Selbstliebe der Göttin Kypris so willkommen wie jede andere Liebe? Sie hatte Orchid aber unumwunden gesagt, daß dem nicht so sei.

Der ersten alten Frau gab er ein noch größeres Stück. Zuerst die alten Frauen, dann die alten Männer, dann der einsame junge Mann und schließlich sollte Maytera Marble, die einzige noch anwesende Sibylle, den Rest für die Palaestra und die Küche des Zönobiums bekommen. Wo steckte nur Maytera Rose heute morgen?

Der erste alte Mann bedankte sich murmelnd bei ihm und nicht bei den Göttern. Silk erinnerte sich, daß die Menschen sich bei Orpines Beerdigung ähnlich verhalten hatten. Er beschloß, am nächsten Scylsday zur Gemeinde darüber zu sprechen, falls er da noch frei war und predigen konnte.

Jetzt kam der letzte alte Mann. Silk schnitt ihm ein dickes Stück ab, dann blickte er an dem Alten vorbei zu dem jungen Mann, der hinter dem Alten stand, und an diesem vorbei zu Maytera Marble, die wieder ein Stück weiter hinten stand. Er überlegte, ob sie mißbilligte, was er tat – und plötzlich erkannte er den jungen Mann.

Für einen Moment, der ihm vorkam wie eine kleine Ewigkeit, konnte er sich nicht bewegen. Die anderen

Menschen bewegten sich zwar noch, aber ihre Bewegungen kamen ihm nun vor wie der Kampf von Fliegen, die in den Honigtopf gefallen sind. Maytera Marble näherte sich langsam dem jungen Mann. Sie schien leicht zu lächeln, und offensichtlich dachte sie das gleiche wie Silk. Es war wirklich die Frage, ob morgen in der Palaestra noch Kinder speisen würden. Langsam neigte der letzte alte Mann den Kopf und wandte sich ab, das nackte Zahnfleisch in einem erfreuten Grinsen entblößt. Silks rechte Hand wollte unterdessen in die Hosentasche fassen, wo er den goldbelegten Nadler verwahrt hatte, den Doktor Crane Hyacinth geschenkt hatte; aber dazu hätte eben diese Hand das Opfermesser weglegen müssen, und das hätte, so kam es Silk vor, Wochen, wenn nicht gar Jahre gedauert.

Geöltes Metall blitzte, als Musk seinen Nadler zog. Wie ein Schatten fiel das dunklere Metall von Maytera Marbles Handgelenken über die Waffe. Das Geräusch des Schlages ging im schrillen Kreischen einer abgefeuerten Nadel unter, die durch den Ärmel von Silks Robe fetzte.

Maytera Marble legte die Arme um Musk. Silk schlug nach Musks Hand, die noch den Nadler hielt. Die Waffe fiel zu Boden, und Musk schrie. Die alten Frauen eilten davon (sie hätten wohl selbst behauptet, daß sie rannten). Einige scheuchten dabei Kinder vor sich her. Ein kleiner Junge raste an Silk vorbei und umrundete den Sarg. Dann tauchte er, Musks Nadler vorsichtig mit beiden Händen haltend, wieder auf und zielte wie im Spiel auf Musk.

Silk kamen in diesem Augenblick zwei Ideen gleichzeitig. Die erste war, daß Villus möglicherweise versehentlich schießen und Musk töten könnte. Der zweite Gedanke war, daß er, Silk, darüber nicht besonders traurig gewesen wäre.

Musks Daumen baumelte nur noch an einem Hautfetzen, und das Blut, das aus seiner Wunde strömte, vermischte sich mit dem Blut des weißen Stiers. Silk, der die Situation noch nicht ganz überblicken konnte, sagte: »Er hat Euch geschickt, das zu tun, nicht wahr?« Dabei stellte er sich das gerötete, schwitzende Gesicht von Musks Arbeitgeber vor. Der Name wollte ihm im Augenblick gerade nicht einfallen.

Als Maytera Marble ihn zum Altar bugsierte, spuckte Musk einen dicken, gelben Schleimbatzen aus, der an Silks Robe klebenblieb. Es war schrecklich anzusehen, als sie ihn auf den Altar zog und in die Flammen drückte. Musk spuckte wieder aus, dieses Mal in ihr Gesicht, und er wehrte sich so verzweifelt, daß sie von den Füßen gehoben wurde.

Villus fragte: »Soll ich ihn erschießen, Maytera?« Als sie nicht antwortete, schüttelte Silk den Kopf.

»Dieser schöne, lebende Mann«, erklärte sie langsam, »wird mir, der Göttlichen Echidna, geopfert.« Ihre Hände, die knochigen, blau geäderten Hände einer älteren Biologischen, glühten hellrot in den Flammen. »Mutter aller Götter, Unvergleichliche Echidna, Königin des Whorl. Schöne Echidna! Lächle auf uns herab. Schicke uns die Tiere, die wir jagen können. Große Echidna! Laß grünes Gras für unser Vieh sprießen ...«

Musk stöhnte. Seine Tunika qualmte, die Augen schienen ihm fast aus den Höhlen zu treten.

Eine alte Frau kicherte.

Überrascht drehte Silk sich zu ihr um, und am Grinsen, das an einen Totenkopf erinnerte, erkannte er, wer durch ihre Augen zusah. »Geh heim, Mucor.«

Die alte Frau kicherte wieder.

»Göttliche Echidna«, fuhr Maytera Marble fort, »befreie uns durch das Feuer.«

»Gib ihn frei, Echidna«, rief Silk.

Musks Seidentunika brannte bereits. Auch Maytera Marbles Ärmel hatten Feuer gefangen.

»Laß ihn frei!«

Musks strenge, selbstauferlegte Disziplin brach. Er schrie und schrie, und zwischen den Schreien keuchte er, und jeder Schrei war leiser und doch schrecklicher als der vorhergehende. Silk, der hilflos an Maytera Marbles erbarmungslos festhaltenden Armen zupfte, empfand die Schreie wie das Kreischen der Schwingen des Todes, der schwarzen Schwingen des Hohen Hierax, wenn er am Ostpol vom Mainframe in den Whorl herabstieß.

Musks Nadler schoß zweimal, so schnell nacheinander, daß es fast wie ein einziges Geräusch klang. Die Nadeln kratzten über Maytera Marbles Wangen und ihr Kinn und sausten heulend in die Luft davon.

»Nicht«, sagte Silk zu Villus. »Du könntest sonst noch mich treffen. Das nützt jetzt nichts mehr.«

Villus schrak zusammen, dann sah er erstaunt zu der staubigen schwarzen Natter hinunter, die sich um sein Fußgelenk geringelt hatte.

»Nicht weglaufen«, sagte Silk zu ihm. Er eilte, dem Jungen zu helfen und rettete sich dadurch selbst. Eine größere Giftschlange löste sich aus Maytera Marbles Kragen und wollte nach seinem Hals schlagen. Sie verfehlte ihn nur um zwei Fingerbreit.

Er riß die erste Schlange von Villus' Fußgelenk und schleuderte sie zur Seite. Dann bückte er sich und ritzte in die Stichwunden, die durch die Giftzähne entstanden waren, das Zeichen der Addition. Er machte mit der Spitze des Opfermessers flache Einschnitte und sagte zu Villus: »Leg dich hin und bleibe ganz ruhig.« Als Villus lag, preßte Silk die Lippen auf die blutenden Kreuze.

Musks Schreie wurden leiser, und nun wandte Maytera Marble sich zu Silk um. Der brennende Habit glitt ihr von den schmalen Schultern. In jeder Hand hielt sie eine Giftschlange. »Ich habe diese Kinder aus den Gassen und Gärten dieser verräterischen Stadt zu mir gerufen. Wißt ihr jetzt, wer ich bin?«

Die vertraute Stimme weckte in Silk den Gedanken, er könnte einfach den Verstand verloren haben. Er spuckte einen Mundvoll Blut aus.

»Der Junge gehört mir. Ich beanspruche ihn für mich. Gib ihn mir.«

Silk spuckte noch einmal aus. Er hob Villus auf und wiegte ihn in den Armen. »Nur makellose Geschöpfe dürfen den Göttern geopfert werden. Dieser Junge wurde von einer Giftschlange gebissen und ist deshalb nicht geeignet.«

Zweimal wedelte Maytera Marble vor ihrem Gesicht mit einer Schlange hin und her, als wollte sie eine Fliege verscheuchen. »Wer hat das zu entscheiden, du oder ich?« Der brennende Habit fiel vor ihren Füßen zu Boden.

Silk hielt Villus hoch. »Sag mir, warum Pas zornig auf uns ist, o Große Echidna.«

Sie griff nach ihm, sah dann die Schlange an, als bemerkte sie das Tier in ihrer Hand erst jetzt. Sie hob die Schlange und sagte: »Pas ist tot, und du bist ein Narr. Gib mir Auk.«

»Der Junge hier heißt Villus«, erklärte Silk ihr. »Auk war vor ungefähr zwanzig Jahren ein Junge wie dieser hier.« Als sie nicht reagierte, fügte er hinzu: »Ich wußte ja, daß ihr Götter von Biologischen Besitz ergreifen könnt, aber ich wußte nicht, daß ihr das auch mit Chemischen tun könnt.«

Echidna fuchtelte mit der sich windenden Schlange vor ihrem Gesicht herum. »Sie sind einfacher zu … was haben diese Zahlen zu bedeuten? Warum sollten wir euch … mein Gemahl?«

»Hat Pas von jemandem Besitz ergriffen, der dann gestorben ist?«

Sie drehte sich zum Heiligen Fenster um. »Die wichtigste Berechnung ist … seine Zitadelle.«

»Geh von dem Feuer weg«, warnte Silk sie, aber es war zu spät. Ihre Knie gaben nach, und sie brach auf dem brennenden Habit zusammen. Während sie fiel, schien sie zusammenzuschrumpfen.

Er legte Villus ab und zog Hyacinths Nadler. Mit dem ersten Schuß erlegte er eine Schlange hinter Maytera Marbles Kopf. Er beglückwünschte sich selbst zu dem Treffer. Aber die zweite entkam und verkroch sich irgendwo im heißen gelben Staub der Sun Street.

»Du mußt alles vergessen, was du gerade gehört hast«, befahl er Villus, während er Hyacinths Nadler wieder einsteckte.

»Ich habe sowieso nichts verstanden, Patera.« Villus hatte sich aufgesetzt und beide Hände um das verletzte Fußgelenk gelegt.

»Das ist gut so.« Silk zog den brennenden Habit unter Maytera Marble weg.

Die alte Frau kicherte wieder. »Ich könnte dich jetzt töten, Silk.« Sie hielt den Nadler, der Musk gehört hatte, auf ähnliche Weise wie Villus und zielte auf Silks Brust. »Bei uns sind Ratsherren zu Besuch. Sie würden sich bestimmt darüber freuen.«

Der zahnlose alte Mann schlug ihr mit seinem bluttriefenden Stück rohen Rindfleischs den Nadler aus der Hand und sagte scharf: »Laß das, Mucor!« Er stellte einen Fuß auf den Nadler.

Silk starrte den Alten fassungslos an, während dieser ein edelsteinbesetztes Gammadion unter der verschlissenen braunen Tunika hervorholte. »Ich hätte mich schon früher vorstellen sollen, Patera, aber ich hatte gehofft, unter vier Augen mit Euch sprechen zu können. Wie Ihr seht, bin ich auch ein Augur. Ich bin Patera Quetzal.«

Auk blieb stehen und sah zum letzten verschwommenen grünen Licht zurück. Es war, als würde man eine Stadt verlassen, dachte er. Man haßte die Stadt – die häßlichen und manchmal gefährlichen dunklen Ecken, den Krach und den Qualm und vor allem dieses gierige Betteln und Jagen nach Geld, nach Geld für dieses und Geld für jenes, bis man kaum noch furzen konnte, ohne dafür bezahlen zu müssen.

Aber wenn man sich von der Stadt entfernte, während es dunkel wurde, und wenn am Himmel die Himmelsländer hingen, die man in der Stadt nicht richtig wahrnehmen konnte, dann vermißte man sie auf der Stelle und wollte anhalten und sich nach der Stadt umsehen, sobald es nur ging. All die kleinen, weit entfernten Lichter der Stadt, die so ähnlich aussahen wie die Himmelsländer, knapp über dem Horizont, wenn der Markt geschlossen hatte und die Nacht sich senkte.

Irgendwo vor ihm im Dunkeln rief Dace: »Kommt Ihr wohl bald?«

»Yeah, nun regt Euch nicht auf, alter Mann.«

Er hatte noch den Pfeil bei sich, den jemand auf Chenille abgeschossen hatte. Der Schaft bestand aus Bein, nicht aus Holz. Ein paar lange Knochensplitter, dachte Auk, während er zum zehnten oder zwölften Mal mit dem Finger darüberstrich, eingekerbt und zusammengeklebt. Wahrscheinlich vom Schienbein eines großen Tiers oder eines großen Mannes. Die Kerbe war mit Federn verziert, die ebenfalls aus Knochen geschnitten waren. Die gefährliche gezähnte Spitze bestand aus geschmiedetem Metall. Auk hatte gehört, daß die Menschen auf dem Lande mit Pfeil und Bogen jagten, und manchmal wurden solche Waffen auf dem Markt angeboten. Aber mit Sicherheit nicht so etwas wie dieser Pfeil hier.

Er zerbrach den Pfeil und ließ die Stücke fallen. Dann eilte er durch den Tunnel, um Dace einzuholen. »Wo ist Jugs?«

»Vorn, sie redet mit dem Soldaten.« Daces Stimme hörte sich an, als wäre er immer noch weit vor Auk.

»Teufel auch, bei Hierax! Sie hätten sie beinahe erwischt.«

»Und mich hätten sie *ebenfalls* beinahe umgebracht«, ertönte Incus' Stimme noch ein Stück weiter vorne. »Habt Ihr das etwa schon *vergessen*?«

»Nein«, rief Auk zurück, »aber das stört mich nicht so sehr.«

»Stört nicht«, verkündete Oreb, der auf Auks Schulter hockte.

Incus kicherte. »Und was aus *Euch* wird, stört *mich* nicht, Auk. Als ich Corporal Hammerstone vorausgeschickt habe, war mein erster Gedanke, daß Ihr ihn *begleiten* könntet. Dann wurde mir aber klar, daß es nicht schaden konnte, Euch *zurückzulassen*. Hammerstones Aufgabe ist es ja nicht, Euch zu verhätscheln, sondern mich vor brutalen Menschen wie *Euch* zu beschützen.«

»Und mich zu vermöbeln, wenn Ihr das Gefühl habt, ich könnte eine Tracht Prügel vertragen.«

»In der Tat, das seht Ihr *ganz* richtig. Aber natürlich sind den unsterblichen Göttern *Erbarmen* und *Vergebung* viel, viel lieber als ein Opfer. Wenn Ihr bleiben wollt, wo Ihr seid, dann würde ich Euch *nicht* daran hindern. Und das würde auch meine große Freundin nicht tun, die, wie Ihr ja gesehen habt, *erheblich* kräftiger ist als Ihr.«

»Chenille ist nicht stärker als ich, nicht einmal jetzt. Ich glaube nicht einmal, daß sie viel stärker ist als Ihr.«

»Aber sie hat sich zielstrebig die beste *Waffe* ausgesucht, die man nur haben kann. Was mich angeht, so bin ich froh, sie selbst *und* ihre Waffe *und* den furchteinflößenden Corporal bei mir zu wissen und möglichst weit von *Euch* entfernt zu sein.«

Auk gab sich im Geiste einen Tritt, weil er nicht realisiert hatte, daß der Raketenwerfer, den Chenille an sich genommen hatte, Hammerstone genauso wirkungsvoll flachlegen konnte wie eine Muskete. Wütend auf sich selbst murmelte er: »Alter Trottel.«

»Ihr verweigert mir den Titel *Patera*, Auk? Sogar *jetzt* verweigert Ihr mir noch meinen Ehrentitel?«

Auk fühlte sich schwach und benommen, er fürchtete um Chenille und sogar ein bißchen um sich selbst. Dennoch sagte er: »Der Titel soll so ungefähr bedeuten, daß Ihr mein Vater seid; genau wie Maytera, die mal meine Lehrerin war, so eine Art Mutter für mich war. Wenn Ihr anfangt, Euch wie mein Vater zu benehmen, werde ich Euch auch so nennen.«

Incus kicherte wieder. »Wir *Väter* sollen einschreiten, wenn unsere Schäfchen über die Stränge schlagen. Wir sind da, sie zu lehren – Ihr werdet mir hoffentlich diese kleine vulgäre Bemerkung verzeihen –, sich die dreckigen kleinen *Rotznasen* zu wischen.«

Auk zog seinen Hirschfänger. Die Waffe lag ungewohnt schwer in der Hand, aber das Gewicht und das kalte, harte Metall des Griffs gaben ihm Sicherheit. Oreb wandte heiser ein: »Nein, nein!«

Incus, der das Zischen der Klinge, als sie aus der Scheide fuhr, gehört hatte, rief: *»Corporal!«*

Hammerstone antwortete aus einiger Entfernung. Seine Stimme hallte laut durch den Tunnel. »Bin gleich da, Patera. Ich bin langsamer gegangen, als ich hörte, daß Ihr mit ihm gesprochen habt.«

»Ich fürchte, Hammerstone hat kein *Licht*. Er sagte mir, er hätte es verloren, als er *angeschossen* wurde. Aber er kann trotzdem im Dunkeln besser sehen als wir, Auk. Besser als jeder Biologische.«

Auk, der in der pechschwarzen Dunkelheit überhaupt nichts erkennen konnte, behauptete: »Ich habe Augen wie eine Katze.«

»Ach, *wirklich*? Was habe ich denn jetzt zum Beispiel in der Hand?«

»Meinen Nadler.« Auk schnüffelte. Da lag ein leichter Gestank in der Luft, als würde irgendwo etwas in ranzigem Fett gebraten.

»Das habt Ihr geraten.« Hammerstones Stimme klang so, als wäre er inzwischen erheblich näher gekommen. »Ihr könnt Pateras Nadler nicht sehen, weil er ihn nicht in der Hand hat. Ihr könnt auch meine Muskete nicht sehen, aber ich kann Euch sehen, und ich ziele jetzt auf Euch. Wenn Ihr versucht, Patera mit diesem Schwert anzugreifen, dann werde ich Euch erschießen. Steckt es weg, oder ich nehme es Euch ab und zerbreche es.«

Auk konnte schwach die schnellen Schritte des großen Soldaten hören. Er rannte oder lief mindestens im Trab.

»Vogel sehen«, murmelte die Nachtdohle Auk ins Ohr.

»Das ist nicht nötig«, sagte Auk zu Hammerstone. »Ich stecke die Waffe weg.« An Oreb gerichtet, flüsterte er: »Wo ist er?«

»Kommt zurück.«

»Ja, das weiß ich. Ist er schon so nahe wie der verdammte Metzger?«

»Männer nahe. Männer warten.«

Auk rief: »Hammerstone! Halt! Paßt auf!«

Die raschen Schritte brachen ab. »Dafür will ich jetzt aber eine sehr gute Erklärung hören.«

»Wie viele Männer, Vogel?«

»Viele.« Die Nachtdohle klackerte nervös mit dem Schnabel.

»Auch Götter. Böse Götter.«

»Hammerstone, paßt auf! Ihr könnt nicht viel besser sehen als Patera, das weiß ich.«

»Den Teufel kann ich!«

»Aber ich kann besser sehen. Zwischen Euch und ihm warten ein paar Kerle, still gegen die Wand gedrückt. Sie haben ...«

Das Geräusch, das jetzt den Tunnel erfüllte, war

halb Knurren und halb Heulen. Darauf folgte ein Knall, als Hammerstone mit seiner Muskete schoß, und das Hallen, als eine Kugel auf Metall traf.

»Kopf getroffen«, erklärte Oreb. Und dann, etwas genauer: »Eisenmann.«

Hammerstone feuerte zweimal rasch hintereinander, und auf die hallenden Schüsse folgten mehrere laute, trockene Einschläge und das schrille Kreischen von Nadeln, die als Querschläger davonsausten.

»Runter!« Auk wollte Dace packen, aber er griff ins Leere.

Dann schrie jemand. Auk rief: »Ich komme, Jugs!« Er rannte los und spurtete, ohne etwas zu sehen, durch eine Dunkelheit, die schwärzer war als die schwärzeste Nacht. Mit der Klinge des Hirschfängers stocherte er vor sich in der Luft herum wie ein Bettler mit dem weißen Stock.

Oreb flatterte über ihm. »Mann hier!«

Auk schlug wild um sich, ging in die Hocke, rückte weiter vor und tastete mit der linken Hand verzweifelt nach dem Messer, das in seinem Stiefel steckte. Dann traf die Klinge seines Hirschfängers etwas Hartes, nicht die Wand, und fuhr tief in lebendes Fleisch. Jemand, nicht Chenille, schrie vor Schmerz und Überraschung auf.

Hammerstones Muskete knallte wieder, so nahe, daß im Mündungsblitz einen Moment lang die Umgebung zu sehen war. Eine nackte Gestalt, dürr wie ein Skelett, taumelte rückwärts. Das Gesicht war zur Hälfte zerschnitten. Auk schlug noch einmal und wieder und wieder auf die Gestalt ein. Der dritte Schlag traf auf keinen Widerstand mehr.

»Mann tot!« verkündete Oreb aufgeregt. »Gut geschnitten!«

»Auk! Auk, hilf mir, so hilf mir doch!«

»Ich komme!«

»Paß auf!« warnte Oreb leise. »Eisenmann.«

»Aus dem Weg, Hammerstone!«

Links neben ihm krächzte Oreb: »Hier, Auk.«

Die Klinge traf auf Metall. Er duckte sich, weil er sicher war, daß Hammerstone ihn schlagen würde. Dann war er an Hammerstone vorbei, und Oreb rief aus einiger Entfernung: »Mädchen hier! Auk hier! Großer Kampf!«

»Auk, schaff ihn mir vom Hals!«

Eine neue Stimme, die fast so heiser wie Oreb krächzte, verlangte zu wissen: »Auk? Auk aus dem Cock?«

»Ja, verdammt.«

»Zum Teufel, auch. Warte mal.«

Auk blieb stehen. »Jugs, alles in Ordnung?«

Er bekam keine Antwort.

Irgendwo stöhnte jemand, und Hammerstone schoß wieder. Auk rief: »Nicht mehr schießen, aufhören. Alter Mann, wo bist du?« Seine Kampfeswut war verflogen, und er fühlte sich schwächer und kränker denn je. »Jugs?«

Oreb kam ihm zu Hilfe. »Mädchen reden. Alles gut? Nicht sterben?«

»Nein, es geht mir überhaupt nicht gut.« Chenille keuchte. »Er hat mich mit irgend etwas geschlagen, Auk. Er hat mich niedergeschlagen und wollte es ... du weißt schon. Er wollte es umsonst bekommen. Ich bin ziemlich ramponiert, aber ich glaube, ich lebe noch.«

Plötzlich wurde es heller, als hätte die Aufblendung begonnen. Vor ihnen kam ein Licht langsam um eine Biegung im Tunnel gekrochen. Auk starrte fasziniert, während das Licht ganz herumkam und alles erhellte, was bisher verborgen geblieben war.

Chenille saß ein Stück von ihm entfernt auf dem Boden. Über ihr stand ein nackter, verhungert aussehender Mann, der sofort beide Hände hob und zurückwich, als er Auk bemerkte. Auk ging zu ihr und wollte ihr auf die Beine helfen. Dabei stellte er fest, daß auch seine Hand (genau wie Silk es zuvor erlebt hatte) ein Messer hielt und dadurch behindert wurde. Er biß die Zähne zusammen, um den Schmerz zu vertreiben, der seinen Kopf in Stücke zu reißen schien, und bückte sich, um das Messer wieder im Stiefel zu verwahren.

»Er hat im Dunkeln meinen Raketenwerfer gepackt. Er hat mich mit einer Keule oder so etwas geschlagen.«

Im trüben Licht untersuchte Auk ihren Kopf und entdeckte einen dunklen Fleck, den er für eine blutende Platzwunde hielt. »Du hast verdammt großes Glück gehabt, daß er dich nicht umgebracht hat.«

Der nackte Mann grinste schief. »Oh, das hätte ich tun können. Aber ich habe es ja gar nicht versucht.«

»Ich sollte dich umbringen«, sagte Auk zu ihm. »Vielleicht werde ich das gleich noch tun. Hol deinen Raketenwerfer, Jugs.«

Hinter ihm sagte Incus: »Er wollte sie mit *Gewalt* nehmen, würde ich sagen. Ich habe sie *genau* in diesem Zusammenhang gewarnt. Es ist *falsch*, eine Frau mit Gewalt zu nehmen, mein Sohn. Aber eine *Prophetin* mit Gewalt zu nehmen ...« Der kleine Augur machte ein paar Schritte vorwärts und legte Auks großen Nadler an. »Ich hätte *ebenfalls* nicht übel Lust, Euch zu töten, um *Scyllas willen*.«

»Patera hat beide Götter erwischt«, verkündete Hammerstone stolz. »Und außerdem ein paar von Euch Fleischköpfen.«

»Wartet, Patera. Wir müssen mit ihm reden.« Auk deutete mit dem blutverschmierten Hirschfänger auf den nackten Mann. »Wie heißt du?«

»Urus. Paß auf, Auk, wir waren doch früher mal richtig gute Kumpel. Erinnerst du dich noch an das Dampfbad? Du bist hinten rein, während ich auf der Straße Schmiere gestanden habe.«

»Yeah, ich erinnere mich an dich. Sie haben dich verurteilt und in die Gruben geschickt. Das war ...« Auk überlegte, aber er konnte vor Kopfschmerzen kaum denken.

»Das war erst vor ein paar Monaten, und ich hatte Glück.« Urus kam etwas näher und hob flehend die Hände. »Wenn ich gewußt hätte, daß du das bist, Auk, dann wäre die ganze Sache anders gelaufen. Dann hätten wir euch geholfen, ich und meine Leute. Aber ich konnte es ja nicht wissen. Dieser Trottel von Gelada, der sagte, daß nur er und sie kämen.« Er deutete auf Chenille und Incus. »Eine große Schnitte aus der Bumsbude, und ein kleines Kerlchen bei ihr. Von einem Soldaten hat er nichts gesagt. Und von dir auch nicht. Als ich den Soldaten ankommen sah, wollte ich schon abhauen, aber dann ist er wieder zurückgegangen.«

Chenille wollte sich einschalten. »Warum aber ...«

»Weil du nackt bist, Jugs.« Auk seufzte. »Sie nehmen den Leuten die Kleidung weg, bevor sie sie in die Gruben schicken. Ich dachte, das wäre allgemein bekannt. Setz dich. Ihr auch, Patera, und Hammerstone. Alter Mann, wo steckst du?«

Oreb half wieder und griff heiser den Ruf auf: »Alter Mann!«

In dem von trübem Licht erhellten Gang war nichts zu hören.

»Setzt Euch«, forderte Auk sie noch einmal auf. »Wir sind alle müde – Hierax allein weiß, wie kaputt ich bin –, und wir haben wahrscheinlich noch einen langen Weg vor uns, bevor wir essen oder das nächste Mal schlafen können. Ich habe ein paar Fragen an Urus hier. Ihr anderen habt wahrscheinlich auch Fragen.«

»*Ich* mit Sicherheit«, bemerkte Incus.

»Nun gut, Ihr sollt alle Eure Gelegenheit bekommen.« Auk ließ sich umständlich auf dem kalten

Boden des Tunnels nieder. »Zuerst sollte ich Euch wohl bestätigen, daß er die Wahrheit gesagt hat, aber das hat nicht viel zu bedeuten. Ich kenne womöglich hundert Kerle, denen ich ein Stück weit, wenn auch nicht sehr weit, vertrauen könnte. Bevor man ihn in die Gruben gesteckt hat, war er einer davon, so sieht das aus.«

Incus und Hammerstone hatten sich gleichzeitig gesetzt, während Auk gesprochen hatte, und jetzt ließ sich auch Urus vorsichtig nieder, nachdem er noch einmal mit einem Nicken die ausdrückliche Erlaubnis dazu bekommen hatte.

Auk lehnte sich zurück. Er schloß die Augen, weil sich in seinem Kopf alles drehte. »Ich sagte ja, daß jeder zu Wort kommen soll, aber ich will eine Sache vorab klären, dann seid Ihr anderen dran. Wo ist Dace, Urus?«

»Wer ist das?«

»Der alte Mann. Ein alter Mann, ein Fischer, hat uns begleitet. Habt ihr ihn umgelegt?«

»Ich habe keinen umgelegt.« Urus hätte eine Meile entfernt sein können. Hammerstone schaltete sich ein: »Warum haben sie Euch in die Gruben geworfen?« Dann Chenille: »Das ist jetzt gleichgültig. Was macht Ihr hier? Das will ich vor allem wissen. Ihr solltet in den Gruben stecken, und Ihr dachtet, Ihr wärt in der Grube. Lag es, wie Auk gesagt hat, daran, daß ich nackt war?« Incus: »Mein Sohn, ich habe *lange* darüber *nachgedacht*. Ihr konntet *kaum* vorausgesehen haben, daß ich als Augur *bewaffnet* war.«

»Ich wußte nicht einmal, daß Ihr ein Augur wart. Dieser Trottel von Gelada sagte, da sei so eine große Puppe, und bei ihr wäre ein kleiner Kerl. Mehr wußten wir nicht, als wir die Lichter abgenommen haben.«

»Dann war es dieser *Gelada*, der mit dem Knochenpfeil auf mich geschossen hat.«

»Nicht auf Euch, Patera. Auf sie. Er meinte, sie hätte einen Raketenwerfer, und deshalb hat er auf sie geschossen. Aber er hat nicht getroffen. Er hat sich seinen Bogen aus Knochen zusammengeleimt, aber er kann nicht so gut damit umgehen, wie er selbst glaubt. Auk, ich will hier nur rauskommen, verstehst du? Nimm mich mit zu irgendeinem Ort oben, und ich will zufrieden sein. Ich mache alles, was du verlangst.«

»Ich habe mir schon so meine Gedanken gemacht«, murmelte Auk.

Incus: »Ich habe mindestens *zwanzig* Schüsse abgegeben. Da waren *gräßliche Tiere* und *Männer.*« Chenille: »Ihr hättet uns alle töten können, wißt Ihr das? Einfach so im Dunklen mit Auks Nadler herumzuballern, das war bescheuert.« Hammerstone: »Ich kann im Dunkeln sehen.«

»Wenn ich *nicht* geschossen hätte, meine Tochter, dann wäre ich unter Umständen *selbst* zu Tode gekommen. Und ich habe nicht aufs *Geratewohl* geschossen. Ich *wußte,* wohin ich zielen mußte. Obwohl ich ebensogut hätte blind sein können. Das war *wundervoll*. Einfach *sagenhaft*. Scylla selbst muß mir zur Seite gestanden haben. Sie sind auf mich eingedrungen, um mich zu töten, alle auf einmal, aber statt dessen habe ich *sie* getötet.«

Auk öffnete die Augen und blinzelte, um in der Dunkelheit hinter ihnen etwas zu erkennen. »Vielleicht haben sie Dace getötet. Ich weiß es nicht. Ich werde gleich mal nachsehen.«

Chenille wollte aufstehen. »Du fühlst dich schrecklich, nicht wahr? Ich gehe.«

»Nein, warte noch, Jugs. Es ist dort hinten noch dunkel. Urus, du sagtest, ihr hättet die Lichter heruntergenommen. Ihr wolltet damit ein Stück völlig verdunkeln, um in unseren Rücken zu kommen, nicht wahr?«

»Das ist richtig, Auk. Gelada ist auf meine Schultern gestiegen und hat vier Lichter heruntergenommen, und Gaur ist zurückgerannt und hat sie weggeschafft. Wußtest du, daß sie sich verteilen und von selbst nach dunklen Stellen suchen?«

Auk grunzte.

»Aber sie sind nicht besonders schnell. Also haben wir flach an die Wand gedrückt gewartet, bis Ihr vorbei wart. Sie hier, meine ich, und der kleine Augur hier. Wir wußten ja nicht, daß noch mehr kommen würden.«

»Mich einfach aus dem Hinterhalt anzugreifen!«

»Was sollten wir denn machen?« (Obwohl er nicht hinsah, konnte Auk spüren, wie Urus, seine Unschuld beteuernd, die Hände hob.) »Ihr habt doch eine Rakete auf Gelada abgefeuert. Wenn die Gangbiegung nicht gewesen wäre, dann hättet Ihr uns mit einem Schuß alle umgelegt.«

»Böser Mann.« (Das war Oreb.)

Auk öffnete wieder die Augen. »Mindestens drei oder vier, das stimmt. Hammerstone, sagtet Ihr nicht etwas von Tieren, die Patera erschossen hätte?«

»Tunnelgötter«, bestätigte Hammerstone. »So ähnlich wie Hunde, das sagte ich ja schon, aber nicht so freundlich wie Hunde.«

»Ich muß zurück«, murmelte Auk. »Ich muß sehen, was mit dem alten Mann geschehen ist, und ich will mir diese Götter mal ansehen. Urus, du bist hier, einen habe ich erledigt, das macht zwei. Hammerstone sagte, Patera hätte ein paar erwischt. Das wären dann insgesamt vier, oder? Sonst noch jemand?«

Hammerstone: »Ich. Einen. Und einer, den Patera angeschossen hatte, hat noch gezuckt, also habe ich ihn vollends erledigt.«

»Yeah, das habe ich, glaube ich, gehört. Wie viele wart ihr, Urus?«

»Sechs, Auk, und die beiden Hunde.«

»Dich selbst mitgezählt?«

»Genau, Auk, mich selbst mitgezählt, und das ist die reine Wahrheit.«

»Ich gehe zurück«, wiederholte Auk, »sobald die Lichter dort sind und ich mich besser fühle. Wenn jemand mitkommen will, soll es mir recht sein. Wenn die anderen weitergehen wollen, soll mir das auch recht sein. Aber ich will mir jedenfalls die Götter ansehen und nachschauen, was aus Dace geworden ist.«

»Guter Mann!«

»Yeah, Vogel, das war er.« Auk wartete, ob noch jemand etwas sagen wollte, aber die anderen schwiegen alle. »Urus, sie haben dich in die Gruben geworfen. Aber ich habe mich immer gefragt, ob die Leute wirklich *geworfen* werden.«

»Nur, wenn man sie ärgert. Wenn man sie nicht ärgert, darf man im Korb runterfahren.«

»Ach, und auf diese Weise werdet ihr auch mit Lebensmitteln versorgt? Die stellen das Zeug in den Korb und lassen es runter?«

»Und manchmal auch Wasser. Nur, daß wir das meiste selbst auffangen, wenn es regnet.«

»Sprich weiter.«

»Es ist nicht ganz so schlimm, wie du glaubst. In meiner Grube jedenfalls. Wir kommen meistens ganz gut zurecht. Und die Neuen, die runterkommen, sind kräftig.«

»Es sei denn, sie werden runtergeworfen. Dann dürften wohl ihre Arme und Beine gebrochen sein.«

»Das ist mal klar, Auk.«

»Und die tötet ihr dann sofort und eßt sie auf, solange sie noch Fleisch auf den Rippen haben?«

Irgend jemand (Incus, dachte Auk) keuchte erschrocken.

»Nicht immer, ehrlich. Nicht wenn es jemand ist, den einer kennt. Davon würde dann keiner was essen wollen.«

»Also, du bist in die Grube gekommen, du bist mit dem Korb runtergefahren, und du warst früher ein kräftiger Kerl. Hast herausgefunden, daß sie gegraben haben, was?« Auk öffnete die Augen. Er fühlte sich jetzt bereit, sie offen zu lassen.

»Genau, das stimmt. Sie wollten sich freigraben, verstehst du? Sie wollten geradeaus graben, bis sie auf die große Wand gestoßen wären, und dann nach unten, so tief es eben nötig gewesen wäre. Unsere Grube ist sowieso schon die tiefste, verstehst du? Sie haben mit Knochen gegraben, immer zu zweit, und die anderen haben die Erde mit den Händen rausgetragen. Die übrigen haben auf die Grünen aufgepaßt und die Erde festgetreten, nachdem sie verstreut worden war. Sie haben mir alles darüber erzählt.«

Hammerstone fragte: »Und dann seid Ihr auf diesen Tunnel gestoßen, als Ihr nach unten gegraben habt?«

Urus nickte eifrig. »Sie sind auf den Tunnel hier gestoßen, ganz genau. Das haben sie mir auch erzählt. Und der Schiffsstein – da unten trifft man an vielen Stellen auf den nackten Schiffsstein – also, der Fels war geborsten. Sie haben den Dreck herausgekratzt und gehofft, sie könnten da durchbrechen, weil sie dahinter die Lichter gesehen haben. Sie haben mir erzählt, daß sie da fast durchgedreht wären. Sie hätten sich Steine geholt und den Schiffsstein abgeschlagen, immer in kleinen Stücken, bis jemand, der nicht so dick war, leicht durchkriechen konnte.«

Incus grinste, und seine Zähne standen weiter hervor denn je. »Ich beginne allmählich zu ahnen, wie sehr Ihr Euch *gequält* habt, mein Sohn. Als Ihr endlich in diese garstigen Tunnel vorgestoßen wart, mußtet Ihr feststellen, daß Ihr auf diesem Weg nicht die *Oberfläche* erreichen konntet. Stimmt das? Ist das der Punkt, um den es geht? Zeigt sich da nicht Pas' Weisheit?«

»Yeah, so ist es, Patera.« Mit einem einschmeichelnden, beinahe kriecherischen Lächeln lehnte Urus sich zu Incus hinüber. »Seht es Euch nur an, Patera. Ihr habt gerade eben mehrere meiner Freunde erschossen, nicht wahr? Ihr habt sie nicht zum Mainframe geleitet.«

Incus schüttelte den Kopf, daß die Wangen schlackerten. »Ich hielt es in diesem Fall für das beste, die Götter *selbst* entscheiden zu lassen, mein Sohn. Ich würde in Eurem Falle genauso verfahren.«

»Also gut, ich war drauf und dran, Euch umzubringen. Das ist die Wahrheit; ich versuche ja gar nicht, das zu beschönigen. Aber jetzt wollen wir zwei das alles einfach vergessen, nicht wahr, Patera? Wir sollten es hinter uns lassen, wie Pas es von uns verlangen würde. Also, wie ist es?« Urus hielt ihm die Hand hin.

»Mein Sohn, da ich einen Nadler wie *diesen hier* besitze, lasse ich mich gern auf einen Waffenstillstand ein.«

Auk kicherte. »Urus, wie weit seid ihr vorgedrungen, als ihr den Ausgang gesucht habt?«

»Ziemlich weit. Aber in diesen Tunneln gibt es komische Biester. Und die Gänge unterscheiden sich voneinander. Manche sind voll Wasser, bei manchen ist die Decke eingebrochen. Manche enden auch einfach vor Türen.«

»Hackum, wenn wir allein sind, kann ich dir etwas zu diesen Türen sagen«, warf Chenille ein.

»So mag ich das, Jugs. Ja, mach das nur.« Auk kam unter Schmerzen auf die Beine. Als er sah, daß die Klinge des Hirschfängers noch von Blut verschmiert war, wischte er die Waffe am Saum seiner Tunika ab und steckte sie in die Scheide. »So, in diesen Tunneln sind also Biester? Was für Biester meinst du?«

»Es gibt hier unten Soldaten von seiner Sorte.« Urus deutete auf Hammerstone. »Sie schießen sofort, wenn sie dich sehen, also muß man lauschen, wo sie sind. Deshalb wußte ich auch trotz der Dunkelheit, daß er ein Soldat ist. Sie machen nicht viel Lärm, nicht einmal wenn sie marschieren, aber sie klingen anders als du und ich. Manchmal kann man es auch hören, wenn ihre Waffen gegen ihre Körper schlagen. Dann gibt es die Hunde, die er Götter nennt, aber das sind in Wirklichkeit richtige Teufel. Eland hat mal ein paar junge gefangen und gezähmt. Wir hatten sie bei uns. Dann tauchen manchmal auch große Maschinen auf. Manche sind gefährlich, aber nicht alle. Manche überrollen dich nicht, wenn du sie nicht ärgerst.«

»Ist das alles?«

»Das ist alles, was ich hier unten gesehen habe, Auk. Es gibt Geschichten über Gespenster und so weiter, aber daran glaube ich nicht.«

»Also gut.« Auk wandte sich an Incus, Hammerstone und Chenille. »Ich gehe jetzt zurück und sehe nach, ob ich Dace finde.«

Er schlenderte im Zwielicht langsam durch den Tunnel, bis er die Stelle erreicht hatte, an der die von Incus erschossenen Menschen und Tiere lagen. Als er in die Hocke ging, um die Leichen näher zu untersuchen, warf er einen Blick zu der Gruppe zurück, die er verlassen hatte. Niemand war ihm gefolgt. Er zuckte die Achseln. »Dann sind wir zwei also alleine, Oreb.«

»Böse Viecher!«

»Yeah, das sind sie ganz bestimmt. Er hat sie Hunde genannt, aber normalerweise sind Hunde zahm. Hammerstone hatte wohl recht. Das sind überhaupt keine richtigen Hunde.«

Eine primitive Keule, ein Stein, der mit Sehnen an einen vom Feuer geschwärzten Knochen gebunden war, lag neben einem der Sträflinge, die Incus erschossen hatte. Auk hob sie auf, betrachtete sie und warf sie wieder weg. Er fragte sich, wie nahe der

Mann an Incus herangekommen war, bevor er gestürzt war. Wenn Incus getötet worden wäre, dann hätte er, Auk, den Nadler zurückbekommen. Aber was hätte Hammerstone in diesem Fall getan?

Er untersuchte den Angreifer, den er selbst mit dem Hirschfänger getötet hatte. Er hatte die Waffe gestohlen und nur getragen, um damit Eindruck zu machen. Einmal hatte er sie geschärft, weil er sie hin und wieder benutzt hatte, um Seile durchzuschneiden oder Schubladen aufzuhebeln, und aus reiner Neugierde hatte er zwei Fechtstunden bei Meister Xiphias genommen. Jetzt wurde ihm klar, wie wertvoll diese Waffe im Grunde war.

Der Schein der kriechenden Lichter war hier erheblich schwächer. Es würde eine Weile dauern, bis der Abschnitt, in dem er den alten Fischer verlassen hatte, voll beleuchtet wäre. Er zog den Hirschfänger und ging vorsichtig weiter. »Mach den Schnabel auf, sobald du etwas siehst, Vogel.«

»Nichts sehen.«

»Aber du kannst hier sehen, oder? Verdammt, ich kann ja sogar selbst was sehen. Ich sehe nur nicht besonders gut.«

»Keine Männer.« Oreb klackerte mit dem Schnabel und flatterte von Auks rechter auf die linke Schulter. »Keine Viecher.«

»Yeah, ich sehe auch nicht viel. Ich wünschte, ich wüßte, ob das hier die richtige Stelle ist.«

Vor allem wünschte er sich aber, daß Chenille mitgekommen wäre. Bustard ging neben ihm, groß und muskulös, aber das war etwas anderes. Wenn Chenille nicht mitgekommen war, hatte es keinen Zweck, überhaupt zu gehen. Dann war alles sinnlos.

»Junge, wie bist du nur in diesen Schlamassel geraten«, wollte Bustard wissen.

»Keine Ahnung«, murmelte Auk. »Ich hab's vergessen.«

Sag mir die Wahrheit, Junge. Wie soll ich dich sonst hier heraushauen? Wenn ich dir helfen soll, muß ich alles wissen.

»Also, ich mochte ihn jedenfalls. Patera, meine ich. Patera Silk. Ich glaube, das Ayuntamiento hat ihn eingesackt. Ich dachte mir, ich fahre heute abend zum See hinaus und treffe sie vielleicht in Limna, und sie werden froh sein, mich zu sehen, weil ich Geld habe, und dann könnten wir ordentlich zu Abend essen und etwas trinken und uns im Ort ein Zimmer nehmen. Er würde sie ja nicht anrühren, weil er ein Augur ist ...«

»Schlecht reden!«

»Er ist ein Augur, und sie würde zum Abendessen ein paar Gläser trinken, und sie würde glauben, daß sie es mir schuldig ist wegen des Ringes und wegen der Einladung, und daß es ein schöner Abend werden könnte.«

»Habe ich dir nicht gesagt, daß es böse endet, wenn man sich zu sehr mit einem Flittchen einläßt, Junge?«

»Yeah, klar doch, Bruder. Du hast ja recht. Aber er war weg, und sie war verwirrt, und dann wurde ich wütend und habe sie geprügelt und nach ihm gesucht. Alle sagen, er würde Caldé werden. Patera Silk soll der neue Caldé sein. Und wenn er es wird, dann kann ich froh sein, daß ich ihn kenne.«

»Mädchen kommt!«

»Vergiß es. Du gehst jetzt also auf diesem Weg hier zurück, auf dem Weg, den wir gekommen sind, um diesen Metzger Silk zu suchen?«

»Yeah, ich suche Silk, weil er sich das von mir wünschen würde. Ich suche ihn und Dace, das ist der alte Mann, auf dessen Boot wir gefahren sind.«

»Du hast ein halbes Dutzend Kerle wie ihn ausgenommen. Und jetzt hast du nicht einmal sein Boot einkassiert.«

»Patera würde es so wollen, und ich mochte ihn.«

»So sehr?«

»Hackum? Hackum?«

»Er wartet, mußt du wissen. Dieser Gelada wartet da im Dunklen neben der Leiche des alten Mannes auf uns. Er hat einen Bogen. Und der Bogen ist bisher nicht gefunden worden.«

»Mädchen kommt«, wiederholte Oreb.

Auk drehte sich um und sah ihr entgegen. »Bleibe zurück, Jugs!«

»Hackum, ich muß dir unbedingt etwas sagen, aber ich kann nicht laut sprechen.«

»Er kann uns sehen, Jugs, auch wenn wir ihn nicht sehen können. Von hier aus, wo es heller ist, kann ihn nicht einmal der Vogel sehen. Wo ist dein Raketenwerfer?«

»Ich mußte ihn bei Stony zurücklassen. Patera wollte überhaupt nicht, daß ich gehe. Ich glaube, er fürchtete, ich könnte die beiden umbringen, wenn ich mich ein Stück entfernt habe.«

Auk sah nach rechts und hoffte, Bustard könnte ihm weiterhelfen, aber Bustard war verschwunden.

»Deshalb habe ich zu ihm gesagt, daß wir so etwas nicht tun würden, weil wir ihn nicht hassen. Aber er sagte, daß du ihn haßt.«

Auk schüttelte den Kopf, und die Schmerzen ließen vor seinem inneren Auge rosafarbene Nebelschleier aufwallen. »Es kann sein, daß er mich haßt, aber ich hasse ihn nicht.«

»Das habe ich ihm auch gesagt, und er meinte, nun gut, meine Tochter – du weißt ja, wie er redet –, aber *das hier* läßt du hier bei uns, dann werde ich es dir glauben. Also habe ich die Waffe dagelassen. Ich habe sie Stony gegeben.«

»Und dann bist du ohne Waffe gekommen, um mir etwas über die verdammten Türen zu erzählen.«

»Ja!« Sie kam näher, während sie weitersprach. »Es ist wichtig, es ist wirklich wichtig, Hackum, und ich will nicht, daß dieser Kerl, der mich niedergeschlagen hat, es hört.«

»Geht es um das, was der große Kerl gesagt hat?« Chenille hatte es die Sprache verschlagen.

»Ich habe es gehört, Chenille. Ich war direkt hinter Euch, und Türen und Schlösser gehören zu meinem Geschäft. Türen und Schlösser und Fenster und Wände und Dächer. Glaubst du wirklich, ich könnte so etwas überhören?«

Sie schüttelte den Kopf. »Wahrscheinlich nicht.«

»Nein, wahrscheinlich nicht. Bleib etwas zurück, damit dir nichts passiert.« Er wandte sich ab und hoffte, sie würde nicht sehen, wie schwach und benommen er sich fühlte. Der dunkler werdende Tunnel schien sich um ihn zu drehen, als er in den schwarzen Schlund starrte. Ein finsteres Loch, dunkel wie Ebenholz und schwarzes Eisen, oder wie ein schwarzes Rad, das auf einer Teerstraße in die Unendlichkeit davonrollte. »Ich weiß, daß du da bist, Gelada. Und der alte Mann ist bei dir. Hör gut zu. Mein Name ist Auk, und ich bin ein alter Kumpel von Urus. Ich bin nicht gekommen, um mit dir zu kämpfen. Aber ich bin eben auch ein Kumpel von dem alten Mann.«

Seine Stimme versagte. Er bemühte sich, seine Kräfte zu sammeln. »Wir werden jetzt bald mit Urus zu eurer Grube zurückkehren.«

»Hackum!«

»Halt's Maul!« Er machte sich nicht einmal die Mühe, sich zu ihr umzusehen. »Ich kann euch nämlich zeigen, wie man durch eine dieser Eisentüren da unten kommt, die ihr nicht öffnen könnt. Ich werde mit den Leuten in eurer Grube reden. Ich werde sagen, daß jeder, der da raus will, mitkommen darf. Und dann gehen wir zu dieser Tür, und ich werde sie öffnen, und dann gehen wir raus. Das ist alles. Ich werde nicht zurückkommen und irgend jemanden später holen.«

Er hielt inne und wartete auf eine Antwort. Oreb klackerte nervös mit dem Schnabel.

»Du und der alte Mann, ihr kommt jetzt her, und dann könnt ihr beide mit uns kommen. Oder du kannst ihn laufen lassen und allein zur Grube zurückgehen. Oder du kommst mit uns anderen mit, wenn du das willst. Aber ich will jetzt jedenfalls nach dem alten Mann sehen.«

Er fuhr zusammen, als Chenille ihm eine Hand auf die Schulter legte.

»Bist du dabei, Jugs?«

Sie nickte und hakte sich bei ihm ein. Sie waren ungefähr hundert Schritte weiter in die Dunkelheit vorgedrungen, als zwischen ihren Köpfen ein Pfeil hindurchsauste. Sie keuchte und hielt sich ängstlich an ihm fest.

»Das war nur eine Warnung«, sagte er. »Er hätte uns erschießen können, wenn er das gewollt hätte. Aber das wird er nicht tun, weil wir ihn hier herausholen können, und er weiß ja, daß er alleine nicht hinausfindet.«

Wieder hob er die Stimme. »Der alte Mann ist tot, nicht wahr, Gelada? Ich habe das schon verstanden. Und du glaubst, wenn ich das herausfinde, ist alles im Eimer. Aber so ist das nicht. Was ich gesagt habe, gilt immer noch. Wir haben einen Auguren bei uns, den kleinen Kerl, den du mit Jugs hier gesehen hast, als du auf sie geschossen hast. Gib uns nur die Leiche des alten Mannes. Wir werden den Auguren beten lassen und den Alten vielleicht sogar irgendwo begraben, wenn wir einen passenden Platz finden. Ich kenne dich nicht, aber vielleicht kanntest du Bustard, meinen Bruder. Der Kerl, der den goldenen Molpe-Becher gestohlen hat. Oder sollen wir Urus holen? Er kann für mich bürgen.«

Chenille rief: »Er sagt die Wahrheit, Gelada, ehrlich. Ich glaube, du bist überhaupt nicht mehr hier. Ich glaube, du bist in den Tunnel davongerannt. Das hätte ich auch gemacht. Aber wenn du noch da bist, dann kannst du Auk vertrauen. Du mußt schon ziemlich lange in den Gruben sein, weil inzwischen jedermann in der Orilla Auk kennt.«

»Vogel sehen«, murmelte Oreb.

Auk drang langsam tiefer in die Dunkelheit vor. »Hat er seinen Bogen dabei?«

»Hat Bogen.«

»Leg den Bogen weg, Gelada. Wenn du mich erschießt, dann erschießt du die letzte Möglichkeit, hier jemals wieder herauszukommen.«

»Auk?« Die Stimme, die aus der Dunkelheit drang, hätte Hierax selbst gehören können, denn sie war hohl und hoffnungslos wie das Echo in einer Gruft. »Ist das dein Name? Auk?«

»Das bin ich. Bustard war mein Bruder. Er war älter als ich.«

»Hast du einen Nadler? Leg ihn weg.«

»Ich habe keinen.« Auk zog den Hirschfänger aus der Scheide, zog die Tunika aus und ließ den Hirschfänger auf den Boden fallen. Mit erhobenen Armen drehte er sich einmal um sich selbst. »Siehst du? Ich hatte nur das Messer, das ist alles.« Er hob den Hirschfänger, damit Gelada ihn sehen konnte.

»Ich lasse ihn hier auf meinem Hemd liegen. Jugs hat auch keine Waffe, das kannst du ja sehen. Sie hat den Raketenwerfer beim Soldaten zurückgelassen.« Mit erhobenen Händen ging er langsam weiter.

Plötzlich flammte hundert Schritte vor ihnen ein Funken auf. »Ich habe eine Laterne«, rief Gelada. »Sie brennt mit Hundekot.«

Er blies die Flamme wieder an, und dieses Mal konnte Auk sogar die Atemstöße hören. »Ich hätte es mir denken können«, sagte er murmelnd zu Chenille.

»Wir benutzen sie aber nicht oft.« Gelada stand auf. Er war klein gebaut, nicht viel größer als Incus.

»Meist lassen wir sie verschlossen, und der Docht ist ganz kurz geschnitten. Manchmal bringt einer eine mit und vergißt sie hier.«

Als Auk, der jetzt rascher ging, nicht antwortete, wiederholte er: »Wenn das Öl alle ist, verbrennen wir Hundekot.«

»Ich dachte, ihr macht sie aus Knochen«, gab Auk entspannt zurück. »Und die Dochte dreht ihr aus Haaren.« Er war jetzt nahe genug, um Daces Körper in den Schatten vor Geladas Füßen zu sehen.

»Manchmal machen wir das, ja. Aber Haare sind nicht so gut. Wir flechten sie lieber aus Lumpen.«

Auk blieb vor dem Toten stehen. »Du hast ihn schon da drüben erledigt, was? Seine Beine sind schmutzig.«

»Ich habe ihn so weit geschleppt, wie ich konnte. Er hat unterwegs noch ein paarmal gegrunzt.«

Auk nickte abwesend. Als er vor einiger Zeit mit Silk im Hinterzimmer gesessen und gespeist hatte, hatte der Augur ihm von Bloods Tochter erzählt, deren Gesicht aussah wie ein Totenschädel und die sprach wie ein Gespenst, obwohl sie lebte. Sein Bruder Bustard war tot, und sein Gesicht war inzwischen wohl wirklich ein Totenschädel, aber er sah ganz anders aus. Das Gesicht ihres Vaters, Bloods fleischiges Gesicht, war wieder anders. Es war weich und rot, und der Mann schwitzte ständig, selbst wenn er jemandem sagte, daß er zahlen mußte.

Dieser Gelada hier sah auch aus wie ein Gespenst. Als wäre er und nicht Blood Mucors Vater. Er hatte keinen Bart, und im trübgelben Licht der stinkenden Laterne traten gräulich weiß seine Wangenknochen hervor. Er sah aus wie ein sprechendes Gespenst mit einem kleinen runden Bauch und mit Ellbogen, die dicker waren als die Arme. Die Schultern waren schmal wie ein Handtuch. Er hatte die Laterne in der Hand, und der gespannte Bogen, der fast wie ein Kinderspielzeug schien, lag vor ihm auf dem Boden, daneben ein Pfeil, und neben diesem Daces altes Messer mit der breiten Klinge.

Wieder ein Stückchen weiter war Daces Kopf zu sehen. Die alte Kappe, die der Fischer stets getragen hatte, war fort, und das störrische Haar hatte sich aufgerichtet wie eine Krone. Von einem Arm war das Fleisch zur Hälfte heruntergeschnitten worden. In der Wunde war der weiße Knochen zu sehen, weißer als die alten Augen, weißer als irgend etwas sonst.

»Bist du wütend, Auk?«

»Ja, ein bißchen schon.« Auk hockte sich neben Daces Leiche.

»Aber er hat sein Messer gegen mich gezogen.« Gelada bückte sich rasch und hob das Messer auf. »Ich behalte es.«

»Klar.« Der Ärmel von Daces schwerer, abgetragener Tunika war abgeschnitten worden. Aus Ober- und Unterarm waren Streifen Fleisch geschnitten worden. Oreb hüpfte von Auks Schulter herunter, um die Sache in Augenschein zu nehmen, aber Auk warnte ihn. »Das ist kein Fressen für dich.«

»Armer Vogel.«

»Er hatte auch ein paar Kartenbits dabei. Wenn du mich hier herausholst, kannst du sie bekommen.«

»Behalte sie. Du wirst sie oben brauchen.«

Aus dem Augenwinkel sah er, wie Chenille das Zeichen der Addition machte. »Hoher Hierax, Dunkler Gott, Gott der Toten ...«

»Hat er sich sehr gewehrt?«

»Nicht sehr. Ich bin hinter ihn gekommen, habe meine Reservesehne herausgeholt und sie ihm um den Hals gelegt. Das ist eine Kunst für sich. Kennst du Mandrill?«

»Tot«, sagte Auk ohne aufzublicken. »In Palustria gefallen, glaube ich.«

»Mein Vetter. Habe früher mit ihm gearbeitet. Was ist mit Elodia?«

»Sie ist tot. Du bist übrigens auch tot.« Auk richtete sich auf und trieb dem Mann das Messer in den runden Bauch. Die Spitze drang unter den Rippen ein und suchte das Herz.

Gelada riß Augen und Mund weit auf. Er versuchte noch, Auks Handgelenk zu packen und die Klinge wegzuschieben, die ihm das Leben nehmen wollte. Die abgedunkelte Laterne fiel neben Daces altem Messer auf den Boden, und es wurde dunkel.

»Hackum!«

Auk spürte, wie Geladas Gewicht am Messer zog, als die Beine des Sträflings versagten. Er riß das Messer heraus und wischte die Klinge und seine rechte Hand am Oberschenkel ab. Er war froh, daß er in diesem Augenblick nicht Geladas Blut oder den leeren, starren Blick des Toten sehen mußte.

»Hackum, du hast doch gesagt, daß du ihm nicht weh tun würdest!«

»Habe ich das gesagt? Muß ich wohl vergessen haben.«

»Er wollte uns nichts tun.«

Sie berührte ihn nicht, aber er spürte ihre Nähe, den fraulichen Duft ihrer Lenden und den Geruch ihrer Haare. »Das hat er längst getan, Jugs.« Er steckte das Messer wieder in den Stiefel und tastete nach Daces Leiche. Er legte sich den Toten über die Schulter. Der alte Mann war kaum schwerer als ein Knabe. »Nimmst du die Laterne mit? Könnte nützlich sein, wenn wir einen Weg finden, sie wieder anzuzünden.«

Chenille schwieg, aber ein paar Sekunden später hörte er die Laterne leise klappern.

»Er hat Dace getötet. Das würde für sich genommen schon reichen. Aber er hat auch ein Stück von ihm aufgegessen. Deshalb hat er zuerst auch nichts gesagt. Er war zu sehr mit Kauen beschäftigt. Er wußte, daß ich die Leiche des alten Mannes holen wollte, und er wollte sich erst noch den Bauch vollschlagen.«

»Er war am Verhungern«, sagte Chenille. Ihre Stimme war kaum mehr als ein Flüstern.

»Klar. Vogel, bist du da?«

»Vogel hier.« Federn strichen über Auks Finger. Oreb saß auf Daces Leiche.

»Wenn du am Verhungern gewesen wärst, dann hättest du das wahrscheinlich auch gemacht, Hackum.«

Auk antwortete nicht. Sie fuhr fort: »Ich hätte das jedenfalls gemacht, glaube ich.«

»Das heißt nichts, Jugs.« Er ging jetzt schneller und war ihr ein paar Schritte voraus.

»Ich verstehe nicht, was du meinst.«

»Ich mußte es tun. Er hätte es umgekehrt auch gemacht, wie ich schon sagte. Ich hatte ihm doch gesagt, daß wir in die Gruben gehen.«

»Das hat mir nicht gefallen.« Chenilles Stimme klang, als müßte sie gleich weinen.

»Ich mußte das tun, weil viele Freunde von mir in die Gruben geschickt worden sind, Jugs. Wenn einer in den Gruben ist, den ich kenne, und ich kann ihn herausholen, dann muß ich ihn herausholen. Also hätten es alle in den Gruben erfahren. Vielleicht hätte Patera nichts gesagt, wenn ich ihn höflich gebeten hätte. Vielleicht hätte Hammerstone auch nichts gesagt. Aber Urus hätte mit Sicherheit etwas erzählt. Es hieße dann, dieser Gelada hat einen Kumpel von Auk umgelegt und sogar was von ihm gegessen, und Auk hat das gesehen und keinen Pieps dazu gesagt. Und wenn die Jungs dann erst draußen sind, weiß es kurz danach die ganze Stadt.«

Hinter ihnen lachte ein Gott, schwach, aber dennoch deutlich vernehmbar. Es klang wie das leere, humorlose Lachen eines Irren. Auk fragte sich, ob Chenille es gehört hatte. »Deshalb mußte ich es tun.

Und ich habe es gemacht. Du an meiner Stelle hättest es nicht anders gemacht.«

Vor ihnen wurde es allmählich heller. Noch weiter voraus, wo es noch heller war, konnte er Incus, Hammerstone und Urus erkennen. Sie saßen noch auf dem Boden, und Hammerstone hatte sich Chenilles Raketenwerfer über die stählernen Beine gelegt. Incus zählte seine Perlen, und Urus starrte den Tunnel hinunter in ihre Richtung.

»Also gut, Hackum.«

Sie erreichten seinen Hirschfänger und seine Tunika. Er legte Daces Leiche ab, steckte den Hirschfänger in die Scheide und zog die Tunika wieder an.

»Mann gut!« Oreb klapperte befriedigt mit dem Schnabel.

»Hast du von ihm gegessen? Ich sagte dir doch, daß du das nicht machen sollst.«

»Anderer Mann«, erklärte Oreb. »Augen gut.«

Auk zuckte die Achseln. »Warum eigentlich nicht.«

»Laß uns hier verschwinden, Hackum. Bitte.« Chenille war einige Schritte vorausgelaufen.

Er nickte und hob Dace wieder auf.

»Ich habe so ein komisches Gefühl, als könnte er noch leben oder so was.«

»Er lebt nicht mehr«, versicherte Auk ihr.

Als sie die drei wartenden Gefährten erreichten, steckte Incus die Gebetskette ein. »Ich hätte Eurem verstorbenen Kameraden *gern* die Vergebung des Pas übermittelt, aber sein Geist ist schon *davongeflogen*.«

»Klar doch«, sagte Auk. »Wir hatten nur gehofft, Ihr könntet ihn beerdigen, wenn wir einen passenden Platz finden, Patera.«

»Oh, nennt Ihr mich jetzt doch *Patera*?«

»Ich habe es schon mehrmals getan. Ihr habt es nur nicht bemerkt, Patera.«

»Oh, das habe ich *durchaus* bemerkt, mein Sohn.« Incus winkte Hammerstone und Urus, sich zu erheben. »Ich will natürlich für Euren toten Kameraden alles tun, was in meinen Kräften steht. Nicht um Euretwillen, mein Sohn, sondern um seinetwillen.«

Auk nickte. »Mehr verlangen wir ja gar nicht, Patera. Gelada ist übrigens tot. Ich dachte, ich sollte Euch das sagen.«

Incus beäugte Daces Leiche. »Dieses Gewicht könnt Ihr nicht sehr weit tragen, mein Sohn. Hammerstone wird ihn tragen müssen, nehme ich an.«

»Nein«, sagte Auk, und plötzlich klang seine Stimme hart. »Urus wird ihn tragen. Komm her, Urus. Nimm ihn.«

4

Der Plan des Pas

»Ich bedaure, daß du das gemacht hast, Mucor«, sagte Silk nicht unfreundlich.

Die alte Frau schüttelte den Kopf. »Ich wollte dich nicht töten. Aber ich hätte es tun können.«

»Sicher, das hättest du gekonnt.«

Quetzal hatte den Nadler aufgehoben. Er säuberte ihn zuerst mit den Fingern, dann zog er ein Taschentuch aus der Hosentasche, um das Blut des weißen Stiers abzuwischen. Die alte Frau sah ihm lächelnd zu. Als das Grinsen des Totenschädels verschwand, weiteten sich ihre Augen.

»Es tut mir leid, meine Tochter«, sagte Silk. »Ich habe bemerkt, daß Ihr ab und zu an einem Opfer teilnehmt, aber ich kann mich nicht an Euren Namen erinnern.«

»Cassava.« Sie sprach, als wäre sie gerade aus einem Traum erwacht.

Er nickte feierlich. »Geht es Euch nicht gut, Cassava?«

»Ich ...«

»Das ist die Hitze, meine Tochter.« Um sein Gewissen zu beruhigen, fügte er hinzu: »Vielleicht. Vielleicht ist es die Hitze. Teilweise ist sie bestimmt daran schuld. Wir sollten Euch sofort aus der Sonne schaffen, und fort von diesem Feuer. Glaubst du, du kannst laufen, Villus?«

»Ja, Patera.«

Quetzal hielt Silk den Nadler hin. »Nehmt die Waffe, Patera. Gut möglich, daß Ihr sie noch brauchen werdet.« Der Nadler war zu groß, um ihn in die Hosentasche zu schieben. Silk steckte ihn an der Stelle, wo er den Azothen verwahrt hatte, unter der Tunika in den Hosenbund. »Ich würde ihn weiter nach hinten schieben«, sagte Quetzal. »Hinter den Hüftknochen. Dort ist er sicherer und genauso leicht zu ziehen.«

»Ja, Euer Kogniszenz.«

»Der Junge darf nicht aufstehen.« Quetzal hob Villus auf. »Er hat noch Gift im Blut, das darf man nicht unterschätzen. Aber ich hoffe, es ist nicht mehr viel. Erlaubt Ihr, daß ich ihn in Euer Pfarrhaus bringe, Patera? Er muß liegen, und diese arme Frau hier ebenfalls.«

»Frauen dürfen eigentlich nicht – aber natürlich, wenn Euer Kogniszenz es erlauben …«

»Ich erteile meine Erlaubnis«, beruhigte Quetzal ihn. »Ich erlaube es. Und ich erlaube Euch, Patera, ins Zönobium zu gehen und eine Sibyllentracht zu holen. Maytera hier …« – er blickte zu der am Boden liegenden Maytera Marble – »kann jeden Augenblick wieder zu sich kommen. Wir müssen ihr jede Peinlichkeit ersparen, so gut wir es vermögen.« Er legte sich Villus über die Schulter und faßte Cassava am Arm. »Kommt mit, meine Tochter. Ihr und der Knabe sollt Euch vorerst gegenseitig pflegen.«

Silk war schon durchs Gartentor getreten. Er hatte noch nie einen Fuß ins Zönobium gesetzt, aber er glaubte, eine recht gute Vorstellung von der Raumaufteilung zu haben: Sellaria, Refektorium, Küche und Vorratskammer im unteren Stockwerk, die Schlafzimmer (mindestens vier, vielleicht sogar sechs) in der oberen Etage. Eines mußte Maytera Marble gehören, auch wenn sie niemals schlief.

Als er über den Kiesweg schritt, fiel ihm ein, daß der Altar und das Heilige Fenster noch mitten auf der

Sun Street standen. Man mußte sie so bald wie möglich wieder ins Manteion schaffen. Aber dazu brauchte er ein Dutzend Männer, die beim Tragen halfen. Er öffnete die Küchentür, und dabei kam ihm der Gedanke, daß dies vielleicht überhaupt nicht mehr notwendig war. Pas war tot – die göttliche Echidna selbst hatte dies erklärt –, und er, Silk, vermochte sich nicht vorzustellen, wie er jemals wieder Echidna ein Opfer darbringen oder auch nur einem Opfer zu ihren Ehren beiwohnen konnte. Spielte es, außer für die Götter selbst, überhaupt eine Rolle, ob der Altar der Götter oder das Heilige Fenster, durch das sie so selten zu den Menschen sprachen, von den Rädern eines mit Dung beladenen Wagens oder dem Karren eines Händlers zermalmt wurden?

Aber das war Blasphemie. Er schauderte.

Die Küche des Zönobiums kam ihm halbwegs bekannt vor. Das lag zum Teil sicher daran, dachte er, daß Maytera Marble den Herd und den Holzkasten, die Schränke und den Vorratsschrank oft erwähnt hatte. Teilweise lag es auch daran, daß diese Küche hier, obschon sauberer, seiner eigenen sehr ähnlich war.

Im ersten Stock fand er einen Flur, der eine vergrößerte Ausgabe des Flurs im Pfarrhaus war. Drei verblichene Bilder schmückten die Wände: Pas, Echidna und Tartaros, die einem frisch verheirateten Paar ihre Gaben brachten – Essen, Nachkommen und Wohlstand (auf dem Bild etwas unbeholfen durch einen Strauß Ringelblumen dargestellt). Auf dem zweiten Bild breitete Scylla einen wunderschönen Mantel schützend über einem Reisenden aus, der im Süden in der Wüste aus einem Teich trank, und auf dem dritten nahm Molpe, die verkleidet als junge Frau der Oberschicht dargestellt war, wohlwollend zur Kenntnis, daß eine ältere und ärmere Frau die Tauben fütterte.

Er blieb einen Augenblick lang stehen, um das letzte Bild ausgiebig zu betrachten. Es sah fast so aus, als hätte Cassava für die alte Frau auf dem Bild Modell gestanden. Er dachte, daß die Tauben, die sie fütterte, umgekehrt besser sie, die alte Frau hätten füttern sollen. Dann aber fiel ihm ein, daß auch die Schutzbefohlenen der Spenderin etwas schenkten, denn in den letzten Jahren ihres Lebens konnte sie sich über das Wissen freuen, daß sie, obwohl ihr so wenig geblieben war, immer noch etwas zu geben hatte.

Am Ende des Flurs bemerkte Silk eine zerstörte Tür. Neugierig geworden, betrat er das Zimmer. Das Bett war ordentlich gemacht, der Boden sauber gewischt. Auf dem Nachttisch stand ein Krug Wasser. Dies war demnach gewiß Maytera Mints oder Maytera Roses Zimmer, oder vielleicht auch der Raum, in dem Chenille die Nacht des Scylsday verbracht hatte. An der Wand hing ein kleines Bild, das Scylla zeigte. Von den Votivlampen des kleinen Schreins darunter war es stark geschwärzt. Und dort war auch – ja, wirklich – ein Glas, das womöglich sogar noch funktionierte. Dies hier war also ganz gewiß Maytera Roses Zimmer. Silk klatschte in die Hände, und aus dem grauen Nichts erschien das leere Gesicht eines Monitors.

»Warum hat Maytera Rose mir nie verraten, daß sie dieses Glas hat?« wollte Silk wissen.

»Das weiß ich wirklich nicht, Sir. Habt Ihr sie nicht gefragt?«

»Nein, natürlich nicht!«

»Vielleicht ist genau dies der Grund, Sir.«

»Wenn du …« Silk hielt sich zurück. Er mußte lächeln. Was hatte das schon zu bedeuten, verglichen mit Doktor Cranes Tod oder Echidnas Theophanie? Er mußte lernen, sich zu entspannen und vorher nachzudenken.

Als das Manteion gebaut worden war, hatte man sicherlich für die Leitende Sibylle und für den Leitenden Auguren jeweils ein Glas eingebaut. Das schien selbstverständlich und sogar lobenswert. Das Glas des Leitenden Auguren, das sich in dem jetzt von Patera Gulo bewohnten Zimmer befand, war seit Jahrzehnten außer Betrieb. Dieses hier, das Glas im Zimmer der Leitenden Sibylle, funktionierte eben noch. Vielleicht einfach deshalb, weil es seltener benutzt worden war. Silk fuhr sich mit den Fingern durch das zerzauste hellblonde Haar. »Gibt es hier im Zönobium noch weitere Gläser, mein Sohn?«

»Nein, Sir.«

Silk trat einen Schritt weiter ins Zimmer. Er wünschte, er hätte einen Gehstock, auf den er sich stützen konnte. »Gibt es welche im Manteion?«

»Ja, Sir. Im Pfarrhaus gibt es noch eines, das jedoch nicht mehr funktioniert.«

Silk nickte nachdenklich. »Kannst du mir möglicherweise sagen, ob die Alambrera sich ergeben hat?«

Sofort verschwand das Gesicht des Monitors und wich dem Bild des großen Gebäudes mit seinen Türmen und Schutzmauern. Mehrere tausend Menschen liefen aufgeregt vor den mächtigen Eisentoren herum, und ein Dutzend Männer versuchte, das Tor mit einem dicken Balken, wie man sie zum Bau von Häusern benutzte, aufzusprengen. Zwei Gardisten schoben gerade die Musketen über die Brustwehr eines Turms und eröffneten das Feuer.

Maytera Mint kam ins Bild galoppiert. Die schwarze Kutte flatterte hinter ihr. Auf dem breiten Rücken ihres großen Pferdes wirkte sie beinahe wie ein Kind. Sie winkte aufgeregt, und die silberhelle Trompete, in die sich neuerdings ihre Stimme verwandelt hatte, blies anscheinend zum Rückzug; Silk konnte ihre Worte nicht genau verstehen. Dann sprang die entsetzliche Diskontinuität, die Klinge des

Azothen, aus ihrer erhobenen Hand, die Brustwehr schien zu explodieren, und ein Schauer von Steinen ging auf die Menschen nieder.

»Ein anderer Blickwinkel«, verkündete der Monitor routiniert.

Von einem Punkt aus, der fünfzehn oder zwanzig Ellen über der Straße zu liegen schien, blickte Silk nun auf die Menschenmenge vor den Toren hinab. Manche drehten sich um und rannten fort, andere wüteten ohnmächtig vor der mit Stein und Eisen gesicherten Alambrera. Die schwitzenden Männer, die sich mit dem Balken abgemüht hatten, sammelten sich für den nächsten Rammstoß, aber bevor sie losstürmen konnten, fiel einer von ihnen hin. Sein Gesicht hatte sich in eine breiige, hellrote und weiße Masse verwandelt.

»Das reicht«, sagte Silk.

Der Monitor tauchte wieder auf. »Ich habe Grund zu der Annahme, Sir, daß die Alambrera sich noch nicht ergeben hat. Wenn Ihr erlaubt, möchte ich noch hinzufügen, daß dies meiner Ansicht nach auch nicht geschehen wird, bis die Verstärkungen eingetroffen sind, Sir.«

»Willst du damit sagen, daß Verstärkung unterwegs ist?«

»Allerdings, Sir. Das Erste Bataillon der Zweiten Brigade der Zivilgarde, Sir, und außerdem drei Kompanien Soldaten.« Der Monitor machte eine kurze Pause. »Ich kann ihre jetzige Position nicht feststellen, Sir, aber sie sind vor nicht allzu langer Zeit durch die Ale Street marschiert. Würdet Ihr sie gern sehen?«

»Nein, schon gut, ich muß jetzt wieder gehen.« Silk wandte sich ab, dann drehte er sich noch einmal um. »Wie kannst du – hoch oben in einem Gebäude auf der anderen Seite der Cage Street gibt es ein Auge, nicht wahr? Und ein weiteres über den Toren der Alambrera?«

»So ist es, Sir.«

»Du kennst dich doch bestimmt in diesem Zönobium hier aus. Welches Zimmer gehört Maytera Marble?«

»Sir, ich kenne mich leider nicht ganz so gut aus, wie Ihr vermutet. Es gibt, wie ich Euch bereits sagte, in diesem Zönobium keine weiteren Gläser, und außer den meinen gibt es keine Augen. Ich kann allerdings aus gewissen Äußerungen meiner Herrin schließen, daß es wahrscheinlich die zweite Tür auf der linken Seite ist, Sir.«

»Meinst du mit deiner Herrin Maytera Rose? Wo ist sie?«

»Ja, Sir. Meine Herrin hat dieses Land der Versuchungen und des Kummers verlassen und ist in freundlichere Gefilde gegangen, Sir. Das soll heißen, in den Mainframe, Sir. Meine bejammernswerte Herrin hat sich, kurz gesagt, zu den unsterblichen Göttern gesellt.«

»Sie ist tot?«

»Genau, Sir. Was ihre sterblichen Überreste angeht, so sind sie, wie ich glaube, ein wenig verteilt worden. Mehr vermag ich Euch leider nicht zu sagen, Sir.«

Das Gesicht des Monitors verschwand wieder, und die Sun Street tauchte auf. Der Altar war zu sehen (von dem Musks im Feuer geschwärzter Körper halb heruntergerutscht war), und dahinter lag Maytera Marbles nackter Metallkörper auf dem Boden. Neben ihr stand ein schwarz gefärbter Sarg aus Nadelholz.

»Dann war das ihre Beerdigungsfeier«, murmelte Silk. »Maytera Roses letztes Opfer. Und ich erfahre es erst jetzt.«

»Ja, Sir, ich fürchte, so war es.« Der Monitor seufzte. »Ich habe ihr dreiundvierzig Jahre, acht Monate und fünf Tage lang gedient, Sir. Würdet Ihr Sie gern noch einmal so sehen, wie sie im Leben war, Sir? Oder wollt Ihr die letzten Bilder betrachten, die ich für sie abspielen durfte? Als eine Art informelle Gedächtnisfeier, Sir? Vielleicht vermag dies Euren offenkundigen Schmerz zu lindern, Sir, wenn ich so frei sein darf.«

Silk schüttelte den Kopf. Dann fiel ihm etwas ein. »Wirst du von einem Gott gesteuert, mein Sohn? Vielleicht vom Außenseiter?«

»Nicht, daß ich wüßte, Sir.«

»Am letzten Phaesday bin ich einem sehr kooperativen Monitor begegnet«, erklärte Silk. »Er zeigte mir die Waffen seiner Herrin, was ich – im Rückblick – von einem Monitor eigentlich nicht hätte erwarten können. Mir ist später eingefallen, daß ihm möglicherweise die Göttin Kypris befohlen hat, mir zu helfen.«

»Das ehrt uns alle, Sir.«

»Er würde es wahrscheinlich nicht so ausdrücken. Ihm wurde befohlen zu schweigen. Zeige mir die letzten Bilder, die deine Herrin angesehen hat.«

Der Monitor verschwand. Kabbeliges blaues Wasser erstreckte sich bis zum Horizont, in mittlerer Entfernung segelte ein kleines Fischerboot hart am Wind unter einem allmählich dunkel werdenden Himmel. Ein schwarzer Vogel (Silk trat neugierig näher heran) flatterte in der Takelage herum, und eine große Frau, die nackt oder beinahe nackt war, stand neben dem Steuermann. Als sie die linke Hand bewegte, sah Silk einen kleinen roten Blitz.

Silk strich sich über die Wange. »Kannst du den Befehl wiederholen, den Maytera Rose gegeben hat, um dich aufzufordern, ihr dies hier zu zeigen?«

»Gewiß, Sir. Sie sagte: ›Laß mal sehen, was dieses Flittchen, das Silk uns angeschleppt hat, jetzt macht.‹ Sir, ich muß mich, wie ich es meiner Herrin gegenüber auch schon tat, für die schlechte Bildqualität entschuldigen. Es gibt kein Auge, das in unmittelbarer Nähe wäre, und das Auge, das ich hier benutzt habe, ist bereits auf maximale Brennweite eingestellt.«

Als sie Silk kommen hörte, wandte Maytera Marble sich vom Heiligen Fenster ab und versuchte, mit den Händen ihre Blößen zu bedecken. Mit abgewandten Augen reichte er ihr den Habit, den er von einem Nagel an der Wand in ihrem Zimmer genommen hatte. Er sagte: »Es spielt keine Rolle, Maytera. Im Grunde ist es nicht wichtig.«

»Ich weiß, Patera. Aber trotzdem, ich fühle mich ... so, jetzt bin ich wieder ordentlich bekleidet.«

Er drehte sich zu ihr um und hielt ihr die Hand hin. »Könnt Ihr aufstehen?«

»Ich weiß nicht, Patera. Ich ... ich wollte es gerade versuchen, als Ihr zurückgekommen seid. Wo sind die Leute nur alle geblieben?« Ihre Finger, die härter waren als menschliches Fleisch, faßten seine Hand. Er zog mit aller Kraft, und die halb verheilten Wunden, die der Schnabel des Weißköpfigen gerissen hatte, begannen zu stechen.

Maytera Marble stand, einigermaßen stabil, wieder auf den Beinen. Sie begann mühsam, den Staub von dem langen, schwarzen Gewand zu klopfen, und murmelte: »Danke, Patera. Habt Ihr ... vielen Dank jedenfalls.«

Er holte tief Luft. »Ich fürchte, Ihr müßt annehmen, daß ich etwas Ungehöriges getan habe. Vielleicht sollte ich erklären, daß Seine Kogniszenz der Prolokutor mir ausdrücklich erlaubt hat, Euer Zönobium zu betreten und Euch die Sachen zu holen. Seine Kogniszenz ist hier; im Augenblick befindet er sich, glaube ich, im Pfarrhaus.«

Er wartete, ob sie etwas erwidern wollte, aber sie schwieg.

»Vielleicht solltet Ihr sehen, daß Ihr aus der Sonne herauskommt.«

Sie stützte sich schwer auf seinen Arm, als er sie durchs Tor und durch den Garten führte, bis sie sich auf ihren gewohnten Platz im Laubengang setzen konnte.

Mit einer Stimme, die ihr noch nicht recht wieder gehorchen wollte, sagte sie: »Ich muß Euch unbedingt etwas erklären, Patera. Etwas, das ich Euch schon vor langer Zeit hätte sagen sollen.«

Silk nickte. »Es gibt auch etwas, das ich Euch schon vor langer Zeit hätte sagen sollen, und jetzt ist noch etwas Neues hinzugekommen. Bitte, laßt mich zuerst sprechen. Ich glaube, es ist besser so.«

Sie hörte nicht auf ihn. »Ich habe einmal ein Kind zur Welt gebracht, Patera. Einen Sohn, einen kleinen Jungen. Es war … oh, es ist lange her.«

»Ihr habt einen Sohn gebaut, meint Ihr. Ihr habt mit Eurem Gatten einen Sohn gebaut.«

Sie schüttelte den Kopf. »Nein, mit Blut und Schmerzen zur Welt gebracht, Patera. Die Große Echidna hat mich für die Götter blind gemacht, aber das war wohl noch nicht Strafe genug. Also mußte ich leiden, und zweifellos hat auch er gelitten, der arme kleine Wurm, obwohl er doch überhaupt nichts getan hatte. Wir wären damals beide fast gestorben.«

Silk starrte fassungslos das glatte Metallgesicht an.

»Und jetzt ist da oben jemand gestorben. Ich weiß nicht mehr, wer es war; es wird mir gleich wieder einfallen. Vergangene Nacht habe ich von Schlangen geträumt. Ich hasse Schlangen. Wenn ich es Euch jetzt erzähle, muß ich diesen Traum vielleicht nicht noch einmal träumen.«

»Ich hoffe nicht, Maytera«, sagte er. Dann fuhr er fort: »Denkt doch einfach an etwas anderes, wenn Ihr könnt.«

»Es war … es war nicht leicht. Ich war schon vierzig, und ich hatte noch kein Kind gehabt. Maytera Betel war damals unsere Leitende Sibylle. Eine ausgezeichnete Frau. Aber sie war so dick, sie gehörte zu den Menschen, die kein Gramm abnehmen, wenn sie fasten. Sie wurde immer schrecklich müde, wenn sie gefastet hat, aber dünner wurde sie nicht.«

Er nickte. Allmählich dämmerte ihm, daß Maytera Marble wieder besessen war, und er glaubte auch zu wissen, wer von ihr Besitz ergriffen hatte.

»Wir taten so, als würde ich auch fett. Sie hat mich deshalb geneckt, und unsere Sibyllen haben ihr geglaubt. Ich war vorher eine sehr zierliche Frau gewesen.«

Er achtete genau darauf, wie sie reagierte, als er sagte: »Ich hätte Euch getragen, wenn ich das gekonnt hätte, Maytera, aber Ihr seid ja zu schwer, als daß ich Euch hochheben könnte.«

Sie achtete nicht auf ihn. »Ein paar schlechte Menschen haben getratscht, aber mehr ist nicht passiert. Dann kam die Zeit der Niederkunft. Ich hatte schreckliche Schmerzen. Maytera hatte mit einer Frau aus der Orilla gesprochen, die dann kam, um mich zu pflegen. Es war keine gute Frau, sagte Maytera, aber besser eine Freundin haben, wenn man sie braucht, als viele gute Frauen, die einem nicht helfen. Die Frau sagte, sie hätte schon viele Kinder zur Welt gebracht. Sie wusch sich die Hände und wusch mich, sie sagte mir, was ich tun mußte, aber das Kind wollte nicht heraus. Mein Sohn. Er wollte nicht auf diese Welt kommen, obwohl ich preßte und preßte, bis ich so erschöpft war, daß ich dachte, ich würde gleich sterben.«

Ihre Hand – erst jetzt erkannte er, daß es Maytera Roses Hand war – faßte seine. In der Hoffnung, es werde sie trösten, drückte er so fest er konnte.

»Sie hat mich mit einem Messer aus der Küche aufgeschnitten, das sie in kochendes Wasser getaucht hatte. Überall war Blut, es war schrecklich, einfach schrecklich! Dann ist ein Arzt gekommen, der mich noch einmal aufgeschnitten hat, und dann war er draußen, tropfend vor Blut. Mein Sohn. Ich sollte ihn anlegen, aber ich wollte nicht. Ich wußte, daß sie mich blind gemacht hatte, die Strafende Echidna hatte mich für die Götter blind gemacht als Strafe für das, was ich getan hatte, und ich dachte, wenn ich das Kind nicht anlegte, dann wäre sie vielleicht gnädig gestimmt und ließe mich sie wieder sehen. Aber diesen Wunsch hat sie mir nicht erfüllt.«

Silk warf ein: »Ihr müßt mir das aber wirklich nicht alles erzählen, Maytera.«

»Sie haben mich aufgefordert, dem Kind einen Namen zu geben, und das habe ich dann getan. Sie sagten, sie müßten für das Kind eine Familie finden, die es aufnähme, und es würde nie herausfinden, wer seine wirkliche Mutter sei. Aber der Junge hat es herausgefunden, auch wenn er lange dazu gebraucht hat. Er hat mit Maytera Marble gesprochen und gesagt, sie müßte mir mitteilen, daß er das Manteion gekauft hätte, und sie sollte mir seinen Namen nennen. Als ich seinen Namen hörte, wußte ich, daß er es war.«

Silk sagte leise: »Das spielt jetzt wirklich keine Rolle mehr, Maytera. Es ist lange her, und heute ist die ganze Stadt in Aufruhr. Es ist nicht mehr von Bedeutung. Ihr braucht jetzt Ruhe. Ihr müßt Euren Frieden finden.«

»Und deshalb«, schloß Maytera Marble, »deshalb hat mein Sohn Blood unser Manteion gekauft und all diesen Ärger gemacht.«

Der Wind wehte den Rauch vom Feigenbaum herüber. Silk mußte niesen.

»Mögen Euch alle Götter segnen, Patera.« Ihre Stimme klang jetzt wieder normal.

»Danke«, erwiderte er und nahm das Taschentuch an, das sie ihm anbot.

»Könntet Ihr mir vielleicht etwas Wasser bringen? Kühles Wasser?«

So behutsam wie möglich sagte er: »Ihr könnt aber kein Wasser trinken, Maytera.«

»Bitte, seid so gut. Nur eine Tasse kaltes Wasser.«

Er eilte ins Pfarrhaus. Heute war schließlich Hieraxday; zweifellos wollte sie, daß er das Wasser in Hierax' Namen für sie segnete. Später wollte sie es wohl über Maytera Roses Sarg und in die Ecken ihres Schlafzimmers sprenkeln, damit der Geist der toten Maytera sie nicht mehr heimsuchte.

Cassava saß in der Küche auf dem Stuhl, auf dem Patera Pike immer beim Essen gesessen hatte. Silk sagte: »Solltet Ihr Euch nicht besser niederlegen, meine Tochter? Ihr würdet Euch bestimmt bald besser fühlen. In der Sellaria gibt es einen Diwan.«

Sie starrte ihn an. »Es war doch ein Nadler, nicht wahr? Ich habe Euch einen Nadler gegeben. Warum habe ich das nur gemacht?«

»Weil jemand anders ihn Euch gegeben hat, damit Ihr ihn mir gebt.« Er lächelte sie an. »Ich muß zur Alambrera gehen, und dort werde ich ihn brauchen können.«

Er pumpte heftig und ließ den ersten Schwall des mit Rost verunreinigten Wassers ablaufen. Dann fing er in einem Krug das klare, kühle Wasser auf und bot es Cassava an. »Trinkt das bitte, meine Tochter. Es wird Euch helfen, wieder zu Kräften zu kommen.«

»Ihr habt mich Mucor genannt«, sagte sie. »Mucor.« Ohne zu trinken, setzte sie den Krug auf den Küchentisch und rieb sich die Stirn. »Habt Ihr mich nicht Mucor genannt, Patera?«

»Ich habe Mucor ganz gewiß erwähnt; sie war diejenige, die Euch den Nadler gab, den Ihr mir geben solltet.« Als er ihre Verwirrung sah, beschloß Patera, daß es an der Zeit sei, das Thema zu wechseln. »Könnt Ihr mir sagen, wo Seine Kogniszenz und der kleine Villus abgeblieben sind, meine Tochter?«

»Er hat ihn nach oben getragen, Patera. Der Junge sollte sich hinlegen, genau wie Ihr es mir vorgeschlagen habt.«

»Dann wird er bald wieder herunterkommen.« Silk

überlegte, daß der Prolokutor wahrscheinlich beabsichtigte, Villus' Bein zu verbinden, und zuerst das Verbandmaterial hatte suchen müssen. »Trinkt das Wasser, bitte. Es wird Euch sicher gleich besser gehen.« Er füllte einen zweiten Krug und ging hinaus.

Maytera Marble saß noch genauso im Laubengang, wie er sie verlassen hatte. Er schob die Ranken zur Seite, gab ihr den Krug und sagte: »Soll ich es für Euch segnen, Maytera?«

»Das wird nicht nötig sein, Patera.«

Das Wasser rann von ihren Lippen herab, lief über ihre Finger und tropfte wie Regen auf das schwarze Tuch, das ihre Metallschenkel bedeckte. Sie lächelte.

»Fühlt Ihr Euch jetzt besser?« erkundigte er sich.

»Ja, viel besser. Es kühlt wunderbar, Patera. Danke.«

»Wenn Ihr wollt, kann ich Euch noch einen Krug bringen.«

Sie stand auf. »Nein, danke, Patera. Es geht mir jetzt viel besser.«

»Bitte, Maytera, so setzt Euch doch wieder. Ich mache mir immer noch Sorgen um Euch, und ich muß mit Euch reden.«

Widerstrebend setzte sie sich. »Sind nicht auch andere Menschen zu Schaden gekommen? Ich glaube mich an andere zu erinnern – und an Maytera Rose, oder besser, an ihren Sarg.«

Silk nickte. »Deshalb muß ich ja mit Euch reden. In der ganzen Stadt sind Kämpfe ausgebrochen.«

Sie nickte zögernd. »Aufstände.«

»Eine Rebellion, Maytera. Die Menschen – einige zumindest – erheben sich gegen das Ayuntamiento. Ich fürchte, es wird für mehrere Tage keine Beerdigungen mehr geben. Deshalb müssen wir zwei, sobald Ihr Euch besser fühlt, Mayteras Sarg ins Manteion zurückbringen. Ist er sehr schwer?«

»Ich glaube nicht, Patera.«

»Dann sollten wir es schaffen. Aber bevor wir das tun, muß ich Euch noch sagen, daß Villus und eine alte Frau namens Cassava zusammen mit Seiner Kogniszenz im Pfarrhaus sind. Ich kann nicht hierbleiben, und er wird auch nicht lange bleiben können. Ich will ihn deshalb um Erlaubnis bitten, daß Ihr das Pfarrhaus betreten und die beiden versorgen dürft.«

Maytera Marble nickte.

»Und unser Altar und das Heilige Fenster stehen noch auf der Straße. Ich glaube, Ihr werdet wohl erst, wenn die Stadt wieder zur Ruhe gekommen ist, genug Helfer finden, um beides wieder nach drinnen zu schaffen; aber wenn Ihr eine Möglichkeit seht, dann tut es bitte.«

»Ja, gewiß, Patera.«

»Ihr sollt hierbleiben und Euch um unser Manteion kümmern, Maytera. Maytera Mint ist fort. Sie hielt es für ihre Pflicht, die Aufständischen anzuführen, und sie hat sich mit bewundernswertem Mut ihrer Pflicht gestellt. Ich muß auch bald gehen. Die Menschen sterben, und die Leute bringen sich gegenseitig um, damit ich Caldé werde. Ich muß das unterbinden, wenn ich es kann.«

»Bitte, seid vorsichtig, Patera. Um unser aller willen.«

»Ja, und unser Manteion ist immer noch wichtig. Ungeheuer wichtig, Maytera.« Irgendwo hinten im Schädel hörte Silk wieder Doktor Crane lachen. »Der Außenseiter hat mir das gesagt, wißt Ihr noch? Irgend jemand muß auf das Manteion aufpassen, und jetzt ist außer Euch niemand mehr da.«

Maytera Marbles glatter Metallkopf nickte ergeben. Ohne die Haube sah die Bewegung seltsam ruckend aus. »Ich werde mein Bestes geben, Patera.«

»Das weiß ich.« Er holte tief Luft. »Ich sagte Euch ja schon, daß ich Euch zwei Dinge erzählen muß. Vielleicht erinnert Ihr Euch nicht mehr daran, aber gesagt habe ich es. Als Ihr zu reden begonnen habt, wurde mir klar, daß es sogar noch mehr zu sagen gibt. Nun muß ich Euch sagen, was ich Euch zu sagen habe, und dann werden wir Maytera ins Manteion zurückschaffen, wenn wir das können. Zuerst einmal etwas, das ich schon vor Monaten hätte sagen müssen. Vielleicht habe ich es auch gesagt; versucht habe ich es ganz bestimmt. Ich glaube – ich halte es für durchaus möglich, daß ich ums Leben komme, und deshalb muß ich es jetzt sagen, weil es sonst womöglich überhaupt nicht ausgesprochen wird.«

»Dann laßt es mich hören, Patera.« Sie sprach leise, und das Metallgesicht war ausdruckslos wie immer. Aber ihre Hände, feucht und warm, umfaßten die seinen.

»Ich wollte Euch zuerst einmal sagen, daß ich niemals hätte hier ausharren können, wenn Ihr nicht gewesen wärt. Maytera Rose und Maytera Mint haben versucht, mir zu helfen, das weiß ich. Aber Ihr habt mich am stärksten unterstützt, Maytera, und dafür will ich Euch danken.«

Maytera Marble senkte den Blick. »Das ist zu freundlich von Euch, Patera.«

»Ich habe drei Frauen geliebt. Meine Mutter war die erste. Die dritte …« Er zuckte die Achseln. »Das spielt jetzt keine Rolle. Ihr kennt sie nicht, und ich glaube, Ihr werdet sie niemals sehen.« Ein Staubwirbel erhob sich jenseits der Gartenmauer und fiel wieder in sich zusammen.

»Das zweite, das ich Euch sagen wollte, ist, daß ich nicht der Augur bleiben kann, der ich bisher war. Pas – der Große Pas, der den Whorl beherrscht hat wie ein Vater –, er ist tot, Maytera. Echidna selbst hat uns das gesagt. Könnt Ihr Euch daran erinnern?«

Maytera Marble schwieg.

»Pas hat unseren Whorl gebaut. So lernen wir es

aus den Schriften. Er hat ihn, glaube ich, so gebaut, daß er eine lange, lange Zeit übersteht, aber ohne Pas wird der Whorl nicht unendlich erhalten bleiben. Pas ist tot, und die Sonne hat keinen Herren mehr. Ich glaube, die Flieger haben versucht, die Sonne zu zähmen oder vielleicht auch zu heilen. Ein Mann hat mir auf dem Markt erzählt, sein Großvater habe immer gesagt, die Flieger brächten den Regen. So haben wir alle, ich selbst und meine Mutter und deren Eltern unter dem Schutz der Flieger gelebt, während sie mit der Sonne kämpften.«

Silk lugte durch das welkende Blattwerk über sich zur schrumpfenden goldenen Linie, über die sich langsam der Schatten legte. »Aber sie haben versagt, Maytera. Gestern hat mir das ein Flieger praktisch mit seinem letzten Atemzug gesagt. Ich habe es da noch nicht verstanden, aber jetzt verstehe ich es, oder ich glaube es wenigstens. Auf der Straße ist etwas geschehen, das es mir gezeigt hat. Unsere Stadt und alle anderen Städte müssen einander helfen und sich auf schlimme Zeiten gefaßt machen.«

Quetzals zitternde alte Stimme war draußen vor dem Laubengang zu hören. »Entschuldigt, Patera. Maytera.« Die welkenden Ranken teilten sich, und er trat ein. »Ich habe Eure letzten Worte zufällig gehört. Es ließ sich nicht vermeiden, weil es so still ist. Ich hoffe, Ihr könnt mir verzeihen?«

»Natürlich, Euer Kogniszenz.« Sie erhoben sich.

»Setzt Euch doch, meine Tochter. Bitte, setzt Euch. Darf ich mich zu Euch setzen, Patera? Danke. Ich glaube, die Leute verstecken sich jetzt alle in den Häusern, oder sie sind losgezogen, um mitzukämpfen. Als ich oben in Eurem Pfarrhaus war, Patera, habe ich aus dem Fenster gesehen. Kein einziger Wagen fährt auf der Straße, und in der Ferne kann man Schüsse hören.«

Silk nickte. »Das ist schrecklich, Euer Kogniszenz.«

»Wirklich, das ist es, und ich habe vorhin gehört, wie Ihr das schon einmal gesagt habt, Patera. Maytera, nach allem, was ich über Euch gehört und in Euren Akten gelesen habe, seid Ihr eine vernünftige Frau. Ihr seid sogar eine Frau von ganz außergewöhnlicher Vernunft. Viron liegt mit sich selbst im Krieg. Männer und Frauen und sogar Kinder sterben in diesem Augenblick. Sie nennen uns Metzger, weil wir Tiere opfern und den Göttern das Blut anbieten, aber wir töten ja nur Tiere für den höchsten aller Zwecke. Nun aber strömt das Blut von hingemetzelten Menschen durch die Straßen. Wenn wir die Metzger sind, wie werden sie sich erst nennen, wenn es vorbei ist?« Er schüttelte den Kopf. »Helden, nehme ich an. Stimmt Ihr mir zu?«

Maytera Marble nickte leicht.

»Und deshalb frage ich Euch, wie man dem ein Ende setzen kann. Sagt es mir, Maytera. Sagt es uns beiden. Mein Koadjutor fürchtet meinen Humor, und ich fürchte manchmal selbst, ich könnte ihm zu sehr nachgeben. Aber in diesem Fall ist es mir bitterernst.«

Sie murmelte etwas Unverständliches.

»Sprecht lauter, Maytera.«

»Patera Silk muß unser Caldé werden.«

Quetzal lehnte sich auf der unbequemen kleinen Bank zurück. »Da haben wir's. Ihr Ruf, sie sei eine vernünftige Frau, ist absolut berechtigt, Patera Caldé.«

»Euer Kogniszenz!«

Maytera Marble verneigte sich im Sitzen vor Quetzal. »Ihr seid zu freundlich, Euer Kogniszenz.«

»Maytera, angenommen, ich käme auf die Idee, daß Eure Lösung nicht die einzig mögliche ist. Angenommen, ich sage nun, daß uns das Ayuntamiento bisher gut regiert hat und daß es uns auch weiterhin regieren soll. Wir müßten uns nur ergeben. Was wäre daran falsch?«

»Es würde eine neue Rebellion geben, Euer Kogniszenz, und weitere Aufstände.« Maytera Marble wich Silks Blicken aus. »Neue Kämpfe würde es geben und alle paar Jahre neue Aufstände, bis das Ayuntamiento bezwungen wäre. Ich habe seit zwanzig Jahren zugesehen, wie die Unzufriedenheit zugenommen hat, Euer Kogniszenz, und wie Patera ganz richtig sagte, bringen sich die Menschen jetzt gegenseitig um. Beim nächsten Mal würden sie noch schneller zu den Waffen greifen, und immer schneller, und es würde nicht aufhören. Und außerdem …«

»Ja?« Quetzal machte eine ungeduldige Handbewegung. »Laßt es uns wissen.«

»Die Soldaten werden sterben, Euer Kogniszenz. Einer nach dem anderen. Jedesmal, wenn die Menschen sich erheben, werden es ein paar Soldaten weniger sein.«

»Dann ist das also klar.« Sein Hals legte sich in Falten, als er den Kopf zu Silk herumdrehte. »Also müssen Eure Anhänger siegen, Patera Caldé. Nun zuckt nicht immer zusammen, wenn ich Euch so nenne. Ihr werdet Euch daran gewöhnen müssen. Eure Anhänger müssen siegen, weil nur ihr Sieg Viron den Frieden bringen wird. Sagt Loris und den anderen, daß sie ihr Leben retten können, wenn sie sich jetzt ergeben. Lemur ist übrigens tot, wußtet Ihr das schon?«

Silk schluckte. Dann nickte er.

»Da Lemur nun fort ist, reichen ein paar Hiebe mit Eurer Peitsche, und sie werden traben, wohin Ihr sie treibt. Aber Ihr müßt Caldé werden, und die Menschen müssen erfahren, daß Ihr es seid.«

»Darf ich etwas sagen, Euer Kogniszenz?«

»Ich hoffe doch, Ihr, ein geweihter Augur, werdet mir, Eurem Prolokutor, jetzt nicht sagen wollen, daß Ihr nicht gehorchen wollt?«

»Ihr seid seit vielen Jahren Prolokutor, Euer Kogniszenz. Ihr seid es länger, als ich lebe. Ihr wart bereits Prolokutor, als der letzte Caldé noch im Amt war.«

Quetzal nickte. »Ich kannte ihn gut. Ich habe die Absicht, Euch noch besser kennenzulernen, Patera Caldé.«

»Ich war noch ein Kind, als er gestorben ist, Euer Kogniszenz. Ich war so klein, daß ich noch nicht einmal richtig laufen konnte. Damals müssen viele Dinge geschehen sein, von denen ich nie etwas erfahren habe. Ich erwähne dies nur, um zu betonen, daß ich aus Unwissenheit frage. Wenn Ihr lieber nicht antworten wollt, dann werde ich kein Wort mehr über die Sache verlieren.«

Quetzal nickte. »Wenn Maytera oder Euer Akoluth oder selbst mein Koadjutor mich gewisse Dinge fragen würde, dann könnte ich womöglich tatsächlich die Antwort verweigern, wie Ihr es angedeutet habt. Aber ich kann mir nicht vorstellen, daß unser Caldé mir eine Frage stellt, die ich nicht pflichtgemäß nach bestem Wissen und Gewissen beantworten würde. Bitte, was bewegt Euch?«

Silk fuhr sich mit den Fingern durchs Haar. »Euer Kogniszenz, als der Caldé starb, habt Ihr da oder hat sonst irgend jemand gegen die Entscheidung des Ayuntamiento protestiert, keine Neuwahlen abzuhalten?«

Quetzal nickte und strich sich mit zitternder Hand über den haarlosen Schädel. Die Geste war Silks Bewegung ähnlich und sah doch völlig anders aus. »Wenn ich Euch jetzt mit einer kurzen Antwort abspeisen wollte, dann würde sie lauten, daß ich in der Tat protestiert habe. Und verschiedene andere Menschen haben ebenfalls protestiert. Aber Ihr verdient mehr als eine kurze Antwort. Ihr verdient eine umfassende Erklärung. Draußen auf dem Altar liegt jedoch der halb verbrannte Körper eines jungen Mannes. Ich habe es aus dem Fenster gesehen. Ihr wollt doch sicher nicht gegen die Pflichten verstoßen, die Euer Amt mit sich bringt, nicht wahr? Wollt Ihr mir also bitte auf die Straße folgen und mir helfen, das zu tun, was man dort noch tun kann? Wenn wir fertig sind, werde ich Euch die ausführliche Antwort geben.«

Hinter die noch stehende Wand eines niedergebrannten Geschäfts geduckt, musterte Maytera Mint die Gesichter ihrer Schutzbefohlenen. Zoril schien Angst zu haben, Lime war wie vor den Kopf geschlagen, und nur der große Mann mit dem schwarzen Bart (sie hatte seinen Namen vergessen, falls sie ihn je gehört hatte) wirkte unerschrocken wie zuvor. »Also gut«, sagte sie.

Irgendwie ist das so ähnlich, als würde ich vor der Klasse stehen und unterrichten, dachte sie. Es ist überhaupt kein Unterschied. Ich wünschte, ich hätte eine Schiefertafel.

»Also gut, wir haben gerade Nachrichten bekommen, und es sind schlechte Nachrichten, ich will das überhaupt nicht beschönigen. Aber sie sind nicht unerwartet gekommen. Nicht für mich, und ich hoffe, für Euch auch nicht. Wir haben Gardisten in der Alambrera festgesetzt, wo normalerweise andere Leute von Gardisten festgesetzt werden.«

Sie lächelte und hoffte, ihre Zuhörer würden die Ironie verstehen. »Wir mußten damit rechnen, daß das Ayuntamiento den eigenen Leuten Unterstützung schickt. Ich habe jedenfalls damit gerechnet, auch wenn ich nicht erwartet habe, daß es so schnell geschehen würde. Aber es ist passiert, und es scheint mir, als hätten wir jetzt drei Möglichkeiten.« Sie hob drei Finger. »Wir können die Alambrera weiter angreifen und hoffen, daß wir sie einnehmen können, bevor die Verstärkung eintrifft.« Sie klappte einen Finger um. »Wir können uns zurückziehen.« Der nächste Finger. »Oder wir lassen von der Alambrera ab und bekämpfen die Verstärkungen, bevor sie drinnen sind.« Der letzte Finger. »Was schlagt Ihr vor, Zoril?«

»Wenn wir uns zurückziehen, folgen wir nicht mehr dem, was die Göttin uns aufgetragen hat.«

Der Mann mit dem schwarzen Bart schnaubte.

»Sie hat uns befohlen, die Alambrera einzunehmen und niederzureißen«, sagte Maytera Mint zu Zoril. »Wir haben es versucht, aber es ist uns nicht gelungen. Wir müssen uns jetzt entscheiden, ob wir sofort abziehen oder ob wir weiterkämpfen, bis wir daran gehindert werden. Oder wir könnten ausruhen, bis wir uns wieder stärker fühlen. Aber inzwischen können auch unsere Gegner neue Kräfte sammeln. Oder wir könnten dafür sorgen, daß wir nicht gestört werden. Lime?«

Lime war eine schlanke, vierzigjährige Frau mit rotem Haar, das, dachte Maytera Mint, wahrscheinlich nicht natürlich, sondern gefärbt war. »Ich glaube nicht, daß wir *nur* an das denken sollten, was die Göttin uns aufgetragen hat. Wenn sie will, daß die Alambrera abgerissen wird, dann hätte sie das selbst tun können. Sie will aber, daß *wir* es tun.«

Maytera Mint nickte. »Ich stimme vollkommen mit Euch überein.«

»Wir sind Sterbliche, also müssen wir es wie Sterbliche tun.« Lime schluckte. »Ich habe nicht so viele Leute in meinem Trupp wie Ihr, und die meisten meiner Leute sind Frauen.«

»Das ist schon in Ordnung«, beruhigte Maytera Mint sie. »Ich bin ja auch eine Frau, und die Göttin ist ebenfalls eine Frau oder ein weibliches Wesen. Wir wissen, daß sie Pas' Gemahlin ist und siebenfache Mutter. Es spielt jetzt auch keine Rolle, daß Ihr hier nicht viele Leute bei Euch habt. Ich würde auch jemandem zuhören, der überhaupt kein Gefolge hat, wenn er nur gute, brauchbare Ideen mitbringt.«

»Ich wollte eigentlich sagen …« Eine Bö trieb Rauch und Staub in ihre Mitte. Lime fächelte sich mit einer langen, schmalen Hand frische Luft zu. »Ich wollte sagen, daß die meisten meiner Frauen eigentlich gar keine Waffen haben. Sie haben nur Küchenmesser. Höchstens acht oder so besitzen Nadler, und eine, die einen Stall hat, ist mit einer Mistgabel bewaffnet.«

Maytera Mint hörte aufmerksam zu.

»Ich wollte damit sagen, daß sie sich übergangen fühlen. Entmutigt, wenn Ihr versteht, was ich meine.«

Maytera Mint versicherte ihr, daß sie es genau verstand.

»Wenn wir jetzt nach Hause gehen, dann werden einige von ihnen wohl danach auch zu Hause bleiben. Wenn wir aber diese neuen Grünen, die jetzt herkommen, besiegen können, dann könnten sich die Frauen mit Musketen bewaffnen. Dann würden sie sich besser fühlen, und wir wären insgesamt stärker.«

»Das ist ein sehr gutes Argument.«

»Bison hier …«

Maytera Mint nahm sich vor, es sich zu merken: »Bison« hieß also der Mann mit dem schwarzen Bart. Sie wollte sich den Namen so oft im Kopf vorsagen, bis sie ihn nicht mehr vergaß.

»Bison glaubt, daß meine Frauen wahrscheinlich nicht kämpfen würden. Und das werden sie auch nicht tun; jedenfalls nicht so, wie er sich das vorstellt. Aber wenn sie Musketen hätten, dann würden sie den ganzen Tag schießen, wenn Ihr es ihnen befehlt, Maytera. Oder wenn Ihr den Befehl gebt, an einen anderen Ort zu gehen, und wenn die Grünen versuchen sollten, sie unterwegs aufzuhalten.«

»Also seid Ihr dafür, die Entsatztruppen anzugreifen, Lime?«

Lime nickte.

Bison sagte: »Sie ist dafür, solange jemand anders

den Kampf für sie kämpft. Ich bin auch dafür, und wir werden kämpfen.«

»Meint Ihr die Kämpfe unter uns selbst, Bison?« Maytera Mint schüttelte den Kopf. »Diese Art von Auseinandersetzung wird niemals die Charta wieder in Kraft setzen, und ich bin ziemlich sicher, daß dies auch nicht das war, was die Göttin im Sinn hatte. Aber Ihr seid jedenfalls dafür, die Reservetruppen anzugreifen? Nun gut, ich bin auch dafür! Ich bin nicht sicher, was Zoril will, und wahrscheinlich weiß er es nicht einmal selbst. Trotzdem, es ist eine klare Mehrheit. Was meint Ihr, wo wir am besten angreifen, Bison?«

Er kratzte sich schweigend im Bart.

»Mir ist natürlich klar, daß wir ein paar Nachzügler verlieren werden. Aber wir können dafür sorgen, daß es nicht zu viele werden, und vielleicht stoßen unterwegs sogar neue Leute zu uns. Zoril?«

»Ich weiß nicht, Maytera. Ich glaube, Ihr solltet die Entscheidung treffen.«

»Das weiß ich, und das werde ich tun. Aber es ist dumm, nicht auf Ratschläge zu hören, wenn genug Zeit dazu ist. Ich glaube, wir sollten genau hier angreifen, wenn sie die Alambrera erreichen.«

Bison verstand, worauf sie hinauswollte, und nickte.

»Zuerst einmal bleibt uns nicht mehr viel Zeit, uns vorzubereiten, und wenn wir hier angreifen, haben wir etwas mehr Zeit.«

Bison sagte: »Die Menschen werfen von den Dächern Steine herunter. Erinnert Ihr Euch? Das hat uns der Bote erzählt. Vielleicht töten sie schon unterwegs ein paar Gardisten und erleichtern uns die Arbeit. Sie sollen ihre Chance bekommen.«

»Und vielleicht werden einige junge Männer zu uns überlaufen. Wir sollten ihnen jede Gelegenheit dazu geben.« Von der Erinnerung an Spiele in der

Palaestra inspiriert, fügte sie hinzu: »Wenn jemand die Seite wechselt, dann zählt das doppelt. Einer mehr für uns, einer weniger für sie. Außerdem müssen die Gardisten in der Alambrera ihnen die großen Tore öffnen, um sie hereinzulassen.« Die Gesichter der Zuhörer verrieten, daß bisher noch niemand daran gedacht hatte. So fuhr sie fort: »Ich sage nicht, daß wir selbst auch hineinkommen werden. Aber vielleicht gelingt es uns. Also, wie genau sollen wir nun angreifen?«

»Von vorn und hinten, mit so vielen Männern wie möglich«, brummte Bison.

Lime setzte hinzu: »Wir müssen das Überraschungsmoment nutzen, Maytera.«

»Und das ist ein weiterer Grund dafür, daß es am besten ist, hier anzugreifen. Wenn sie die Alambrera erreicht haben, dann werden sie denken, sie seien am Ziel. Vielleicht werden sie etwas sorglos. Das ist für uns der Augenblick, zur Tat zu schreiten.«

»Sobald die Tore geöffnet werden.« Bison schlug eine Faust in die Handfläche der anderen Hand.

»Ja, das ist eine gute Idee. Wolltet Ihr etwas sagen, Zoril?«

»Ich wollte eigentlich nicht damit anfangen, weil ich mir schon denken kann, was Ihr gleich sagen werdet, aber sie haben von den Mauern und hochgelegenen Fenstern zu uns heruntergeschossen. Fast alle, die wir verloren haben, haben wir auf diese Weise verloren.« Er wartete, ob jemand ihm widersprechen wollte, aber niemand sagte etwas.

»Da drüben auf der anderen Straßenseite sind Gebäude, die so hoch sind wie die Mauern, Maytera. Ein Stück die Straße hinauf steht sogar eines, das noch höher ist. Ich glaube, wir sollten dort Leute postieren, die auf die Wachen auf den Mauern schießen. Außerdem könnten ein paar von meinen Leuten, die keine Nadler oder Musketen haben, auf die Dächer klettern und Steine werfen, wie es nach dem Bericht des Boten in der Stadt geschieht. Ein Stück Schiffsstein, das da hinübergeworfen wird, sollte so hart einschlagen wie eine Kugel aus einer Muskete. Die Gardisten sind ja gepanzert.«

Maytera Mint nickte wieder. »Ihr habt recht. Teilt die Leute bitte entsprechend ein. Nicht nur Eure eigenen, sondern auch einige ältere Jungen und Mädchen. Nach den Bränden müssen jetzt viele auf den Straßen unterwegs sein. Lime, Eure Frauen sind keine Kämpferinnen, solange sie keine Nadler oder Musketen haben. Wir brauchen Helfer, die Verwundete retten und versorgen. Sie können ihre Messer oder was sie sonst haben, benutzen, um sich gegen die zu wehren, die ihnen in die Quere kommen sollten. Wer ist die Frau mit der Mistgabel? Holt sie bitte her, ich möchte mit ihr reden.«

Maytera Mint sah ein abgefallenes Stück Putz auf der Straße. »Paßt auf, Bison.« Sie hob das Stück auf und kratzte zwei parallele Linien auf die vom Feuer geschwärzte Wand des nächsten Hauses. »Das hier ist die Cage Street.« Mit einer Geschicklichkeit, die sie durch jahrelange Übung erworben hatte, zeichnete sie die Umrisse der Alambrera und der benachbarten Gebäude auf.

Es war noch eine ganze Menge Zedernholz übrig, und das Feuer auf dem Altar war noch nicht erloschen. Silk legte frisches Holz nach und ließ es vom Wind anblasen, bis die Funken flogen.

Quetzal hatte sich unterdessen um Musks Leiche gekümmert. Er hatte den Toten ordentlich neben Maytera Roses Sarg auf den Rücken gelegt. Maytera Marble, die gegangen war, um aus dem Zönobium ein Laken zu holen, war noch nicht zurückgekehrt.

»Er war der böseste Mann, der mir je begegnet ist.« Silk hatte eigentlich nicht laut sprechen wollen, aber die Worte waren heraus, und Quetzal hatte sie gehört. »Trotzdem tut es mir leid, da er jetzt tot ist.«

Quetzal murmelte: »Das ehrt Euch, Patera Caldé.« Er wischte die Klinge des Opfermessers sauber, das er im Straßendreck gefunden hatte.

Silk fragte sich, wann er es fallen gelassen hatte. Maytera Rose hatte es gehütet wie ihren Augapfel. Sie hatte es nach jedem Opfer gesäubert und geschärft, auch wenn es kaum stumpf geworden war. Aber Maytera Rose war tot, so tot wie Musk.

Natürlich, er hatte es vergessen, nachdem er Villus das Zeichen der Addition in das Fußgelenk geschnitten hatte, um das Gift aus der Wunde zu saugen.

Als er Blood am Phaesday begegnet war, hatte dieser erklärt, er habe jemandem versprochen – einer Frau –, er würde in diesem Manteion für sie beten. Plötzlich wußte Silk (ohne nachvollziehen zu können, woher dieses Wissen kam), daß mit der ›Frau‹ Musk gemeint gewesen war. Ob Musks Geist noch in der Nähe der Leiche schwebte und ihn, Silk, zu solchen Gedanken drängte? Ob er so leise flüsterte, daß man ihn nicht hören konnte? Silk machte das Zeichen der Addition. Eigentlich hätte er noch ein Gebet für Thelxiepeia sprechen sollen, die Göttin der Magie und der Gespenster, aber er brachte es nicht über sich.

Musk hatte das Manteion mit Bloods Geld gekauft, und Musk mußte in einem tiefen Winkel seiner Seele, der trotz all seiner bösen Werke nicht verschüttet worden war, gewußt haben, daß er etwas Falsches getan hatte – daß er mit diesem Kauf die Götter beleidigt hatte. Er hatte Blood gebeten, in dem Manteion, das er gekauft hatte, für ihn oder für sie beide zu beten, und Blood hatte versprochen, es zu tun.

Hatte Blood sein Versprechen gehalten?

»Könntet Ihr mir mit dem Fußende helfen, Patera Caldé?« Quetzal stand schon am Kopfende von Maytera Roses Sarg.

»Ja, natürlich, Euer Kogniszenz. Wir können den Sarg zu zweit hineintragen.«

Quetzal schüttelte den Kopf. »Wir legen ihn auf das Opferfeuer, Patera Caldé. Die Verbrennung der Toten ist erlaubt, wenn die Beerdigung nicht möglich ist. Könntet Ihr dort anfassen ...«

Silk nahm das Fußende des Sarges. Er war leichter, als er erwartet hätte. »Sollten wir nicht ein Bittgebet an die Götter sprechen, Euer Kogniszenz? Damit sie bei den Göttern gut aufgenommen wird?«

»Das habe ich bereits getan, Patera Caldé. Während Ihr so tief in Gedanken versunken wart. So, jetzt hebt den Sarg so hoch Ihr könnt, und dann stellt ihn ins Feuer. Aber laßt ihn nicht fallen. Eins, zwei, *drei*!«

Silk tat, wie ihm geheißen, dann trat er rasch von den auflodernden Flammen zurück. »Vielleicht hätten wir auf Maytera warten sollen, Euer Kogniszenz.«

Quetzal schüttelte wieder den Kopf. »So ist es besser, Patera Caldé. Es wäre übrigens ratsam, nicht dauernd ins Feuer zu starren. Wißt Ihr eigentlich, warum Särge diese eigenartige Form haben? Seht mich an, Patera Caldé.«

»Damit die Schultern hineinpassen, Euer Kogniszenz. So hat man es mir jedenfalls erzählt.«

Quetzal nickte. »Das hört man tatsächlich immer. Aber hätte Eure Sibylle einen Sarg gebraucht, der den Schultern mehr Raum läßt? Seht mich an.«

Das dünne, fleckige Holz wurde jetzt schwarz. Als die Flammen darüber leckten, entstanden neue Flammen. »Nein«, sagte Silk und wandte den Blick wieder ab. Es war seltsam, daß dieser gebeugte, kahlköpfige alte Mann der Prolokutor sein sollte. »Nein, Euer Kogniszenz. Die meisten Frauen oder Männer würden keine Särge brauchen, die in den Schultern breiter sind.«

Es stank bereits nach brennendem Fleisch.

»Man formt die Särge so, damit wir, die Lebenden,

wissen, wo der Kopf liegt, sobald der Sarg verschlossen ist. Manchmal werden Särge nämlich hochkant aufgestellt. Patera!«

Silks Blick war wieder zum Feuer gewandert. Er wandte sich ab und bedeckte die Augen.

»Ich hätte Euch das gern erspart«, sagte Quetzal zu ihm.

Maytera Marble, die gerade mit dem Tuch zurückgekommen war, fragte: »Was hättet Ihr ihm gern erspart, Euer Kogniszenz?«

»Den Anblick von Maytera Roses Gesicht, das von den Flammen verzehrt wird«, sagte Silk zu ihr. Er rieb sich die Augen und hoffte, sie würde glauben, er hätte sie schon einmal gerieben, und rieb sie sich wieder, weil er Qualm hineinbekommen hätte.

Sie hielt ihm ein Ende des Lakens hin. »Es tut mir leid, daß es so lange gedauert hat, Patera. Ich … ich habe zufällig ein Spiegelbild von mir gesehen. Dann habe ich Maytera Mints Spiegel gesucht. Meine Wange ist verkratzt.«

Silk nahm die Ecken des Lakens in die von Tränen feuchten Finger. Der Wind wollte ihm das Tuch entreißen, aber er hielt fest. »So ist es, Maytera. Wie konnte das geschehen?«

»Ich weiß es nicht!«

Zu seiner Überraschung hob Quetzal Musks halb verkohlten Körper ohne sichtbare Anstrengung hoch. Der ehrwürdige alte Mann war eindeutig stärker, als man auf den ersten Blick vermuten konnte. »Legt das Tuch flach aus und haltet es auf dem Boden«, sagte er zu ihnen. »Wir legen ihn darauf und falten das Tuch über ihm zusammen.«

Einen Augenblick später lagen auch Musks sterbliche Überreste im Altarfeuer.

»Es ist unsere Pflicht, das Feuer zu hüten, bis beide verbrannt sind. Wir müssen aber nicht zusehen, und ich würde sogar empfehlen, daß wir nicht hinschauen.« Quetzal hatte sich zwischen Silk und dem Altar aufgebaut. »Laßt uns leise beten, damit ihre Seelen Frieden finden.«

Silk schloß die Augen und wandte sich im Gebet an den Außenseiter, jedoch ohne große Hoffnung, daß dieser geheimnisvolle Gott ihn hören oder sich um das kümmern würde, was Silk zu sagen hatte; ganz zu schweigen von der Möglichkeit, daß er vielleicht überhaupt nicht existierte.

»Und doch weiß ich dies.« (Er bewegte die Lippen, sprach die Worte aber nicht laut aus.) *»Du bist der einzige Gott für mich. Es ist besser, ich schenke Dir meine ganze Aufmerksamkeit, auch wenn es Dich nicht gibt, statt Echidna oder selbst Kypris anzubeten, deren Gesichter ich gesehen habe. Ich flehe Dich also an, diesen unseren Toten Deine Gnade zu schenken. Vergiß nicht, daß ich, dem Du einst eine große Ehre erwiesen hast, die beiden hätte lieben sollen, daß ich dies aber nicht vermochte, so daß ich ihnen nicht den richtigen Weg gewiesen habe. Vielleicht sind sie nicht vor Dir erschienen, bevor Hierax sie in sein Reich übernommen hat. Deshalb trage ich die Schuld an allem Bösen, das sie getan haben mögen, solange sie mich kannten. Ich akzeptiere diese Schuld und bete zu Dir, auf daß Du denen vergibst, die im Feuer brennen, und auf daß Du auch mir vergibst, dessen Feuer noch nicht entzündet ist. Geheimnisvoller Außenseiter, zürne nicht mit uns, auch wenn wir Dich nicht genügend verehrt haben. Alles, was ausgestoßen, weggeworfen und verachtet wird, gehört in Dein Reich. Sollten dieser Mann und diese Frau, die ich vernachlässigt habe, nun auch von Dir nicht beachtet werden? Denke an ihr elendes Leben und ihren Tod. Sollen wir niemals Ruhe finden? Ich habe mein Gewissen erforscht, Außenseiter, und Dinge gefunden, mit denen ich Deinen Unmut erregt habe. Ich fand dies: daß ich Maytera Rose aus dem Weg gegangen bin, wo ich es nur konnte, obwohl sie mir die Großmutter hätte sein können, die ich nie kennenlernen durfte; daß ich Musk gehaßt und sogar gefürch-*

tet habe, obwohl er mir überhaupt nichts angetan hatte. Beide waren Deine Schützlinge, Außenseiter, das wird mir jetzt klar, und um Deinetwillen hätte ich sie beide lieben müssen. Ich bereue meinen falschen Stolz, und ich will die Erinnerung an sie in Ehren halten. Das schwöre ich. Mein Leben soll Dir gehören, Außenseiter, wenn Du diesem Mann und dieser Frau, die wir heute verbrennen, vergibst.«

Als er die Augen öffnete, sah er, daß Quetzal bereits fertig war, falls er überhaupt gebetet hatte. Kurz danach hob auch Maytera Marble den Kopf, und er fragte: »Würden Euer Kogniszenz, da Ihr mehr über die unsterblichen Götter wißt als sonst jemand im ganzen Whorl, geruhen, mich über den Außenseiter zu belehren? Er hat mich zwar erleuchtet, wie ich Eurem Koadjutor bereits sagte, aber ich wäre Euch sehr zu Dank verpflichtet, wenn Ihr mir mehr sagen könntet.«

»Ich kann Euch über den Außenseiter oder irgendeinen anderen Gott keine Informationen geben, Patera Caldé. Das wenige, was ich in meinem langen Leben über die Götter gelernt habe, versuche ich zu vergessen. Ihr habt Echidna gesehen. Wie könnt Ihr mir nach diesem Anblick so eine Frage stellen?«

»Ihr habt recht, Euer Kogniszenz.« Silk blickte nervös zu Maytera Marble.

»Ich habe sie nicht gesehen, Euer Kogniszenz. Aber ich sah die Heiligen Farben und hörte ihre Stimme, und ich war unbeschreiblich glücklich. Ich erinnere mich, daß sie uns alle ermahnt hat, im Herzen rein zu bleiben. Und sie hat bestätigt, daß Scylla unsere Schutzherrin ist. Mehr weiß ich nicht. Könnt Ihr mir sagen, was sie sonst noch verkündet hat?«

»Sie hat Eure Schwester aufgefordert, das Ayuntamiento niederzuwerfen. Laßt es damit für den Augenblick gut sein, Maytera.«

»Maytera Mint? Aber sie könnte dabei ums Leben kommen!«

Quetzal zuckte die Achseln. »Ich glaube, davon müssen wir ausgehen, Maytera. Bevor Kypris sich am Scylsday hier gezeigt hat, war seit Jahrzehnten kein Gott mehr in einem unserer Fenster erschienen. Ich kann mich dessen nicht rühmen, denn ich habe nichts damit zu tun. Im Gegenteil, ich habe sogar alles Menschenmögliche getan, um Theophanien zu verhindern. Ich habe beispielsweise Menschenopfer untersagt und ein entsprechendes Gesetz angeregt. Und ich muß zugeben, daß ich stolz darauf bin.«

Er wandte sich an Silk. »Patera Caldé, Ihr wolltet wissen, ob ich protestiert habe, als das Ayuntamiento keine Wahlen abhalten ließ, um einen neuen Caldé wählen zu lassen. Ihr hattet das Recht, danach zu fragen. Mehr, als Ihr Euch selbst vorstellen könnt. Wenn nach dem Tod des letzten Caldé ein neuer gewählt worden wäre, dann hätte der heutige Besuch Echidnas nicht stattgefunden.«

»Wenn Euer Kogniszenz …«

»Nein, ich will es Euch erzählen. Es gibt viele Dinge, die Ihr als Caldé wissen müßt, und dies ist eins davon. Aber die Sache war nicht ganz so einfach, wie Ihr sie Euch vorstellt. Was wißt Ihr über die Charta?«

»So gut wie nichts, Euer Kogniszenz. Wir haben sie als Kinder gelesen – oder besser, der Lehrer hat sie vorgelesen und unsere Fragen beantwortet. Ich glaube, ich war damals zehn Jahre alt.«

Maytera Marble warf ein: »Wir dürfen sie heute nicht mehr lehren. Sie wurde schon vor Jahren vom Lehrplan gestrichen.«

»Auf meinen Befehl hin«, erklärte Quetzal. »Und zwar in einem Augenblick, als es bereits gefährlich war, die Charta auch nur zu erwähnen. Wir haben jedoch Kopien im Palast, und ich habe sie viele Male gelesen. Dort steht nicht, Patera Caldé, daß beim Tod des Caldé eine Neuwahl abgehalten werden muß, wie Ihr anscheinend glaubt. Dort steht vielmehr, daß dem Caldé sein Amt auf Lebenszeit übertragen wird, daß er einen Nachfolger ernennen kann und daß ein Nachfolger gewählt werden soll, wenn der Caldé stirbt, ohne einen Nachfolger benannt zu haben. Seht Ihr das Problem?«

Silk blickte unbehaglich die Straße hinunter, aber er sah niemanden, der nahe genug gewesen wäre, um sie belauschen zu können. »Ich fürchte nein, Euer Kogniszenz. Das klingt in meinen Ohren ziemlich unmißverständlich.«

»Dort steht *nicht*, daß der Caldé seine Entscheidung öffentlich bekanntgeben muß. Wenn er für sich behalten will, wen er bestimmt hat, dann kann er das tun. Die Gründe sind so offensichtlich, daß ich zögere, es eigens zu erläutern.«

Silk nickte. »Sie kämen damit alle beide in eine sehr unangenehme Situation.«

»In eine gefährliche Situation, Patera Caldé. Anhänger des Nachfolgers könnten den Caldé töten, während diejenigen, die hoffen, selbst Caldé zu werden, den Nachfolger töten würden. Als der letzte Caldé gestorben war, wurde sein Testament verlesen, und dort war festgelegt, wer der Nachfolger werden sollte. Ich erinnere mich noch an den genauen Wortlaut. Es hieß: ›Obwohl er nicht mein leibliches Kind ist, wird mein Sohn mir nachfolgen.‹ Wie versteht Ihr das?«

Silk streichelte seine Wange. »Der Name wird nicht genannt?«

»Nein. Ich habe Euch den vollständigen Absatz vorgetragen. Der Caldé hat nie geheiratet; das hätte ich Euch schon vorher sagen sollen. Soweit man weiß, hat er keinen Sohn.«

Maytera Marble schaltete sich ein. »Das ist mir neu, Euer Kogniszenz. Hat sich denn dieser Sohn nicht zu Wort gemeldet?«

»Nicht, daß ich wüßte. Möglicherweise wurde er insgeheim von Lemur oder einem anderen Ratsherren getötet, aber das bezweifle ich.« Quetzal wählte ein langes Scheit Zedernholz aus und stocherte im zusammenfallenden Feuer herum. »Wenn sie das getan hätten, dann wüßten wir inzwischen davon. Wahrscheinlich hätten wir es sogar schon vor langer Zeit erfahren. Es gab keine öffentliche Erklärung. Hätte es eine gegeben, dann wären Betrüger gekommen und hätten nichts als Scherereien gemacht. Das Ayuntamiento hat heimlich nach dem Nachfolger suchen lassen. Um ehrlich zu sein, ich glaube nicht, daß der Junge es überlebt hätte, wenn sie ihn gefunden hätten.«

Silk nickte widerstrebend.

»Hätte es einen leiblichen Sohn gegeben, dann hätte man medizinische Untersuchungen durchführen können. Aber wie es aussah, bestand die einzige Hoffnung darin, irgendeine Unterlage zu finden. Die Monitore aller Gläser, die man ausfindig machen konnte, wurden befragt. Alte Dokumente wurden wieder und wieder gelesen, und die Verwandten und Freunde des Caldé wurden vernommen. Alles ohne irgendein Ergebnis. Demnach hätte man eine Wahl abhalten müssen, und ich habe mich mehrmals nachdrücklich dafür ausgesprochen, weil ich fürchtete, es könnte eine Theophanie Scyllas geben, wenn wir nicht bald etwas unternähmen. Aber eine Wahl wäre illegal gewesen, das muß ich zugeben. Der Caldé hatte seinen Nachfolger benannt. Sie konnten ihn nur nicht finden.«

»Dann habe ich keinen Anspruch auf das Amt, wenn man es mir aufdrängt.«

»Nicht ganz. Zunächst einmal war das schon vor einer ganzen Generation. Höchstwahrscheinlich ist dieser Sohn, falls er existiert hat, inzwischen tot. Zweitens wurde die Charta von den Göttern geschrieben. Sie ist ein Dokument, in dem die Götter ihren Willen bekunden, wie wir uns regieren sollen, nicht mehr und nicht weniger. Es ist offensichtlich, daß sie mit dem augenblicklichen Stand der Dinge unzufrieden sind, und wie Maytera Euch bereits gesagt hat, seid Ihr der einzige Kandidat.«

Quetzal gab Maytera Marble das Opfermesser. »Ich glaube, wir können jetzt gehen, Maytera. Ihr müßt noch bleiben. Hütet das Feuer, bis es erlischt. Wenn es aus ist, bringt Ihr die Asche ins Manteion und beseitigt sie wie üblich. Falls Ihr Knochen oder Zähne findet, dann berührt sie nicht. Behandelt sie nicht anders als die Reste irgendeines anderen Opfers.«

Maytera Marble verneigte sich.

»Reinigt den Altar wie gewohnt. Wenn Ihr Leute findet, die Euch helfen, dann bringt ihn ins Manteion zurück. Das Heilige Fenster ebenfalls.«

Sie verneigte sich wieder. »Patera hat mir bereits diesen Auftrag gegeben, Euer Kogniszenz.«

»Gut. Ihr seid eine brave, vernünftige Frau, Maytera, wie ich schon sagte. Ich bin froh, daß Ihr Eure Haube wieder aufgesetzt habt, als Ihr zum Zönobium gegangen seid. Ihr habt meine Erlaubnis, das Pfarrhaus zu betreten. Dort drinnen ist eine alte Frau. Ich glaube, inzwischen geht es ihr wieder so gut, daß sie nach Hause gehen kann. Im ersten Stock liegt in einem Bett ein Junge. Ihr könnt ihn dort lassen oder ins Zönobium bringen und dort pflegen, wenn das für Euch einfacher ist. Sorgt dafür, daß er sich nicht zu sehr anstrengt, und er muß viel Wasser trinken. Bringt ihn dazu, daß er etwas ißt, wenn Ihr könnt. Ihr könnt einen Teil des Fleisches für ihn kochen.«

Dann wandte Quetzal sich an Silk. »Patera, während Maytera auf das Feuer achtgibt, will ich noch einmal nach dem Jungen sehen. Und ich muß mir eine Robe borgen, die ich dort oben gesehen habe. Ich glaube, sie gehört Eurem Akoluthen. Sie sah so aus, als wäre sie Euch zu kurz, aber mir müßte sie passen. Wenn wir auf Rebellen treffen – vielleicht sollten wir sie besser als Diener der Königin des Whorl bezeichnen. Wenn wir sie treffen, sollte es helfen, wenn sie wissen, wer Ihr seid und wer ich bin.«

Silk sagte: »Ich bin sicher, daß Patera Gulo Euch mit Freuden alles zur Verfügung stellen würde, was er besitzt, wenn Euch dies hilft, Euer Kogniszenz.«

Als Quetzal davonwackelte, fragte Maytera Marble: »Wollt Ihr Maytera Mint helfen, Patera? Ihr werdet beide in schrecklicher Gefahr schweben. Ich werde für Euch beten.«

»Ich mache mir um Euch viel größere Sorgen als um mich selbst«, gab Silk zurück. »Mehr sogar als um sie – sie muß trotz allem, was Seine Kogniszenz gesagt hat, unter Echidnas Schutz stehen.«

Maytera Marble hob den Kopf und zeigte ihm ein kleines, gequältes Lächeln. »Macht Euch meinetwegen keine Sorgen. Maytera Marble paßt gut auf mich auf.« Und dann drückte sie ihm warme, metallene Lippen auf die Wange. »Wenn Ihr meinen Sohn Blood seht, dann sagt ihm, auch er soll sich keine Sorgen machen. Es wird alles gut werden.«

»Das will ich tun, Maytera.« Silk wich hastig einen Schritt zurück. »Lebt wohl, Maytera Rose. Und was die Tomaten angeht – es tut mir wirklich leid. Mir tut alles schrecklich leid. Ich hoffe, Ihr könnt mir verzeihen.«

»Maytera Rose ist gestern gestorben, Patera. Sagte ich Euch das nicht schon?«

»O ja«, murmelte Silk. »Ja, natürlich.«

Auk lag auf dem Boden des Tunnels. Er war müde, er fühlte sich schwach und benommen. Das war nun einmal, wie es war. Wann hatte er zum letzten Mal geschlafen? Tagsüber am Molpsday, nachdem er Jugs und Patera verlassen hatte. Bevor sie zum See gefahren waren. Aber er hatte auf dem Boot, bevor der Sturm aufgekommen war, noch ein Nickerchen gehalten. Jugs und der Metzger waren auch müde gewesen, sogar noch erschöpfter als er, obwohl sie keinen Schlag auf den Schädel bekommen hatten. Sie hatten beim Sturm auf dem Boot geholfen. Dace war tot. Urus hatte nichts getan, aber er würde ihn, Auk, umbringen, wenn er eine Gelegenheit dazu bekäme. Auk stellte sich vor, wie Urus über ihm stand, eine Keule in der Hand wie die, die er gesehen hatte. Auk fuhr auf und sah sich um.

Urus und der Soldat unterhielten sich leise. Der Soldat rief: »Ich passe schon auf. Schlaft nur weiter, Mann.«

Auk legte sich wieder hin. Natürlich konnte ein Soldat niemals sein Freund sein, da würde er noch eher Urus vertrauen, und dem vertraute er überhaupt nicht.

Welcher Tag war heute? Thelxday. Nein, eher Phaesday. Die Grausame Phaea, die für Essen und Heilung zuständig war. Grausam war sie, weil man töten mußte, wenn man essen wollte, und es nützte nichts, so zu tun, als wäre das nicht so. Gelada hatte zum Beispiel Dace mit einer Schlinge umgebracht und ein Stück von seinem Arm gegessen. Wegen solcher Dinge mußte man hin und wieder mal ins Manteion gehen. Da wurde dann ein grauer Widder geopfert, das Blut wurde ins Feuer geschüttet, und die Menschen bedankten sich bei Phaea oder welchem Gott auch immer für das »gute Essen«. Grausam war sie, weil die Heilung manchmal schmerzhafter war als der Tod. Ärzte mußten schneiden, um den Menschen zu helfen. Einen gebrochenen Knochen einrichten, das tat weh. In Auks Schädel sei ein Knochen gebrochen oder gesprungen oder so etwas, hatte Dace gesagt. Das war sicherlich die Wahrheit, denn ihm wurde manchmal schrecklich schwindlig, und manchmal konnte er nicht klar sehen. Nicht einmal Dinge, die direkt vor ihm waren. Ein weißer Widder für dich, Phaea, wenn ich wieder gesund werde.

Nein, es mußte ein schwarzer Widder sein. Er hatte Tartaros einen schwarzen Widder versprochen, aber der einzige, den es auf dem Markt gegeben hatte, hätte mehr gekostet, als er bei sich hatte. Deshalb hatte er den grauen gekauft. Das war beim vorletzten Mal gewesen, bevor Kypris ihnen versprochen hatte, daß alles glatt laufen würde, bevor er Jugs den Ring und Patera die Kette gegeben hatte. Da hatten vielleicht auch seine Probleme angefangen, weil der Widder die falsche Farbe gehabt hatte. Andererseits waren die schwarzen Widder sowieso bloß gefärbt …

Den Baum hinauf und auf das Dach, dann durch die Dachluke hinein. Aber er war benommen, er war so benommen, und der Baum war so hoch, daß die Krone die Blende vor der Sonne berührte, daß die trocken raschelnden toten Blätter die Blende berührten. Und das Dach war sogar noch höher. Urus pfiff. Er stand an der Ecke und pfiff, weil die Grünen jetzt praktisch schon unter dem verdammten Baum standen.

Er stand auf einem Ast und ging darauf weiter. Er sah, wie das Dach, nein, wie alle schwarzen, spitzen Dächer Limnas davonsegelten, während das alte Boot des alten Mannes mit der Zornigen Scylla am Ruder in See stach. Scylla, die in Jugs' Kopf steckte, nahm zwar keinen Platz ein, aber sie führte Jugs wie an Marionettenfäden, sie zerrte an ihren Zügeln und gab ihr die Sporen. Die Zornige Scylla hatte Sporen wie ein Kampfhahn und ließ Jugs rennen. Ein kleiner Schritt und noch einer, und das Dach war weiter entfernt denn je, höher als die Krone des verdammten Baums, und dann glitt sein Fuß ab, wo Geladas Blut auf der Borke verschmiert war, und er stürzte ab.

Er schreckte zitternd aus dem Schlaf hoch. Neben ihm lag etwas Warmes, nahe zwar, aber ohne ihn zu berühren. Er drehte sich herum und schob die Beine unter ihre großen, weichen Schenkel. Dann drückte er sich mit dem Bauch und der Brust an ihren Rücken, umarmte sie, um sie zu wärmen, und nahm eine Brust in die Hand. »Bei Kypris, ich liebe dich, Jugs. Ich bin viel zu kaputt, um dich zu vögeln, aber ich liebe ich. Du bist genau die Frau, die ich immer haben wollte.«

Sie sagte nichts, aber ihr Atem schien sich fast unmerklich zu verändern, und er wußte, daß sie nicht geschlafen hatte, auch wenn sie so tat, als hätte sie nichts gehört. Damit hatte er keine Probleme, denn er konnte ihr keinen Vorwurf machen, wenn sie sich das in Ruhe überlegen wollte. Er wollte keine Frau, die sich das nicht in Ruhe überlegt hatte, denn eine Frau, die das nicht gemacht hatte, nahm einen Mann früher oder später nur noch aus, ob sie das wollte oder nicht.

Aber er, er hatte sich das überlegt. Er hatte sich das genau überlegt, als er sich zu ihr herumgedreht hatte. Und so konnte er zufrieden neben ihr einschlafen.

»Ich habe Euch erschreckt, Patera Caldé. Ich wußte es. Ich konnte es Eurem Gesicht ansehen. Meine Augen sind leider nicht mehr so gut wie früher, und ich bin nicht mehr so gut darin, in Gesichtern zu lesen. Aber Euren Gesichtsausdruck habe ich verstanden.«

»In gewisser Weise, ja, Euer Kogniszenz.« Sie gingen zusammen die menschenleere Sun Street hinauf, ein großer junger Augur und ein gebeugter alter Mann. Silk machte einen langsamen Schritt, wo Quetzal zwei lahme, unsichere Schritte machen mußte.

»Seit Ihr die Schola verlassen habt, Patera Caldé, seit Ihr in dieses Viertel gekommen seid, habt Ihr gebetet, ein Gott möge in Eurem Fenster erscheinen, nicht wahr? Ich bin sicher, daß Ihr das gehofft habt. Jeder hofft das, oder fast jeder. An wen habt Ihr vor allem gedacht? An Pas oder an Scylla?«

»Hauptsächlich an Scylla, Euer Kogniszenz. Um die Wahrheit zu sagen, ich habe damals kaum einen Gedanken an die Nebengötter verschwendet. Ich meine, an die Götter, die nicht zu den Neun gehören – aber es gibt ja wohl keinen Gott, der unwichtig wäre, nehme ich an. Scylla schien mir die wahrscheinlichste. Wir konnten uns ja nur am Scylsday Opfer leisten, und außerdem ist sie die Schutzpatronin der Stadt.«

»Und sie hätte Euch dann sagen sollen, was Ihr tun müßtet.« Quetzal schielte zu Silk hinauf und zeigte ein zahnloses Grinsen, das Silk sehr beunruhigend fand. »Sie hätte auch Eure Gemeindekasse aufgefüllt. Ihr hättet die alten Gebäude renovieren und Bücher für die Palaestra kaufen und jeden Tag ein großes Opfer kaufen können.«

Silk nickte widerstrebend.

»Ich verstehe. Oh, ich verstehe Euch sehr gut. Das ist völlig normal, Patera Caldé. Es ist sogar wünschenswert, wenn Auguren so denken. Aber was ist mit mir? Was meint Ihr, warum ich wünsche, daß möglichst überhaupt keine Götter erscheinen? Das ist doch das genaue Gegenteil von Euren Wünschen, nicht wahr? Und das beunruhigt Euch.«

Silk schüttelte den Kopf. »Es ist nicht meine Aufgabe, Eure Taten oder Worte zu beurteilen, Euer Kogniszenz.«

»Aber genau das werdet Ihr tun.« Quetzal blieb stehen und blickte die Lamp Street hinunter. Er schien einer Stimme zu lauschen, die nur er selbst vernehmen konnte. »Ihr werdet es tun, Patera Caldé. Ihr könnt nichts dagegen machen. Deshalb werde ich es Euch sagen. Danach können wir über andere Dinge reden, von denen Ihr glaubt, Ihr hättet sie als Kind gelernt. Ich meine den Plan des Pas. Und dann könnt Ihr Euch zu Maytera gesellen, wie hieß sie noch gleich?«

»Maytera Mint, Euer Kogniszenz.«

»Ihr könnt losziehen und in Echidnas Namen das Ayuntamiento niederwerfen, und ich werde losziehen und versuchen, bessere Waffen zu finden und Leute, die Euch helfen. Aber zuerst einmal ...«

»Euer Kogniszenz?« Silk fuhr sich nervös mit den Fingern durch das störrische blonde Haar. Er konnte sich nicht länger zurückhalten. »Euer Kogniszenz, wußtet Ihr, daß der Große Pas tot ist? Wußtet Ihr es schon, bevor sie es uns heute gesagt hat?«

»Gewiß. Wir können auch damit beginnen, Patera Caldé, wenn Euch das besonderes Kopfzerbrechen macht. Hättet Ihr in Eurer Predigt darüber gesprochen, wenn Ihr an meiner Stelle gewesen wärt? Hättet Ihr es öffentlich verkündet? Hättet Ihr Trauerfeiern veranstaltet und so weiter?«

»Ja«, sagte Silk fest. »Ja, das hätte ich getan.«

»Ich verstehe. Was glaubt Ihr, hat ihn getötet, Patera Caldé? Ihr seid ein intelligenter junger Bursche. Ihr habt in der Schola fleißig gelernt, das weiß ich. Eure Lehrer haben sehr wohlwollend über Euch gesprochen. Was meint Ihr nun, wie der Vater der Götter zu Tode gekommen ist?«

In der Ferne konnte Silk das Knallen von Musketen hören, dann ein langes, hallendes Tosen, das beinahe klang wie Donner.

»Da ist ein Gebäude eingestürzt«, erklärte Quetzal. »Macht Euch jetzt keine Gedanken darüber. Beantwortet meine Frage.«

»Ich kann mir so etwas eigentlich gar nicht vorstellen, Euer Kogniszenz. Die Götter sind unsterblich und alterslos. Es ist ja in erster Linie gerade ihre Unsterblichkeit, die sie mehr als alles andere zu Göttern macht.«

»Ein Fieber«, schlug Quetzal vor. »Wir sterblichen Menschen kommen manchmal durch ein Fieber ums Leben. Ob er sich ein Fieber zugezogen hat?«

»Die Götter sind spirituelle Wesen, Euer Kogniszenz. Sie werden nicht krank.«

»Er hat von einem Pferd einen Tritt an den Kopf bekommen. Meint Ihr nicht, so könnte es gewesen sein?«

Silk antwortete nicht.

»Ich mache mich natürlich über Euch lustig, Patera Caldé. Aber es steckt trotzdem ein tieferer Sinn dahinter. Echidna hat Euch gesagt, daß Pas tot sei, und das müßt Ihr glauben. Ich weiß es bereits seit dreißig Jahren. Ich habe es schon kurz nach seinem Tod erfahren. Wie ist er nun gestorben? Wie konnte so etwas geschehen?«

Silk versuchte wieder, sein unordentliches blondes Haar mit den Fingern zu bändigen.

»Als ich zum Prolokutor ernannt wurde, Patera Caldé, gab es im Palast eine Vase, die noch im Whorl der Kurzen Sonne hergestellt worden war. Es war ein wunderschönes Ding, und man sagte mir, sie sei fast fünfhundert Jahre alt. Das ist kaum zu glauben. Was meint Ihr?«

»Und ein unglaublich kostbares Stück, würde ich sagen, Euer Kogniszenz.«

»Lemur wollte mich erschrecken und mir zeigen, wie gemein er sein kann. Ich wußte es bereits, aber er wußte nicht, daß ich es wußte. Er dachte wohl, wenn er es mir nachdrücklich zeigte, würde ich mich nie gegen ihn stellen. Er nahm die Vase vom Podest und zerschmetterte sie vor meinen Füßen.«

Silk starrte Quetzal an. »Ihr … ist das Euer Ernst, Euer Kogniszenz? Hat er das wirklich gemacht?«

»Das hat er. Und jetzt paßt gut auf. Die Vase war unsterblich. Sie ist nicht gealtert. Sie konnte nicht krank werden. Aber sie konnte zerstört werden, und das ist geschehen. Mit Pas ist es das gleiche. Er konnte nicht altern, er konnte nicht einmal krank werden. Aber er konnte zerstört werden, und er wurde zerstört. Er wurde von seiner Familie ermordet. Viele Männer kommen auf diese Weise ums Leben, Patera Caldé. Wenn Ihr halb so alt sein werdet wie ich, dann werdet Ihr das verstehen. Nun ist eben auch einmal ein Gott auf diese Weise ums Leben gekommen.«

»Aber, Euer Kogniszenz …«

»Viron ist isoliert, Patera Caldé. Die Städte sind voneinander isoliert. Er hat uns Schweber und Tiere gegeben. Keine großen Maschinen, die schwere Lasten tragen können. Er dachte, dies sei das Beste für uns, und ich wage zu behaupten, daß er recht hatte. Aber das Ayuntamiento war nicht isoliert. Auch der Caldé war es nicht, als wir noch einen hatten. Oder glaubt Ihr, er sei es gewesen?«

Silk erwiderte: »Ich weiß, daß es Diplomaten gibt, Euer Kogniszenz, und es gibt fahrende Händler und so weiter. Boote auf den Flüssen. Sogar Spione.«

»Genau. Als Prolokutor bin ich ebenfalls nicht isoliert. Ich wußte in mancher Hinsicht sogar besser Bescheid als viele andere, aber das soll uns jetzt nicht interessieren. Ich bin mit religiösen Anführern in Urbs, Wick und anderen Städten in Kontakt, wo die Kinder des Pas mit der Ermordung ihres Vaters geprahlt haben.«

»Waren es demnach die Sieben, Euer Kogniszenz? Nicht Echidna? War Scylla auch beteiligt?«

Quetzal hatte in Gulos Robe eine Gebetskette gefunden. Er ließ sie durch die Finger laufen. »Echidna hat sogar eine zentrale Rolle gespielt. Wie könnt Ihr daran zweifeln, nachdem Ihr sie gesehen habt? Scylla, Molpe und Hierax waren ebenfalls beteiligt. Sie haben es mehrmals selbst gesagt.«

»Aber nicht Tartaros, Thelxiepeia, Phaea oder Sphigx,

Euer Kogniszenz?« Patera spürte eine irrationale Hoffnung in sich aufsteigen.

»Von Tartaros und den jüngeren Göttern habe ich nichts gehört, Patera Caldé. Aber seht Ihr nun ein, warum ich es nicht öffentlich verkündet habe? Es hätte eine Panik gegeben. Und es wird eine geben, wenn es jetzt weithin bekannt wird. Das Kapitel wird zerstört werden, und unserer Moral wird die Grundlage entzogen sein. Stellt Euch nur vor, wie Viron danach aussehen würde. Und was die öffentlichen Trauerfeiern angeht, was glaubt Ihr wohl, wie Pas' Mörder reagieren würden, wenn wir über Pas trauern?«

»Wir …« Silk schnürte es plötzlich die Kehle zusammen. »Ihr und ich, Euer Kogniszenz, und Villus und Maytera Marble, wir alle … auch wir sind seine Kinder. Ich will damit sagen, daß er den Whorl für uns gebaut hat. Er hat uns behütet wie ein Vater. Ich …«

»Was wollt Ihr sagen, Patera Caldé?«

»Mir ist nur gerade etwas eingefallen, Euer Kogniszenz. Kypris – Ihr wißt doch sicher, daß sich am Scylsday in unserem Manteion eine Theophanie ereignet hat.«

»Ich habe ein Dutzend Berichte gehört. Die ganze Stadt redet darüber.«

»Sie sagte, sie werde gejagt, aber ich habe es nicht verstanden. Ich glaube, jetzt begreife ich es.«

Quetzal nickte. »So wird es wohl sein. Es ist ein Wunder, daß sie in den letzten dreißig Jahren nicht schon längst festgesetzt worden ist. Pas muß zehnmal stärker gewesen sein als sie. Aber wie es scheint, kann man wohl eine Nebengöttin nicht so ohne weiteres töten, wenn sie weiß, daß man es vorhat. Das ist etwas anderes, als den Gatten und Vater zu töten, der seiner Familie vertraut. Versteht Ihr jetzt, warum ich versucht habe, Theophanien zu verhindern, Patera Caldé? Wenn Ihr das jetzt nicht versteht, dann werde ich es Euch nie erklären können.«

»Ja, Euer Kogniszenz, ich verstehe es. Das ist … das ist entsetzlich. Mir fehlen die Worte. Aber Ihr hattet recht. Ihr habt recht.«

»Es freut mich, daß Ihr das erkennt. Versteht Ihr jetzt, daß wir auch weiterhin für Pas opfern müssen? Wir müssen es tun. Ich habe versucht, ihn etwas in den Hintergrund zu rücken, so daß er entfernter scheint, als er es früher war. Ich habe besonderes Augenmerk auf Scylla gerichtet, aber Ihr seid zu jung und habt das nicht verfolgen können. Die älteren Leute beklagen sich manchmal darüber.«

Silk schwieg und streichelte seine Wange, während sie weitergingen.

»Ihr habt sicher eine Menge Fragen, Patera Caldé. Oder Ihr werdet sie haben, wenn Ihr das alles verarbeitet habt. Macht Euch keine Sorgen, Ihr könntet mich womöglich beleidigen. Ich stehe Euch zur Verfügung, wann immer Ihr etwas wissen wollt.«

»Ich habe im Augenblick zwei Fragen«, gab Silk zurück. »Ich zögere etwas, die erste zu stellen, weil man sie für Blasphemie halten könnte.«

»So klingen viele notwendige Fragen.« Quetzal legte den Kopf schief. »Hört Ihr die Pferde?«

»Pferde, Euer Kogniszenz? Nein, ich höre nichts.«

»Dann habe ich es mir wohl nur eingebildet. Wie lauten Eure Fragen?«

Silk ging ein paar Sekunden schweigend weiter, um seine Gedanken zu ordnen. Schließlich sagte er: »Aus meinen zwei Fragen sind inzwischen drei geworden, Euer Kogniszenz. Die erste, für die ich mich schon vorher entschuldige, lautet: Ist es nicht wahr, daß Echidna und die Sieben uns genauso lieben, wie Pas uns geliebt hat? Ich hatte irgendwie immer den Eindruck, daß Pas sie geliebt hat, während sie uns geliebt haben; und wenn dem so ist, wird sein Tod, sein schrecklicher Tod, dann nicht einiges für uns ändern?«

»Ihr habt einen Vogel als Haustier, Patera Caldé. Ich habe ihn nie gesehen, aber man hat es mir erzählt.«

»Ich hatte einen, Euer Kogniszenz. Eine Nachtdohle. Ich habe den Vogel leider verloren, aber es ist möglich, daß er jetzt bei einem Freund ist. Ich hoffe, ich bekomme ihn irgendwann zurück.«

»Ihr hättet ihn in einen Käfig sperren sollen, Patera Caldé. Dann hättet Ihr ihn noch.«

»Ich hatte ihn viel zu gern, um ihn einzusperren, Euer Kogniszenz.«

Quetzals kleiner Kopf nickte eifrig. »Seht Ihr, so ist das. Es gibt Menschen, die lieben Vögel so sehr, daß sie sie freilassen. Es gibt andere Menschen, die lieben Vögel so sehr, daß sie sie einsperren. Pas' Liebe für uns war von der ersten Art. Echidna und die Sieben lieben uns auf die zweite Art. Wolltet Ihr nicht fragen, warum sie Pas getötet haben? War das eine Eurer Fragen?«

Silk nickte. »Das ist die zweite Frage, Euer Kogniszenz.«

»Ich habe sie bereits beantwortet. Wie lautet die dritte?«

»Ihr habt mir zu verstehen gegeben, daß Ihr mit mir über den Plan des Pas sprechen wolltet, Euer Kogniszenz. Wenn Pas tot ist, scheint es mir sinnlos, über seinen Plan zu sprechen.«

Hinter ihnen wurden Hufschläge laut.

»Wenn ein Gott stirbt, dann heißt das nicht, daß seine Pläne mit ihm sterben, Patera Caldé. Er ist tot, wie die Schlangengleiche Echidna uns gesagt hat. Wir sind nicht tot. Wir müssen Pas' Plan ausführen. Ihr sagtet, er habe uns behütet wie ein Vater. Wem nützen die Pläne eines Vaters? Ihm selbst oder seinen Kindern?«

»Euer Kogniszenz, mir fällt gerade etwas ein! Ein anderer Gott, der Außenseiter …«

»Pateras!« Der Reiter, ein Leutnant der Zivilgarde in grün gesprenkeltem Kampfanzug, schob die Sichtblende seines Helms hoch. »Seid Ihr … Ihr dort, Patera. Der jüngere von Euch. Seid Ihr nicht Patera Silk?«

»Ja, mein Sohn«, erwiderte Silk. »Der bin ich.«

Der Leutnant ließ die Zügel sinken. Wie in Zeitlupe schien seine Hand den Nadler aus dem Halfter zu ziehen. Aber es war viel zu schnell, als daß Silk noch hätte Musks Nadler ziehen können. Silk hörte das Knacken des Schusses einen Augenblick, nachdem er den stechenden Einschlag der Nadel gespürt hatte.

5

Post

Sie hatten darauf bestanden, daß sie nicht selbst nachsah, sondern einen Kämpfer schickte, aber sie hatte das Gefühl, sie hätte schon zu viele ihrer Leute losgeschickt. Dieses Mal wollte sie selbst den Feind sehen, und sie hatte den anderen verboten, sie zu begleiten. Sie rückte die schneeweiße Haube zurecht, während sie weiterging, und hielt mit beiden Händen den Habit unten, den der Wind hochwehen wollte. Sie war kleiner und jünger als die meisten anderen Sibyllen. Wie ihre Schwestern trug sie ein langes schwarzes Gewand, das bis auf die ausgetretenen schwarzen Schuhe reichte. Sie war in einer heiligen Sache unterwegs, und bemerkenswert an ihr war vor allem, daß sie allein ging.

Der Azoth steckte in einer geräumigen Tasche, die Gebetskette in einer anderen. Sie zog die Kette heraus, als sie um die Ecke kam und in die Cage Street einbog. Die Holzperlen waren doppelt so groß wie bei Quetzals Kette, das Walnußholz war vom häufigen Gebrauch geglättet und poliert.

Zuerst kam Pas' Gammadion an die Reihe: »*Großer Pas, Erbauer und Schöpfer des Whorl, oberster Hüter des Goldenen Pfades, wir …*«

Eigentlich hätte sie ›ich‹ sagen müssen, aber sie war daran gewöhnt, das Gebet zusammen mit Maytera Rose und Maytera Marble zu sprechen, und wenn sie zusammen in der Sellaria des Zönobiums gebetet hatten, war es richtig gewesen, an dieser Stelle ›wir‹ zu sagen. Sie dachte: Aber ich bete ja ohnehin für uns alle. Für alle, die heute nachmittag sterben können, für Bison und Patera Gulo und für den Mann, der mir sein Schwert geliehen hat. Und für die Freiwilligen, die nachher mit mir reiten werden, und für Patera Silk und Lime und Zoril und für die Kinder. Ganz besonders für die Kinder. Ich bete für uns alle, Großer Pas.

»Wir beten zu Dir, o mächtiger Herrscher …«

Dann sah sie ihn. Ein gepanzerter Schweber mit kampfbereit geschlossenen Luken. Er bog gerade in die Cage Street ein. Dann kam noch einer, dann ein dritter. Zwischen dem dritten Schweber und den Reihen der marschierenden Gardisten war wegen des Staubes, der sich erst wieder setzen mußte, eine große Lücke. Die Soldaten marschierten weiter hinten (das hatte jedenfalls der Bote berichtet). Sie hatte keine Zeit zu warten, bis sie die Soldaten sah, obwohl die Soldaten die schlimmsten waren, schlimmer noch als die Schweber.

Sie vergaß die Gebetskette und eilte auf dem gleichen Weg zurück, den sie gekommen war. Scleroderma war noch da und hielt die Zügel des weißen Hengstes. »Ich komme auch mit, Maytera. Auf diesen meinen Beinen, wenn Ihr mir kein Pferd geben wollt, aber ich komme mit. Ihr kämpft ja auch, und ich bin stärker als Ihr.«

Das war die Wahrheit. Scleroderma war zwar nicht größer, aber doppelt so dick wie Maytera Mint. »Ruft«, sagte Maytera Mint zu ihr. »Ihr habt eine schöne, laute Stimme. Ruft und macht soviel Lärm, wie Ihr könnt. Wenn Ihr dafür sorgen könnt, daß sie Bisons Leute erst im letzten Augenblick sehen, dann kann das ein entscheidender Vorteil sein.«

Ein Riese mit großen Zahnlücken grinste sie an. Er kniete nieder und verschränkte die Hände, um ihr aufs Pferd zu helfen. Sie stellte einen Fuß in die Hände und schwang sich in den Sattel. Obwohl sie jetzt auf einem großen Pferd saß, war der Kopf des Riesen immer noch auf gleicher Höhe mit dem ihren. Sie hatte den Mann wegen seiner Größe ausgewählt und weil er besonders wild aussah. Ablenkung, das war es. Ablenkung war das Wichtigste überhaupt. Jetzt fiel ihr ein, daß sie nicht einmal seinen Namen kannte. »Könnt Ihr reiten?« fragte sie ihn. »Sagt es ruhig, wenn Ihr es nicht könnt.«

»Gewiß kann ich das, Maytera.«

Wahrscheinlich log er, aber es war zu spät, um ihm auf den Zahn zu fühlen oder jemand anders zu rufen. Sie stellte sich in den Steigbügeln auf, um die fünf Reiter hinter ihr und das reiterlose Pferd des Riesen zu betrachten. »Die meisten von uns werden sterben. Wahrscheinlich werden wir sogar alle sterben.«

Der erste Schweber mußte schon weit in die Cage Street eingedrungen sein. Vielleicht stand er schon vor den Toren der Alambrera. Aber wenn sie Erfolg haben wollten, dann mußten sie mit ihrem Ablenkungsmanöver warten, bis die marschierenden Männer hinter dem dritten Schweber aufgeschlossen hatten. Sie mußten irgendwie die Zeit überbrücken.

»Falls einer von uns überleben sollte, wäre es gut, wenn derjenige oder diejenige die Namen aller gefallenen Kämpfer weiß. Scleroderma, ich kann Euch eigentlich nicht mitzählen, aber Ihr werdet höchstwahrscheinlich überleben. Also hört gut zu.«

Scleroderma nickte, das pummelige Gesicht war leichenblaß.

»Hört mir jetzt alle gut zu und merkt Euch, was ich sage.«

Die Angst, die sie verdrängt hatte, kehrte zurück. Sie biß sich auf die Unterlippe. Ihre Stimme durfte jetzt nicht schwanken. »Ich bin Maytera Mint aus dem Manteion in der Sun Street. Aber das wißt Ihr ja schon. Ihr dort«, sie deutete auf den hintersten Reiter, »nennt uns Euren Namen, und sprecht laut.«

»Babiroussa!«

»Gut. Und Ihr?«

»Goral!«

»Kingcup!« Das war die Frau, die ihnen die Pferde besorgt hatte.

»Yapok!«

»Marmot!«

»Gib vom Cock«, grunzte der Riese und stieg auf eine Art und Weise auf, die verriet, daß er normalerweise auf Eseln ritt.

»Ich wünschte, wir hätten Hörner und Trommeln«, sagte Maytera Mint zu ihrem Gefolge. »Wir müssen rufen und unsere Waffen benutzen. Vergeßt nicht, daß es vor allem darauf ankommt, dafür zu sorgen, daß die Besatzungen der Schweber so lange wie möglich in unsere Richtung sehen und auf uns schießen.«

Die Angst wurde immer stärker, ein schreckliches Gefühl in ihrem Innern, kalt wie Eis. Sie war sicher, sie würde Patera Silks Azothen fallen lassen, wenn sie versuchte, ihn aus der Tasche zu ziehen; aber sie bekam ihn heraus und sagte sich, daß sie ihn, wenn es schon sein mußte, lieber hier fallen lassen wollte, wo Scleroderma ihn für sie aufheben konnte.

Aber Scleroderma drückte ihr statt dessen die Zügel in die Hand.

»Ihr habt Euch alle freiwillig gemeldet, und es wäre nicht unehrenhaft, wenn Ihr es Euch jetzt anders überlegen würdet. Wer gehen will, der soll jetzt gehen.« Sie drehte sich demonstrativ nach vorn um, damit sie nicht sah, wer hinter ihr abstieg.

Sofort hatte sie das Gefühl, daß überhaupt keiner mehr hinter ihr wartete. Sie suchte nach irgend etwas, nach einem Bild, das die Angst vertreiben konnte, und schließlich fiel ihr eine nackte Frau mit blondem Haar ein – eine Furie mit wütend funkelnden Augen, die ihr selbst überhaupt nicht ähnlich sah. Diese Frau schwang eine Geißel, deren Riemen die graue Düsternis zerschnitten und zerfetzten, bis die Mutlosigkeit aus Maytera Mints Gedanken floh.

Vielleicht, weil sie ihn mit den Hacken angetrieben hatte, vielleicht auch, weil sie die Zügel etwas gelockert hatte, lief der Hengst in leichtem Trab um die Ecke. Ein gutes Stück vor ihr, aber deutlich näher als beim letzten Mal, waren die Schweber zu sehen. Der dritte senkte sich gerade auf die holprige Straße, und die hinter ihm marschierenden Gardisten schlossen zu ihm auf.

»Für Echidna!« rief sie. »Die Götter wollen es so!« Wieder wünschte sie, sie hätte Trommeln und Hörner gehabt. Sie bemerkte nicht, daß die trommelnden Hufe der Pferde laut zwischen den Schiffssteinwänden hallten und daß ihre Stimme wie eine Trompete den Lärm übertönt hatte. »Silk ist Caldé!«

Sie drückte dem Hengst die spitzen kleinen Hacken in die Seiten. Die Angst war verschwunden, und sie empfand nur noch eine beflügelnde Freude. *»Silk ist Caldé!«* Rechts neben ihr feuerte der Riese aus zwei Nadlern gleichzeitig, so schnell die Waffen es erlaubten.

»Nieder mit dem Ayuntamiento! Silk ist Caldé!«

Es gelang ihr nicht, den flimmernden Schrecken, die Klinge des Azothen, ruhig auf dem ersten Schweber zu halten. Das war bei diesem schnellen Galopp nicht möglich. Verflüssigtes Metall strömte, Tränen gleich, aus dem zweimal durchschnittenen Schweber, während vor ihm die Straße zu explodieren schien und Staub und Steine aus den grauen Mauern der Alambrera flogen.

Plötzlich war Yapok rechts neben ihr, und links prügelte Kingcup schrecklich fluchend auf einen hochbeinigen Braunen ein. Sie sah aus wie eine Hexe aus einem Alptraum, wie ihr offenes schwarzes Haar hinter ihr flatterte.

Wieder griff die Klinge hinaus, und der vorderste Schweber explodierte in einem orangefarbenen Lichtblitz. Die Maschinengewehre des zweiten feuerten unablässig, aus den Mündungen flogen Funken, aber das Knattern der Schüsse war im Tumult nicht zu hören. »In die Formation zurück!« rief sie, ohne zu wissen, was sie damit eigentlich meinte. Und dann: *»Weiter, weiter!«*

Tausende bewaffneter Männer strömten aus den Gebäuden, drängten sich in Türen und sprangen aus Fenstern. Yapok war verschwunden, Kingcup war irgendwo vor ihr. Unsichtbare Hände rissen ihr die Haube vom Kopf und zerrten an einem flatternden schwarzen Ärmel ihrer Tracht.

Die flimmernde Klinge berührte den zweiten Schweber; ein Metallstrom begann zu fließen, und die Maschinengewehre hörten zu spucken auf. Eine Explosion riß den Geschützturm ab – dann prasselte ein Steinregen auf den zweiten Schweber herab. Schließlich griff sie den dritten Schweber und die Gardisten hinter ihm an. Auf Hausdächern knallten Musketen. Aber es sind nicht genug, dachte sie. Es sind bei weitem nicht genug, wir brauchen mehr.

Der Azoth war jetzt so heiß, daß sie ihn kaum noch halten konnte. Sie nahm den Daumen vom Dämon und schien plötzlich in den Himmel zu steigen, als der weiße Hengst über einen wirren Haufen rauchenden Metalls setzte. Die Waffen des dritten Schwebers feuerten noch, das Geschütz im Turm zielte aber nicht auf sie, sondern auf die Männer und Frauen, die jetzt aus den Häusern stürmten. Der Schweber stieg röhrend auf, Rauch und Staub wallten hoch, wurden aber vom Wind sofort wieder fortgeweht. Dann fand die Klinge des Azothen den Schweber, und das Fahrzeug krachte auf die Seite und blieb – ein komischer Anblick – in dieser Stellung liegen.

Zu Silks Erstaunen hatten seine Häscher ihn aufmerksam versorgt, hatten seine Verletzung verbunden und ihn ungefesselt in ein großes Bett mit vier mächtigen Pfosten gelegt, das am Morgen wahrscheinlich noch irgendeinem Bürger gehört hatte.

Er hatte zwar nicht das Bewußtsein, wohl aber seine Willenskraft verloren. Mit leichter Überraschung stellte er fest, daß es ihm egal war, ob die Alambrera sich ergeben hatte, ob das Ayuntamiento noch an der Macht war, ob die Lange Sonne Viron noch lange wärmen oder ob sie zu Asche verbrennen würde. Diese Dinge waren ihm früher einmal wichtig gewesen, aber das war vorbei. Er wußte genau, daß er sterben würde, aber auch das spielte jetzt keine Rolle mehr. Sterben mußte er so und so. Und wenn er irgendwann sowieso sterben mußte, warum nicht gleich jetzt? Denn dann wäre es vorbei – endgültig aus und vorbei.

Er stellte sich vor, wie er sich zu den Göttern gesellte, ihr ergebenster Diener und Priester, und wie er ihnen von Angesicht zu Angesicht gegenüberstehen würde. Und er würde feststellen, daß es nur einen gab, den er sehen wollte, einen Gott, der nicht unter ihnen weilte.

»Nun gut, nun gut!« rief der Chirurg, ganz der routinierte Arzt, der einen Patienten aufsucht. »Ihr seid also Silk.«

Silk wackelte auf dem Kissen mit dem Kopf hin und her. »Ich glaube nicht.«

»Das hat man mir aber gesagt. Hat Euch nicht jemand in den Arm geschossen?«

»Nein. Das war etwas anderes. Aber es spielt keine Rolle.« Er spuckte Blut.

»Mir kam es jedenfalls so vor. Nun, das ist ein alter Verband, den wir wechseln sollten.« Der Chirurg verschwand und kehrte, wie es schien, nur wenige Sekunden später mit einem Waschbecken und einem Schwamm zurück. »Ich nehme Euch den thermoaktiven Ultraschallverband ab. Wir haben Männer, die ihn dringender brauchen als Ihr.«

»Dann nehmt ihn«, stimmte Silk zu.

Der Chirurg sah ihn überrascht an.

»Ich wollte eigentlich sagen, daß Silk jemand geworden ist, der mir viel größer vorkommt, als ich selbst es bin. Ich meine, ich bin nicht das, was die Leute meinen, wenn sie ›Silk‹ sagen.«

»Ihr habt Glück gehabt, daß Ihr nicht gestorben seid, Patera«, informierte ihn der Chirurg eine Weile später. »Es kann nicht schaden, wenn ich die Austrittswunde öffne, statt von dort aus zu arbeiten, wo die Nadel eingedrungen ist. Ich muß Euch umdrehen. Habt Ihr das gehört? Ich werde Euch herumdrehen. Legt den Kopf auf die Seite, damit Mund und Nase frei bleiben, so daß Ihr atmen könnt.«

Er schaffte es nicht selbst. Der Chirurg drehte ihm den Kopf herum.

Plötzlich saß er beinahe aufrecht, in eine Decke gehüllt, während der Arzt ihn mit einer anderen Nadel stach. »Es ist doch nicht so schlimm, wie ich dachte, aber Ihr braucht Blut. Ihr werdet Euch viel besser fühlen, wenn Ihr frisches Blut bekommt.«

Am Bettpfosten baumelte eine dunkle Flasche wie eine reife Frucht.

Jemand, den er nicht sehen konnte, saß an seinem Bett. Er drehte den Kopf herum und verrenkte sich fast den Hals, aber er konnte die Person nicht erkennen. Schließlich streckte er dem Besucher eine Hand hin, der zwei große und warme Hände schützend um Silks Hand legte. Als ihre Hände sich berührten, wußte er, wer ihn besuchte.

Du sagtest, du würdest mir nicht helfen, erklärte er dem Besucher. Du sagtest, ich könnte keine

Hilfe von dir erwarten, und trotzdem bist du gekommen.

Der Besucher antwortete nicht, aber seine Hände waren warm und sanft und sprachen von Heilung.

»Seid Ihr wach, Patera?«

Silk rieb sich die Augen. »Ja.«

»Ich dachte es mir schon. Ihr hattet zwar die Augen geschlossen, aber Ihr habt geweint.«

»Ja«, sagte Silk noch einmal.

»Ich habe mir einen Stuhl geholt. Ich dachte, wir können uns einen Moment lang unterhalten. Ich hoffe, ich störe Euch nicht?« Der Mann, der den Stuhl mitgebracht hatte, trug ein schwarzes Gewand.

»Nein. Ihr seid ein Augur, genau wie ich.«

»Wir sind zusammen zur Schola gegangen, Patera. Ich bin Shell – inzwischen Patera Shell. Ihr habt im Unterricht hinter mir gesessen. Erinnert Ihr Euch?«

»Ja, sicher doch. Das ist lange her.«

Shell nickte. »Fast zwei Jahre.« Er war schmal und bleich, aber das schüchterne kleine Lächeln ließ sein ganzes Gesicht strahlen.

»Es ist schön, daß Ihr mich besuchen kommt, Patera, wirklich schön.« Silk hielt einen Augenblick inne und dachte nach. »Ihr steht auf der anderen Seite, auf der Seite des Ayuntamiento. So muß es sein. Ich fürchte, Ihr riskiert eine ganze Menge, wenn Ihr mit mir sprecht.«

»Ich war auf deren Seite.« Shell hüstelte verlegen. »Vielleicht … ich weiß nicht, Patera. Ich … ich habe nicht gekämpft. Überhaupt nicht.«

»Natürlich nicht, wie solltet Ihr auch.«

»Ich habe unseren Toten die Vergebung des Pas überbracht. Und Euren Toten, Patera, wo immer ich es konnte. Als das erledigt war, habe ich bei der Pflege geholfen. Es gibt nicht genug Ärzte und Schwestern, überall fehlen Leute, und in der Cage

Street war eine richtige Schlacht. Wußtet Ihr das? Beinahe tausend Menschen sind gestorben.«

Silk schloß die Augen.

»Weint nicht, Patera. Bitte, weint nicht. Sie sind zu den Göttern gegangen. Sie alle, auf beiden Seiten, und es war nicht Eure Schuld, da bin ich ganz sicher. Ich habe die Schlacht selbst nicht gesehen, aber ich habe eine Menge darüber gehört. Die Verletzten haben es mir erzählt. Wenn Ihr lieber über etwas anderes sprechen wollt ...«

»Nein, erzählt es mir bitte.«

»Ich dachte, es interessiert Euch, daß ich Euch davon erzählen kann, und dadurch könnte ich wenigstens etwas für Euch tun. Ich dachte, wenn Ihr wollt, könnte ich Euch auch die Beichte abnehmen. Wir können die Tür schließen. Ich habe mit dem Captain gesprochen, und er sagte, solange ich Euch keine Waffe gebe, hat er nichts dagegen.«

Silk nickte. »Ich hätte eigentlich schon längst selbst daran denken müssen. Ich war in der letzten Zeit mit so vielen weltlichen Dingen beschäftigt, daß ich in dieser Hinsicht leider etwas nachlässig geworden bin.« Hinter Shell war ein Fenster mit einem Spitzbogen zu sehen. Draußen war es dunkel, und in der Scheibe konnte Silk nur ihre Spiegelbilder erkennen. »Haben wir noch Hieraxday, Patera?«

»Ja, aber es ist lange nach der Abblendung. Es muß jetzt sieben Uhr dreißig sein, würde ich sagen. Im Zimmer des Captains ist eine Uhr, und als ich gekommen bin, war es sieben Uhr fünfundzwanzig. Ich habe mich dort nicht lange aufgehalten, weil er viel zu tun hat.«

»Dann habe ich Thelxiepeias Morgengebet vergessen.« Er fragte sich, ob er sich am nächsten Morgen würde überwinden können, die Gebete zu sprechen, und ob er es überhaupt tun sollte. »Ich werde deshalb nicht um Vergebung bitten müssen, wenn Ihr mir die

Beichte abnehmt. Aber erzählt mir zuerst von der Schlacht.«

»Eure Truppen haben versucht, die Alambrera zu stürmen, Patera. Habt Ihr das gewußt?«

»Ich wußte, daß sie angreifen würden, mehr nicht.«

»Sie wollten die Tore aufbrechen und so weiter. Aber es ist ihnen nicht gelungen, und dann dachten die Gardisten, die drinnen Wache hielten, die Leute wären abzogen, um womöglich den Juzgado zu übernehmen.«

Silk nickte wieder.

»Aber die Regierung, ich meine, das Ayuntamiento, hatte vorher eine Menge Gardisten mit Schwebern und so weiter in Marsch gesetzt, und dazu eine ganze Kompanie Soldaten, um die Leute zu vertreiben und den Wächtern in der Alambrera zu Hilfe zu kommen.«

»Drei Kompanien Soldaten«, erklärte Silk, »und die Zweite Brigade der Zivilgarde. So habe ich es gehört.«

Shell hätte sich beinahe verneigt. »Eure Informationen sind sicher genauer als meine, Patera. Die Soldaten und Schweber hatten Mühe, durch die Stadt zu kommen, obwohl es doch schneller ging, als sie erwartet hätten. Wißt Ihr davon?«

Silk drehte verneinend den Kopf hin und her.

»So war es jedenfalls. Die Leute haben alles mögliche auf die Soldaten geworfen. Ein Mann sagte mir, er sei von einem Nachtgeschirr getroffen worden, das jemand aus dem dritten Stock geworfen hatte.« Shell lachte unsicher. »Könnt Ihr Euch das vorstellen? Ich frage mich, was die Leute, die dort wohnen, heute nacht tun werden. Jedenfalls gab es keinen ernsthaften Widerstand, wenn Ihr versteht, was ich meine. Die Truppen hatten mit Straßensperren gerechnet, aber nichts dergleichen war zu sehen. Sie sind durch die Stadt marschiert und haben vor der Alambrera haltgemacht. Die Gardisten sollten schon ins Gebäude gehen, während die Soldaten die Häuser in der Cage Street durchsuchten.«

Silk fielen die Augen zu. Er stellte sich die Marschierenden vor, die ihm der Monitor in Maytera Roses Glas geschildert hatte.

»Und dann«, Shell machte eine bedeutungsschwere Pause, »und dann hat Generalin Mint höchstpersönlich in der Cage Street den Angriff geführt. Sie ist auf einem großen weißen Pferd geritten wie ein Teufel. Sie kam aber aus der anderen Richtung, müßt Ihr wissen. Aus der Richtung des Marktes.«

Silk riß überrascht die Augen auf. »*Generalin* Mint?«

»So nennt man sie. Die Rebellen – Eure Leute, meine ich.« Shell räusperte sich. »Die Kämpfer sind auf den Caldé eingeschworen, auf Euch.«

»Keine Sorge, Patera, ich bin nicht beleidigt.«

»Sie nennen sie Generalin Mint, und sie hat einen Azothen. Stellt Euch das nur vor! Sie hat die Schweber der Garde damit in Stücke geschnitten. Ein Gardist, mit dem ich sprach, war der Fahrer eines Schwebers gewesen, und er hatte alles mit angesehen. Wißt Ihr eigentlich, wie die Schweber der Garde von innen aussehen, Patera?«

»Ich bin heute morgen mit einem gefahren.« Silk schloß wieder die Augen und versuchte sich zu erinnern. »Ich bin drinnen mitgefahren, bis der Regen aufgehört hat. Dann habe ich draußen gesessen, auf dem … auf diesem runden Ding, in dem das obere Maschinengewehr untergebracht ist. Es war sehr eng drinnen, überhaupt nicht bequem, und wir hatten die Toten dort verstaut. Aber es war wohl immer noch besser, als draußen im Regen zu sitzen.«

Shell nickte eifrig. »Es sind immer zwei Männer und ein Offizier. Einer der Männer steuert den Schweber. Der Mann, mit dem ich gesprochen habe, war ein Fahrer. Der Offizier trägt die Verantwortung. Er sitzt neben dem Fahrer, und der Offizier hat ein Glas, aber manche funktionieren nicht mehr, sagte er. Der Offizier hat auch ein Maschinengewehr, das nach vorn gerichtet ist. Oben sitzt noch ein Mann, der Schütze, in dem runden Ding, auf dem Ihr gesessen habt. Man nennt es Geschützturm.«

»Genau, jetzt erinnere ich mich.«

»Generalin Mints Azoth hat den Schweber durchgeschnitten und den Offizier getötet, und einer der Rotoren ist ausgefallen. Das hat mir der Fahrer erzählt. Ich dachte, wenn man so was mit einem Azothen machen kann, dann kann man auch die Tore der Alambrera aufschneiden und alle töten, die drinnen sind, aber er sagte mir, daß das nicht geht. Der Grund ist, daß die Tore aus Stahl bestehen und drei Finger dick sind, während die Schweber aus Aluminium gebaut werden, weil sie sonst nicht vom Boden hoch kämen. Sie würden überhaupt nicht fliegen, wenn sie aus Eisen oder Stahl wären.«

»Ich verstehe. Das wußte ich nicht.«

»Generalin Mint hatte ihre Kavallerie bei sich. Eine Kompanie, sagte er. Ich habe gefragt, wie viele das sind, und er meinte, es wären so ungefähr hundert oder ein paar mehr. Die anderen hatten Nadler und Schwerter und andere Waffen. Der Schweber war auf die Seite gekippt, aber der Soldat konnte durch die Luke herauskriechen. Der Schütze war schon draußen, sagte er, und der Offizier war tot, aber kaum daß er draußen war, hat ihn jemand über den Haufen geritten und ihm den Arm gebrochen. Deshalb ist er jetzt hier, und wenn die Götter ihm nicht beigestanden hätten, dann wäre er jetzt tot. Als er wieder aufstehen konnte, waren überall Rebellen … ich meine …«

»Schon gut, Patera, ich verstehe, was Ihr meint. Fahrt bitte fort.«

»Sie waren überall um ihn. Er sagte, er wäre gern wieder in den Schweber gekrochen, aber der begann zu brennen, und er wußte, daß die Munition für die Maschinengewehre explodieren würde, wenn man das Feuer nicht löschte. Er hat keine Rüstung getragen wie die Gardisten, die draußen kämpften, sondern nur einen Helm. Den hat er fortgeworfen, und so dachten die – Eure Leute, er sei einer von ihnen. Er sagte, manchmal könnte man sogar mit einem Schwert eine Rüstung durchschneiden. Es ist ein Polymer, wußtet Ihr das, Patera? Manchmal beschichten sie sie mit Silber, vor allem private Wächter machen das. So ähnlich, wie wenn ein Glaser die Rückseite eines Spiegels versilbert. Aber darunter ist es immer noch ein Polymer. Die Rüstungen der Gardisten sind grün gefärbt wie die der Soldaten.«

»Aber Nadeln werden aufgehalten, oder?«

Shell nickte lebhaft. »Meistens schon. Praktisch immer. Aber manchmal schlägt eine Nadel durch die Löcher, die für die Augen oder für die Atemluft im Panzer offen bleiben. Wenn das passiert, dann ist der Soldat normalerweise tot, sagt man. Und manchmal schlägt auch ein Schwert durch die Rüstung, wenn es ein großes, schweres Schwert und der Mann, der es führt, stark genug ist. Oder wenn man sticht, kann der Brustpanzer brechen. Viele Eurer Leute waren mit Äxten und Beilen bewaffnet, die sie normalerweise benutzt haben, um Feuerholz zu schlagen. Ein paar hatten auch Keulen mit Dornen. Mit einer großen Keule kann man einen gepanzerten Gardisten niederschlagen, und wenn ein Dorn in der Keule ist, dann dringt er durch den Panzer.« Shell hielt inne und holte Luft.

»Aber die Soldaten sind ganz anders. Ihre Haut besteht vollständig aus Metall, und an besonders empfindlichen Stellen sind sie sogar mit Stahl gepanzert. Manchmal reicht nicht einmal ein Schuß aus einer

Muskete, um einen Soldaten auszuschalten, und mit einer Keule oder einem Nadler kann man ihnen überhaupt nichts anhaben.«

Silk sagte, ich weiß, ich habe einmal auf einen geschossen. Dann erkannte er, daß er nicht laut gesprochen hatte. Ich bin wie die arme Mamelta, dachte er – ich muß daran denken, daß ich ausatmen muß, während ich Lippen und Zunge bewege.

»Eine Kämpferin hat mir erzählt, sie hätte gesehen, wie zwei Männer versuchten, einem Soldaten die Muskete wegzunehmen. Sie hätten die Waffe festgehalten, aber er hätte sie von den Beinen gehoben und durch die Luft geworfen. Das hat mir nicht der Fahrer erzählt, sondern eine Frau, die für Eure Leute gekämpft hat, Patera. Sie hatte einen Wäschestock dabei, und sie ist hinter dem Soldaten gelaufen und hat ihm den Stock über den Kopf geschlagen, aber er hat die beiden Männer abgeschüttelt und sie mit der Muskete geschlagen, und dabei hat er ihr die Schulter gebrochen. Mittlerweile hatten viele Eurer Leute den Gardisten Musketen abgenommen, und sie haben damit auf die Soldaten geschossen. Irgend jemand hat den Soldaten erschossen, gegen den die Frau gerade kämpfte. Sie sagte, wenn das nicht passiert wäre, dann wäre sie getötet worden. Aber die Soldaten haben auch viele Eurer Leute erschossen. Sie haben sie durch die Cheese Street und einige andere Straßen gejagt. Die Frau versuchte zu kämpfen, aber sie hatte keine Muskete, und mit ihrer Schulter hätte sie sowieso kein Gewehr halten können. Dann hat sie auch noch eine Kugel ins Bein bekommen, und die Ärzte mußten ihr das Bein abnehmen.«

»Ich werde für sie beten«, versprach Silk, »und für alle anderen, die getötet oder verletzt wurden. Patera, wenn Ihr sie noch einmal wiederseht, dann sagt ihr, wie leid mir das alles tut. Wurde Maytera – wurde Generalin Mint verletzt?«

»Angeblich nicht. Man sagt, sie bereite den nächsten Angriff vor, aber das weiß niemand so genau. Wurdet Ihr denn schwer verletzt, Patera?«

»Ich glaube, ich werde wohl nicht sterben.« Ein paar Sekunden lang, die sich zu einer Minute dehnten, starrte Silk verwundert die leere Flasche an, die am Bettpfosten hing. War das Leben wirklich etwas so Einfaches, daß es in Form einer roten Flüssigkeit aus einem Mann herausgezogen und einem zweiten eingeflößt werden konnte? Würde er irgendwann entdecken, daß jetzt ein zweites Leben in ihm steckte? Eine andere Persönlichkeit, die sich nach Frau und Kindern und einem Haus sehnte, das er nie bewohnen würde? Jedenfalls war das dort nicht sein eigenes Blut und damit auch nicht sein Leben gewesen. »Vor kurzem glaubte ich noch, ich würde sterben. Sogar noch, als Ihr gekommen seid, Patera. Es war mir einerlei. Wie weise und gnädig doch der Gott ist, der uns geschaffen hat, wenn er uns im Angesicht des Todes von jeder Furcht befreit.«

»Wenn Ihr glaubt, daß Ihr sterben müßt ...«

»Nein, nein, nehmt mir nur die Beichte ab. Das Ayuntamiento hat sicherlich die Absicht, mich zu töten. Offenbar wissen sie aber nicht, daß ich hier bin, denn wenn sie es wüßten, dann wäre ich schon tot.« Silk schob die Bettdecke zur Seite.

Shell schob sie sofort wieder zurück. »Ich braucht nicht niederzuknien, Patera. Ihr seid immer noch sehr, sehr krank. Ihr seid schwer verletzt. Dreht bitte den Kopf zur Wand.«

Silk gehorchte, und die vertrauten Worte kamen ihm wie von selbst über die Lippen. »Vergebt mir meine Sünden, Patera, denn ich habe mich gegen Pas und die anderen Götter versündigt.« Es war tröstlich, die rituellen Worte zu sprechen, die er schon in der Kindheit gelernt hatte. Aber Pas war tot, und der Quell unendlicher Vergebung war für immer versiegt.

»Ist das alles, Patera?«

»Seit meiner letzten Beichte, ja.«

»Als Buße für die Sünden, die Ihr begangen habt, Patera Silk, sollt Ihr bis morgen um die gleiche Zeit etwas Wohltätiges tun.« Shell hielt inne und schluckte. »Ich unterstelle dabei, daß Euer körperlicher Zustand dies zuläßt. Oder glaubt Ihr, das sei zuviel verlangt? Mit dem Sprechen eines Gebets wäre es auch getan.«

»Zuviel?« Silk hatte Mühe, Shell nicht erstaunt anzustarren, sondern den Blick abgewandt zu halten. »Nein, ganz bestimmt nicht. Ich bin ganz im Gegenteil sogar sicher, daß es nicht genug ist.«

»Dann übermittle ich Euch, Patera Silk, die Vergebung aller Götter ...«

Die Vergebung *aller* Götter. Er hatte diesen Teil des Rituals völlig vergessen. Was für ein Narr er doch war! Als er die Worte nun hörte, war er sehr erleichtert. Abgesehen von Echidna und ihrem toten Gatten, abgesehen von den Neun und den echten Nebengöttern wie Kypris war Shell auch ermächtigt, im Namen des Außenseiters die Sünden der Menschen zu vergeben. Im Namen aller Götter, hieß es. Damit waren Silk auch seine Zweifel vergeben.

Er drehte den Kopf, damit er Shell wieder ansehen konnte. »Danke, Patera. Ihr wißt gar nicht ... Ihr könnt Euch nicht vorstellen, wieviel mir das bedeutet.«

Shell zögerte, dann lächelte er strahlend. »Es freut mich, daß ich Euch sogar noch eine weitere Gefälligkeit erweisen kann, Patera. Ich habe hier einen Brief von Seiner Kogniszenz.«

Als er Silks Gesichtsausdruck sah, fügte er rasch hinzu: »Es ist aber nur ein Rundschreiben. Jeder von uns hat ein Exemplar bekommen.« Er griff in eine Tasche seiner Robe. »Als ich Patera Jerboa sagte, daß man Euch gefangengenommen hat, gab er mir Euren Brief mit. Ihr werdet darin sogar erwähnt.«

Das zusammengefaltete Blatt, das Shell ihm gab, trug das Siegel des Kapitels in purpurfarbenem Wachs. Daneben hatte ein Schreiber mit zierlicher Handschrift notiert: »Silk, Sun Street.«

»Es ist ein sehr wichtiger Brief«, verkündete Shell.

Silk brach das Siegel und faltete das Papier auf.

30. Nemesis 332
An die Geistlichen des Kapitels.
Rundschreiben, jeweils einzeln zuzustellen.

Ich grüße Euch im Namen des Pas, im Namen der Scylla und im Namen aller Götter. Ihr sollt wissen, daß ich stets an Euch denken und die Erinnerung an Euch stets im Herzen tragen werde.

Die derzeitigen Unruhen in unserer Heiligen Stadt erfordern es, daß wir uns noch bewußter als sonst unseren heiligen Pflichten widmen, indem wir den Sterbenden Beistand leisten. Nicht nur denen, mit deren jüngsten Handlungen wir insgeheim einverstanden sein mögen, sondern all jenen Menschen, denen, soweit wir es sehen können, Hierax in nächster Zukunft sein Mitgefühl offenbaren wird. Deshalb bitte ich Euch heute, erneuert Eure ewige und unermüdliche ...

Das hat Patera Remora geschrieben, dachte Silk. Vor seinem inneren Auge sah er Remoras langes, bleiches Gesicht. Er sah, wie Remora die Spitze des Federkiels an die Lippen legte, um nach den richtigen komplizierten Formulierungen zu suchen, die seinem unermeßlichen Bedürfnis, sich vorsichtig und doch präzise auszudrücken, gerecht werden konnten.

Deshalb bitte ich Euch heute, vergeßt nicht Eure ewige und unermüdliche Verpflichtung und helft überall dort, wo es nötig ist, Vergebung und Mitgefühl zu spenden.

Viele von Euch haben sich in diesen unruhigen Zeiten an

uns um Rat gewendet. Selbst in diesem Augenblick kommen zu jeder Stunde Ratsuchende zu uns. Die meisten werden bereits vom bedauernswerten Hinscheiden des Vorsitzenden Beamten des Ayuntamiento gehört haben.

Der verstorbene Ratsherr Lemur war ein Mann von außergewöhnlichen Gaben, und sein Tod muß in unseren Herzen eine schmerzliche Lücke hinterlassen. Wie gern würde ich den Rest dieses notwendigerweise viel zu kurzen Rundschreibens der Trauer über seinen Tod widmen. Doch stellt uns dieser traurige Whorl vor immer neue Prüfungen, und in diesem vergänglichen Whorl ist es meine Pflicht, Euch umgehend vor den grundlosen Vorspiegelungen gewisser arglistiger Unruhestifter zu warnen, die Euch womöglich glauben machen wollen, sie handelten im Namen des verstorbenen Ratsherren Lemur.

Laßt uns, meine geliebten Brüder und Schwestern, all die fruchtlosen Debatten über die Tatsache beenden, daß wir seit mehr als zwei Jahrzehnten ohne Caldé gelebt haben. Daß die Zwänge unseliger Ereignisse eine solche Unterbrechung wenn schon nicht als wünschenswerte, so doch sicherlich als naheliegende Möglichkeit erscheinen ließen, wird niemand bestreiten wollen. Gleichermaßen können wir sicher darin übereinstimmen, daß dieses Interregnum für all jene, die nicht Tag für Tag in den Feinheiten der Gesetzgebung geschult werden, eine gewisse Freizügigkeit in der Auslegung der Charta darzustellen schien. Inzwischen aber ist dies nur noch eine historische Frage. O meine geliebten Brüder und Schwestern, so wollen wir denn diese Frage auch den Historikern überlassen.

Unbestritten ist, daß die Zäsur, auf die ich soeben aus gutem Grund angespielt habe, den ihr gemäßen Höhepunkt findet. Sie kann und darf nicht, meine geliebten Brüder und Schwestern, den traurigen Verlust überdauern, den wir vor kurzem erlitten haben. Was aber soll nun, werden wir mit berechtigter Sorge fragen, auf die wohltätige und gerechte Regierung folgen, die ein so trauriges Ende fand?

Geliebte Brüder und Schwestern, wir sollten an dieser

Stelle einmal an die Weisheit der Vergangenheit denken. Ich meine die Weisheit, die in keinem geringeren Werk als in unseren Chrasmologischen Schriften zu finden ist. Steht dort nicht geschrieben: Vox populi, vox dei? Und das heißt nichts anderes, als daß man in der Stimme des Volkes die Stimme Pas' vernehmen kann. In dieser schweren Krise, die derzeit unsere Heilige Stadt befallen hat, darf man Pas' Worte nicht überhören. Von vielen Stimmen werden sie gerufen und sagen uns, daß die Zeit gekommen ist, so rasch wie möglich zu der von der Charta vorgesehenen Regierungsform, wie sie einst in unserer Stadt existierte, zurückzukehren. Oder wollen wir uns vorwerfen lassen, wir hätten unsere Ohren vor Pas' Wünschen verschlossen?

Die Botschaft ist ebenso kurz wie unverkennbar. Vom Wald bis zum See, von der stolzen Höhe des Palatinums bis hinab zu den bescheidensten Gassen wird diese Botschaft des Pas verkündet. O meine geliebten Brüder und Schwestern, mit unaussprechlicher Freude will ich mich zu den Rufern gesellen. Denn unser Allerhöchster Pas hat getan, was er noch nie getan hat, und aus unseren eigenen Reihen einen Caldé bestimmt, einen geweihten Auguren, einen heiligen, frommen und ehrwürdigen Mann.

Muß ich seinen Namen überhaupt noch nennen? Ich werde ihn nennen, obwohl dies gewiß nicht nötig wäre. Es gibt gewiß keinen einzigen unter Euch, meine Brüder und Schwestern, der diesen Namen nicht bereits vernommen hätte. Ich meine Patera Silk.

Ich sage es noch einmal, ich meine Patera Silk.

Wie gern will ich ihn willkommen heißen und Euch ermahnen, ihn ebenso aufzunehmen und dem zu gehorchen, der einer von uns ist und der doch über uns steht. Mit großer Freude will ich ihn selbst zu seinem Platz geleiten und ihn begrüßen und ihm gehorchen, denn er ist einer von uns!

Mögen Euch alle Götter gewogen sein, meine geliebten Brüder und Schwestern. Gesegnet sollt Ihr sein im Namen des Pas, des Vaters aller Götter, und im Namen der Anmutigen Echidna, seiner Gefährtin, und im Namen ihrer

Söhne und ihrer Töchter, heute und für alle Tage, und gesegnet sollt Ihr sein im Namen der Scylla, ihres ältesten Kindes und der Schutzherrin unserer Heiligen Stadt Viron. Dies sage ich,

Patera Quetzal, Prolokutor

Als Silk den Brief wieder zusammenfaltete, sagte Shell: »Seine Kogniszenz hat vorbehaltlos für Euch Partei ergriffen, und das Kapitel hat sich ihm angeschlossen. Ihr sagtet – ich hoffe, Ihr habt Euch in dieser Hinsicht geirrt, Patera, ich hoffe es wirklich. Aber Ihr sagtet gerade eben, wenn das Ayuntamiento wüßte, daß Ihr hier seid, dann würde man Euch töten lassen. Wenn das die Wahrheit ist ...« Er räusperte sich nervös. »Wenn das stimmt, dann werden sie auch Seine Kogniszenz töten müssen, und uns andere Pateras ebenfalls.«

»Es war der Koadjutor«, sagte Silk, »der dies hier geschrieben hat. Auch er wird sterben, wenn sie ihn zu fassen kriegen.« Es war ein seltsamer Gedanke, sich Remora vorzustellen, diesen umsichtigen und umständlichen Diplomaten, wie er in seinem eigenen, mit Tusche gemalten Netz gefangen wurde und ums Leben kam.

Und seltsam war auch die Vorstellung, daß Remora für ihn, Silk, sterben würde.

»Das ist gut möglich, Patera.« Shell zögerte. Offensichtlich fühlte er sich nicht wohl in seiner Haut. »Ich würde Euch ... ich würde dieses andere Wort benutzen. Aber es könnte gefährlich für Euch sein.«

Silk nickte versonnen und ließ die Finger auf der Wange kreisen.

»Seine Kogniszenz sagte, Ihr seid der erste Augur, der dieses Amt übernimmt. Daß es ... daß es für viele von uns ein Schock ist. Das hat Seine Kogniszenz zu Patera Jerboa gesagt. Er meinte, so etwas sei noch nie in seinem Leben geschehen. Kennt Ihr Patera Jerboa?«

Silk schüttelte den Kopf.

»Er ist schon ziemlich alt. Einundachtzig. Ich weiß das, weil wir vor ein paar Wochen seinen Geburtstag gefeiert haben. Er war ganz nachdenklich, Ihr wißt schon, er wurde ganz still und hat mit seinem Bart gespielt, wie er es immer macht, und dann hat er gesagt, daß das eigentlich doch ganz vernünftig sei. Die anderen, die vorherigen … Eure Vorgänger …«

»Ich weiß schon, was Ihr meint, Patera.«

»Sie sind vom Volk gewählt worden. Aber Ihr, Patera, Ihr seid von den Göttern erwählt worden, und da war es ganz natürlich, daß sie sich für einen Auguren entschieden haben, weil die Auguren ja ihre Diener sind.«

»Ihr bringt Euch in Gefahr, Patera«, sagte Silk. »Ihr schwebt in beinahe ebenso großer Gefahr wie ich, vielleicht sogar in noch größerer. Das dürft Ihr nicht vergessen.«

Shell nickte verzagt.

»Es wundert mich, daß man Euch überhaupt zu mir gelassen hat.«

»Sie … der Captain, Patera. Ich … ich habe nicht …«

»Sie wissen es nicht.«

»Ich glaube nicht. Ich glaube, sie wissen es nicht. Ich habe es ihnen jedenfalls nicht gesagt.«

»Das war sicher klug von Euch.« Silk blickte, wie schon vorher, zum Fenster, und wie zuvor sah er nur ihre Spiegelbilder. »Seid Ihr diesem Patera Jerboa als Akoluth zugeteilt? Wo ist er?«

»In unserem Manteion in der Brick Street.«

Silk schüttelte den Kopf.

»Das ist in der Nähe der schiefen Brücke, Patera.«

»Weit im Osten?«

»Ja, Patera.« Shell regte sich unbehaglich. »Wir sind

hier in der Basket Street. Unser Manteion liegt in dieser Richtung.« Er deutete in die entsprechende Richtung. »Ungefähr fünf Straßen weiter.«

»Ich verstehe. Richtig, sie haben mich auf einen Karren oder so etwas gehoben, der schrecklich geruckelt hat. Ich weiß noch, daß ich auf Sägemehl gelegen habe, das mich zum Husten gereizt hat. Aber ich konnte nicht husten, und ich hatte dauernd Blut in Nase und Mund.« Silk zeichnete sich mit dem Zeigefinger kleine Kreise auf die Wange. »Wo ist meine Robe?«

»Das weiß ich nicht. Ich nehme an, der Captain hat sie, Patera.«

»Hat die Schlacht, als Generalin Mint in der Cage Street die Schweber angegriffen hat, erst heute nachmittag stattgefunden?«

Shell nickte wieder.

»Ungefähr um die gleiche Zeit wurde ich angeschossen, vielleicht auch etwas später. Ihr sagt, Ihr hättet den Verwundeten die Vergebung des Pas übermittelt. Habt Ihr das bei allen getan? Ich meine, bei allen, die in Lebensgefahr schwebten?«

»Ja, Patera.«

»Und dann seid Ihr in Euer Manteion zurückgekehrt?«

»Ja, ich mußte etwas essen. Ich habe dort das Abendessen eingenommen.« Shell sah ihn schuldbewußt an. »Diese Brigade hier, das ist die Dritte Brigade. Sie gehört zur Reserve, sagen sie. Die Männer sind nicht sehr gut ausgerüstet. Manche sind sogar in die Häuser im Ort eingedrungen und haben sich dort etwas zu essen besorgt. Eigentlich sollte das Essen mit Wagen zu ihnen gefahren werden, aber ich dachte …«

»Natürlich. Ihr seid ins Pfarrhaus zurückgekehrt, um mit Patera Jerboa zu speisen, und während Eurer Abwesenheit war dieser Brief angekommen. Wahrscheinlich war auch eine Kopie für ihn und eine für Euch selbst dabei.«

Shell nickte eifrig. »So war es, Patera.«

»Ihr habt Euren eigenen Brief natürlich sofort gelesen. War meine Kopie ebenfalls dabei?«

»Ja, Patera.«

»Dann muß jemand im Palast gewußt haben, daß ich gefangengenommen worden war und wo man mich festhielt. Er hat meine Kopie nicht in mein Manteion geschickt, sondern zu Patera Jerboa, weil er hoffte, der alte Patera könnte irgendwie dafür sorgen, daß ich sie bekomme, was ja auch geschehen ist. Seine Kogniszenz war bei mir, als ich angeschossen wurde. Es gibt jetzt keinen Grund mehr, das zu verheimlichen. Während meine Wunden versorgt wurden, fragte ich mich, ob man ihn getötet hat. Es ist möglich, daß der Offizier, der mich angeschossen hat, ihn nicht erkannt hat, aber wenn er ihn erkannte …« Silk ließ den Satz unvollendet. »Wenn sie es nicht schon wissen – ich glaube, Ihr habt recht, sie wissen es noch nicht; oder wenigstens die Soldaten hier wissen es nicht –, dann werden sie es bald herausfinden. Ist Euch das klar?«

»Ja, Patera.«

»Ihr müßt jetzt gehen. Es wäre wahrscheinlich sogar klug, wenn Ihr und Patera Jerboa das Manteion verlassen würdet. Geht in einen Teil der Stadt, der von Generalin Mint kontrolliert wird, wenn Euch das möglich ist.«

»Ich …« Shell schien beinahe zu ersticken. Er schüttelte verzweifelt den Kopf.

»Was ist denn, Patera?«

»Ich will nicht gehen, solange ich Euch noch irgendwie helfen kann. Ich will Euch dienen, das ist meine Pflicht.«

»Ihr habt mir schon geholfen«, beruhigte Silk ihn. »Ihr habt mir und dem Kapitel einen großen Dienst erwiesen. Wenn ich kann, werde ich dafür sorgen, daß Ihr die entsprechende Anerkennung dafür erhaltet.« Er hielt inne und dachte nach.

»Doch, Ihr könnt noch etwas für mich tun. Sprecht bitte für mich mit dem Captain, wenn Ihr geht. In einer Tasche meiner Robe waren zwei Briefe. Sie haben heute morgen auf dem Kamin gelegen; mein Akoluth muß sie gestern für mich dorthin gelegt haben. Ich habe sie noch nicht gelesen, und als Ihr mir diesen Brief gegeben habt, sind mir jene Briefe wieder eingefallen.«

Erst jetzt kam er auf die Idee, den Brief des Prolokutors unter dem Kopfkissen zu verbergen. »Einer trägt das Siegel des Kapitels. Vielleicht ist das nur eine weitere Kopie des Briefs, den Ihr mir gebracht habt, aber eigentlich glaube ich das nicht, weil das Datum nicht stimmt. Außerdem hätten sie dann nicht diesen Brief hier zu Patera Jerboa geschickt.«

»Wahrscheinlich nicht, Patera.«

»Erwähnt sie dem Captain gegenüber nicht. Sagt ihm nur, daß ich gern meine Robe hätte – oder besser, meine Kleidung. Fragt nach meiner Kleidung und seht, was er Euch gibt. Bringt mir die Sachen, vor allem natürlich meine Robe. Wenn er die Briefe erwähnt, dann sagt ihm, daß ich sie gern lesen würde. Wenn er sie Euch nicht geben will, dann versucht herauszufinden, was in ihnen stand. Wenn er es nicht sagen will, dann kehrt in Euer Manteion zurück. Sagt Patera Jerboa, daß ich, der Caldé, ihm und Euch befehle – sind dort auch Sibyllen?«

Shell nickte. »Maytera Wood ist dort, und …«

»Die Namen braucht Ihr nicht zu nennen. Ihr sollt das Manteion abschließen und so schnell wie möglich verschwinden.«

»Ja, Patera.« Shell stand auf. Er hielt sich sehr aufrecht. »Aber ich werde nicht direkt zum Manteion zurückkehren, ganz egal, was der Captain sagt. Ich …

ich werde noch einmal zurückkommen. Ich werde nach Euch sehen und Euch berichten, was er gesagt hat, und ich will sehen, ob ich nicht noch etwas für Euch tun kann. Bitte sagt mir nicht, daß ich Euch gehorchen soll, Patera. Ich würde es doch nicht tun.«

Zu seiner Überraschung stellte Silk fest, daß er lächeln mußte. »Euer Ungehorsam ist besser als der Gehorsam vieler Menschen, die ich kenne, Patera Shell. Tut, was Ihr für richtig haltet; aber ich bin sicher, das hättet Ihr sowieso getan.«

Shell ging hinaus, und als er draußen war, fühlte Silk sich plötzlich sehr einsam. Die Wunden begannen zu pochen. Silk zwang sich, an etwas anderes zu denken. Wie stolz Shell ihm verkündet hatte, daß er nicht gehorchen würde, und trotzdem hatte dabei seine Unterlippe gezittert. Silk mußte an seine Mutter denken, die irgendwann einmal wegen irgendeiner Leistung ihres Kindes Freudentränen in den Augen gehabt hatte. *O Silk, mein Sohn! Mein Sohn!* So ähnlich fühlte er sich jetzt auch. Diese jungen Burschen!

Aber Shell war überhaupt nicht jünger als Silk. Sie waren zusammen auf die Schola gekommen, und Shell hatte vor Silk in der Bank gesessen, weil der Lehrer die Schüler nach dem Alphabet auf die Plätze verteilt hatte. Sie waren am gleichen Tag zum Priester geweiht worden, und beide hatte man in Ehren ergrauten Auguren, die sich nicht mehr selbständig um ihr gesamtes Manteion kümmern konnten, als Helfer zugeteilt.

Shell war allerdings nicht vom Außenseiter erleuchtet worden. Oder, wie Doktor Crane es ausgedrückt hätte, ihm war keine Ader im Gehirn geplatzt. Shell war nicht erleuchtet worden, er war nicht zum Markt geeilt, er war nicht auf Blood gestoßen ...

Als Silk mit Blood gesprochen und ihm die drei Karten aus der Hand gerissen hatte, war er so jung gewesen wie Shell. Er hatte da noch nicht gewußt, daß irgendwo tief drunten ein Monitor verrückt geworden war und heulte, weil er unbedingt die Karten bekommen wollte – und möglicherweise hätte Shell, der so jung oder so alt war wie Silk, sich nicht anders verhalten als er selbst. Silk hatte plötzlich wieder den Geruch des toten Hundekadavers in der Nase, der in der Gosse verweste. Er roch den erstickenden Staub, der von Bloods Schweber hochgewirbelt wurde. Er sah Blood mit dem Stock herumfuchteln, den großen, rotgesichtigen, schwitzenden Mann. Silk mußte husten, und die Bewegung fühlte sich an, als hätte man ihm eine Lanze durch die Brust gestochen.

Etwas unsicher ging er durchs Zimmer zum Fenster und schob es hoch, um frische Nachtluft hereinzulassen. Dann begutachtete er seinen nackten Körper im Spiegel über der Kommode. Der Spiegel war viel größer als sein Rasierspiegel im Pfarrhaus.

Die bunte Prellung, die Musks Messergriff hinterlassen hatte, war halb von einem Verband bedeckt. Nach allem, was er sich über die menschliche Anatomie zusammenreimen konnte, mußte die Nadel sein Herz um vier Fingerbreit verfehlt haben. Für einen Berittenen war das ein ziemlich genau gezielter Schuß gewesen.

Er drehte sich um und verrenkte den Hals, um im Spiegel auch den Rücken betrachten zu können. Dort war der Verband größer, und auch die Schmerzen waren stärker. Außerdem hatte er irgendwo tief in der Brust das Gefühl, als sei dort etwas nicht in Ordnung. Die kleinen Bewegungen hatten ihn bereits so sehr angestrengt, daß er schnaufte.

In den Schubladen der Kommode lag Kleidung: Unterwäsche, Tuniken und sauber gefaltete Hosen. Unter den Hosen fand er schließlich sogar ein parfümiertes Halstuch, das offenbar einer Frau gehörte. Dies mußte das Zimmer eines jungen Mannes sein, vielleicht eines Sohnes vermögender Eltern. Das Paar, dem das Haus gehörte, hatte wahrscheinlich ein eigenes Schlafzimmer im Erdgeschoß. Sicher ein Eckzimmer mit vielen Fenstern.

Ihm wurde kalt. Er kehrte ins Bett zurück und zog die Decke hoch. Der Sohn war mit leichtem Gepäck abgereist, denn sonst wären die Schubladen zur Hälfte leer gewesen. Vielleicht kämpfte er in Maytera Mints Armee.

Irgendein Teil der Göttin Kypris war auf sie übergegangen, und dieser Teil hatte, zusammen mit Echidnas Befehl, aus der schüchternen Sibylle eine Generalin gemacht. Einen Augenblick lang fragte er sich, welcher Teil der Göttin dies gewesen war und ob Echidna bemerkt hatte, daß er auf Maytera Mint übergegangen war. Es war vermutlich die gleiche Facette, die Chenille vom Rost befreit hatte; ja, so mußte es sein.

Kypris hatte ihm, Silk, verraten, daß sie gehetzt wurde, und Seine Kogniszenz hatte es als Wunder bezeichnet, daß sie nicht schon längst getötet worden war. Echidna und ihre Kinder, die hinter der Göttin der Liebe her waren, mußten rasch gelernt haben, daß Liebe mehr ist als duftende Halstücher und Blumenkränze. Liebe konnte verletzen wie eine stählerne Klinge.

Eine junge Frau hat dieses Halstuch von einem Balkon geworfen, dachte Silk. Er versuchte, sich die Frau vorzustellen, aber sie hatte Hyacinths Gesicht, und er schob das Bild wieder weg. Blood hatte sich das schwitzende Gesicht mit einem pfirsichfarbenen Taschentuch abgewischt, das stärker parfümiert gewesen war als dieses Halstuch. Und Blood hatte gesagt …

Er hatte gesagt, daß es Menschen gab, die in andere Menschen schlüpfen konnten wie in eine Tunika. Er hatte damals Mucor gemeint, auch wenn er, Silk, das in diesem Augenblick noch nicht begriffen hatte. Er hatte da noch nicht gewußt, daß Mucor existierte, das Mädchen, das in den Körper anderer Menschen schlüpfen konnte, genau wie er drauf und dran war, die Kleidung des jungen Mannes anzulegen, dem dieses Zimmer gehört hatte.

Leise rief er: »Mucor? Mucor?« Er lauschte eine Weile, aber es war keine Geisterstimme zu hören, und im Spiegel über der Kommode war nur sein eigenes Gesicht zu sehen. Er schloß die Augen und richtete ein langes Gebet an den Außenseiter. Er dankte ihm, daß er überlebt hatte und daß Bloods Tochter nicht zugegen war. Als er das Gebet gesprochen hatte, schickte er ein zweites zu Kypris.

Draußen vor dem Zimmer nahm ein Wachtposten Haltung an. Die Waffe klatschte gegen die Uniform, und die Hacken stießen klickend zusammen.

Auk erwachte unmittelbar nach der Aufblendung, als die grellen Strahlen der Langen Sonne durch die mit Quasten geschmückten Baldachine, die zarten Gardinen und die rotbraunen Vorhänge in alle Fenster des Hauses stachen. Sie durchdrangen sogar die herabgelassenen Blenden aus gespaltenem Bambus und die verzogenen alten Bretter, die jemand anders aufgenagelt hatte. Das bunte Bild Scyllas strahlte im Licht des neuen Tages, und es schien ihm, als hätte das Licht sogar geschlossene Fensterläden und verschlossene Türen, Papier und sogar Stein durchdringen können.

Er blinzelte ein paarmal und richtete sich auf. Er rieb sich die Augen. »So, jetzt geht's mir besser«, verkündete er. Dann sah er, daß Chenille, Incus und Urus noch schliefen. Auch Dace und Bustard lagen noch in tiefem Schlaf. Nur Hammerstone, der große Soldat, war schon auf. Er saß mit untergeschlagenen Beinen auf dem Boden. Er hatte sich an die Tunnelwand gelehnt, und auf seinen Schultern hüpfte Oreb herum. »Das ist gut, Mann«, sagte Hammerstone.

»Nicht gut«, widersprach Auk. »Ich fühle mich nicht gut, das wollte ich nicht sagen. Nur etwas besser. Besser als vorher, versteht Ihr? Das ist natürlich besser als gut, weil man es überhaupt nicht merkt, wenn man sich gut fühlt. Aber wenn man sich so fühlt wie ich, dann fällt es einem auf, sobald man sich wieder etwas besser fühlt. Ich bin heute besonders schlau, was?« Er stupste Chenille mit der Stiefelspitze an. »Aufstehen, Jugs. Zeit zum Frühstücken!«

»Was ist denn mit *Euch* los?« Incus fuhr auf, als hätte Auk ihn und nicht Chenille angestoßen.

»Nichts, rein gar nichts«, gab Auk zurück. »Es geht mir nur etwas besser.« Er dachte eine Weile nach. »Wenn dem so ist, dann kann ich ja zum Cock gehen. Wenn nicht, habe ich auf dem Hügel noch was zu erledigen. Ich muß eingeschlafen sein, ohne mir die Stiefel auszuziehen.« Er setzte sich neben Chenille. »Ihr etwa auch, Patera? Das solltet Ihr aber nicht tun. Das ist nicht gut für die Füße.«

Er band die Schnürsenkel auf und zog sich die Stiefel aus, dann die Socken. »Fühlt nur, wie feucht die sind. Immer noch feucht von der Fahrt im Boot. Aufwachen, alter Mann! Sie sind naß vom Boot und vom Regen. Am liebsten würde ich gleich an Ort und Stelle ein Feuer machen, damit sie trocknen können. Puh!« Er hängte die Socken über die Stiefelspitzen und schob die Stiefel weg.

Chenille setzte sich auf. Sie nahm ihre Jadeohrringe ab. »Mensch, hatte ich einen üblen Traum.« Sie schauderte. »Ich hatte mich verlaufen, verstehst du? Ich war ganz allein hier unten, und der Tunnel, in dem ich gefangen war, lief in beiden Richtungen bergab. Ich bin lange, lange in eine Richtung gelaufen, aber es ging immer weiter bergab. Dann habe ich kehrt gemacht und bin in die andere Richtung gegangen, aber da ging es auch bergab, immer tiefer, immer tiefer.«

»Vergeßt nicht, daß die *unsterblichen Götter* immer bei Euch sind, meine Tochter«, erklärte Incus ihr.

»Hmm-hm. Hackum, ich brauche jetzt ein paar Sachen. Mein Sonnenbrand tut nicht mehr so weh, und ich muß so langsam was anziehen, weil es hier unten ohne Kleidung ziemlich kalt ist.« Sie grinste. »Ein paar neue Kleider und einen doppelten Red Ribbon. Und danach ein halbes Dutzend Rühreier mit Schinken und Pfeffer.«

»Paßt auf«, warnte Hammerstone sie. »Ich glaube, Euer Freund ist noch nicht ganz einsatzklar.«

Auk stand lachend auf. »Seht nur her«, sagte er zu Hammerstone. Er versetzte Urus einen gekonnten Tritt, indem er die nackten Zehen nach oben bog, so daß Urus vom Fußballen getroffen wurde.

Urus blinzelte und rieb sich die Augen, wie es kurz zuvor Auk getan hatte. Auk erkannte jetzt, daß er selbst das war, was er für die Lange Sonne gehalten hatte. Er war von seinem eigenen Licht erwacht, das jetzt den ganzen Tunnel ausfüllte und viel zu grell für Urus' blinzelnde Augen war.

»Es gefällt mir nicht, wie du den alten Mann getragen hast«, sagte er zu Urus. »Das gefällt mir überhaupt nicht.« Er fragte sich, ob seine Hände heiß genug waren, um Urus zu verbrennen. Gut möglich; wenn er sie nicht ansah, dann schienen sie ganz normal, aber wenn er sie ansah, dann kamen sie ihm vor wie flüssiges Gold. Er bückte sich und schnippte einen Zeigefinger gegen Urus' Nase. Als Urus nicht reagierte, riß er ihn auf die Füße.

»Wenn du den alten Mann trägst«, sagte Auk zu Urus, »dann sollst du das tun, als liebtest du ihn. Als wolltet du ihn am liebsten küssen.« Vielleicht wäre es keine schlechte Idee, Urus den Alten tatsächlich küssen zu lassen, aber dann dachte Auk, daß Dace das möglicherweise nicht mögen würde.

»Schon gut«, sagte Urus. »Schon gut.«

Bustard fragte: Wie geht's dir, Kleiner?

Auk mußte erst darüber nachdenken. »Ein paar Bestandteile von mir funktionieren einwandfrei, aber andere Teile funktionieren überhaupt nicht«, erklärte er schließlich. »Kannst du dich noch an die alte Marble erinnern?«

Sicher.

»Sie hat uns erzählt, daß sie bestimmte Listen abrufen kann. Irgendwo in ihrem Kopf. Da kann sie ablesen, was in Ordnung ist und was nicht in Ordnung ist. Bei mir geht das nicht so einfach, ich muß jetzt erst mal eins nach dem anderen überprüfen.«

»Ich kann das auch machen«, warf Hammerstone ein. »Das ist doch ganz einfach.«

Chenille hatte beide Ohrringe abgenommen und rieb sich die Ohren. »Kannst du die für mich einstecken, Hackum? Ich weiß nicht, wo ich sie aufbewahren soll.«

»Klar«, sagte Auk. Er drehte sich nicht zu ihr um.

»Ich könnte bei Sard ein paar Karten dafür bekommen. Ich könnte ein gutes Wollkleid und Schuhe dafür kaufen und beim Zuckerbäcker Gebäck essen, bis ich platze.«

»Ich kenne da zum Beispiel einen guten Schlag«, sagte Auk zu Urus. »Ich habe das schon gelernt, als ich noch ein Dreikäsehoch war, und ich habe das immer gemocht. Du holst nicht aus, verstehst du? Die meisten Männer holen weit aus, wenn sie dich prügeln wollen. Aber so, wie ich das mache, ist es besser. Ich bin aber nicht ganz sicher, ob ich es noch kann.«

Seine rechte Faust traf Urus voll auf den Mund und warf den kleinen Mann gegen die Schiffssteinwand zurück. Incus keuchte.

»Du ziehst einfach den Arm hoch und streckst ihn dabei aus«, erklärte Auk. Urus sank auf dem Tunnelboden in sich zusammen. »Nur, daß du dein ganzes Gewicht in den Schlag legst und die Knöchel gerade ausrichtest. Schau es dir an.« Er hob die Faust wieder. »Wenn du die Knöchel hoch und runter bewegst, dann ist das auch in Ordnung, aber das wäre dann ein ganz anderer Schlag, verstehst du?«

Lange nicht so gut, wandte Bustard ein. »Aber das ist lange nicht so gut wie der andere Schlag«, gab Auk zu.

Ich kann selber laufen, großer Kerl, der muß mich nicht tragen, und er braucht mich auch nicht abzuknutschen.

Der Tote, der vor seinen Füßen lag, dachte Auk, mußte jemand anders sein. Möglicherweise Urus oder Gelada.

Maytera Marble fragte sich, wann sie es zum letzten Mal getan hatte. Wann sie zum letzten Mal *Dach* abgerufen hatte. Als dieses Wort nur Bilder von tropfenden Decken und durchweichten Teppichen auslöste, versuchte sie es mit *Dachboden.*

Vor hundertvierundachtzig Jahren.

Sie konnte es kaum glauben. Sie wollte es nicht glauben. Als anmutiges Mädchen mit lachenden Augen und geschickten Händen war sie damals genau diese Treppe hinaufgestiegen. Sie hatte es damals wohl ein dutzendmal am Tag getan, war durch diesen Flur gelaufen und vor dieser seltsam aussehenden Falltür in der Decke stehengeblieben, hatte mit einer Stange, die wohl seit mehr als einem Jahrhundert verloren war, die Klappe geöffnet.

Sie schnippte mißmutig mit den Fingern. Es schnalzte laut. Dann kehrte sie in eins der Zimmer zurück, die sie früher bewohnt hatte, und wühlte in einer Schublade voller Kram herum, bis sie den großen Stock mit dem Haken am Ende gefunden hatte, den sie benutzt hatte, bis eine Krankheit ihr die Finger geraubt hatte. Jetzt konnte sie andere Finger benutzen.

Wieder im Flur, langte sie genauso nach oben wie das Mädchen, das sie einst gewesen war. Sie schob den Haken durch den Ring der Falltür und fragte sich in einem Anflug von Ironie, ob die Falltür womöglich inzwischen vergessen hatte, daß sie jetzt, von den Ketten gehalten, herunterklappen mußte.

Aber die Falltür wußte noch, was sie zu tun hatte. Ein Ruck an der Klappe, und Staubwolken drangen aus den Spalten herunter. Man würde später den Flur fegen müssen. Sie war lange nicht mehr dort oben gewesen, und niemand ...

Ein festerer Ruck, und die Klappe gab widerstrebend ein Stück nach. Auf dem Dachboden, den man durch den handbreiten Spalt sehen konnte, war es dunkel. »Muß ich dich erst verprügeln?« fragte sie. Ihre Stimme hallte durch die leeren Zimmer. Sie bereute es sofort, laut gesprochen zu haben.

Ein weiterer Ruck, und die Falltür quietschte protestierend, aber immerhin war es jetzt möglich, die Unterkante der Falltür zu fassen und sie ganz herunterzuziehen. Die Leiter sollte eigentlich von selbst herausgleiten, wenn man daran zog.

Ich muß die Falltür ölen, dachte sie. Es spielt keine Rolle, wenn wir kein Öl haben. Ich kann auch etwas Fett von dem Stier nehmen und es kochen, die oberste Fettschicht abnehmen und durchseihen. Das wird auch funktionieren. Denn dies wird nicht das letzte Mal sein, daß ich hier hinaufsteige. Ganz bestimmt nicht.

Sie stieg mit energischen Schritten die Leiter hinauf, daß der schwarze Bombasin nur so flatterte.

Meine Güte, wie stark meine Beine auf einmal wieder sind! Gepriesen seist du, Großer Pas!

Der Dachboden war fast leer. Wenn eine Sibylle starb, blieb meist nicht viel übrig, und was sie hinterließ, wurde, ihren letzten Wünschen entsprechend, unter den anderen verteilt oder ihrer Familie zurückgegeben. Maytera Marble überlegte eine geschlagene halbe Minute, wem der verrostete Metallkoffer dort neben dem Schornstein gehört haben mochte. Am Ende mußte sie die ganze Liste durchgehen und alle Sibyllen abfragen, die jemals im Zönobium gewohnt hatten. Aber unter den gespeicherten Daten konnte sie keinen Metallkoffer finden.

Das kleine Giebelfenster war verschlossen und verriegelt. Noch während sie mit dem störrischen Riegel kämpfte, sagte sie sich, daß es eine Dummheit sei. Was sie dort draußen hatte vorbeifliegen sehen, als sie über den Sportplatz gelaufen war, mußte inzwischen längst verschwunden sein. Falls es überhaupt jemals existiert hatte.

Wahrscheinlich war es sowieso nichts weiter als eine Wolke gewesen.

Sie hatte erwartet, daß das Fenster klemmen würde, aber in der trockenen Hitze der letzten acht Monate hatte sich das alte Holz zusammengezogen. Sie zog mit aller Kraft am Fenster, das mit einemmal so leicht aufsprang, daß sie schon dachte, die Scheibe würde bersten.

Dann wurde es still. Ein angenehmer kühler Wind wehte durchs Fenster herein. Sie lauschte, dann beugte sie sich hinaus, um zum Himmel hinaufzusehen. Endlich (wie sie es schon die ganze Zeit vorgehabt hatte, obwohl sie nach so vielen Jahren als Lehrerin kleiner Jungen und Mädchen genau wußte, wie schwer es war, einen Negativbeweis zu führen) stieg sie über die Fensterbank und stand auf den dünnen alten Dachschindeln des Zönobiums.

Mußte sie wirklich bis ganz oben hinaufklettern? Sie entschied, daß es nötig war, und sei es nur, damit sie ihren Seelenfrieden fand. Allerdings fragte sie sich, was die Leute im Viertel sagen würden, wenn man sie bemerkte. Nicht, daß es eine Rolle spielte. Die meisten waren ohnehin nicht mehr hier, sondern in den Kampf gezogen. Es war inzwischen etwas ruhiger geworden, aber man konnte immer noch vereinzelte Schüsse hören. Es klang, als würden in einiger Entfernung große Türen zugeschlagen. Türen, die die Vergangenheit aussperren sollen, dachte sie. Der kühle Wind drückte ihr den Rock gegen die Beine, während sie hinaufstieg. Er hätte ihr beinahe sogar die Haube vom Kopf gerissen, wenn sie sie nicht mit einer Hand auf dem glatten Metallschädel festgehalten hätte.

Oben angekommen, konnte sie sofort sehen, daß immer noch Brände wüteten, manche nur wenige Straßen entfernt. Das mußte die Saddle Street oder die String Street sein, dachte sie. Wahrscheinlich die Saddle Street, wo die Pfandleiher ihre Geschäfte hatten. Dahinter loderten weitere Brände, bis hin zum Markt und zur anderen Seite der Stadt. Das war nicht anders zu erwarten gewesen. Abgesehen von den Bränden und einigen wenigen erleuchteten Fenstern auf dem Palatinum lag die ganze Stadt in tiefer Dunkelheit.

Daraus konnte man mit ziemlicher Sicherheit schließen, daß Maytera Mint nicht gesiegt hatte. Noch nicht. Denn hätte sie gesiegt, dann würde der Hügel brennen, dann würde man dort plündern und brennen. Das war so sicher wie die Tatsache, daß der sechste Term in einer Fibonacci-Reihe von zehn Zahlen ein Elftel der Gesamtsumme ausmachte. Wenn die Zivilgarde erst besiegt war, dann konnte nichts …

Bevor sie den Gedanken zu Ende denken konnte, sah sie es wieder, weit entfernt im Süden. Sie hatte nach Westen zum Markt und nach Norden zum Palatinum geblickt, aber jetzt war es über der Orilla. Nein, es mußte Meilen davon entfernt und weiter im Süden sein, bestimmt schon über dem See. Es hing niedrig am Südhimmel, und es bewegte sich irgendwie gegen den Wind, der jetzt am Abend kalt und schneidend von Norden kam, wo die Nacht gerade begonnen hatte. Der Wind, dachte sie, mußte aufgekommen sein, als sie noch in der Palaestra gewesen war und die letzten Fleischstücke zerteilt und in den Lagerkeller hinuntergebracht hatte. Als sie aus dem Keller heraufgekommen war, hatte sie festgestellt, daß ihr kostbares Einwickelpapier kunterbunt in der Küche verteilt worden war. Daraufhin hatte sie das Fenster geschlossen.

Dieses Ding – dieses riesige Ding, was es auch war – mußte sich also mehr oder weniger genau über der Stadt befunden haben, als sie es knapp über der hinteren Mauer des Sportplatzes bemerkt hatte. Und es wurde nicht weiter nach Süden getrieben, wie es mit einer normalen Wolke geschehen wäre. Es schien beinahe so, als bewegte es sich jetzt wieder nach Norden, um sich der Stadt zu nähern. Fast, als kröche es im Himmel langsam heran.

Sie wartete drei Minuten, um ganz sicher zu sein.

Es kroch nach Norden wie ein Käfer, der eine Schüssel erforscht, manchmal den Mut verlierend und sich zurückziehend, dann wieder ein Stück vorpreschend. Das Ding war vorher schon einmal über der Stadt gewesen. Oder beinahe über der Stadt. Dann war ein Wind aufgekommen, und vielleicht war es vom Wind überrascht und zum See getrieben worden. Jetzt hatte es neue Kräfte gesammelt und kehrte zurück, ob der Wind noch wehte oder nicht.

Sie war nicht sicher, ob sie ihren Augen trauen konnte, aber sie hatte den Eindruck, daß irgendwo auf dem massigen dunklen Flugkörper etwas blinkte, ein winziger Lichtblitz nur, als hätte jemand im dunklen Himmelsland hinter dem Ding einen Feuerstein angeschlagen.

Was es auch war, es lag nicht in ihrer Macht, es aufzuhalten. Es würde kommen, oder es würde eben nicht kommen, und sie hatte wie immer viel Arbeit.

Sie mußte eine Menge Wasser hochpumpen, um den Waschzuber zu füllen. Sie kehrte vorsichtig zum Giebel zurück und fragte sich, ob sie das Dach, das schon vorher alles andere als dicht gewesen war, auf ihrem Ausflug noch weiter beschädigt hatte.

Zuerst einmal mußte sie jetzt Holz hereinschaffen. Genug Holz, um im Herd ein großes Feuer zu entfachen. Dann konnte sie die Bettlaken waschen, in denen sie gestorben war, und die Wäsche zum Trocknen aufhängen. Wenn Maytera Mint zurückkam (Maytera Marble betete inbrünstig, daß dies geschehen würde), dann konnte sie ihr auf dem gleichen Feuer das Frühstück bereiten. Vielleicht würde Maytera Mint sogar einige Freunde mitbringen. Die Männer, falls Männer dabei waren, konnten draußen im Garten essen. Sie würden einen der langen Tische und ein paar Stühle aus der Palaestra nach draußen stellen. Glücklicherweise war noch genug Fleisch da, obwohl sie einen Vorrat für Villus vorgekocht und seinen Eltern noch einiges mehr mitgegeben hatte, als sie ihn abgeholt hatten.

Sie stieg wieder in den Dachboden und schloß das Fenster.

Bis zur Aufblendung würden die Bettlaken getrocknet sein. Dann konnte sie sie bügeln und wieder aufziehen. Sie war immer noch die älteste Sibylle – oder vielmehr, sie war es wieder, und deshalb gehörten ihr jetzt beide Zimmer. Wahrscheinlich würde sie aber ganz und gar in das große Zimmer umziehen.

Als sie die Leiter hinunterstieg, fiel ihr ein, daß sie die Leiter am besten ausgeklappt ließ, weil sie sie ja sowieso ölen wollte. Sie konnte etwas Fett abschneiden und in einer kleinen Pfanne erhitzen, während das Waschwasser warm wurde. Der Waschzuber nahm ja nicht den ganzen Herd ein. Bis zur Aufblendung würde das Ding, das da durch die Luft flog, wahrscheinlich auch wieder nahe an die Stadt herangekommen sein. Wenn sie sich mitten auf die Silver Street stellte, würde sie es am Morgen wahrscheinlich deutlich sehen können. Vorausgesetzt natürlich, sie fand die Zeit dazu.

Auk fühlte sich, als wäre er schon eine Ewigkeit durch diesen Tunnel getrottet. Das war seltsam, weil er sich erinnern konnte, daß sie einmal abgebogen waren, um diesem Tunnel zu folgen, der jetzt schon so lange bergab lief. Urus spuckte Blut und trug den Toten. Er selbst, Auk, hielt sich hinter Urus, falls der eine kleine Ermunterung brauchte. Bustard und Dace gingen neben ihm, damit sie sich unterhalten konnten, und hinter ihm gingen Patera und der große Soldat mit der Muskete, der ihnen gesagt hatte, daß sie jetzt aufbrechen müßten. Ganz am Schluß ging Chenille, die inzwischen Pateras Robe trug. Oreb hockte auf dem Lauf ihres Raketenwerfers. Auk wäre lieber neben ihr gelaufen, und er hatte es auch versucht, aber es war nicht gut gewesen.

Er sah sich zu ihr um. Sie winkte freundlich, und Bustard und Dace waren verschwunden. Er wollte Incus und den Soldaten fragen, was aus ihnen geworden sei, aber dann dachte er, daß er lieber nicht mit den beiden reden sollte, und Chenille war zu weit zurück, als daß er sich hätte ungestört mit ihr unterhalten können. Bustard war vermutlich vorausgegangen, um die Gegend zu erkunden, und hatte den alten Mann mitgenommen. Das sah Bustard ähnlich, und wenn Bustard etwas zu essen fand, dann würde er es mitbringen und teilen.

Betet zu Phaea, hatte Maytera Mint ihm immer gesagt. Phaea ist die Göttin der Nahrung. Betet zu ihr, Auk, und Ihr werdet gespeist werden. Er grinste sie an. »Wie schön, Euch zu sehen, Maytera! Ich habe mir schon Sorgen um Euch gemacht.« Mögen alle Götter auf Euch herablächeln, Auk, heute und alle Tage. Ihr Lächeln verwandelte den feuchten, kalten Tunnel in einen Palast, und der trübe grüne Schein der kriechenden Lichter wich dem goldenen Glanz, der ihn geweckt hatte. Warum solltet Ihr Euch Sorgen um mich machen, Auk? Ich diene seit meinem fünfzehnten Lebensjahr ergeben den Göttern. Sie werden mich nicht im Stich lassen. Nein, um mich braucht sich niemand zu sorgen. »Vielleicht könntet Ihr einen Gott dazu bringen, daß er zu uns herunterkommt und uns begleitet«, schlug Auk vor.

Hinter ihm protestierte Incus: »Auk, ich bitte Euch, mein Sohn!«

Auk machte ein obszönes Geräusch und sah sich nach Maytera Mint um, aber sie war schon wieder verschwunden. Zuerst dachte er, sie sei vorausgelaufen, um mit Bustard zu reden, aber dann erkannte er, daß sie verschwunden war, um einen Gott zu holen, der ihm Gesellschaft leistete. So hatte er sie immer gekannt. Wenn man irgend etwas erwähnte, dann sprang sie sofort los und versuchte, einem jeden Wunsch zu erfüllen.

Trotzdem, er machte sich immer noch Sorgen um sie. Wenn sie zum Mainframe ging, um einen Gott zu holen, dann mußte sie an den Teufeln vorbei, die den Leuten, die dorthin unterwegs waren, Scherereien machten. Sie erzählten Lügen und versuchten, die Gläubigen vom Goldenen Pfad abzubringen. Er hätte Maytera Mint bitten sollen, Phaea zu holen. Phaea und vielleicht ein paar Schweine. Jugs würde bestimmt gern Schinken essen, und er hatte ja den Hirschfänger und sein Messer. Sie konnten Bustard die Zunge aufheben. Bustard hatte schon immer am liebsten Schweinezunge gegessen. Heute war Phaesday, also würde Maytera höchstwahrscheinlich Phaea holen, und Phaea hatte eigentlich immer mindestens ein Schwein bei sich. Die Götter hatten normalerweise die Tiere bei sich, die ihrem Wesen entsprachen. Meistens jedenfalls.

Phaea hatte Schweine. (Man mußte das alles ordentlich lernen, wenn man im nächsten Schuljahr neue Sachen lernen wollte.) Phaea hatte Schweine, und Sphigx hatte Löwen oder Katzen. Aber Katzen konnte man ja nicht essen. Scylla hatte Fische. Ein Fisch, das wäre auch nicht schlecht. Molpe hatte kleine Vögel. Alte Leute benutzten manchmal mit Leim bestrichene Zweige, um sie zu fangen. Sie salzten sie und machten Spatzenauflauf, wenn sie genug gefangen hatten. Tartaros hatte Eulen und Maulwürfe.

Maulwürfe?

Plötzlich wurde Auk klar, daß Tartaros der Gott der Unterwelt war, der Gott der Minen und Höhlen. Dies war also sein Ort, und eigentlich sollte Tartaros, der Herr der Diebe, doch sein Busenfreund sein und sich darum kümmern, daß ihm hier unten nichts zustieß. Aber er mußte Tartaros irgendwie erzürnt haben, weil sein Schädel dröhnte. Mit seinem Kopf war irgend etwas nicht in Ordnung, irgendwo klapperte etwas darin hin und her wie bei einem kaputten Nadler, bei dem die Nadel einfach nicht in die Kammer gleiten wollte, ganz egal, wie sehr man ihn ölte und sich vergewisserte, daß die Nadeln so gerade waren wie die Sonne. Er griff unter die Tunika und suchte seinen Nadler – aber komisch, der Nadler war nicht da, obwohl er doch Maytera Mint, seine Mutter, mit der Waffe beschützen mußte.

»Armer Auk! Armer Auk!« Oreb kreiste um seinen Kopf. Der Wind von den mühsam flatternden Schwingen wehte durch Auks Haar, aber Oreb ließ sich nicht auf seiner Schulter nieder, sondern kehrte zu Chenille zurück.

Plötzlich war Oreb nicht mehr da, und Chenille war auch verschwunden. Auk weinte.

Obwohl seine grüne Uniform zerfetzt und verschmutzt war, salutierte der Captain formvollendet. »Meine Männer haben ihre Positionen eingenommen, meine Generalin. Mein Schweber führt Patrouille. Es ist jetzt nicht mehr möglich, die Garnison heimlich zu verstärken. Falls neue Truppen kommen, werden wir die Stellung bis aufs Messer verteidigen.«

Bison schnaubte. Er kippelte auf dem schweren Eichenstuhl, auf dem er sich niedergelassen hatte, zurück.

Maytera Mint mußte lächeln. »Sehr gut, Captain. Vielen Dank. Vielleicht solltet Ihr jetzt versuchen, etwas auszuruhen.«

»Ich habe schon geschlafen, meine Generalin, wenn auch nicht sehr lange. Ich habe im Gegensatz zu Euch sogar etwas gegessen. Ich werde jetzt einen Kontrollgang bei meinen Männern machen. Wenn ich damit fertig bin, werde ich vielleicht noch eine Stunde schlafen, bis mein Sergeant mich weckt.«

»Ich würde Euch gern begleiten«, sagte Maytera Mint. »Könnt Ihr noch fünf Minuten warten?«

»Gewiß, meine Generalin. Es ist mir eine Ehre. Aber …«

Sie sah ihn scharf an. »Was ist, Captain? Sagt es mir bitte.«

»Ihr müßt unbedingt schlafen, meine Generalin, und Ihr müßt etwas essen. Sonst seid Ihr morgen zu nichts zu gebrauchen.«

»Das werde ich später auch tun. Bitte, setzt Euch doch. Wir sind alle müde, und Ihr müßt erschöpft sein.« Sie wandte sich wieder an Bison. »Für die Angehörigen des Kapitels, für die Sibyllen wie mich und für die Auguren wie Patera Silk gibt es ein ehernes Prinzip. Man nennt es Disziplin. Eigentlich geht dieses Wort auf einen alten Begriff zurück, der sich auf Schüler oder Studenten bezog. Wenn Ihr ein Lehrer seid, wie ich es bin, dann müßt Ihr im Klassenzimmer für Disziplin sorgen, bevor Ihr mit dem Unterricht beginnen könnt. Wenn Ihr das nicht tut, werden die Kinder sich so sehr mit sich selbst beschäftigen, daß sie nicht mehr auf das achten, was Ihr zu sagen habt. Sie malen zum Beispiel Bilder, statt ihre Aufgaben zu lösen.«

Bison nickte.

Als ihr eine Begebenheit einfiel, die sich ungefähr vor einem Jahr zugetragen hatte, lächelte Maytera Mint. »Es sei denn natürlich, man hat ihnen *gesagt*, daß sie Bilder malen sollen. Wenn man ihnen gesagt hat, daß sie Bilder malen sollen, dann schreiben sie einander manchmal lieber Briefchen.«

Der Captain zwirbelte seinen kleinen Schnurrbart. »Meine Generalin, auch bei uns herrscht Disziplin, bei uns Männern und Offizieren von der Zivilgarde. Das Wort ist das gleiche, und der Gedanke, der dahintersteckt, ist, so wage ich zu behaupten, ein ganz ähnlicher wie bei Euch.«

»Ich weiß, aber ich kann Euch nicht einsetzen, um in den Straßen zu patrouillieren und die Plünderungen zu unterbinden. Ich wünschte, ich könnte es, Captain. Es wäre sicher angebracht, und Ihr würdet diese Aufgabe sicher lösen. Aber für viele Menschen sind die Leute von der Zivilgarde die Feinde. Es würde eine Rebellion gegen unsere Rebellion ausbrechen, und das können wir uns nicht leisten.«

Sie wandte sich wieder an Bison. »Ihr versteht doch, warum es nötig ist, oder? Bitte, sagt es mir.«

»Wir rauben uns selbst aus«, sagte er.

Man konnte nicht sehen, welcher Gesichtsausdruck sich hinter seinem dichten Bart verbarg, aber sie glaubte zu erkennen, daß er sich nicht wohl in seiner Haut fühlte.

»Was Ihr sagt, ist wahr. Die Menschen, deren Häuser und Geschäfte ausgeplündert werden, sind unsere Leute. Wenn sie daheim bleiben und ihre Geschäfte verteidigen müssen, können sie nicht für uns kämpfen. Aber das ist noch nicht alles, nicht wahr? Was wolltet Ihr sonst noch sagen?«

»Nichts, Generalin.«

»Ihr müßt mir alles sagen.« Sie wollte ihn berühren, wie sie in einer ähnlichen Situation ein kleines Kind berührt hätte, aber sie fand, daß man es mißverstehen könnte, und ließ es bleiben. »Mir alles zu sagen, wenn ich Euch frage, das ist ebenfalls ein Teil der Disziplin, wenn man so will. Wollen wir zulassen, daß die Gardisten irgend etwas besser können als wir selbst?«

Bison schwieg sich aus.

»Dies ist sogar noch wichtiger als die Disziplin. Das Wichtigste überhaupt ist für uns jetzt, daß ich erfahre, was Ihr für wichtig haltet. Ihr und der Captain hier und Zoril und Kingcup und all die anderen.«

Als er immer noch schwieg, fuhr sie fort: »Wollt Ihr, daß wir scheitern, nur weil Ihr Eure Verlegenheit nicht überwinden könnt, Bison? Denn das wird passieren, wenn wir uns nicht offen über unsere Sorgen austauschen und uns informieren. Wir werden den Willen der Götter nicht erfüllen können, und wir werden sterben. Wahrscheinlich wir alle hier, ohne Ausnahme. Ganz gewiß werde ich sterben, weil ich kämpfen werde, bis sie mich töten. Was ist nun?«

»Sie legen auch Brände«, platzte er heraus. »Die Brände sind sogar noch schlimmer als die Plünderungen, viel schlimmer. Bei diesem Wind brennen sie noch die ganze Stadt nieder, wenn wir sie nicht aufhalten. Und ... und ...«

»Und was?« sagte Maytera Mint. Sie nagte nervös an der Unterlippe. »Und sie sind natürlich damit beschäftigt, die Brände zu löschen, die jetzt schon ausgebrochen sind. Ihr habt recht, Bison. Wie immer.« Sie blickte zur Tür. »Teasel? Bist du noch dort draußen? Komm bitte herein. Ich brauche dich.«

»Ja, Maytera.«

»Wir haben uns gerade gegenseitig gesagt, daß wir ruhen müssen, Teasel. Wir scheinen in dieser Hinsicht einer Meinung zu sein, und was für uns gilt, das gilt natürlich auch für dich. Du warst bis vor ein paar Tagen noch sehr krank. Hat Patera Silk dir nicht sogar schon die Vergebung des Pas übermittelt?«

Teasel nickte ernst. Sie war ein schlankes, hellhäutiges Mädchen, dreizehn Jahre alt, mit zartem Gesicht und üppigem schwarzem Haar. »Am Sphigxday, Maytera, und danach ging es mir sofort besser.«

»Am Sphigxday also, und heute ist Hieraxday.« Maytera Mint blickte zur blauen Porzellanuhr auf der Anrichte. »In ein paar Stunden wird der Thelxday anbrechen, also sagen wir, wir haben Thelxday. Nun gut, vor kaum einer Woche hast du noch in Lebensgefahr geschwebt, und heute nacht machst du Botengänge, obwohl du eigentlich im Bett liegen solltest. Kannst du noch einmal laufen?«

»Es geht mir gut, Maytera.«

»Dann suche Lime. Sag ihr, wo ich bin und daß ich sie sprechen will, sobald sie sich freimachen kann. Und dann gehst du nach Hause und legst dich ins Bett, Teasel. Nach Hause, hast du verstanden? Wirst du das machen?«

Teasel knickste, drehte sich um und verschwand.

»Sie ist ein gutes, vernünftiges Mädchen«, sagte Maytera Mint zu Bison und dem Captain. »Sie ist nicht meine Schülerin. Meine Mädchen sind älter. Sie kämpfen oder pflegen die Verwundeten. Teasel geht in Maytera Marbles Klasse, und sie ist eine der besten Schülerinnen.«

Die beiden Männer nickten.

»Captain, ich will Euch nicht länger aufhalten. Bison, ich hatte gerade über Disziplin gesprochen, bevor ich unterbrochen wurde. Das geschah mir ganz recht, weil ich es so umständlich angefangen habe. Ich wollte sagen, daß aus zwanzig Jungen und Mädchen mit etwas Disziplin achtzehn gute Schüler hervorgehen. Ich kann das bewirken, und das könnt Ihr auch. Wahrscheinlich seid Ihr sogar besser darin als ich, wenn Ihr erst etwas Übung habt.« Sie seufzte und zwang sich, aufrecht zu sitzen und die Schultern nicht hängen zu lassen.

»Einer der beiden, die übrigbleiben, wird niemals ein guter Schüler werden, weil er nicht das Zeug dazu hat. Man kann nichts weiter tun als verhindern, daß er die anderen stört. Der letzte braucht überhaupt keine Disziplin. So scheint es jedenfalls. Pas' Wahrheit ist, daß er sich schon selbst zur Disziplin ermahnt hat, bevor der Lehrer die Klasse zur Ordnung rufen konnte. Versteht Ihr, was ich sagen will?«

Bison nickte.

»Ihr seid von ebendieser Art. Wenn Ihr es nicht wärt, dann wärt Ihr jetzt nicht mein Stellvertreter. Ihr seid es, wie Ihr wißt. Wenn ich getötet werde, dann müßt Ihr die Verantwortung übernehmen.«

Bison grinste, daß die großen weißen Zähne hinter dem schwarzen Bartgestrüpp blitzten. »Die Götter lieben Euch, Generalin. Ich glaube, wir brauchen uns keine Sorgen zu machen, daß Ihr getötet werden könntet.«

Sie wartete, ob ihm noch eine bessere Antwort einfiele.

»Hierax verhüte es«, sagte Bison endlich. »Wenn es wirklich geschieht, werde ich mein Bestes geben.«

»Ich weiß, daß Ihr das tun werdet, denn das tut Ihr immer. Ihr müßt aber unbedingt andere finden, die so sind wie Ihr. Wir haben nicht genug Zeit, eine wirkliche Disziplin aufzubauen, so sehr ich dies auch wünschte. Sucht Euch Männer mit Nadlern aus – wir brauchen dazu keine Musketen. Ältere Männer, die nicht selbst plündern, wenn sie ausgeschickt werden, Plünderer aufzuhalten. Schickt sie zu viert aus, ernennt in jeder Gruppe einen Anführer und laßt sie sagen – vergeßt dies nicht, es ist äußerst wichtig –, laßt sie jedem, den sie treffen, ausrichten, daß die Plünderungen und Brandstiftungen aufhören müssen und daß jeder erschossen wird, den man dabei erwischt.«

Sie stand auf. »Captain, wir können jetzt gehen. Ich möchte sehen, wie Ihr Eure Leute eingeteilt habt. Ich muß noch viel lernen, und mir bleibt nur wenig Zeit.«

Horn und Nettle, er mit einer eroberten Muskete und sie mit einem Nadler bewaffnet, hatten vor der Außentür Wache gehalten.

»Horn, geh ins Haus und such dir ein Bett«, trug Maytera Mint ihm auf. »Das ist ein Befehl. Wenn du aufwachst, kommst du zurück und löst Nettle ab, falls sie dann noch hier ist. Nettle, ich gehe zusammen mit dem Captain rund um die Alambrera. Ich werde bald zurück sein.«

Der Wind, der ihr Gesicht kühlte, kam ihr nach so vielen heißen Monaten beinahe unwirklich vor. Sie murmelte ein Dankgebet für Molpe. Dann dachte sie daran, daß der Wind die Feuer, die Bison fürchtete, anfachen würde. In vielen Fällen würde der Wind das Feuer weitertreiben – vom Geschäft zum Stall, vom Stall zur Manufaktur. Es war zu befürchten, daß die ganze Stadt niederbrannte, während sie mit dem Ayuntamiento um die Herrschaft über die Stadt kämpfte.

»Das Ayuntamiento ist keineswegs göttlicher Natur, Captain.«

»Ich versichere Euch, daß ich niemals so etwas gedacht habe, meine Generalin.« Er führte sie durch eine gewundene Straße, deren Name ihr entfallen war. Der kalte Wind pfiff um die verrammelten Fensterläden und flüsterte leise von Schnee.

»Und da es nicht göttlich ist«, fuhr sie fort, »kann es sich dem Willen der Götter nicht lange widersetzen. Echidna will, daß es fällt. Und ich glaube, wir können darauf bauen, daß Scylla den gleichen Wunsch hat.«

»Und Kypris«, erinnerte er sie. »Kypris hat zu mir gesprochen, meine Generalin. Sie sagte, daß Patera Silk der neue Caldé werden soll. Ich diene Euch, weil Ihr ihm dient, und ich diene ihm, weil er Ihr dient.«

Sie hatte nur mit halbem Ohr zugehört. »Fünf alte Männer. Vier, wenn Seine Kogniszenz recht hat. Zweifellos trifft zu, was er sagte. Woher nehmen sie nur den Mut?«

»Ich weiß es wirklich nicht, meine Generalin. Hier ist unser erster Posten. Könnt Ihr ihn sehen?«

Sie schüttelte den Kopf.

»Corporal!« rief der Captain. Jemand klatschte in die Hände, und auf der anderen Straßenseite wurden Laternen angezündet. Ein funkelnder Gewehrlauf wurde aus einem Fenster im ersten Stock geschoben. Der Captain deutete hinauf. »Wie Ihr seht, haben wir hier ein Maschinengewehr postiert, meine Generalin. Wir haben ein Maschinengewehr genommen, weil die Straße der direkteste Weg zum Eingang ist. Aus diesem Winkel können wir ein weites Gebiet bestreichen. Dort unten«, er deutete in eine andere Richtung, »ein oder zwei Schritte weiter, könnte man aus einem hochgelegenen Fenster der Alambrera aus auf uns schießen.«

»Dann könnten sie also durch diese Straße kommen, die Cage Street überqueren und direkt zur Alambrera marschieren?«

»So ist es, meine Generalin. Deshalb werden wir nicht weitergehen. Hier entlang, bitte. Es macht Euch doch nichts aus, durch diese schmale Gasse zu laufen?«

»Natürlich nicht.«

Wie seltsam doch der Dienst für die Götter war! Als sie noch ein Mädchen gewesen war, hatte Maytera Mockorange ihr immer gesagt, daß der Dienst für die

Götter bedeutete, auf Schlaf und Mahlzeiten zu verzichten. Immer wenn Maytera Mint gefragt hatte, hatte sie diese Antwort bekommen. Nun war es soweit. Sie hatte seit dem Frühstück nichts mehr gegessen, aber dank Thelxiepeias Gnade war sie viel zu müde, um den Hunger noch zu spüren.

»Der Junge, den Ihr ins Bett geschickt habt«, sagte der Captain kichernd, »der wird die ganze Nacht schlafen. Habt Ihr das vorausgesehen, meine Generalin? Das arme Mädchen wird bis zum Morgen auf dem Posten bleiben müssen.«

»Horn? Ich glaube, er wird nicht länger als drei Stunden schlafen, wenn überhaupt.«

Die Gasse mündete in eine breitere Straße. Es war die Mill Street, erinnerte Maytera Mint sich, als sie das einsame Schild eines geschlossenen Cafés sah. In der Mill Street konnte man oft billige Stoffreste erstehen, alten Serge und Tweed zum Beispiel.

»Hier sind wir außer Sichtweite. Nur die Wachtposten auf der Mauer könnten uns jetzt entdecken. Schaut.« Er streckte wieder den Arm aus. »Seht Ihr es, meine Generalin?«

»Ich sehe die Mauer der Alambrera, das ist alles. Und dort steht ein Schweber. Ist es Eurer? Nein, das kann nicht sein, sonst würden sie darauf schießen. Außerdem fehlt der Turm.«

»Das ist einer der Schweber, die Ihr zerstört habt, meine Generalin. Aber jetzt ist es meiner. Ich habe zwei Männer darin postiert.« Er blieb stehen. »Ich muß Euch jetzt für ungefähr drei Minuten allein lassen. Es wäre zu gefährlich, wenn wir zusammen weitergingen, aber ich muß mich vergewissern, ob meine Männer wohlauf sind.«

Sie wartete, während er eilig zum halb zerstörten Schweber hinüberlief. Als er ihn fast erreicht hatte, rannte sie selbst los, wie sie oft bei Ballspielen mit den Kindern in der Palaestra gerannt war, den Rock bis zu den Knien hochgerafft, mit fliegenden Füßen und die Schicklichkeit, derer sie sich sonst befleißigen mußte, einfach vergessend.

Er sprang hoch, faßte die Kante des Lochs, das dort klaffte, wo vorher der Geschützturm gewesen war, und zog sich hinauf. Er ließ sich vornüber kippen und verschwand im stillgelegten Schweber. Als sie ihn beobachtete, kamen ihr Zweifel, ob sie es ihm nachmachen konnte.

Glücklicherweise war das aber nicht nötig. Als sie noch ein halbes Dutzend Schritte entfernt war, wurde von innen eine Tür geöffnet. »Auch wenn ich es gehofft habe, ich habe nicht geglaubt, Ihr würdet tatsächlich zurückbleiben, meine Generalin«, sagte der Captain zu ihr. »Ihr dürft Euch aber wirklich nicht auf diese Weise in Gefahr bringen.«

Sie nickte, zu atemlos, um zu antworten, und trat geduckt in den Schweber. Drinnen war es eng, obwohl oben das Dach fehlte. Die hockenden Gardisten hatten es alles andere als bequem. Sie wollten wie gewohnt salutieren, doch es wollte ihnen wegen des Platzmangels nicht recht gelingen. »Setzt Euch«, befahl sie ihnen. »Setzt Euch wieder. Wenn es so eng ist, bestehe ich nicht auf Formalitäten.«

Möglicherweise war es ungeschickt gewesen, das Wort *bestehen* zu benutzen, dachte sie. Aber die Männer setzten sich und bedankten sich murmelnd.

»Dieses Maschinengewehr hier«, erklärte der Captain, indem er mit flacher Hand daraufklopfte, »wurde vom Kommandanten des Schwebers benutzt. Er hat Euch verfehlt, und jetzt gehört es Euch.«

Sie verstand nichts von Maschinengewehren, aber sie war trotz ihrer Müdigkeit neugierig. »Funktioniert es noch? Und habt Ihr noch«, sie winkte unsicher mit der Hand, »habt Ihr noch das, was es verschießt?«

»Patronen, meine Generalin. Ja, die haben wir reichlich. In diesem Schweber hier ist nur der Treibstoff explodiert. Das ist hier etwas anders als bei den Soldaten. So ein Schweber ähnelt eher einem Talus. Die meisten verbrennen in ihren Motoren Palmöl oder Fischöl. Fischöl ist nicht so gut, aber wir benutzen es, weil es preiswert ist. Dieser Schweber hier hatte genug Munition für beide Gewehre geladen. Es ist noch eine Menge da.«

»Ich möchte mich dorthin setzen.« Sie blickte zum Platz des Offiziers. »Darf ich?«

»Gewiß doch, meine Generalin.« Der Captain zog sich umständlich zurück, um ihr Platz zu machen.

Der Sitz war erstaunlich bequem, tiefer und weicher als ihr Bett im Zönobium. Allerdings waren die Polster versengt, und es roch nach Rauch. Kein Wunder, sagte Maytera Mint zu sich selbst, das war wirklich kein Wunder. Es war völlig einleuchtend, denn dies hier war der Platz eines Offiziers gewesen, und das Ayuntamiento behandelte die Offiziere gut, weil es wußte, daß seine Macht auf der Loyalität der Offiziere beruhte. Das war ein wichtiger Punkt, den sie nicht vergessen durfte.

»Berührt nur nicht den Abzug, meine Generalin. Die Waffe ist entsichert.« Der Captain langte über ihre Schulter und legte einen kleinen Hebel um. »Jetzt ist sie gesichert, und sie schießt nicht mehr.«

»Diese Spinnweben hier«, sie berührte eine Anzeige. »Ist das eine Art Sichtgerät?«

»Ja, meine Generalin. Das ist der Blick nach hinten. Der Strich, den Ihr dort seht, markiert die Kimme des Maschinengewehrs. Der Schütze bringt die Spitze des Strichs mit dem Ziel zur Deckung, wenn er schießen will.«

»Ich verstehe.«

»Wenn das Ziel weiter entfernt ist, muß man etwas höher halten. Oder nach links oder rechts, falls ein starker Wind weht oder wenn die Waffe zu einer Seite zieht.«

Sie lehnte sich an und erlaubte es sich, für eine oder zwei Sekunden die Augen zu schließen. Der Captain erzählte ihr etwas über Nachtsichtgeräte und darüber, daß man mit kurzen Feuerstößen mehr erreichte als mit langen, und über Deckungsfeuer.

Während er sprach, wurden die Häuser der Menschen von Bränden zerstört, und Lime (falls Teasel sie rasch genug gefunden hatte und Lime nicht weit entfernt gewesen war) suchte inzwischen wohl nach ihr, Maytera Mint. Wahrscheinlich ging sie von einem Wachtposten zum nächsten und fragte die Gardisten, ob man die Anführerin gesehen hätte und wo der nächste Posten sei und ob jemand sie wegen der Brände dorthin begleiten könnte.

Bison hatte recht gehabt, daß man sich als erstes um die Brände kümmern mußte, aber er hatte Angst gehabt, es auszusprechen, weil er wußte, daß seine Leute es nicht schaffen konnten, nachdem die Männer und Frauen den ganzen Tag lang hart gekämpft hatten. Sie waren nicht mehr in der Lage, jetzt auch noch die ganze Nacht über die Brände zu löschen. Bison, in dessen Gegenwart sie sich so stark und tatkräftig fühlte, dessen dichter, lockiger Bart länger war als ihre Haare. Maytera Mockorange hatte ihr immer gesagt, sie müßte, wenn sie ausging, immer die Haube aufsetzen. Es wäre an sich zwar nicht verboten gewesen, aber viele Männer kamen auf dumme Gedanken, wenn sie die entblößten Haare einer Frau sahen, vor allem, wenn sie lang waren. Sie hatte die Haube irgendwo verloren, aber das war vielleicht nicht so schlimm, weil ihre Haare kurz waren, schon am ersten Tag kurz geschnitten und die ganze Zeit kurz gehalten.

Sie floh vor Maytera Mockoranges Zorn über dunkle kalte Gänge, die im Zickzack verliefen, bis sie auf Auk stieß, der sie bat, ihm die Vergebung der Götter zu übermitteln.

»Ich bin Colonel Oosik, Caldé«, sagte Silks Besucher. Er war ein großer Mann, so groß und breit, daß Shell hinter dem wuchtigen, grün uniformierten Kerl verschwand.

»Oh, der Offizier, der die Brigade befehligt.« Silk gab ihm die Hand. »Der Kommandeur. Sagt Ihr das so? Ich bin Patera Silk.«

»Offenbar habt Ihr Euch schon mit unserer Organisation vertraut gemacht.« Oosik setzte sich auf den Stuhl, den Shell zuvor hereingeschafft hatte.

»Nicht besonders gut. Sind das dort meine Kleider?«

»Ja.« Oosik hob ein unordentliches schwarzes Bündel hoch. »Darüber werden wir gleich sprechen, Caldé. Wenn Ihr unsere Organisation nicht genau studiert habt, woher wißt Ihr dann, welchen Rang ich bekleide?«

»Ich habe mal ein Plakat gesehen.« Silk hielt inne. Es dauerte einen Augenblick, bis es ihm wieder einfiel. »Als ich mit einer Frau namens Chenille zum See gefahren bin. Auf dem Plakat stand, daß eine Reservebrigade gebildet werden sollte. Unterzeichnet war es von Euch, und es hieß dort, die Bewerber sollten sich im Hauptquartier der Dritten Brigade melden. Patera Shell hier war so freundlich, mich zu besuchen, und er erwähnte beiläufig, daß dies hier die Dritte Brigade sei. Als er gegangen war, habe ich mich an das Plakat erinnert.«

Shell warf eilig ein: »Der Colonel war im Raum des Captains, als ich eintrat, Patera. Ich sagte, ich könnte auch warten, aber er bat mich herein und fragte, was ich wollte, und so habe ich es ihm gesagt.«

»Danke«, erwiderte Silk. »Patera, bitte kehrt jetzt gleich in Euer Manteion zurück. Ihr habt hier heute abend alles getan, was Ihr tun könnt.« Um dem Geistlichen deutlich zu machen, was er eigentlich meinte, fügte er noch hinzu: »Es ist schon sehr, sehr spät.«

»Aber, Patera, ich dachte …«

»Geht jetzt«, meinte Oosik, während er an seinem Schnurrbart zupfte. »Euer Caldé und ich haben vertrauliche Angelegenheiten zu besprechen. Er versteht das sicher, und das solltet auch Ihr verstehen.«

»Aber ich dachte …«

»Geht!« Oosik hatte die Stimme nur eine Spur gehoben, aber das Wort fiel wie ein Peitschenschlag. Shell eilte hinaus.

»Wache! Schließt die Tür!«

Silk bemerkte, daß der Schnurrbart weiße Spitzen hatte. Oosik wickelte die Enden um den Zeigefinger, während er weitersprach. »Da Ihr unsere Organisation nicht studiert habt, Caldé, könnt Ihr nicht wissen, daß der kommandierende Offizier einer Brigade normalerweise ein General ist, ein Brigadegeneral.«

»Nein«, gab Silk zu, »das wußte ich nicht.«

»In diesem Fall brauche ich nichts weiter zu erklären. Ich wollte es Euch nur sagen, damit wir wissen, wo wir stehen. Denn ich bin nur ein Colonel, also ein nicht ganz so hoher Offizier.« Oosik ließ den Schnurrbart los und tippte auf den silbernen Adler, der am Revers seiner Uniformjacke befestigt war. »Ich befehlige meine Brigade so gut, wie es ein Brigadegeneral getan hätte. Ich mache das inzwischen seit vier Jahren. Wollt Ihr jetzt Eure Kleider haben?«

»Ja, ich würde mich gern anziehen, wenn Ihr erlaubt.«

Oosik nickte, aber es war nicht klar, ob sein Nicken eine Erlaubnis oder nur eine verständnisvolle Geste war. »Ihr seid halbtot, Caldé. Eine Nadel hat Eure Lunge durchbohrt.«

»Dennoch würde ich mich besser fühlen, wenn ich aufstehen und mich anziehen könnte.« Das war eine Lüge, aber er wünschte inbrünstig, daß sie wahr würde. »Ich könnte mich auf das Bett setzen, statt im Bett zu liegen, aber ich bin nicht bekleidet.«

Oosik kicherte. »Möchtet Ihr auch Eure Schuhe haben?«

»Meine Schuhe und meine Socken. Meine Unterwäsche, meine Tunika und meine Robe. Bitte, Colonel.«

Die Spitzen des Schnurrbarts bewegten sich nach oben. »Und bekleidet könntet Ihr leichter fliehen, Caldé, nicht wahr?«

»Ihr sagt, ich sei halbtot, Colonel. Ein Mann, der dem Tode nahe ist, könnte womöglich fliehen, aber leicht wäre es nicht für ihn.«

»Wir haben Euch hier in der Dritten übel mitgespielt, Caldé. Man hat Euch geschlagen und gefoltert.«

Silk schüttelte den Kopf. »Ihr habt auf mich geschossen. Ich glaube jedenfalls, daß es einer Eurer Offiziere war, der auf mich geschossen hat. Aber danach bin ich von einem Arzt behandelt und in diesem bequemen Zimmer untergebracht worden. Geschlagen hat mich niemand.«

»Mit Eurer Erlaubnis«, sagte Oosik, während er ihn genau betrachtete, »Euer Gesicht ist zerschlagen. Ich nahm an, das wären meine Männer gewesen.«

Silk schüttelte den Kopf. Er drängte die Erinnerung an die stundenlangen Verhöre durch Potto und Sergeant Sand zurück.

»Ihr wollt offenbar nicht preisgeben, woher Eure Prellungen stammen. Ihr habt Euch geprügelt, Caldé, was für einen Auguren etwas Schändliches ist. Oder Ihr habt geboxt. Boxen wäre, glaube ich, zulässig.«

»Ich fürchte, ich bin ganz einfach aufgrund meiner eigenen Achtlosigkeit und Dummheit eine Treppe hinuntergefallen.«

Zu seiner Überraschung begann Oosik, schallend zu lachen und sich mit flachen Händen auf die Schenkel zu schlagen. »Das sagen unsere Gardisten auch immer, Caldé.« Er wischte sich, immer noch kichernd, die Augen aus. »Das sagen sie, wenn einer von seinen

Kameraden verprügelt worden ist. Er sagt dann fast immer, er sei die Treppe vor dem Quartier heruntergefallen. Sie wollen nicht zugeben, daß sie ihre Kameraden betrogen oder bestohlen haben.«

»In meinem Fall entspricht dies aber der Wahrheit«, gab Silk zu bedenken. »Ich habe vor zwei Tagen versucht zu stehlen, wenn auch nicht zu betrügen. Aber ich bin wirklich eine Treppe hinuntergefallen und habe mir das Gesicht verletzt.«

»Es freut mich zu hören, daß Ihr nicht geschlagen worden seid. Unsere Männer tun das manchmal auch ohne ausdrücklichen Befehl. Und ich weiß, daß sie es manchmal sogar gegen meinen ausdrücklichen Befehl getan haben. Ihr könnt sicher sein, daß ich sie dafür schwer bestrafe. In Eurem Fall aber, Caldé«, fuhr Oosik achselzuckend fort, »habe ich einen Offizier geschickt, weil ich über den Ausgang der Schlacht vor der Alambrera mehr wissen mußte als das, was ich über mein Glas erfahren konnte. Ich habe für die Verletzten und die Gefangenen Vorsorge getroffen. Ich mußte erfahren, ob meine Vorkehrungen ausreichend waren.«

»Ich verstehe.«

»Aber er ist mit Euch zurückgekehrt«, sagte Oosik seufzend. »Und jetzt denkt er wohl, er müßte eine Medaille und eine Beförderung bekommen, weil er mich in diese schwierige Lage gebracht hat. Versteht Ihr mein Problem, Caldé?«

»Ich bin mir nicht sicher.«

»Ihr und ich, wir kämpfen gegeneinander. Eure Leute, hunderttausend oder mehr, kämpfen gegen die Zivilgarde, in der ich als Führungsoffizier tätig bin. Die Zivilgarde hat ein paar tausend Soldaten. Irgendwann wird eine der beiden Seiten siegen. Stimmt Ihr mir bis hierhin zu?«

»Ich denke schon«, sagte Silk.

»Laßt uns für einen Augenblick annehmen, meine

Seite siegt. Ich will nicht unfair sein, Caldé; wir werden gleich über die zweite Möglichkeit reden. Nehmen wir an, wir siegen, und ich berichte dem Ayuntamiento, daß Ihr mein Gefangener seid. Man wird mich fragen, warum ich das nicht schon früher gemeldet habe, und ich könnte vor das Kriegsgericht kommen, weil ich es nicht gleich gemeldet habe. Wenn ich Glück habe, wird nur meine Karriere beendet sein. Wenn ich Pech habe, wird man mich erschießen.«

»Dann meldet es doch«, drängte Silk ihn.

Oosik schüttelte wieder den Kopf. Sein Gesichtsausdruck war düsterer denn je. »Ich kann mich in dieser Angelegenheit nur falsch verhalten, Caldé. Es gibt keine richtige Entscheidung. Aber es gibt eine, die mit absoluter Sicherheit völlig falsch ist, weil sie zur Katastrophe führt, und das ist genau das, was Ihr vorgeschlagen habt. Das Ayuntamiento hat befohlen, Euch auf der Stelle zu erschießen. Wußtet Ihr das?«

»Ich hatte es befürchtet.« Silk bemerkte, daß er unwillkürlich unter der Bettdecke die Hände zu Fäusten geballt hatte. Es fiel ihm schwer, sich wieder zu entspannen.

»Seht Ihr, so ist das. Lieutenant Tiger hätte Euch sofort töten müssen. Er hat es nicht getan. Darf ich offen mit Euch sprechen? Ich glaube, er hatte nicht den Mut dazu. Er bestreitet das, aber ich glaube, er hatte einfach nicht den Mut dazu. Er hat Euch angeschossen, und Ihr habt am Boden gelegen, wie ein Fisch nach Luft schnappend und aus dem Mund blutend. Noch ein Schuß, und es wäre mit Euch aus gewesen.« Er zuckte die Achseln. »Zweifellos dachte er, Ihr würdet sterben, während er Euch hierher transportiert hat. Die meisten Männer wären sicherlich unterwegs gestorben.«

»Ich verstehe«, sagte Silk. »Und wenn er jetzt dem Ayuntamiento berichtet, daß Ihr mich lebendig hier festhaltet, wird er Schwierigkeiten bekommen.«

»*Ich* werde Schwierigkeiten bekommen.« Oosik tippte sich mit einem dicken Zeigefinger auf die Brust. »Man wird mir nämlich den Befehl geben, Euch zu töten, Caldé, und ich werde den Befehl ausführen müssen. Falls wir danach aber doch noch verlieren, wird mich Eure Maytera Mint erschießen lassen, falls ihr nicht noch etwas Schlimmeres einfällt. Wenn wir siegen, werden die Leute für den Rest meines Lebens über mich tuscheln. Ich werde der Mann sein, der Silk getötet hat, den Auguren, der nach Ansicht aller Menschen in der Stadt von Pas zum Caldé ernannt worden ist. Wenn es klug ist, wird das Ayuntamiento sich sogar von meinem Tun distanzieren, mich vors Kriegsgericht stellen und mich erschießen lassen. Nein, Caldé, ich werde nicht melden, daß ich Euch gefangen halte. Das ist das Allerletzte, was ich tun würde.«

»Ihr sagtet, die Zivilgarde und die Armee – wie ich hörte, gibt es siebentausend Soldaten – kämpften gegen die Menschen. Wie stark ist die Garde, Colonel?« Silk versuchte, sich an das Gespräch mit Hammerstone zu erinnern. »Dreißigtausend, in etwa?«

»Weniger.«

»Einige Gardisten haben den Dienst für das Ayuntamiento quittiert, wie ich aus sicherer Quelle weiß.«

Oosik nickte düster.

»Darf ich fragen, wie viele es waren?«

»Ein paar hundert vielleicht, Caldé.«

»Würdet Ihr sagen, daß es auch tausend sein können?«

Es gab eine lange Pause. Oosik schwieg beharrlich, räumte dann aber ein: »Ich habe gehört, daß es fünfhundert sein sollen. Fast alle waren früher in meiner Brigade.«

»Ich muß Euch etwas zeigen«, sagte Silk, »aber ich muß Euch zuerst bitten, mir etwas zu versprechen. Es ist etwas, das Patera Shell mir gebracht hat, und Ihr müßt mir Euer Wort geben, daß Ihr weder Patera Shell noch dem Auguren in seinem Manteion noch einer der Sibyllen dort etwas antut. Versprecht Ihr mir das?«

Oosik schüttelte den Kopf. »Wenn man mir den Befehl gibt, sie zu verhaften, kann ich nicht ungehorsam sein, Patera.«

»Ich meine, für den Fall, daß Ihr so einen Befehl nicht bekommt.« Dadurch sollten sie eigentlich genug Zeit haben zu verschwinden, dachte Silk. »Versprecht Ihr mir, daß Ihr aus eigenem Antrieb nichts unternehmen werdet?«

Oosik sah ihn genau an. »Ihr gebt Eure Informationen um einen sehr niedrigen Preis weiter, Caldé. Euch Geistliche lassen wir ja sowieso meistens in Ruhe, es sei denn, wir würden sehr provoziert.«

»Gebt Ihr mir also Euer Ehrenwort als Offizier?«

Oosik nickte, und Silk zog den Brief des Prolokutors unter der Bettdecke hervor und gab ihn Oosik. Der Offizier knöpfte eine Hemdtasche auf und nahm eine Brille mit silbernem Gestell heraus. Er rückte etwas herum, bis er gutes Licht zum Lesen hatte.

Im Schweigen, das sich nun über das Zimmer senkte, dachte Silk über das nach, was Oosik ihm gesagt hatte. Ob er die richtige Entscheidung getroffen hatte? Oosik war sicherlich ehrgeizig – hatte sich wahrscheinlich freiwillig für die Leitung der Reservebrigade gemeldet, weil er hoffte, befördert zu werden und mehr Sold zu bekommen, wie es dem Posten entsprochen hätte. Vielleicht – nein, ganz bestimmt – unterschätzte er die Kampfkraft von Soldaten wie Sand und Hammerstone. Aber mit Sicherheit wußte er eine Menge über die Zivilgarde, in der er schon so lange diente, und er rechnete durchaus mit der Möglichkeit, daß das Ayuntamiento den Kampf verlieren konnte. Der Brief des Prolokutors mit der Aufforderung, Maytera Mint zu unterstützen, könnte die Waagschalen zu Silks Gunsten ausschlagen lassen.

Jedenfalls hoffte er das.

Oosik blickte auf. »Hier steht, daß Lemur tot ist.«

Silk nickte.

»Es hat schon den ganzen Tag Gerüchte gegeben. Was ist, wenn Euer Prolokutor sie einfach nur wiederholt hat?«

»Er ist tot.« Silk sprach die Worte so nachdrücklich wie möglich aus, beflügelt von dem Wissen, daß es in diesem Fall sinnlos war, die Wahrheit zurückzuhalten. »Ihr habt ein Glas, Colonel. Ihr müßt eins haben. Bittet es, Lemur für Euch zu suchen.«

»Habt Ihr ihn sterben gesehen?«

Silk schüttelte den Kopf. »Das nicht, aber ich habe seine Leiche gesehen.«

Oosik las weiter, ohne ihm zu antworten.

Wenn er zu kühn war, dachte Silk, konnte er jetzt alles wieder zerstören, und es wäre sinnlos, Oosik zu zwingen, etwas zu tun oder zu sagen, das später gegen ihn verwendet werden konnte.

Oosik ließ den Brief sinken. »Das Kapitel steht hinter Euch, Caldé. Ich dachte mir das schon, und jetzt wird meine Vermutung zur Gewißheit.«

»So sieht es wohl aus.« Jetzt hatte Oosik seine Chance, sich eindeutig für oder gegen ihn zu erklären. »Wenn Ihr das schon vermutet habt, bevor Ihr den Brief gelesen habt, Colonel, dann war es doppelt freundlich von Euch, Patera Shell zu mir hereinzulassen.«

»Ich habe ihn nicht hereingelassen, Caldé. Captain Gecko war es.«

»Ich verstehe. Aber werdet Ihr Euer Versprechen halten?«

»Ich bin ein Ehrenmann, Caldé.« Oosik faltete den Brief zusammen und schob ihn zusammen mit der Brille in die Hemdtasche. »Ich werde ihn vorerst behalten. Wir wollen nicht, daß ihn sonst noch jemand liest. Ganz besonders nicht meine Offiziere.«

Silk nickte. »In Ordnung.«

»Ihr wolltet Eure Kleider zurückbekommen. Zweifellos wollt Ihr auch das wiederhaben, was sich in Euren Taschen befunden hat. Die Gebetskette ist noch da, glaube ich. Vielleicht wollt Ihr sie nehmen, solange Ihr noch dort liegt.«

»Ja, sehr gern.«

»Und dort sind auch zwei Nadler. Einer ist derjenige, mit dem Ihr angeschossen wurdet. Der zweite, viel kleinere, scheint einer Frau namens Hyacinth gehört zu haben.«

»Ja«, sagte Silk.

»Ich verstehe. Ich kenne sie, falls sie die Hyacinth ist, an die ich jetzt denke. Ein sehr liebenswertes, wunderschönes Mädchen. Ich habe am Phaesday bei ihr gelegen.«

Silk schloß die Augen.

»Ich wollte Euch nicht verletzen, Caldé. Schaut mich an. Ich bin alt genug, um Euer oder ihr Vater zu sein. Glaubt Ihr, sie schickt mir Liebesbriefe?«

»Ist das …?«

»Ob einer der Briefe in Euren Taschen ein Liebesbrief ist?« Oosik nickte feierlich. »Captain Gecko sagte mir, die Siegel seien nicht erbrochen gewesen, als er sie fand. Offengestanden habe ich ihm das nicht recht glauben wollen. Aber jetzt sehe ich, daß er recht hatte. Ihr habt die Briefe tatsächlich noch nicht gelesen.«

»Nein«, sagte Silk.

»Aber Captain Gecko hat sie gelesen, und ich habe sie auch gelesen. Gecko wird schweigen, wenn ich es ihm befehle, und ein Ehrenmann muß auch ein diskreter Mann sein. Denn sonst ist er nicht nur nutzlos, sondern sogar gefährlich. Ihr habt das Siegel nicht erkannt?«

Silk schüttelte den Kopf. »Ich habe noch nie einen Brief von ihr bekommen.«

»Caldé, ich habe überhaupt noch nie einen Brief von ihr bekommen.« Oosik zupfte sich am Schnurrbart. »Es wäre klug, wenn Ihr das für Euch behalten könntet. Ich habe im Laufe der Jahre von vielen Frauen Briefe bekommen, aber noch nie einen von ihr. Ich sage noch einmal, ich beneide Euch.«

»Danke«, gab Silk zurück.

»Ihr liebt sie.« Oosik lehnte sich zurück. »Das ist keine Frage. Ihr wißt es vielleicht nicht, aber Ihr liebt sie.« Er sprach leise weiter. »Ich war auch mal in Eurem Alter, Caldé. Ist Euch klar, daß es nach einem Monat schon wieder vorbei sein könnte?«

»Nach einem Tag schon«, gab Silk zu. »Manchmal hoffe ich, daß es so käme.«

»Und zugleich fürchtet Ihr es. Ihr braucht es nicht zu sagen, ich verstehe das. Ich sagte Euch, daß ich sie kenne, und ich habe Euch verletzt, aber Ihr sollt später nicht auf die Idee kommen, ich sei nicht aufrichtig mit Euch gewesen. Ich will ganz ehrlich sein, zu Euch und auch zu mir. Das verlangt mein Stolz. Ich bedeute ihr nichts.«

»Ich danke Euch noch einmal«, sagte Silk.

»Gern geschehen. Ich will nicht behaupten, daß sie mir nichts bedeutet. Ich bin nicht aus Stein. Aber es gibt andere, mehrere andere, die ihr mehr bedeuten. Es wäre jedoch verletzend, näher darauf einzugehen.«

»Ihr braucht nichts weiter zu sagen, falls ich Euch nicht die Beichte abnehmen soll. Darf ich ihren Brief sehen?«

»Sofort, Caldé. Ich will ihn Euch gleich geben, und Ihr dürft ihn behalten. Jedenfalls glaube ich das. Es gibt jedoch noch eine Angelegenheit, über die wir sprechen müssen. Ihr habt beiläufig eine Frau namens

Chenille erwähnt. Ihr kenne eine Frau dieses Namens. Sie lebt in einem gelben Haus.«

Silk lächelte und schüttelte den Kopf.

»Das verletzt Euch demnach also nicht. Ist dies nicht die Chenille, mit der Ihr zum See gefahren seid?«

»Ich habe mich über mich selbst amüsiert. Über meine Dummheit, genauer gesagt. Sie sagte mir, sie hätte mehrere Colonels zu Gast gehabt, aber erst als Ihr sagtet, daß Ihr sie kennt, wurde mir klar, daß Ihr natürlich einer dieser Offiziere gewesen sein müßt. So viele kann es ja nicht geben.«

»Sieben außer mir.« Oosik kramte im Kleiderbändel herum und zog Musks großen Nadler und Hyacinths kleine, mit Gold belegte Waffe hervor. Nachdem er sie hochgehoben hatte, damit Silk sie sehen konnte, legte er sie auf die Fensterbank.

»Die kleine gehört ihr«, sagte Silk. »Hyacinth. Könntet Ihr dafür sorgen, daß sie ihr zurückgegeben wird?«

Oosik nickte. »Ich werde sie von einem gemeinsamen Bekannten zu ihr bringen lassen. Was ist mit der großen Waffe?«

»Der Besitzer ist tot. Ich glaube, sie gehört jetzt mir.«

»Ich bin zu gut erzogen, um Euch zu fragen, ob Ihr ihn getötet habt, aber ich will hoffen, daß es keiner meiner Offiziere war.«

»Nein«, erwiderte Silk. »Zweimal nein. Ich muß gestehen, daß ich mehrmals in Versuchung war, ihn zu töten – wie er umgekehrt bestimmt auch Lust hatte, mich zu töten –, aber ich habe es nicht getan. Ich habe nur ein einziges Mal getötet, in Notwehr. Darf ich jetzt Hyacinths Brief lesen?«

»Ja, wenn ich ihn finde.« Oosik wühlte wieder in Silks Sachen herum, dann hob er die beiden Briefe hoch, die Silk am Morgen vom Kaminsims genommen hatte. »Der zweite kommt von einem anderen Auguren. Für den interessiert Ihr Euch nicht?«

»Lange nicht so stark wie für den anderen, fürchte ich. Wer ist der Absender?«

»Ich habe es vergessen.« Oosik zog den Brief aus dem Umschlag und faltete ihn auf. »Patera Remora, Koadjutor«, las er vor. »Er wünscht oder wünschte Euch zu sehen. Ihr solltet gestern um drei in den Gemächern des Prolokutors vorsprechen. Ihr habt Euch um mehr als einen Tag verspätet, Caldé. Wollt Ihr diesen Brief auch haben?«

»Ich denke schon«, sagte Silk, und Oosik warf ihn aufs Bett.

Oosik stand auf und hob Hyacinths Brief. »Den hier werdet Ihr nicht lesen wollen, während ich anwesend bin, und ich habe ohnehin einiges zu erledigen. Ich werde vielleicht später am Abend noch einmal hereinschauen. Viel später, und falls ich keine Zeit finde, komme ich vielleicht erst morgen.« Er zupfte sich wieder am Bart. »Werdet Ihr mich für einen Narren halten, wenn ich Euch alles Gute wünsche, Caldé? Wenn ich sage, daß mir Eure Freundschaft zur Ehre gereichen würde, falls wir eines Tages keine Gegner mehr sind?«

»Ich halte Euch für einen aufrichtigen, ehrenhaften Mann«, sagte Silk, »denn das seid Ihr wirklich.«

»Danke, Caldé!« Oosik verneigte sich und deutete einen förmlichen Salut an.

»Colonel?«

»Eure Gebetskette, die hatte ich ganz vergessen. Sie steckt bestimmt in einer Tasche Eurer Robe.« Oosik wandte sich zum Gehen, doch dann drehte er sich noch einmal um. »Nur aus reiner Neugierde gefragt, Caldé. Kennt Ihr Euch eigentlich auf dem Palatinum aus?«

Silks rechte Hand, in der er Hyacinths Brief hielt, begann zu zittern. Er preßte die Hand ans Knie, damit Oosik es nicht bemerkte. »Ich war mal da.« Mit großer Willensanstrengung schaffte er es, gelassen zu sprechen. »Warum wollt Ihr das wissen?«

»Wart Ihr oft dort, Caldé?«

»Ich glaube, dreimal.« Er konnte kaum an etwas anderes als an Hyacinth denken. Er hätte genausogut sagen können, daß er fünfzigmal oder überhaupt noch nicht dort gewesen sei. »Ja, dreimal – einmal im Palast, zweimal bei Opfern im Großen Manteion.«

»Sonst wart Ihr an keinem anderen Ort?«

Silk schüttelte den Kopf.

»Es gibt dort auf dem Palatinum eine Holzfigur von Thelxiepeia. Als Augur müßtet Ihr eigentlich wissen, wo sie ist.«

»Im Großen Manteion ist ein aus Onyx gehauenes Abbild ...«

Oosik schüttelte den Kopf. »Die Figur ist in Ermine's Hotel, von der Sellaria aus gesehen gleich rechts. Dort ist ein Bogengang, der in den Garten führt. Hinten im Garten ist ein Goldfischteich. Das Standbild ist neben dem Teich, und die Göttin hält einen Spiegel. Die Lichter sind so arrangiert, daß der Teich im Spiegel und der Spiegel im Teich zu sehen ist. Das wird in dem Brief erwähnt.« Oosik machte auf dem Absatz kehrt.

»Colonel, die Nadler ...«

Der Offizier blieb auf der Türschwelle stehen. »Ihr wollt Euch doch hoffentlich nicht den Weg in die Freiheit mit der Waffe erzwingen?« Ohne Silks Antwort abzuwarten, ging er hinaus. Er ließ die Tür einen Spalt offen. Silk hörte, wie der Posten draußen salutierte. Oosik sagte zu ihm: »Ihr werdet nicht mehr gebraucht. Kehrt sofort in die Wachstube zurück.«

Mit zitternden Händen faltete Silk Hyacinths Brief auf. Das Briefpapier war zart hellbraun, und sie hatte mit violetter Tinte mit vielen Schnörkeln geschrieben:

Oh, mein liebster kleiner Floh:

Ich nenne Dich nicht nur so, weil Du aus meinem Fenster gesprungen bist, sondern auch, weil Du in mein Bett gehüpft bist! Wie sehr sich Deine einsame Blüte nach einer Nachricht von Dir sehnt! Du hättest dem guten Freund, der Dir mein Geschenk mitbrachte, eine Botschaft mitgeben können!

Damit war Doktor Crane gemeint, aber der war tot – er war am Morgen in Silks Armen gestorben.

Du solltest Dich wirklich bei mir bedanken, wenn wir uns das nächste Mal wiedersehen! Kennst Du das kleine Haus auf dem Palatinum, wo Thelx einen Spiegel hochhält? Hieraxday.

Hy

Silk schloß die Augen. Es war dumm, schalt er sich. Es war unglaublich dumm. Das beinahe analphabetische Geschreibsel eines Mädchens, dessen Schulbildung im vierzehnten Lebensjahr aufgehört hatte. Ein Mädchen, das vom Vater als Dienerin und Konkubine ins Haus des Vorgesetzten gegeben worden war. Ein Mädchen, das kaum einmal ein Buch gelesen oder einen Brief geschrieben hatte. Ein Mädchen, das versuchte, mit Worten zu spielen und schalkhaft zu sein. Wie seine Lehrer in der Schola über ihn lachen würden, wenn sie ihn jetzt sehen könnten!

Es war eine unglaubliche Dummheit. Sie nannte ihn ihren Liebsten – ihren ›Floh‹!; sie sagte, sie sehnte sich nach ihm, und sie hatte sich selbst und Doktor Crane in Gefahr gebracht, als sie den Brief geschickt hatte.

Er las ihn noch einmal, faltete ihn wieder zusammen und steckte ihn in den Umschlag zurück. Dann schob er die Bettdecke weg und stand auf.

Oosik hatte Silk zu verstehen gegeben, daß Silk fliehen sollte – Silk sollte entkommen oder vielleicht auch auf der Flucht getötet werden. Ein paar Augenblicke lang überlegte Silk, was wohl wahrscheinlicher war. Ob Oosik unaufrichtig gewesen war, als er von Freundschaft gesprochen hatte? Wenn Silk sich auf seine Menschenkenntnis verlassen konnte, dann war Oosik durchaus zu solchen Manövern fähig.

Es spielte keine Rolle.

Er nahm seine Kleidung vom Stuhl und breitete sie auf dem Bett aus. Wenn Oosik ihn fliehen lassen wollte, dann mußte er fliehen. Wenn Oosik die Absicht hatte, ihn auf der Flucht zu töten, dann mußte er trotzdem fliehen und sich einfach bemühen, am Leben zu bleiben.

Die Tunika war mit seinem eigenen Blut verkrustet. Er konnte sie nicht mehr tragen. Er warf sie auf den Boden und setzte sich auf die Bettkante, um Unterwäsche, Hosen und Socken anzuziehen. Als er die Schuhe zugeschnürt hatte, stand er auf und zog eine Schublade der Kommode auf.

Die meisten Tuniken, die er dort fand, waren hellrot oder gelb; aber schließlich fand er eine dunkelblaue, die anscheinend noch nie getragen worden war. Die Farbe war so dunkel, daß sie als schwarz durchgehen mochte, wenn man nicht zu genau hinsah. Er legte sie neben den Briefen auf das Kopfkissen und zog eine gelbe Tunika an. In einem Wandschrank fand er eine kleine Reisetasche. Er steckte die beiden Briefe in eine Hosentasche, rollte die unbrauchbare Robe zusammen und stopfte sie in die Tasche. Die blaue Tunika legte er darüber.

Er überprüfte den Ladeknopf des großen Nadlers. Obwohl die Waffe offensichtlich mit Nadeln gefüllt war, öffnete er das Verschlußstück. Er versuchte, sich zu erinnern, wie Auk die Waffe an jenem Abend im Restaurant gehalten hatte. Im letzten Augenblick fiel ihm Auks eindringliche Warnung ein, die Finger vom Abzug zu lassen. Das Magazin war voller langer, gefährlich aussehender Nadeln; oder besser, es war nahezu voll. Wie viele Nadeln paßten noch gleich in die Munitionskammer eines großen Nadlers? Sicherlich hundert oder mehr. So viele Nadeln mußten also noch in diesem großen Nadler stecken, der Musk gehört hatte. Natürlich war es nicht ausgeschlossen, daß die Waffe auf irgendeine Weise unbrauchbar gemacht worden war.

Draußen auf dem Flur war niemand zu sehen. Silk schloß die Tür. Er dachte einen Augenblick nach, legte die Decke vor die Tür und schloß dann das Fenster. Danach setzte er sich aufs Bett. Ihm war übel, und er fühlte sich entsetzlich schwach. Wann hatte er zum letzten Mal gegessen?

Ganz früh morgens in Limna, zusammen mit Doktor Crane und dem Captain, dessen Namen er nie erfahren oder vergessen hatte. Die Männer des Captains waren auch dabei gewesen. Kypris hatte sie mit einer weiteren Theophanie beschenkt und war den Soldaten, Maytera Marble und Patera Gulo erschienen. Die drei Soldaten waren wie verzaubert gewesen, und in ihnen waren anscheinend nie gekannte fromme Gefühle geweckt worden, weil sie wußten, daß sie die Zeugen von Geschehnissen wurden, die niemand außer ihnen je gesehen hatte. Silk hatte dort ein sehr gutes Omelett und ein paar Scheiben warmes, frisches Brot mit guter Butter zu sich genommen. Der Koch, der von einem Soldaten aus dem Schlaf gerissen worden war, hatte ihnen ein paar der Brotlaibe spendiert, die über Nacht im Backofen steckten. Dazu hatte Silk warmen, starken Kaffee getrunken. Den Kaffee hatte er mit Sahne versetzt, bis er die Farbe von Hyacinths Briefpapier angenommen hatte. Gesüßt hatte er ihn mit Honig aus einer weißen Schale mit blauem Blumenmuster, die Doktor Crane ihm gereicht hatte, nachdem er sich ein Butterbrot mit Honig bestrichen hatte. Doktor Crane war jetzt tot, einer der Soldaten war tot, und wahrscheinlich lebten auch der Captain und der zweite Soldat nicht mehr: gestorben in den Kämpfen um die Alambrera.

Silk hob den großen Nadler.

Irgend jemand hatte ihm gesagt, daß er selbst eigentlich auch schon tot sein müßte – er wußte nicht mehr, ob es der Chirurg oder Colonel Oosik gewesen war. Vielleicht war es auch Shell gewesen, aber irgendwie fand Silk, daß es nicht zu Shell gepaßt hätte, so etwas zu sagen.

Der Nadler ließ sich nicht abfeuern. Silk zog noch einmal ab und legte ihn auf die Fensterbank zurück. Im stillen beglückwünschte er sich, weil er ihn ausprobiert hatte. Dann sah er, daß der Sicherungshebel noch vorgelegt war. Silk legte ihn um, zielte auf eine große Flasche Parfüm, die auf der Kommode stand, und drückte noch einmal ab. Der Nadler knallte wie ein Ochsenziemer, und die Flasche explodierte. Der Geruch von Fichtennadeln breitete sich im Raum aus.

Silk sicherte die Waffe wieder und steckte sie sich unter der gelben Tunika in den Hosenbund. Da Musks Nadler funktionierte, war es überflüssig, zusätzlich auch noch Hyacinths kleine Waffe zu überprüfen. Er vergewisserte sich, daß auch diese Waffe gesichert war, zwang sich, vom Bett aufzustehen, und schob sie in eine Hosentasche.

Etwas blieb noch zu erledigen, dann konnte er gehen. Ob der junge Mann, dem die Schlafkammer gehörte, denn niemals einen Brief geschrieben hatte? Silk sah sich vergeblich nach Schreibzeug um.

Aber was war mit der Besitzerin des parfümierten Halstuchs? Sie mußte ihm doch einen Brief geschrieben haben. Eine Frau, die für ihren Anbeter ein Halstuch aus dem Fenster fallen ließ, schrieb ihm bestimmt auch Zettel und Briefe. Und er mußte sie aufgehoben und irgendwo hier versteckt haben. Er hatte sicherlich auch geantwortet, wenn auch vermutlich nicht ganz so häufig, wie die Dame es sich gewünscht hätte. Das Büro, falls es in diesem Haus eines gab, gehörte natürlich dem Vater. Auch eine Bibliothek wäre nicht der verschwiegene Ort, an dem der junge Mann seine Liebesbriefe geschrieben hatte. Wo mochte er gesessen haben, wenn er ihr schrieb?

Im Raum hatte es keinen Stuhl gegeben; Shell hatte sich einen Stuhl mitgebracht. Der Bewohner dieser Kammer mußte also auf dem Bett oder auf dem Boden gesessen haben, falls er sich überhaupt gesetzt hatte.

Silk ließ sich auf dem Bett nieder und stellte sich vor, er hätte einen Federkiel in der Hand und sei bereit, einen Brief zu schreiben. Den Stuhl, den Shell vor den kleinen Nachttisch gestellt hatte, schob er zur Seite. Und richtig, in der kleinen Schublade des Nachttischchens fand er einen Stapel Schreibpapier, einen verblichenen Fetzen Stoff, ein paar Umschläge, vier Federkiele und eine kleine Flasche Tinte.

Er suchte sich einen Federkiel aus und schrieb:

Sir, Ereignisse, deren Verlauf zu beeinflussen nicht in meiner Macht gestanden hat, zwangen mich, mehrere Stunden lang Eure Schlafkammer in Anspruch zu nehmen. Ich muß leider zugeben, daß ich eine Flasche Eures Parfüms zerbrochen und Euer Bett verschmutzt habe. Aus einer dringenden Not heraus habe ich mir außerdem zwei Eurer Tuniken und Eure kleinste Reisetasche angeeignet. Es tut mir wirklich leid, daß ich Euch diese Zumutungen nicht ersparen konnte. Wie ich bereits sagte, ist mir nichts anderes übriggeblieben.

Wenn wieder Ordnung und Ruhe in unsere Stadt Einkehr halten, und ich flehe die Götter an, daß dies bald geschehen möge, dann werde ich Euch ausfindig machen, Ersatz für Euren Schaden leisten und Euch Euer Eigentum zurückgeben. Oder Ihr könnt Euch jederzeit auch an mich wenden. Ich bin Patera Silk vom Manteion in der Sun Street

Er hielt lange inne, tippte sich mit der Spitze des grauen Gänsefederkiels auf die Lippen und dachte nach. Es war gut so.

Ein letztes Mal tauchte er den Federkiel in die Tinte, setzte hinter ›Sun Street‹ ein Komma und schrieb das Wort *Caldé* dazu. Dann wischte er den Federkiel sauber.

Er legte die Decke wieder auf das Bett und öffnete die Tür. Nach wie vor war niemand im Flur zu sehen. Über eine kleine Hintertreppe gelangte er in die Küche, wo allem Anschein nach mindestens eine ganze Kompanie nach Essen gesucht hatte. Die Hintertür führte, wie er im Zwielicht zu erkennen glaubte, in einen kleinen Garten mit sauberen Beeten. Das weiß gestrichene Gartentor war nur mit einem Haken gesichert.

Draußen auf der Basket Street blieb er noch einmal stehen und blickte zu dem Haus zurück, das er gerade verlassen hatte. Hinter den meisten Fenstern war Licht, und hinter einem Fenster im ersten Stock wurden die Lichter gerade dunkler. Das war zweifellos das Zimmer, aus dem er gerade geflohen war. In der Ferne, wo das Stadtzentrum sein mußte, waren Explosionen zu hören.

Ein berittener Offizier, der ohne weiteres derjenige sein konnte, der ihn niedergeschossen hatte, galoppierte an ihm vorbei, ohne ihn auch nur eines Blickes zu würdigen. Zwei Straßen näher am Palatinum begegnete ihm ein Gardist, der eine Mappe mit Befehlen trug. Der Mann salutierte höflich, als er Silk sah.

In der Mappe konnte durchaus ein Befehl stecken, der den Bewaffneten auftrug, sämtliche Auguren in der Stadt zu verhaften, dachte Silk. Und der berittene Offizier hatte möglicherweise Neuigkeiten von neuen Kämpfen überbracht. Es wäre möglicherweise eine gute Idee, dachte Silk, wenn er die Befehle lesen und anhören konnte, was der berittene Offizier zu berichten hatte.

Aber die wichtigsten Neuigkeiten hatte er ja schon unterwegs im Gehen vernommen. Sie wurden von den Mündungen der Gewehre verkündet. Das Ayuntamiento kontrollierte demnach nicht den ganzen Raum zwischen seinem Wohnsitz im Osten und dem Palatinum. Silk mußte vermutlich bald Straßen überwinden, in denen Gardisten und Maytera Mints Rebellen einander abschlachteten, um in eine Gegend zu kommen, in der er sich etwas besser auskannte. Und danach mußte er wohl noch durch eine weitere Gefechtszone, bis er endlich das Palatinum erreichte.

Die Gardisten mußten natürlich als allererstes das Palatinum schützen, und der Captain hatte ihm erst am Morgen erklärt, daß am Abend des Molpsday eine ganze Brigade kaum ausgereicht hatte, um es gegen die Angreifer zu verteidigen. Die Kämpfer beider Seiten würden versuchen, ihn aufzuhalten. Er konnte unterwegs den Tod finden, und die Anstrengungen, die er jetzt auf sich nahm, konnten ihn letzten Endes genauso leicht umbringen wie eine Kugel. Aber er mußte es versuchen, und falls er überlebte, würde er sich am Abend mit Hyacinth treffen.

Mit der freien Hand tastete er unwillkürlich nach Musks Nadler. Er zwang sich, die Hand vom Griff der Waffe zu lösen, und überlegte sich grimmig, daß er womöglich noch vor der Aufblendung einige Wahrheiten über sich selbst erfahren mochte, die er nicht unbedingt mit großer Freude zur Kenntnis nehmen würde. Er ging unwillkürlich schneller.

Die Menschen teilten sich selbst in die Guten und die Bösen ein, aber die Götter – und ganz besonders der Außenseiter – mußten wissen, wie sehr diese Einteilungen von den jeweiligen Umständen abhängig waren. Wäre Musk, dessen Nadler er gerade eben beinahe gezogen hätte, ein böser Mann gewesen, wenn er jemand anders als Blood gedient hätte? Wäre nicht umgekehrt auch Blood ein besserer Mensch gewesen, wenn Musk nicht bei ihm gewesen wäre? Er selbst, Silk, hatte hinter Bloods Gerissenheit und Gier eine Ahnung von Wärme und Großzügigkeit gespürt.

Irgend etwas fiel aus dem Himmel herab und landete so schwer auf seiner Schulter, daß er beinahe gestürzt wäre. »Schau an, Silk! Guter Silk!«

»Oreb! Bist du es wirklich?«

»Vogel wieder da.« Oreb schnappte eine Locke von Silks Haar und zupfte daran.

»Ich bin sehr froh, ich bin wirklich sehr froh, daß du wieder da bist. Wo hast du nur gesteckt? Wie bist du hergekommen?«

»Böser Platz. Großes Loch!«

»Ich bin doch in das große Loch gefallen, Oreb. Weißt du noch? Drüben am See in Scyllas Schrein?«

Oreb klackerte mit dem Schnabel. »Fischköpfe?«

6

Der blinde Gott

Oreb faßte hoffnungsvoll Daces Leiche ins Auge, als Urus sie auf den Boden fallen ließ und sich herumdrehte, um Hammerstone anzubrüllen: »Warum müssen wir ihn suchen? Erklärt mir das. Erklärt es mir, und ich werde suchen, bis ich nicht mehr laufen kann, bis ich kriechen muß …«

»Hebt das wieder auf.« Ohne den Blick von Urus zu wenden, wandte Hammerstone sich an Incus. »Darf ich ihn töten, Patera? Aber wenn ich dann beide tragen muß, kann ich nicht mehr schießen.«

Incus schüttelte den Kopf. »Er hat ja nicht ganz *unrecht*, mein Sohn. Laßt uns darüber nachdenken. Sollen wir *wirklich*, hat er gefragt, weiter nach unserem Freund Auk suchen?«

»Diese Entscheidung überlasse ich Euch, Patera. Ihr seid klüger als wir alle, Ihr seid klüger, als es die ganze Stadt wäre, wenn Ihr nicht dort leben würdet. Ich werde tun, was Ihr befehlt, und ich werde dafür sorgen, daß sich die Biologischen hier an Eure Befehle halten.«

»Ich *danke* Euch, mein Sohn.« Incus, der schrecklich müde war, ließ sich dankbar auf den Tunnelboden sinken. »Setzt Euch doch, alle. Wir müssen darüber reden.«

»Ich wüßte nicht, warum.« Chenille, die ebenfalls übermüdet war, stellte ihren Raketenwerfer auf den Boden. »Stony hier macht, was Ihr ihm sagt, und er könnte mich und Urus erledigen, wie man eine lästige Fliege erschlägt. Wir müssen tun, was Ihr sagt, uns bleibt einfach nichts anderes übrig.«

»Nun *setzt* Euch doch. Meine Tochter, seht Ihr nicht, wie *unlogisch* das ist? Ihr behauptet, ich könnte Euch zu allem zwingen, und doch widersetzt Ihr Euch bereits einer ganz einfachen Bitte.«

»Also gut.« Sie setzte sich, und Hammerstone legte Urus eine schwere Hand auf die Schulter, bis dieser ebenfalls saß.

»Wo Auk?« Oreb hüpfte optimistisch auf dem feuchten grauen Schiffsstein herbei. »Auk wo?« Er war nicht in der Lage, das Gefühl in Worte zu kleiden, aber irgendwie glaubte Oreb, Silk näher zu sein, wenn er Auk in der Nähe wußte. Das rothaarige Mädchen stand Silk ebenfalls nahe, aber sie hatte mal ein Schnapsglas nach ihm geworfen, und das hatte Oreb nicht vergessen.

»Ja, wo *ist* er nur?« seufzte Incus. »Meine Tochter, Ihr beschreibt mich als *Despoten*, aber was Ihr sagt, ist wahr. Ich könnte Euch zwingen, das zu tun, was ich entscheide. Meinen Freund hier brauche ich natürlich nicht zu zwingen. Er gehorcht mir bereitwillig, wie Ihr gesehen habt. Aber meine persönliche Einstellung, meine Ausbildung und mein ganzes *Naturell* verbieten es mir, wie ein Despot zu handeln. Ein heiliger Augur hat die Pflicht, andere Menschen zu führen und zu beraten und die Laien zu den reichen Feldern und den nie versiegenden *Quellen* der Götter zu geleiten, wenn ich es so poetisch ausdrücken darf. Wir wollen also unsere Lage *überdenken* und uns *beraten*, einer mit dem anderen. Und dann werde ich die Führung übernehmen und ein *Gebet* sprechen, ein inbrünstiges und *demütiges* Gebet an die Neun, auf daß sie uns ihre *Hilfe* gewähren.«

»Und dann treffen wir die Entscheidung?« wollte Urus wissen.

»Dann werde *ich* die Entscheidung treffen, mein Sohn.« Incus richtete sich mit einiger Mühe gerade auf. »Aber *zuerst* möchte ich einige Irrtümer richtigstellen, die sich bereits in unsere Überlegungen *eingeschlichen* haben.« Er wandte sich an Chenille. »*Ihr*, meine Tochter, wolltet mir *Despotismus* vorwerfen. Es ist *unhöflich*, aber die Höflichkeit muß manchmal der *heiligen Pflicht* zur Besserung weichen. Darf ich Euch daran erinnern, daß Ihr selbst uns beinahe *zwei Tage lang* an Bord jenes elenden Schiffs tyrannisiert habt? Vor allem habt Ihr *mich* mit Hilfe Eures unglücklichen Freundes tyrannisiert, nach dem wir, wie ich ebenfalls anmerken möchte, inzwischen einen halben Tag suchen.«

»Ich sagte nicht, daß wir damit aufhören sollen, Patera. Er hat es gesagt.« Sie deutete auf Urus. »Ich will ihn suchen.«

»Seid *still*, meine Tochter. Ich bin noch nicht *fertig* mit Euch. Auf *ihn* werde ich gleich noch zu sprechen kommen. Warum, möchte ich von Euch wissen, habt Ihr uns tyrannisiert? Ich würde meinen ...«

»Ich war besessen! Scylla war in mich gefahren. Das wißt Ihr doch.«

»Nein, nein, meine Tochter. So geht das nicht. Das habt Ihr *behauptet*, Ihr habt mit dieser hinterhältigen Behauptung jede Kritik an Eurem Verhalten abwehren wollen. Aber das nützt Euch jetzt nichts mehr. Ihr wart *dominierend, erdrückend* und *brutal*. Sollten dies etwa Eigenschaften sein, die unserer *Aufbrausenden Scylla* zuzuschreiben sind? Ich möchte behaupten, daß dies *nicht* der Fall ist. Während wir gewandert sind, habe ich mir alles vor Augen gehalten, was über sie aufgezeichnet worden ist, in den *Chrasmologischen Schriften* wie in unseren *Überlieferungen*. Sie ist sicherlich eine Herrscherin, und sie ist bisweilen jähzornig, aber sie ist *niemals* brutal, *erdrückend* oder *dominierend*.« Incus seufzte wieder, zog sich die Schuhe aus und rieb sich die Füße, an denen sich Blasen gebildet hatten.

»Diese *üblen* Charakterzüge, meine Tochter, können unmöglich auf Scylla zurückgeführt werden. Sie waren bereits in *Euch* vorhanden, als die Göttin kam, und sie waren so tief in Euch verwurzelt, daß, wie ich sagen möchte, die Göttin sich außerstande sah, sie *auszuräumen*. Es gibt nun, wie ich mir habe sagen lassen, durchaus gewisse Männer, die dominierende Frauen *bevorzugen*, unglückliche Männer, die durch eine Laune der Natur unnatürliche Neigungen in sich tragen. Unser armer Freund Auk, der sich doch häufig so *stark* und *männlich* zeigt, ist einer dieser Unglücklichen, wie es scheint. Ich bin es *nicht*, meine Tochter, und ich danke der Lieblichen Scylla, daß ich keiner dieser Männer bin. Begreift nun, daß ich für meinen Teil zusammen mit unserem großen Freund hier Auk keineswegs um Euretwillen, sondern vielmehr um seinetwillen gesucht habe.«

»Reden, reden«, murmelte Oreb.

»Und was *Euch* angeht«, fuhr Incus fort, indem er sich an Urus wandte, »so scheint Ihr zu glauben, Ihr gehorchtet mir nur wegen meines treuen Freundes *Hammerstone*. Ist es nicht so?«

Urus starrte düster die Tunnelwand links neben Incus' Gesicht an.

»Ihr *schweigt* also«, fuhr Incus fort. »Reden und immer nur reden, beklagt sich unser kleiner gefiederter Freund. Reden und immer nur reden. Nicht auszuschließen, daß Ihr ihm insgeheim beipflichtet. Aber nein, mein Sohn, Ihr *täuscht* Euch, wie Ihr Euch in Eurem Leben, das vermutlich ein äußerst unglückliches war, schon oft getäuscht habt.« Incus zog Auks Nadler und richtete ihn auf Urus. »Ich brauche meinen großen Freund Hammerstone eigentlich gar nicht, wenn ich mit Euch zu tun habe, und wenn dieses endlose *Gerede*, über das Ihr Euch insgeheim beklagt, zu Ende geht, dann könntet Ihr mit dem, was darauf folgt, womöglich noch erheblich *unzufriedener* sein. Ich bitte um Eure *Stellungnahme.*«

Urus schüttelte den Kopf. Hammerstone ballte die großen Hände zu Fäusten und bereitete sich darauf vor, den Mann bewußtlos zu schlagen.

»Ihr schweigt? Nun, mein Sohn, in diesem Fall werde ich die Gelegenheit ergreifen, Euch etwas über *mich* zu sagen, denn ich habe über einiges nachgedacht, während wir gewandert sind, und wie Ihr gleich erkennen werdet, wird dies Auswirkungen auf das haben, was ich zu tun gedenke.

Ich bin der Sohn armer, aber *anständiger* Eltern, ich war das fünfte und letzte Kind. Als sie geheiratet haben, legten sie vor Echidna ein feierliches Gelübde ab, daß sie den unsterblichen Göttern einen Auguren oder eine Sibylle geben würden, daß sie also die köstlichste *Frucht* ihrer Vereinigung den Göttern als makelloses Geschenk und Dankopfer geben wollten. Über meine älteren Brüder und Schwestern will ich an dieser Stelle schweigen und nur anmerken, daß es für sie keine Hoffnung gab. In den vieren war weniger Frömmigkeit zu finden als in vier von Euren *gräßlichen Untieren*, mit denen Ihr uns angreifen wolltet. Ich wurde *sieben Jahre* nach meinem nächstälteren Bruder Femur geboren. Stellt Euch nun bitte die *Freude* meiner Eltern vor, als bereits in den ersten Tagen, Wochen, Monaten und Jahren meiner Kindheit meine Neigung zu einem Leben in heiliger Kontemplation *offenkundig* wurde; als deutlich wurde, wie sehr ich mich zu Gebet und Gottesdienst *hingezogen* fühlte und keiner der schlimmen Ausschweifungen verfiel, die das Leben so vieler Männer besudeln. Die Schola nahm mich, so darf ich es wohl formulieren, mit offenen Armen auf. Und ich muß sagen, daß diese Freude ein beiderseitiges Erlebnis war. Es war ein zugleich *frommer* und *brillanter* Moment, eine

Kombination, die es nicht häufig gibt. Auf diese Weise *beschenkt*, gewann ich die Freundschaft älterer Männer, die ähnlich fühlten und dachten wie ich selbst und die großmütig bereit waren, mich auf meinem vorgezeichneten Lebensweg *anzuleiten*.

Ich empfing also die Weihen, und Ihr könnt Euch meine Beglückung und meine Freude kaum vorstellen, als mich der Koadjutor zu seinem Protonotar machte. Von ganzem Herzen nahm ich meine Pflichten in Angriff, setzte Briefe und Verfügungen auf, stempelte, archivierte, ordnete Akten, verwaltete seinen Terminkalender und erledigte Hunderte anderer Aufgaben.«

Als Incus kurz schwieg, warf Chenille ein: »Bei Thelxiepeia, ich könnte jetzt eine ganze Woche durchschlafen.« Sie lehnte sich gegen die Tunnelwand und schloß die Augen.

»Wo Auk?« wollte Oreb wissen, aber niemand antwortete ihm.

»Wir sind alle erschöpft, meine Tochter. Ich bin es nicht weniger als Ihr, und vielleicht sogar mehr als Ihr, weil meine Beine nicht so *lang* sind wie Eure und weil ich mindestens ein Jahrzehnt *älter* bin als Ihr und nicht so gut ernährt.«

»Ich bin auch nicht besonders gut ernährt, Patera«, meinte Chenille, ohne die Augen zu öffnen. »Ich denke, das sind wir alle nicht. Ich habe seit einer Ewigkeit nichts anderes als Wasser zu mir genommen.«

»Als wir uns auf diesem elenden *Fischerkahn* befanden, habt Ihr alles zu Euch genommen, wonach Euch der *Sinn* stand, und in großer Menge, meine Tochter. Ihr habt Auk und Dace und selbst *mir*, einem geweihten *Auguren*, nur die Reste übrig gelassen, die Ihr *verschmäht* habt. Aber das habt Ihr anscheinend vergessen, oder jedenfalls tut Ihr so. Ich wünschte, ich könnte es auch vergessen.«

»Fischköpfe?«

Chenille zuckte, immer noch mit geschlossenen Augen, die Achseln. »Also schön, Patera. Es tut mir leid. Ich glaube nicht, daß wir hier unten etwas zu essen finden, aber wenn wir etwas finden oder wenn wir wieder daheim sind, dann dürft Ihr Euch als erster aussuchen, was Ihr haben wollt.«

»Ich würde das nicht *annehmen* wollen, meine Tochter. Das ist genau der Punkt, um den es mir geht. Ich wurde, wie ich bereits sagte, der Protonotar Seiner Eminenz. Ich zog in den Palast des *Prolokutors* ein, und zwar nicht als ehrfürchtig schaudernder *Besucher*, sondern als *Bewohner*. Jeden Morgen habe ich in der Privatkapelle unter der Empfangshalle eine Taube geopfert und vor leeren Stuhlreihen meine *Gebete* gesungen. Danach habe ich dann den betreffenden Vogel zum Mittagessen verspeist. Einmal im Monat habe ich Patera Bull, der wie ich als Protonotar für Seine Eminenz tätig ist, die Beichte abgenommen. Das war das gesamte Ausmaß meiner Pflichten als Augur. Aber von Zeit zu Zeit hat Seine Eminenz mich auf *Botengänge* geschickt, die seiner Ansicht nach für einen Knaben zu schwierig waren. Einer dieser Aufträge führte mich in das elende Dorf Limna, wie Ihr wißt. Ich sollte Euch *suchen*, meine Tochter, und leider hatte ich Erfolg. Euer Leben ist, ich will nicht sagen, abenteuerlich, aber doch immerhin sehr *unruhig* verlaufen. Würdet Ihr mir nicht beipflichten?«

»Es ging mal so, mal so«, stimmte Chenille zu.

»Mein Leben ist dagegen viel *gleichmäßiger* verlaufen. Ich hätte nicht gedacht, daß es einmal so unruhig werden könnte.« Incus hielt inne und schob sich Auks Nadler in den Hosenbund. Dann betrachtete er mäßig die zerkratzten Hände und fuhr fort: »Und wenn mir ein Gott prophezeit hätte, daß ich eines Tages als Besatzungsmitglied eines *Fischerbootes* dienen sollte, daß ich Angeln auswerfen, Segel setzen und reffen und noch einiges mehr tun müßte, und dies auch noch während eines der schlimmsten *Stürme,* die jemals diesen Whorl *heimgesucht* haben, dann hätte ich das für unmöglich gehalten und rundheraus erklärt, daß ich binnen einer Stunde dabei umkommen würde. Ich hätte diesem Gott erklärt, daß er meine Fähigkeiten *verkannt* und übersehen hätte, daß ich ein Mann des *Geistes* bin, der sich sehr bemühen muß, auch ein Mann des Gebets zu sein, weil seine anfängliche Frömmigkeit schon vor langer Zeit einer stetig um sich greifenden *Skepsis* gewichen ist. Hätte mir ein Gott erklärt, daß ich ein Mann der Tat werden müßte, dann hätte ich erwidert, dies sei unter meiner *Würde,* und ich hätte mich damit im Recht geglaubt.«

Urus sagte: »Nun, wenn Ihr nicht diesen Nadler und den großen Chemischen hättet, dann würden wir ja sehen, was Ihr seid.«

Incus nickte abwesend. Das runde, pummelige Gesicht schien ernst, und mit den vorstehenden Zähnen sah er beinahe aus wie ein zu allem entschlossenes Erdhörnchen. »Ja, das würden wir sehen. Und deshalb werde ich Euch *töten,* Urus, mein Sohn, oder Euch von Hammerstone töten *lassen,* falls ich jemals fürchten sollte, eines von beiden zu verlieren.«

»Böser Mann!« Es war nicht ganz klar, ob Oreb damit Incus oder Urus gemeint hatte.

Chenille sagte: »Das ist doch nicht Euer Ernst, Patera.«

»Aber *selbstverständlich* ist das mein Ernst, meine Tochter. Sagt es ihnen, Corporal. Meine ich es ernst?«

»Gewiß doch, Patera. Hört zu, Chenille, Patera ist ein Biologischer wie Ihr, und Biologische wie Ihr sind leicht zu töten. Ihr dürft so wenig ein Risiko eingehen wie er. Wenn Ihr einen Gefangenen habt, dann müßt Ihr seine Leine kurz halten, denn wenn Ihr ihm auch nur die kleinste Kleinigkeit durchgehen laßt, dann seid Ihr erledigt. Wenn es nach mir ginge, dann würde ich ihn sofort töten und nicht erst das Risiko eingehen, daß Patera etwas zustößt.«

»Wir brauchen ihn, weil er uns den Weg zu den Gruben und die Tür zeigt, die zum Keller des Juzgado führt.«

»Aber wir gehen überhaupt nicht dorthin, oder? Wenn ich nicht völlig die Orientierung verloren habe, dann weiß ich, wo der Juzgado ist. Warum sollte ich ihn also nicht auf der Stelle unschädlich machen?« Wie von ungefähr zielte Hammerstones Muskete plötzlich auf Urus, und der Finger des Soldaten suchte den Abzug.

»Ich bin *froh*, daß wir nicht zu den Gruben gegangen sind«, erwiderte Incus. »Aus Gründen, die ich beim besten Willen nicht *verstehen* konnte, wollte Auk dorthin. Leider sind wir aber auch nicht zum *Juzgado* gegangen, obwohl uns die Aufbrausende Scylla aufgetragen hat, dorthin zu gehen. Ich bin nun womöglich der einzige lebende Mensch, der sich noch an ihre *Anweisungen* erinnert, aber ich kann Euch versichern, daß es so ist, wie ich sage.«

»Also gut«, sagte Chenille müde. »Ich glaube Euch.«

»Und Ihr tut gut daran, meine Tochter, denn Scylla hat durch Euren *Mund* gesprochen. Und das bringt mich zum nächsten Punkt. Sie hat Auk, Dace und mich zu ihren *Propheten* ernannt und erklärt, ich solle Seine Kogniszenz als Prolokutor ablösen. Dace ist aus dieser Welt geschieden, die auf so trübselige Weise vom *Bösen* heimgesucht wird, und ist ins schönere Leben im Mainframe hinübergewechselt. Die Hilfreiche Scylla mag ihn von dort zurückrufen, wenn sie es für nötig hält, aber in meinen Kräften steht das jedenfalls nicht. Wenn wir unsere Suche nach Auk aufgeben oder wenigstens verschieben, und ich muß gestehen, daß ich diesem Gedanken *einiges* abzugewinnen vermag, dann bin ich der *letzte* der drei Propheten der Scylla. Bis vorhin, bis ich durch mehrere Unterbrechungen *gestört* wurde, habe ich mich noch bemüht, meinen Standpunkt darzulegen. Da aber keiner von Euch die Geduld aufbringt, meine Erläuterungen anzuhören, obwohl sie nicht länger als einige Augenblicke in Anspruch nehmen würden, formuliere ich meine Gedanken nun als *Entscheidung*. Hört zu, Ihr beiden.«

Incus sprach jetzt lauter. »Ich bin erwacht und habe mich selbst als *Mann* und als *Augur* erkannt. Ich bin ein Diener der *Menschheit*, wenn man so will. Vor allem aber bin ich ein Diener der Götter. Ihr seid drei. Einer liebt mich, zwei hassen mich. Das ist mir wohl bewußt.«

»Ich hasse Euch nicht«, protestierte Chenille. »Ihr habt mir ein Kleidungsstück gegeben, als ich gefroren habe. Auk haßt Euch auch nicht. Das glaubt Ihr nur.«

»Ich *danke* Euch, meine Tochter. Ich wollte gerade anmerken, daß nach allem, was ich von meinen Brüdern, den anderen Auguren, erfahren habe, unser Verhältnis zwischen Guten und Bösen dem entspricht, was man allenthalben beobachten kann, auch wenn unsere Gemeinschaft hier viel *kleiner* ist als andere draußen im Whorl. Nun gut, meine braven Menschen, ich akzeptiere dies. Ich werde trotz allem mein Bestes für Euch und für alle geben und darauf vertrauen, daß ich meinen Lohn im Mainframe empfangen werde.«

»Seht Ihr?« Hammerstone stieß Chenille an. »Ich hab's doch gesagt. Er ist der größte Mann des ganzen Whorl.«

Oreb legte den Kopf schief und sah Incus an. »Wo Auk?«

»Mit Sicherheit nicht in jener strahlenden Stadt, die man *Vernunft* nennt«, gab Incus halb im Scherz zurück. »Er hat jemanden begrüßt. Ich habe gesehen, wie er das getan hat, aber ich konnte *niemanden* sehen, den er gegrüßt haben konnte. Und nachdem er dieses unsichtbare Wesen begrüßt hatte, ist er davongerannt. Unser guter Corporal hier hat ihn *verfolgt*, wie Ihr gesehen habt, aber Auk ist irgendwo im Dunklen *verschwunden.*«

»Ihr müßt wissen, Chenille, daß diese grünen Lichter nicht so funktionieren, wie sich die meisten Leute das vorstellen. Die Leute glauben, die Lichter kriechen immer nur herum und kümmern sich nicht darum, wo sie gerade sind, aber das stimmt nicht. Wenn es an einer Stelle hell ist und an einer anderen dunkel, dann ziehen sie dahin, wo es dunkel ist. Sie bewegen sich langsam, aber so funktionieren sie. Dadurch bleiben sie immer gut verteilt.«

Chenille nickte. »Urus hat so etwas Ähnliches gesagt.«

»In einem kleinen Haus arrangieren sie sich irgendwann so, daß sie sich kaum noch bewegen. Höchstens, daß sie am Tag ein Stück von den Fenstern abrücken. Aber in einem großen Gebiet wie hier kommen sie niemals wirklich zur Ruhe. Das einzige ist, daß sie nicht nach unten kommen, weil man sie auf dem Boden zertreten würde.«

»Außer dem Tunnel, in den Auk gerannt ist, führen doch noch viele andere bergab«, wandte sie ein, »aber auch dort habe ich Lichter gesehen.«

»Es kommt darauf an, wie dunkel es da unten ist und wie steil die Abhänge sind. Wenn sie zu steil sind, wandern sie nicht hinunter.«

»Es war ziemlich steil«, meine Chenille, »und wir sind ein gutes Stück bergab gelaufen. Aber danach sind wir wieder bergauf gegangen, wißt Ihr noch? Es ging nicht so steil hinauf, wie es vorher bergab gegangen war, und dort waren Lichter. Wir sind ziemlich lange bergauf gelaufen.«

»Ich glaube doch, meine Tochter …«

»Ich frage mich die ganze Zeit, ob Auk wie wir auch wieder bergauf gegangen ist? Er war ja ziemlich durcheinander.«

»Er war völlig *verstört*, meine Tochter«, bekräftigte Incus. »Ich will doch *hoffen*, daß dieser Zustand nur ein vorübergehender ist, aber ob vorübergehend oder nicht, er war nicht mehr bei Sinnen.«

»Yeah, und deshalb haben wir den Gang genommen, der bergauf führte, Patera. Wir sind klar im Kopf, und wir wissen, daß wir wieder an die Oberfläche wollen, mal abgesehen davon, daß wir Auk finden wollen. Aber wenn Auk benebelt ist … um die Wahrheit zu sagen, Ihr Kerle kommt mir meistens sowieso ziemlich benebelt vor, deshalb habe ich mich nicht weiter darum gekümmert. Also, wenn er benebelt war, dann ist er vielleicht weiter bergab gelaufen, weil er bergab leichter laufen konnte. Er ist ja gerannt, wie Ihr sagtet, und es ist viel leichter, bergab zu rennen.«

»In dem, was Ihr da sagt, meine Tochter, kann durchaus ein wahrer *Kern* stecken. Falls unsere Diskussion zu dem Entschluß führt, die Suche fortzusetzen, sollten wir dies jedenfalls berücksichtigen. Darf ich nun *zusammenfassen*? Die Frage ist, ob wir weitermachen oder die Suche zumindest vorübergehend *abbrechen* und versuchen sollen, zur Oberfläche zurückzukehren. Erlaubt mir, bitte, beide Möglichkeiten zu erörtern. Ich werde mich bemühen, mich so knapp wie möglich zu fassen. Falls jemand zusätzliche Argumente vorzubringen hat, dann möge er es tun, sobald ich *zu Ende* gesprochen habe.

Es scheint mir, als könnte es lediglich einen nachvollziehbaren Grund geben, unsere Suche *fortzusetzen*, und den habe ich bereits genannt. Es ist die Tatsache, daß Auk einer der drei Propheten ist, die von Scylla eingesetzt worden sind. Als Prophet ist er ein

Theodidakt von unermeßlichem *Wert*, wie es auch Dace war. Aus diesem und nur aus diesem Grund habe ich Hammerstone die Anweisung gegeben, Auk nach dessen überstürztem Abschied zu verfolgen. Und *nur* aus diesem Grund habe ich die Suche überhaupt bisher fortgesetzt. Auch *ich* bin jedoch ein Prophet, und wie ich bereits *sagte*, bin ich nunmehr der einzige, der noch *anwesend* ist.«

»Er gehört aber zu uns«, erklärte Chenille. »Ich war mit ihm in Limna, bevor Scylla von mir Besitz ergriffen hat, und ich erinnere mich, daß er auch auf dem Boot war. Wir können nicht einfach weggehen und ihn sich selbst überlassen.«

»Ich schlage auch nicht *vor*, daß wir dies tun sollten, meine Tochter. Hört mich bitte *an*. Wir sind *erschöpft* und *hungrig*. Wenn wir mit Scyllas Botschaften an die Oberfläche zurückkehren, um zu tun, was sie uns aufgetragen hat, dann können wir *ruhen* und etwas *essen*. Außerdem können wir dort andere finden, die uns bei der Suche helfen. Wir werden …«

Urus unterbrach ihn. »Ihr sagtet, wir könnten auch etwas sagen, oder? Also, was ist mit mir? Darf ich was sagen, oder befehlt Ihr dann dem großen Soldaten, daß er mich erschießt?«

Incus lächelte milde. »Ihr müßt begreifen, mein Sohn, daß ich Euch als Euer religiöser Vater nicht *weniger* und nicht *mehr* liebe als jeden *anderen* Menschen. Ich habe Euer Leben nur insoweit bedroht, wie es dem Gesetz entsprechen würde, damit Ihr Euch bessert. So redet also.«

»Nun ja, ich liebe Auk nicht, aber wenn Ihr ihn zurückbekommen wollt, dann habt Ihr das meiner Meinung nach falsch angefangen. Er wollte doch, daß wir zu den Gruben gehen, oder? Vielleicht ist er inzwischen allein dorthin gegangen. Wir könnten auch hingehen und nachsehen, denn da gibt es viele Kerle, die die Gänge so gut kennen wie ich. Also, warum können wir denen nicht erzählen, was passiert ist, und sie bitten, sich für uns umzusehen?«

Incus nickte nachdenklich. »Das ist eine Idee, über die man sicherlich *gründlich* nachdenken sollte.«

»Sie werden uns alle aufessen«, warf Chenille ein.

»Fischköpfe?« Oreb flatterte auf ihre Schulter.

»Yeah, ich weiß, daß du gern einen Fischkopf essen würdest, Oreb. Aber um Fischköpfe zu bekommen, müßten wir erst Fische haben.«

»Mich würden sie nicht aufessen«, erwiderte Hammerstone. »Sie würden auch keinen essen, den zu essen ich ihnen verbiete, solange ich in der Nähe bin.«

»Laßt uns jetzt *beten.*« Incus war schon niedergekniet und hatte hinter dem Rücken die Hände gefaltet. »Laßt uns die *unsterblichen Götter* und besonders Scylla bitten, Auk und uns selbst zu *retten* und uns auf den Wegen zu führen, die sie für uns bestimmt haben.«

»Ich dachte, Ihr glaubt nicht mehr daran«, warf Urus ein.

»Aber ich bin Scylla *begegnet*«, gab Incus feierlich zurück. »Ich habe mit eigenen Augen die *Majestät* und *Macht* dieser großen Göttin *gesehen*. Wie könnte ich *jetzt noch* ungläubig sein?« Er betrachtete das verlassene Kreuz, das an seiner Gebetskette hing, als hätte er es noch nie dort bemerkt. »Auch *ich* habe auf diesem elenden Boot und in den widerlichen Tunneln gelitten. Ich hatte Angst um mein nacktes *Leben*. Hunger und Angst führen uns jedoch *direkt* zu den Göttern, mein Sohn. Das habe ich gelernt, und ich frage mich, warum Ihr, der Ihr doch offensichtlich auch *selbst* gelitten habt, nicht schon vor langer Zeit den Weg zu den Göttern gefunden habt.«

»Woher wollt Ihr wissen, daß ich ihn nicht gefunden habe? Ihr wißt doch überhaupt nichts über mich. Vielleicht bin ich frommer als Ihr alle zusammen.«

So müde Chenille auch war, sie mußte kichern.

Incus schüttelte den Kopf. »Nein, mein Sohn, so geht das nicht. Ich bin vielleicht ein Narr. Zweifellos habe ich mich nicht eben selten wie ein Narr aufgeführt. Aber ein so großer Narr bin ich denn doch nicht.« Etwas lauter fügte er hinzu: »Auf die Knie. Neigt den Kopf.«

»Vogel betet! Betet Silk!«

Incus achtete nicht auf Orebs gekrächzten Vorschlag. Er machte mit der rechten Hand, in der er das verlassene Kreuz hielt, das Zeichen der Addition. »Siehe uns, liebliche *Scylla*, Du wundervolle Herrin der Gewässer. Sieh unsere *Liebe* und sieh, wie sehr wir Dich *brauchen*. Läutere uns, o Scylla!« Er holte tief Luft, und das Schnaufen klang laut in der drückenden Stille. »Dein Prophet ist verwirrt und *entsetzt*, Scylla. Reinige meine *Augen*, so wie ich dich bitte, meinen Geist zu reinigen. Befreie mich aus diesen dunklen Irrwegen und zeige mir, was ich tun muß.« Er blickte auf und sagte noch einmal: »Läutere uns, o Scylla.«

Chenille, Hammerstone und sogar Urus wiederholten pflichtschuldigst: »Läutere uns, o Scylla.«

Oreb, der sich gelangweilt hatte, war ein Stück fortgeflogen und wollte sich auf einen rauhen Vorsprung im Stein hocken. Im gelbgrünen Zwielicht, das den Tunnel erhellte, konnte er sogar noch weiter sehen als Hammerstone. Doch obwohl er jetzt dicht unter der Decke saß, konnte er weder Auk noch Silk entdecken. Er gab es auf und blickte hungrig zu Daces Leiche; die halb geöffneten Augen waren eine große Versuchung für ihn, aber er war sicher, daß man ihm verwehren würde, sie zu fressen.

Unter ihm leierte der schwarz gekleidete Mensch: »Siehe uns, schöne *Phaea*, Herrin der *Vorratskammern*. Sieh unsere *Liebe* und sieh, wie sehr wir Dich *brauchen*. *Speise* uns, o Phaea! Wir hungrigen Wanderer brauchen Deine *Gaben.*« Und die Menschen antworteten: »Speise uns, o Phaea!«

»Reden, reden«, murmelte Oreb leise. Er konnte so gut reden wie sie, aber es schien ihm, als würde dieses Gerede in ihrer Lage nicht viel nützen.

»Siehe uns, grimmige *Sphigx,* Du mächtige Kriegerin. Sieh unsere *Liebe* und sieh, wie sehr wir Dich *brauchen.* Wir haben uns verirrt, und wir sind voller *Furcht,* o Sphigx, gefangen in gefährlicher Lage. Führe uns auf den *Wegen,* die wir beschreiten sollen.« Und die Menschen fielen ein: »Führe uns, o Sphigx!«

Der schwarze Mann fuhr fort: »Und nun laßt uns mit gesenktem Kopf ein stilles Gebet zu den Neun Göttern sprechen.«

Er und der Grüne und die Rote senkten den Kopf, aber der Schmutzige stand auf, stieg über den Toten und trottete leise davon.

»Mann geht«, murmelte Oreb. Er freute sich, weil er auf Anhieb die richtigen Worte gefunden hatte. Er wiederholte es etwas lauter: »Mann geht.«

Seine Worte zeitigten die gewünschten Resultate. Der Grüne sprang auf und rannte dem Schmutzigen hinterher. Der Schwarze kreischte und flatterte hinter dem Grünen her, und die Rote kicherte und folgte ihnen, schneller als der Schwarze, aber nicht so schnell wie die ersten beiden. So lange, wie es gedauert hätte, bis eine seiner schwarzen Federn zu Boden gefallen wäre, putzte Oreb sich das Gefieder und überlegte, was diese Ereignisse wohl zu bedeuten hätten.

Er hatte Auk gemocht, und er war sicher, daß Auk ihn zu Silk führen würde, wenn er sich in Auks Nähe hielt. Aber Auk war fort, und die anderen hatten die Suche nach ihm aufgegeben.

Oreb flatterte hinunter, hockte sich auf Daces Gesicht, hackte die Augen heraus und verspeiste sie, während er sich immer wieder vorsichtig umsah.

Man konnte ja nie wissen. Das Gute entwickelte sich aus dem Bösen, das Böse aus dem Guten. Die Menschen neigten in beide Richtungen, und in beiden Richtungen neigten sie zu Extremen. Sie schliefen am Tag und fingen Fische, deren beste Stücke sie ihm großzügig schenkten.

Und so weiter. Mit gefülltem Bauch meditierte Oreb über derlei Dinge und putzte sich den glänzenden Schnabel mit den Krallen.

Der Tote war ein Guter gewesen. Da gab es überhaupt keinen Zweifel. Er war auf die zurückhaltende Art freundlich gewesen, die Oreb bei lebenden Menschen schätzte, und als Toter hatte er köstlich geschmeckt. Weiter hinten lag noch einer, aber Oreb hatte keinen Hunger mehr. Es war an der Zeit, sich ernsthaft auf die Suche nach Silk zu begeben. Er wollte sich nicht einfach umsehen, sondern ihn wirklich suchen. Er mußte aus diesem grünen Loch mit seinen lebenden und toten Menschen herauskommen.

Also diesen Gang hinunter und dann in jenen abbiegen, weiter durch ein kleines Loch (er landete vorher und lugte vorsichtig hindurch, bevor er sich hineinwagte), und dann in eine große Höhle, wo schmutzige Menschen auf dem Boden lagen oder schlichen wie Katzen. Ein großes Loch, über dem sich wie ein Deckel der Nachthimmel wölbte.

Das Schwert in der Hand, stand Meister Xiphias am Fenster und blickte zur dunklen, verlassenen Straße hinaus. Geh heim, so hatte der Befehl gelautet.

Geh heim, auch wenn sie es nicht so unverblümt gesagt hatten. Dieser Bison, ein Narr, der nicht einmal ein Schwert richtig halten konnte! Dieser Bison, der anscheinend das Kommando innehatte, war vorbeigekommen, während Xiphias mit dem schwachsinnigen Scale diskutiert hatte. Er hatte wie ein

Freund gelächelt und Xiphias' Schwert bewundert und hatte vorgegeben – nur vorgegeben! –, Xiphias zu glauben, als dieser erklärte (er hatte nicht angegeben, sondern schlicht und ergreifend eine Tatsache berichtet und eine klare, eindeutige Frage beantwortet), daß er auf der Cage Street fünf gepanzerte Gardisten getötet hatte.

Dann hatte Bison – der alte Fechtmeister grinste hämisch – das Maul aufgerissen wie ein Karpfen, als Xiphias ein daumendickes Seil, das Bison in der Hand hielt, mit einem einzigen Hieb der Länge nach gespalten hatte. Bison hatte Xiphias' Schwert bewundert und damit herumgefuchtelt wie ein dummer Junge, aber er war trotzdem so frech gewesen, Xiphias mit vielen freundlichen Worten zu sagen: Nun tu, was Scale dir gesagt hat, und geh heim, alter Mann. Wir brauchen dich heute nacht nicht, alter Mann. Geh heim und iß etwas, alter Mann. Geh heim und schlafe. Ruh dich etwas aus, alter Mann, du hast einen anstrengenden Tag hinter dir.

Bisons freundliche Worte waren an Xiphias vorbeigeweht, leichter und unbedeutender als das Laub, das durch die leere Straße tanzte. Aber die Bedeutung der Worte blieb und stach mit kleinen Messerspitzen. Xiphias war schon ein Kämpfer – und zwar ein berühmter Kämpfer – gewesen, als Bison noch in die Windeln gemacht hatte. Xiphias hatte bereits gekämpft, bevor Scales Mutter ihr Elternhaus verlassen und mit irgendeinem dreckigen Straßenjungen das Kind gezeugt hatte, das sie Scale genannt hatte.

Xiphias kehrte dem Fenster den Rücken und setzte sich auf die Fensterbank. Er legte die Hände vors Gesicht. Das Schwert lag zu seinen Füßen. Nein, vielleicht war er doch nicht mehr der, der er vor dreißig Jahren noch gewesen war. Er war nicht mehr der Alte, seit er das Bein verloren hatte. Aber in der ganzen Stadt gab es keinen – keinen einzigen! –, der es gewagt hätte, mit ihm die Klinge zu kreuzen.

Es klopfte an der Tür. Das Geräusch drang gedämpft durchs schmale Treppenhaus von unten herauf.

Schüler würden ihn heute abend nicht aufsuchen. Seine Schüler kämpften für die eine oder für die andere Seite. Aber wie es schien, war trotzdem irgend jemand gekommen, der ihn sprechen wollte. Vielleicht hatte Bison erkannt, welch schweren Fehler er begangen hatte, und war nun gekommen, um Xiphias anzuflehen, ein Selbstmordkommando zu übernehmen. Er würde akzeptieren, aber beim Hohen Hierax, man würde ihn auf Knien darum bitten müssen!

Er hob das Schwert auf und hängte es an seinen Platz an die Wand. Dann besann er sich. In Zeiten wie diesen …

Wieder klopfte es.

Wer mochte es sein? Doch, ein Schüler war für heute abend angemeldet. Vielleicht war es der neue, der zusammen mit Auk gekommen war, der große Linkshänder. Hatte bei jemand anders gelernt, wollte aber nicht verraten, bei wem. Kein Problem. Er war talentiert, sogar begabt! Aber ob er wirklich ausgerechnet jetzt kam, um die nächste Stunde zu nehmen? Während überall in der Stadt gekämpft wurde?

Es klopfte zum dritten Mal, und irgendwie klang das Klopfen jetzt beinahe resigniert. Xiphias kehrte zum Fenster zurück und blickte hinunter.

Silk seufzte. Im Haus brannte kein Licht; als er das letztemal hier gewesen war, hatte im ersten Stock Licht gebrannt. Er war so dumm gewesen zu glauben, der alte Mann sei vielleicht wider Erwarten doch daheim.

Er klopfte ein letztes Mal und wandte sich ab, doch plötzlich wurde über ihm ein Fenster aufgerissen. »Ihr seid es! Gut! Gut!« Das Fenster fiel mit einem Knall herunter. Nur wenige Augenblicke später öffnete ihm der alte Mann die Tür. »Herein! Herein! Verriegelt bitte hinter Euch die Tür. Ist das ein Vogel? Ein Schoßtier? Hinauf!« Xiphias winkte ungestüm mit einem Säbel, und sein Schatten tanzte wild. Vom Abendwind gezaust, schien sein Haar beinahe ein Eigenleben zu besitzen.

»Meister Xiphias, ich brauche Eure Hilfe.«

»Guter Mann?« frage Oreb.

»Ein sehr guter Mann«, versicherte Silk ihm. Er hoffte, er hätte recht damit. Als der alte Mann sich abwenden wollte, hielt er ihn am Arm fest. »Eigentlich sollte ich heute abend meine zweite Lektion bekommen. Ich konnte leider nicht pünktlich antreten, aber ich brauche jetzt Euren Rat.«

»Wurdet Ihr zum Militärdienst eingezogen? Mußtet Ihr kämpfen? Was habe ich Euch gesagt? Mit welchen Waffen habt Ihr gekämpft?«

»Ich bin sehr müde. Gibt es hier ein Plätzchen, wo wir uns setzen können?«

»Oben!« Der alte Mann sprang so behende wie am Abend des Sphigxday die Treppe hinauf. Silk folgte ihm erschöpft.

»Zuerst die Lektion!« Als die Stimme des alten Fechtmeisters ertönte, flammten die Lichter auf und wurden rasch heller, als er zusätzlich mit einem Florett auf die Wand eindrosch.

In der Reisetasche steckte inzwischen nur noch die gelbe Tunika, aber sie kam Silk so schwer vor, als wäre sie bis zum Rand gefüllt. Silk stellte sie in einer Ecke ab. »Meister Xiphias …«

Xiphias schnappte sich ein zweites Florett und schlug auch mit dieser Waffe auf die Wand ein. »Habt Ihr gekämpft?«

»Eigentlich nicht. Obwohl, in gewisser Weise habe ich vielleicht doch gekämpft.«

»Ich auch!« Xiphias warf Silk das zweite Florett zu. »Ich habe fünf getötet. Aber das Kämpfen macht einen Mann fertig! Es macht Euch die ganze Technik kaputt!«

Oreb quakte: »Aufpassen!« Er flatterte fort, als Silk sich duckte.

»Nicht heulen!« Wieder kam ein pfeifender Schlag, den Silk mit der Bambusklinge seines Übungsfloretts abfangen konnte. »Was braucht Ihr, Junge?«

»Einen Sitzplatz.« Er war müde, er war hundemüde. Die Brust tat weh, das Fußgelenk schmerzte. Er parierte wieder und wieder, und er wurde wütend, als er erkannte, daß die einzige Möglichkeit, diesen verrückten alten Mann zum Zuhören zu bewegen, darin bestand, ihn zu besiegen oder von ihm besiegt zu werden; und wenn er an diesem Abend besiegt wurde (es schien ihm, als hätte es ihm ein Gott eingeflüstert), dann wäre die Niederlage gleichbedeutend mit dem Tod. Das, was ihn am Leben gehalten hatte, seit er angeschossen worden war, würde sterben, wenn er diesen Kampf verlor, und bald darauf würde auch er selbst sterben.

Er verteidigte sich und wich aus und kämpfte mit dem Bambusschwert um sein Leben.

Der Griff war gerade eben lang genug, um ihn mit beiden Händen zu fassen. Er schlug rechts und links und kämpfte die Abwehr des alten Mannes nieder. Er war immer noch stärker als dieser alte Mann, so trainiert und beweglich der auch sein mochte, und so trieb er ihn hauend und stechend vor sich her.

»Wo habt Ihr diese beidhändigen Schläge gelernt, Bursche? Seid Ihr etwa doch kein Linkshänder?«

Musks Nadler rutschte aus dem Hosenbund und fiel auf die Matten. Silk stieß ihn mit dem Fuß beiseite und schnappte sich ein zweites Florett von der

Wand. Mit einem parierte er, mit dem zweiten griff er an, links, rechts, wieder rechts. Ein senkrechter Hieb, und plötzlich stellte Xiphias den Fuß auf die Waffe, die Silk mit der rechten Hand führte. Die stumpfe Spitze der Waffe des Fechtmeisters berührte Silks Wunde, und Silk zuckte vor Schmerzen zusammen.

»Was wollt Ihr für diese Lektion berechnen, mein Junge?«

Silk zuckte die Achseln und versuchte, den Schmerz zu vergessen, den die leichte Berührung ihm bereitet hatte. »Ich müßte Euch bezahlen, Sir. Und Ihr habt mich besiegt.«

»Silk gewonnen!« erklärte Oreb, der auf dem Griff eines Yatagan hockte.

Silk stirbt, dachte Silk. So sei es.

»Ich habe etwas gelernt, Junge! Wißt Ihr, wie lange es her ist, daß ich einen Schüler hatte, von dem ich etwas lernen konnte? Ich werde zahlen! Essen? Seid Ihr hungrig?«

»Ich glaube schon.« Silk stützte sich auf sein Florett. Gesichter aus der Kindheit zogen vor seinem inneren Auge vorbei. Er erinnerte sich, daß er einmal einen Gehstock mit dem Kopf einer Löwin besessen hatte – auf den hatte er sich gestützt, als er das letztemal Meister Xiphias aufgesucht hatte. Er konnte sich aber nicht erinnern, wo er den Stock erworben hatte und was aus ihm geworden war.

»Brot und Käse? Wein?«

»Wundervoll.« Silk holte die Reisetasche und folgte dem alten Mann nach unten.

Die Küche war unordentlich, aber sauber. Überall standen und lagen Gläser, Teller und Schalen, Töpfe und Schöpfkellen. Der Stuhl, den Xiphias ihm anbot, war von einer eisernen Brotschale besetzt, die den Eindruck machte, als wollte sie gleichberechtigt an ihrem Gespräch teilnehmen. Sie wurde jedoch kurzerhand in den hölzernen Brotkasten verbannt. Zwei unterschiedliche Gläser wurden so hart auf den Tisch gesetzt, daß Silk einen Augenblick fürchtete, sie wären zersplittert.

»Was wollt Ihr? Rotwein, das Blut der Helden! Wie wäre es mit einem Schluck?« Der Wein plätscherte bereits in Silks Glas. »Habe ich von einem Schüler bekommen! Wirklich! Er hätte ihn eigens gekauft! Hat man so etwas schon einmal gehört? Hat geschworen, er hätte ihn gekauft. Wer das glaubt! Nun, wie ist der Wein?«

Silk nahm einen vorsichtigen Schluck, dann trank er in einem Zug das Glas zur Hälfte aus. Es fühlte sich an, als tränke er neue Lebenskraft aus einer Flasche, die am Bettpfosten hing.

»Vogel trinken?«

Er nickte, und da er keine Serviette hatte, tupfte er sich den Mund mit dem Taschentuch ab. »Könntet Ihr Oreb eine Schale Wasser geben, Meister Xiphias?«

Der Meister sprang auf und bewegte eifrig den Pumpenschwengel. »Wart Ihr draußen? Die Stadt ist in Aufruhr! Leute werfen Steine, andere Leute ducken sich. Habe keine Steine mehr geworfen, seit ich ein Junge war. Hatte damals eine Schleuder! Ihr auch? Damit ist man besser gerüstet!« Kristallklares Wasser rauschte aus der Pumpe, bis der alte Mann einen verbeulten Maßkrug gefüllt hatte. »Dieser neue Kerl, dieser Silk! Er wird es ihnen zeigen! Wir werden sehen … kämpfen, kämpfen! Habe Steine geworfen, mich geduckt und gebrüllt! Fünf habe ich mit dem Schwert erledigt. Sagte ich das schon? Wißt Ihr, wie man sich eine Schleuder macht?«

Silk nickte wieder. Er hatte das Gefühl, der alte Mann nähme ihn auf den Arm, aber er war ihm nicht böse.

»Ich auch. Und ich konnte gut damit schießen!« Der Maßkrug wurde auf den Tisch geknallt, dicht gefolgt von einem gesprungenen grünen Teller, auf dem ein dicker Klumpen Käse lag, kaum kleiner als Silks Kopf. »Paßt auf!« Quer durch die Küche warf der alte Mann ein großes Fleischermesser, das im Käse steckenblieb.

»Ihr habt gefragt, ob ich heute abend draußen war.«

»Glaubt Ihr, im Augenblick würde noch gekämpft?« Abrupt ergriff Xiphias Bisons Partei. »Aber nein! Überhaupt nicht! Heckenschützen schießen auf Schatten, um nicht einzuschlafen.« Er hielt inne und machte ein nachdenkliches Gesicht. »Im Dunklen kann man die Klinge des Gegners nicht sehen. Interessant! Muß ich mal probieren! Ein ganz neues Feld! Was meint Ihr?«

Der Duft des überreifen Käselaibs hatte Silks Appetit geweckt. »Ich glaube, ich nehme mir ein Stück«, sagte er mit neuer Energie. Er war dem Tode nahe – na schön, aber niemand konnte ihm befehlen, hungrig zu sterben. »Oreb, ich weiß, daß du auch Käse magst. Das war eines der ersten Dinge, die du mir erzählt hast, erinnerst du dich?«

»Braucht Ihr einen Teller?« Sofort stand der Teller auf dem Tisch, und er kam in Begleitung eines Viertels von einem Brotlaib, den ein Riese gebacken haben mußte. Dazu ein Brotmesser, das nur geringfügig kleiner war als Auks Hirschfänger. »Nehmt alles, was ich habe! Ihr eßt sicher meist in öffentlichen Küchen? Ich auch! Aber das geht jetzt nicht mehr, die sind alle geschlossen!«

Silk schluckte. »Das ist ein köstlicher Käse und ein wundervoller Wein. Ich danke Euch, Meister Xiphias, und ich danke der Freigebigen Phaea.« Er hatte die letzten Worte aus reiner Gewohnheit hinzugefügt, und als er sie ausgesprochen hatte, bemerkte er, daß sie nicht ernst gemeint gewesen waren.

»Für meine Lektion!« Der alte Mann setzte sich an den Tisch. »Könnt Ihr werfen, Junge? Mit Messern und so weiter? Wie ich es gerade getan habe?«

»Ich glaube nicht. Ich habe es nie versucht.«

»Soll ich es Euch zeigen? Seid Ihr ein Augur?«

Silk nickte und schnitt sich eine Scheibe Brot ab.

»Genau wie dieser Silk! Kennt Ihr Bison? Er hat es mir gesagt, er hat es allen erzählt!« Xiphias hob sein Glas, bemerkte, daß er sich überhaupt nicht eingeschenkt hatte, und holte es nach. »Komisch, was? Ausgerechnet ein Augur! Habt Ihr von ihm gehört? Er ist auch Augur!«

Obwohl ihm schon das Wasser im Mund zusammenlief, quetschte Silk heraus: »Ja, das erzählt man sich.«

»Er ist hier! Er ist dort! Jeder kennt ihn, aber niemand weiß, wo er ist. Er wird die Gardisten wegfegen! Die Hälfte steht sowieso schon auf seiner Seite. Habt Ihr schon einmal so einen Unsinn gehört? Er wird die Steuern abschaffen, und er wird Kanäle graben lassen.« Meister Xiphias brummte geringschätzig. »Nicht einmal Pas und alle Götter zusammen könnten bis morgen um die gleiche Zeit das tun, was das Volk von ihm verlangt, das muß man doch einsehen!«

Oreb hüpfte wieder auf Silks Schulter. »Gut trinken!«

Silk biß ab, kaute und schluckte. »Du solltest auch etwas Käse essen, Oreb. Er ist wirklich gut.«

»Vogel satt.«

Xiphias sagte fröhlich: »Ich auch, Oreb! Ist das sein Name? Ich habe gegessen, als ich nach Hause gekommen bin. Das ganze Fleisch von einem kleinen Ferkel, das halbe Brot und zwei Äpfel. Warum wart Ihr draußen unterwegs?«

Silk tupfte sich die Lippen ab. »Deshalb wollte ich mit Euch sprechen, Meister Xiphias. Ich war im Ostviertel …«

»Seid Ihr gelaufen?«

»Ich bin gelaufen und gerannt, ja.«

»Kein Wunder, daß Ihr humpelt. Ihr wolltet Euch ja gleich setzen, ich erinnere mich jetzt, daß Ihr das gesagt habt.«

»Es gab keine andere Möglichkeit, das Palatinum zu erreichen«, erklärte Silk. »Aber in der Box Street hatten die Gardisten Stellung bezogen, und die Rebellen – Generalin Mints Leute – hatten dreimal so viele Kämpfer auf der anderen Seite postiert. Die meisten der Aufständischen sind junge Männer, aber es waren auch Frauen und sogar Kinder dabei. Die Kinder haben aber zum größten Teil geschlafen. Ich konnte kaum durchkommen.«

»Das kann ich mir vorstellen!«

»Maytera – Generalin Mints Leute wollten mich zu ihr bringen, als sie herausfanden, wer ich bin. Ich konnte mich ihnen kaum entziehen, aber es mußte sein. Ich habe eine Verabredung bei Ermine's.«

»Auf dem Palatinum? Ihr hättet Euch an die Gardisten halten sollen. Tausende von ihnen sind da draußen unterwegs. Kennt Ihr Skink? Er hat es gegen Abend versucht. Hat sich aber eine Abreibung gefangen! Zwei Brigaden, Talusse dazu.«

Silk widersprach. »Aber ich muß hingehen, und ich muß, wenn es nur irgendwie möglich ist, hinkommen, ohne zu kämpfen. Ich muß zu Ermine's gehen.« Bevor er sich zurückhalten konnte, rutschte ihm heraus, was er dort wollte: »Es kann ja sein, daß sie wirklich kommt.«

»Oh, ein Stelldichein mit einer Frau, mein Junge?« Xiphias' zotteliger Bart geriet vollends in Unordnung, als der alte Mann lächelte. »Und wenn ich das nun dem, wie heißt er noch gleich, erzähle? Dem alten Mann in der purpurnen Robe?«

»Ich hatte gehofft ...«

»Nein, ich werde schon nicht petzen. Ich habe es sowieso schon wieder vergessen. Jeder kann Euch sagen, wie vergeßlich ich bin. Gehen wir morgen hin? Braucht Ihr einen Platz, wo Ihr übernachten könnt?«

»Tagsüber schlafen«, widersprach Oreb.

»Heute abend noch«, erklärte Silk niedergeschlagen dem alten Mann. »Und nur ich allein werde gehen. Aber es muß heute abend sein. Glaubt mir, ich würde es bis morgen verschieben, wenn ich könnte.«

»Wein trinken? Lieber nicht mehr!« Xiphias korkte die Flasche zu und stellte sie neben seinem Stuhl auf den Boden. »Achtet auf Euren Vogel! Seht zu und lernt von ihm. Er weiß mehr als Ihr, Junge.«

»Kluger Vogel!«

»Habt Ihr das gehört? Ich habe es doch gesagt.« Xiphias sprang auf. »Wollt Ihr einen Apfel? Habe ich ganz vergessen. Es sind noch ein paar da.« Er öffnete eine Tür, knallte sie wieder zu. »Nicht hier drin. Habe sie woanders untergebracht. Als ich das Fleisch gebraten habe, waren sie im Weg. Wo ist Auk?«

»Ich fürchte, ich weiß es nicht«, sagte Silk. Er schnitt sich ein zweites, etwas kleineres Stück Käse ab. »Ich hoffe, er ist daheim und liegt im Bett. Darf ich den Apfel, den Ihr für mich sucht, mitnehmen? Ich bin Euch sehr dankbar – ich fühle mich schon viel besser –, aber ich muß jetzt gehen. Ich wollte Euch nur fragen, ob Ihr einen Weg zum Palatinum wißt, der sicherer ist als die Hauptstraßen.«

»Ja, mein Junge, ich weiß einen Weg!« Triumphierend holte Xiphias einen glänzenden roten Apfel aus der Kartoffelkiepe.

»Guter Mann!«

»Und ob Ihr mir vielleicht einen Trick verraten könnt, der mir hilft, unbehelligt an den Kämpfern beider Seiten vorbeizukommen. Ich weiß, daß es solche Tricks gibt, und Auk kennt sie bestimmt, aber es ist weit bis zur Orilla, und ich bin ja nicht einmal sicher, ob ich ihn überhaupt dort finden würde. Mir fiel ein, daß er möglicherweise vieles von jemand anders gelernt hat und daß Ihr vielleicht einer seiner Lehrer wart.«

»Braucht Ihr einen Lehrer? Ja, sicher braucht Ihr den. Schön, daß Ihr das erkennt! Wo ist Euer Nadler, Junge?«

Silk war verblüfft. »Mein … ich habe ihn hier in der Hosentasche.« Er hob ihn hoch, wie Xiphias den Apfel gehoben hatte. »Eigentlich gehört er mir gar nicht. Er gehört der jungen Frau, mit der ich mich bei Ermine's treffen will.«

»Den großen! Den, den ich gesehen habe! Er ist Euch aus der Hose gerutscht! Ihr habt ihn oben gelassen. Soll ich ihn holen? Eßt nur Euren Käse!«

Xiphias schoß hinaus, und Silk hörte, wie er die Treppe hinaufklapperte. »Wir müssen gehen, Oreb.« Er stand auf und schob den Apfel in die Hosentasche. »Er will uns begleiten, und das kann ich nicht zulassen.« Einen Moment lang wirbelten ihm die Gedanken kunterbunt durch den Kopf. Die Wände der Küche bebten wie Wackelpudding, und der Raum drehte sich wie ein Karussell um ihn.

Ein kurzer dunkler Flur führte von der Küchentür aus zur Treppe und zu der Tür, durch die er das Haus betreten hatte. Silk hielt sich am Treppengeländer fest und hoffte halb, den alten Mann oben zu hören oder sogar herabsteigen zu sehen, bevor er das Haus verlassen hatte, aber es war im Augenblick völlig still, als wären er und Oreb ganz allein. Er dachte verwirrt über die Stille nach, bis ihm einfiel, daß die Fechthalle oben mit Segeltuchmatten ausgelegt war.

Er entriegelte die Tür und trat in die leere, vom Himmelslicht erhellte Straße hinaus. Die Gänge, durch die er so lange Stunden müde getappt war, zogen sich vermutlich unter dem Palatinum oder sogar unter der ganzen Stadt entlang, aber dort patrouillierten mit Sicherheit Soldaten wie die, denen er entkommen war. Außerdem war ihm, von Scyllas

Schrein am Seeufer abgesehen, kein weiterer Zugang bekannt, und in diesem Augenblick war er sogar froh darüber. Ein großes Loch, hatte Oreb ihm gesagt. Ob der Vogel wie er durch diese schrecklichen Tunnel geirrt war?

Silk schauderte, als die Erinnerungen zurückkehrten. Er setzte sich mit neuer Entschlossenheit in Richtung Palatinum in Bewegung und sagte sich, daß das Fußgelenk höchstens halb so weh tat, wie er es sich einbildete. Er hielt den Blick auf der holprigen, mit Schlaglöchern übersäten Straße, denn was er sich auch einreden mochte, wenn er sich jetzt den Fuß verstauchte, dann wäre es mit der Lauferei vorbei.

Trotz aller Selbstdisziplin kehrten seine Gedanken immer wieder zu den Gängen zurück. Er dachte daran, wie er Hand in Hand mit Mamelta das seltsame Gebäude betreten hatte, das einem Turm nicht unähnlich gewesen war; jedoch war es ein Turm gewesen, der abwärts in die Erde gebaut war, statt sich in die Luft zu erheben. Sie hatte ihn als ›Schiff‹ bezeichnet. Wieder sah er vor seinem inneren Auge die Dunkelheit, die schwärzer war als die schwärzeste Nacht, und die funkelnden Lichtpunkte, die ihm der Außenseiter während der Erleuchtung gezeigt hatte. Es seien, hatte Silk erfahren, Whorls außerhalb des Whorl, zu denen Pas, die unsterbliche Echidna, Scylla und ihre Geschwister niemals vorgedrungen waren.

Du hast gesagt, du würdest mich herausholen. Du hast es gesagt. Du hast es sogar versprochen.

Auk konnte Gelada zwar nicht sehen, aber er konnte ihn weinen hören. Der Wind trug das Wehklagen durch den pechschwarzen Tunnel heran, und Geladas Tränen tropften vom Fels über ihm herab. Die teuren Stiefel, die er immer gut gefettet hatte, waren inzwischen bis über die Fußgelenke naß. »Bustard?« fragte er hoffnungsvoll. »Bustard?«

Aber Bustard antwortete nicht.

Du hast es versprochen, du hast es gesagt. Hol mich hier raus. »Ich habe dich doch gesehen, du bist neben mir gegangen.« Er wußte nicht mehr wann oder wo, wußte nur noch, daß er schon einmal gesagt hatte, was er jetzt wiederholte: »Ich habe Augen wie eine Katze.«

Das war eigentlich nicht wahr, weil Gelada verschwunden war, als Auk einmal nicht hingeschaut hatte, aber er fand es trotzdem richtig, diese Worte in diesem Augenblick zu sagen. Gelada war vielleicht etwas vorsichtiger, wenn er wußte, daß er beobachtet wurde.

Auk? Ist das dein Name? Auk? »Klar. Ich hab's dir doch gesagt.« Wo ist der Juzgado, Auk? Hier unten sind so viele Türen. Welche sind die richtigen, Auk? »Keine Ahnung. Vielleicht bekommt man sie alle mit dem gleichen Wort auf.«

Er befand sich jetzt im größten Tunnel, den er je gesehen hatte, nur daß er nichts sehen konnte. Links und rechts verloren sich die Wände in der Dunkelheit, und soweit er es ertasten konnte, lief er bergab. Er konnte jederzeit gegen eine Wand laufen. Hin und wieder fuchtelte er mit den Armen herum, konnte aber nichts fühlen. Oreb flatterte vor ihm, oder vielleicht war es auch eine Fledermaus, oder es war überhaupt nichts.

(Weit entfernt rief eine Frau: »Auk? Auk?«)

Der Tunnel wurde jetzt wieder heller, aber es war trotzdem noch dunkel, obwohl ein seltsames Licht glühte. Eine leuchtende Schwärze, das war es. Er stieß mit der Stiefelspitze an etwas Hartes, konnte aber nichts finden, als er mit den Fingern danach tastete.

»Auk, mein Noktolator, hast du dich verirrt?«

Die Stimme klang nahe und doch entfernt, eine tiefe und kummervolle Männerstimme.

»Nein, habe ich nicht. Wer ist da?«

»Wohin willst du, Auk? Sage mir die Wahrheit.«

»Ich suche Bustard.« Auk wartete, ob man ihm eine weitere Frage stellte, aber es kam keine. Das Ding, an das er mit dem Fuß gestoßen war, schien ein wenig höher zu sein als seine Knie. Oben war es eben; es schien ziemlich groß und fühlte sich massiv an. Er setzte sich darauf und wandte sich der schimmernden Dunkelheit zu. Er zog die Beine an und knotete die Schnürbänder der Stiefel auf. »Bustard ist mein Bruder. Er ist älter als ich. Er ist tot, hat sich mit ein paar Grünen angelegt, und sie haben ihn getötet. Aber er war hier unten ein paarmal bei mir, hat mir Ratschläge gegeben und mir Sachen erzählt. Ich glaube, das liegt daran, daß wir hier unter der Erde sind und daß er jetzt auch unter der Erde wohnt, weil er tot ist.«

»Er hat dich verlassen.«

»Ja, hat er. Das macht er meist, wenn ich anfange, mit jemand anders zu reden.« Auk zog sich den rechten Stiefel vom Fuß. Der Fuß fühlte sich kälter an als Daces Haut, nachdem Gelada ihn umgebracht hatte. »Was ist ein Noktolator?«

»Einer, der mich bei Nacht anbetet, wie du es tust.«

Auk fuhr erschrocken auf. »Bist du ein Gott?«

»Ich bin Tartaros, Auk, der Gott der Dunkelheit. Ich habe oft gehört, daß du mich angerufen hast, und du hast es immer nachts getan.«

Auk machte das Zeichen der Addition in der Luft. »Stehst du dort drüben im Dunklen und redest mit mir?«

»Wo ich stehe, ist es immer dunkel, Auk. Ich bin blind.«

»Das wußte ich nicht.« Schwarze Widder und Lämmer, der graue Widder, als Patera Silk wohlbehalten heimgekehrt war, einmal eine schwarze Ziege, und ganz am Anfang die beiden Fledermäuse, die er selbst gefangen hatte. Er hatte die Tiere tagsüber im dunklen, staubigen Dachboden der Palaestra überrascht und sie Patera Pike gebracht. Das alles hatte er dem blinden Gott geopfert. »Du bist also ein Gott. Kannst du dich sichtbar machen?«

»Nein.« Das Wort, obwohl leise und hoffnungslos gesprochen, schien im Tunnel zu dröhnen und noch lange in der Schwärze nachzuhallen, nachdem das Geräusch selbst längst verklungen war. »Ich bin ein widerspenstiger Gott, Auk. Der einzige widerspenstige Gott. Mein Vater ist dafür verantwortlich. Wenn ich als Gott mich hätte selbst heilen dürfen, dann hätte ich, glaube ich, gern gehorcht.«

»Ich habe meine Mutter ... ich habe Maytera gebeten, uns einen Gott herunterzuschicken, der mit uns geht. Ich glaube, sie hat dich gerufen.«

»Nein«, sagte Tartaros noch einmal. Dann fuhr er fort: »Ich komme oft her, Auk. Es ist der älteste Altar, den wir haben.«

»Das Ding, auf dem ich sitze, ist ein Altar? Dann werde ich aufstehen.«

(Wieder die Frauenstimme: »Auk? Auk?«)

»Bleib nur sitzen. Ich bin auch der einzige bescheidene Gott, Auk. Beinahe jedenfalls.«

»Wenn der Altar aber heilig ist ...«

»Es wurde Holz darauf gehäuft, und die Leichen von Tieren wurden daraufgelegt. Du kannst ihn nicht mehr entweihen, als sie es schon getan haben. Als die ersten Menschen kamen, Auk, zeigte man ihnen, wie wir angebetet werden wollten. Aber bald ließ man sie es vergessen. Sie haben es vergessen, aber weil sie es vorher gesehen hatten, konnten sich einige von ihnen doch noch daran erinnern, und als sie auch im Innern Altäre fanden, haben sie dort geopfert, wie wir es sie gelehrt hatten. Zuerst kamen sie zu diesem hier.«

»Ich habe nichts bei mir«, entschuldigte Auk sich.

»Ich hatte mal einen Vogel, aber er ist fort. Ich glaube, ich habe vorhin eine Fledermaus gehört. Wenn du willst, kann ich sehen, ob ich sie fangen kann.«

»Glaubst du, ich sei blutdürstig wie meine Schwester Scylla?«

»Ich dachte es. Ich war eine Weile mit ihr zusammen.« Auk versuchte sich zu erinnern, wann das gewesen war. Er konnte sich zwar an einige Ereignisse erinnern – wie er sie nackt auf einem weißen Stein hatte sitzen sehen, wie er Fisch für sie gekocht hatte –, aber die Tage und Minuten konnte er nicht mehr einordnen.

»Was ist dein Wunsch, Auk?«

Plötzlich bekam er Angst. »Eigentlich habe ich gar keinen Wunsch, Schrecklicher Tartaros.«

»Die Menschen, die uns opfern, haben immer irgendwelche Wünsche, Auk. Oft wünschen sie sich viele Dinge gleichzeitig. Die Menschen in deiner Stadt und viele andere wünschen sich zum Beispiel Regen.«

»Hier unten regnet es bereits, Schrecklicher Tartaros.«

»Ich weiß, Auk.«

»Aber du bist doch blind?«

»Kannst du den Regen sehen, Auk?«

Auk schüttelte den Kopf. »Nein, es ist zu dunkel dazu.«

»Aber du kannst ihn hören. Höre, wie die Tropfen langsam herunterfallen und den Boden küssen.«

»Ich kann es auch spüren«, berichtete Auk dem Gott. »Ab und zu fällt mir mal einer in den Nacken.«

»Was ist dein Wunsch, Auk?«

»Ich habe keinen Wunsch, Schrecklicher Tartaros.« Auk schlang sich schaudernd die Arme um den Oberkörper.

»Alle Menschen wünschen sich etwas, Auk. Besonders diejenigen, die behaupten, sie hätten keine Wünsche.«

»Ich aber nicht, Schrecklicher Tartaros. Aber wenn du unbedingt willst, dann wünsche ich mir etwas. Ich hätte gern etwas zu essen.«

Der Gott antwortete nicht.

»Tartaros? Hör mal, wenn ich hier wirklich auf einem Altar sitze und wenn du hier mit mir redest, gibt es dann hier nicht irgendwo ein Heiliges Fenster?«

»In der Tat, Auk. Du sprichst gerade mit ihm, und ich spreche durch das Fenster zu dir.«

Auk zog sich den linken Stiefel aus. »Darüber muß ich erst mal nachdenken.«

Maytera Mint hatte ihn alles über die Götter gelehrt, aber es schien ihm jetzt, als gäbe es in Wirklichkeit zwei Sorten Götter: diejenigen, von denen sie ihm erzählt hatte, woraufhin er die Geschichten in seinem Schulheft niederschrieb, und die wirklichen Götter wie Scylla, die von Chenille Besitz ergriffen hatte, oder wie dieser Tartaros. Die echten Götter waren viel größer, aber die Götter in seinem Schulheft waren irgendwie besser und stärker gewesen, auch wenn sie nicht real waren.

»Schrecklicher Tartaros?«

»Ja, Auk, mein Noktolator, was ist dein Wunsch?«

»Ich hätte gern Antworten auf verschiedene Fragen, wenn Dir das recht ist. Ihr Götter antwortet oft auf die Fragen der Auguren. Ich weiß ja, daß ich kein Augur bin, aber darf ich Dich trotzdem selbst fragen, weil wir hier ja keinen Auguren haben?«

Wieder herrschte Stille im Tunnel. Nur das Platschen der Tropfen war zu hören, und weit entfernt, traurig und leise, die Frauenstimme, die er schon mehrmals gehört hatte.

»Wie kommt es, daß ich Dein Fenster nicht sehen kann, Schrecklicher Tartaros? Es ist das erste Mal, daß ich ein Fenster in Betrieb sehe. Ich meine, normalerweise sind sie grau, aber sie leuchten im Dunklen. Bin ich jetzt auch blind?«

Wieder war es still. Auk rieb sich die erfrorenen Füße. Vor gar nicht so langer Zeit hatten seine Hände geglüht wie flüssiges Gold. Jetzt waren sie kalt.

»Wartest Du auf die nächste Frage? Also, ich würde gern wissen, wie es kommt, daß ich Worte höre und so weiter. Als ich noch auf der Palaestra war, hat Maytera gesagt, als Erwachsene würden wir seine Worte nicht verstehen können, falls einmal ein Gott in unserem Heiligen Fenster erschiene. Wir würden nur irgendwie begreifen, was er meint, und vielleicht hin und wieder mal ein paar zusammenhanglose Brocken aufschnappen. So war es auch, als Kypris erschienen ist. Es war so, wie Maytera es beschrieben hatte. Manchmal dachte ich, daß ich die Göttin beinahe sehen könnte, und ich habe sogar ein paar Worte ganz deutlich verstanden, Schrecklicher Tartaros. Sie hat etwas von Liebe und Raub gesagt, und das habe ich verstanden. Diese beiden Worte habe ich verstanden. Und ich wußte, daß sie uns sagen wollte, alles ist gut und sie liebt uns und sie will uns schützen, aber wir müssen an sie glauben. Aber wenn Du jetzt mit mir sprichst, dann kommt es mir vor, als spräche ein Mann wie ich selbst oder als würde Bustard direkt vor mir stehen.«

Wieder bekam er keine Antwort. Auk atmete mit lautem Schnaufen aus und steckte sich die kalten Finger für einen Augenblick in die Achselhöhlen. Dann begann er, seine Socken auszuwringen.

»Hast du selbst noch nie einen Gott in einem Fenster gesehen, Auk, mein Noktolator?«

Auk schüttelte den Kopf. »Nicht wirklich, Schrecklicher Tartaros. Ich habe irgendwie mal einen Schatten der Freundlichen Kypris gesehen, und das war mir mehr als genug.«

»Deine Demut ehrt dich, Auk.«

»Danke«, sagte Auk.

»Die Gesichter, die wir als Sterbliche hatten, sind zu Staub zerfallen, aber die Stimmen, die wir einst besessen haben, blieben über Jahrtausende erhalten. Kein Augur und keine Sibylle im ganzen Whorl hat je unsere Gesichter wirklich gesehen oder unsere Stimmen wirklich gehört. Was eure Auguren und Sibyllen sehen, falls sie überhaupt etwas sehen, ist das Selbstbildnis des Gottes, der sich entschließt, sich sehen zu lassen. Du sagst, daß du einmal beinahe das Gesicht der Konkubine meines Vaters hast sehen können. Das Gesicht, das du beinahe gesehen hast, war das Bild, das sie von sich selbst hatte, ihr Selbst, wie sie sich vorstellt, daß es erscheinen sollte. Ich bin sicher, es war ein wunderschönes Gesicht. Mir ist noch nie eine Frau begegnet, die ihrer Schönheit wegen eitler gewesen wäre als sie. Auf die gleiche Weise klingen unsere Stimmen, wie wir glauben, daß sie klingen sollten. Habe ich mich deutlich ausgedrückt, Auk?«

»Nein, Schrecklicher Tartaros, weil ich Dich nicht sehen kann.«

»Was du siehst, Auk, ist der Teil von mir, der sichtbar ist. Also nichts, um es genau zu sagen. Ich wurde blind geboren, Auk, und deshalb bin ich unfähig, ein sichtbares Bild für dich zu erzeugen. Ich kann dir auch nicht die Heiligen Farben zeigen, die in Wirklichkeit die Gedanken meiner Geschwister sind, bevor sie gebündelt werden. Ich kann dir kein Gesicht anbieten, kein schönes und kein schreckliches Gesicht. Du siehst hier das Gesicht, das ich mir vorstelle, wenn ich über mich selbst nachdenke. Also nichts. Wenn ich verschwinde, wirst du wieder das leuchtende Grau sehen, von dem du gesprochen hast.«

»Ich fände es schön, wenn Du noch eine Weile bleiben könntest, Schrecklicher Tartaros. Wenn Bustard nicht zurückkommt, dann hätte ich gern Dich bei mir.« Auk leckte sich die Lippen. »Vielleicht sollte ich das jetzt nicht sagen, aber ich meine es nicht böse.«

»Sprich nur, Auk, mein Noktolator.«

»Also, wenn ich irgend etwas wüßte, wie ich Dir helfen kann, dann würde ich es tun.«

Wieder herrschte Schweigen, und die Stille dehnte sich, bis Auk schon fürchtete, der Gott hätte sich in den Mainframe zurückgezogen. Selbst die ferne Frauenstimme war inzwischen verstummt.

»Du hast mich gefragt, aus welchem Grund du meine Worte als Worte hörst, Auk, mein Noktolator.«

Auk seufzte erleichtert. »Ja, richtig.«

»Das kommt gar nicht so selten vor. Das Gesetz meiner Mutter gilt nicht für dich, weil in deinem Kopf etwas nicht in Ordnung ist.«

Auk nickte. »Yeah, ich weiß. Ich bin von unserem Blechesel gefallen, als wir von der Rakete getroffen wurden, und ich bin wohl auf dem Kopf gelandet. Eigentlich macht es mir ja gar nichts aus, daß Bustard tot ist, aber hier unten hat er auf einmal wieder mit mir gesprochen. So, wie er früher immer mit mir gesprochen hat. Ich mache mir auch um Jugs keine Sorgen, was ich sonst sicherlich tun würde. Ich liebe sie, und vielleicht versucht dieser Urus gerade, sie zu besteigen, aber sie ist ja sowieso eine Hure.« Auk zuckte die Achseln. »Ich hoffe nur, er tut ihr nicht weh.«

»Du kannst in diesen Gängen nicht leben, Auk, mein Noktolator. Es gibt hier unten keine Nahrung für dich.«

»Ich und Bustard, wir werden versuchen herauszukommen, sobald ich ihn gefunden habe«, versprach Auk.

»Wenn ich von dir Besitz ergreifen würde, Auk, könnte ich dich vielleicht heilen.«

»Dann fang an.«

»Wir wären beide blind, Auk. So blind, wie ich es bin. Weil ich niemals eigene Augen hatte, könnte ich nicht durch deine Augen sehen. Aber ich werde mit dir gehen und dich führen und deinen eigenen Körper benutzen, um dich zu heilen, wenn ich das kann. Schau her zu mir, Auk.«

»Aber da ist nichts zu sehen«, protestierte Auk.

Doch plötzlich flammte ein blendend helles Licht auf, das von Hoffnung und Freude und Wundern zu sprechen schien, und Auk war mehr als bereit, für immer auf alle anderen Anblicke zu verzichten, wenn er nur ewig dieses Licht sehen durfte.

»Wenn Ihr wirklich Patera Silk seid«, sagte die junge Frau, die an der Barrikade Wache schob, »dann werden sie Euch sofort töten, sobald Ihr Euch da vorne zeigt.«

»Nicht gehen«, murmelte Oreb. »Nicht gehen.«

»Gut möglich, daß sie es tun«, gab Silk zu. »Es ist sogar sehr wahrscheinlich, wenn Ihr mir nicht helft.«

»Wenn Ihr Silk seid, dann braucht Ihr mich und meine Leute nicht um Erlaubnis zu bitten.« Unbehaglich musterte die Frau das schmale, asketische Gesicht, das im hellen Himmelslicht gut zu sehen war. »Wenn Ihr Silk seid, dann seid Ihr unser Kommandant, dem selbst Generalin Mint gehorchen muß. Ihr könnt uns Befehle geben, und wir müssen tun, was Ihr sagt.«

Silk schüttelte den Kopf. »Ich bin Silk, aber ich kann es im Augenblick nicht beweisen. Ihr müßtet jemanden finden, der mich kennt und dem Ihr vertraut, aber das würde mehr Zeit in Anspruch nehmen, als ich habe. Deshalb bitte ich Euch einfach. Nehmt an – auch wenn ich beschwören könnte, daß das Gegenteil zutrifft –, ich sei nicht der Silk, den Ihr meint. Nehmt an – rein hypothetisch gesprochen –, ich sei ein armer junger Augur, der dringend Eure Hilfe braucht. Wenn Ihr mir nicht um meiner selbst willen helft, oder im Namen des Gottes, dem ich diene, dann, ich flehe Euch an, tut es wenigstens um Euer selbst willen.«

»Ich kann nicht ohne Befehl von Brigadier Bison einen Angriff beginnen.«

»Das sollt Ihr auch nicht«, erwiderte Silk. »Hinter den Sandsäcken dort steht ein bewaffneter Schweber. Ich kann den Turm darüber herausragen sehen. Würden Eure Leute angreifen, dann könnten sie von diesem Schweber beschossen werden, und ich weiß genau, was ein Maschinengewehr anrichten kann.«

Die junge Frau richtete sich stolz auf, doch sie war anderthalb Spannen kleiner als Silk. »Wir werden angreifen, wenn wir den Befehl dazu bekommen, Caldé.«

Oreb hüpfte erfreut auf und ab. »Braves Mädchen!«

Silk warf einen Blick zu den Menschen, die hinter der Barrikade schliefen. Es waren vierzehn-, fünfzehnjährige Kinder, manche höchstens dreizehn oder sogar noch jünger. Er schüttelte den Kopf.

»Sie sind noch jung.« (Die junge Frau war selbst höchstens zwanzig Jahre alt.) »Aber sie werden kämpfen, wenn sie angeführt werden, und ich führe sie an.« Als Silk schwieg, fügte sie hinzu: »Das ist noch nicht alles. Ich habe auch ein paar Männer und einige Musketen. Die meisten Frauen – die meisten anderen Frauen, sollte ich wohl sagen – helfen bei der Brandbekämpfung aus. Ihr wart sicher überrascht, mich hier als Befehlshaberin vorzufinden, aber Generalin Mint ist ja auch eine Frau.«

»Auch das hat mich überrascht«, sagte Silk.

»Die meisten Männer kämpfen lieber unter einem männlichen Offizier. Aber die Frauen aus Trivigaunte sind berühmte Kämpferinnen, und wir Frauen von Viron sind ihnen in keiner Weise unterlegen!«

Silk, der sich an Doktor Crane erinnerte, sagte: »Ich würde gern glauben, daß auch unsere Männer so tapfer sind wie deren Männer.«

Die junge Frau erschrak. »Sie sind Sklaven!«

»Wart Ihr schon einmal dort?«

Sie schüttelte den Kopf.

»Ich auch nicht. Es führt wohl zu nichts, wenn wir über die Sitten von Trivigaunte streiten. Ihr habt mich gerade Caldé genannt. Heißt das nun, daß Ihr ...«

»Lieutenant. Ich bin jetzt Lieutenant Liana. Ich habe die Anrede aus reiner Höflichkeit benutzt, weiter nichts. Wenn Ihr meine Meinung hören wollt, dann würde ich sagen, daß Ihr der seid, für den Ihr Euch ausgebt. Ein Augur würde in so einer Angelegenheit nicht lügen, und außerdem habt Ihr den Vogel bei Euch. Man sagt ja, daß Ihr einen Vogel haltet.«

»Silk hier«, warf der Vogel ein.

»Dann tut, worum ich Euch gebeten habe. Habt Ihr eine weiße Fahne?«

»Sollen wir etwa aufgeben?« Liana schien beleidigt. »Das werden wir ganz bestimmt nicht tun.«

»Nein, nur um einen Waffenstillstand auszuhandeln. Ihr könnt das tun, indem Ihr ein weißes Stück Stoff an einem Stock befestigt. Ihr sollt damit winken und zur anderen Seite hinüber rufen. Sagt ihnen, daß hier ein Augur ist, der Euren Verletzten die Vergebung des Pas übermittelt hat. Das ist ja die Wahrheit, wie Ihr wißt. Sagt, daß er hinübergehen und das gleiche für ihre Verwundeten tun will.«

»Sie werden Euch töten, wenn sie herausfinden, wer Ihr seid.«

»Vielleicht finden sie es nicht heraus. Ich verspreche Euch jedenfalls, daß ich es von mir aus nicht sagen werde.«

Liana fuhr sich mit den Fingern durch das wirre Haar. Es war beinahe die gleiche Geste, die er selbst oft aus Verlegenheit machte, wenn er nicht wußte, was er tun sollte. »Warum gerade ich? Nein, Caldé, ich kann nicht zulassen, daß Ihr Euer Leben auf Spiel setzt.«

»Doch, das könnt Ihr«, erwiderte er. »Aber was Ihr nicht könnt, das ist, einen Standpunkt zu vertreten und jede Logik dabei zu vergessen. Entweder ich bin der Caldé, oder ich bin es nicht. Wenn ich es bin, dann müßt Ihr mir gehorchen und die Befehle ausführen, die ich Euch erteile. Wenn ich es nicht bin, steht das Leben des Caldé nicht auf dem Spiel.«

Ein paar Minuten später halfen sie und ein junger Mann, der Linsang hieß, ihm über die Barrikade. Silk fragte sich, ob es klug gewesen war, ihr mit logischen Einwänden zu kommen. Denn dachte man logisch darüber nach, dann hätte er nichts von dem tun dürfen, was er getan hatte, seit Oosik ihm Hyacinths Brief gegeben hatte. Als Hyacinth den Brief geschrieben hatte, war das Leben in der Stadt noch mehr oder weniger friedlich verlaufen. Sie hatte zweifellos die Absicht gehabt, auf dem Palatinum einzukaufen und in Ermine's Hotel zu übernachten, um am nächsten Tag zurückzukehren und …

»Nicht hinfallen«, warnte Oreb.

Er gab sich Mühe. Die Barrikaden waren aus den Dingen gebaut worden, die man gerade zur Hand gehabt hatte: Schutt aus zerstörten Gebäuden, Schreibtische, Ladentheken, Betten, Fässer und Stoffballen, alles war wahllos aufeinander getürmt worden.

Oben auf der Barrikade blieb er stehen und wartete ab, ob man auf ihn schießen würde. Die Gardisten hinter der Sandsackbarriere hatten gehört, daß er ein Augur war, und vielleicht hatten sie inzwischen schon vom Brief des Prolokutors erfahren. Wenn sie Oreb sahen, begriffen sie womöglich binnen Sekunden, wer er war.

Und dann würden sie schießen. Wenn sie schossen und trafen, wäre es vielleicht besser, rückwärts hinunterzufallen, wo Liana und Linsang standen – und es wäre mit Sicherheit besser, in diese Richtung zu springen, wenn sie schossen und ihn verfehlten.

Aber es fiel kein Schuß, und so begann er, auf der anderen Seite vorsichtig hinabzusteigen. Die Reisetasche behinderte ihn etwas. Oosik hatte ihn nicht getötet, weil er sich die Sache richtig überlegt hatte und weil er nicht nur Soldat, sondern auch Politiker war, wie es ein hochrangiger Offizier zweifellos sein mußte. Der Offizier, der dort drüben den Vorposten kommandierte, war bestimmt jünger und würde die Befehle des Ayuntamiento ohne Zögern ausführen.

Trotzdem ging Silk weiter.

Sobald man sie einmal angerufen hatte, war die Logik wie ein Gott. Man konnte einen Gott bitten, im Heiligen Fenster zu erscheinen, aber wenn er einmal erschienen war, konnte man ihn nicht wieder fortschicken, noch konnte man die Dinge, die er der Menschheit zu verkünden hatte, ignorieren, unterdrücken oder verleugnen. Silk hatte die Logik angerufen, und die Logik sagte ihm, daß er eigentlich im Bett in jenem Haus liegen sollte, das zur Zeit Oosiks Hauptquartier war. Er sollte dort ruhen und sich pflegen lassen, weil er dringend Ruhe und Pflege brauchte.

»Er wußte, daß ich gehen würde, Oreb.« Irgend etwas schnürte ihm die Kehle zu. Er hustete und spuckte einen weichen Klumpen aus, der vielleicht Schleim war. »Er hat ihren Brief gelesen, bevor er zu mir kam, und er kannte sie.« Silk stellte fest, daß er nicht einmal jetzt den Gedanken ertragen konnte, daß Oosik bei Hyacinth gelegen hatte. »Er wußte, daß ich gehen und dieses Problem mitnehmen würde.«

»Mann beobachtet«, informierte Oreb ihn.

Silk blieb wieder stehen und musterte den Wall aus Sandsäcken, aber er konnte auf diese Entfernung die runden Sandsäcke nicht von den behelmten Köpfen unterscheiden. »Meinetwegen, solange sie nicht schießen«, murmelte er.

»Schießen nicht.«

In diesem Abschnitt der Gold Street hatten Juweliere ihre Geschäfte. Es waren die größten, prächtigsten Geschäfte unterhalb des Palatinums. Die reichsten überhaupt lagen an den Hängen des Hügels selbst, so daß die Kunden damit prahlen konnten, daß sie ihren Schmuck »oben« gekauft hatten. Die meisten Geschäfte waren leer, die Gitter und Läden waren von den Schaufenstern gerissen worden, und drinnen lagen jetzt nur noch die Leichen derer, die beim Plündern oder Verteidigen den Tod gefunden hatten. Hinter der Barrikade warteten weitere, teurere Geschäfte auf ungebetene Besucher. Silk versuchte sich vorzustellen, wie die schlafenden Kinder, über die er hinweggestiegen war, die Geschäfte plünderten. Er konnte es sich nicht vorstellen, weil sie dazu nicht imstande waren. Sie würden auf Lianas Befehl angreifen, kämpfen und sehr schnell sterben, und Liana selbst mit ihnen. Erst nach ihnen und nur wenn der Angriff erfolgreich verliefe, würden die Plünderer kommen. Diese Leiche hier – Silk bückte sich, um sie zu untersuchen – war der Leichnam eines höchstens dreizehnjährigen Jungen. Eine Seite des Gesichts war von einem Schuß weggerissen worden.

Silk war noch nicht oft in der Gold Street gewesen, aber sie war ihm bestimmt noch nie so lang und so breit vorgekommen wie jetzt.

Dort lagen ein Gardist und ein Mann mit einem harten Gesicht. Vielleicht war es sogar derjenige, der ihn nach Kypris' Theophanie ausgefragt hatte. Seite an Seite lagen die beiden, nachdem sie sich gegenseitig die Messer zwischen die Rippen gejagt hatten.

»Patera!« Das war die rauhe Stimme, die auf Lianas Ruf geantwortet hatte.

»Was ist, mein Sohn?«

»So beeilt Euch doch!«

Silk trabte und versuchte, die Schmerzen im Fußgelenk zu ignorieren. Als er vor ein paar Augenblicken gefürchtet hatte, erschossen zu werden, war ihm der Hang des Palatinums sehr steil vorgekommen. Jetzt bemerkte er die Steigung kaum noch.

»Hier, faßt meine Hand.«

Die Verschanzung der Gardisten war nur halb so hoch wie die der Rebellen, aber sie war (wie Silk sah, als er über den Kamm kletterte) erheblich dicker. Die Außenseite fiel fast senkrecht ab, innen war eine Art Stufe aufgeschüttet, damit die Gardisten darüber hinweg schießen konnten.

Der Gardist, der ihm geholfen hatte, sagte: »Nun kommt schon. Ich weiß nicht, wie lange er es noch macht.«

Silk nickte. Er war nach der Kletterei atemlos und fürchtete, er hätte sich das Lungengewebe wieder aufgerissen. »Bringt mich zu ihm.«

Der Gardist sprang den aus Sandsäcken gebauten Absatz hinunter. Silk folgte etwas umständlicher. Auch hier schliefen einige Leute. Ungefähr ein Dutzend gepanzerter Gardisten lagen in Decken gewickelt auf der Straße. Der Stoff war vermutlich grün, wirkte aber im Himmelslicht schwarz.

»Werden die da drüben uns Ärger machen?« fragte der Gardist.

»Nein, heute nacht wohl nicht mehr. Morgen früh, würde ich sagen.«

Der Gardist grunzte. »Die meisten Kugeln schlagen durch das Zeug, das sie da aufgetürmt haben. Ich habe mir die Sache angesehen. Da sind auch Möbel dabei, die Bretter sind kaum dicker als ein Daumen. Ich bin übrigens Sergeant Eft.«

Sie schüttelten sich die Hände, und Silk sagte: »Ich habe auch schon darüber nachgedacht, als ich hinübergeklettert bin, Sergeant. Sie haben auch schwerere Dinge, und selbst ein Stuhl behindert ja Eure Sicht.«

Eft schnaubte. »Die haben dort nichts, was ich sehen will.«

Ganz anders auf dieser Seite. Als Silk am Schweber vorbeispähte, sah er, daß hundert Schritte weiter bergauf an einer Kreuzung ein Talus postiert war. Der große Kopf mit den Stoßzähnen (fast wie ein Bruder der Kampfmaschine, die er unter Scyllas Schrein getötet hatte) drehte sich hin und her und überblickte der Reihe nach die Straßenzüge. Liana wäre sicher interessiert, dies zu erfahren, falls sie es nicht schon wußte.

»Hier herein.« Eft öffnete die Tür eines abgedunkelten Ladens. Als er sprach und als seine Stiefel über den Boden polterten, flammten einige Lichter auf. Auf dem Steinboden lagen Teile von Rüstungen, einige Verwundete waren auf Decken gebettet. Einer von ihnen, geweckt durch die Geräusche oder das Licht, begann zu stöhnen. Zwei weitere, so schien es, atmeten überhaupt nicht mehr. Silk kniete sich vor den ersten und tastete nach dem Puls.

»Nein, der nicht. Der hier drüben ist es.«

»Ich muß mich um alle kümmern«, sagte Silk. »Ich will ihnen allen die Vergebung des Pas übermitteln, und ich will es für jeden einzeln tun. Es gibt keinen Grund, es für alle gleichzeitig zu tun.«

»Die meisten haben ihre letzten Gebete schon gesprochen. Der dort, bei dem Ihr kniet, hat es jedenfalls getan.«

Silk blickte zum Sergeanten auf. Er konnte dem harten, verspannten Gesicht nicht ansehen, ob der Mann die Wahrheit sprach. Silk stand auf. »Ich glaube, der Mann ist tot.«

»Nun gut, dann werden wir ihn rausschaffen.

Kommt her. Der hier ist noch nicht tot.« Eft stand schon neben dem Mann, der gestöhnt hatte.

Silk kniete nieder. Die Haut des Verletzten fühlte sich kalt an. »Ihr haltet ihn nicht warm genug, Sergeant.«

»Seid Ihr etwa auch Arzt?«

»Nein, aber ich weiß einiges über Krankenpflege. Das gehört zum Handwerkszeug eines Auguren.«

»Tut nicht weh.« Oreb hüpfte von Silks Schulter auf die Brust des Verletzten. »Kein Blut.«

»Laß ihn in Frieden, du dummer Vogel.«

»Kein Schmerz!« flötete Oreb. »Kein Blut!«

Ein kahlköpfiger Mann, der nicht viel größer war als Liana, trat hinter einer leeren Vitrine hervor. Er war mit einer Muskete bewaffnet, trug aber keine Rüstung und nicht einmal eine Uniform. »Das ist richtig, Patera. Er ist nicht verwundet. Oder besser, ich konnte keine Verletzung finden. Es muß sein Herz sein.«

»Besorgt eine Decke«, sagte Silk zu Eft. »Oder besser gleich zwei. Beeilt Euch!«

»Ich nehme von einem verdammten Metzger keine Befehle entgegen.«

»Dann werdet Ihr Euch für seinen Tod zu verantworten haben, Sergeant.« Silk zog die Gebetskette aus der Hosentasche. »Besorgt mir zwei Decken oder, wenn Ihr könnt, sogar drei. Die Männer, die die Rebellen beobachten, können für den Augenblick auf ihre Decken verzichten. Drei Decken und sauberes Wasser.«

Er beugte sich über den Verwundeten und ließ die Gebetskette wie vorgeschrieben in der rechten Hand baumeln. »Im Namen aller Götter soll dir für alle Zeiten vergeben werden, mein Sohn. Ich spreche nun für den Großen Pas, für die Göttliche Echidna, für die Sengende Scylla, für die Wundervolle Molpe …«

Die Namen kamen ihm flüssig über die Lippen,

jeder Gott wurde mit seinem Ehrennamen angesprochen, aber die Namen klangen hohl oder entsetzlich. Pas, dessen Plan der Außenseiter unterstützt hatte, war tot. Echidna war ein Ungeheuer. Das Gespenst, das jetzt in Silks Kopf umging, während er rezitierte und die Kette schwang, war nicht Doktor Cranes Geist, sondern der ebenso vornehme wie brutale Chemische, der sich für Councillor Lemur gehalten hatte.

»Der Monarch wollte einen Sohn als Thronfolger haben«, hatte ihm der falsche Lemur erklärt. »Der Monarch wollte einen männlichen Erben bekommen. Scylla hatte einen ebenso starken Willen wie der Monarch selbst, aber sie war ein Mädchen. Ihr Vater erlaubte ihr jedoch, unsere und viele andere Städte zu gründen. Sie hat auch Euer Kapitel begründet. Es war eine Art Parodie auf die Staatsreligion ihres eigenen Whorl. Die Königin gebar dem Monarchen ein weiteres Kind, wieder ein Mädchen und noch schlimmer als das erste. Sie war eine gute Tänzerin und Musikerin, aber eben auch nur ein Mädchen und hin und wieder von Anfällen von Schwachsinn geplagt. Wir nennen sie Molpe. Das dritte Kind war ein Junge, aber er war nicht besser als die ersten beiden, weil er blind geboren wurde. Er wurde der Tartaros, dem Ihr Euer Schicksal anempfohlen habt, Patera. Ihr glaubt, er könnte ohne Licht sehen. Die Wahrheit ist, daß er bei Tageslicht nichts sehen kann. Echidna wurde wieder schwanger und gebar einen weiteren Knaben. Der Junge war gesund, erbte aber vom Vater die männliche Gleichgültigkeit gegenüber den Empfindungen anderer. Im Grunde eine Geisteskrankheit. Wir nennen ihn heute Hierax …«

Der junge Mann, über den Silk sich gebeugt hatte und über dem er immer wieder das Zeichen der Addition machte, war beinahe tot. Vielleicht – aber auch nur vielleicht – schöpfte er etwas Trost und sogar

Kraft aus der Liturgie. Die Götter, die Silk angebetet hatte, waren seiner und der Anbetung der Menschen kaum würdig, aber die Anbetung selbst mußte doch einen Wert und irgendwie und irgendwo ein Gewicht haben. So mußte es sein, denn sonst wäre der ganze Whorl ein Ort ohne Sinn.

»Und auch der Außenseiter vergibt dir, mein Sohn, denn ich spreche hier auch für ihn.« Ein letztes Zeichen der Addition, und Silk steckte seufzend und schaudernd die Gebetskette ein.

»Das hat der andere aber nicht gesagt«, meinte der Zivilist mit der Muskete. »Der Augur, der vorher da war.«

Silk hatte so lange befürchtet, daß irgend jemand irgendwann einmal eine solche Bemerkung machen würde, daß er kaum noch überrascht war. »Viele Auguren zählen den Außenseiter zu den Nebengöttern«, erklärte Silk. »Ich jedoch nicht. Sein Herz? Sagtet Ihr, es sei sein Herz?«

»Sein Name ist Junker Mattak. Sein Vater ist mein Kunde.« Der kleine Juwelier beugte sich vor. »Der Sergeant hat den anderen getötet.«

»Den anderen – wen meint Ihr?«

»Den anderen Auguren. Patera Moray. Er hat mir seinen Namen genannt. Wir haben uns eine Weile unterhalten, nachdem er die Letzten Gebete gesprochen hatte, und ich … ich …« Plötzlich, völlig unerwartet, begann der Juwelier zu weinen. Es kam wie eine Flut, als strömte schlagartig alles Wasser aus einem zerbrochenen Krug. Der Mann zog ein blaues Taschentuch aus der Hosentasche und schneuzte sich.

Silk beugte sich noch einmal über den Junker und suchte eine Wunde.

»Ich sagte, ich wollte ihm einen Becher geben, um das Blut aufzufangen, wenn Ihr versteht, was ich meine.«

»Ja«, sagte Silk abwesend. »Ich weiß, was Ihr meint.«

»Er sagte, im Manteion hätten sie einen aus gelbem Steingut, und ich sagte … ich sagte …«

Silk stand auf und hob die kleine Reisetasche auf. »Wo ist der Tote? Seid Ihr überhaupt sicher, daß er tot ist?« Oreb flatterte wieder auf seine Schulter.

Der Juwelier wischte sich Augen und Nase ab. »Ob er tot ist? Beim Heiligen Hierax! Wenn Ihr ihn gesehen hättet, dann würdet Ihr das nicht fragen. Er liegt draußen in der Gasse. Der Sergeant kam herein, als wir uns unterhalten haben, und hat ihn einfach erschossen. Mitten in meinem Laden! Er hat ihn dann nach draußen geschafft.«

»Zeigt ihn mir bitte. Hat er all den anderen die Vergebung des Pas übermittelt? Habe ich das richtig verstanden?«

Während er Silk an den leeren Schaukästen vorbei in den hinteren Teil des Ladens führte, nickte der Juwelier.

»Und Junker Mattak war zu diesem Zeitpunkt noch nicht verletzt?«

»So ist es.« Der Juwelier schob einen schwarzen Samtvorhang zur Seite. Dahinter lag ein schmaler Flur. Sie kamen an einer mit einem Vorhängeschloß gesicherten Tür vorbei und blieben vor einer zweiten, mit starken Riegeln versperrten Tür stehen. »Ich sagte zu ihm: ›Wenn alles vorbei ist und sich alles wieder beruhigt hat, werde ich Euch einen goldenen Becher geben.‹ Ich war noch dabei, meine Schaukästen zu leeren, als er die Gebete gesprochen hat. Er sagte, soviel Gold hätte er noch nie gesehen, und in seinem Manteion sparte man schon lange auf einen goldenen Becher. Früher hätten sie sogar mal einen goldenen Becher gehabt, meinte er, aber sie hätten ihn verkaufen müssen.«

»Ich verstehe.«

Der Juwelier entfernte die zweite Stange und

stellte sie hochkant an die Wand. »Also sagte ich zu ihm, wenn alles vorbei ist, werde ich Euch einen schenken, als Erinnerung an diese Nacht. Ich habe einen schönen Becher, der schon ein Jahr bei mir steht. Aus reinem Gold, aber er sieht trotzdem nicht protzig aus, wenn Ihr wißt, was ich meine. Er hat gelächelt, als ich das sagte.«

Die Eisentür quietschte laut in rostigen Scharnieren, als sie geöffnet wurde. Silk mußte unwillkürlich an das Gartentor des Pfarrhauses denken.

»Ich sagte, kommt doch mit in den Tresor, Patera, dann zeige ich Euch den Becher. Er legte mir die Hand auf die Schulter und sagte, mein Sohn, glaubt nicht, Ihr hättet jetzt ein Gelübde geleistet. Ihr habt nicht beim Namen eines Gottes geschworen, mir dieses Geschenk zu machen, und ...«

»Laßt mich ihn sehen.« Silk trat in die Gasse hinaus.

»Und dann ist der Sergeant hereingekommen und hat ihn einfach erschossen«, beendete der Juwelier den Satz. »Geht lieber nicht wieder hinein, Patera.«

Irgendwo in der Dunkelheit, aus der Silk üble Gerüche entgegenwehten, murmelte jemand das Gebet, das Silk gerade erst selbst gesprochen hatte. Silk konnte Phaeas und Sphigx' Namen verstehen, dann folgte der übliche abschließende Spruch. Es war die Stimme eines alten Mannes; Silk glaubte einen Augenblick, er hätte Patera Pike vor sich.

Als der kniende Augur aufstand, hatten Silks Augen sich an das Zwielicht in der Gasse gewöhnt. »Ihr seid hier in großer Gefahr«, sagte Silk. Im letzten Augenblick beherrschte er sich und behielt den Titel des Mannes für sich.

»Ihr aber auch, Patera«, erwiderte Quetzal.

Silk wandte sich an den Juwelier. »Geht bitte wieder hinein und verriegelt die Tür. Ich muß mit dem – mit meinem Kollegen sprechen. Ihn warnen.«

Der Juwelier nickte, und nachdem die Eisentür mit lautem Krachen zugefallen war, schien die Gasse stiller denn je.

Ein paar Sekunden lang glaubte Silk, er hätte Quetzal nur in der Dunkelheit aus den Augen verloren, aber der Prolokutor war verschwunden. Patera Moray – dessen Alter, Größe und Gewicht man in diesem Zwielicht nicht richtig erkennen konnte – lag im Straßendreck auf dem Rücken, die Gebetskette in der Hand und die Arme ordentlich über der zerfetzten Brust gekreuzt, sich selbst überlassen und einsam im Tod.

7

Wo Thelx einen Spiegel hochhält

Silk blieb stehen und betrachtete die beeindruckende Fassade des Hauses. Ermine's war ursprünglich wohl als privates Wohnhaus gebaut worden: für einen Menschen, der über eine unerschöpfliche Kartentasche verfügte und der seine große Liebe für Säulen, Bogengänge, Friese und Gesimse verewigen wollte. Zierat, den Silk früher schon einmal als gemalte Muster auf den abweisenden Mauern jener Häuser gesehen hatte, die aus Schiffsstein gebaut waren, fand man hier in einem Steingewirr, das fünf Stockwerke hoch war, dreidimensional ausgeführt. Ein Messingschild von demonstrativ bescheidenen Ausmaßen auf der grünen Vordertür ließ den Besucher wissen, wo er war: »Ermine's Hotel.«

Wer, fragte Silk sich beiläufig, mochte Ermine gewesen sein? Ob er vielleicht sogar noch lebte?

Seine Hände waren feucht von kaltem Schweiß. Er wollte sie an der Robe abwischen, doch dann erinnerte er sich, daß die schwarze Robe zusammen mit der geborgten blauen Tunika in der geborgten Reisetasche steckte. So wischte er sich die Hände an der gelben Tunika ab, die er im Augenblick trug.

»Reingehen?« wollte Oreb wissen.

»Gleich.« Silk scheute sich, den letzten Schritt zu tun. Er stand vor Ermine's Hotel, er stand vor dem Ende seiner Träume, er würde gleich erwachen. Wenn er Glück hatte, würde man ihn erkennen und erschießen. Wenn er Pech hatte, würde er Thelxiepeias Bild finden und warten, bis Ermine sein Haus schloß. Gewiß mußte auch er sein Haus irgendwann einmal schließen. Ein unglaublich überheblicher Diener würde ihn kühl informieren, daß er gehen mußte. Silk würde aufstehen, sich ein letztes Mal umsehen und versuchen, den Diener in ein Gespräch zu verwickeln, um ein paar weitere Augenblicke zu gewinnen.

Danach würde er gehen müssen. Die Straße würde im morgendlichen Dämmerlicht liegen, und es würde sehr kalt sein. Er würde hören, wie hinter ihm die Tür des Hotels energisch geschlossen wurde, er würde das Klicken der Schlösser und das Klappern der Riegel hören. Er würde die Straße hinauf und hinunter blicken, aber keine Hyacinth und niemanden sehen, der ihm eine Nachricht von ihr überbrachte.

Und damit wäre es vorbei. Aus und vorbei und erledigt, und es würde nie wieder erweckt werden. Er würde sich an die Sehnsucht erinnern, als wäre es eine Geschichte, die irgendwann einmal ein Augur erlebt hatte, der zufällig den gleichen Namen trug wie er selbst, Silk. Ein Name, der nicht eben häufig, der aber andererseits keineswegs besonders ausgefallen war. (Der alte Caldé, dessen Büste seine Mutter hinten im Wandschrank aufbewahrt hatte – wie war sein Name noch gewesen? Hatte er nicht ebenfalls Silk geheißen? Nein, sein Name war Tussah gewesen, aber auch das war wie Silk, Seide, das Wort für einen kostbaren Stoff.) Silk mußte versuchen, der Stadt den Frieden zu bringen und sein Manteion zu retten. Er würde mit beidem scheitern und sterben.

»Reingehen?«

Er wollte dem Vogel sagen, daß sie am besten weitergingen, aber schon der Gedanke erschreckte ihn so sehr, daß er keinen Ton herausbekam. Ein Mann, der einen Hut mit einer Pfauenfeder und einen Pelzumhang trug, murmelte: »Entschuldigt bitte« und schob sich an ihm vorbei. Ein livrierter Page (vermutlich der hochnäsige Diener, den er sich gerade vorgestellt hatte) öffnete die Tür.

Jetzt oder nie. Jetzt konnte er nur noch wortlos weggehen oder eine Nachricht hinterlassen und die Illusion bewahren.

»Wollt Ihr eintreten, Sir?«

»Ja«, sagte Silk. »Ja, das will ich. Aber ich frage mich, was mit meinem Tier ist. Wenn Ihr Bedenken habt, lasse ich den Vogel draußen.«

»Kein Problem, Sir.« Ein leichtes, falsches Lächeln spielte um die schmalen Lippen des Dieners. Es sah aus wie vom Frost auf eine winterliche Fensterscheibe gemalt. »Die Damen bringen nicht selten ihre Schoßtiere mit, mein Herr. Jagdhunde oder Affen zum Beispiel, Sir. Ihr Vogel wird gewiß nicht schlimmer sein. Aber, Sir, die Tür ...«

Richtig, sie stand noch offen. Es war eine kühle Nacht, und Ermine's Hotel war, Revolte oder nicht, sicherlich ein gemütlich warmer Ort. Silk stieg die Stufen zur grünen Tür empor. Ungefähr so hoch war Lianas Barrikade gewesen.

»Darf ich annehmen, daß dies Euer erster Besuch in unserem Haus ist, Sir?«

Silk nickte. »Ich will mich hier mit einer Dame treffen.«

»Sehr wohl, Sir. Dies hier ist unser Vorzimmer, Sir.« Sofas und hart aussehende Stühle standen dort herum. »Eigentlich dient dieser Raum nur dazu, die Oberbekleidung abzulegen, Sir. Die Kleidung wird dort in der Kammer untergebracht. Wenn Ihr wollt, könnt Ihr hier auch Euer Gepäck aufbewahren lassen, Sir. Das Vorzimmer wird nicht bewirtet, aber Ihr könnt hier jeden sehen, der eintritt oder das Haus verläßt.«

»Guter Mann?« Oreb sah den Pagen mit schief gelegtem Kopf aus einem schwarzen Knopfauge an. »Mag Vogel?«

»Heute abend, Sir«, fuhr der Page fort, indem er sich zu Silk beugte und vertraulich weitersprach, »heute abend könnte ich Euch jedoch ausnahmsweise eine Erfrischung hierher bringen. Wegen der Unruhen in der Stadt sind nur wenige Gäste gekommen.«

»Danke«, sagte Silk. »Vielen Dank, aber das ist nicht nötig.«

»Hinter dem Vorraum, Sir, findet Ihr unsere Sellaria. Dort sind die Stühle viel bequemer, und dort werdet Ihr auch bewirtet werden. Manche Herren kommen, um dort zu lesen.«

»Angenommen, ich betrete Eure Sellaria und wende mich nach rechts – wohin komme ich dann?« fragte Silk.

»Dann kommt Ihr in den Club, Sir. Wenn man halb rechts abbiegt, gelangt man in den Wintergarten, Sir. Dort gibt es Nischen mit Bänken und Sofas. Auch dort wird bedient, aber nicht ganz so häufig wie in der Sellaria.«

»Danke«, sagte Silk. Er war schon unterwegs.

Seltsam, daß dieser riesige Raum, in dem fünfzig oder mehr Stühle standen und ungefähr halb so viele kleine Tische, dazu ein paar Dutzend Topfpflanzen, Statuen und dickbauchige Urnen, mit dem gleichen Begriff benannt wurde wie sein staubiges kleines Wohnzimmer im Pfarrhaus. Silk wandte sich nach rechts und fürchtete einen Moment lang, er hätte den richtigen Flur verpaßt. Es kam ihm vor, als wanderte er im Traum durch das Haus eines Riesen. Unterwegs lehnte er höflich ab, was ein Diener ihm mit einer Verbeugung von einem Tablett anbieten wollte. Keiner der Stühle war besetzt. Auf einem kleinen Tisch mit einer Glasplatte, die kaum größer war als die Sitzfläche eines Melkschemels, lagen ein Haufen zerknüllter Papiere und ein halb beschriebenes Blatt. Das waren die einzigen Anzeichen dafür, daß hier überhaupt Menschen lebten.

Vor ihm erhob sich eine Wand wie ein Gebirge, oder besser wie eine Nebelbank, durch deren Lücken, die in Wirklichkeit aufgehängte Bilder waren, prächtige Ausblicke zu sehen waren. Silk bog wieder nach links ab und sah nach zwanzig Schritten einen Marmorbogen und dahinter dichtes Blattwerk.

In der Sellaria war es so warm gewesen, wie er es erwartet hatte, und als er durch den Bogengang schritt, umfing ihn ein noch wärmeres Klima, feucht und geschwängert mit exotischen Düften. Ein Schmetterling mit malvenfarbenen und grauen Flügeln, die größer waren als seine Handfläche, flatterte dicht vor Silks Gesicht vorbei und landete auf einer purpurnen Blüte, die so groß war wie eine Suppenschale. Ein Pfad, der anscheinend mit kostbaren Steinen ausgelegt war, schmaler sogar als der Kiesweg, der durch seinen Garten hinter dem Manteion führte, verlor sich nach wenigen Schritten hinter Ranken und Zwergbäumen. Überall um ihn her plätscherte Wasser.

»Schöner Ort«, sagte Oreb erfreut.

Wirklich, dachte Silk. Fremdartiger und traumähnlicher als die Sellaria, aber zugleich auch freundlicher und natürlicher. Die Sellaria war eine nahezu alptraumhafte Zurschaustellung von Üppigkeit gewesen. Dieser Raum hier war sanfter, hier gab es Wärme und Wasser und Fruchtbarkeit, und obwohl man diesen mit Glas überdachten Garten zu lasterhaften Zwecken mißbrauchen konnte, waren der Sonnenschein, der tagsüber hereinfiel, die Fruchtbarkeit, das Wasser und die Wärme Qualitäten, die für sich genommen gut waren. Ihre Reinheit wurde durch die Nähe der Verworfenheit nur um so stärker betont. »Es gefällt mir«, flüsterte er zu Oreb. »Hyacinth gefällt es hier sicher auch, denn sonst hätte sie nicht vorgeschlagen, daß wir uns hier treffen sollen, in dieser Schönheit, wo die Schönheit einer Frau nur zu leicht verblassen könnte.«

Der glitzernde Weg teilte sich. Silk zögerte, dann wandte er sich nach rechts. Nach ein paar weiteren Schritten war außer dem Schein, der von den Himmelsländern über dem Whorl herabfiel, kein Licht mehr zu sehen. »Seine Kogniszenz würde diesen Ort sicher genauso mögen wie wir, Oreb. Ich war einmal in seinem Garten im Palast, und dieser Ort hier erinnert mich daran. Allerdings liegt sein Garten im Freien, und dieser hier ist sicher bei weitem nicht so groß.«

Er sah einen Zweiersitz, wundervoll geschnitzt aus einem einzigen Klotz Myrtenholz. Er blieb stehen und starrte ihn an, sehnte sich danach, sich zu setzen, wurde aber von der Furcht zurückgehalten, er würde nicht mehr aufstehen können, wenn er sich einmal gesetzt hatte. »Wir müssen Thelxiepeias Bild finden«, murmelte er. »Außerdem gibt es hier sicher noch andere Sitzgelegenheiten. Hyacinth wird nicht kommen. Sie ist in Bloods Haus draußen auf dem Lande, und sie muß bleiben. Aber wir können hier wenigstens eine Weile ausruhen.«

Eine neue Stimme, unterwürfig und affektiert, murmelte: »Ich bitte um Verzeihung, Sir?«

»Ja, was ist?« Silk drehte sich um.

Ein Kellner hatte sich von hinten genähert. »Ich bitte Euch um Verzeihung, Sir. Ich weiß nicht genau, wie ich mich ausdrücken soll.«

»Darf ich mich hier nicht aufhalten?« Noch während er sprach, nahm Silk sich vor, keinesfalls kampflos aufzugeben. Es würde schon eine ganze Horde von Kellnern und Dienern brauchen, um ihn zu überwältigen. Einen Befehl oder eine Weisung würde er nicht akzeptieren.

»Oh, keineswegs, Sir!« Der Kellner sah ihn erschrocken an. »Nein, das ist es nicht.«

Der verzweifelte Kampf, den Silk sich gerade vorgestellt hatte, verflüchtigte sich auf höchst undramatische Art und Weise.

»Da ist ein Gentleman, Sir. Ein sehr großer Herr, Sir, mit einem langen, schmalen Gesicht. Einem sehr traurigen Gesicht, wenn ich das sagen darf, Sir. Er ist im Club.«

»Nicht gehen«, forderte Oreb nachdrücklich.

»Er wollte mir seinen Namen nicht nennen, Sir. Er sagte, sein Name spielte keine Rolle.« Der Kellner räusperte sich. »Er wollte mir auch Euren Namen nicht nennen, Sir, aber er hat Euch beschrieben. Er sagte, falls jemand bei Euch wäre, sollte ich nichts sagen. Dann sollte ich Euch und der Person, die sich bei Euch befände, nur eine Erfrischung anbieten, für die er bezahlen wollte. Aber falls ich Euch allein vorfände, sollte ich Euch einladen, ihm Gesellschaft zu leisten.«

Silk schüttelte den Kopf. »Ich kann mir nicht vorstellen, wer das sein sollte. Wißt Ihr es?«

»Nein, Sir. Er ist kein Stammgast des Hauses, Sir. Ich glaube nicht, daß ich ihn schon einmal hier gesehen habe.«

»Gibt es hier eine Statue der Göttin Thelxiepeia? Hier im Wintergarten?«

»Gewiß, Sir. Der große Herr bat mich, genau dort nach Euch zu suchen, Sir.«

Colonel Oosik war groß, dachte Silk, aber er war zugleich so massig, daß seine Größe nicht das Auffallendste an ihm war. Oosik hatte aber bestimmt kein langes, schmales Gesicht. Da nur Oosik und Captain Gecko Hyacinths Brief gelesen hatten, mußte der Mann mit dem schmalen Gesicht Gecko sein.

»Sagt ihm, daß ich nicht zu ihm in den Club kommen kann«, erwiderte Silk, seine Worte genau abwägend. »Bringt mein Bedauern zum Ausdruck. Sagt ihm, daß ich mich bei der Statue der Thelxiepeia aufhalte und daß ich allein bin. Er kann dort mit mir sprechen, wenn er will.«

»Jawohl, Sir. Danke, Sir. Darf ich Euch etwas anbieten, Sir? Ich könnte Euch auch hier bedienen.«

Silk schüttelte ungeduldig den Kopf.

»Nun gut, Sir. Ich werde Eure Botschaft überbringen.«

»Einen Augenblick noch. Wie spät ist es?«

Der Kellner machte eine verlegene Geste. »Ich habe leider keine Uhr, Sir.«

»Natürlich, ich auch nicht. Wißt Ihr es denn ungefähr?«

»Ich habe vor ein oder zwei Minuten auf die Uhr an der Bar gesehen, bevor ich herauskam, Sir. Da war es fünf Minuten vor zwölf.«

»Danke«, sagte Silk. Er setzte sich auf die aus Holz geschnitzte Bank, ohne an die Schwierigkeiten zu denken, die er beim Aufstehen haben würde.

Hieraxday, hatte Hyacinth geschrieben. Er versuchte, sich an ihre genauen Worte zu erinnern, aber es gelang ihm nicht. Er wußte nur noch, was sie ungefähr zu bedeuten hatten. Hyacinth hatte keine Zeit genannt, wahrscheinlich hatte sie aber den Spätnachmittag gemeint, wenn sie mit ihren Einkäufen fertig war. Die Uhr des Barkeepers war zweifellos im Club, und der Club war vermutlich ein Ort, wo überwiegend Männer saßen und etwas tranken – ein Gegenstück des Cock, wo er Auk kennengelernt hatte, aber für reiche Männer. Der Kellner hatte wohl kaum auf die Uhr gesehen, nachdem er mit dem Mann mit dem langen Gesicht gesprochen hatte, wer dieser auch immer war. Also waren inzwischen möglicherweise zehn oder mehr Minuten vergangen, seit der

Diener auf die Uhr gesehen hatte. Der Hieraxday war vorbei. Jetzt war Thelxday, und wenn Hyacinth auf ihn gewartet hatte (was aber nicht sehr wahrscheinlich war), dann hatte sie vergeblich auf ihn gewartet.

»Hallo, Jugs«, sagte Auk, als er aus dem dunklen Seitengang trat. »Wir sollen Pas' Plan ausführen.«

Chenille fuhr herum. »Hackum! Ich habe dich überall gesucht!« Sie rannte zu ihm und überraschte ihn damit, daß sie die Arme um ihn legte und zu weinen begann.

»Na«, machte er. »Na, na, Jugs. Na.« Sie war unglücklich gewesen, und er wußte es, und er wußte irgendwie, auch wenn er es nicht ganz erfassen konnte, daß das seine Schuld war. Er hatte sie nicht verletzen wollen, er wünschte sich, daß es ihr gutging, und wenn er an sie dachte, dann waren seine Gedanken voller Freundlichkeit. »Entschuldige«, murmelte er. Er ließ Tartaros' Hand los und nahm sie in die Arme.

Als sie zu schluchzen aufhörte, küßte er sie so sanft er konnte, und sie reagierte leidenschaftlich. Sie wischte sich die Augen trocken, schniefte und schluckte. »Oh, Hierax! Hackum, Hackum, ich habe dich so vermißt! Ich war so einsam, und ich hatte solche Angst. Nimm mich in die Arme.«

Er war überrascht, weil er sie schon in den Armen hielt. Er sagte noch einmal: »Es tut mir leid, Jugs«, und da ihm das nicht genug schien, fuhr er fort: »Ich werde dich nie wieder allein lassen, wenn du es nicht willst.«

Sie nickte und schluckte. »Schon gut, du kannst ruhig gehen, wenn du nur immer wieder zurückkommst.«

Er bemerkte ihren Ring. »Habe ich ihn dir geschenkt?«

»Yeah, danke.« Sie löste sich von ihm und hob die Hand, damit er ihn besser sehen konnte. In dem fahlen grünen Licht kam er allerdings nicht richtig zur Geltung. »Er gefällt mir sehr, aber du kannst ihn jederzeit zurückbekommen, wenn du knapp bei Kasse bist.«

»Ich bin flüssig, aber sag mal, habe ich ihn dir wirklich geschenkt?«

»Oh, hast du das vergessen?« Sie sah ihn neugierig an. »Das liegt bestimmt daran, daß du eins auf den Schädel bekommen hast. Oder vielleicht hat dich ein Gott am Wickel, wie es Kypris mit mir gemacht hat? Viele Dinge, die ich gemacht habe, als sie oder Scylla mich im Griff hatten, weiß ich nicht mehr.«

Auk schüttelte den Kopf und stellte fest, daß es nicht mehr weh tat. »Nein, mich hat noch kein Gott übernommen, Jugs, und es hat auch noch nie einer versucht. Das ist die reine Wahrheit. Das mit Kypris habe ich überhaupt nicht mitbekommen, aber als du Scylla warst, da warst du anders.«

»Ich glaube, zum Teil war ich auch noch ich selbst. Halte mich ganz fest, ja? Mir ist so kalt.«

»Tut dein Sonnenbrand nicht mehr weh?«

Sie schüttelte den Kopf. »Kaum noch. Die Haut pellt sich ab. Der Vogel hat daran herumgepickt, bevor er verschwunden ist, aber ich habe es ihm verboten.«

Auk sah sich um. »Wo ist der überhaupt?«

»Ich glaube, er ist bei Patera und Stony. Dieser Urus ist abgehauen, und jetzt suchen sie ihn. Ich suche auch, aber wir mußten uns an einer Gabelung trennen.«

»Klar. Ich habe auch viele Abzweigungen gesehen.«

»Und dann dachte ich, die suchen ja nicht mehr nach dir, aber ich wollte weitersuchen. Deshalb bin ich langsamer gegangen, und als sie in die eine Richtung abgebogen sind, bin ich in die andere gegangen. Der Vogel ist wohl bei ihnen geblieben.«

»Ich habe gehört, wie du mich gerufen hast.«

Chenille nickte. »Ja. Ich habe gerufen, bis ich heiser war. Oh, Hackum, ich bin ja so froh, daß ich dich gefunden habe.«

»Wir haben dich gefunden«, gab er ernst zurück. »Ich bin weggelaufen, weil ...« Er verstummte und rieb sich das breite Kinn.

»Du hast jemanden gesehen, Hackum. Oder du dachtest, du hättest jemanden gesehen. Ich habe das bemerkt, und Patera war das auch klar.«

»Yeah. Ich habe meinen Bruder Bustard gesehen. Aber der ist tot, verstehst du? Nur, daß er hier unten war und mit mir geredet hat. Ich wollte eigentlich sagen, daß er nicht real war, daß ich das nur geträumt habe, aber jetzt bin ich nicht mehr so sicher. Weißt du, was ich meine?«

Die grauen Schiffssteinwände schienen sich um sie zu schließen. »Ich glaube schon, Hackum.«

»Dann ist er verschwunden, und ich habe ihn sehr vermißt, genau wie damals, als er gestorben ist. Als ich ihn dann, so ungefähr drei Stunden später, wiedersah, habe ich gewinkt und gerufen und versucht, ihn einzuholen, aber ich habe es nicht geschafft. Und dann habe ich mich verlaufen, aber das war mir egal, weil ich ja sowieso nach Bustard gesucht habe, und der konnte ja überall sein. Dann bin ich auf einen Gott gestoßen, auf Tartaros. Ich nenne ihn meistens den Schrecklichen Tartaros, weil ich mir die anderen Namen nicht merken kann.«

»Bist du wirklich einem Gott begegnet, Hackum? So, als wärst du jemandem auf der Straße begegnet?«

»Gewissermaßen, ja.« Auk setzte sich auf den Boden. »Jugs, willst du dich auf meinen Schoß setzen, wie du es früher immer gemacht hast? Das fände ich schön.«

»Gut.« Sie setzte sich, legte den Raketenwerfer auf den Boden, überkreuzte die langen Beine und lehnte sich an, als er sie in die Arme nahm. »Das ist gut, Hackum. Es ist viel wärmer so. Aber ich mache das nicht mehr so gerne, weil ich weiß, daß ich jetzt ein ziemliches Pfund bin. Orchid meint immer, ich würde fett. Sie sagt mir das schon seit ein paar Monaten.«

Er drückte sie an sich und genoß die Berührung ihrer weichen Haut. »Sie ist selber fett. Wirklich fett. Du bist es nicht, Jugs.«

»Danke. Dieser Gott, den du getroffen hast, Tartaros. Er ist für dich das, was Kypris für uns ist.«

»Yeah, nur daß er einer der Sieben ist.«

»Ich weiß. Tarsday ist sein Tag.«

»Er ist nicht nur für die Diebe da. Vor allem ist er der Gott der Nacht. Überall wo es dunkel ist, da ist er zu Hause. Er beherrscht auch den Schlaf und die Träume. Ich meine, jeder Gott könnte dir einen Traum schicken, wenn er das wollte, aber die normalen Träume, die so aussehen, als kämen sie überhaupt nicht von einem Gott, das sind seine. Ich nenne ihn den Schrecklichen Tartaros, weil man ihn den Schrecklichen oder bei seinem anderen Namen nennen muß, und wenn ich das mal nicht gemacht habe, dann hat Maytera mir die Leviten gelesen. Ich würde sagen, daß er ziemlich gemein werden kann, aber mir gegenüber war er ganz in Ordnung. Er ist mitgekommen, um mir zu zeigen, wo du bist und damit wir zusammen hier herausfinden und so weiter. Er ist jetzt hier bei uns, aber du kannst ihn nicht sehen, weil er blind ist.«

»Ist er wirklich hier?« Chenille riß die Augen auf.

»Yeah, er sitzt hier neben mir, aber ich würde nicht versuchen, die Hand auszustrecken und ihn anzufassen. Vielleicht würde er dir ja nichts tun, aber …«

Sie hatte schon den Arm ausgestreckt und fuchtelte neben Auk in der Luft herum.

Er schüttelte sie, wenn auch nicht sehr heftig. »Nicht, Jugs. Ich hab's dir doch gesagt.«

»Er ist nicht da. Dort ist überhaupt nichts.«

»Also gut, dann ist dort überhaupt nichts. Ich habe dich nur auf den Arm genommen.«

»Das solltest du aber nicht machen.« Sie stand auf. »Du weißt doch, welche Angst ich hier unten habe, und verdammt hungrig bin ich auch.«

Auk stand auch auf. »Yeah, das war wohl nicht sehr witzig, fürchte ich. Es tut mir leid, Jugs. Ich werde es nicht wieder tun. Nun komm.«

»Wohin denn?«

»Hinaus.«

»Wirklich, Hackum?«

»Sicher. Du hast Hunger. Hab ich auch. Wir müssen raus und uns ein ordentliches Abendessen bestellen. Vielleicht im Pork's oder so. Danach können wir uns ein Zimmer mieten und etwas ausruhen. Er sagte, ich muß mich ausruhen. Danach können wir vielleicht das machen, was Scylla gesagt hat, aber sicher bin ich da nicht. Ich muß ihn danach fragen.«

»Tartaros? Redest du über Tartaros? Bist du ihm wirklich begegnet?«

»Yeah. Es ist da unten stockdunkel und ziemlich naß. Das Wasser tropft da von der Decke. Wenn du das sehen würdest, würdest du wahrscheinlich nicht hingehen wollen, aber eigentlich ist dort nichts, was dir weh tun könnte. Ich glaube es jedenfalls nicht.«

»Ich habe Geladas Laterne dabei, Hackum, aber sie leuchtet nicht mehr.«

»Wir brauchen keine Laterne«, erklärte er ihr. »Es ist nicht weit.«

»Du sagtest doch, wir wollten hier herauskommen.«

»Es ist der gleiche Weg.« Er blieb stehen und drehte

sich zu ihr um. »Und selbst wenn nicht, wir müßten trotzdem hingehen, weil er uns etwas zeigen will. Das hat er mir gerade gesagt, verstehst du? Und jetzt hör zu.«

Sie nickte und zog sich Incus' Robe fester um die Schultern.

»Tartaros ist ein richtiger Gott, wie ich dir gesagt habe. Mit meinem Kopf ist etwas nicht in Ordnung, weil ich hier eine Prellung habe, und er meint, ich hätte einen Klumpen Blut im Kopf. Er will das in Ordnung bringen, und ich fühle mich tatsächlich besser, seit er damit angefangen hat. Aber wir müssen tun, was er sagt, und deshalb mußt du mitkommen, und wenn ich dich tragen müßte.«

»Holzmädchen!« rief Oreb. »Mädchen hier!«

Silk richtete sich auf. Mit dem ›Mädchen‹ war vielleicht Hyacinth gemeint. Wenn auch nur eine klitzekleine Chance bestand, eine Chance von eins zu tausend oder zehn Millionen, wenn überhaupt eine Chance bestand, dann mußte er dem Ruf folgen. Er quälte sich auf die Beine, hob die Reisetasche auf, hustete, spuckte und stolperte davon. Der Weg bog erst nach rechts und dann nach links ab, dann senkte er sich in eine kleine Mulde und gabelte sich. Von riesigen, gespenstisch weißen Blüten tropfte Wasser. »Ich komme, Oreb. Sag ihr, daß ich komme.«

»Hier, hier!«

Es klang, als wäre der Vogel sehr nahe. Silk verließ den glitzernden Pfad und sank sofort in der weichen Erde ein. Er teilte die Blätter, und das Gesicht, das ihn plötzlich anstarrte, hätte ein Totenschädel sein können, hohlwangig und mit trüben Augen. Er keuchte, als er sah, wie sich die blutleeren Lippen öffneten. Oreb flatterte auf ihn zu, und plötzlich teilte er sich in zwei Vögel auf.

Silk ging vorsichtig weiter und wich den dicht gesetzten Pflanzen so gut wie möglich aus, bis er auf roten Steinplatten stand, die einen winzigen Teich, kaum größer als ein Tischtuch, umgaben. Von der anderen Seite führte ein Weg zum Teich.

»Mädchen hier!« Oreb hüpfte auf den Kopf der Holzstatue und pickte mit dem Schnabel darauf.

»Ja«, sagte Silk, »das ist Thelxiepeia.« Keine andere Göttin hatte Schlitzaugen wie sie. Auf der Schulter des Standbildes hockte ein geschnitzter Krallenaffe. Silk tippte auf sein Spiegelbild und klatschte in die Hände, aber in der silbernen Kugel, die sie hielt, erschien kein Monitor. »Das ist nur ein Spiegel«, erklärte er Oreb. »Ich hatte gehofft, es wäre ein Glas, und Hyacinth könnte mich damit erreichen.«

»Nicht anrufen?«

»Nein, damit können wir leider nicht anrufen.« Er hielt sich an einem Baum fest und umrundete auf dem Kranz aus Steinen den Teich. Auf der anderen Seite angekommen, setzte er sich in eine Schaukel. Wie Oosik gesagt hatte, sah man von hier aus den Teich in Thelxiepeias Spiegel und umgekehrt den Spiegel im Teich.

Der Hieraxday war der Tag der Toten und der Ehrungen für die Toten gewesen. Crane war gestorben, aber Silk lebte noch und hatte es versäumt, die Toten zu ehren. Heute, Thelxday, war der Tag, an dem man in Kristallkugeln blickte, um die Zukunft vorauszusagen. Es war der Tag der Zaubertricks und Zaubersprüche, an dem man auf die Jagd ging und Tiere fing. Fest entschlossen, nichts dergleichen zu tun, lehnte Silk sich bequem an und schloß die Augen. Thelxiepeia war zugleich die grausamste und die freundlichste Göttin, sogar noch unberechenbarer als Molpe, auch wenn man ihr nachsagte – deshalb war sicherlich auch ihre Statue hier aufgestellt worden –, daß sie die Liebenden begünstigte. Die Liebe war ja der größte aller Zauber, und wenn es Echidna und ihren Kindern tatsächlich gelang, Kypris zu töten, dann würde Thelxiepeia zweifellos … sie würde …

Sie würde in einem Jahrhundert oder sogar noch schneller die Göttin der Liebe werden, sagte der Außenseiter, der jetzt nicht wie damals auf dem Sportplatz hinter Silk stand, sondern vor ihm. Er schwebte über dem stillen Wasser des Teichs, groß und weise und freundlich, mit einem Gesicht, das Silk beinahe sehen konnte. *Ich würde sie in diesem Fall für mich beanspruchen, wie ich viele andere beansprucht habe. Wie ich auch Kypris für mich beanspruche, weil von mir die Liebe ausgeht, die wahre Liebe, die echte Liebe. Die erste Liebe.*

Der Außenseiter war ein tanzender Mann auf einem Spielzeug, und das Wasser war der blank polierte Deckel einer Spieluhr, auf der er mit Kypris tanzte, die zugleich Hyacinth und Silks Mutter war. *Die erste Liebe.* Deshalb nannte man ihn auch den Außenseiter. Er war außerhalb …

»Ich … äh … ich hoffe und … äh … und vertraue darauf, daß ich Euch nicht störe?«

Silk fuhr erschrocken auf und sah sich besorgt um.

»Mann kommt«, bemerkte Oreb. »Böser Mann.« Oreb hockte jenseits des Teichs auf einem Stein. Nachdem er die überflüssige Bemerkung gemacht hatte, hackte er versuchsweise nach einer silbrig glänzenden Elritze, die erschrocken davonschoß.

»Namen sind … äh … Namen brauchen wir nicht zu nennen, was? Ich weiß, wer Ihr seid, und Ihr kennt mich, was? Wir wollen es dabei bewenden lassen.«

Silk erkannte den schwankenden Besucher, wollte antworten, begriff, was der Mann gemeint hatte, und zog es vor zu schweigen.

»Ausgezeichnet. Ich … äh … wir gehen ein Risiko ein, Ihr und ich. Ein … äh … eine Art Glücksspiel. Einfach, indem wir … urps … indem wir uns dort aufhalten, wo wir hingehören. Hier auf dem Hügel, was?«

»Wollt Ihr Euch nicht setzen?« Silk stand mühsam auf.

»Nein … äh … ich … äh … nein.« Der Besucher rülpste noch einmal leise. »Danke. Ich habe … äh … ich habe an der Bar gesessen, und dort … hmpf … dort blieb mir nichts anderes übrig, als mir hin und wieder ein Getränk zu bestellen. Und ich … äh … ich mußte es natürlich auch trinken. Nein, ich stehe lieber. Im Augenblick jedenfalls, was? Ich will … äh … ich muß mich nur etwas hier anlehnen, wenn ich darf. Aber bitte … äh … bitte setzt Euch doch wieder, Pa …« Er hielt sich die Hand vor den Mund. »Setzt Euch doch. Ich will … äh … will dennoch stehenbleiben, macht Euch deshalb keine Umstände, was?«

Silk setzte sich wieder. »Darf ich Euch fragen …?«

Der Besucher hob eine Hand. »Ich wußte es nicht, Pa … Ich wußte es. Nicht. Nein, ich wußte es nicht. Aber als ich … urps … als ich in dieser Dingsda saß, sah ich Euch hereinkommen. Nicht die … äh … nicht in dieser düsteren, holzvertäfelten Bar, was? Ich meine den anderen Raum, den großen Raum.«

»Die Sellaria«, kam Silk ihm zu Hilfe.

»Äh … ja. Ganz recht. Ich … äh … ich bin zur Tür gegangen und habe Euch beobachtet.« Der Besucher schüttelte, als sei er enttäuscht von sich selbst, den Kopf.

»Das war angesichts der besonderen Umstände vielleicht sogar verzeihlich. Ich habe in der letzten Zeit erheblich schlimmere Dinge getan.«

»Gut, daß Ihr das sagt. Ich … äh … ich habe den Kellner abgepaßt. Ihr habt mit ihm gesprochen.«

Silk nickte.

»Ich … äh … ich sah Euch nach, als Ihr durch den … äh … durch den Bogengang in den Garten gegangen seid. Ich hatte noch nie das Vergnügen, mich hier aufzuhalten, was? Ich … äh … ich ahnte zuerst mehr, als daß ich wußte, daß hier draußen eine … äh … eine Art Garten sein mußte. Ich habe mich erkundigt, und der Kellner erklärte mir, daß es … äh … daß dies ein Ort ist, an dem man sich … äh … der amourösen Zweisamkeit hingibt.«

»Ihr wußtet, daß ich mich hier, genau an dieser Stelle, aufhalten würde.« Silk fühlte sich äußerst unwohl, da er auf den Zusatz *Euer Eminenz* verzichten mußte. »Ihr habt dem Kellner aufgetragen, an dieser Stelle nach mir zu suchen.«

»Nein, nein!« Der Besucher schüttelte nachdrücklich den Kopf. »Ich … äh … ich habe vermutet, daß Ihr möglicherweise eine Verabredung haben könntet. Das hatte er, ohne es auszusprechen, mir gegenüber … äh … angedeutet. Aber ich … äh … ich hatte den Gedanken, daß Ihr außerdem womöglich die … äh … die unsterblichen Götter anbeten wolltet, wie ich es auch selbst tun will. Ich erkundigte mich, ob es in diesem … äh … in diesem Gewächshaus einen solchen Ort gibt. Er erwähnte dieses hölzerne Standbild.« Der Besucher lächelte. »Das muß die richtige Stelle sein, sagte ich zu ihm. Dort werdet Ihr ihn finden. Habt Ihr etwas dagegen, wenn ich mich zu Euch … äh … zu Euch setze? Ich bin … äh … ich bin recht müde.«

»Bitte, setzt Euch.« Silk rückte hastig zur Seite.

»Danke, ich danke Euch. Sehr schön. Ich habe nicht zu Abend gegessen. Ich wollte mir … äh … an diesem Ort nichts bestellen. Nachdem ich all den Wein getrunken hatte. Dumm … äh … das war ausgesprochen dumm von mir, was?«

»Fisch fangen«, schlug Oreb vor.

Silks Besucher achtete nicht auf den Vogel. »Ich habe Geld dabei. Wie ist es mit Euch?«

»Nein, ich habe nichts.«

»Hier, Pa… mein Junge. Haltet die Hände auf.«

Goldene Karten fielen in Silks Schoß. »Nein, nein! Nehmt sie! Nehmt noch mehr! Jetzt wollt Ihr wissen, woher ich sie habe, was? Wartet auf den Kellner, kauft Euch etwas zu essen. Für mich auch etwas. Ich … äh … ich brauche Eure Hilfe. Ich brauche … äh … etwas Zuspruch. Deshalb bin ich hier, um es kurz und knapp zu sagen. Ich empfehle mich Eurer, nein. Wir empfehlen uns. Ich, wir bitten um Eure Nachsicht.«

Silk blickte fragend zu Thelxiepeia, die ihm ein hölzernes Lächeln schenkte. Waren die Karten Zaubergold, das ihm, sinnbildlich gesprochen, zwischen den Fingern zerrinnen würde, wenn er es berührte? Und wenn nicht, was hatte er getan, daß sie ihn so begünstigte? »Danke«, quetschte er schließlich heraus. »Wenn ich Eurer – wenn ich Euch irgendwie behilflich sein kann, dann will ich gerne helfen.« Er zählte die Karten mit den Fingern ab: sieben.

»Sie sind in den Palast eingedrungen, man stelle sich vor, in den … äh … einfach in den Palast.« Der Besucher setzte sich und stützte den Kopf in die Hände. »Ich war … äh … ich war gerade beim Mittagessen. Und herein kam ein Page, was? Einer der Jungen, die Botengänge für uns erledigen. Habt Ihr auch mal als Diener gearbeitet?«

»Nein, aber ich weiß natürlich, daß das manche Jungen tun.«

»Ja, manche tun das, was? Ich habe das auch gemacht. Vor vielen Jahren. Wir … äh … bevor ich mich auf der Schola eingeschrieben hatte. Und danach. Manche tun das. Ein kleiner, fetter Junge. Nein, ich war nicht fett. Aber er. Sagte, sie wollten mich verhaften. Sie wollten sogar Seine Kogniszenz verhaften! Ich sagte, so ein Unsinn. Dann habe ich meinen Nachtisch gegessen. Und sie sind gekommen. Ohne sich anzumelden. Ein Offizier … äh … ein Captain oder Lieutenant, so etwas. Hatte Gardisten dabei. Überall Gardisten, was? Hat überall nach Seiner Kog… hat das ganze Haus auf den Kopf gestellt. Man konnte ihn aber nicht finden. Da haben sie mich mitgenommen. Haben mir die Hände gefesselt. Mir! Haben mir unter der Robe die Hände auf dem Rücken gefesselt.«

»Das tut mir leid«, sagte Silk aufrichtig.

»Sie … äh … sie haben mich ins Hauptquartier der Zweiten Brigade gebracht. In ihr vorläufiges Hauptquartier. Drücke ich mich … äh … drücke ich mich verständlich aus? In das Haus eines Brigadiers. Es gibt keine … äh … keine richtigen Generäle mehr in der Garde. Keine Generalität mehr. Nur diese … äh … diese Brigadegeneräle. Er hat mich verhört, was? Stunden um Stunden. Unangenehm, so etwas. Der Brief des alten Quetzal, was? Wißt Ihr davon?«

»Ja, ich habe ihn gesehen.«

»Ich habe … äh … ich habe ihn aufgesetzt. Ich habe … äh … habe das dem Brigadier aber nicht gesagt. Ich war nicht geständig, was? Sonst hätte er mich wohl auf der Stelle erschießen lassen. Wir … äh … ich hatte damit gerechnet, daß es Schwierigkeiten geben würde. Hatte mich bemüht, es vorsichtig auszudrücken. Seine – er wollte ihn nicht akzeptieren.« Der Besucher sah Silk an wie ein geprügelter Hund. Sein Atem stank nach Wein. »Wißt Ihr, wen ich … äh … wen ich meine?«

»Natürlich.«

»Er hat ihn mir zurückgeschickt. Zweimal. Das ist seit Jahren nicht mehr vorgekommen. Der dritte Entwurf hat ihm dann gefallen. ›Wie gern will ich ihn willkommen heißen und Euch ermahnen‹, jawohl, so habe ich es geschrieben. ›Und Euch ermahnen, ihn ebenso aufzunehmen und dem zu gehorchen, der von uns ist und der doch über uns steht. Mit großer

Freude will ich ihn selbst zu seinem Platz geleiten und ihn begrüßen und ihm gehorchen, denn er ist einer von uns!‹ So stand es im dritten Entwurf, der die Billigung … äh … der dieser Person gefallen hat, die uns beiden bekannt ist, was? So … äh … so war es. Ich kann stolz darauf sein, was? Ich bin es immer noch.«

»Ihr habt allen Grund dazu«, bestätigte Silk. »Aber die Zivilgarde wußte es wohl nicht zu schätzen. Ich wundere mich, daß man Euch überhaupt gehen ließ.« Er gähnte und rieb sich die Augen. Obwohl er nur ein paar Augenblicke geschlummert hatte, fühlte er sich erfrischt.

»Habe mich herausgeredet, was? Reden, das kann ich. Niemand kann von mir sagen, meine Predigten wären langweilig. Nein, reden kann ich wirklich. Ich habe um mein Leben geredet, Pa…, und ich wußte es. Ich mußte vermitteln. Frieden stiften. Die Rebellion beenden. Habe ihr Glas benutzt, um mit dem Ratsherren Loris zu sprechen. Das ging ganz … urps … ganz glatt. Er ist harmlos, laßt ihn gehen! Die Gardisten sind unzufrieden. Auguren wurden erschossen, was? Sogar eine Sibylle. Die Menschen haben schreckliche Angst. Die … äh … meine Anordnung: Laienkleidung, wie Ihr es klugerweise schon getan habt. Ich muß zugeben, ich fürchte mich. Ich habe schreckliche Angst, und ich schäme mich nicht, wenn ich … äh … wenn ich das zugebe. Ich hatte immer noch Angst, als ich hier drinnen saß und Wein getrunken hatte. Habe mich immer wieder über die Schulter umgesehen, was? Hatte Angst, sie könnten mich wieder holen kommen. Bin wie ein Kaninchen aufgesprungen, als ein Träger draußen auf der Straße etwas fallen ließ.«

»Ich glaube, jeder Mensch hat Angst, wenn sein Leben in Gefahr ist. Es spricht sehr für Euer … für Euch, daß Ihr es offen zugebt.«

»Werdet Ihr mir helfen? Wenn Ihr könnt?«

Oreb ließ von den Fischen ab und sagte: »Aufpassen!«

»Ich bin müde und schwach«, sagte Silk, »aber ja, ich will es tun. Müssen wir weit gehen?«

»Wir müssen überhaupt nicht laufen.« Sein Besucher schob die Hand unter die hellbraune Robe. »Ich … äh … ich sagte ja schon, daß sie eigentlich nicht mich gesucht haben, was? Den alten Quetzal wollten sie schnappen. Den Prolokutor. Seine Kogniszenz. Er hatte ja den Brief unterzeichnet, was?«

Silk nickte.

»Sie hätten ihn erschossen. Am Anfang, meine ich. Als sie … äh … als sie mich festgehalten haben. Da hätten sie ihn einfach erschossen, was? Wie spät haben wir es jetzt? Nach Mitternacht. Beinahe ein Uhr, was? Beinahe eins. Sie haben mich sehr spät wieder freigelassen, sagte ich das nicht schon? Nach der Zeit zum Abendessen. Sie wußten … äh … sie kannten Euren Beruf. Eure Berufung. Mint ist eine Sibylle. Versteht Ihr, was ich meine?«

»Natürlich«, sagte Silk.

Sein Besucher zog ein elegantes Federetui aus Straußenleder hervor. »Andererseits hat der alte Quetzal eindeutig Stellung bezogen, was? Unmißverständlich. Der Brief beweist es. Und da ist noch … äh … noch eine andere Angelegenheit. Einen Appell aufsetzen. Der Brigadier glaubt, er und ich könnten einen … urps … eine Kampfpause vereinbaren. Einen Waffenstillstand, was? Wollte sein Wort geben. Eigentlich schweigen die Waffen ja schon. Also, warum nicht?«

Silk richtete sich auf. »Wirklich? Das ist wundervoll!«

»Eine Kleinigkeit, was? Es sind nur ein paar hundert Kämpfer, die man benachrichtigen muß. Aber ein Augur – seht Ihr die Verbindung? Dieser Augur, einer von unserem … äh … von unserem Kapitel, hat die Linien überschritten. Hat sie dazu gebracht, den Kampf einzustellen, damit er hinüber konnte. Der Sohn des Colonels ist verwundet. Fast tot. Dieser … äh … dieser heilige Augur brachte ihm die Vergebung. So weit, so gut, was? Die Rebellen … äh … wollten dann eine Verlängerung der Feuerpause. Beide Seiten wollten … äh … wollten die Toten einsammeln. Ihre Toten bergen, was? Das haben sie getan. Also, warum soll die Feuerpause nicht noch länger halten? Der alte Quetzal wäre vielleicht auch dafür. Wird von beiden Seiten geachtet. Ein Mann des Friedens. Könnt Ihr mir folgen?«

Silk nickte nachdenklich.

»Wenn Eure … äh … Eure Unterstützer nun erfahren, daß mich der Brigadier geschickt hat, was? Was würden sie dann tun? Würden sie mich erschießen? Gut möglich, was? Sehr gut möglich. Deshalb bitte ich Euch um … äh … um ein Dokument, Pa …, das Ihr mir unterzeichnen könntet.« Der Besucher sprach jetzt nur noch flüsternd. »Mit Eurem … äh … Eurem bürgerlichen Titel.«

»Ich verstehe. Gewiß doch.«

»Ausgezeichnet!« Er nahm ein Blatt Papier aus dem Federetui. »Auf diesem … äh … Lederetui kann man wohl nicht sehr gut schreiben, aber hier ist immerhin das Papier, und ich werde Euch das Tintenfaß halten. Bitte, macht es … äh … kurz und bündig. Treffend. Denkt an den … äh … den Inhaber. Respektiert bitte seine … äh …«

»Nicht schießen«, schlug Oreb vor.

Er gab Silk einen Federkiel. »Ist Euch die Spitze recht so? nicht zu fein? Mein Protonotar, Pa … Incus. Ihr kennt ihn doch?«

»Ich bin ihm einmal begegnet, als ich Euch sprechen wollte.«

»Was? Ach, ja.«

Das Etui auf die Knie gelegt, tauchte Silk die Feder ein.

»Er ... äh ... Incus, er spitzt die Federn für mich an. Ich habe es ihm erst am Molpsday aufgetragen. Aber er schneidet sie meistens zu fein. Dünn wie Haare. Ich sollte Incus wohl entlassen. Vielleicht ist er auch schon tot und leistet den Göttern Gesellschaft, was? Ich habe ihn seit ein paar Tagen nicht mehr gesehen. Ich habe ihn auf einen Botengang geschickt, aber er ist nicht zurückgekommen. Wegen dieser Unruhen, nehme ich an.«

Silk, der sich bereits konzentrierte, hörte ihm nur mit halbem Ohr zu.

An Generalin Mint, ihre Offiziere und Soldaten.

Der Überbringer dieses Schreibens, Patera Remora, ist von mir und von ...

Silk blickte auf. »Mit wem habt Ihr gesprochen? Wer war noch gleich der Brigadier, der Euch freigelassen hat?«

»Das war Brigadier ... äh ... Brigadier Erne. Er hat mir ebenfalls ein Schreiben gegeben, was? Für seine Seite.«

... Brigadier Erne beauftragt worden, einen Waffenstillstand auszuhandeln. Bitte behandelt ihn mit aller gebotenen Höflichkeit.

Die schwankende Spitze der Feder begann zu schmieren. Silk wußte nicht, was er noch schreiben sollte. Dann zwang er sich fortzufahren:

Sollte Euch der Aufenthaltsort Seiner Kogniszenz des Prolokutors bekannt sein, dann bringt bitte den Überbringer dieses Schreibens zu ihm, damit er Seiner Kogniszenz bei den Verhandlungen helfen kann.

Oreb ließ einen zappelnden Goldfisch fallen und stellte einen Fuß darauf. »Nicht schießen«, sagte er noch einmal. »Mann verstecken.«

Ich mache Euch persönlich für die Sicherheit des Überbringers und für das Wohlergehen Seiner Kogniszenz verantwortlich. Beiden ist es erlaubt, unbehelligt zu passieren. Ihre Bewegungsfreiheit darf in keiner Weise eingeschränkt werden.

Es wäre äußerst wünschenswert, in beiderseitigem Einvernehmen einen Waffenstillstand auszuhandeln und einzuhalten.

Ich bin Patera Silk aus der Sun Street, Caldé

»Ausgezeichnet! Ja, das ist ganz ausgezeichnet, Pa…, vielen Dank.«

Oreb reckte den Schnabel zum Glasdach hoch, schluckte ein Stück Goldfisch und sagte laut: »Guter Mann!«

»Ich hatte doch irgendwo … äh … irgendwo auch etwas Sand.« Der Besucher nahm sein Federetui entgegen und holte einen silbernen Sandstreuer heraus. »Falls Ihr Sand braucht, was?«

Silk schauderte, dann setzte er das Datum dazu, blies auf das Papier und spuckte ein Blutgerinnsel auf das Moos zu seinen Füßen.

»Ich danke Euch. Nachdem Ihr dies getan habt, bin ich Euch wirklich sehr … äh … sehr verpflichtet. Stehe gewissermaßen in Eurer Schuld, was?«

Silk gab ihm den Schutzbrief.

»Ich … äh … ich hoffe, ich kann jetzt wieder aufstehen und gehen. Habe ja etwas ausgeruht. War gerade ein wenig benommen, was? Vorübergehend benommen, was?« Er stand auf und mußte sich sofort an der Kette festhalten, an der die Schaukel hing. »Ich glaube, ich sollte auch … äh … auch eine Kleinigkeit zu mir nehmen. Einen kleinen … äh … Imbiß.

Sosehr ich auch … äh … ich will nicht aufdringlich sein, aber …«

»Ich habe gut zu Abend gegessen«, erklärte Silk, »und es könnte gefährlich sein, wenn wir zusammen gesehen werden. Ich werde hierbleiben.«

»Ich … äh … ich denke auch, daß dies das beste wäre.« Der Besucher ließ die Kette los und lächelte. »Wenn ich eine Kleinigkeit gegessen habe, wird es mir bestimmt gleich besser gehen, was? Habe zuviel Wein getrunken. Das muß ich zugeben. Mehr, als ich hätte trinken dürfen. Ich hatte Angst, aber der Wein hat alles nur schlimmer gemacht. Wenn ich mir vorstelle, daß wir … urps … daß wir bezahlen müssen …« Er verstummte. Langsam verwandelte sich sein Gesicht in einen grinsenden Totenschädel. »Hallo, Silk«, sagte er. »Sie haben mich gezwungen, dich zu suchen.«

Silk nickte müde. »Hallo, Mucor.«

»Es ist so nebelig hier drinnen. Ganz nebelig.«

Silk verstand nicht sofort, was sie meinte.

»Dunkel, Silk. Und es fühlt sich an, als würde ich eine Treppe runterfallen.«

»Das ist wohl der Alkohol. Wer hat dich gezwungen, mich zu suchen?«

»Die Ratsherren werden mich wieder verbrennen.«

»Sie werden dich foltern, wenn du nicht tust, was sie sagen?« Silk hatte Mühe, seinen Ärger zu verbergen. »Kennst du ihre Namen? Weißt du, wer gedroht hat, dich zu verbrennen?«

Die grinsende Fratze des Besuchers nickte. »Loris. Tarsier. Potto. Mein Vater sagte, sie sollten das lassen, aber der Soldat hat ihn weggeschickt.«

»Ich verstehe. Seine Eminenz – der Mann, von dem du Besitz ergriffen hast – sagt mir, er hätte mit Loris durch ein Glas gesprochen. Hast du deshalb von ihm Besitz ergriffen, als du ausgeschickt wurdest, mich zu suchen?«

»Ich mußte es tun. Sie haben mich verbrannt wie Musk.«

»Dann war es richtig, daß du gehorcht hast, um nicht noch einmal so verletzt zu werden. Ich mache dir keinen Vorwurf.«

»Wir werden dich töten, Silk.«

Das Blattwerk neben dem Teich raschelte, kristallene Tropfen spritzten warm wie Blut heraus, und ein weißhaariger Mann erschien. In einer Hand hielt er den silbern beschlagenen Stock, mit dem er die Blätter geteilt hatte. In der anderen hielt er einen Säbel, dessen schmale Klinge auf das Herz des Besuchers zielte.

»Nicht!« sagte Silk zu ihm.

»Kein Stock«, fügte Oreb hinzu, und es klang, als maßte er sich an, mit zwei Worten eine schwierige Situation zu bereinigen.

»Ihr seid Silk persönlich, Junge! Ihr seid es!«

»Ich fürchte ja. Wenn Ihr Euer Versteck verlassen habt, um mich zu beschützen, dann wäre es besser, Ihr würdet nicht ganz so laut sprechen.« Silk wandte sich wieder an die Totenmaske, die sich über das Gesicht des Besuchers gelegt hatte. »Mucor, wie solltest du mich umbringen können? Dieser Mann hier hat jetzt Musks Nadler, und ich glaube, er ist gekommen, um ihn mir zurückzugeben. Weißt du – hat der Mann, den du kontrollierst, eine Waffe?«

»Ich werde es ihnen sagen, und dann kommen sie.«

»Ich verstehe. Und wenn du es nicht sagst, dann werden sie dich verbrennen.«

Der Kopf des Besuchers nickte wieder. »Dadurch komme ich zurück. Ich kann nicht fortbleiben, wenn sie mich brennen.«

»Wir müssen hier verschwinden.« Silk hob das Bein, das er sich beim Sprung aus Hyacinths Fenster verletzt hatte, und rieb sich das Fußgelenk. »Ich habe mal gesagt, daß du wie ein Teufel bist – ich habe Doktor Crane davon erzählt. Ich habe das gleiche gedacht, als ich die toten Schläfer gesehen habe. Ich habe aber vergessen, daß Teufel, die andere quälen, selbst gequält werden.«

Der Säbel wurde ein Stück weiter vorgeschoben. »Soll ich ihn töten, Junge?«

»Nein. Er versucht, in unserer Stadt den Frieden wiederherzustellen, und ich glaube nicht, daß Mucor schweigen würde, wenn Ihr ihn tötet. Nein, Ihr könnt mir hier nicht helfen.«

»Ich kann Euch beschützen, Junge!«

»Noch bevor ich Euch verließ, wußte ich, daß ich heute noch Hierax begegnen würde«, sagte Silk niedergeschlagen. »Aber es gibt keinen Grund dafür, daß Ihr mit mir sterben müßtet. Wenn Ihr mir durch die halbe Stadt gefolgt seid, um mir den Nadler zurückzugeben, den ich verloren habe, dann gebt ihn mir und geht.«

»Und ich wollte Euch dies hier geben!« Der Mann hob den mit Silber beschlagenen Gehstock. »Ihr humpelt doch, oder? Ihr seid gehumpelt, als wir gekämpft haben. Nehmt ihn.« Er warf Silk den Stock zu, dann zog er Musks Nadler und warf Silk die Waffe in den Schoß. »Seid Ihr wirklich der Caldé, Junge? Der Mann, von dem jetzt alle reden?«

»Ich glaube schon.«

»Auk hat es mir erzählt! Wie konnte ich das nur vergessen! Er hat Euren Namen genannt, und ich habe es erst verstanden, als dieser Kerl hier ihn ausgesprochen hat. Die Ratsherren! Loris? Sie wollen Euch umbringen?«

»Und Potto und Tarsier.« Silk legte Musks Nadler beiseite, überlegte es sich anders und steckte ihn sich in den Hosenbund. »Ich bin froh, daß Ihr darauf zu sprechen kommt. Ich habe gar nicht mehr daran gedacht, und jetzt sieht es doch etwas günstiger aus für uns. Mucor, mußt du sofort zu Loris zurückkehren? Wenn du kannst, dann würde ich dich bitten, mir einen Gefallen zu tun.«

»Gut.«

»Danke. Zuerst dies: Hat Loris dir etwas über den Mann gesagt, den du jetzt kontrollierst? Hat er dich gebeten, ihn zu suchen?«

»Ich kenne ihn, Silk. Er spricht oft mit dem Mann, der nicht da ist.«

»Mit Pas, meinst du. Ja, das tut er natürlich. Aber Loris hat es dir gesagt. Weißt du auch, warum?«

Der Besucher schüttelte den Kopf. »Ich muß bald gehen.«

»Gehe zuerst zu Maytera Mint – zu Generalin Mint, das ist ein und dieselbe Person.« Silks Zeigefinger beschrieb einen Kreis auf seiner Wange. »Sage ihr, wo ich bin und daß sie kommen werden, um mich zu töten. Dann sage Maytera Marble …«

»Mädchen weg«, sagte Oreb.

Das Grinsen des Totenschädels verblaßte. Silk seufzte wieder und stand auf. »Bitte, steckt das Schwert wieder ein. Wir brauchen es nicht.«

»Besessenheit? Heißt das so, Junge? Besessenheit?«

»Ja. Er wird gleich wieder zu sich kommen.«

Silks Besucher faßte wieder die Kette, um sich festzuhalten. »Wolltet Ihr etwas sagen, Pa…? Mir war gerade etwas schwindelig, fürchte ich. Bitte, akzeptiert meine … äh … meine Entschuldigung. Dieser Herr hier ist …«

»Meister Xiphias. Meister Xiphias ist ein Fechtlehrer, Euer Eminenz. Meister Xiphias, dies hier ist Seine Eminenz Patera Remora, der Koadjutor des Kapitels.«

»Wirklich … äh … Patera, Ihr solltet doch wirklich etwas zurückhaltender sein, was?«

Silk schüttelte den Kopf. »Ich fürchte, über dieses Stadium sind wir längst hinaus, Euer Eminenz. Ihr schwebt nicht in Gefahr. Ich glaube, Ihr habt auch niemals in Gefahr geschwebt. Ich dagegen könnte kaum in größerer Gefahr schweben, wenn Ihr und Meister Xiphias jetzt zum nächsten Gardisten gehen und sagen würdet, daß Caldé Silk im Ermine's sitzt und auf seine Verhaftung wartet.«

»Wirklich, ich würde doch nicht ...«

»Ihr habt, sagtet Ihr, mit dem Ratsherren Loris durch Brigadier Ernes Glas gesprochen?«

»Nun, ja, gewiß doch.«

»Einen Moment lang – während Ihr so benommen wart, Euer Eminenz – dachte ich, Loris hätte Euch gesagt, wo Ihr mich finden könnt, und eine gewisse Person in dem Haus, in dem er sich befindet, hätte ihm gesagt, ich sei möglicherweise hier zu finden, oder sie hätte sich jemandem anvertraut, der es seinerseits Loris gesagt hat. Das kann möglicherweise in aller Unschuld geschehen sein – aber das stimmt nicht, denn Loris hat jemanden zu Euch geschickt, damit Ihr mich sucht. Offenbar sind die Informationen in die andere Richtung geflossen. Ihr habt gewußt, daß ich heute abend herkommen würde. Ich glaube, Ihr habt Loris erzählt, wo ich zu finden bin; aber ganz sicher konntet Ihr nicht sein. Ihr habt jedoch etwas gesagt, das ihn zu der Annahme verleitet hat, man könnte mich hier finden. Ich an seiner Stelle hätte Brigadier Erne den Befehl gegeben, Euch zu folgen. Dank einiger gedankenloser Bemerkungen, die ich am Tarsday machte, war das aber nicht einmal nötig. Und nun sagt mir – rasch –, woher Ihr Eure Informationen habt?«

»Ich schwöre Euch, ich versichere Euch, Patera ...«

»Wir müssen später noch darüber reden.« Silk stand nicht ganz so zielstrebig auf wie Remora. Er mußte sich auf den mit Silber beschlagenen Gehstock stützen. »Gerade eben noch habe ich Meister Xiphias gebeten, Euch nicht zu töten. Ich bin jetzt nicht mehr so sicher, ob ich ihm nicht vielleicht doch hätte sagen sollen, daß er es tun darf. Ich habe jetzt keine Zeit für langes Gerede – wir müssen verschwinden, bevor die Garde hier eintrifft. Ihr, Meister Xiphias, müßt nach Hause zurückkehren. Ihr seid ein ausgezeichneter Fechter, aber vor einem Trupp Gardisten mit Musketen könnt Ihr mich nicht beschützen. Ihr und Eure Eminenz, Ihr müßt zu Maytera Mint gehen. Haltet Euch nicht mit Essen auf. Wenn …«

»Mädchen kommt!« Oreb flog auf Silks Schulter, flatterte noch einmal mit den Flügeln und fügte hinzu: »Kommt schnell.«

Einen Augenblick war Silk wie vor den Kopf geschlagen. Er starrte Remora an und suchte nach Mucors Spuren im Gesicht des Koadjutors. Hyacinth tauchte auf, bevor er ihre nackten Füße auf dem mit Talmi bestreuten Weg tappen hören konnte. Er sah sie, wie sie offenen Mundes angerannt kam, die dunklen Augen glänzend vor Tränen, mit einem zerknitterten, hauchdünnen Negligé bekleidet, das Haar eine schwarze, flatternde Wolke hinter ihr.

Sie blieb stehen. Es war, als hätte sie sein Anblick an Ort und Stelle erstarren lassen. »Du bist hier! Du bist wirklich hier!«

Und dank Thelxiepeias Zauber lag sie einen Augenblick später in seinen Armen und erstickte ihn fast mit ihren Küssen. »Ich wußte … ich wußte nicht, ob du wirklich kommen würdest, aber ich mußte mich vergewissern. Ich mußte einfach herkommen, denn sonst hätte ich mein Leben lang …«

Er küßte sie, ungeschickt, aber frei von Verlegenheit. Er wollte ihr mit seinem Kuß sagen, daß auch er durch eine Kraft angezogen worden war, die stärker gewesen war als sein Wille.

Über dem Teich und in der winzigen Senke, in dem er lag, eine zu jeder Tages- und Nachtzeit schattige Stelle, wurde es noch dunkler, als es schon war. Nach unzähligen Küssen hob er den Blick und sah silbern und golden, schwarz und weiß und rot gesprenkelte Fische mäßig ziehen. Sie schienen über der erhobenen Hand der Göttin in der Luft zu schweben, und erst jetzt bemerkte Silk das Licht, das aus einer mit silbernen Figuren verzierten Lampe fiel, die an den Ästen eines gestutzten Baumes befestigt war. »Wo sind sie geblieben?« fragte er.

»War ... war denn sonst noch jemand hier?« Sie schnaufte, holte tief Luft und lächelte, und ihr Lächeln war ihm der süßeste Schmerz, den er je gekostet hatte.

»Seine Eminenz und ein Fechtmeister.« Silk fand, daß er sich eigentlich gründlich umsehen müßte, aber andererseits war er nicht bereit, sie auch nur eine Sekunde aus den Augen zu lassen.

»Sie müssen das getan haben, was jeder höfliche Mensch getan hätte.« Sie küßte ihn wieder. »Sie sind still gegangen.«

Er nickte sprachlos.

»Das sollten wir jetzt auch tun. Ich habe ein Zimmer hier. Habe ich dir das schon gesagt?«

Er schüttelte den Kopf.

»Eigentlich ist es sogar eine ganze Suite. Es gibt hier nur Suiten, aber sie werden trotzdem als Zimmer bezeichnet. Es ist ein kleines Spiel, das sie hier spielen. Sie tun so, als wäre dies ein bescheidener Landgasthof.« Sie sank mit der Anmut einer Tänzerin vor ihm auf die Knie und legte eine Hand auf seinen Arm. »Willst du dich hier zu mir an den Teich knien? Ich möchte mich selbst und dich im Spiegelbild des Wassers sehen.« Plötzlich begann sie zu weinen. »Ich will uns beide sehen.«

Er kniete sich neben sie.

»Ich dachte, daß du vielleicht nicht kommen würdest.« Eine Träne fiel und ließ Ringe im Wasser entstehen. »Deshalb muß ich uns jetzt beide ansehen, ich will dich neben mir sehen können.«

Wie auf dem Sportplatz, als der Außenseiter ihm eine Vision geschenkt hatte, bekam Silk das Gefühl, er stehe außerhalb der Zeit.

Als sie wieder atmeten und sich wieder küssen wollten, schien es ihm, als blieben ihre Spiegelbilder wie aufgemalt im Wasser stehen, unsichtbar, aber immer gegenwärtig. »Wir … ich muß gehen«, sagte er zu ihr. Es kostete ihn eine ungeheure Überwindung, ihr diese Worte zu sagen. »Sie wissen, daß ich hier bin, oder wenn nicht, dann werden sie es jedenfalls bald erfahren. Sie werden Gardisten schicken, die mich töten sollen, und wenn du bei mir bist, dann werden sie auch dich töten.«

Sie lachte, und ihr leises Lachen klang süßer als jede Musik. »Weißt du nicht, was ich durchgemacht habe, um hierher zu kommen? Was Blood mit mir tun wird, wenn er sieht, daß ich einen Schweber genommen habe? Wie ich an all den Kontrollposten und Wachen vorbeigekommen bin, um auf den Hügel zu gelangen? Bist du krank? Du siehst nicht gut aus.«

»Ich bin nur müde.« Silk setzte sich auf die Hacken. »Als ich daran dachte, daß ich möglicherweise wieder rennen müßte … aber das wird vorbeigehen.« Er glaubte es, sobald er es gesagt hatte, er hatte sich selbst überzeugt, als er sich bemühte, sie glauben zu machen.

Sie stand auf und gab ihm die Hand. »Als ich hier bei Ermine's eintraf, dachte ich, es sei Wahnsinn, überhaupt herzukommen. Ich habe nicht einmal hier nachgesehen«, fuhr sie etwas fröhlicher fort, »weil ich Angst hatte, dich hier nicht vorzufinden. Ich wollte nicht so deutlich sehen müssen, was für eine

Närrin ich war. Ich bin auf mein Zimmer gegangen und habe mich für die Nachtruhe zurechtgemacht, aber dann dachte ich ... ich dachte ...«

Er umarmte sie, und Oreb, der über der zierlichen Lampe auf einem Ast hockte, krächzte: »Armer Silk!«

»Ich dachte, was ist, wenn er da ist? Was ist, wenn er wirklich dort unten ist, und ich bin hier oben im Zimmer? Ich hatte mir schon die Haarnadeln aus der Frisur gezogen und mich abgeschminkt, aber ich bin, wie ich war, die Treppe hinuntergerannt und durch die Sellaria gestürmt, und ich habe dich wirklich hier gefunden. Es kommt mir wie ein Traum vor, aber es ist der schönste Traum, den ich je hatte.«

Er hustete. Dieses Mal war das Blut frisch und rot. Er drehte sich um und spuckte es in einen Busch mit lavendelfarbenen Blüten und smaragdgrünen Blättern. Er hatte das Gefühl, er würde gleich umfallen, und nichts in der Welt könnte seinen Sturz aufhalten.

Er lag neben dem Teich im Moos. Sie war fort, aber ihr Spiegelbild schwebte noch im Wasser, für ewig dort fixiert.

Als er die Augen wieder öffnete, war sie wieder da. Ein alter Mann, dessen Namen er vergessen hatte, war bei ihr. Der Kellner, der ihm in der Sellaria Wein angeboten hatte, war auch da, und außerdem der Diener, der ihm Remoras Botschaft überbracht hatte, neben ihm der Page, der die Tür geöffnet hatte, und außerdem viele andere. Sie rollten ihn auf irgend etwas und hoben ihn hoch, so daß er ungefähr in der Höhe ihrer Hüften zu schweben schien. Er blickte zum Bauch des riesigen schwarzen Dings hoch, das sich zwischen die hellen Himmelsländer und das Glasdach des Wintergartens geschoben hatte. Er fand ihre Hand. Sie lächelte ihn an, und er erwiderte ihr

Lächeln. So reisten sie zusammen, wie sie in seinem Traum zusammen auf der Totenkutsche gereist waren, im wohligen Schweigen zweier Menschen, die gemeinsam Hindernisse bezwungen hatten und die keine laut gesprochenen Worte mehr brauchten, weil sie einander gefunden hatten und ineinander ruhen konnten.

8

Frieden

Maytera Marble lächelte still in sich hinein, hob den Kopf und neigte ihn nach rechts. Endlich war ihr Bett und alles andere wieder sauber – Maytera Mints Sachen, ein Arbeitskittel, der um die Knie sehr schmutzig geworden war, die übelriechenden Baumwolltücher, die sie noch feucht in den Wäschekorb geworfen hatte.

Nachdem sie eine Weile mühsam gepumpt hatte, spülte sie die Wäsche im Waschbecken sauber und wrang sie aus. Mit der Schöpfkelle beförderte sie das Wasser aus dem Becken in den Waschzuber, zog den alten Holzstöpsel heraus und ließ den Rest abfließen. Wenn es abgekühlt war, konnte sie das Wasser aus dem Waschzuber den dürstenden Pflanzen im Garten geben.

Mit den klugen neuen Fingern nahm sie das gerinnende Fett des Bullen aus der Bratpfanne. Ein altes Stück Stoff diente ihr als Seihtuch, und eine angeschlagene Tasse nahm das zähflüssige Fett auf. Während sie sich die Hände an einem anderen Stück Tuch abwischte, dachte sie über die Dinge nach, die sie noch erledigen mußte: Sollte sie zuerst die Bodentreppe schmieren oder die Wäsche aufhängen?

Natürlich mußte sie sich als erstes um die Wäsche kümmern. Die konnte einstweilen trocknen, während sie die Treppe ölte. Wahrscheinlich war die Wäsche sogar schon trocken oder fast trocken, wenn sie damit fertig wäre.

Sie sah nach draußen und bemerkte, daß sich ein Gewitter zusammenbraute. Nein, so ging das nicht! Der Regen, so dringend er auch gebraucht wurde, würde ihre saubere Wäsche verschmutzen. Etwas aufgebracht stellte sie den Weidenkorb mit der Wäsche beiseite und trat hinaus. Sie streckte eine Hand aus, um zu prüfen, ob der Regen schon eingesetzt hatte.

Wenigstens hatte es noch nicht angefangen, und der Wind (erst jetzt fiel ihr auf, daß es vorhin ziemlich windig gewesen war) hatte nachgelassen. Sie blickte zu der Gewitterwolke hoch und erkannte erschrocken, daß es überhaupt keine Wolke war. Was sie für ein heraufziehendes Unwetter gehalten hatte, war in Wirklichkeit das gespenstische Fluggerät, das sie über der Mauer gesehen und vom Dach aus beobachtet hatte.

Eine Erinnerung, so alt, daß sie in ihrem Metallschädel beinahe verschüttet worden war, regte sich nun, als sie das Objekt zum dritten Mal sah. Staub flog umher wie immer, wenn etwas bewegt wird, das lange Zeit nicht bewegt worden war.

»Warum staubst du es nicht ab?« (Gelächter.)

Wenn es ihr Bauplan vorgesehen hätte, dann hätte sie geblinzelt. Sie blickte wieder zur Erde und in den dunklen Garten, dann noch einmal hinauf (aber vernünftigerweise und klugerweise nur bis zur Wäscheleine). Ja, die Wäscheleine war noch da; manchmal stahlen die Kinder die Schnüre, um sich Peitschen und Springseile daraus zu machen. Doch nachdem sie den Blick so vernünftig auf das Wesentliche beschränkt hatte, wanderten die Augen wie aus eigenem Willen doch wieder nach oben zum Himmel.

»Warum staubst du es nicht ab?«

Gelächter hallte in ihr. Es klang wie das Licht der

Sommersonne, das Jahre später gluckernd in ein Weinglas strömt. Dann erstarb das Geräusch.

Kopfschüttelnd ging sie wieder ins Haus. Es war eigentlich ein wenig zu windig, um Wäsche aufzuhängen, und dunkel war es auch. Wenn die Wäsche in der Sonne trocknete, roch sie danach besser. Sie würde also warten, bis der Tag anbrach, und die Wäsche vor dem Morgengebet aufhängen. Nach der Andacht wäre sie dann trocken.

Wann war das nur gewesen, als sie dieses sonnenüberflutete Feld gesehen hatte? Die Scherze und das Gelächter, der drohende, mächtige Schatten, der sie alle zum Schweigen gebracht hatte?

Sie mußte jetzt die Treppe abschrubben und ölen, denn bald würde es hell draußen, und dann würde sie, wenn der erste schmale Faden der langen Sonne auftauchte und die Himmelsländer entzweischnitt, die Wäsche aufhängen.

Sie stieg die Treppe zum ersten Stock hinauf. Da war ja auch das Gemälde: die alte Frau mit den Tauben, die von Molpe gesegnet wurde. Eine pummelige Postulantin, an deren Namen sie sich nicht erinnern konnte, hatte es irgendwann einmal bewundert, und sie, die schmale, gesichtslose, uralte Maytera Marble hatte geschmeichelt erklärt, daß sie selbst für Molpe Modell gestanden hatte. Das war praktisch die einzige Lüge, die sie in ihrem ganzen Leben erzählt hatte, und sie sah jetzt noch die ungläubigen, erschrockenen Augen des Mädchens. Obwohl sie diese Sünde schon oft gebeichtet hatte, kam sie doch in jeder Beichte wieder darauf zurück und erzählte Maytera Betel davon – Maytera Betel, die jetzt tot war.

Sie hätte etwas mitnehmen müssen, einen alten Pinsel vielleicht, um das Schmierfett auf die Scharniere zu tupfen. Sie kramte in ihrem Kopf herum und erinnerte sich an ihre Zahnbürste, die sie seit Jahrzehnten nicht mehr benutzt hatte, seit ihr letzter Zahn ausgefallen war. Die würde sie ganz bestimmt nicht mehr brauchen. Sie öffnete die zerbrochene Tür ihres Zimmers – wenn sie es schaffte, wollte sie auch die Tür in Ordnung bringen. Wahrscheinlich würden sie es sich nicht leisten können, einen Tischler zu beauftragen.

Aber heute abend kam es ihr auf einmal so vor, als könnte sie sich an den Maler erinnern, an den kleinen Garten im Zentrum seines Hauses, und an die Steinbank, auf der die alte Frau (seine Mutter) vorher gesessen hatte. Gewandet wie die Göttin und mit Juwelen geschmückt, hatte sie mit einem Stirnband posiert, einen toten Schmetterling mit einer Nadel ins Haar gesteckt.

Es war peinlich gewesen, aber der Maler hatte wundervolle Pinsel gehabt, ganz anders als die ausgefranste alte Zahnbürste mit dem gesplitterten Holzgriff, deren Schweineborsten, einst glänzend schwarz, längst ergraut waren.

Sie steckte die alte Zahnbürste in das weiche, weiße Bullenfett und rieb mit energischen Strichen die Führungsschiene ein.

Sie war damals sicherlich noch keine Sibylle gewesen; höchstens die Zofe einer Sibylle. Aber der Künstler war ein Verwandter der Leitenden Sibylle gewesen, und die hatte ihr erlaubt, Modell zu sitzen. Chemische blieben viel länger in Form als Biologische. Die meisten Künstler, hatte sie erklärt, malten viel lieber Chemische als Biologische, und auch wenn er seine Mutter als alte Frau gemalt hatte, Chemische wirkten niemals wirklich alt …

Sie lächelte über diesen Gedanken, neigte den Kopf zurück und nach rechts. Jetzt die Scharniere, dann die zweite Führungsschiene.

Er hatte ihnen das Bild geschenkt, als es fertig war.

Sie bemerkte einen grauen Fleck auf einem

schwarzen Ärmel ihres Habits. Wahrscheinlich Staub von der Treppe. Dreck. Sie klopfte den Ärmel ab, bis der Staub verschwunden war, dann wollte sie hinuntergehen und den Eimer und die Scheuerbürste holen. Plötzlich hielt sie inne.

Ob das Bullenfett die gewünschte Wirkung erzielt hatte? Vielleicht hätte sie lieber ein wenig Geld ausgeben und richtiges Öl kaufen sollen. Sie hob prüfend die Klapptreppe an. Doch, die Schmiere hatte geholfen. Ganz hinauf damit!

Die Treppe rutschte glatt hinauf, also hatte sie mindestens drei Kartenbits gespart, vielleicht sogar noch mehr. Wie hatte sie die Treppe vorher heruntergeholt? Ach ja, mit dem Stock, an dessen Ende ein Haken war. Aber wenn sie den Ring nicht einrasten ließ, würde sie den Stock nicht brauchen. Sie mußte die Treppe sowieso wieder herunterholen und ausfahren, um sie abzuschrubben. Ob das genauso leicht ging wie das Einklappen? Sie zog leicht am Ring, und herunter kam die Treppe und wirbelte eine kleine, kaum wahrnehmbare Staubwolke auf.

»Warum staubst du es nicht ab?«

Alle hatten gelacht, und sie hatte auch gelacht, aber sie war so schüchtern gewesen. Er war groß gewesen, und – wie war das noch? Fünfkommazweifünf Mal stärker als sie, und er hatte ein hübsches Stahlgesicht gehabt, das verblaßte, als sie es vor ihrem inneren Auge entstehen lassen wollte.

Alles Unfug.

Wie die Überzeugung, sie hätte Modell gesessen, nachdem sie Maytera immer wieder gebeichtet hatte, daß dies eine Lüge war. Sie hätte die Ersatzteile nie für sich genommen, wenn nicht – aber sie gehörten jetzt ihr, das war mal sicher.

Wieder die Treppe hinauf. Ein letztes Mal. Dort war ihr alter Koffer.

Sie öffnete das Giebelfenster und kletterte aufs

Dach hinaus. Wenn die Nachbarn sie sahen, dann würden sie sich fragen, ob sie noch bei Trost wäre. Wem hatte der Koffer noch gleich gehört?

Feldkiste, so hieß das Ding in Wirklichkeit. Da war auch die Liste der Kleider, die sie getragen hatte, bevor man sie als Sibylle aufgenommen hatte. Ihr Parfüm war in der Kiste. Dann das Tagebuch, das sie eigentlich nur geführt hatte, weil sie die Bewegungen des Schreibens so liebte und weil sie ihre Handschrift verbessern wollte. Vielleicht würde sie alles wiederfinden, wenn sie auf den Dachboden zurückkehrte und die Feldkiste öffnete, so daß sie nie wieder das brummende Ding am Himmel ansehen mußte.

Doch sie sah es an.

Riesig war es, wenn auch nicht so groß, daß man von den Himmelsländern überhaupt nichts mehr sehen konnte. Es flog jetzt höher und weiter im Westen, wahrscheinlich war es gerade über dem Markt, und es hielt aufs Palatinum zu. Der Rumpf zog wohl gerade über die Cage Street, wo schon lange keine Verbrecher mehr in Käfigen zur Schau gestellt wurden. Das Maschinengeräusch war fast unter der Hörschwelle, wie das Schnurren eines Berglöwen, der so groß war wie der Berg selbst.

Sie mußte wieder hinunter. Sie hatte so vieles zu tun. Waschen oder kochen – aber sie war ja tot, und Maytera Betel und die anderen waren auch tot, und Maytera Mint war weiß Pas wohin verschwunden. Also war, solange die Kinder nicht in der Schule waren, niemand da, für den sie kochen konnte.

Das riesige dunkle Ding am Himmel, das das sonnenüberflutete Feld überschattet hatte, die Diener, mit denen sie in einer unordentlichen Reihe Aufstellung genommen hatte, die präzise ausgerichtete Marschsäule der Soldaten. Sie hatte zugesehen, wie das Ding vom Himmel herabgesunken war, zuerst nicht mehr als ein schwarzer Punkt, der kaum größer war als eine Rußflocke. Sie hatte gesagt: »Es sieht so schmutzig aus.« Ein Soldat hatte ihre Bemerkung gehört und gerufen: »Warum staubst du es nicht ab?«

Alle hatten gelacht, sie selbst hatte auch gelacht, aber sie fühlte sich so gedemütigt, daß sie geweint hätte, wenn sie hätte Tränen produzieren können. Wütend und trotzig hatte sie seinem Blick standgehalten und seine Sehnsucht erkannt.

Und ihre eigene Sehnsucht war erwacht.

Wie groß er gewesen war! Wie groß und stark! Soviel Stahl!

Geflügelte Gestalten, groß wie Schnaken, flogen unter dem riesigen, dunklen Rumpf hin und her. Irgend etwas griff nach oben, während sie zusah – ein gelber Blitz, als wäre ein Tropfen Fett auf den Herd gefallen. Einige stürzten ab.

»So, da wären wir«, sagte Auk zu Chenille. In der Tunnelwand war ein Loch.

»Ist das der Weg zu den Gruben?«

»Das hat er jedenfalls gesagt. Laß mich vorgehen, und spitze die Ohren. Hau ab, wenn du das Gefühl hast, daß was passiert.«

Sie nickte und war sicher, daß sie mit ihrem Raketenwerfer einiges zu sagen hätte, falls etwas passierte. Sie sah ihm nach, als er sich durch das Loch wand (es war ziemlich eng für seine breiten Schultern), lauschte eine Weile, bis sie meinte, sie hätte zehn Minuten gewartet. Dann hörte sie sein brüllendes Lachen, leise und weit entfernt.

Auch für sie war es eng. Es schien fast, als wollten ihre Hüften nicht hindurchpassen. Sie zappelte und fluchte und erinnerte sich an Orchids zornige Warnungen, dabei waren Orchids Hüften mindestens doppelt so breit wie ihre.

Der Ort, zu dem zu kommen sie sich so sehr bemühte, war im Grunde eine Grube in der Grube – tief wie eine Zisterne, und keine Möglichkeit, höher hinauf zu kommen. Auk mußte jedoch einen Weg gefunden haben, denn er war nicht mehr da.

Endlich bekam sie die Hüften hindurch. Keuchend kniete sie auf dem unebenen Boden, griff durch das Loch und holte ihren Raketenwerfer nach.

»Kommst du auch, Jugs?« Er beugte sich über den Rand, fast unsichtbar in der Dunkelheit.

»Klar. Wie komme ich hier heraus?«

»Am Rand führt ein kleiner Weg ringsherum.« Er verschwand wieder.

Wirklich, da war ein Weg – kaum eine Elle breit und steil wie eine Treppe. Sie kletterte vorsichtig hoch und achtete peinlich darauf, nicht hinunterzusehen. Geladas Laterne klapperte bei jedem Schritt gegen den Lauf ihres Raketenwerfers. Droben hörte sie Auk sagen: »Na gut, vielleicht werde ich das tun, aber erst, wenn sie hier ist. Sie soll ihn sehen können.«

Dann hob sie den Kopf über den Rand und sah die Grube selbst, zweihundert Meter breit, während sich der hintere Teil in der Dunkelheit verlor. Die steilen Wände bestanden, wie es schien, aus nacktem Schiffsstein. Die Wand, die Chenille am nächsten war, war die höchste. Sie starrte hinauf, ohne zu verstehen, was sie sah. Dann drehte sie sich um und betrachtete die dunklen Gestalten, die sich um Auk geschart hatten. Wieder blickte sie hoch, und jetzt erkannte sie, daß dort oben die vertraute, düstere Wand der Alambrera war, die sie zum erstenmal im Leben von dieser Seite aus sah.

Auk rief: »Komm her, Jugs. Hast du noch die Laterne?«

Eine Stimme, die ihr irgendwie bekannt vorkam, wandte ein: »Vielleicht wäre es besser, sie nicht anzuzünden, Auk.«

»Halt's Maul!«

Sie nahm Geladas Laterne vom Lauf des Raketenwerfers und trat zögernd zu Auk. Sie wäre im Dunkeln fast über ein Bündel Lumpen gestolpert.

Auk sagte: »Zünd sie an, Urus, aber sorg dafür, daß die Blende nur einen Spalt offen ist.« Einer der Männer nahm ihr die Laterne ab.

Der beißende Qualm überlagerte sogar den allgegenwärtigen Gestank nach Exkrementen und ungewaschenen Körpern. Ein bärtiger Mann mit Augen, die tief in den Höhlen lagen wie bei einem Totenschädel, hatte den Deckel von einem Feuerkasten genommen. Er blies die Kohlen darin an, bis ein rosafarbener Schein sein Gesicht beleuchtete – und sofort wünschte sie, sie hätte nicht hingesehen. Eine kleine Flamme züngelte hoch. Urus hielt die Laterne darüber, schloß die Klappe und legte die Blende davor, bis der schmale gelbe Lichtstrahl nur noch so breit war wie ihr Zeigefinger.

»Willst du sie haben, Auk?«

»Ich weiß nicht, wohin damit«, erwiderte Auk. Chenille trat noch einen Schritt näher und sah, daß er den Hirschfänger in der rechten und eine Muskete in der linken Hand hatte. Die Klinge des Hirschfängers war dunkel von Blut. »Zeige ihr zuerst Patera«, sagte er.

Auf spindeldürren Beinen huschten die Gestalten auseinander, und der dünne Lichtstrahl erfaßte ein dunkles Bündel, aus dem Incus' verängstigte Augen zu ihr heraufstarrten. Sein Mund war mit einem Lumpen geknebelt.

»Sieht niedlich aus, was?« kicherte Auk.

Sie gab zu bedenken: »Aber er ist doch ein Augur …«

»Er hat ein paar von den Jungs mit meinem Nadler erschossen, Jugs. Sie sind wütend geworden und haben ihn überwältigt. Vielleicht geben wir ihn wieder frei. Urus, zeig ihr den Soldaten.«

Auch Hammerstone war gefesselt, aber er war nicht geknebelt. Wahrscheinlich, dachte sie, hätte das bei einem Chemischen sowieso nichts genützt. »Es tut mir leid, Stony«, sagte sie. »Ich werde Euch und Patera so bald wie möglich hier herausholen.«

»Sie wollten ihm die Kehle aufschlitzen«, erklärte Hammerstone ihr. »Sie haben ihn von hinten gepackt.« Er sprach langsam und offenbar nicht zornig, aber er schien sich selbst Vorwürfe zu machen. »Ich war zu sorglos.«

»Die Seile bestehen aus den Muskeln, die auf der Rückseite der Beine liegen«, erklärte Auk ihr seelenruhig. »Damit haben sie ihn gefesselt. Anscheinend sind die Seile ziemlich kräftig.«

Weder sie noch Hammerstone wußten darauf etwas zu antworten.

»Allerdings glaube ich nicht, daß sie ihn wirklich aufhalten könnten. Nicht, wenn er sich wirklich Mühe gibt. Eigentlich würde man für ihn wohl Ketten brauchen. Dicke Ketten, wenn du mich fragst.«

»Hackum, vielleicht sollte ich das jetzt nicht sagen …«

»Nun sag schon.«

»Was ist, wenn sie über dich und mich herfallen, wie sie es bei Patera gemacht haben?«

»Ich wollte dir gerade erklären, warum Hammerstone hier sich nicht befreit. Vielleicht sollte ich das zuerst erledigen.«

»Weil du seine Muskete hast?«

»Tja, so sieht das aus. Aber zuerst hatten die Jungs hier seine Waffe. Sie haben sich Incus geschnappt und Hammerstone gezwungen, ihnen die Waffe zu geben. Es ist nicht leicht, einen Soldaten umzubringen, aber eine Muskete reicht. Genau wie dein Raketenwerfer.«

Sie hörte kaum zu. Als sie sich durch die schmale Öffnung in der Tunnelwand gequält hatte, war das

Summen über ihr mit dem Rauschen des Blutes in ihren Ohren verschmolzen, und sie hatte es nicht mehr wahrgenommen. Jetzt aber erkannte sie, daß es tatsächlich von dem massigen Körper kam, der am Himmel zu sehen war und den sie (wie Maytera Marble) auf den ersten Blick für eine Wolke gehalten hatte. Sie starrte erstaunt hinauf.

»Dazu kommen wir jetzt«, erklärte Auk ihr, indem er ebenfalls hinaufsah. »Der Schreckliche Tartaros meint, es sei ein Luftschiff. Das ist so etwas Ähnliches wie das Boot des alten Mannes, nur daß es durch die Luft statt durchs Wasser segelt, verstehst du? Die Rani von Trivigaunte hat die Invasion Virons befohlen. Das ist ein weiterer Grund dafür, daß wir das machen sollten, was er uns da unten gesagt hat …«

Hammerstone setzte sich auf und schüttelte vier schmächtige Männer ab, die ihn festhalten wollten. Die Sehnen, die seine Handgelenke und Füße fesselten, zerrissen knallend, als wäre ein Feuerwerk gezündet worden.

Fast gemächlich steckte Auk den Hirschfänger vor seinen Füßen in den Boden und legte die Muskete an. »Vergiß es.«

»Wir müssen kämpfen«, erwiderte Hammerstone. »Patera und ich. Wir müssen die Stadt verteidigen.«

Widerstrebend richtete Chenille den Raketenwerfer, den zu laden und abzufeuern Hammerstone sie gelehrt hatte, auf die breite metallene Brust. Er kniete nieder und nahm Incus den Knebel ab. Dann zerriß er die Bänder, die Incus' Hände und Füße gefesselt hatten.

»Seht nur, seht!« rief Urus. Er deutete nach oben und richtete den winzigen Strahl der Laterne hinauf. Auch die anderen riefen jetzt und deuteten nach oben.

Eine neue Stimme, entfernt, aber lauter als die lauteste menschliche Stimme, hallte wie Donner durch die Grube und brachte sie zum Schweigen: »*Sträflinge, Ihr seid frei! Viron braucht jetzt jeden einzelnen von Euch. Im Namen aller – im Namen des Außenseiters, vergeßt Euren Streit mit der Zivilgarde, die jetzt die Charta unterstützt. Vergeßt jeden Streit, den Ihr mit Euren Mitbürgern habt. Und vor allem, vergeßt Eure Streitereien untereinander!*«

Chenille faßte Auk am Ellbogen. »Das ist Patera Silk! Ich erkenne seine Stimme!«

Auk konnte nur ungläubig den Kopf schütteln. Irgend etwas – ein taumelndes, fliegendes Ding, das seltsamerweise so aussah, als hätte es einen Geschützturm und ein Maschinengewehr – segelte über die Brüstung und schwebte in die Grube herab, tiefer und tiefer. Es war ein bewaffneter Schweber, der von einem Wind, der kein Wind war, Hunderte Ellen über der Alambrera gehalten wurde.

Chenille wurde der Raketenwerfer aus der Hand gerissen und einen Augenblick später bereits abgefeuert. Hammerstone zielte auf den riesigen Rumpf über dem Schweber und schoß eine einzige Rakete ab (vielleicht zielte er auch auf die geflügelten Gestalten, die aus ihm drangen wie eine Rauchwolke). Einen Schuß nur, um zu bestimmen, wie gut der Schuß im Ziel lag und um, wenn nötig, die Richtung zu korrigieren.

»*Da Auk!*« donnerte eine heisere Stimme vom Schweber herunter, der hoch über ihnen taumelte. »*Und Mädchen!*«

Eine zweite Rakete wurde abgefeuert, dann legte Auk Hammerstones Muskete an und schoß geflügelte Soldaten ab, die über der Grube schwebten und ebenfalls mit Musketen schossen.

Aus dem riesigen schwarzen Ding, das Auk als Luftschiff bezeichnet hatte, löste sich ein kleiner schwarzer Punkt. Sie sah ihn durch die Wolke der geflügelten Soldaten fallen. Einen Augenblick später explodierte die dunkle Wand der Alambrera mit solcher Gewalt, daß der ganze Whorl bebte.

Silk stand im Schlafzimmer, das er als Junge bewohnt hatte, und sah auf den Jungen herab, der er selbst war. Der Junge hatte das Gesicht in die Kissen gepreßt. Mit großer Willensanstrengung zwang er den Jungen, ihn anzusehen; aber jedesmal, wenn das Kind sich umdrehte, löste sich das Bild in Nebel auf.

Er setzte sich auf die Fensterbank des geöffneten Fensters. Drunten, das wußte er, wuchsen Borretsch, Lilien und Veilchen. Auf dem kleinen Tisch des schlafenden Jungen lag ein offenes Schulheft bereit, daneben die Federkiele, deren Enden mehr oder weniger stark abgekaut waren. Er wußte, er mußte etwas schreiben – er mußte dem Jungen, der er selbst gewesen war, sagen, daß er die blaue Tunika nehmen sollte, und er mußte ihm Ratschläge geben, die ihm bei den Schwierigkeiten, die ihm bevorstanden, helfen würden.

Aber er konnte die richtigen Worte nicht finden, und er wußte, daß der Junge bald erwachen würde. Die Aufblendung war schon im Gange, und das Kind würde zu spät zur Schule kommen. Seine Mutter näherte sich bereits dem Bett.

Was konnte er dem Jungen Hilfreiches sagen? Welche Worte konnte er dem Knaben sagen, die ihm mehr als ein Jahrzehnt später wieder einfallen sollten?

Mutter schüttelte ihn an der Schulter, und Silk spürte, wie jemand auch an seiner Schulter rüttelte. Es war seltsam, daß er niemanden sehen konnte.

Fürchte dich nicht vor der Liebe, schrieb er, und dann: *Führe den Plan Pas' aus.* Aber Mutter schüttelte ihn jetzt so heftig, daß die letzten Worte praktisch unleserlich waren; und die Worte ›Pas' aus‹ verblaßten auf dem weichen, mit blauen Linien aufgeteilten

Schönschreibpapier, noch während er es betrachtete. Auch Pas war, genau wie der Junge, ein Teil der Vergangenheit.

Xiphias und der Prolokutor standen am Fußende des Kinderbetts, das jetzt sein eigenes war.

Er blinzelte.

Als wollte er ein Opfer im Großen Manteion zelebrieren, trug der Prolokutor purpurne Gewänder, die mit Diamanten und Saphiren besetzt waren, und hielt den goldenen Hirtenstab hoch, der seine Amtsgewalt symbolisierte. Xiphias hatte sich ein Kleidungsstück, das aussah wie die Robe eines Auguren, zusammengefaltet über den Arm gelegt. Es sah aus wie eine Szenerie aus einem wirren Traum.

Die Decken wurden fortgezogen, und der Chirurg, der neben Hyacinth ans Bett getreten war, rollte ihn auf die Seite und nahm die Verbände ab, die vor einer Weile aufgelegt worden waren. Silk schaffte es, Hyacinth zuzulächeln, und sie erwiderte das Lächeln – schüchtern und ängstlich, fast wie ein gehauchter Kuß.

Oosik, der in einer Ecke des Raums wartete, fragte: »Könnt Ihr sprechen, Caldé?«

Silk konnte nicht sprechen, aber es waren nicht die Schmerzen, sondern seine Gefühle, die ihm die Lippen verschlossen.

»Er hat gestern abend mit mir gesprochen, bevor er eingeschlafen ist«, sagte Hyacinth zu Oosik.

»Silk reden!« verkündete Oreb, der auf einem Bettpfosten hockte.

»Bitte, setzt Euch nicht auf.« Der Chirurg legte Silk eine Hand – viel größer und kräftiger als die Hand, die ihn geweckt hatte – auf die Schulter und hielt ihn zurück.

»Ich kann sprechen«, sagte Silk. »Euer Kogniszenz, ich bedaure sehr, Euch in diese Sache hineingezogen zu haben.«

Quetzal schüttelte den Kopf und sagte zu Hyacinth: »Vielleicht solltet Ihr ihn besser ankleiden.«

»Keine Zeit für Tändeleien, Junge!« rief Xiphias. »In einer Stunde ist die Aufblendung. Wollt Ihr, daß sie wieder zu schießen beginnen?«

Der Chirurg, der ihn gerade noch niedergehalten hatte, half ihm jetzt beim Aufstehen, und Hyacinth (die besser roch als ein ganzer Garten voller Blumen) half ihm in eine Tunika. »Ich habe das am letzten Phaesday schon einmal für dich getan, erinnerst du dich?«

»Hast du noch meinen Azothen?« fragte er sie. Und dann: »Was, im Whorl, geht hier überhaupt vor?«

»Sie haben Oosik geschickt, dich zu töten. Er hat gerade hereingeschaut. Er will es nicht tun.«

Silk sah sich um. Er war sicher, daß in den Ecken Götter warteten und andere Wesen, die keine Götter waren. Sie beobachteten und blieben derweil fast unsichtbar, die glänzenden Köpfe in seine Richtung geneigt. Er erinnerte sich, wie er auf das Dach von Bloods Villa geklettert und kurz danach verzweifelt mit dem Weißköpfigen gekämpft hatte, wie Hyacinth ihm das Beil aus dem Hosenbund gerissen hatte. Er griff danach, aber er hatte kein Beil, und er fühlte keinen Hosenbund.

Quetzal murmelte: »Jemand muß ihm sagen, was er den Leuten sagen soll. Wie er Frieden schaffen kann.«

»Ich erwarte nicht, daß Ihr mir glaubt, Euer Kogniszenz ...«, setzte Hyacinth an.

»Ob ich Euch glaube oder nicht, mein Kind, das hängt ganz davon ab, was Ihr zu sagen habt.«

»Wir haben es nicht gemacht! Ich schwöre es Euch bei Thelxiepeia und der Sengenden Scylla!«

»So etwas zum Beispiel glaube ich gern. Wenn Ihr mir gesagt hättet, daß Patera Caldé Silk seinen Eid gebrochen und seinem heiligen Stand Schande bereitet hätte, dann hätte ich Euch das sicher nicht geglaubt.«

Auf der Armlehne des Lesesessels seiner Mutter stehend, hatte er den Kopf des Caldé in Augenschein genommen, den eine geschickte Hand aus hartem braunem Holz geschnitzt hatte. »Ist das mein Vater?« Mutter lächelte, als sie ihn herunterhob. Sie ermahnte ihn, die Büste nicht zu berühren. »Nein, das ist mein Freund, der Caldé.« Der Caldé war gestorben und beerdigt worden – und sein Kopf auch. Beerdigt in den tiefsten Tiefen ihres Wandschranks. Manchmal hatte sie gesagt, sie würde die Büste im großen schwarzen Küchenherd verbrennen, und irgendwann glaubte er, sie hätte es tatsächlich getan. Es war nicht gut, ein Freund des Caldé gewesen zu sein.

»Dazu kenne ich unseren Patera Caldé Silk viel zu gut«, fuhr Quetzal fort. »Da Ihr mir aber sagen wollt, daß nichts dergleichen vorgefallen sei, glaube ich Euch jedes Wort, mein Kind.«

Xiphias half Silk auf die Beine, und Hyacinth zog eine ungebleichte Unterhose, die ihm unvermittelt um die Beine gelegt worden war, herauf und schnürte sie zu. Sie war aus Leinen, sauber und frisch und ganz bestimmt nicht Silks Eigentum.

»Caldé …«

In diesem Augenblick kam ihm der Titel vor wie ein Todesurteil. Er sagte: »Ich bin nur Patera – ich bin nur Silk. Niemand ist jetzt Caldé.«

Oosik zwirbelte seine herabhängenden Schnurrbartspitzen. »Ihr fürchtet, wir könnten Euch töten, weil ich und meine Männer dem Ayuntamiento treu ergeben sind. Das kann ich verstehen. Es ist zweifellos wahr, wie die junge Frau hier gesagt hat …«

In Gegenwart des Prolokutors tat Oosik so, als sei Hyacinth eine Fremde, ganz ähnlich, wie Silk vorgegeben hatte, nicht der Caldé zu sein. Silk fand den

Vergleich trotz seines Kummers sogar irgendwie belustigend.

»Und in der Tat wärt Ihr bei diesen dummen Kämpfen bereits beinahe ums Leben gekommen«, fuhr Oosik fort. »Noch in diesem Augenblick, während wir hier sprechen, sterben weitere Menschen. Es ist gleichgültig, ob auf Eurer oder unserer Seite. Stirbt einer von uns, dann töten wir bald darauf einen von Euch. Ist es einer von Euch, dann werdet Ihr einen von uns töten. Vielleicht sogar mich. Vielleicht meinen Sohn, auch wenn der bereits ...«

Xiphias unterbrach ihn. »Konnte nicht nach Hause gehen, Junge! Habe es versucht! Großer Nachtangriff, sie kämpfen immer noch. Hätte nicht gedacht, daß sie das machen. Es stört Euch doch nicht, daß ich gekommen bin, um nach Euch zu sehen?«

Hyacinth kniete, mit Silks Hosen beschäftigt, vor ihm auf dem Boden. Sie nickte bestätigend. »Wenn du ans Fenster gehst und lauschst, kannst du sie schießen hören.«

Silk setzte sich wieder auf das zerwühlte Bett und schob die Beine in die Hose. »Ich bin verwirrt. Sind wir immer noch im Ermine's?«

Wieder nickte sie. »Ja, in meinem Zimmer.«

Oosik hatte inzwischen das Bett umkreist, Silks Aufmerksamkeit heischend, weil er noch nicht fertig war. »Wäre es nicht schön, Caldé, wenn wir – wenn Ihr und ich und Seine Kogniszenz – den Kämpfen noch vor der Aufblendung ein Ende setzen könnten?«

Mit geringerem Vertrauen in seine Beine, als er sich anmerken lassen wollte, stand Silk wieder auf und rückte den Hosenbund zurecht. »Das fände ich wunderbar.« Er setzte sich, so schnell es möglich war, ohne würdelos zu erscheinen.

»Wir werden ...«

Quetzal unterbrach ihn. »Wir müssen rasch handeln. Wir können nicht warten, bis Ihr genesen seid, Patera Caldé. Ich wünschte, wir könnten es. Ihr seid erschrocken, als Ihr mich auf diese Weise bekleidet gesehen habt. Anscheinend erschreckt Ihr ziemlich häufig über meine Kleidung.«

»So scheint es, Euer Kogniszenz.«

»Technisch gesehen, stehe ich unter Arrest. Aber ich versuche, genau wie Ihr, Frieden zu schließen.«

»Dann haben wir wohl beide versagt, Euer Kogniszenz.«

Oosik legte eine Hand auf Silks Hände. Sie war warm und feucht vor Schweiß und muskulös. »Belastet Euch nicht mit solchen Vorwürfen, Caldé. Nein, es ist immer noch möglich, daß Ihr Erfolg habt. Wen hattet Ihr als Leiter Eurer Zivilgarde vorgesehen?«

Die Götter waren fort, aber eine Gottheit – vielleicht die geschickte Thelxiepeia, deren Tag gerade anbrach – hatte ihm ein gewisses Maß an Gerissenheit hinterlassen. »Wenn es jemandem gelingen sollte, dieses Blutvergießen zu beenden, dann hätte er gewiß eine größere Belohnung als diese verdient.«

»Aber wenn dies alles wäre, um das er bittet?«

»Ich würde alles dafür geben! Ich würde dafür sorgen, daß er bekommt, was er verlangt.«

»Kluger Silk!« Oreb legte den Kopf schräg und schielte aus einem schwarzen Knopfauge billigend vom Bettpfosten herunter.

»Ich glaube, es geht Euch schon viel besser«, strahlte Oosik. »Als ich Euch vorhin sah, habe ich mir ernstliche Sorgen gemacht.« Er wandte sich an den Chirurgen. »Was meint Ihr, Doktor? Braucht unser Caldé noch mehr Blut?«

Quetzal fuhr erschrocken zusammen, aber der Chirurg schüttelte den Kopf.

»Frieden zu stiften, Caldé, ist vielleicht gar nicht so schwierig, wie Ihr es Euch vorstellt. Unsere und Eure Männer müssen einfach begreifen, daß Loyalität dem

Ayuntamiento gegenüber nicht zur Treulosigkeit Euch gegenüber führen muß. Und die Loyalität Euch gegenüber ist kein Verrat am Ayuntamiento. Als ich noch ein junger Mann war, hat beides ein und dasselbe bedeutet. Wißt Ihr, was ich meine?«

Xiphias warf ein: »Das ist die Wahrheit, Junge!«

»Im Ayuntamiento ist ein Posten nicht besetzt. Das muß sich ändern. Andererseits sind zur Zeit Ratsherren im Ayuntamiento. Sie sind dort, wo sie von Rechts wegen hingehören. Warum sollten sie ihre Plätze nicht behalten?«

Ein Kompromiß also. Silk dachte an Maytera Mint, an die kleine und herzerfrischend mutige Frau, die auf einem weißen Hengst die Sun Street hinuntergeritten war. »Und die Alambrera?«

»Sie darf nicht fallen. Für die Moral der Zivilgarde wäre so eine Demütigung vernichtend.«

»Ich verstehe.« Er stand wieder auf, dieses Mal etwas zuversichtlicher. Er fühlte sich schwach, aber seltsamerweise trotzdem stark genug, um sich den Dingen zu stellen, die ihm bevorstehen mochten. »Die armen, die ärmsten Menschen unseres Viertels, die den Aufstand begonnen haben, wollen die Gefangenen dort befreien. Es sind ihre Freunde und Verwandten.«

Quetzal fügte hinzu: »Echidna hat es uns befohlen.«

Immer noch lächelnd, nickte Oosik. »Das habe ich bereits vernommen. Viele unserer Gefangenen sagen das, und ein paar behaupten sogar, Echidna selbst gesehen zu haben. Ich wiederhole jedoch, daß ein erfolgreicher Angriff auf die Alambrera einer Katastrophe gleichkäme. Wir dürfen es nicht zulassen. Aber könnte nicht unser Caldé kraft seines Amtes eine allgemeine Amnestie ausrufen? Eine ebenso großzügige wie menschliche Geste?«

»Ich verstehe«, sagte Silk noch einmal. »Ja, gewiß

doch, das ist möglich. Wenn dadurch die Kämpfe ein Ende finden – wenn auch nur die geringste Chance besteht, daß die Kämpfe auf diese Weise beendet werden können, muß ich mit Euch kommen, Generalissimus?«

»Ihr müßt mehr tun als das. Ihr müßt zu den Aufständischen und zu unseren eigenen Männern sprechen, und Ihr müßt dies mit großer Entschlossenheit tun. Wir können hier und jetzt sofort von Eurem Bett aus beginnen. Ich habe die Möglichkeit, Eure Stimme an meine Truppen, die das Palatinum verteidigen, zu übertragen. Danach müssen wir Euch in einen Schweber setzen und zur Alambrera bringen, damit Euch Eure Männer und Mints Kämpfer sehen können und erkennen, daß es keine Hinterlist ist. Seine Kogniszenz hat sich bereiterklärt, Euch zu begleiten und den Frieden zu segnen. Viele wissen bereits, daß er Partei für Euch ergriffen hat. Wenn deutlich wird, daß meine Brigade insgesamt auf Eurer Seite steht, dann werden die anderen folgen.«

Oreb krähte: »Silk gewinnt!«

»Ihr müßt verstehen, daß es keine Kapitulation geben kann, Caldé. Viron muß beschließen, die Charta wieder in Kraft zu setzen. Ein Caldé – Ihr selbst – und ein Ayuntamiento müssen gemeinsam regieren.«

Oosik wandte sich mit wichtiger Miene an Quetzal. »Ist dies nicht die Regierungsform, die Scylla vorgesehen hat, Euer Kogniszenz?«

»So ist es, mein Sohn, und es ist mein sehnlichster Wunsch, diese bewährte Ordnung wieder eingeführt zu wissen.«

»Wenn wir mit dem Schweber durch die Stadt gefahren sind«, sagte Silk, »dann werden viele Leute, die uns sehen, erkennen, daß ich verletzt worden bin.« Im letzten Augenblick fügte er den Titel hinzu: »Generalissimus.«

»Wir werden nicht versuchen, dies zu verheimlichen, Caldé. Ihr selbst habt ja bei den Kämpfen eine heldenhafte Rolle gespielt. Ich muß Gecko anweisen, das in Eure kleine Ansprache einzuarbeiten.«

Oosik trat zwei Schritte zurück. »Ich fürchte, irgend jemand muß sich jetzt um all diese Dinge kümmern, und ich fürchte, außer mir ist niemand dazu imstande. Entschuldigt mich bitte, Mylady.« Er verneigte sich. »Ich bitte um Vergebung, Caldé. Ich werde bald zurückkehren. Empfehle mich, Euer Kogniszenz.«

»Böser Mann?« überlegte Oreb.

Silk schüttelte den Kopf. »Ein Mann, der dem Morden und dem Haß ein Ende setzt, ist nicht böse, selbst wenn er es um des eigenen Vorteils willen tut. Wir brauchen solche Menschen viel zu sehr. Wir dürfen nicht zulassen, daß sie von den Göttern verdammt werden. Xiphias, ich habe Euch gestern abend um die gleiche Zeit fortgeschickt wie Seine Eminenz. Seid Ihr sofort aufgebrochen?«

Der alte Fechtmeister schien verlegen. »Sagtet Ihr wirklich, ich sollte mich sofort entfernen?«

»Ich glaube nicht. Oder wenn, dann erinnere ich mich nicht daran.«

»Junge, vielleicht erinnert Ihr Euch noch, daß ich Euch dies hier gebracht habe.« Er sprang in die hinterste Ecke des Zimmers und hob den silbernen Stock. »Wertvoll!« Er parierte den Angriff eines unsichtbaren Gegners. »Nützlich! Glaubt Ihr, den würde ich einfach im Garten liegen lassen?«

Hyacinth sagte: »Ihr seid uns gefolgt, als wir ihn hier heraufgetragen haben, nicht wahr? Ich sah Euch, wie Ihr uns vom Treppenabsatz aus nachgeblickt habt, aber ich wußte da noch nicht, wer Ihr wart.«

»Ich verstehe.« Silk nickte fast unmerklich. »Seine Eminenz ist aber wohl sofort gegangen, denke ich. Ich hatte ihn gebeten, Euch aufzusuchen, falls er

Euch finden könnte, Euer Kogniszenz. Habt Ihr ihn gesprochen?«

»Nein«, erwiderte Quetzal. Mit zögernden Schritten näherte er sich einem mit rotem Samt bezogenen Stuhl und setzte sich. Den Hirtenstab legte er sich über die Knie. »Ist das aus irgendeinem Grund wichtig, Patera Caldé?«

»Wahrscheinlich nicht. Ich versuche nur, mir die Dinge zusammenzureimen, mehr nicht.« Silks Zeigefinger beschrieb nachdenkliche Kreise auf dem Stoppelbart, der auf seiner Wange gewachsen war. »Seine Eminenz dürfte inzwischen bei Maytera Mint – bei Generalin Mint eingetroffen sein. Gut möglich, daß sie bereits dabei sind, einen Waffenstillstand auszuhandeln. Ich hoffe es sehr, denn das könnte uns helfen. Mucor hat sie auf jeden Fall erreicht, und wenn Generalin Mint Mucors Botschaft bekommen hat, dann hat sie möglicherweise versucht, das Palatinum anzugreifen, um mich zu retten. Ich hätte das voraussehen müssen. Ich habe gestern abend nicht so gründlich nachgedacht, wie ich hätte denken müssen. Ich hätte ihr nicht sagen dürfen, wo ich bin.«

Hyacinth fragte: »Mucor? Meinst du Bloods verrücktes Mädchen? War sie hier?«

»In gewisser Weise, ja.« Silk fand, daß es möglich war, mit Hyacinth zu sprechen, ohne dabei zu würgen, wenn er die gelben Pokale und die schokoladenbraunen Cellos ansah, die über den Teppich tanzten. Er konnte sogar halbwegs klar über die Dinge nachdenken, die er sagen wollte. »Ich bin ihr am Phaesday abends begegnet und habe mit ihr im Wintergarten gesprochen, bevor du mich gefunden hast. Wenn ich darf, würde ich dir aber lieber später erzählen, was ich über sie weiß. Es ist unangenehm und ziemlich kompliziert. Der entscheidende Punkt ist, daß sie bereit war, eine Botschaft von mir an Generalin Mint zu überbringen, und sie hat es getan. Colonel Oosiks

Brigade war zur Reserve eingeteilt, als ich das erste Mal mit ihm sprach; als dann der Angriff begann, wurde sie vermutlich aktiviert, um die Truppen am Palatinum zu unterstützen.«

Hyacinth nickte. »Richtig, das hat er mir gesagt, bevor wir dich geweckt haben. Er meinte, du hättest Glück gehabt, daß Ratsherr Loris ausgerechnet ihm den Auftrag gab, jemanden zu schicken, der dich tötet. Er ist lieber gleich selbst gekommen und hat einen Arzt mitgebracht.«

»Ich habe Euch gestern operiert, Caldé«, unterbrach der Chirurg, »aber ich denke, Ihr werdet Euch wohl nicht daran erinnern. Ihr wart beinahe tot.« Der Mann hatte ein Pferdegesicht und eine Glatze, die Augen waren blutunterlaufen, und auf seiner zerknitterten grünen Tunika waren Blutspritzer.

»Ihr seht aus, als hättet Ihr nicht viel Schlaf bekommen, Doktor.«

»Vier Stunden. Ich hätte nicht so lange geschlafen, wenn nicht meine Hände zu zittern begonnen hätten. Wir haben mehr als tausend Verletzte zu versorgen.«

Hyacinth setzte sich neben Silk auf das Bett. »Wir haben auch nur ungefähr vier Stunden geschlafen. Ich sehe wahrscheinlich aus wie eine alte Vettel.«

Er machte den Fehler, sich zu vergewissern, und stellte sofort fest, daß er den Blick nicht mehr von ihr wenden konnte. »Du bist die schönste Frau im ganzen Whorl«, sagte er. Seine Hand fand die ihre, aber sie neigte leicht den Kopf und erinnerte ihn daran, daß Quetzal anwesend war.

Quetzal hatte, wie es schien, im roten Sessel gedöst. Nun aber hob er den Kopf, als hätte sie ihn beim Namen gerufen. »Habt Ihr einen Spiegel, mein Kind? In einem Zimmer wie diesem muß es doch einen Spiegel geben.«

»Im Ankleidezimmer ist ein Glas, Euer Kogniszenz. Es kann Euch Euer Spiegelbild zeigen, wenn Ihr es wünscht.« Hyacinth nagte an ihrer vollen Unterlippe. »Eigentlich müßte ich schon dort sein und mich anziehen. Oosik wird bald mit der Rede für Patera und einem Apparat für die Stimmübertragung kommen.«

Quetzal stand mit Hilfe seines Hirtenstabs mühsam auf, und Silk konnte nachempfinden, wie sich der Prolokutor fühlen mußte. Wie schwach der alte Mann war! »Ich habe ebenfalls vier Stunden geschlafen, Euer Kogniszenz, und Hyacinth sogar noch weniger, fürchte ich. Auch der Arzt hier hat nicht viel Schlaf bekommen, aber ich glaube, Euer Kogniszenz haben wohl überhaupt kein Auge zugetan.«

»In meinem Alter braucht man nicht viel Schlaf, Patera Caldé, aber ich würde mich wirklich gern mal im Spiegel ansehen. Ich habe eine Hautkrankheit. Ihr seid zu gut erzogen, um eine Bemerkung zu machen, aber ich weiß, wie ich aussehe. Ich habe stets Schminke und Puder dabei wie eine Frau, und wann immer ich eine Gelegenheit dazu finde, bringe ich mein Gesicht in Ordnung.«

»Im Balneum, Euer Kogniszenz.« Hyacinth erhob sich jetzt ebenfalls. »Dort gibt es auch einen Spiegel. Ich werde mich ankleiden, während Ihr dort seid.«

Quetzal schlurfte davon. Hyacinth blieb noch einmal stehen, eine Hand auf den Türriegel gelegt. Es war offensichtlich eine selbstgefällige Pose, aber sie war so lieblich, daß Silk ihr viel schlimmere Dinge verziehen hätte. »Ihr Männer glaubt immer, Frauen brauchten lange, um sich anzuziehen, aber heute morgen werde ich nicht lange brauchen. Geht bloß nicht ohne mich.«

»Keine Sorge«, versprach Silk. Er hielt den Atem an, bis sie die Schlafzimmertür hinter sich geschlossen hatte.

»Böses Ding«, murmelte Oreb, der immer noch auf dem Bettpfosten hockte.

Xiphias zeigte Silk den mit Silber beschlagenen Gehstock. »Darf ich Euch jetzt das hier zeigen, Junge? Bescheiden genug? Dezent? Ein Augur darf kein Schwert tragen, nicht wahr? Aber das hier könnt Ihr mitführen! Als Ihr das erste Mal zu mir gekommen seid, hattet Ihr ja auch einen Gehstock dabei, nicht wahr?«

»Böses Ding!« Oreb ließ sich auf Silks Schulter nieder.

»Ja, ich hatte einen Gehstock dabei. Leider habe ich ihn nicht mehr. Ich habe ihn zerbrochen.«

»Den hier könnt Ihr nicht zerbrechen! Paßt auf!« Unter Xiphias Händen löste sich plötzlich der Griff vom Schaft, und zum Vorschein kam eine gerade, schlanke, doppelschneidige Klinge. »Drehen und herausziehen. Versucht es mal!«

»Ich würde sie viel lieber wieder zusammensetzen.« Silk nahm den Stock entgegen. Für einen Gehstock schien er eigentlich zu schwer, für ein Schwert jedoch etwas zu leicht. »Ein böses Ding, wie Oreb gesagt hat.«

»In diesem Stahl ist Nickel, sogar Chrom! Das ist die Wahrheit! Damit könnt Ihr Euch sogar gegen einen Azothen zur Wehr setzen. Glaubt Ihr mir das?«

Silk schauderte. »Ja, ich glaube Euch. Ich hatte mal einen Azothen, mit dem ich aber eine Stahltür nicht aufschneiden konnte.«

Der Azoth erinnerte ihn an Hyacinths mit Gold belegten Nadler. Er schob eilig die Hand in die Hosentasche. »Da ist er ja. Ich muß ihn ihr zurückgeben. Ich fürchtete schon, ich hätte ihn irgendwo verloren, aber andererseits konnte ich mir nicht vorstellen, wer außer Hyacinth selbst ihn hätte an sich nehmen sollen.« Er legte ihn auf das pfirsichfarbene Bettlaken.

»Den großen habe ich Euch zurückgegeben, mein Junge. Habt Ihr ihn noch?«

Silk schüttelte den Kopf, und Xiphias begann, im

Zimmer herumzusuchen. Er öffnete Schränke und sah auf Regalen nach.

»Ich muß zugeben, daß mir dieser Gehstock gute Dienste leisten könnte«, sagte Silk zu ihm, »aber einen Nadler brauche ich wirklich nicht.«

Xiphias fuhr herum, um ihm zu antworten. Er hielt ihm den Nadler hin. »Ihr wollt Frieden schließen, nicht wahr?«

»Ich hoffe sehr, daß es mir gelingt, und genau aus diesem Grund …«

»Und wenn sie nun nicht mögen, was Ihr aus dem Frieden macht, Junge? Hier, nehmt ihn.«

»So, das hätten wir, Caldé.« Oosik kam eilig mit einem Blatt Papier und einem schwarzen Gegenstand herein, der eher aussah wie eine Blume aus Kunststoff als ein Ohr. »Ich werde es einschalten, bevor ich es Euch gebe, und Ihr braucht nichts weiter zu tun, als hineinzusprechen. Versteht Ihr das? Meine Lautsprecher werden alles übertragen, was Ihr sagt, und alle werden Euch hören. Hier ist Eure Rede.«

Er gab Silk das Papier. »Es wäre am besten, Ihr würdet sie vorher durchlesen. Ergänzt sie durch eigene Gedanken, wenn Euch etwas einfällt. Aber es wäre gut, wenn Ihr nicht zu weit von diesem Text abweicht.«

Worte krochen wie Ameisen über das Blatt. Manche trugen in den Kiefern einen Sinn, die meisten nicht. *Die Aufständischen Kräfte. Die Zivilgarde. Die Rebellion. Die Commissioner und das Ayuntamiento. Die Armee. Die Waffen in der Alambrera. Die Aufständischen und die Garde. Frieden.*

Endlich, da war das wichtigste Wort. *Frieden.*

»Also gut.« Silk ließ das Blatt in seinen Schoß sinken.

Oosik gab jemandem im vorderen Zimmer ein Zeichen und wartete auf eine Antwort, die er kurz darauf bekam, dann räusperte er sich und hielt sich das

Ohr an die Lippen. »Hier spricht Generalissimus Oosik von der Garde des Caldé. Alle Dienstgrade sollen mir zuhören, besonders die Rebellen. Ihr kämpft gegen uns, weil Ihr Patera Silk zum Caldé machen wollt, aber Caldé Silk ist auf unserer Seite. Er ist auf der Seite der Zivilgarde, weil er weiß, daß die Zivilgarde auf seiner Seite steht. Nun hört zu, Ihr Soldaten. Es ist Eure Pflicht, unserem Caldé zu gehorchen. Er sitzt hier neben mir. Hört seine Befehle.«

Silk sehnte sich sehr nach seinem alten, verkratzten Altar. Während er sprach, tasteten seine Hände blind umher, und das Papier knisterte. »Meine Mitbürger, was Generalissimus Oosik gerade gesagt hat, ist wahr. Sind wir nicht alle …?« Es sah aus, als wollten sich die Worte unter seinen zitternden Fingern verstecken.

»Sind wir nicht alle, jeder einzelne hier, Bürger der Stadt Viron? An diesem denkwürdigen Tag, meine Mitbürger …« Die Schrift verschwamm, und die nächste Zeile begann zusammenhanglos.

»Unsere Stadt schwebt in großer Gefahr«, sagte er. »Ich glaube sogar, daß der ganze Whorl in Gefahr ist, aber ganz sicher bin ich nicht.«

Er hustete und spuckte geronnenes Blut auf den Teppich. »Bitte entschuldigt mich. Ich bin verletzt worden. Es spielt keine Rolle, weil ich nicht sterben werde. Auch Ihr müßt nicht sterben, wenn Ihr nur zuhören wollt.«

Leise hörte er, wie draußen vor dem Haus seine Worte hallten: *»Wenn Ihr nur zuhören wollt.«* Die Lautsprecher, die Oosik erwähnt hatte, Münder mit lauten, dröhnenden Stimmen, hatten ihn auf irgendeine Weise gehört und wiederholten, was er gesagt hatte.

Die Tür des Balneums wurde geöffnet. Quetzal blieb im Türrahmen stehen und nickte ihm aufmunternd zu, und Oreb kehrte auf seinen alten Platz auf dem Bettpfosten zurück.

»Wir können nicht gegen uns selbst rebellieren«, sagte Silk. »Deshalb gibt es keine Rebellion. Es gibt keinen Aufstand, und keiner von Euch ist ein Aufständischer. Wir können uns natürlich untereinander streiten, und das haben wir getan. Es war nötig, aber das ist jetzt vorbei. Es gibt jetzt wieder einen Caldé – ich bin Euer Caldé. Wir brauchten Regen, und wir haben den Regen bekommen.« Er hielt inne und betrachtete einen Moment die dicken rauchgrauen Fenstervorhänge. »Meister Xiphias, würdet Ihr bitte das Fenster für mich öffnen? Danke.«

Es tat weh, als er die kühle, feuchte Luft tief einatmete. »Wir haben den Regen bekommen, und wenn ich das Wetter richtig einschätze, dann werden wir noch mehr Regen bekommen. Und jetzt laßt uns Frieden schließen. Das ist ein Geschenk, das wir uns selbst machen können, und es ist viel kostbarer als Regen. Laßt uns Frieden schließen.«

(Hatte nicht vor unermeßlich langer Zeit ein Captain in einem Gasthof etwas Ähnliches gesagt?) »Viele von Euch werden Hunger haben. Wir wollen mit Mitteln der Stadt Nahrungsmittel kaufen und billig an Euch weiterverkaufen. Wir werden die Lebensmittel nicht verschenken, weil es immer Menschen gibt, die Dinge verschwenden, die sie kostenlos bekommen. Aber wir werden sie sehr billig verkaufen, so billig, daß selbst Bettler genügend zu essen haben. Meine Garde wird die Gefangenen aus den Gruben freilassen. Generalissimus Oosik, Seine Kogniszenz der Prolokutor und ich werden noch heute morgen zur Alambrera fahren, und ich werde einen entsprechenden Befehl geben. Allen Gefangenen wird in diesem Augenblick verziehen – ich verzeihe ihnen. Und auch sie werden hungrig und geschwächt sein, also teilt bitte mit ihnen das Essen, das Ihr habt.«

Er erinnerte sich an seinen eigenen Hunger im Pfarrhaus und an den schlimmeren Hunger in den unterirdischen Gängen, an den nagenden Hunger, der beinahe schon eine Krankheit gewesen war, bis Mamelta die fremdartigen, dampfenden Gerichte im unterirdischen Turm entdeckt hatte. »Wir hatten dieses Jahr eine schlechte Ernte«, sagte er. »Laßt uns beten, laßt uns alle beten, daß die Ernte im nächsten Jahr besser wird. Ich habe oft darum gebetet, und ich werde weiter darum beten. Aber wenn wir für den Rest unseres Lebens genug zu essen haben wollen, dann müssen wir unsere Felder bestellen, solange sie noch feucht vom Regen sind.

Unter der Stadt gibt es ein Netz unterirdischer Gänge. Einige unter Euch können das bestätigen, weil sie darauf gestoßen sind, als sie Fundamente für Häuser ausgehoben haben. Sie reichen bis zum Lake Limna – ich weiß das, weil ich dort war. Wenn wir in der Nähe des Sees einen Durchbruch machen, dann kann das Wasser durch sie zu den Bauernhöfen fließen. Dann haben wir genug zu essen, und es wird nicht viel kosten.« Er wollte noch sagen: Es wird uns genügen, bis wir diesen Whorl verlassen müssen, aber er hielt die Worte zurück, sah zu, wie sich die grauen Vorhänge in der Brise bewegten, und lauschte durchs offene Fenster seiner eigenen Stimme.

»Wenn Ihr für mich gekämpft habt, dann erhebt Eure Waffen nicht mehr, solange Ihr nicht angegriffen werdet. Wenn Ihr bei der Garde seid, dann vergeßt nicht, daß Ihr geschworen habt, Euren Offizieren zu gehorchen.« (Er konnte nicht sicher sein, aber es kam ihm so wahrscheinlich vor, daß er es einfach unterstellte.) »Letzten Endes müßt Ihr dem Generalissimus Oosik gehorchen, der die Garde und die Armee befehligt. Ihr habt bereits gehört, was er zu sagen hatte. Er ist für den Frieden, und das bin ich auch.«

Oosik deutete auf sich selbst und dann auf das

Ohr, und Silk fügte hinzu: »Er wird gleich noch einmal zu Euch sprechen.«

Er hatte das Gefühl, daß die Blende inzwischen fortgezogen oder daß es sogar schon eine ganze Weile nach der Aufblendung war. Also war es Zeit für Thelxiepeias Morgengebet. Doch über der Stadt draußen vor den grauen Vorhängen lag noch Zwielicht. »Denen, die dem Ayuntamiento treu ergeben sind, habe ich zweierlei zu sagen. Zunächst einmal kämpft Ihr – und viele von Euch sterben dabei – für eine Institution, die nicht verteidigt werden muß. Weder ich noch der Generalissimus noch Generalin Mint haben die Absicht, sie zu zerstören. Warum sollten wir also keinen Frieden schließen? Helft uns, den Frieden zu finden!

Als zweites will ich sagen, daß das Ayuntamiento kraft unserer Charta eingesetzt worden ist. Gäbe es unsere Charta nicht, dann dürfte und würde es nicht existieren. Unsere Charta gewährt Euch – dem Volk der Stadt Viron und nicht etwa irgendeinem Beamten – das Recht, einen neuen Caldé zu bestimmen, wann immer diese Position unbesetzt ist. Das Ayuntamiento ist dann dem Caldé untergeordnet, den Ihr gewählt habt. Ich brauche wohl nicht eigens zu betonen, daß sich unsere Charta direkt von den unsterblichen Göttern herleitet; das wißt Ihr alle. Generalissimus Oosik und ich haben uns mit Seiner Kogniszenz dem Prolokutor beraten, was den Caldé und das Ayuntamiento angeht. Er ist hier bei uns, und falls ich jetzt etwas Falsches sage, dann wird er es gewiß gleich richtigstellen.«

Quetzal nahm das Ohr mit der linken Hand, während er mit der zitternden rechten das Zeichen der Addition machte. »Gesegnet sollt Ihr sein im Heiligsten Namen des Pas, des Vaters aller Götter, im Namen der Gnädigen Echidna, Seiner Gemahlin, im Namen Ihrer Söhne und Ihrer Töchter, heute und für alle Zeit, und gesegnet seid Ihr im Namen der Scylla, Ihres ältesten Kindes, der Schutzherrin dieser unserer Heiligen Stadt ...«

Er sprach weiter, aber Silk hörte nicht zu. Die Tür des Ankleidezimmers hatte sich geöffnet. Hyacinth trat hindurch, eine strahlende Schönheit in einem fließenden Gewand aus scharlachroter Seide. Leise sagte sie: »Das Glas nebenan hat mir gerade erzählt, daß das Ayuntamiento demjenigen zehntausend Karten bietet, der dich tötet, und zweitausend dem, der Oosik und Seine Kogniszenz ermordet. Ich dachte, das solltest du wissen.«

Silk nickte und dankte ihr. Oosik murmelte: »Das war zu erwarten.«

»Bedenkt dies, meine Kinder«, sagte Quetzal gerade. »Bedenkt, wie schmerzlich es für die Hilfreiche Scylla sein muß, die Söhne und Töchter der Stadt, die sie gegründet hat, dabei zu sehen, wie sie sich gegenseitig die Augen auskratzen. Sie hat uns alles geschenkt, was wir zum Leben brauchen. Zuerst natürlich unsere Charta, die in unserer Stadt Frieden und Gerechtigkeit garantiert. Wenn wir Scyllas Gunst zurückgewinnen wollen, dann brauchen wir nur die Charta wieder in Kraft zu setzen. Wenn wir den Frieden wiedergewinnen wollen, den wir verloren haben, dann brauchen wir nur ihre Charta zu befolgen. Ich weiß, wir alle sehnen uns nach Gerechtigkeit. Ich sehne mich selbst danach, denn diese Sehnsucht hat der Große Pas jedem Menschen ins Herz gepflanzt. Selbst die bösesten unter uns sehnen sich im Grunde nach einem frommen Leben. Es mag einige wenige Unbelehrbare geben, die dies nicht wünschen, aber es sind sehr wenige. All dies wünschen wir uns, und wir können es uns verschaffen, indem wir etwas ganz Einfaches tun. Laßt uns die Charta wieder in Kraft setzen. Das ist es, was auch die Götter wünschen. Laßt uns den geweihten Auguren, Patera Caldé Silk, akzeptieren. Auch dies entspricht den Wünschen der Götter. Um zu tun, was die Charta der Schützenden Scylla sagt, müssen wir einen Caldé wählen, und auch das kleinste Kind in dieser Stadt weiß inzwischen, auf wen die Wahl gefallen ist. Falls Ihr in dieser Hinsicht irgendeinen Zweifel habt, meine Kinder, dann bitte ich Euch, den geweihten Auguren aufzusuchen, in dessen Bezirk Ihr lebt. Oder fragt irgendeinen Auguren, den Ihr auf der Straße trefft, oder wendet Euch an eine heilige Sibylle. Sie können Euch sagen, daß der Weg, den wir gehen müssen, kein schwieriger, sondern ein einfacher und klar erkennbarer Weg ist.«

Quetzal hielt inne und schnaufte leise. »Und nun, meine Kinder, komme ich zu einem sehr schmerzlichen Punkt. Ich habe erfahren, daß Teufel in Menschengestalt uns zu zerstören suchen. Voller Falschheit und Bosheit versprechen sie Geld, das sie nicht haben und nicht ausbezahlen werden, dafür, daß man uns tötet. Glaubt ihre Lügen nicht. Ihre Lügen sind eine Beleidigung für die Götter. Jeder, der einen braven Mann für Geld erschlägt, ist schlimmer als der Teufel, und jeder, der für Geld tötet, das er nie bekommen wird, ist ein Narr. Schlimmer als ein Narr, er ist ein verblendeter, getäuschter Sünder.«

Oosik griff nach dem Ohr, aber Quetzal schüttelte den Kopf. »Meine Kinder, bald ist Aufblendung. Ein neuer Tag beginnt. Macht ihn zu einem Tag des Friedens. Laßt uns zusammenfinden, laßt uns mit Hilfe der Charta und des Caldé, den sie für uns erwählt haben, das tun, was die Götter wünschen. Ich sage Euch für den Augenblick Lebewohl, aber ich hoffe, bald von Angesicht zu Angesicht mit Euch sprechen zu können. Ich segne Euch für den Frieden, den Ihr der Stadt schenken werdet. Ich glaube, jetzt will Generalissimus Oosik noch einmal zu Euch sprechen.«

Oosik räusperte sich. »Hier spricht Generalissimus Oosik. Alle Operationen gegen die Rebellen werden sofort eingestellt. Die Offiziere sind dafür verantwortlich, daß dieser Befehl ausgeführt wird, sie haben ihre Truppen und Soldaten entsprechend anzuleiten. Caldé Silk und Seine Kogniszenz werden mit einem unserer Schweber durch die Stadt fahren. Ich erwarte von allen Offizieren und allen Mannschaften und Soldaten, daß die Herren so empfangen werden, wie es die Treue und die Disziplin gebieten. Mein Caldé, wollt Ihr noch etwas sagen?«

»Ja, gern.« Silk beugte sich vor und sprach in das Ohr. »Bitte, stellt die Kämpfe ein. Sie waren notwendig, wie ich sagte, aber nun sind sie sinnlos. Haltet die Leute auf, wenn das möglich ist, Maytera Mint. Generalin Mint, bitte haltet sie auf. Der Frieden ist zum Greifen nahe – in dem Augenblick, in dem wir ihn ergreifen, haben wir alle gesiegt.«

Er richtete sich auf und dachte darüber nach, was für ein wundervolles Gerät dieses Ohr war. Es sieht wirklich aus wie eine schwarze Blume, dachte er. Wie eine Blume, die in der Nacht blühen würde; und weil sie jetzt aufgeblüht ist, ist es Zeit für die Aufblendung, auch wenn die Nacht noch so dunkel scheint, als wäre sie erst in einigen Stunden vorbei.

Dann sprach er wieder ins Ohr: »Wir werden in wenigen Minuten bei Euch sein und mit einem Schweber kommen, den Generalissimus Oosik uns zur Verfügung stellt. Schießt bitte nicht auf uns. Wir werden ganz bestimmt nicht auf Euch schießen. Niemand wird mehr auf Euch schießen.« Er wandte sich an Oosik und bat ihn mit einem Blick um Zustimmung. Oosik nickte energisch.

»Nicht einmal, wenn Ihr auf mich schießt. Wenn ich kann, werde ich aufstehen, damit Ihr mich sehen könnt.« Er hielt inne. War noch etwas zu sagen?

Wie ein fernes Donnergrollen, wenn ein Gewitter

abzieht, kamen seine eigenen Worte durchs Fenster zurück: »*Mich sehen könnt.*«

»Diejenigen, die für Viron gekämpft haben, sollen belohnt werden, ganz egal, auf welcher Seite sie gekämpft haben. Maytera Marble, wenn Ihr mich hört, dann kommt bitte zum Schweber. Ich brauche Euch dringend, also kommt bitte. Auk auch und Chenille ebenfalls.« Hatte Kypris von Hyacinth Besitz ergriffen, daß sie so unwiderstehlich wirkte? Konnte sie von zwei Frauen gleichzeitig Besitz ergreifen? Er überlegte, ob seine Lehrer auf der Schola etwas zu diesem Thema gesagt hatten. Eigentlich, dachte er, sollte er jetzt schließen, indem er die Götter anrief, aber die altvertrauten Sprüche blieben ihm im Hals stecken.

»Und bis wir uns sehen«, sagte er schließlich, »sollt Ihr für mich beten – für unsere Stadt und für uns alle. Betet zur Freundlichen Kypris, die für die Liebe steht. Betet besonders zum Außenseiter, denn er ist der Gott, dessen Zeit nun kommt, und ich bin der Helfer, den er geschickt hat.«

Er ließ die Hand mit dem Ohr sinken. Oosik nahm es ihm ab. »Wir alle danken Euch«, sagte Oosik. Oreb murmelte: »Aufpassen.«

Danach sprach niemand mehr. Obwohl Oosik, der Chirurg, Xiphias und Quetzal im Zimmer standen, hatte Silk das Gefühl, er sei allein. Draußen vor dem Fenster war es jetzt ebenfalls sehr still. Nicht einmal ein Straßenhändler war unterwegs, der seine Waren anpries. Es waren keine Schüsse mehr zu hören.

Frieden.

Endlich war Frieden; vielleicht schenkte ihm der Frieden, genau wie das Blut, neue Kräfte. Er fühlte sich stärker, aber er war bei weitem noch nicht im Vollbesitz seiner Kräfte. Der Chirurg hatte ihm Blut eingeflößt, große Mengen Blut, während er geschlafen hatte. Der Schlaf mußte wohl eher eine Bewußtlosigkeit gewesen sein, weil ihn der Einstich der Nadel nicht geweckt hatte. Das Blut eines anderen Menschen, der Lebenssaft eines anderen hatte ihm das Leben geschenkt, obwohl er noch am Vorabend sicher gewesen war, in der kommenden Nacht sterben zu müssen. Richtig, die Vorahnungen, die aus Schwäche geboren wurden, konnte man Lügen strafen. Das durfte er nie vergessen. Wenn ein Mann Freunde hatte, die ihm halfen, konnte er seinem Schicksal eine neue Richtung geben.

9

Der Sieg

Es stellte sich heraus, daß Xiphias zum Palast gegangen und eine von Remoras schönen Roben geholt hatte. Sie paßte Silk überraschenderweise recht gut, auch wenn der weiche Stoff ein Gefühl von dekadentem Luxus vermittelte, das Silk überhaupt nicht mochte. »Ohne dieses Ding wird man Euch nicht erkennen, Junge«, sagte Xiphias. Silk aber schüttelte den Kopf und fragte sich, wie man ihn trotz des Gewandes erkennen sollte.

Oosik kehrte zurück. »Ich habe noch einige Lampen an Eurem Schweber anbringen lassen, Caldé. An der Antenne wurde außerdem eine Flagge befestigt. Die meisten Scheinwerfer sind auf Euch gerichtet, zwei auf die Flagge.« Ohne auf eine Antwort zu warten, fragte er den Chirurgen: »Ist er bereit?«

»Er darf nicht weit gehen«, wandte der Chirurg ein.

»Ich kann durch die ganze Stadt laufen, wenn es nötig ist«, widersprach Silk.

»Eigentlich sollte er sich hinlegen, bis es Zeit ist zu gehen«, wandte Hyacinth ein. Und weil es ihr wichtig war, gehorchte Silk.

Keine Minute später, so schien es ihm, halfen Xiphias und der Arzt ihm auf eine Trage. Hyacinth ging neben ihm, wie sie es getan hatte, als die Kellner ihn aus dem Wintergarten ins Haus getragen hatten. Es kam ihm vor, als wanderte der Garten seiner Mutter im Hintergrund mit. Quetzal ging auf der anderen Seite und bedrängte ihn mit Segenssprüchen. Die Robe des Prolokutors aus purpurfarbenem Samt roch nach Weihrauch; und im kühlen Luftzug war noch etwas anderes zu riechen.

Während er getragen wurde, hörte Silk das sinnliche Rascheln von Hyacinths Kleid und das trockenere Rauschen von Quetzals Robe. Droben flatterte Oosiks Fahne. Gardisten salutierten und knallten die Hacken zusammen. Einer kniete nieder, um Quetzals Segen zu empfangen.

»Es wäre vielleicht besser«, schlug Oosik vor, »Ihr würdet aus eigener Kraft in den Schweber steigen. Glaubt Ihr, daß Ihr das schafft?«

Natürlich schaffte er es. Er stützte sich auf Xiphias' Stock und erhob sich von der Trage. In der Ferne krachte eine Salve, darauf folgte ein leiser Schrei, gespenstisch und unwirklich. »Männer kämpfen«, kommentierte Oreb.

»Einige kämpfen noch«, erklärte Silk. »Deshalb fahren wir hin.«

Aus der Tür des Schwebers drang fahles Licht; der Arzt war schon hineingeklettert, um ihm von innen zu helfen. »Bloods Schweber war offen«, erinnerte Silk sich. »Er hatte ein durchsichtiges Dach – man konnte fast so gut hindurchsehen, als wäre es nicht vorhanden, und wenn man es zurückklappte, konnte man im Schweber stehen.«

»Ihr könnt auch in diesem Schweber stehen«, erklärte der Arzt. »Hierher, bitte.« Er führte Silk ins Innere. »Seht Ihr? Hier unter dem Geschützturm.«

Silk richtete sich auf und nickte. »Ich bin gestern mit einem Schweber gefahren, aber ich habe draußen gesessen, nachdem der Regen aufgehört hatte. Er war bei weitem nicht so geräumig wie dieser hier.« Natürlich, die Leichen, darunter Doktor Cranes sterbliche Überreste, hatten viel Platz eingenommen.

»Wir haben eine Menge Munition herausgenommen«, erklärte der Gardist, der an der Steuerung saß.

Silk hätte beinahe wieder genickt, obwohl der Gardist ihn nicht sehen konnte. Inzwischen hatte er auch die Leiter gefunden, an die er sich erinnert hatte, ein dünnes Ding aus Metallstäben. Er kletterte vorsichtig, aber gleichmäßig zur Luke oben im Turm hinauf.

»Böse Sache«, meinte Oreb nervös. »Ding leuchtet.«

Zu seiner eigenen Überraschung mußte Silk lächeln. »Meinst du das Maschinengewehr da?« Es war schwarz, aber in der offenen Ladekammer war glänzendes Metall zu sehen. »Man wird nicht auf uns schießen, Oreb. Sie werden hoffentlich auf niemanden mehr schießen.«

Von unten rief der Arzt: »Caldé, es gibt dort einen Sitz für den Schützen und Schlaufen, in die Ihr die Füße stecken könnt.«

»Steigbügel.« Das war vermutlich Oosik gewesen.

Silk schwang sich auf den mit Leder bezogenen Sitz, wobei er beinahe Xiphias' Gehstock verloren hätte. Rings um den Schweber hatten berittene Offiziere Stellung bezogen, und eine ganze Kompanie Gardisten stand entspannt ein Stück hinter ihnen. Der Bedienstete, der ihn in Ermines Hotel eingelassen hatte, sah von seinem Posten an der Tür aus zu. Silk winkte ihm mit dem Stock, und der Mann erwiderte den Gruß und grinste so breit, daß man im Zwielicht einen weißen Strich sehen konnte.

Es wird wohl wieder regnen, dachte Silk. Ich glaube, seit dem letzten Frühling habe ich keinen so dunklen Morgen mehr gesehen.

Neben seinem Ellbogen tauchte Quetzals Kopf auf. »Ich will neben Euch sein, Patera Caldé. Man sucht gerade eine Kiste, auf die ich mich stellen kann.«

So entschieden wie möglich sagte Silk: »Ich

kann unmöglich sitzen, während Ihr steht, Euer Kogniszenz.«

Vorne im Schweber wurde eine Luke geöffnet. Oosiks Kopf tauchte auf, und er sprach offenbar einen Moment mit jemandem, der sich im Innern befand.

Quetzal legte kalte, trockene Finger, die anmuteten, als wären keine Knochen in ihnen, auf Silks Hand. »Ihr seid verletzt, Patera Caldé, und Ihr seid schwächer, als Ihr wahrhaben wollt. Bleibt nur sitzen. Ich will es so.« Jetzt kam sein Kopf weiter herauf, bis er auf einer Höhe mit Silk war.

»Wie Euer Kogniszenz wünschen.« Beide Hände auf den Rand der Luke gesetzt, zog Silk seinen ungewöhnlich widerspenstigen Körper weiter nach oben. Einen Augenblick schien ihm die Anstrengung fast zu groß. Sein Herz raste, und die Arme zitterten. Dann fand er mit dem Fuß eine Kante der Kiste, auf der Quetzal stand, und konnte sich weiter hochdrücken, bis er auf der Einfassung der offenen Luke zu sitzen kam. »So, jetzt könnt Ihr Euch auf den Platz des Schützen setzen, Euer Kogniszenz.«

Der Schweber hob ab und begann zu gleiten. Oosiks Stimme übertönte mühelos das Röhren des Motors. Die Worte schienen bis in die hinterste Gasse der Stadt zu dringen: *»Bürger Virons! Unser neuer Caldé kommt zu Euch, wie wir es versprochen haben. An seiner Seite ist Seine Kogniszenz der Prolokutor, der bestätigt hat, daß Caldé Silk von den Göttern eingesetzt worden ist. Begrüßt ihn und folgt ihm!«*

Links und rechts, weniger als eine Armeslänge entfernt, flammten helle Lampen auf, die Silk beinahe blendeten.

»Mädchen kommt!« rief Oreb.

Zwischen ihren Schweber und die Gardisten hatte sich ein schwarzer ziviler Schweber geschoben, der sich nun einen Weg durch die hinter Silks Schweber reitenden Offiziere bahnte. Hyacinth stand neben dem Fahrer auf dem Vordersitz, und Silk sah ihr fassungslos zu, wie sie über eine für ihn nicht sichtbare kleine Barriere auf die runde vordere Motorhaube stieg. »Dein Stock!« rief sie.

Silk schraubte den Griff fest, beugte sich so weit zurück, wie er es wagte, und hielt ihr den Stock hin. Der Zivilschweber kam näher, bis er sachte das Heck des Militärfahrzeuges berührte.

Hyacinth sprang, und ihr rotes Kleid wurde im Wind der Gebläse hochgeweht, daß ihre nackten Beine zu sehen waren. Einen Moment lang war er völlig sicher, daß sie abstürzen würde. Dann packte sie den Stock und stand wohlbehalten auf der abschüssigen hinteren Verkleidung des Schwebers und winkte triumphierend den berittenen Offizieren zu. Die meisten winkten zurück oder salutierten. Als der Schweber, mit dem sie gekommen war, abdrehte und im Dämmerlicht verschwand, erkannte Silk, daß das Fahrzeug von dem Fahrer gesteuert wurde, der ihn in der Nacht des Phaesday zum Pfarrhaus zurückgebracht hatte.

Hyacinth grinste ihn boshaft an. »Du siehst aus wie ein Gespenst. Du hättest nicht damit gerechnet, daß ich mitkomme, was?«

»Ich dachte, du wärst schon eingestiegen. Ich hätte … es tut mir leid, Hyacinth. Es tut mir so leid.«

»Das soll dir auch leid tun, mich einfach zu vergessen.« Er mußte das Ohr dicht an ihre Lippen bringen, damit er sie verstehen konnte, und sie biß ihn zärtlich ins Ohr und küßte ihn. »Oosik hat mich weggeschickt. Sag ihm nicht, daß ich hier oben bin.«

Silk sperrte fassungslos den Mund auf und verlor sich in ihrem wunderschönen Gesicht.

Quetzal hob den Hirtenstab, um einen Gläubigen zu segnen, aber Silk konnte jenseits der grellen Scheinwerfer, die sie anstrahlten, außer den berittenen Offizieren niemanden sehen. Das Röhren des

Schwebers war etwas abgeebbt, und gelegentlich verriet ein kratzendes Geräusch, daß die Karosserie über das Pflaster schleifte.

»Du hast gesagt, du hättest einen Schweber genommen«, sagte Silk zu Hyacinth, »und das habe ich wörtlich verstanden: daß du, nun ja, daß du einen genommen hast.«

»Ich weiß nicht, wie man damit fährt.« Sie setzte sich und zog sich weiter hinauf, indem sie sich an der Einfassung der Luke festhielt. »Weißt du es denn? Aber der Fahrer ist mein Freund, und ich habe ihm etwas Geld gegeben.«

Sie kamen um eine Ecke und wurden von unzähligen Schaulustigen, die in der Dunkelheit jenseits der Lichter gewartet hatten, mit Hochrufen begrüßt. Jemand brüllte: »Wir sind zu Silk übergelaufen!«

Eine Chrysantheme, die jemand geworfen hatte, streifte seine Wange. Er winkte zum Dank.

Eine andere Stimme rief: »Lang lebe der Caldé!« Darauf brachen die Menschen wieder in Jubelrufe aus, und Hyacinth winkte und lächelte, als sei sie selbst der Caldé, was einen neuen Ausbruch provozierte. »Wohin fahren wir eigentlich? Hat Oosik das gesagt?«

»Zur Alambrera.« Silk mußte rufen, um sich verständlich zu machen. »Wir werden die Gefangenen freilassen. Danach zum Juzgado.«

Vor ihnen wurde in einem Gewirr von Kisten und Möbeln eine Lücke geöffnet, damit sie passieren konnten. Lianas Barrikade.

Neben ihm rief Quetzal die Neun an: »Im Namen der Wundervollen Molpe, Du sollst gesegnet sein. Im Namen des Unbezwingbaren Tartaros …«

Sie vertrauen den Göttern, dachte Silk, alle diese beklagenswerten Menschen; und weil sie es tun, haben sie mich zu ihrem Anführer gemacht. Ich aber, ich habe das Gefühl, daß ich überhaupt keinem Gott mehr trauen kann, nicht einmal dem Außenseiter.

Als unterhielten sie sich beim Essen, sagte Quetzal: »Das tun auch nur die Narren, Patera Caldé.«

Silk starrte ihn an.

»Sagte ich Euch nicht bereits, daß ich mir alle Mühe gegeben habe, Theophanien zu vermeiden? Die, die wir Götter nennen, sind nichts weiter als Gespenster. Mächtige Gespenster zwar, doch sind sie dies nur, weil sie sich noch zu Lebzeiten ihre Macht selbst gegeben haben.«

»Ich …« Silk schluckte. »Mir war gar nicht bewußt, daß ich laut gesprochen hatte, Euer Kogniszenz. Ich muß mich entschuldigen; meine Bemerkung war wirklich außergewöhnlich unpassend.« Oreb regte sich unbehaglich auf Silks Schulter.

»Ihr habt nicht laut gesprochen, Patera Caldé. Ich sah Euer Gesicht, und ich habe viel Übung im Lesen von Gesichtern. Seht nicht mich oder die junge Frau an, seht die Menschen an. Winkt. Schaut nach vorn. Lächelt.«

Sie winkten jetzt beide, und Silk versuchte zu lächeln. Inzwischen hatten sich seine Augen so weit an die Scheinwerfer gewöhnt, daß er hinter den berittenen Offizieren undeutliche Gestalten ausmachen konnte. Viele winkten mit den Musketen zurück, sobald er mit dem Gehstock winkte. Mit zusammengebissenen Zähnen sagte er: »Echidna ließ uns wissen, daß Pas tot sei. Euer Kogniszenz haben das bestätigt.«

»Er ist schon vor langer Zeit gestorben«, bekräftigte Quetzal. »Wer auch immer er war, der arme alte Kerl. Von seiner Familie ermordet, das war wohl unausweichlich.« Geschickt fing er einen Blumenstrauß auf. »Gesegnet sollt Ihr sein, meine Kinder. Gesegnet, gesegnet … möge der Große Pas und mögen die anderen unsterblichen Götter alle Zeit auf Euch und Eure Kinder herablächeln!«

»Silk ist Caldé! Lang lebe Silk!«

Hyacinth sagte glücklich: »Wir machen ja eine richtige Stadtrundfahrt!«

Er nickte, und jetzt war sein Lächeln offen und ehrlich.

»Seht sie an, Patera Caldé. Dies ist der Augenblick des Volkes, dafür haben die Menschen ihr Blut vergossen.«

»Frieden!« rief Silk zur Menge im Halbdunkel, »Frieden!« Er winkte mit dem Stock.

»Frieden!« bekräftigte Oreb und flatterte auf Silks Kopf. Endlich wird es hell, dachte Silk, obwohl immer noch eine schwarze Gewitterwolke über der Stadt hing. Welche Symbolik, daß ausgerechnet jetzt die Aufblendung begann – Frieden und Sonnenschein kamen gemeinsam! Eine jubelnde Frau winkte mit einem Zweig Immergrün, dem Symbol des Lebens. Er winkte zurück, erwiderte ihren Blick und lächelte, und sie schmolz vor Begeisterung fast dahin.

»Nun fang nur nicht an, dir selbst Blumen zuzuwerfen«, nahm Hyacinth ihn auf den Arm. »Sie werden dir sicher bald die ersten Vorwürfe machen.«

»Dann laßt uns die Fahrt genießen, so gut wir es können.« Der Anblick der Frau mit dem Zweig hatte ihn an eines der zehntausend Bilder erinnert, die der Außenseiter ihm gezeigt hatte – ein Held, der durch eine fremde Stadt fuhr, während die Menschen ihm mit großen Blättern winkten, die aussahen wie Fächer. Ob Echidna und ihre Kinder auch den Außenseiter töten würden? Schlagartig wurde ihm klar, daß sie es in diesem Augenblick bereits versuchten.

»Schau nur! Orchid ist am Fenster!«

Im Strahl eines Scheinwerfers, der auf die Fahne

gerichtet war, war sie deutlich zu sehen. Sie beugte sich so weit aus dem Fenster im ersten Stock, es war dasselbe, durch das Kypris ihn gerufen hatte, daß Silk schon meinte, sie könnte jeden Augenblick herunterfallen. Sie fuhren jetzt durch die Lamp Street, also war die Alambrera nicht mehr weit.

Als Hyacinth Orchid eine Kußhand zuwarf, sauste etwas an Silks Ohr vorbei und traf den Schweber wie einen Gong. Dann ratterte ein Maschinengewehr los, und danach waren ein hohes Winseln und eine laute Explosion zu hören. Jemand rief irgend jemandem zu, er möge heruntersteigen, und dann packte jemand von innen im Schweber Silks verletztes Fußgelenk und zog.

Aber Silk blickte nach oben, wo etwas Neues, etwas Riesiges, das keine Wolke war, den Himmel ausfüllte. Wieder war ein Heulen zu hören, der Ton wurde höher, bis vor ihnen die Lamp Street explodierte. Dreck spritzte ihm ins Gesicht, und etwas Hartes prallte vor seinen Kopf.

Oosik rief: »Schneller!« und verschwand in seiner Luke, die er hinter sich zuknallte.

»Kommt herein, Patera Caldé!«

Doch Silk ließ nur den Stock in den Schweber fallen und nahm Hyacinth in die Arme. Das Fahrzeug fuhr jetzt sehr schnell, schoß durch die Lamp Street, daß die Leute links und rechts erschrocken zur Seite sprangen. Hyacinth kreischte.

Dann erreichten sie die Cage Street, die von der alles beherrschenden Mauer der Alambrera überragt wurde. Vor ihnen schwebte ein fliegender Soldat in der Luft – nein, es war eine geflügelte Soldatin, wie er an den Wölbungen auf ihrer Brust erkennen konnte. Sie brachte eine Muskete in Anschlag. Er rutschte vom Rand der Luke herunter und ließ sich, immer noch Hyacinth festhaltend, zwischen die Männer fallen, die unter ihm standen.

Sie taumelten wild übereinander, ein Gewirr von Armen und Beinen, als hätte man einen Haufen Käfer in einem Einmachglas gefangen. Jemand trat ihm auf die Schulter und stieg die zierliche Leiter hinauf. Die Turmluke fiel mit einem Knall zu. Vorn im Schweber schrie Oosik: »Schneller, Sergeant!«

»Wir bekommen gleich einen Vektor, Sir.«

Silk wollte sich entschuldigen, wollte Hyacinth am Ärmel des roten Kleides zupfen (dessen Zustand Hyacinth anscheinend völlig gleichgültig war), wollte in dem engen Raum aufstehen, der viel zu niedrig für ihn war, und am liebsten hätte er all dies gleichzeitig getan. Freilich war keine dieser Unternehmungen von Erfolg beschieden.

Etwas traf den Schweber wie ein Hammer, und das Fahrzeug prallte ab und stieß noch einmal gegen etwas Hartes. Der Schweber drehte sich, ruckte, stabilisierte sich wieder, und die gequälte Maschine röhrte wie ein angeschossener Bulle. Eine fettige schwarze Qualmwolke, die nach Fischöl roch, trieb durchs Innere des Schwebers.

»Schneller!« rief Oosik noch einmal.

Als wollte es ihm antworten, begann jetzt das Maschinengewehr im Turm zu spucken. Das Knattern ging weiter und weiter, als hätte der Schütze im Turm die Absicht, die ganze Stadt umzubringen.

Silk kletterte über Xiphias und den Arzt hinweg und spähte über Oosiks Schulter. Grellrote Buchstaben tanzten auf dem Glas: VEKTOR UNAKZEPTABEL.

Irgend etwas knallte über ihren Köpfen auf die schräge Abdeckplatte des Schwebers, und das Dröhnen des Motors steigerte sich zu einem ohrenbetäubenden Heulen. Silk hatte das Gefühl, das ganze Fahrzeug sei mit einem Ruck zurückgeworfen worden.

Plötzlich veränderte sich die Bewegung.

Der Schweber raste nicht mehr schaukelnd dahin. Das Geräusch des Motors ließ nach, bis Silk nur noch die auf Hochtouren laufenden Gebläse hören konnte. Sie drehten höher und höher, bis sie gequält zu kreischen schienen, dann erstarb auch dieses Geräusch. Im Instrumentenbrett flammte ein rotes Licht auf.

Bei dieser seiner zweiten Fahrt in einem Schweber hatte Silk das Gefühl, wirklich zu schweben. Es war, dachte er, dem unheimlichen Gefühl nicht unähnlich, als er mit Mamelta in der beweglichen Kammer gefahren war.

Hinter ihm keuchte Hyacinth. Ein seltsam geformter Gegenstand war neben Oosiks Hüfte emporgewachsen. Bevor Silk ihn erkannte, hatte er bereits eine Vierteldrehung gemacht, knapp eine Handspanne vor seiner Nase. Es war ein großer Nadler, demjenigen nicht unähnlich, der in seinem eigenen Hosenbund steckte. Er war nach oben getrieben wie ein Korken, nachdem er sich aus Oosiks Halfter gelöst hatte.

»Seht nur, seht! Sie heben uns hoch!« Hyacinths volle Brüste drückten in seinen Rücken, während er auf das Glas starrte.

Er pflückte Oosiks Nadler aus der Luft und steckte ihn ins Halfter des Besitzers zurück. Als er wieder zum Glas blickte, war dort nur ein Geflecht gekrümmter Linien zu sehen, zwischen denen hier und dort rote Funken flimmerten.

Es sieht aus, dachte er, wie eine Stadt im Himmelsland, nur daß sie viel näher zu sein schien. Neugierig entriegelte er die Luke über Oosiks Sitz und warf sie zurück. Als er sie geöffnet hatte, hoben sich seine Füße vom Boden. Er wollte sich am Verschluß der Luke festhalten, verfehlte ihn aber um einen Fingerbreit und trieb nach oben wie Oosiks Nadler, bis jemand seinen Fuß packte.

Vor ihm breitete sich unendlich weit das Muster

aus, das er vorher im Glas gesehen hatte: eine Stadt im Zwielicht, die in den Himmelsländern hätte liegen können, umringt von sonnenhellen braunen Feldern und kleinen Dörfern. Auf einer Seite lag ein silberner Spiegel, zu dem ein gewundener brauner Faden lief. Oreb flatterte von seiner Schulter hoch und verschwand im Zwielicht, während Silk offenen Mundes hinunterstarrte.

»Wir fliegen.« Ungläubigkeit und Entsetzen ließen seine Worte wie ein Seufzen klingen, das er dem schwarzen Vogel hinterherhauchte.

Silk mußte wieder husten, spuckte geronnenes Blut aus und versuchte es noch einmal. »Wir fliegen kopfüber. Ich kann Viron und den See und sogar die Straße erkennen, die zum See führt.«

Quetzal meldete sich von drinnen zu Wort. »Schaut hinter uns, Patera Caldé.«

Sie waren jetzt näher; sie waren so nahe, daß sie den riesigen dunklen Bauch des Dings sehen konnten, das über der Stadt hing. Darunter, aufgehängt an Kabeln, die nicht dicker schienen als Spinnweben, war eine Vorrichtung befestigt, die aussah wie ein Boot mit vielen kurzen Rudern. Silk tat einen ganzen Atemzug, bis er erkannte, daß die Ruder in Wirklichkeit die Läufe von Kanonen waren, und eine weitere halbe Minute verstrich, bis er das blutrote Dreieck unter dem fliegenden Ungetüm erkannt hatte. »Euer Kogniszenz ...«

»Ich verstehe nicht, warum sie nicht auf uns schießen«, sagte Quetzal. Der alte Mann schüttelte sich. »Das liegt wohl nur daran, daß sie uns noch nicht bemerkt haben. Der Wind zwingt sie, das Luftschiff parallel zur Sonne zu halten, und jetzt blicken sie auf eine dunkle Stadt hinab. Im Augenblick wendet unser Schweber ihnen die Schmalseite zu. Aber wir drehen uns, und bald werden sie direkt auf uns herunterschauen können. Wir wollen uns lieber hier drinnen verkriechen und die Luke schließen.«

Im Glas war jetzt der Lake Limna zu sehen. Während die Uferlinie langsam über das Glas kroch, dachte Silk an Oosiks Nadler. Der Schweber schien auf ganz ähnliche Weise träge durch den Himmel zu taumeln.

Hyacinth klammerte sich an ihn und flüsterte: »Du hast überhaupt keine Angst, nicht wahr? Sind wir sehr hoch?« Sie zitterte.

»Natürlich habe ich Angst; als ich gerade draußen war, hatte ich schreckliche Angst.« Er überprüfte seine Gefühle. »Ich habe immer noch große Angst. Aber wenn ich mir vorstelle, was hier geschieht – etwas anderes als ein Wunder kann es kaum sein –, dann tritt meine Furcht ein wenig in den Hintergrund.« Während er das Glas beobachtete, versuchte er, das Luftschiff zu beschreiben.

»Sie ziehen uns hinauf, Junge! Das meinte sie. Glaubt Ihr, wir könnten es durchschneiden?«

»Es gibt da nichts durchzuschneiden, und wenn es etwas gäbe, das wir durchschneiden könnten, dann würden sie uns sofort bemerken und auf uns schießen. Nein, hier geht etwas anderes vor sich. Habt Ihr mich am Fuß festgehalten? Vielen Dank.«

Xiphias schüttelte den Kopf und deutete auf den Arzt.

»Danke«, sagte Silk noch einmal. Er legte dem Fahrer eine Hand auf die Schulter. »Ihr sagtet vorhin, wir bekämen einen Vektor. Was hatte das zu bedeuten?«

»Diese Warnung bekommt man, wenn man zu weit nach Norden oder Süden fährt, mein Caldé. Dann muß man langsamer fahren. Der Monitor soll eigentlich eingreifen und das Fahrzeug bremsen, wenn man es nicht selbst tut, aber das funktioniert bei diesem Fahrzeug nicht mehr.«

»Ich verstehe«, sagte Silk und nickte, wie er hoffte, ermunternd. »Warum soll man langsamer fahren?«

»Wenn man zu schnell nach Norden fährt«, schaltete Oosik sich ein, »dann bekommt man das Gefühl, jemand schaufelte Sand über einen. Es ist nicht gesund, und die Leute im Schweber reagieren viel langsamer. Wenn man zu schnell nach Süden fährt, wird den Leuten schwindlig. Es fühlt sich an, als würde man schwimmen.«

Fast unhörbar leise fragte Quetzal: »Ist Euch die Form des Whorl bekannt, Patera Caldé?«

»Die Form des Whorl? Natürlich, er ist zylindrisch, Euer Kogniszenz.«

»Sind wir außen auf dem Zylinder, oder sind wir drinnen, Patera Caldé?«

»Wir sind drinnen, Euer Kogniszenz. Wenn wir außen wären, dann würden wir herunterfallen.«

»So ist es. Aber was hält uns am Boden fest? Welche Kraft sorgt dafür, daß ein Buch zu Boden fällt, wenn man es fallen läßt?«

»Ich weiß nicht mehr, wie die Kraft heißt, Euer Kogniszenz, aber es ist die gleiche Kraft, die einen Stein in einer sich drehenden Schlinge hält, bis er freigegeben wird.«

Hyacinth hatte sich von ihm gelöst. Jetzt nahm sie seine Hand, und er drückte sie. »Solange der Junge seine Schleuder herumwirbelt, kann der Stein nicht heraus. Der Whorl dreht sich – ich verstehe! Wenn der Stein eine Maus wäre, die in die gleiche Richtung läuft, in die sich die Schlinge bewegt, dann würde sie stärker festgehalten; fast so, als würde sich die Schlinge schneller drehen. Wenn die Maus aber in die andere Richtung läuft, dann wäre das so, als drehte sich die Schlinge nicht schnell genug. Die Maus würde herausfallen.«

»Schütze!« Oosik starrte das Glas an. »Jetzt müßtet Ihr das Ziel ins Visier nehmen können.« Während er den Sicherungshebel seines eigenen Maschinengewehrs löste, kam langsam das rote Dreieck in Sicht.

»Trivigaunte!« flüsterte Hyacinth. »Sphigx verbietet ihnen, irgendwelche Bilder zu machen. Das ist ihr Abzeichen.«

Auk stand auf, vorübergehend zu benommen, um sich zu erinnern, wo er war und was er hier wollte. War er vom Dach gefallen? Salziges Blut rann ihm von der Oberlippe in den Mund. Ein Mann mit Armen und Beinen, die kaum dicker waren als kleine Holzscheite und mit dem Gesicht eines bärtigen Kobolds schoß an ihm vorbei. Andere folgten ihm.

»Hab keine Angst«, flüsterte der blinde Gott. »Sei tapfer und handle klug, und ich werde dich beschützen.« Er nahm Auks Hand, nicht wie Hyacinth ein paar Minuten zuvor ihre Hand in Silks Hand gelegt hatte, sondern wie ein älterer Mann, der in einer gefährlichen Situation die Hand eines jungen Mannes nimmt.

»Also gut«, erwiderte Auk. »Ich habe keine Angst, aber ich bin ziemlich durcheinander.« Die Hand des blinden Gottes fühlte sich gut an, groß und stark, mit langen, kräftigen Fingern. Auk hatte den Namen des blinden Gottes vergessen, und das war ihm peinlich.

»Ich bin Tartaros, und ich bin dein Freund. Sag mir alles, was du siehst. Du kannst laut sprechen oder es nur denken, wie du willst.«

»Da ist ein großes Loch mitten in der Mauer, aus dem Rauch dringt. Das Loch war vorher nicht da«, berichtete Auk. »Da bin ich ziemlich sicher. Außer denen, die Patera getötet hat, und dem einen, den ich getötet habe, liegen hier noch einige weitere tote Männer herum. Ein Kämpfer ist darunter, auch tot. Nein, es ist eine Frau. Ihre Flügel sind anscheinend zerbrochen, als sie auf den Boden aufgeprallt ist.

Alles ist braun, die Flügel und die Hosen, und über den Brüsten hat sie eine Art Bandage.«

»Braun?«

Auk sah näher hin. »Nein, eigentlich nicht. Gelblich-braun. Eine Farbe wie Straßendreck. Jetzt kommt Chenille.«

»Das ist gut. Tröste sie, Auk, mein Noktolator. Schwebt das Luftschiff noch über uns?«

»Sicher«, meinte Auk, und sein Tonfall schien anzudeuten, daß er keinen Gott brauchte, um sich über so einfache Dinge Klarheit zu verschaffen. »Yeah, es ist noch da.« Chenille fiel ihm in die Arme.

»Schon gut, Jugs«, sagte er. »Es wird alles wieder gut. Wirst schon sehen. Tartaros ist mein Kumpel, er ist in Ordnung.« An Tartaros gewandt, fügte Auk hinzu: »Ein Schweber der Grünen schwebt auch dort oben. Er schießt und fällt langsam in die Grube. Und ein paar hundert Gardisten, die so ähnlich aussehen wie die tote Kämpferin, fliegen in der Luft herum. Sie fliegen nach oben.«

Der blinde Gott zog an seiner Hand. »Wir sind aus einer kleineren Grube in diese hier gekommen, Auk. Wenn du keinen anderen Ausgang siehst, dann wäre es besser, wir kehrten in den Tunnel zurück. Es gibt noch weitere Ausgänge, und ich kenne sie alle.«

»Warte mal. Ich habe mein Werkzeug verloren. Oh, da ist es.« Auk ließ Chenille los, eilte hinüber, hob seinen Hirschfänger auf und wischte die Klinge an der Tunika ab.

»*Auk,* mein Sohn …«

Er scheuchte Incus mit dem Hirschfänger vor sich her. »Geht in den Tunnel zurück, bevor Ihr verletzt werdet, Patera. Tartaros will es so, und er hat recht.«

Der Schweber sank jetzt schneller herab. Beinahe schien es, als befände er sich im freien Fall. Auk sah zu, und richtig, der Schweber stürzte ab. Aber er kam nicht senkrecht herunter, wie andere Dinge normalerweise fielen. Im letzten Augenblick drehte er sich um die eigene Achse und hätte sich beinahe stabilisiert, aber es war zu spät. Das Fahrzeug landete auf der Seite und überschlug sich.

Etwas, das viel höher war als der Schweber, fiel erheblich schneller herab. Ein winziger schwarzer Punkt, der kurz vor dem Aufschlag fast wie ein Pfeil aussah, traf die zerstörten Zinnen der Alambrera, und die ganze Mauer schien sich in Flammen und Qualm aufzulösen. Die Explosion ließ Schiffssteinbrocken, so groß wie Häuser, wie Spreu durch die Gegend fliegen. Für Auk das Schönste, was er bisher im Leben gesehen hatte.

»Silk hier!« verkündete Oreb stolz, als er auf Auks Schulter landete. »Vogel bringt her!« Vorn im abgestürzten Schweber wurde eine Luke geöffnet.

»Hackum!« rief Chenille, »Hackum! Komm schon! Wir wollen in den Tunnel zurück.«

Auk winkte ihr, sie solle schweigen. Die Mauer der Alambrera hatte den Todesstoß bekommen. Noch während er zusah, liefen Risse durch das Mauerwerk und tauchten, wie durch Zauberhand versetzt, auch auf der anderen, aus Schiffsstein bestehenden Seite der Grube auf. Ein Grollen war zu hören, das tiefer klang als jeder Donner. Mit einem Brüllen, das den Boden erschütterte, bis Auk sich kaum noch auf den Beinen halten konnte, stürzten Mauer und Wand der Grube gleichzeitig ein. Die Hälfte der Grube wurde unter einer Lawine aus Stein, Erde und zerbrochenen Platten verschüttet. Auk hustete im Staub und wich zurück.

»Loch gebrochen«, erklärte Oreb ihm.

Als er wieder sehen konnte, bemerkte Auk einige Männer und eine schlanke Frau mit einem roten Kleid, die aus dem umgekippten Schweber stiegen. Der Geschützturm, der in einer unnatürlichen Lage hing, war gen Himmel gedreht, und die Kanone feuerte Salve auf Salve auf die fliegenden Soldaten ab.

»Kehre zur Frau zurück«, sagte der blinde Gott zu ihm. »Du mußt sie beschützen. Eine Frau ist wichtig. Dies hier ist nicht wichtig.«

Er sah sich nach Chenille um, aber sie war verschwunden. Ein paar abgemagerte Gestalten zwängten sich eilig durch das Loch, aus dem er und sie in die Grube geklettert waren. Die Männer, die aus dem Schweber gestiegen waren, folgten ihnen. Durch die brodelnden Staubwolken konnte er einen weißbärtigen Mann erkennen, der eine rostrote Tunika trug, und einen zweiten Mann in einer grünen Tunika.

»Silk hier!« rief Oreb, der über den beiden fliehenden Gestalten kreiste.

Auk holte sie ein, als sie gerade die spiralförmige Rampe hinuntersteigen wollten. Silk humpelte eilig, auf einer Seite auf einen Gehstock und auf der anderen auf die Frau mit dem roten Kleid gestützt. Auk erwischte sie am Haar. »Tut mir leid, Patera, aber ich muß das tun.« Silk griff zum Hosenbund, aber Auk war schneller. Ein Stoß gegen die Brust, und Silk stürzte rücklings in die untere Grube.

»Höre!« drängte der blinde Gott neben Auk. Und Auk lauschte und hörte das Heulen der nächsten Bombe schon eine Sekunde, bevor sie einschlug.

Silk sah voller Freude und zugleich bedauernd auf den Körper des sterbenden Auguren hinab. Es war – es war ja immerhin sein eigener Körper gewesen. Quetzal und ein kleinerer, jüngerer Augur knieten neben ihm, außerdem eine Frau, die die Robe eines Auguren trug, und ein dritter Mann, der fast so alt war wie Quetzal.

Gebetsketten wurden geschwungen und malten das Zeichen der Addition in die Luft: »Ich überantworte Euch, Patera Silk, der Vergebung aller Götter.«

»Erinnert Euch nun an die Worte Pas' ...«

Es war gut so, und wenn es vorbei war, konnte er gehen. Wohin? Es spielte keine Rolle. An jeden beliebigen Ort, den er aufsuchen wollte. Endlich war er frei, und auch wenn er sein altes Gefängnis hin und wieder vermissen würde, war die Freiheit besser als alles andere. Er blickte zur Decke aus Schiffsstein hoch und sah nur Erde, aber er wußte, daß der ganze Whorl mit dem weiten, offenen Himmel darüber lag.

»Ich bitte dich, uns, den Lebenden, zu vergeben«, sagte der kleinere Augur und machte wieder das Zeichen der Addition, das – erst jetzt fiel ihm dies auf – niemals das Zeichen des Pas gewesen sein konnte. Das Zeichen der Addition war ein Kreuz; er erinnerte sich, wie Maytera es einmal auf eine Tafel gemalt hatte, als er in der Schule das Rechnen gelernt hatte. Pas' Zeichen war aber nicht das Kreuz, sondern das verlassene Kreuz. Er langte nach dem Kreuz, das er um den Hals trug, aber es war fort.

Der ältere Augur: »Ich spreche hier für den Großen Pas, für die Göttliche Echidna, für die Sengende Scylla.«

Der jüngere Augur: »Für die Wundervolle Molpe, den Standhaften Tartaros, für den Höchsten Hierax, für die Achtsame Thelxiepeia, für die Grimmige Phaea und für die Starke Sphigx.«

Der ältere Augur: »Und für alle Nebengottheiten.«

Der Schiffsstein löste sich vor seinen Augen auf, und jetzt war Erde zu sehen und endlich der Himmel, und dann atmete er eine Luft, die reiner war als alle Luft, die er je geatmet hatte. Hyacinth stand bei Auk, und ein Stück weiter, mitten in einem abschüssigen Durcheinander aus Steinen, glitt ein Brocken zur Seite und legte eine stählerne Hand frei. Verzückt schwebte er höher.

Das Luftschiff aus Trivigaunte war ein brauner

Käfer, unendlich fern, dem Goldenen Pfad inzwischen aber so nahe, daß er wußte, dies konnte nicht sein endgültiges Ziel sein.

Er landete auf dem Goldenen Pfad und stellte fest, daß es ein Pfad aus Lametta in einem Whorl war, der nicht größer war als ein Ei. Wo waren die gefährlichen Untiere? Wo die Geister der anderen Toten? Da! Zwei Männer und zwei Frauen. Er blinzelte und starrte, blinzelte noch einmal.

»O Silk! Mein Sohn, o mein Sohn!« Sie lag in seinen Armen und er in ihren, und beide weinten Freudentränen. »Mutter!« – »Silk, mein Sohn!«

Der Whorl war voller Dreck und Gestank, voller Lug und Trug, aber hier war alles – Freude und Liebe, Reinheit und Freiheit.

»Du mußt zurückkehren, Silk. Er hat uns geschickt, damit wir dir das sagen.«

»Du mußt, mein Junge.« Eine Männerstimme, gegenüber welcher Lemurs Organ nicht mehr als ein müder Abklatsch gewesen war. Er blickte auf und sah das geschnitzte braune Gesicht aus dem Wandschrank seiner Mutter.

»Wir sind deine Eltern.« Er war groß und hatte blaue Augen. »Deine Väter und deine Mütter.«

Die andere Frau sagte nichts, aber ihre Augen sprachen die Wahrheit.

»Du warst meine Mutter«, sagte er. »Ich verstehe.«

Er blickte zu seiner wunderschönen Mutter hinab. »Du wirst immer meine Mutter sein. Immer!«

»Wir warten auf dich, mein Sohn. Wir alle, Silk. Vergiß uns nicht.«

Etwas fächelte ihm frische Luft ins Gesicht. Quetzal saß neben ihm, eine schmale, blutleere Hand mühelos hin und her wedelnd, als wäre sie ein Pendel. »Guten Tag, Patera Caldé. Ich nehme an, inzwischen ist der Nachmittag angebrochen.«

Er lag auf dem Boden und starrte zur Decke aus Schiffsstein hinauf. Ein stechender Schmerz pochte in seinem Hals, im Kopf, in beiden Armen, in der Brust, in beiden Beinen. Sein Bauch tat weh, und jeder Körperteil schmerzte auf seine ganz eigene, unverwechselbare Art.

»Bleibt still liegen. Ich wünschte, ich könnte Euch etwas Wasser anbieten. Wie fühlt Ihr Euch?«

»Ich bin zurück in meinem schmutzigen Gefängnis.« Zu spät fiel ihm ein, daß er vergessen hatte, Seine Kogniszenz hinzuzufügen. »Ich wußte bisher noch nicht, daß es ein Gefängnis ist.«

Quetzal hielt Silk zurück. »Ihr dürft Euch noch nicht aufsetzen, Patera Caldé. Ich muß Euch etwas fragen, aber es soll keine Prüfung für Euch sein. Vielmehr will ich etwas zur Diskussion stellen. Einverstanden?«

»Ja, Euer Kogniszenz.« Er nickte, obwohl ihm die Bewegung ungeheuer schwer fiel.

»Hier ist meine Frage. Wir wollen nur darüber sprechen, mehr nicht. Falls ich Euch aufhelfe, könntet Ihr dann laufen?«

»Ich glaube schon, Euer Kogniszenz.«

»Eure Stimme ist sehr schwach. Ich habe Euch untersucht und festgestellt, daß keine Knochen gebrochen sind. Außer Euch sind wir vier, und ...«

»Wir sind abgestürzt, nicht wahr? Wir waren in einem Schweber der Zivilgarde, der über der Stadt herumgeirrt ist. Oder habe ich das nur geträumt?«

Quetzal schüttelte den Kopf.

»Ihr und ich, Hyacinth, Colonel Oosik und Oreb. Und ...«

»Ja, Patera Caldé?«

»Ein Gardist – zwei Gardisten – und ein alter Fechtmeister, den mir jemand vorgestellt hatte. Ich kann mich nicht an seinen Namen erinnern, aber ich muß geträumt haben, daß er auch dort war. Nein, das ist viel zu phantastisch, es muß ein Traum gewesen sein.«

»Er ist ein Stück von uns entfernt im Tunnel, Patera Caldé. Die Gefangenen, die Ihr freigelassen habt, haben uns Schwierigkeiten gemacht.«

»Hyacinth?« Silk wollte sich wieder aufsetzen.

Wieder hielt Quetzal ihn fest, indem er ihm die Hände auf die Schultern legte. »Bleibt still liegen, sonst erzähle ich Euch überhaupt nichts mehr.«

»Hyacinth? Um ... im Namen aller Götter, ich muß es wissen!«

»Ich mag diese Leute nicht, Patera Caldé. Ihr mögt sie auch nicht. Trotzdem habt Ihr sie freigelassen. Wo sie jetzt sind und was sie jetzt tun? Ich weiß es nicht. Ich wünschte, ich wüßte es. Hyacinth könnte tot sein. Ich weiß es nicht.«

»Bitte, sagt mir, was geschehen ist.«

Langsam pendelte Quetzals Kopf hin und her. »Patera Caldé, es wäre besser, wenn Ihr mir erzählen würdet, was geschehen ist. Ihr wart beinahe tot. Ich muß wissen, was Ihr alles vergessen habt.«

»In diesen Gängen ist Wasser. Ich war schon einmal hier, Euer Kogniszenz. An manchen Stellen war viel Wasser.«

»Das hier ist keine dieser Stellen. Wenn Ihr Euch weit genug erholt habt, um zu verstehen, wie krank Ihr seid, und um ein Versprechen zu halten, dann werde ich Euch Wasser holen. Wißt Ihr noch, wie wir zusammen die Menschen gesegnet haben? Erzählt mir davon.«

»Wir haben versucht, der Stadt – wir wollten Viron den Frieden bringen. Blood hatte alles gekauft – oder besser, Musk, aber Musk hat in Bloods Auftrag gehandelt.«

»Er hat die Stadt gekauft, Patera Caldé?«

Silk öffnete den Mund und schloß ihn wieder, ohne etwas zu sagen.

»Was meint Ihr, Patera Caldé?«

»Ja, Euer Kogniszenz. Er hat die Stadt gekauft. Er und andere, die so sind wie er. Das wurde mir erst jetzt klar, als Ihr danach gefragt habt. Ich hatte die Dinge durcheinandergebracht.«

»Welche Dinge, Patera Caldé?«

»Den Frieden und die Rettung meines Manteions. Der Außenseiter hat mich aufgefordert, es zu retten, und dann begann der Aufstand, und ich dachte, ich könnte es nur retten, indem ich der Stadt den Frieden brachte, denn wenn die Leute mich zum Caldé machten, könnte ich das Manteion durch einen Befehl retten.«

Eine oder zwei Sekunden lang blieb Silk mit halb geschlossenen Augen still liegen. »Blood – Männer wie Blood – haben uns die Stadt gestohlen. Alles, was sich in der Stadt befindet, mit Ausnahme des Kapitels. Und das Kapitel konnte nur Widerstand leisten, weil Ihr an seiner Spitze wart, Euer Kogniszenz. Wenn Ihr nicht mehr seid …«

»Wenn ich sterbe, Patera Caldé?«

»Wenn Ihr sterbt, Euer Kogniszenz, dann haben sie endgültig alles in der Hand. Musk hat die Papiere unterzeichnet. Musk war nach den Akten der Besitzer des Manteions – der Mann, dessen Leiche wir auf dem Altar verbrannt haben, Euer Kogniszenz. Ich weiß noch, wie schrecklich mir der Gedanke vorkam, daß Musk der Besitzer des Manteions sein sollte. Ich habe die Zähne zusammengebissen und den Mut, den ich eigentlich gar nicht hatte, zusammengenommen und mir selbst immer und immer wieder gesagt, daß es dazu nicht kommen darf.«

»In ganz Viron seid Ihr der einzige Mann, Patera Caldé, der an Eurem Mut zweifelt.«

Silk hörte nur mit halbem Ohr zu. »Ich habe mich geirrt. Ich habe mich schrecklich geirrt. Musk war überhaupt nicht die Gefahr. Er war niemals wirklich gefährlich. Es gibt Dutzende wie Musk in der Orilla. Musk liebte Vögel. Habe ich Euch das schon gesagt, Euer Kogniszenz?«

»Nein, Patera Caldé. Erzählt es mir jetzt, wenn Ihr wollt.«

»Er liebte Vögel. Mucor hat mir das berichtet, und er hatte ihr ein Buch über die Katzen geschenkt, die sie für Blood ausgetragen hat. Als er Oreb sah, meinte er, ich hätte ihn mir beschafft, weil ich mit ihm gut Freund sein wollte, was nicht stimmt, und warf sein Messer nach ihm. Er hat Oreb verfehlt, und jetzt glaube ich, daß er absichtlich daneben geworfen hat. Blood aber hat mit seinem Geld und seiner Geldgier Viron mehr geschadet als alle Musks zusammen. Alles, was ich getan habe, war, Blood ein paar Bröckchen der Stadt wieder zu entreißen. Ich habe gesagt, daß ich mein Manteion retten wollte, aber es nützt nichts, ein einziges Manteion zu retten – ich kann nicht unser Stadtviertel retten und sonst nichts. Das sehe ich jetzt ein. Und trotzdem mag ich Blood, oder ich würde ihn mindestens gern schätzenlernen.«

»Ich verstehe, Patera Caldé.«

»Kleine Bröckchen – das Manteion, Hyacinth und Orchid, Auk – weil Auk Maytera Mint soviel bedeutet. Auk …«

»Ja, Patera Caldé?«

»Auk hat mich gestoßen, Euer Kogniszenz. Wir waren zusammen im Schweber, Hyacinth und ich. Ihr wart auch dort, und … und einige andere. Wir sind abgestürzt, und Colonel Oosik …«

»Ihr habt ihn zum Generalissimus ernannt«, erinnerte Quetzal ihn.

»Ja, richtig, das habe ich getan. Oosik hat mir das Ohr gegeben, und ich habe zu den Gefangenen gesprochen und ihnen gesagt, daß sie frei seien. Dann sind wir aufgeschlagen. Wir haben die Luke geöffnet, und Hyacinth und ich sind hinausgeklettert …«

»Das soll mir reichen, Patera Caldé. Versprecht mir, daß Ihr nicht versucht, Euch in der Zwischenzeit zu erheben. Ich will mich nach Wasser für Euch umsehen.«

Silk hielt ihn zurück, indem er eine knochenlose, blutleere Hand faßte. »Könnt Ihr mir nicht sagen, was ihr zugestoßen ist, Euer Kogniszenz?«

Wieder pendelte Quetzals Kopf langsam und fast hypnotisch von einer Seite zur anderen.

»Vielleicht ist sie auch bei Auk. Ich weiß nicht, warum, aber ich muß sie von ihm zurückholen. Was ist mit mir passiert, Euer Kogniszenz?«

»Ihr wurdet verschüttet, Patera Caldé. Als der Schweber abstürzte, sind einige hinausgeklettert. Ich selbst, wie Ihr seht, Ihr und die junge Frau, wie Ihr sagtet. Der Fechtmeister auch und der Arzt. Bei diesen bin ich mir sicher. Die Sträflinge sind zu einem Loch im Boden gerannt, um den Schüssen und den Explosionen zu entgehen. Könnt Ihr Euch daran erinnern?«

Dieses Mal gelang es Silk ohne große Schwierigkeiten, mit dem Kopf zu nicken. Nur der Nacken war steif und tat weh.

»In die Wände des Lochs ist eine Rampe eingearbeitet, unten ist ein Durchbruch zu diesem Tunnel. Der Fechtmeister und ich kamen gebückt hindurch. Fast im gleichen Augenblick gab es eine neue Explosion, und das Loch wurde hinter uns verschüttet. Wir waren gerade noch hineingekommen. Kennt Ihr den Protonotar meines Koadjutors, Patera Caldé?«

»Ich bin ihm einmal begegnet, Euer Kogniszenz. Ich könnte nicht behaupten, daß ich ihn gut kenne.«

»Er ist hier. Ich war ebenso überrascht wie er, daß wir uns hier begegnet sind. Eine Frau namens Chenille ist bei ihm. Sie sagte, sie kennt Euch. Sie seien gestern in Limna in die Tunnel gegangen. Sie hätten versucht, die Stadt zu erreichen.«

»Chenille, Euer Kogniszenz? Eine große Frau mit roten Haaren?«

»Genau. Sie ist eine außergewöhnliche Frau. Bald nach der Explosion haben uns die Sträflinge angegriffen. Sie waren zuerst freundlich, aber dann haben sie verlangt, wir sollten ihnen Patera und die Frau übergeben. Wir haben uns geweigert, und Xiphias hat vier von ihnen getötet. Xiphias ist der Fechtmeister. Drücke ich mich verständlich aus?«

»Vollkommen, Euer Kogniszenz.«

»Wir haben versucht, uns freizugraben, und sind dabei auf Euch gestoßen. Wir haben Euch für tot gehalten, Patera, und ich übermittelte Euch die Vergebung Pas'. Nach einer Weile haben wir mit Graben aufgehört, weil wir einsehen mußten, daß es sinnlos war. Ein Dutzend Männer mit Schaufeln und Karren hätten es in zwei Tagen nicht geschafft.«

»Ich verstehe, Euer Kogniszenz.«

»Inzwischen war ich ziemlich erschöpft, auch wenn ich nicht so angestrengt gegraben hatte wie die Frau. Die anderen gingen fort, um nach einem anderen Ausgang zu suchen. Sie und Patera waren ausgehungert, aber sie hatten ein Paßwort, das ihnen, so meinten sie, Zutritt zum Juzgado gewährt. Sie versprachen, Eure Leiche und mich abzuholen. Ich habe für Euch gebetet, als sie fort waren.«

»Euer Kogniszenz mißtrauen den Göttern.«

»In der Tat.« Quetzal nickte, und der haarlose Kopf wackelte auf dem langen Hals herum. »Denn ich weiß, wer und was sie sind. Aber vergeßt nicht, daß ich trotzdem an sie glaube. Mein Glaube ist davon unberührt. Ihr habt Euer Viertel erwähnt. Wie viele dort glauben wirklich an die Götter? Die Hälfte?«

»Ich fürchte, noch weniger, Euer Kogniszenz.«

»Was ist mit Euch, Patera Caldé? Schaut in Euer Herz.«

Silk schwieg.

»Ich werde Euch sagen, was ich glaube, Patera Caldé. Ihr seid ein junger Mann, Ihr glaubt an die Götter und liebt sie immer noch, obwohl Ihr Echidna gesehen habt. Ich glaube auch an sie, aber ich traue ihnen nicht. Ihr wollt, daß ich für Euch bete, und das ist meine Pflicht. Ich habe es oft getan, aber dabei stets gehofft, die Götter würden mich nicht hören. Dieses Mal jedoch scheint es möglich, daß eine Göttin Euch eine rasche Genesung schenkt, weil sie beweisen will, daß sie nicht so übel ist, wie ich glaube.«

Leise, aber unverwechselbar knallte irgendwo im Tunnel ein Nadler.

»Das wird Patera gewesen sein, Patera Caldé. Wir hatten Glück, was die Waffen anging. Xiphias hat ein Schwert und einen kleinen Nadler. Er sagte, es sei Eurer. Ihr habt ihn auf dem Bett zurückgelassen, und er hat ihn für Euch an sich genommen. Er gab ihn der Frau. Wir haben in Eurem Hosenbund außerdem einen großen Nadler gefunden. Patera hat ihn, was mich sehr überraschte, mitgenommen. Manche unserer Brüder besitzen verborgene Qualitäten.«

Trotz der Schmerzen und der Schwäche mußte Silk lächeln. »So mag es sein, Euer Kogniszenz.«

»Gestern abend, bevor Ihr mich in der Gasse gesehen habt, bin ich Eurem Akoluthen begegnet, dem jungen Gulo. Er ist in großer Verlegenheit.«

»Das tut mir leid, Euer Kogniszenz.«

»Nein, das braucht Euch nicht leid zu tun. Sein Onkel ist Major in der Zweiten Brigade. Eine große Familie, wie es scheint. Wußtet Ihr das, Patera Caldé?«

»Nein, Euer Kogniszenz, ich weiß nicht viel über Patera Gulo.«

»Ich auch nicht. Nur, daß er einer unserer Kopisten war, bevor mein Koadjutor ihn zu Euch geschickt hat. Jetzt kommandiert er mehrere tausend Menschen. Das ist für einen so jungen Mann eine große

Verantwortung. Stündlich stoßen neue Anhänger zu ihm, sagte er, weil sie wissen, daß er Euer Akoluth ist.«

Silk schluckte schwer. »Ich hoffe, er setzt ihr Leben nicht unnötig aufs Spiel, Euer Kogniszenz.«

»Das hoffe ich auch. Ich fragte, ob es ihm schwerfiele. Er sagte, er diskutierte jede Operation mit denen, die kämpfen mußten. Er meint, sie seien vernünftig, und er versteht etwas von der Kriegführung, weil sein Onkel ihm einiges erzählt hat. Er kämpft selbst in vorderster Reihe, sagte er.«

»Euer Kogniszenz sagten gerade, er sei in Verlegenheit.«

»In der Tat, Patera Caldé.« Quetzal schüttelte sich und hob einen Mundwinkel um eine Winzigkeit an. »Er hat seinen Onkel gefangengenommen. Unsere Brüder besitzen verborgene Qualitäten. Der ältere Mann ist gedemütigt. Es ist eine unangenehme Situation, fürchte ich, aber ich finde es amüsant.«

»Ich auch, Euer Kogniszenz. Vielen Dank.«

Quetzal stand auf. »Vielleicht amüsieren wir uns eines Tages über uns selbst, wenn wir einen Weg hier heraus finden. Darf ich nun Wasser suchen?«

»Natürlich, Euer Kogniszenz.«

»Und Ihr werdet nicht versuchen, Euch zu erheben, bis ich zurückgekehrt bin? Euer Wort darauf, Patera Caldé.«

Silk setzte sich auf.

»Bitte, Patera …«

»Ich muß Euch begleiten, Euer Kogniszenz. Ich muß Wasser finden, mich waschen, trinken und danach alles tun, was ich für Viron und Hyacinth nur tun kann. Ihr habt nichts, das Wasser zu transportieren, und auch zu viert könntet Ihr mich wahrscheinlich nicht weit tragen.«

»Ihr seid um ein Haar erstickt, Patera Caldé.«

Quetzal beugte sich über ihn. »Wir hielten Euch für tot, und ich hätte nicht von einem Wunder sprechen dürfen. Auch die Götter können den Tod nicht ungeschehen machen, und wenn sie es könnten, dann würden sie es gewiß nicht tun, nur um uns zu erfreuen. Nein, Ihr habt noch gelebt, als wir Euch freigeschaufelt haben. Ihr habt aus ganz natürlichen Gründen überlebt …«

Silk kam ohne seine Hilfe auf die Füße. »Ich hatte einen Gehstock, Euer Kogniszenz. Meister Xiphias hat ihn mir gegeben. Ich brauchte ihn anfänglich nicht, aber jetzt brauche ich ihn.«

Quetzal bot ihm den Bischofsstab an. »Nehmt den hier.«

»Niemals, Euer Kogniszenz. Ratsherr Lemur hat mich wissen lassen, ich würde … nein, ich will ihn nicht haben.«

Hinter ihnen war der Tunnel von hereingerutschter Erde fast verschüttet. Über einen Trampelpfad gelangte Silk zu einer Öffnung in der Wand. »Ist dies die Stelle, wo Ihr mich gefunden habt, Euer Kogniszenz? Dort drinnen?«

»Ja, Patera Caldé. Aber wenn Eure junge Frau noch dort ist, dann ist sie inzwischen gewiß tot.«

»Das ist mir klar.« Silk steckte den Kopf durch die Öffnung. »Ich glaube, sie ist mit Auk in der Grube, aber Meister Xiphias schätzte diesen Stock sehr, ich brauche ihn, und wahrscheinlich liegt er ganz in der Nähe der Stelle, an der Ihr mich gefunden habt.« Er schob die Schultern hindurch.

»Seid vorsichtig, Patera Caldé!«

Die Wand bestand aus Schiffsstein, wenig mehr als eine Elle dick. Dahinter lag ein Hohlraum, der im Geröll freigeblieben war. Es war hier stockdunkel. Als Silk sich aufrichten wollte, stieß er mit dem Kopf an die niedrige Decke, und Erde und einige kleine Steine rieselten herunter. »Die Höhle könnte jeden

Augenblick zusammenbrechen«, sagte er zu der schwankenden Gestalt im Tunnel.

»In der Tat, Patera Caldé. Kommt bitte wieder herüber.«

Seine suchenden Finger fanden in der Decke kurze dicke Vorsprünge, die er für Wurzeln hielt. Er wühlte in den Taschen herum und entdeckte die Karten, die Remora ihm gegeben hatte. Sie schienen gut geeignet, um die Erde wegzukratzen. Eine Wurzel trug einen Ring. Er räumte noch mehr Erde weg, bis er die Hand fest packen konnte, dann zog er daran. Er grub weiter und zog wieder.

»Im Tunnel sind jetzt neue Geräusche zu hören, Patera Caldé. Verlaßt diesen Ort lieber jetzt gleich.«

»Ich habe jemanden gefunden, Euer Kogniszenz. Einen verschütteten Menschen.« Silk zögerte, noch nicht sicher, ob er seinem Urteilsvermögen trauen konnte. »Ich glaube nicht, daß es Hyacinth ist. Die Hand ist zu groß.«

»Dann spielt es keine Rolle, wer es ist. Wir müssen gehen.«

Endlich konnte er den Arm richtig packen. Silk zog mit aller Kraft, die er noch hatte, und wurde mit Erde überschüttet, aber der Tote kam frei und fiel herunter.

Jetzt bin ich ein Grabräuber, sagte er zu sich selbst. Er spuckte Dreckkrümel aus und wischte sich die Augen sauber. Ein Grab von unten ausrauben – und ich stehle die Leiche gleich mit.

Eigentlich hätte er sich darüber genauso amüsieren müssen wie über die Geschichte, die er über Gulos Onkel gehört hatte, aber ihm war nicht nach Lachen zumute. Er hielt sich an der gezackten Kante des Lochs in der Tunnelwand fest und schaffte es, sich aus dem herabgefallenen Erdreich zu befreien. Wieder im Tunnel (der ihm mit der kalten Zugluft und dem wäßrig grünen Licht plötzlich wie eine sichere

Zuflucht vorkam), konnte er die Leiche aus der lokkeren Erde zerren, die sich auf ihr gesammelt hatte. Quetzal war nirgends zu sehen.

»Er wird wohl inzwischen Wasser holen«, murmelte Silk. »Vielleicht könnte Wasser dich auf die gleiche Weise wiederbeleben, wie irgend etwas anderes mich wiederbelebt hat.« Aber die Ohren des toten Mannes waren mit Erde verstopft. Als er das Gesicht des Unglücklichen abwischte, sagte er: »Es tut mir leid, Doktor.«

Er suchte noch einmal seine Taschen ab, aber die Gebetskette war nicht da. Er hatte sie in der alten rissigen und schmutzigen Robe in Ermine's Hotel zurückgelassen. Es schien ihm, als sei das schon sehr lange her.

Er zwängte sich wieder in den Hohlraum jenseits der Tunnelwand. Hyacinth hatte ihn in ihrem Zimmer in Ermine's Hotel gebadet, ihn ausgekleidet, ihn abgeschrubbt und danach am ganzen Körper abgetrocknet. Er hätte verlegen sein müssen (das hatte er sich gesagt), aber er war viel zu erschöpft gewesen, um etwas anderes zu empfinden als eine unbestimmte Zufriedenheit, eine leise Freude darüber, daß er im Mittelpunkt der Aufmerksamkeit einer so schönen Frau stand. Nun waren ihre Aufmerksamkeiten vergebens gewesen, denn er war schmutzig, und Remoras schöne und kaum getragene Robe war zerrissen.

»Du hast mir das Leben zurückgegeben, Außenseiter«, murmelte Silk, während er weitergrub. »Ich wünschte, du könntest mich auch säubern.« Aber wie Doktor Crane gesagt hatte, waren die Visionen wohl am Ende doch keine Bilder des Außenseiters gewesen, sondern durch nichts weiter als eine geplatzte Ader in seinem Kopf entstanden.

Oder war Doktor Crane – der sich selbst als Agenten der Rani bezeichnet oder sich dafür gehalten hatte – in Wirklichkeit ein Agent des Außenseiters gewesen? Doktor Crane hatte dafür gesorgt, daß Silk sich trotz des gebrochenen Knöchels darum bemühen konnte, das Manteion zu retten. Doktor Crane hatte ihn befreit, als das Ayuntamiento ihn gefangengenommen hatte. Es war vorstellbar, sogar wahrscheinlich, daß Doktor Cranes Skepsis ihn, Silk, einer Art Glaubensprüfung unterziehen sollte.

Hatte er die Prüfung bestanden?

Er dachte lange über die Frage nach, während er grub und grub, daß die dunkle, faulig riechende Erde nur so flog. Wenn er bestanden hatte, dann würde er erneut geprüft werden, nachdem er jetzt dem Zweifel Raum gegeben hatte.

Die Karte traf auf etwas Hartes. Zuerst hielt er es für einen Stein, aber dazu war es zu glatt. Nach einer weiteren halben Minute Arbeit hatte er den Fund freigelegt: ein schmaler Haken. Als er ihn packte, um ihn herauszuziehen, wußte er, was er vor sich hatte: den mit Silber beschlagenen Gehstock, den Xiphias ihm in Ermine's Hotel gegeben hatte.

Plötzlich drang grelles Licht in die Höhle. Silk wandte sich ab und legte eine Hand vor die Augen.

»Ich kann Euch da drinnen sehen. Kommt heraus.«

Die barsche Stimme kam ihm irgendwie bekannt vor, doch erst als der Besitzer der Stimme weitersprach, erkannte Silk ihn.

»Haltet die Hände so, daß ich sie sehen kann«, sagte der Soldat. Es war Sergeant Sand.

Maytera Mint zügelte den weißen Hengst mitten auf der Fisc Street und überblickte die anrückenden Truppen. Jeder dieser Soldaten konnte drei ihrer besten Leute aufwiegen, aber es waren wenige. Es waren erfreulich wenige, und außerdem waren Kämpferinnen aus Trivigaunte eingetroffen. Es waren erst ein paar hundert, aber Tausende würden noch kommen.

»Schießt und zieht Euch zurück«, befahl sie leise und fügte unhörbar hinzu: »Gnädige Echidna, bitte gib, daß ich nur von meinen eigenen Leuten und nicht von den Soldaten gehört werde.« Dann, wieder etwas lauter, sagte sie: »Aber nicht zu rasch und nicht zu langsam. Dies ist nicht der richtige Augenblick, den Helden zu spielen. Paßt auf, daß sie Euch nicht töten.«

Die erste Reihe der metallenen Krieger war schon in Reichweite der Musketen. Sie riß den Hengst herum und galoppierte davon. Hinter ihr begann das Gefecht. Musketen knallten dumpf, dann hörte sie das Zischen und die Einschläge der Kugeln.

Jemand schrie.

Dabei habe ich es ihnen eigens gesagt, dachte sie. Ich habe es in der Einsatzbesprechung eigens betont.

Und trotzdem war jetzt jemand verletzt worden. Sie zügelte den Hengst und sah sich wieder um. Hinter den Soldaten nahmen gerade Rooks Leute Aufstellung. Zu früh, dachte sie. Viel zu früh. Männer, die beim Planen halfen und die Pläne sauber ausführten, wie Bison und der Captain, die wußte man erst zu schätzen, wenn man solche Fehler sah.

Um die Säulen der Getreidebörse war ein langes Kabel gewunden worden. Es war noch nicht gespannt, das war gut so. Sie blickte rasch zum hohen Gebäude hinüber, dann zu Wool und seinem Trupp, der reglos in einiger Entfernung wartete. Sie hielten sich dort mit ihren Tieren bereit und warteten auf ihr Signal.

Die Männer dort vertrauten ihr. Ebenso die abgerissenen Männer und Frauen, die schossen und sich zurückzogen, wie sie es ihnen befohlen hatte. Sie schossen und starben, weil sie einer schwachen Frau vertraut hatten. Sie hatten ihr vertraut, weil ihr Cousin Brocket sie als Kind gelehrt hatte, auf einem Pferd zu reiten.

Sie stieß dem Hengst die Hacken in die Seiten. Tags zuvor war sie lange und scharf geritten, aber trotzdem schoß das Tier willig los und stellte ihr seine überschäumende Kraft zur Verfügung. Sie hatte Patera Silks Azothen längst in die Hand genommen. Jetzt drückte sie auf den Dämon.

Als sie sahen, wie die schreckliche Klinge den Himmel spaltete, trieben Wools Männer die Tiere an. Das Kabel spannte sich, ein sich windendes Ungeheuer aus Stahl, das stumm über den Boden kroch. Echidnas große Schlange.

Die Soldaten blieben stehen, als ein lautes Kommando ertönte. Der Offizier hatte Rooks Leute gesehen und erkannt, daß seine Männer in eine Falle liefen. Maytera Mint sagte sich, daß es jetzt Ernst wurde, aber ihre Stimme, so schien es ihr, war nicht fähig, Truppen gegen den Feind zu schicken. Die Stimme wollte ihr nicht mehr gehorchen, also mußte sie die Leute mit ihrem Beispiel mitreißen. Sie zog den Hengst herum, und die silberne Trompete, in die sich ihre Stimme verwandelt hatte, hallte trotz ihrer Befürchtungen laut zwischen den Häusern.

Vierzig Ruten vor ihr zertrümmerte die Klinge des Azothen ein Fusionskraftwerk, und der Soldat, dessen Herz das Kraftwerk gewesen war, starb auf der Stelle.

Weiter! Vorbei an ihrer eigenen, unordentlichen Frontlinie. Ein weiterer Soldat stürzte, dann noch einer. Weiter!

Der Hengst strauchelte und stieß einen fast menschlichen Schrei aus.

Ein halbes Dutzend Soldaten stürmte vor. Der Hengst stürzte, zu schwach, um sich aufrecht zu halten. So schnell stürzte sie, daß sie den Eindruck hatte, die Straße flöge ihr entgegen. Stählerne Hände packten sie, und Biologische kämpften in einem letzten verzweifelten Kampf gegen Chemische. Eine Frau, die dreimal so stark war wie Maytera Mint, schwang ein Brecheisen. Der Soldat, den sie traf, schlug sie mit dem Kolben seiner Muskete, und sie ging bewußtlos zu Boden.

Maytera Mint wand sich, als ein Soldat sie packte. Der Azoth war weg. Nein! Er lag unter ihrem Fuß. Er hob sie hoch, die Arme umfaßten sie wie eine Zange, und sie trat mit aller Kraft auf den Azothen. Die Klinge schnitt ihm den Fuß ab. Rauchendes schwarzes Öl strömte aus dem Beinstumpf und breitete sich glitschig auf der Straße aus. Zusammen kippten sie um, und sein Griff lockerte sich.

Sie riß sich los, bückte sich nach dem Azothen und rannte, wobei sie mehrmals fast gestürzt wäre. Die Verfolger setzten ihr mit beängstigender Geschwindigkeit nach. An der Getreidebörse wirbelte sie noch einmal herum und streckte einen Soldaten nieder, dessen brennende Körperteile ihr bis vor die Füße rollten. »Lauft, lauft! Lauft um Euer Leben!«

Ihre Leute strömten in wilder Flucht an ihr vorbei, aber es kam ihr vor, als wäre ihre Stimme nicht mehr als ein ohnmächtiges Wehklagen.

»Hierax, ich gebe mich in Deine Hände.« Die Klinge des Azothen durchtrennte die erste Säule, die zerbarst wie dünnes Glas. Dann die zweite. Die Fassade schien nun gleich einer unheildrohenden Wolke aus schmutzigen Ziegelsteinen in der Luft zu schweben.

Ein Soldat legte seine Muskete an und feuerte unmittelbar, bevor ihre Klinge ihm den Schädel spaltete. Sie spürte, wie die Kugel durch ihren Habit schlug, und roch den Pulverdampf. Sie floh und hieb wild nach der dritten Säule, ohne den Schritt zu verlangsamen. Dann blieb sie stehen und drehte sich um, und heiße Tränen strömten ihr über die Wangen.

»Ihr Götter, seit zwanzig Jahren diene ich Euch! Jetzt steht mir bei!«

Die gewichtslose, unendliche Klinge fuhr nach oben. Die gewichtslose, unendliche Klinge fuhr herab. Und herab kam auch die Fassade der Getreidebörse. Sie fiel, wie ein Bild von der Wand fällt, fast als Ganzes und die äußere Form beibehaltend, bis sie den Boden erreichte. Die Fensterbänke und Simse kamen ebenso schnell herunter wie die Tonnen von Ziegelstein und Holz. Mit der rechten Hand, die den Azothen hielt, machte sie gerade das Zeichen der Addition, als Rook sie von hinten packte und mit ihr davonrannte.

10

Caldé Silk

»Laßt mich doch gehen«, sagte Maytera Marble am Morgen des Phaesday. »Sie werden mich schon nicht erschießen.«

Generalissimus Oosik schielte sie aus dem linken Auge an; das rechte war von einem Verband bedeckt. Er zuckte die Achseln. Generalin Saba, die Kommandantin aus Trivigaunte, schürzte die Lippen. »Wir haben schon viel zuviel Zeit mit diesem Landhaus verschwendet, und niemand weiß ...«

»Da irrt Ihr Euch aber gewaltig, meine Tochter«, gab Maytera Marble entschieden zurück. »Mucor weiß es, und sie sagte es. Patera Silk wird dort gefangen gehalten, genau wie das Ayuntamiento behauptet.«

»Aberglaube!«

»Nein, sie kann das wirklich. Ich habe noch nie gesehen, wie jemand besessen war, bis sie anfing, es mit unseren Schülern zu machen. Ich finde es sehr beunruhigend.« Sie winkte Horn zu sich. »Hast du mir die weiße Fahne gemacht? Schön. Und so einen schönen langen Stock dazu, danke!«

Generalin Saba schnaubte empört.

»Ihr mögt es nicht, daß ich unsere Mädchen und Jungen mitgebracht habe.«

»Kinder sollten nicht kämpfen.«

»Sicher.« Maytera Marble nickte feierlich. »Aber sie haben gekämpft, und einige wurden sogar getötet.

Sie sind zu Generalin Mint gelaufen. Fast alle sind mitgegangen. Ich habe mir überlegt, wer mir noch helfen konnte, nachdem Mucor verschwunden war, und unsere Schüler waren die einzigen, die mir eingefallen sind. Horn und ein paar andere sind wirklich alt genug, und sie kommen mir sogar reifer vor als mancher Erwachsene. Außerdem habe ich sie damit aus der Stadt herausbekommen, wo am heftigsten gekämpft wurde.« Sie blickte Oosik hilfesuchend an, aber Oosik schwieg.

»Dort wird immer noch gekämpft. Die Truppen, die wir zu diesem Landhaus hier hinausgeschickt haben, würden wir viel dringender in der Stadt brauchen«, erwiderte Generalin Saba schroff.

»Einige haben gegen Eure Mädchen und gegen unsere Armee zugleich gekämpft, und einige sind tot. Sagte ich Euch das nicht schon? Einige sind tot, einige sind schwer verwundet. Ginger wurde eine Hand abgerissen, wie ich hörte. Zweifellos wurden auch einige Eurer Mädchen verletzt.«

»Und deshalb ...«

»Deshalb sagtet Ihr, wir würden hier nur unsere Zeit vertrödeln.« Maytera Marble schniefte. Irgendwo hatte sie sich einen schrecklichen Schnupfen eingefangen. »Ich bin völlig einer Meinung mit Euch. Wenn sie mich erschießen, dann wird das nicht länger als eine Minute dauern. Danach könnt Ihr dann sofort angreifen. Aber wenn sie mich nicht töten, dann kann ich vielleicht mit den Ratsherren dort drinnen reden. Sie können den Armeesoldaten und den Gardisten, die noch gegen Euch kämpfen, den Befehl geben ...«

»Die Zweite Brigade«, warf Oosik ein.

»Ja, die Zweite Brigade und die Armee.« Maytera Marble bedanke sich mit einer leichten Verbeugung für die Informationen. »Danke, mein Sohn. Die Ratsherren könnten ihnen befehlen, sich zu ergeben, aber niemand weiß, ob sich im Juzgado tatsächlich Ratsherren aufhalten.« Ohne die Antwort abzuwarten, nahm sie die weiße Fahne, die Horn ihr hinhielt.

»Ich komme mit, Sib.«

»Nein, das wirst du nicht!«

Er folgte ihr trotzdem bis fast zum zerschmetterten Tor, eine Flugsoldatin ignorierend, die ihm rief, er solle in Deckung bleiben. Unglücklich sah er Maytera Marble nach, die sich einen Weg durch lose Steine und verbogene Metallstäbe suchte. Die Sibylle trug Maytera Roses bestes Kleid, dunkel und so kurz, daß es sie nicht behinderte.

Zwei tote Talusse lagen rauchend und spuckend auf dem kurzgeschnittenen Gras zwischen dem Tor und der Villa. Ein paar Schritte hinter dem ersten lag Generalin Sabas Adjutantin mit dem Gesicht nach unten neben einer weißen Fahne. Maytera Marble ließ den unerfreulichen Anblick hinter sich zurück und überquerte die saftig grüne Wiese. Während sie sich der Säulenhalle vor dem Eingang näherte, achtete sie darauf, der Gischt des Springbrunnens nicht zu nahe zu kommen.

Das ist Bloodys Haus, dachte sie. Ein schönes Haus. Aus diesem Haus war der kleine Mann mit dem fettigen Haar gekommen, den sie und Echidna gemeinsam geopfert hatten.

Eine Zeitlang hatte sie sich praktisch nicht mehr daran erinnern können, daß sie einmal Echidna gewesen war. Jetzt sah sie das schmerzverzerrte Gesicht des kleinen Mannes wieder vor sich, eingerahmt von Flammen, während sie ihn mit Gewalt in die Glut des Altarfeuers drückte. Ob die Göttliche Echidna ihr jetzt noch einmal helfen würde, nachdem sie der Göttin beim Opfer gehorsam gewesen war? Die Echidna, die sie sich so viele Jahre lang im Gebet vorgestellt hatte, hätte sie dafür verdammt.

Aber bisher hatte noch niemand geschossen.

Keine Kugel hatte sie getroffen. Es waren überhaupt keine Geräusche zu hören, nur das Rauschen des Windes und das Flattern des weißen Lappen, der an ihrem Stock festgebunden war. Wie jung sie sich auf einmal fühlte, und wie stark!

Wenn sie jetzt stehenblieb und sich noch einmal zu Horn umsah, würden sie dann schießen, würden sie sie töten und die Kinder wecken? Die meisten Kinder schliefen jetzt. Oder sie sollten schlafen, sie sollten sich unter den blattlosen Maulbeerbäumen ausruhen. Die erbarmungslose Hitze des Sommers, die Wüstenhitze, die sie so sehr gehaßt hatte, war gerade in dem Augenblick verschwunden, in dem sie am dringendsten gebraucht wurde. Jetzt mußten die Kinder in der empfindlichen Kälte eines Herbstmorgens im Freien liegen, schaudernd zusammengedrängt wie Ferkel oder Welpen in Häusern, deren Dächer oder Fenster zerstört, deren Wände von Kugeln versiebt und von Bränden geschwärzt waren. Die meisten hatten die Kämpfe interessanter gefunden als das Lernen, hatten sie gesagt. Sie fanden Freude daran, die Anhänger des Ayuntamiento zu töten und auszuplündern.

Im Fenster neben der großen Tür tauchte ein gesprenkeltes grünes Gesicht auf. Nur ein Gesicht, dachte Maytera Marble mit einem kleinen erleichterten Schauder. Keine Muskete, kein Raketenwerfer.

»Ich bin gekommen, meinen Sohn zu besuchen, mein Sohn«, rief sie. »Meinen Sohn Bloody. Sagt ihm bitte, seine Mutter ist da.«

Flache Steinstufen führten zu einer breiten Veranda hinauf. Bevor sie den Fuß auf die oberste Treppe setzen konnte, wurde die Tür geöffnet. Drinnen sah sie Soldaten und Biologische in silbernen Rüstungen. (Biologische kämpften nicht so gut wie Chemische, sagte sie sich, denn die Chemischen waren tapferer.) Hinter ihnen stand ein weiterer Biologischer, groß und mit rotem Gesicht.

»Guten Morgen, Bloody«, sagte sie. »Danke, daß du die weißen Kaninchen zum Opfer mitgebracht hast. Möge Kypris zu dir herablächeln.«

Blood grinste. »Du hast dich etwas verändert, Mama.« Ein paar der gepanzerten Männer lachten.

»Ja, das stimmt. Ich kann dir alles erklären, wenn wir uns unter vier Augen unterhalten können.«

»Wir dachten, du wolltest etwas für die Grünen aushandeln.«

»Das werde ich auch tun.« Maytera Marble sah sich in der Halle um. Sie verstand nicht viel von Kunst, aber sie hielt die Landschaft im Nebel, die sie vor sich sah, für einen Murtagon.

»Ich möchte auch darüber mit dir reden. Ich fürchte, wir haben einen großen Teil deiner Mauer zerstört, Bloody, und ich möchte, daß dein wunderschönes Haus verschont bleibt.«

Zwei Soldaten traten zur Seite, und Blood kam ihr entgegen, um sie zu begrüßen. »Das sehe ich auch so, Mama. Ich fände es gut, wenn wir beide verschont blieben.«

»Hast du deshalb nicht geschossen? Du hast die Ärmste getötet, die Generalin Saba geschickt hat, aber mich hast du verschont. Warum? Aber vielleicht sollte ich besser nicht danach fragen.«

Blood sah sich nach rechts um. »Das war ein Heckenschütze. Wir haben die Tante mit der Fahne nicht erschossen, das will ich gleich von Anfang an klarstellen. Wenn das bezweifelt wird, dann ist es sinnlos, überhaupt noch ein Wort zu reden. Ich habe nicht auf sie geschossen, und ich habe niemandem befohlen, sie zu erschießen. Ist das klar? Kannst du das akzeptieren, und dann ist das damit erledigt?«

Maytera Marble legte den Kopf schief und hob ihn an, um einen Biologischen nachzuahmen, der eine Augenbraue hob. »Jemand hat sie aus einem Fenster deines Hauses erschossen, Bloody. Ich habe es gesehen.«

»Also gut, du hast es gesehen, und Trivigaunte will jemanden dafür büßen lassen. Ich kann ihnen keinen Vorwurf machen. Aber ich sage, daß weder ich noch einer der Jungs die Schuld daran trägt. Wir waren es nicht, das muß klar sein. Ich will das vom Tisch haben, ehe wir zur Sache kommen.«

Maytera Marble legte ihm eine Hand auf die Schulter. »Ich verstehe, Bloody. Weißt du denn, wer es war? Wirst du es uns sagen?«

Blood zögerte, verzog verlegen das Gesicht, das noch röter wurde, als es schon war. »Wenn ...« Sein Blick wanderte so schnell zu einem Soldaten, daß man es kaum verfolgen konnte. »Ja, natürlich.« Einige der gepanzerten Männer murmelten zustimmend.

»In diesem Fall wird das von unserer Seite akzeptiert«, erklärte Maytera Marble. »Ich werde meinen Vorgesetzten, Generalissimus Oosik und Generalin Saba, mitteilen, daß du nichts damit zu tun hast und bereit bist, gegen die Schuldigen auszusagen. Wer sind sie?«

Blood ignorierte die Frage. »Gut. Schön. Und sie werden nicht angreifen, während wir reden?«

»Natürlich nicht.« Maytera Marble sprach ein stilles Gebet, daß es wahr sei.

»Willst du dich setzen? Natürlich, du willst dich bestimmt setzen. Komm nur herein, dann können wir alles bereden.«

Er führte sie in ein holzvertäfeltes Ankleidezimmer und schloß hinter sich die Tür. »Meine Jungs werden ungehalten«, erklärte er, »und deshalb werde ich auch ungehalten.«

»Sind sie meine Enkelkinder?« fragte Maytera Marble, als sie sich in einen Polsterstuhl sinken ließ, der ihr viel zu tief und viel zu weich war. »Deine Söhne?«

»Ich habe keine Kinder. Du sagtest, du seist meine Mutter. Ich nehme an, du bist in Wirklichkeit als Botin gekommen, um in ihrem Namen zu sprechen.«

»Nein, ich bin tatsächlich deine Mutter, Bloody.« Maytera Marble betrachtete ihn und fand im fleischigen, verschlagenen Gesicht einige Spuren ihres früheren Selbst und viel zu viele von seinem Vater. »Ich nehme an, du hast mich irgendwann einmal gesehen, denn du hast herausgefunden, wer ich bin, oder du hast jemanden mich ansehen und mich beschreiben lassen, aber jetzt erkennst du mich nicht wieder. Ich verstehe. Aber du bist trotzdem mein Sohn.«

Er begriff sofort, welchen Vorteil ihm das brachte. »Dann willst du sicher nicht, daß ich getötet werde, nicht wahr?«

»Nein, das will ich bestimmt nicht.« Sie ließ den Stock mit der weißen Fahne auf den Teppich fallen. »Wenn ich bereit wäre, dich töten zu lassen, dann wäre alles viel leichter. Siehst du das ein? Du verstehst das bestimmt; wenn überhaupt jemand, dann kannst du das verstehen.«

Sie hielt inne und dachte nach. »Ich war schon eine alte Frau, als du herausgefunden hast, wer ich bin. Ich glaube, ich muß damals noch älter ausgesehen haben als heute. Ich war schon vierzig, als du geboren wurdest. Das ist für eine biologische Mutter ein sehr hohes Alter.«

»Sie ist ein paarmal zu mir gekommen, als ich klein war. Ich kann mich an sie erinnern.«

»Alle drei Monate, Bloody. Einmal in jeder Jahreszeit, falls ich überhaupt so oft kommen konnte. Wir mußten immer zu zweit ausgehen, und normalerweise haben wir uns daran gehalten.«

»Ist sie tot? Ist meine Mutter tot?«

»Deine Ziehmutter? Ich weiß es nicht. Ich habe sie

aus den Augen verloren, als du neun Jahre alt warst.«

»Ich meine d… ich meine Rose, Maytera Rose, meine wirkliche Mutter.«

»Ich bin es.« Maytera Marble tippte sich auf die Brust. Es klickte leise.

»Ich war bei ihrer Totenmesse dabei. Die andere Sibylle sagte mir, daß sie gestorben sei.«

»Wir haben einige Teile von ihr verbrannt«, räumte Maytera Marble ein. »Aber die meisten Teile im Sarg waren meine. Will sagen, sie haben früher Marble gehört, aber ich trage Marbles Namen ja weiter. Es ist einfacher so, besonders mit den Kindern. Und es ist noch eine ganze Menge von meiner alten Persönlichkeit da.«

Blood stand auf und trat an ein Fenster. Der dunkelgrüne Turm eines Schwebers der Garde ragte über einen teilweise zerstörten Teil der Mauer. »Stört es dich, wenn ich das Fenster öffne?«

»Nein, natürlich nicht.«

»Ich möchte es hören, wenn die Schießerei wieder losgeht, damit ich es unterbinden kann.«

Sie nickte. »So dachte ich mir das, Bloody. Ein paar Kinder haben Musketen, und die meisten anderen haben Nadler. Vielleicht hätte ich ihnen die Waffen abnehmen sollen, aber ich fürchtete, wir würden sie auf dem Rückweg wieder brauchen.«

Sie seufzte. Es klang, als wischte ein Mop über einen Fliesenboden.

»Die unartigen Kinder haben ihre Waffen sogar versteckt, aber sie meinen es nicht böse.«

»Ich weiß noch, wie sie einen Arm verloren hat. Sie hat mir den Kopf getätschelt und gesagt, meine Güte, bist du aber groß geworden. Und dann hatte sie plötzlich eine Hand wie du …«

»Es war diese hier.« Maytera Marble zeigte sie ihm.

»Also habe ich sie gefragt, was passiert war. Ich

wußte da noch nicht, daß sie meine Mutter war. Sie war nicht mehr als eine Sibylle, die mich manchmal besucht hat. Meine Mutter hat immer Plätzchen mitgebracht, und wir haben gegessen und Tee getrunken.«

»Oder Sandwiches«, ergänzte Maytera Marble seinen Bericht. »Sehr gute Sandwiches, aber ich habe immer darauf geachtet, niemals mehr als ein Viertel zu essen. Speck im Herbst, Käse im Winter, Fisch mit Schalotten auf Toast im Frühling, Quark und Wasserkresse im Sommer. Erinnerst du dich, Bloody? Wir haben immer etwas zu essen für dich mitgebracht.«

»Manchmal war das alles, was ich zu essen bekommen habe«, beklagte er sich bitter.

»Ich weiß. Deshalb habe ich ja nie mehr als ein Viertel gegessen.«

»Ist das wirklich dieselbe Hand?« Blood beäugte sie mißtrauisch.

»Ja, sie ist es. Es ist nicht leicht, eine Hand selbst zu wechseln, Bloody, weil man es einhändig tun muß. Mir ist es besonders schwer gefallen, weil ich schon viele neue Teile eingebaut hatte. Oder besser, ich hatte viele gut erhaltene alte eingebaut. Sie haben besser funktioniert als meine eigenen, deshalb habe ich sie mir genommen, aber ich war noch nicht an ihr Zusammenspiel gewöhnt, und dadurch wurde es noch schwieriger. Aber es wäre eine Verschwendung gewesen, sie zu verbrennen. Sie waren in viel besserem Zustand als meine alten.«

»Selbst wenn das alles stimmt, ich werde dich nicht Mutter nennen.«

Maytera Marble lächelte, indem sie den Kopf hob und nach rechts neigte, wie sie es immer tat. »Das hast du schon getan, Bloody. Da draußen hast du mich Mama genannt. Es klang wundervoll.«

Als er schwieg, fügte sie hinzu: »Du sagtest, du wolltest das Fenster öffnen. Warum tust du es nicht?«

Er nickte und hob den Riegel. »Deshalb habe ich dein Manteion gekauft, wußtest du das? Ich bin kein unerwünschtes Kind mehr, das niemand haben will. Ich habe Geld und Einfluß. Irgendwann habe ich erfahren, daß meine Mutter im Sterben lag. Ich hatte seit fünfzehn, zwanzig Jahren kein Wort mehr mit ihr gesprochen, aber ich habe Musk gefragt, und er meinte, wenn ich es dir wirklich heimzahlen wollte, dann könnte dies meine letzte Chance sein, und das habe ich genauso gesehen. Also haben wir sie zusammen besucht.«

»Es mir heimzahlen, Bloody?« Maytera Marble hob eine Augenbraue.

»Es spielt keine Rolle mehr. Ich habe dann bei ihr gesessen, und sie brauchte etwas, und da habe ich Musk geschickt. Dann habe ich weiter mit ihr geredet und sie Mom genannt, aber sie meinte, meine richtige Mutter lebte noch, und sie habe versucht, mir die Mutter zu ersetzen, so gut es ging, aber sie habe geschworen, niemals zu verraten, wer meine leibliche Mutter sei.«

Er wandte sich vom Fenster ab und sah Maytera Marble in die Augen, als er fortfuhr: »Sie hat es mir auch nicht verraten, aber ich habe es trotzdem herausgefunden.«

»Und dann hast du unser Manteion gekauft, um mich zu ärgern, Bloody?«

»Yeah. Ihr wart mit den Steuern im Rückstand. Ich habe gute Beziehungen zum Ayuntamiento. Aber das weißt du wohl schon, denn sonst wärst du nicht hier herausgekommen und hättest auf uns schießen lassen.«

»Die Ratsherren sind hier bei dir. Loris, Tarsier und Potto. Das ist einer der Gründe dafür, daß ich mit dir reden will.«

Blood schüttelte den Kopf. »Tarsier ist fort. Wer hat dir das gesagt?«

»Wie deine Ziehmutter habe ich geschworen, es nicht zu verraten.«

»War es einer meiner Leute? Jemand in diesem Haus?«

»Meine Lippen sind versiegelt, Bloody.«

»Vielleicht können wir später noch darüber sprechen. Yeah, ich habe die Ratsherren hier wohnen lassen. Sie waren schon öfter da. Als ich herausfand, wer du bist – falls du es wirklich bist –, habe ich mit Loris gesprochen, einfach so von Freund zu Freund, und er überließ mir das Manteion, wenn ich mich verpflichtete, die Steuern zu bezahlen. Weißt du, wieviel das war? Zwölfhundert und etwas Kleingeld. Ich wollte euch zappeln lassen, ich wollte euch damit zusetzen, daß ich sage, ich lasse einfach alles abreißen. Dann ist Silk hier herausgekommen. Der große Caldé Silk höchstpersönlich! Das würde mir heute kein Mensch mehr glauben, aber er ist wirklich gekommen. Er hat mein Haus durchstöbert wie ein Dieb. Bei Phaea, er ist als Dieb gekommen.«

Maytera Marble schniefte. Es war ein zugleich geringschätziges und zustimmendes Schniefen. So schniefte jemand, der Städte zerstörte und Regierungen trotzte. Blood zuckte zusammen, und sie genoß es so sehr, daß sie noch einmal schniefte. »So bist du eben, Bloody.«

»So bin ich.« Blood schluckte. »Aber Silk ist auch nicht besser, oder? Keinen Deut besser als ich ist er. Ich habe also eine Chance gesehen, ein paar Karten zu verdienen und gleichzeitig meinen Spaß zu haben, indem ich euch die Daumenschrauben anlege und euch kriechen lasse. Ich habe das Manteion für zwölfhundert bekommen, wie ich schon sagte, als kleines Dankeschön vom Ratsherren Loris sozusagen, und ich wollte Silk sagen, ich hätte dreizehnhundert bezahlt, um dann den Preis zu verdoppeln. Aber als ich eine Weile mit ihm geredet hatte, machte ich dreizehntausend daraus, weil er glaubte, die alten Gebäude in diesem armen Viertel seien unbezahlbar. Und ich sagte, ich würde sie ihm für sechsundzwanzigtausend zurückverkaufen.«

Blood kicherte und setzte sich wieder. Er deutete auf sein Glas. »Ich bin sonst gar kein so schlechter Gastgeber, Mama. Wenn ich überzeugt wäre, daß du etwas zu dir nehmen könntest, dann würde ich dir einen Drink anbieten, obwohl du mich einen Dieb genannt hast.«

»Ich habe von Tatsachen gesprochen, Blood, nicht von Beleidigungen. Hier unter uns kannst du mich eine alte Schachtel oder eine Schlampe nennen oder was dir sonst an Schimpfworten einfüllt. Das bin ich ja auch wirklich, oder ich war es zumindest, auch wenn mich außer deinem Vater kein anderer Mann berührt hat.«

»Ich werde mich hüten«, erwiderte Blood. »Ich bin inzwischen wohl doch ein wenig darüber hinaus.«

»Aber du bist nicht darüber hinaus, den armen Jungen zu betrügen, weil er den Dingen, die seiner Obhut anvertraut sind, einen großen Wert beimißt und weil er so dumm war zu glauben, du würdest einen Auguren nicht anlügen.«

Blood grinste. »Wenn ich so sehr über den Dingen stehen würde, dann wäre ich so arm wie er. Oder so arm, wie er es war. Ich weiß nicht mehr, wieviel Zeit ich ihm gelassen habe, um die Summe herauszurücken. Ein paar Wochen, glaube ich, etwas in dieser Art. Als ich ihn dann gedemütigt hatte, sagte ich, wenn er mir nächste Woche oder wann auch immer einen Teil bringen würde, dann würde ich ihm noch etwas mehr Zeit lassen. Dann habe ich nach ein paar Tagen Musk zu Silk geschickt und ausrichten lassen, daß ich den ganzen Betrag auf der Stelle haben wollte. Ich dachte, Silk würde wieder hier herauskommen und mich um mehr Zeit bitten. Es sah aus, als könnte es sich zu einem netten kleinen Spielchen entwickeln, und so etwas mag ich einfach.«

Maytera Marble nickte. »Ich verstehe. Ich nehme an, jeder Mensch spielt seinen Mitmenschen hin und wieder mal einen üblen Streich. Ich habe so etwas jedenfalls auch getan. Aber dein Spiel ist jetzt vorbei, Blood. Du hast gewonnen. Du hältst Silk als Gefangenen hier in deinem Haus fest. Das hat mir die gleiche Person gesagt, die mir erzählt hat, daß die Ratsherren hier sind. Du kannst jetzt auch mich gefangen setzen. Du sagtest, du wolltest dich an der Ziehmutter rächen, die wir für dich gefunden haben, und du hast unser Manteion gekauft, um dich an mir zu rächen, weil ich dir das Leben geschenkt und dafür gesorgt habe, daß man sich um dich kümmert.«

Blood starrte sie an und leckte sich die Lippen.

»Du hast beide Spiele gewonnen. Vielleicht sogar alle drei. Nur zu, Blood. Ein einziger Schuß, und ich bin tot. Ich habe draußen im Foyer viele Musketen gesehen. Danach werden die Leute aus Trivigaunte dich töten, weil du Generalin Sabas Adjutantin umgebracht hast, oder Generalissimus Oosik wird dich erschießen lassen, weil du mich erschossen hast. Vielleicht läßt man dir sogar die Wahl. Würdest du lieber ehrenhaft oder unehrenhaft sterben?«

Als Blood nicht antwortete, fügte sie hinzu: »Vielleicht solltest du deinen Freund Musk mal danach fragen. Wie ich hörte, berät er dich hin und wieder. Wo steckt er eigentlich?«

»Er ist in der Stadt geblieben, nachdem wir die Tauben zum Opfer gebracht hatten. Er sagte, er hätte noch einige Dinge zu erledigen, und er kommt nicht oft in die Stadt. Ich dachte, deine Leute hätten ihn vielleicht geschnappt, als er aus der Stadt nach Hause fahren wollte.«

Maytera Marble schüttelte den Kopf.

Blood nahm einen großzügigen Schluck aus seinem Glas. »Ich wollte dich nicht erschießen, Mama, und ich habe die Adjutantin nicht erschossen. So weit waren wir immerhin schon. Laß uns das festhalten. In ungefähr einer Stunde könnte die Garde hier anklopfen und alle im Haus umbringen. Das ist mir völlig klar. Sie tun es nicht, weil wir Silk hier drinnen festhalten. Ist das richtig?«

Maytera Marble nickte. »Gebt ihn frei, übergebt ihn mir, Bloody, und sie werden abziehen und euch in Frieden lassen.«

»So einfach ist das nicht. Er ist zwar hier in meinem Haus, aber die Ratsherren und deren Soldaten halten ihn fest, nicht ich selbst.«

»Dann muß ich mit ihnen sprechen. Bring mich zu ihnen.«

»Ich bringe sie her«, sagte Blood. »Sie sind nebenan.« Mit gepreßter Stimme fügte er hinzu: »Das hier ist immer noch mein Haus, verdammt.«

Potto öffnete die Tür über der Kellertreppe und winkte Sand mit gekrümmtem Finger. »Bringt ihn herauf, Sergeant. Wir versammeln uns oben.«

Sand salutierte, indem er die Titanhacken laut zusammenknallte und die Muskete waagerecht vor das Gesicht hob. »Ja, Ratsherr!« Er gab Silk mit dem rechten Fuß einen Stoß, und Silk stand auf.

Als er versuchte, von der zweiten auf die dritte Stufe zu steigen, fiel er wieder hin, und als er halb oben war, noch einmal. »Hier«, sagte Sand zu ihm und händigte ihm Xiphias' Stock aus.

»Danke«, murmelte Silk. Und dann: »Es tut mir leid. Ich fürchte, meine Beine sind etwas schwach.«

Potto sagte fröhlich: »Wir werden Euch Euren Freunden zurückgeben, Silk, wenn wir sie überreden können, Euch zu nehmen.« Er packte Silk an der Robe, die dieser bei Remora geborgt hatte, und riß ihn die letzten Stufen hinauf. »Ihr würdet Euch sicher gern wieder hinlegen, nicht wahr? Ein Nickerchen halten? Vielleicht etwas essen? Helft uns, und Ihr werdet das alles bekommen.«

Er ließ Silk so abrupt los, daß dieser ein drittes Mal hinfiel. »Hat er wieder versucht zu fliehen, Sergeant?«

Silk konnte Sands Antwort nicht hören. Ihm gingen viel zu viele Dinge durch den Kopf. Unter anderem Namen.

Sein eigener Name, Silk, und der Name Sands waren einander recht ähnlich. Beide hatten vier Buchstaben, beide enthielten nur einen einzigen Vokal, beide begannen mit einem S. Sonst hatten sie jedoch nicht viel miteinander zu tun, weil Sand ein Chemischer war und er selbst ein Biologischer.

Trotzdem bestand zwischen ihnen beiden aufgrund der Ähnlichkeit ihrer Namen eine gewisse Beziehung. Nicht auszuschließen (auch wenn er die Idee sehr unangenehm fand), daß Sand wirklich eine Art Verwandter war, sozusagen in einem Whorl einer höheren Ordnung eine andere Version seiner selbst. Viele Dinge, die ihm der Außenseiter gezeigt hatte, ließen vermuten, daß es solche Whorls gab.

Sand stieß ihn von hinten mit dem Lauf seiner Muskete an, und Silk taumelte gegen eine Wand. Da Chemische niemals Auguren wurden, kam Sand für diesen Beruf nicht in Frage. War es aber anders herum möglich, daß er, Silk, vielleicht einmal ein Gardist hätte werden sollen? Wenn er ein Gardist wäre und kein gescheiterter Augur, dann würden die vielen Bezüge, die zwischen ihnen existierten (und die jetzt schon so augenfällig waren), perfekt zusammenpassen, und damit wäre auch dieser erbärmliche Whorl, den sie bewohnten, ein wenig vollkommener.

Aber nein, seine Mutter hatte den Wunsch gehabt, daß er im Juzgado arbeitete, daß er ein Schreiber würde wie Hyacinths Vater und eines Tages vielleicht sogar Commissioner würde. Mit welcher Vorfreude sie über seine politische Laufbahn gesprochen hatte, fast bis zu dem Tag, an dem er auf die Schola gegangen war und das Haus seiner Mutter verlassen hatte.

»Hier entlang«, sagte Potto und schob ihn durch eine Tür in einen prächtig ausstaffierten Raum, in dem Soldaten und gepanzerte Männer herumlümmelten. »Ist das der Caldé?« fragte einer der Männer einen Gefährten; der Mann nickte.

Also war Silk letzten Endes doch noch in der Politik gelandet, wie seine Mutter es sich immer gewünscht hatte.

Er hatte früher oft einen Stuhl vor ihren Wandschrank gezogen und sich auf die Sitzfläche gestellt, um die Büste des Caldé auf dem hohen, im Dunklen liegenden Regalbrett anzusehen. Manchmal, wenn sie ihn dort entdeckte, wie er den Kopf anstarrte, hatte sie die Büste für ihn heruntergeholt, sie abgestaubt und auf den Schminktisch gesetzt, damit er sie besser betrachten konnte – er hatte immer über die breiten flachen Wangen, die schmalen Augen, die hohe, abgerundete Stirn und den breiten Mund gestaunt, der dargestellt war, als wollte die Büste gerade etwas sagen. Das geschnitzte Antlitz des Caldé tauchte wieder vor seinem inneren Auge auf, und es schien ihm, als hätte er es erst vor ein oder zwei Tagen, dieses Mal aber an einem anderen Ort, wiedergesehen.

Als hätte er es in strahlendem Sonnenlicht gesehen und als hätten die Wangen nicht aus glattem Holz bestanden, sondern wären lebendig, fleckig und pockennarbig gewesen. War es möglich, daß er den Caldé einmal persönlich gesehen hatte? Damals als Kind?

»Und jetzt hört mir gut zu.« Potto baute sich vor

ihm auf. Das plumpe Bauerngesicht war einen halben Kopf unter Silks Gesicht.

Wahrscheinlich hatte er den Caldé bei einem öffentlichen Auftritt gesehen, denn sogar ohne die verlorene Brille hatte er den Puder auf den Wangen und die Unreinheiten erkennen können, die der Puder eigentlich verdecken sollte. Gut möglich, daß ihm der Außenseiter ein Bild des lebendigen Caldé gezeigt hatte.

Blood und Maytera Marble saßen Seite an Seite, als Potto Silk in den Raum schob. Er war für einen Augenblick so überrascht, daß er Chenille, Xiphias und einen Auguren, der sich mit hängenden Schultern an die Wand gelehnt hatte, überhaupt nicht bemerkte.

Ein gutaussehender älterer Mann, der am Feuer stand, sagte: »Ich bin Ratsherr Loris. Ich nehme an, Ihr seid Silk?«

»Patera Silk. Seine Kogniszenz der Prolokutor hat meinen Abschied noch nicht akzeptiert. Darf ich mich setzen?«

Die letzte Bemerkung ignorierte Loris. »Ihr seid also der aufsässige Caldé.«

»Andere haben mich als Caldé bezeichnet, aber an den Aufständen bin ich nicht beteiligt.« Potto schob Silk neben Chenille an die Wand.

Loris lächelte, aber die blauen Augen funkelten wie Eisstücke, und die Verführungskraft seiner Persönlichkeit und seine offenkundige Weisheit machten Silk einen so starken Eindruck, daß er sogar das höhnische Lächeln des Ratsherren nahezu unwiderstehlich fand. »Ihr habt meinen Vetter Lemur getötet, nicht wahr, Caldé?«

Silk schüttelte den Kopf.

Maytera Marble schaltete sich ein. »Die anderen dort außer Chenille kenne ich nicht. Sollte ich mich nicht erst vorstellen?«

»Ich werde das übernehmen«, bot Blood an.

»Schließlich ist dies mein Haus.« Silk erschrak ein wenig, als er sah, daß Blood in dem Stuhl saß, in dem er vor einer Woche selbst gesessen hatte. In diesem Zimmer hatte er damals mit Blood gesprochen.

»Dies hier ist Ratsherr Loris«, begann Blood überflüssigerweise. »Der neue Vorsitzende Ratsherr des Ayuntamiento. Dieser zweite Herr hier ist Ratsherr Potto.«

»Caldé Silk und Ratsherr Potto sind alte Bekannte«, schnurrte Loris. »Stimmt das nicht, Caldé?«

»Diesen Soldaten hier kenne ich selbst nicht«, fuhr Blood fort. Er brach ab und trank einen Schluck. »Wahrscheinlich spielt das aber auch keine Rolle.«

»Sergeant Sand«, klärte Silk ihn auf. »Er und Ratsherr Potto haben mich am Tarsday verhört. Es war sehr schmerzhaft, und ich glaube, es ist gut möglich, daß sie das gleiche noch einmal tun wollen.«

Sand nahm Haltung an und wollte etwas sagen, aber Silk unterbrach ihn mit einer beschwichtigenden Geste. »Ihr habt nur Eure Pflicht getan, Sergeant. Um Euch Gerechtigkeit widerfahren zu lassen, muß ich zugeben, daß Ihr mich anfangs gut behandelt habt.«

Potto sagte: »Wir brauchen Euch jetzt nicht, Sergeant. Ihr wißt, was Ihr zu tun habt.« Sand blickte zu Silk, machte kehrt, ging hinaus und schloß hinter sich die Tür.

»Ein gutaussehender junger Mann«, bemerkte Maytera Marble. »Es tut mir leid zu hören, daß er Euch schlecht behandelt hat, Patera.«

Blood deutete mit seinem Glas auf sie. »Diese heilige Sibylle ist Maytera Rose …«

Chenille kicherte nervös. Maytera Marble sagte: »Ich bin Maytera Marble, Bloody, hast du das vergessen? Ich habe es dir doch erklärt. Chenille und ich kennen uns schon, und Patera kennt mich natürlich auch.«

»Patera *Silk* meint sie«, ließ sich der kleine Augur

in der Ecke vernehmen. »Ich bin *ebenfalls* berechtigt, diesen Ehrentitel zu tragen, natürlich neben meinen anderen, bekannteren Titeln. Caldé, ich bin von der Gewaltigen Scylla zum neuen Prolokutor Virons ernannt worden. Im Rahmen derselben Theophanie wurdet Ihr als Caldé eingesetzt. Ich hoffe doch sehr, ich bin der erste, der ...«

Silk schaffte es zu lächeln. »Es ist mir eine Freude, Euch wiederzusehen, Patera.«

Chenille platzte heraus: »Warum seid Ihr nicht tot? Ich habe doch direkt daneben gestanden, als ... wir konnten nicht ... wir haben es nicht geschafft ...«

Xiphias begann zu gackern. »Das ist ein harter Bursche. Übrigens ist er mein Schüler, ehrlich!«

Silk sagte: »Maytera, kennt Ihr Meister Xiphias? Meister Xiphias lehrt mich das Fechten. Meister Xiphias, diese heilige Sibylle ist Maytera Marble. Sie ist jetzt die Leitende Sibylle in meinem ... im Manteion in der Sun Street.«

Maytera Marble ergänzte leise: »Und ich bin die Abgesandte unseres Generalissimus Oosik und der Generalin Saba aus Trivigaunte, Patera. Ich bin gekommen, um Eure Freilassung zu arrangieren.«

Mit dick aufgetragener falscher Freundlichkeit sagte Loris: »Wir halten den Schlüssel dieser Krise in Händen, den die großmütigen Götter uns so großmütig haben zukommen lassen. Wie närrisch sind diejenigen, die die Macht der unsterblichen Götter verlachen!«

Durchs offene Fenster schoß ein schwarzer Schatten herein und landete schwer auf Silks Schulter. »Vogel zurück.«

»Oreb!« Silk sah sich zu ihm um, überrascht und glücklicher, als er es zugeben mochte.

»Euch«, sagte Incus, Oreb ignorierend und mit einem Zeigefinger auf Loris deutend, »hat die Allesverzehrende Scylla überhaupt nichts gegeben.«

»In diesem Fall haben wir unsere augenblickliche günstige Position eben unseren früheren Verdiensten zu verdanken«, sagte Loris lächelnd. »Wir danken den unsterblichen, großzügigen Göttern für unsere Begabungen.«

Oreb legte fragend den Kopf schief. »Gute Götter?«

»Sie wird Euch alle vernichten, falls Ihr auch nur einem der hier anwesenden heiligen Auguren oder der Sibylle etwas antut. Wir sind heilig.«

»Wenn nötig, werden wir es riskieren, ihren Zorn auf uns zu ziehen. Alter Mann, hört auf, ständig nach Eurem Schwert zu greifen. Es ist nicht mehr da. Glaubt Ihr wirklich, Ihr könntet uns überwältigen?«

Xiphias schüttelte den Kopf. »Meint Ihr, ich wüßte nicht, daß dort draußen Soldaten sind?«

»Ihr würdet es nicht einmal schaffen, wenn dort keiner wäre.« Loris nahm eine Buchstütze aus Marmor vom Kaminsims. Sie zerkrümelte mit einem scharfen Knall zwischen seinen Fingern, und die Bruchstücke rieselten herunter wie Schnee. Die Tür flog auf, und Sand und zwei weitere Soldaten kamen mit angelegten Musketen herein. Oreb pfiff.

»Schon gut«, sagte Potto zu ihnen. »Alles klar. Schließt die Tür wieder.«

»Caldé Silk«, fuhr Loris fort, »ist ein kräftiger junger Mann, aber er wurde schwer verwundet. Ihr seid ein alter Mann und unbewaffnet und lange nicht so stark, wie Ihr glaubt. Unser neuer Prolokutor ist, was das Physische angeht, keine besonders beeindrukkende Erscheinung. Muß ich fortfahren?«

Silk warf ein: »Mir ist jetzt klar, wie Ihr zusammen mit Seiner Kogniszenz in den Tunnel gelangt seid, Meister Xiphias. Ihr seid in Deckung gerannt, genau wie es Hyacinth und ich auch getan haben.«

Blood unterbrach ihn. »Habt Ihr sie? Wo ist sie jetzt?«

»Ich habe sie nicht. Wenn Ihr es so ausdrücken wollt, dann hatte ich sie mal. Wir wurden getrennt.« Silk wandte sich wieder an Xiphias und fuhr fort: »Nachdem Ihr mich aus dem lockeren Erdreich gegraben hattet, seid Ihr den Tunnel hinuntergegangen, um zusammen mit Chenille und Patera Wasser zu suchen. Seine Kogniszenz ist bei mir geblieben. Bei meiner Leiche, wie Ihr dachtet. Ist das richtig?«

Xiphias nickte.

»Nur, daß wir Euch nicht für tot gehalten haben«, sagte Chenille zu Silk. »Wir wußten, daß Ihr noch lebt. Seine Kogniszenz meinte, er hätte Euren Puls gefühlt, aber wir haben gar nicht verstanden, wie Ihr noch leben konntet, nachdem Ihr verschüttet worden wart.«

Loris ließ die Reste der Buchstütze in der Faust rasseln. »Was mich verwirrt – entschuldigt, daß ich Eure Konferenz störe –, ist die Tatsache, daß Ihr Seine Kogniszenz erwähnt. Ihr meint damit sicher nicht unseren Freund hier, sondern den jetzigen Leiter des Kapitels? War er etwa bei Euch im Tunnel, Caldé?«

»Ja, er war dort. Vielleicht hätte ich das nicht erwähnen sollen.«

Potto sagte fröhlich: »Er ist ein alter Mann. Eine der Streifen wird ihn einsammeln, Vetter.«

»Ein gerissener alter Mann.« Loris machte ein zorniges Gesicht. »Ein Unruhestifter.«

Insgeheim versuchte Silk, Quetzals Äußerung gegenüber Chenille, Silk lebte noch, mit Quetzals Äußerung gegenüber ihm selbst, man hätte ihn für tot gehalten, miteinander in Einklang zu bringen. Bei einer der beiden Gelegenheiten hatte er gelogen, aber warum?

»Böse Sache!« klärte Oreb die Anwesenden auf.

Silk sprach weiter: »Eine Streife, die von Sergeant Sand angeführt wurde – ganz ähnlich derjenigen, die mich beim ersten Mal festgenommen hat –, muß auf Meister Xiphias, Patera Incus und Chenille gestoßen sein. Ich war überrascht, sie hier zu sehen, aber ich glaube, ich verstehe es jetzt. Sand muß den zweiten Mann mit ihnen hierhergeschickt haben und allein weitergegangen sein, bis er mich fand. Vielleicht, weil er meine Stimme gehört hat – ich habe mit Seiner Kogniszenz gesprochen. Ist das richtig?«

»Wo ist dieser Tunnel, Patera?« fragte Maytera Marble. »Sprecht Ihr über einen Tunnel unterhalb dieses Hauses?«

Potto grinste sie an und zeigte ihr seine strahlend weißen Zähne. Blood stellte seinen Drink weg. »Yeah, wir befinden uns direkt darüber, Mama, und er ist mit vielen anderen Gängen verbunden.«

Loris ergänzte: »Das ist das erste, das Ihr Euren Vorgesetzten berichten solltet, Maytera. Sie glauben, sie hätten uns festgesetzt wie Ratten in der Ecke. Das ist aber völlig falsch. Wir können das Haus verlassen und sie hier ahnungslos zurücklassen, wann immer wir das für richtig halten.«

Blood sagte: »Nur, daß ich gar nicht abhauen will. Dies hier ist mein Haus.«

Sie sah ihn nachdenklich an, einen Finger auf die Wange gelegt.

»Böses Loch.« Oreb sträubte sich das Gefieder. Chenille flüsterte: »Euer Vogel war dort unten bei uns. Auk hatte ihn auch auf dem Boot bei sich.«

»Ihr habt einen Sonnenbrand!« Innerlich schalt Silk sich einen Narren. »Ich habe Euch angesehen – angestarrt sogar, wenn ich ehrlich bin. Ich hoffe, Ihr werdet das entschuldigen, aber ich konnte mir einfach nicht vorstellen, wie Euer Gesicht so rot werden konnte; fast das gleich Rotbraun wie das Holz, das meine Mutter zum Schnitzen benutzt hat.«

»Auf dem Boot war sie völlig nackt«, warf Incus ein. »Dann trug sie meine Robe. Maytera hat die Leute hier *gezwungen*, ihr das Gewand zu geben.«

»Ist das irgendwie wichtig?« fragte Loris brüsk.

»Vielleicht nicht«, räumte Silk ein. »Es ist nur so, daß Chenille mich an ein Ereignis in meiner Kindheit erinnert hat, Ratsherr.«

Loris beendete die Diskussion über Chenilles Sonnenbrand mit einer unwilligen Bewegung und warf das größte Bruchstück der Buchstütze auf den Rosenholztisch vor Maytera Marble. »Marble? Ist das Euer Name, Maytera? Der Caldé nannte Euch gerade so.«

»Das ist mein Name.«

»Marmor also. Das Material, aus dem diese Buchstütze hergestellt wurde. Echter Marmor aus dem Whorl der Kurzen Sonne, genau wie Ihr.« Einen Moment sah Loris' Gesicht überhaupt nicht mehr gewinnend aus. »Das Stück soll dort liegen bleiben, damit Ihr es nicht vergeßt.«

»Ich werde es nicht vergessen«, versprach Maytera Marble. »Es wäre klug, wenn Ihr umgekehrt nicht vergessen würdet, daß Ihr von Tausenden gut ausgebildeter Kämpfer eingekreist seid, Ratsherr. Ich nehme an, die meisten Leute in meiner Position würden die Zahlen übertreiben, aber das werde ich nicht tun. Ich werde die Wahrheit sagen, damit Ihr hinterher nicht behaupten könnt, man hätte Euch getäuscht oder in die Irre geführt. Dort draußen stehen zwei Kompanien Flugsoldaten aus Trivigaunte, fast die gesamte Dritte Brigade der Zivilgarde und einige Abteilungen der Vierten. Ich habe Generalissimus Oosik gefragt, was unter ›einige Abteilungen‹ zu verstehen sei, und er meinte, es handele sich um vier Schweber und um die Kompanie mit den schweren Waffen. Außer diesen sind dort ungefähr fünftausend Leute aus Maytera Mints Gefolge, und ständig treffen neue Kämpfer aus der Stadt ein. Sie haben erfahren, daß Patera Silk hier ist, und sie wollen das Haus angreifen. Als ich herüberkam, fürchteten Generalin Saba und Generalissimus Oosik, sie könnten die Leute bald nur noch mit Hilfe der Gardisten zurückhalten, was jedoch zu Spannungen führen würde.«

»Jetzt kämpfen?« fragte Oreb.

Maytera Marble wandte sich lächelnd an Silk. »Ist das der Vogel, der in Eurer Küche herumgehüpft ist, als Doktor Crane Euch behandelt hat? Später habe ich ihn dann auf Eurer Schulter sitzen sehen. Ich wußte doch, daß ich ihn schon einmal gesehen hatte.«

Maytera Marble besann sich einen Augenblick und sprach weiter.

»Nein, kleiner Vogel, es wird keinen Kampf geben. Jedenfalls nicht jetzt; oder besser, noch nicht. Aber Generalissimus Oosik hat mir offen gesagt, daß er keine Möglichkeit sieht, Maytera Mints Aufständische zurückzuhalten, wenn sie das Haus angreifen wollen, es sei denn, er läßt auf sie schießen, aber das würde er nicht tun. Seht Ihr, ich habe den Kindern anvertraut, daß Silk hier ist. Sie haben es anscheinend vielen anderen Leuten weitererzählt, bevor wir die Stadt verlassen haben. Es ist also meine Schuld. Ich mache mir deshalb wirklich Vorwürfe, und jetzt versuche ich, es wiedergutzumachen.«

Blood fügte hinzu: »Aber sie will nicht sagen, von wem sie es erfahren hat. Oder hast du es dir inzwischen anders überlegt, Mama?«

»Gewiß nicht. Ich habe es doch versprochen.«

Loris, der am Kamin gelehnt hatte, baute sich vor Maytera Marble auf. »Diese kleine Konferenz dauert mir schon viel zu lange. Ich will Euch jetzt sagen, was wir wollen, Maytera. Dann könnt Ihr zurückgehen und es den Leuten aus Trivigaunte und Mints fünftausend Rebellen sagen, falls es denn wirklich so viele sind, was ich aber sehr bezweifle. Verhandelt wird nicht. Wenn Ihr unsere Bedingungen nicht akzeptiert, werden wir die Gefangenen töten, einschließlich Silk, und die Rebellion mit Gewalt niederschlagen.«

»Ihr habt nicht die Autorität …«

Als Pottos Faust Incus' Wange traf, gab es einen Knall, der fast so laut war wie das Geräusch, mit dem die Buchstütze zerbrochen war.

»Also sind wir nun doch so weit gekommen.« Maytera Marble strich den schwarzen Rock über ihren Metallschenkeln glatt. »Als nächstes werden dann wohl die Nadler und Messer sprechen.«

Silk sagte: »Ratsherr Potto, ich warne Euch. Tut das nicht noch einmal.«

»Oder Ihr werdet mir den Hals umdrehen?« Potto lächelte wie ein dicker Junge, der gerade einen Kuchen gestohlen hatte. »Oder Ihr holt Euren großen Bruder, der mir zeigt, wie stark Ihr seid? Diese Machtspielchen haben wir schon einmal gespielt. Falls Ihr es vergessen habt, will ich Euch gern an die Regeln erinnern.«

Incus spuckte Blut aus. »Die Götter rächen sich für das, was Auguren angetan wird. Das Verhängnis …«

Potto hob die Hand, und Incus verstummte.

»Nicht schlagen«, bat Oreb.

»Ich weiß nicht, ob die Götter uns rächen werden oder nicht«, murmelte Silk, »und wenn ich gezwungen wäre, mich zu entscheiden, dann würde ich wahrscheinlich sagen, daß sie überhaupt nichts tun werden.«

Loris applaudierte mit sardonischem Grinsen, und mit etwas Verspätung folgte Potto seinem Beispiel.

Plötzlich klang Silks Stimme laut und entschlossen. »Aber das Gesetz wird sich darum kümmern. Maytera sagte Euch bereits, wie viele Kämpfer Generalissimus Oosik hat – und ich denke, sie hat mit

Recht darauf hingewiesen, daß Ihr hinterher nicht das Gefühl bekommen sollt, man hätte Euch betrogen. Ihr hättet genauer zuhören sollen.«

»Sagt es ihnen!« warf Xiphias ein.

»Ich versuche es gerade.« Silk nickte, mehr zu sich selbst als zu den anderen. »Es wird bald vorbei sein. Es wird eine Verhandlung geben, und Ihr, Ratsherr Potto, und Ihr, Ratsherr Loris, werdet hören, wie Maytera, Chenille, Meister Xiphias und Patera Incus aussagen, was sie gesehen und gehört haben – und was sie gefühlt haben –, und sie werden ihre Aussagen vor einem Richter machen, der keine Angst vor Euch hat.«

Potto kicherte und blickte zu Loris. »Sind das hier die, die uns ersetzen sollen?«

Zu ihrer aller Überraschung schaltete Blood sich noch einmal ein. »Yeah, ich habe es auch nicht gleich verstanden, aber so langsam wird es mir klar.«

Maytera Marble sagte zu Potto: »Alle Menschen werden alt und schwach und müssen Platz machen, Ratsherr.«

»Ich nicht!«

»Ich glaube, Ihr würdet den Ruhestand begrüßen. Wie lange habt Ihr für die undankbare Stadt gesorgt und geplant? Fünfzig Jahre? Sechzig?«

»Länger!« Potto ließ sich auf ein Sofa sinken, dessen Bespannung mit Goldfäden durchwirkt war.

Silk fragte: »Ratsherr, erinnert Ihr Euch – ich meine Euch selbst, nicht den echten Potto, der unter Wasser in Eurem Boot liegt – erinnert Ihr Euch an den Whorl der Kurzen Sonne? Ratsherr Loris sagte, man hätte dort Marmor in Steinbrüchen abgebaut. Ich verstehe nichts von diesen alten Dingen, aber ich habe gehört, daß es ein Stein sei, der in natürlichem Zustand in unserem Whorl nicht vorkommt.«

»So alt bin ich nicht.«

Loris schnappte: »Ich wollte gerade unsere Forderungen vortragen. Ich würde gern damit weitermachen.«

Maytera Marble stand auf und stellte sich neben Silk. »Bitte, dann tut es doch, Ratsherr.«

»Wie ich schon sagte, sind unsere Forderungen nicht verhandelbar. Die folgenden fünf Bedingungen haben wir formuliert, und wir lassen uns nichts davon abhandeln.« Loris fischte ein Stück Papier aus einer Tasche und faltete es auf.

»Als erstes muß Silk öffentlich und ohne Vorbehalte erklären, daß er nicht der Caldé ist und es niemals war, daß Viron keinen Caldé hat und daß das Ayuntamiento die einzige Regierungsgewalt darstellt.«

Um der Stadt den Frieden zu bringen, will ich das gern tun, sagte Silk zu ihm. Erst dann fiel ihm auf, daß er nicht laut gesprochen hatte.

»Zweitens darf es keine Neuwahlen von Ratsherren geben. Vakante Sitze werden nicht neu besetzt, und die derzeitigen Mitglieder des Ayuntamiento bleiben im Amt. Drittens muß die Rani von Trivigaunte ihre Truppen aus Viron zurückziehen und uns Geiseln stellen – die wir noch benennen werden –, damit garantiert ist, daß es keine weiteren Einmischungen in unsere inneren Angelegenheiten geben wird. Viertens muß die Zivilgarde uns, dem Ayuntamiento, die verräterischen Offiziere übergeben, gegen die verhandelt wird und die bestraft werden sollen. Fünftens und letztens müssen die Aufständischen ihre Waffen abgeben, die von der Armee eingesammelt werden.«

Durch zerschlagene Lippen murmelte Incus: »Ich würde Euch vorschlagen, lange und intensiv zu beten, mein Sohn, und Opfer darzubringen, denn Eure Entscheidungen sind nicht von der Weisheit der Götter getragen.«

»Die brauchen wir auch nicht«, sagte Potto zu ihm.

»Wenn die Prächtige Scylla erfährt …«

Maytera Marble unterbrach. »Was habt Ihr im Gegenzug der Rani, den Aufständischen, wie Ihr sie nennt, und der Garde anzubieten?«

»Frieden und eine allgemeine Amnestie. Die Gefangenen, die Ihr hier seht, einschließlich Silk, werden wohlbehalten freigelassen.«

»Ich verstehe.« Maytera Marble legte Silk eine Hand auf die Schulter. »Ich bin sehr enttäuscht. Ich war es, die Generalin Saba und Generalissimus Oosik davon überzeugt hat, daß Ihr vernünftige Männer seid. Sie haben mir nur zugehört, weil meine Schwester, Generalin Mint, eine so tapfere Frau ist. Und weil sie Siege errungen hat, auf die wir alle stolz sind. Ich hoffe, ich beleidige damit nicht die Götter, die ihr die Kraft zum Kämpfen gaben. Jetzt stelle ich fest, daß ich all das entwertet habe, was sie für uns geleistet hat, indem ich mich für Euch einsetzte.«

Loris begann: »Wenn Ihr glaubt, wir seien jetzt unvernünftig …«

»Das glaube ich. Ihr sagt, Patera Silk sei nicht wirklich der Caldé. Was nützt seine Erklärung dann? Was soll er den Leuten sagen? Daß der Augur aus der Sun Street die Ansicht vertritt, Euer Ayuntamiento werde weiter die Stadt beherrschen? Damit würdet Ihr Euch lächerlich machen.«

»Warum habt Ihr dann nicht gelacht?« fuhr Potto sie an.

»Caldé?« Loris lächelte. »Dies hier sind unsere Forderungen. Der Prolokutor hat Euch nicht von Euren Gelübden entbunden, wie Ihr sagtet. Daraus ist zu entnehmen, daß Ihr dies wünscht. Seid Ihr bereit, zugleich auch auf das Amt des Caldé zu verzichten, das Ihr nie innehattet?«

»Es gibt nichts, was ich lieber täte.« Silk hatte sich auf Xiphias' mit Silber beschlagenen Stock gestützt. Jetzt richtete er sich auf. »Ich habe mich nicht entschieden, in die Politik zu gehen, Ratsherr. Ich bin hineingestoßen worden.«

»Guter Silk«, erklärte Oreb.

Loris wandte sich wieder an Maytera Marble. »Ihr habt es gehört. Jetzt sagt Oosik, was Ihr gehört habt.«

»Leider«, fuhr Silk fort, »sind Eure übrigen Bedingungen jedoch nicht erfüllbar. Nehmt zum Beispiel die zweite. Die Menschen verlangen, daß die Regierung die Charta wieder in Kraft setzt, die Grundlage unserer Gesetze. Das Gesetz erfordert es, daß freie Sitze im Ayuntamiento durch Wahlen neu besetzt werden.«

»Wir sollten Euch töten«, sagte Potto zu ihm. »Ich werde es eigenhändig tun.«

»In diesem Fall hättet Ihr nicht mehr den Caldé als Geisel. Die Menschen – die Aufständischen, wie Ihr sie nennt – werden einen neuen wählen. Zweifellos einen, der besser geeignet und gerüstet ist, als ich es bin, da ich kaum schlimmer hätte versagen können.«

Er wartete, ob jemand etwas sagen würde, aber alle schwiegen. Schließlich fügte er hinzu: »Ich bin kein Advokat, Ratsherren, aber in diesem Augenblick wünschte ich, ich wäre es. Denn wenn ich es wäre, dann könnte ich mir leicht vorstellen, wie ich Euch gegen fast jede Anklage zu verteidigen wüßte, die bislang gegen Euch vorgebracht werden könnte. Ihr habt die Charta außer Kraft gesetzt, aber ich glaube, es bestand eine gewisse Unklarheit hinsichtlich des Letzten Willens des alten Caldé, und das ist sowieso schon lange her. Ihr habt versucht, die Aufstände niederzuschlagen, aber da habt Ihr nur Eure Pflicht getan. Ihr habt Mamelta und mich verhört, weil wir uns widerrechtlich in einem militärischen Sperrgebiet aufgehalten haben, und auch das läßt sich rechtfertigen.«

»Er hat mich geschlagen!« rief Incus. »Einen Auguren!«

Silk nickte. »Das ist eine Angelegenheit zwischen Euch beiden, die nur Euch und den Ratsherren Potto etwas angeht. Ich spreche jetzt über das Ayuntamiento als Ganzes – oder besser, über das, was von diesem Ganzen noch übrig ist. Aber Euer Einwand, Patera, ist nicht ohne Gewicht, denn dieser Vorfall zeigt, auf welchem Weg sich das Ayuntamiento befindet. Ich würde gern den Ratsherren Loris, den Vorsitzenden Ratsherren, bitten, umzukehren, bevor es zu spät ist.«

Loris starrte ihn böse an. »Dann wollt Ihr unsere Forderungen nicht erfüllen? Ich kann jederzeit die Soldaten hereinrufen, dann ist es vorbei.«

»Ich kann nicht zustimmen. Und ich kann offensichtlich auch nicht für die Rani von Trivigaunte sprechen. Aber ich kann für Viron sprechen, und für Viron sind alle Eure Forderungen, mit Ausnahme der nach meinem Rücktritt, nicht akzeptabel.«

»Dennoch«, warf Maytera Marble ein, »ist es möglich, daß Generalin Mint und Generalissimus Oosik die Forderungen erfüllen, oder zumindest teilweise erfüllen, um Patera Silk zu retten. Darf ich unter vier Augen mit ihm sprechen?«

»Macht Euch nicht lächerlich.«

»Das ist nicht lächerlich, und ich muß darauf bestehen. Seht Ihr nicht, daß Generalin Mint und Generalissimus Oosik und die anderen nur das tun werden, was Patera Silk ihnen sagt? Wenn ich berichte, daß ich ihn gesehen habe, und sage, daß Ihr ihn als Caldé anerkannt habt, dann werden sie wissen wollen, ob er bereit ist, Euren Forderungen zuzustimmen. Sie werden wissen wollen, was er ihnen zu tun befiehlt, aber sie werden seine Befehle nur ausführen, wenn ich bestätigen kann, daß er sie mir unter vier Augen genannt hat. Laßt mich mit ihm reden, und dann gehe ich zurück und spreche mit Generalissimus Oosik und Generalin Saba. Wenn wir Glück haben, wird es dann einen wirklichen Frieden geben, der diesen Waffenstillstand ablöst.«

»Wir haben ihn nicht als Caldé anerkannt«, sagte Loris kalt. »Ich fordere Euch auf, das zurückzunehmen.«

»Aber Ihr habt ihn anerkannt! Ihr habt ihn in meiner Gegenwart mehrmals als Caldé angeredet, und ich konnte sehen, wie erfreut Ihr darüber seid, den Caldé als Geisel zu haben. Ihr habt ihn sogar als den Schlüssel dieser Krise bezeichnet. Ihr habt gedroht, ihn zu erschießen, weil er auf Eure fünf Forderungen nicht eingehen will. Wenn er der Caldé ist, dann ist das einfach nur grausam. Wenn er nicht der Caldé ist, dann ist das idiotisch.«

Sie hob die Hände und sah Loris flehend an. »Er ist sehr geschwächt. Ich habe ihn beobachtet, während die anderen hier gesprochen haben. Hätte er nicht seinen Stock, er wäre längst umgefallen. Darf er sich nicht setzen? Und könnt Ihr nicht alle anderen bitten, den Raum zu verlassen? Eine Viertelstunde sollte genug sein.«

Blood stand auf. Er schwankte leicht. »Hier drüben, Patera. Nehmt meinen Sitzplatz. Das ist ein guter Stuhl, besser als der, auf dem Ihr damals gesessen habt.«

»Danke«, sagte Silk. »Vielen Dank. Ich bin Euch eine Menge schuldig, Blood.« Chenille, die neben ihm stand, nahm seinen Arm. Er wollte ihr eigentlich sagen, daß er keine Hilfe brauchte, aber bevor er den Mund öffnen konnte, war er schon auf dem Teppich gestolpert, und Oreb quakte unglücklich.

»Die anderen sollen hinausgehen«, sagte Loris zu Potto.

Xiphias blieb in der Tür stehen, zeigte Silk beide Hände, drehte eine leicht herum und zog sie auseinander.

Chenille küßte seine Stirn. Die leichte Berührung

ihrer Lippen war, als hätte ihn der Flügel eines Schmetterlings gestreift. Dann war sie fort, grob weggezogen von Potto, der mit ihr hinausging und die Tür schloß.

Maytera Marble setzte sich neben den Stuhl, auf dem vorher Blood gesessen hatte. »Also«, sagte sie.

Silk nickte. »Nun gut. Ihr habt das sehr gut gemacht, Maytera. Viel besser, als ich es vermocht hätte. Aber bevor wir über – über all die Dinge reden, die wir bereden müssen, würde ich Euch gern etwas fragen. Es ist eine dumme Frage, vielleicht sind es auch zwei. Wollt Ihr Geduld mit mir haben?«

»Sicher doch, Patera. Worum geht es?«

Silks Zeigefinger beschrieb kleine Kreise auf seiner Wange. »Ich verstehe nichts von Frauenkleidern. Ihr wißt sicherlich viel mehr darüber als ich. Jedenfalls hoffe ich das. Ihr habt den Ratsherren Loris gebeten, Chenille ein Kleid zu bringen?«

»Sie war unter der Robe des Auguren nackt«, erklärte Maytera Marble, »und ich weigerte mich, über irgend etwas anderes zu sprechen, solange sie nicht ordentlich bekleidet war. Bloody hat eins der Mädchen gerufen, und sie und Chenille sind mit einem Soldaten gegangen, um Kleidung für sie zu suchen. Sie waren nicht lange fort.«

Silk nickte nachdenklich.

»Es ist ihr zu klein, aber das Mädchen meinte, es sei das größte Kleid, das sie ihm Haus finden könnte, und es war nur eine Winzigkeit zu knapp.«

»Ich verstehe. Ich frage mich, ob es einer Frau gehörte, der ich hier begegnet bin.«

»Ihr und Bloody habt über sie gesprochen, Patera.« Maytera Marble schien das Thema peinlich zu sein. »Er hat Euch gefragt, wo sie sei, und Ihr meintet, Ihr wärt getrennt worden.«

Silk nickte wieder.

»Ich will mich nicht in Eure persönlichen Angelegenheiten einmischen.«

»Dafür bin ich Euch dankbar. Glaubt mir, Maytera, dafür bin ich Euch sehr dankbar.« Er zögerte, starrte durch das offene Fenster auf das im Wind nickende Gras auf der Wiese draußen. »Wie ich schon sagte, dachte ich, es könnte eins von Hyacinths Kleidern sein. Ich habe es gehofft, aber es war nicht möglich. Wie Ihr gerade sagtet, paßt es Chenille beinahe, aber Hyacinth ist viel kleiner.« Wieder beschrieb sein Finger Kreise auf der Wange. »Wie heißt dieser Stoff?«

»Er heißt Chen… oh, jetzt verstehe ich, worauf Ihr hinauswollt, und Ihr habt recht! Der Stoff heißt Chenille, genau wie sie selbst!«

»Es ist keine Seide?«

Maytera Marble schnippte mit den Fingern. »Ich weiß! Sie muß dem Mädchen ihren Namen gesagt haben, und das Mädchen schlug ihr dann vor, dieses Kleid zu nehmen.«

»Als sie ging, gab sie mir einen Kuß«, sagte er. »Ich habe sie nicht dazu aufgefordert, sie hat es aus eigenem Antrieb getan. Ihr müßt es gesehen haben.«

»Ja, Patera, ich habe es gesehen.«

»Ich nehme an, sie wollte mir damit zu verstehen geben, daß sie auf unserer Seite steht – daß sie uns unterstützt. Meister Xiphias hat eine ähnliche Geste gemacht. Es hatte etwas mit der Fechtkunst zu tun. Wie auch immer, ihr Kuß ließ mich an Seide denken, an den Stoff, der mir meinen Namen gegeben hat. Es kam mir seltsam vor, aber vielleicht ist ihr Kleid über meine Hand gestreift. Ihr sagt, der Stoff heißt Chenille?«

»Chenille ist eine Art Seide, Patera. Oder jedenfalls die beste Sorte des Stoffs, und die anderen Sorten sollen wenigstens ungefähr wie Seide aussehen. Chenille ist eine Art Zwirn, der aus Seide hergestellt wird. Raupenzwirn, weil er pelzig aussieht wie eine

Raupe. Wenn man ein Tuch daraus webt, wird das Tuch ebenfalls als Chenille bezeichnet. Es ist ein Wort aus einer fremden Sprache, das soviel wie ›Raupe‹ bedeutet. Seide wird von Seidenraupen gesponnen, aber das wißt Ihr sicher.«

»Ich muß mit ihr sprechen«, sagte er. »Nicht jetzt, aber wenn wir allein sind, und zwar so bald wie möglich.«

»Gutes Mädchen!«

»Ja, Oreb, das ist sie wirklich.« Silk wandte sich wieder an Maytera Marble. »Als Ihr gerade mit Loris gesprochen habt, habt Ihr ihm nicht vorgeschlagen, daß wir zwei den Raum verlassen. Würdet Ihr mir erklären, warum?«

»War das so durchsichtig?«

»Nein, es war überhaupt nicht durchsichtig, aber ich kenne Euch, und wenn Ihr Euch wirklich große Sorgen um mich machen würdet, dann hättet ihr ihn gebeten, uns ein Schlafzimmer zu zeigen, wo ich mich hinlegen kann, und Ihr hättet gefragt, ob er einen Arzt schicken kann. Ich weiß nicht, ob Blood einen neuen Arzt eingestellt hat, nachdem Doktor Crane gestorben ist, aber Loris hätte einen rufen können oder unter der Waffenstillstandsfahne einen Arzt der Garde herüberholen können.«

Maytera Marble machte ein ernstes Gesicht. »Ich hätte ihn bitten sollen, das zu tun. Ich kann ihn immer noch fragen, Patera. Ich werde gehen und ihn suchen. Es dauert nicht lange.«

»Nein, es geht mir gut. Aber um Phaeas willen …« Es war zu spät, er hatte die gebräuchliche Redewendung unbedacht benutzt. »Ich werde mich schon wieder erholen. Warum wolltet Ihr hierbleiben?«

»Wegen dieses Fensters«, sagte sie, indem sie in die entsprechende Richtung deutete. »Bloody hat es geöffnet, als ich mit ihm allein war, und ich hatte die ganze Zeit Angst, jemand würde klagen, es sei zu kalt, und es wieder schließen. Ihr kennt doch Mucor, Patera. Sie sagte, Ihr hättet sie zu mir geschickt.«

Silk nickte. »Sie ist Bloods Adoptivtochter.«

»Adoptivtochter? Das wußte ich nicht. Sie sagte nur, sie sei Bloodys Tochter. Das war am Hieraxday, es war schon sehr spät ... kennt Ihr Asphodella, Patera?«

Silk lächelte. »Oh, sicher. Ein lebhaftes kleines Mädchen.«

»Genau. Ich hatte gerade abgewaschen, und ich wollte das schmutzige Wasser im Garten ausschütten. Die Pflanzen lieben schmutziges Wasser mit Seifenresten sogar mehr als sauberes. Es klingt komisch, aber es ist so.«

»Wenn Ihr es sagt, dann muß es wohl stimmen.«

»Also, ich habe das Wasser ausgekippt, ich habe es ganz sorgfältig auf die Pflanzen verteilt, und da hat mich auf einmal Asphodella am Rock gezupft. Ich sagte, was machst du denn noch so spät hier, Kind? Und sie sagte mir, sie habe mit den anderen kämpfen wollen, aber Horn habe sie wieder nach Hause geschickt ...«

»Katze kommt«, warnte Oreb. Silk sah sich um, konnte aber nichts entdecken.

»Horn hat sie nach Hause geschickt, und er hat gut daran getan, wenn Ihr mich fragt, Patera. Sie wollte wissen, ob sie am Thelxday in die Schule kommen sollte.«

»Und dann«, fuhr Silk langsam fort, »hat sich ihr Gesicht verändert. Nicht wahr, Maytera?«

»Ja. Genau. Ihr Gesicht wurde, nun ja, schrecklich. Sie hat gesehen, daß ich mich fürchtete, und sie sagte: Hab keine Angst, Großmutter. Mein Name ist Mucor. Ich bin Bloods Tochter.«

Maytera Marble hielt inne. Sie war nicht sicher, ob Silk sie verstanden hatte. »Sagte ich Euch schon, daß

Bloody mein Sohn ist, Patera? Ja, ich weiß, ich habe es Euch nach dem Opfer auf der Straße gesagt.«

»Er war Maytera Roses Sohn«, sagte Silk vorsichtig. »Ihr, das weiß ich, seid jetzt auch Maytera Rose – manchmal wenigstens.«

»Immer, Patera.« Maytera Marble lachte. »Ich habe unsere Software integriert. Was uns Sibyllen angeht, so bin ich zugleich Eure beste Freundin und Eure ärgste Feindin.«

Er rückte unbehaglich auf Bloods bequemem Stuhl herum. »Ich hoffe, ich war noch nie Maytera Roses Feind.«

»Ihr dachtet aber, ich sei Eure Feindin, Patera. Vielleicht war ich tatsächlich ein wenig feindselig.«

Er beugte sich vor, die Hände gefaltet und auf Xiphias' Stock gestützt. »Seid Ihr es jetzt, Maytera? Bitte seid ganz ehrlich.«

»Nein. Ich bin Eure Freundin und wünsche Euch alles Gute, Patera.«

Oreb applaudierte, indem er die Flügel flattern ließ. »Gutes Mädchen!«

Sie fügte hinzu: »Und selbst wenn ich ganz und gar Maytera Rose wäre, würde ich alles tun, um Euch hier herauszuholen.«

Silk lehnte sich zurück. Es war erstaunlich, wie weich Bloods Stühle waren. Er erinnerte sich noch lebhaft, wie er sich danach gesehnt hatte, auf seinem Stuhl einfach einzuschlafen, als er mit Blood in diesem Zimmer gesprochen hatte. Aber dieser Stuhl hier war sogar noch besser, wie Blood versprochen hatte; an den richtigen Stellen nachgiebig, aber fest und stützend dort, wo es nötig war. Er berührte die breite Armlehne. Das dunkle Leder war weich wie Butter.

»Ich habe geruht, nachdem ich gefangen worden war«, vertraute er ihr an. »Sand hat es mir erlaubt. Ich war den ganzen Weg zum Haus hier gelaufen, und es war ein weiter Weg. Der Weg ist mir schon weit vorgekommen, als ich mit Auk auf Eseln herausgeritten bin, aber als ich mit Sands Muskete im Rücken gelaufen bin, schien er mir noch länger. Als wir dann ankamen und durch die Luke in den Keller geklettert waren, durfte ich mich auf den Boden legen. Er ist kein schlechter Mann, nur ein disziplinierter Soldat, der bösen Menschen gehorcht. Auch in Loris und sogar in Potto steckt ein guter Kern. Ich weiß, daß Ihr das genauso spüren könnt wie ich, Maytera. Denn sonst hättet Ihr nie so mit Potto gesprochen, wie Ihr es getan habt. Das ist einer der Gründe für meine Annahme, daß meine Lage, aus der Ihr mich befreien wollt, nicht so schlimm ist, wie es scheint, auch wenn ich Euch natürlich ewig dankbar sein werde.«

»Katze! Katze!« Oreb flog von Silks Schulter auf den Kopf einer Alabasterbüste der Göttin Thelxiepeia.

Maytera Marble lächelte. »Hier drinnen ist keine Katze, du schöner Vogel.«

»Ihr wolltet mir etwas über dieses Zimmer erzählen und darüber, wie Ihr Mucor begegnet seid«, erinnerte Silk sie. »Bitte, fahrt damit fort. Es könnte wichtig sein.«

»Ich – Patera, ich sollte Euch zuerst an die Situation erinnern, als wir uns kennengelernt haben. Es wird nicht lange dauern, und vielleicht ist das sogar noch wichtiger. Ich weiß, daß Ihr Euch oft an den Tag erinnert, an dem Ihr in unser Manteion gekommen seid. Ihr habt es jedenfalls mehrmals erwähnt.«

Er nickte.

»Patera Pike war da, und Ihr habt ihn geliebt und geachtet. Aber manchmal braucht ein Mann eben eine Frau, um sich auszusprechen. Den meisten Männern geht es jedenfalls so, und Ihr wart da nicht anders. Ihr wurdet von Eurer Mutter erzogen, und wir konnten sehen, wie sehr Ihr sie vermißt habt.«

»Ich vermisse sie immer noch«, gab Silk zu.

»Macht Euch deshalb keine Vorwürfe, Patera. Niemand, der liebt, sollte sich dessen schämen müssen.«

Maytera Marble hielt inne und sammelte ihre Gedanken. Die Stichwortsuche funktionierte wieder, und sie genoß es. »Wir waren drei Sibyllen, wollte ich gerade sagen. Maytera Mint war jung und hübsch, aber so schüchtern, daß sie vor Euch davonlief, wo immer sie konnte. Wenn sie einmal nicht ausweichen konnte, hat sie kaum ein Wort gesprochen. Vielleicht hat sie geahnt, was mir vor langer Zeit geschehen ist. Ich dachte jedenfalls manchmal darüber nach, und Ihr wart jung und habt gut ausgesehen. Ihr seht immer noch gut aus.«

Eine Frage lag ihm auf der Zunge, aber er zog es vor, sie für sich zu behalten.

»Ich werde Euch nicht sagen, wer Bloodys Vater war, Patera. Ich habe es noch niemandem gesagt, und ich werde es auch jetzt nicht verraten. Aber eines kann ich Euch sagen. Er wußte es nicht. Ich glaube, er hatte keine Ahnung, daß er Vater wurde.«

Silk atmete die kühle, frische Luft, die zum Fenster hereinkam, tief ein. »Ich habe gestern abend mit einer Frau geschlafen, Maytera. Mit Hyacinth, mit der Frau, nach der Blood sich erkundigt hat.«

»Es tut mir leid, daß Ihr mir das sagt.«

»Ich wollte es. Ich wollte es – ich wollte es allen sagen, die es nicht wußten, obwohl es viele bereits wissen. Seine Kogniszenz und Meister Xiphias und Generalissimus Oosik.«

»Und ich.« Maytera Mint tippte sich auf die Metallbrust. »Ich wußte es. Oder besser, ich habe es vermutet, wie es jeder vermuten würde. Ich wünschte, Ihr hättet es dabei belassen. Manche Dinge werden nicht besser, wenn man darüber redet.«

Oreb, der Thelxiepeias Gesichtszüge von oben eingehend untersucht hatte, hielt für einen Moment inne und sagte: »Kluges Mädchen!«

»Wir waren drei Sibyllen, wie ich schon sagte. Aber Maytera Mint stand Euch nicht zur Verfügung, und so war ich, waren wir zwei die einzigen, an die Ihr Euch wenden konntet. Ich war alt. Ich glaube, Euch war überhaupt nicht klar, wie alt ich war. Mein Gesicht hat sich zu einer Zeit aufgelöst, da wart Ihr noch nicht geboren. Ihr habt nie bemerkt, daß es gefehlt hat, nicht wahr?«

»Was meint Ihr damit? Euer Gesicht ist da, wo es hingehört, Maytera. Ich sehe es doch gerade an.«

»Meint Ihr das hier?« Sie tippte mit den Fingern darauf, und es klickte metallisch. »Das ist nur meine Gesichtsplatte. Früher hatte ich mal ein Gesicht wie Ihr. Ich wollte sagen wie Dahlia, aber die kennt Ihr nicht, das war vor Eurer Zeit. Wie Teasel oder Nettle. Ein Gesicht, in das Fäden eingearbeitet waren, damit ich lächeln oder die Stirn runzeln konnte. Die Fäden wurden von Spulen gesteuert, die hinter meiner Gesichtsplatte angebracht waren. Bis auf die Spulen ist jetzt alles fort.«

»Es ist ein wunderschönes Gesicht«, beharrte Silk. »Denn es ist das Eure.«

»Mein anderes Gesicht war nicht schön, und ich konnte jedesmal, wenn Ihr es gesehen habt, in Eurem Gesicht ablesen, wie Ihr es empfunden habt. Das hat mir nicht gefallen, und Euch hat es nicht gefallen, daß mir das nicht gefallen hat, und dann habt Ihr Euch an mich gewendet, um Eure Einsamkeit zu lindern. Aber wir waren einander viel ähnlicher, als es Euch klar war; nicht, daß ich jemals auf Maschinen wie diese hier einen Gedanken verschwendet hätte. Ich dachte nie, daß sie richtige Leute sein konnten, ganz egal, wie oft sie behauptet haben, sie wären es. Jetzt bin ich nichts als eine Information, die in den kleinen goldenen Dingern notiert ist, die man auf

Karten sehen kann. Aber ich bin immer noch ich, ich bin immer noch das, was ich immer war.«

Silk suchte in Remoras zerfetzter Robe nach einem Taschentuch, und als er keines fand, wischte er sich die Augen mit dem Ärmel aus.

»Ich habe Euch das nicht gesagt, weil ich vermeiden wollte, daß Ihr mich bedauert, Patera. Keine meiner alten Persönlichkeiten war leicht zu lieben, ganz zu schweigen von der, die ich jetzt bin. Ihr konntet mich aber trotzdem lieben, und das ist nicht vielen Menschen gelungen, nicht einmal vielen Auguren. Ich dachte, wenn Ihr wüßtet, wie man es anfängt, jemanden wie mich zu lieben, dann könnte es Euch eines Tages bei einer anderen Frau helfen.«

»Ich bin sicher, daß es helfen wird«, seufzte Silk. »Danke, Maytera. Ihr habt mir wirklich sehr geholfen.«

»Dann laßt uns nicht weiter darüber reden. Was haltet Ihr von den Bedingungen des Ayuntamiento? Immer noch das, was Ihr Loris gesagt habt?«

Silk tupfte sich noch einmal die Augen ab, und als er den schmierigen Ärmel im Gesicht spürte, wurde ihm klar, daß er sein schmutziges Gesicht noch schmutziger machte, statt es zu säubern. »Ich glaube schon«, sagte er.

Maytera Marble nickte. »Sie sind rettungslos verloren. Trivigaunte wird nicht nachgeben, und warum sollte die Garde die Offiziere ausliefern, warum sollte Generalissimus Oosik das zulassen? Aber wenn wir ihnen ein Verfahren anbieten, einen ordentlichen Prozeß mit Richtern …«

»Mann wieder da!« Eine große Hand mit glitzernden Ringen war auf der Fensterbank erschienen. Dann folgte ein Arm, der in einem gelben Ärmel steckte, dann ein Duft nach Moschus.

»Deshalb sollte ich also hierbleiben.« Silk stand mit

Hilfe des Gehstocks etwas unsicher auf und ging durchs Zimmer zum Fenster. »Damit Euer Sohn zu uns kommen kann.«

»Aber nein, Patera. Keineswegs.«

Silk beugte sich über die Fensterbank und sagte zu Blood: »Hier, nehmt meine Hand. Ich helfe Euch herein.«

»Danke«, sagte Blood. »Ich hätte mir einen Hocker oder so etwas mitbringen sollen.«

»Hier, nimm auch meine Hand, Bloody.« Maytera Marble stemmte, Silk nachahmend, einen Fuß gegen die Fensterbank.

Bloods ohnehin schon stark durchblutetes Gesicht, ob der Anstrengung noch röter als sonst, tauchte draußen vor dem Fenster auf. Mit einem Grunzen und einem letzten Ruck stolperte er ins Zimmer.

»So, und jetzt holen wir noch meine Enkeltochter. Das wird nach Bloody nicht mehr schwer sein.« Sie beugte sich wieder über die Fensterbank, faßte dürre Kinderhände und hob eine ausgehungerte junge Frau herein. Auf einer ihrer Wangen sah man eine Brandwunde.

»Armes Mädchen!«

Silk nickte zustimmend und kehrte zu seinem Stuhl zurück. »Hallo, Mucor. Setz dich bitte, damit ich mich auch setzen kann. Wir sind beide schwach.«

»Nadler nützen nichts gegen Soldaten«, schnaufte Blood. Er klopfte sich die Brust der Tunika ab und griff darunter. »Deshalb habe ich Euch das hier mitgebracht, Caldé Silk.«

»Das hier« war ein Azoth, dessen langer Griff schwer mit goldgefaßten Rubinen besetzt war. Die stark gekrümmte Sicherung war noch kunstvoller gefertigt als bei der Waffe, die Doktor Crane ihm auf Hyacinths Drängen gegeben hatte. Der Knauf war mit einem Kranz aus Diamanten verziert.

Silk setzte sich. »Das hätte ich mir denken können.

Doktor Crane sagte mir, daß Ihr nicht nur einen besitzt.«

»Wollt Ihr ihn nicht haben?« Blood gab sich keine Mühe, seine Überraschung zu verbergen.

»Nein, zumindest nicht jetzt.«

»Er ist wertvoll, und …«

»Ich weiß, daß er wertvoll ist und was für eine schreckliche Waffe er in starken Händen wie den Euren ist. Aber im Augenblick sind meine Hände nicht stark, auch wenn das nicht der wichtigste Grund dafür ist, daß ich ihn nicht will.«

Silk setzte sich bequem zurecht. »Ich habe Eure Tochter gebeten, sich zu setzen, und sie war so freundlich, meiner Bitte zu entsprechen. Ich kann Euch in Eurem eigenen Haus schlecht einen Platz anbieten, und mir ist bewußt, daß ich da sitze, wo Ihr vorhin noch selbst gesessen habt; aber es gibt ja noch eine Reihe anderer Sitzgelegenheiten hier.«

Blood setzte sich.

»Danke. Maytera …«

»Katze kommt!«

Und tatsächlich, bevor Oreb die erschrockene Bemerkung noch richtig ausgesprochen hatte, sprang sie über die Fensterbank, landete lautlos im Zimmer und starrte Blood mit funkelnden Bernsteinaugen an. Maytera Marble raffte den Rock hoch, als wäre eine Maus im Zimmer, und Silk fragte: »Ist das Lion? Ich glaube, ich erinnere mich an ihn.«

Der Luchs richtete den Bernsteinblick auf ihn und nickte.

»Patera hat alle gebeten, sich zu setzen«, sagte Maytera Marble zu Mucor. »Es wäre nett, wenn du auch deiner großen Katze sagst, daß sie sich setzt, Liebes. Das fände ich wirklich beruhigend.«

Lion legte sich gehorsam hin und sah zwischen Blood und Oreb hin und her.

»Sphigx möge dich segnen.« Maytera Marble

machte das Zeichen der Addition. »Ich ... es ist doch amüsant, wenn ich recht darüber nachdenke. Fast ein Spaß von der Art, wie Kinder sie lieben. Patera meinte, ich hätte das Fenster offen gelassen, damit dein Papa hereinkommen kann, und ich sagte, aber nein, daran hätte ich überhaupt nicht gedacht, und das war die reine Wahrheit. Ich wollte das Fenster offen halten, weil du mir bei unserer ersten Begegnung sagtest, meine Liebe, ich sollte mich möglichst nicht in Räumen aufhalten, deren Türen und Fenster geschlossen sind, weil du möglicherweise wieder vorbeischauen mußt, und wenn alles verriegelt ist, wäre es schwieriger für dich. Deshalb war ich froh, als er dieses Fenster hier geöffnet hat, und jetzt bist du tatsächlich hereingekommen und deine langbeinige Katze dazu.«

»Ich wußte gar nicht, daß sie auch Tiere kontrollieren kann«, sagte Blood, der vorsichtshalber den Daumen auf den Dämon des Azothen gelegt hatte. »Wir wußten nicht einmal, daß sie überhaupt derartige Kräfte besaß, bis Lemur ein Gespräch des Caldé mit Crane mitschnitt. Es scheint so, als hätte sie Euch beide besucht.«

»Hast du draußen am Fenster gelauscht, Bloody? Das gehört sich aber nicht.«

»Nein, habe ich nicht.«

»Ein Abhörgerät.« Silk seufzte. »Ich bin enttäuscht. Ich dachte, hinter diesen großen Gemälden wäre irgendwo eine Geheimtür verborgen. Als ich noch ein Junge war, habe ich Jugendbücher gelesen, in denen es vor Geheimtüren nur so gewimmelt hat, aber ich habe noch nie mit eigenen Augen eine gesehen.«

»Wußtet Ihr denn, daß ich kommen würde?«

»Ich habe es vermutet. Wollt Ihr die ganze Geschichte hören?«

Maytera Marble schniefte laut. »Ich bitte darum, Patera.«

»Ich wünschte, Ihr würdet nicht immer dieses Geräusch machen«, bat er sie.

»Dann werde ich es lassen, oder ich werde es wenigstens einschränken. Aber Bloody ist mein Sohn, und ich glaube, ich habe das Recht, alles zu erfahren.«

»Also gut, die ganze Geschichte.« Silk lehnte sich zurück, die Augen halb geschlossen. »Am Hieraxday bin ich mit Seiner Kogniszenz ein Stück durch die Stadt gewandert, vom Ostviertel bis zu Ermine's Hotel. Maytera Mints Rebellen und die Garde hatten annähernd gleichgroße Gebiete unter Kontrolle. In Ermine's Hotel habe ich dann ein paar Stunden geschlafen, wie ich Euch schon sagte, und als ich aufwachte, war die Hälfte der Garde zu Maytera Mint übergelaufen.«

Maytera Marble sagte: »Alle bis auf die Zweite Brigade, wie ich hörte.«

»Gut. Bevor man mich hierher brachte, war ich in den Tunneln oder im Keller, deshalb habe ich nicht viel gesehen. Aber ich wußte, daß sich Ratsherren hier aufhielten. Es kam mir so vor, als führten sie ihre Truppen persönlich an, und ich dachte mir, daß sie das nur tun, wenn die Lage kritisch ist. Außerdem hattet Ihr mir gesagt, daß Ihr mit den Kindern hier herauskommen wolltet, und Ihr hattet eine Generalin aus Trivigaunte erwähnt …«

»Generalin Saba. Eine herzensgute Frau, nach allem, was ich gesehen habe, allerdings recht groß und manchmal ein wenig eigensinnig.«

»Ich nehme an, es war ihr Luftschiff, das uns angriff, als Seine Kogniszenz und ich in Oosiks Schweber gefahren sind?«

»Gewiß, ihr Luftschiff hat sich über der Stadt befunden. Es hat geschossen und Bomben abgeworfen. Es ist riesig.«

»Euer Doktor Crane war ein Spion Trivigauntes«,

sagte Silk zu Blood, »aber das wißt Ihr inzwischen sicher schon. Einmal sagte er mir im Scherz, wenn ich irgendwann einmal gerettet werden wollte, dann brauchte ich nichts weiter tun, als ihn zu töten. Er hatte ein Gerät in der Brust, mit dessen Hilfe andere ihn finden und feststellen konnten, ob sein Herz noch schlug. Aufgrund eines Mißverständnisses wurde er am Morgen des Hieraxday erschossen. Ich vermute, der Angriff auf uns beruhte auf einem ähnlichen Mißverständnis – die Leute aus Trivigaunte müssen erfahren haben, daß die Garde sich gegen uns stellte. Als sie einen Schweber der Garde sahen, der von Offizieren auf Pferderücken umgeben war, griffen sie an.«

»Ich verstehe nur nicht, was das mit mir zu tun haben soll«, grunzte Blood.

»Es hat eine ganze Menge mit Euch zu tun«, erwiderte Silk, »und ich hatte von Anfang an recht – es war sogar der einzige Punkt, in dem ich recht behalten habe. Ihr habt für eine verlorene Sache gekämpft. Dieses Haus wäre beinahe zerstört worden, und dabei hättet Ihr sterben oder verwundet werden können. Die Tunnel waren Euch bekannt, und zweifellos seid Ihr auch schon einmal unten gewesen. Wie ich bereits sagte, war ich auch dort – viel länger, als mir lieb war. Ich konnte mir nicht vorstellen, daß Ihr Euer Haus brennend zurücklaßt und durch die unterirdischen Gänge wandert und keine Alternative habt.«

»Ich habe verdammt hart gearbeitet, bis ich mir dieses Haus leisten konnte.«

»Fluche nicht, Bloody. Das gehört sich nicht.«

»Es ist aber so! Ihr meint wohl, mir sei das alles in den Schoß gefallen, aber so ist es nicht. Eine falsche Bewegung, und ich wäre im Mainframe abgeliefert worden. Tag für Tag mußte ich aufpassen, und niemand war da, der mir geholfen hat und dem ich vertrauen konnte, bis ich Musk fand. Niemand war da. Ihr würdet binnen einer Woche daran zugrunde gehen. Und ob! Zwölf Jahre habe ich das gemacht, bis ich das erste Mal in diesem Haus hier in mein eigenes Klo scheißen konnte.«

»Bloody!«

»Ich kann da nur raten«, gab Silk zu, »und ich kann nicht behaupten, daß mir Eure Gedankengänge besonders vertraut wären, aber ich habe mir vorgestellt, daß Ihr schon seit gestern abend auf eine Gelegenheit gewartet habt, die Seiten zu wechseln.«

»Was hat das verdammte Ayuntamiento je für mich getan? Jeden Monat mußte ich Abgaben und Bestechungsgelder zahlen. Diese Heuchler haben sogar meine Häuser geschlossen, damit sie gut dastehen. Verdammt, was bin ich denen schuldig?«

»Ich weiß es nicht. Aber dann – vor ungefähr einer Stunde – ist Eure Mutter auf der Bildfläche erschienen, offensichtlich und ohne jeden Zweifel, um mir zu helfen, aber natürlich auch über einen gewissen Einfluß verfügend, den sie geltend machen will, um Euch zu retten. Als mir klar wurde, daß Maytera mit mir zusammen in diesem Zimmer bleiben wollte, erwartete ich, Ihr würdet ein Bild wegklappen und dahinter zum Vorschein kommen.« Silk lächelte verlegen und zuckte die Achseln.

Mucor überraschte sie alle, als sie sagte: »Soll ich nachsehen, was sie machen?«

»Ich fände es besser, du würdest etwas essen«, sagte Silk zu ihr. »Aber ich glaube, hier gibt es nichts. Nun gut, dann versuche es, falls Lion sich unterdessen ordentlich benimmt.«

Er wartete auf ihre Antwort, aber sie schwieg.

»Mädchen weg«, krächzte Oreb leise. »Nicht mehr da.« Lion streckte sich behaglich auf dem Teppich aus und schloß die Augen.

»Ich habe mich sogar gewundert, daß Ihr nicht

schon viel früher aufgetaucht seid«, sagte Silk zu Blood. »Aber natürlich mußtet Ihr ja erst Mucor holen und sie ankleiden – vielleicht habt Ihr sie auch mit Hilfe eines Eurer Mädchen säubern lassen. Ich hatte nicht bedacht, daß dies einige Zeit in Anspruch nehmen würde. Was mich aber wirklich wundert, ist, daß Mucor es für nötig hielt, Lion vorzuschicken.«

»Hat sie das getan?« Blood beäugte neugierig seine Adoptivtochter.

»So scheint es. Oreb – mein Vogel – hat das Tier gesehen oder vielleicht auch nur gehört, denn er sagte uns mehrmals, daß eine Katze herumschliche.«

»Wahrscheinlich war ihr nicht klar, daß die Soldaten vor der Katze keine Angst haben würden«, schlug Maytera Marble vor.

»Böse Katze«, murmelte Oreb.

»Nicht zu laut«, warnte Silk ihn. »Sonst hört er dich.«

»Es ist schön, daß du zu uns gestoßen bist, Bloody«, sagte Maytera Marble, während sie sich das Kleid glattstrich. »Das wird dir, wie Patera sagte, zweifellos zum Vorteil gereichen. Aber gleichzeitig gehst du auch ein großes Risiko ein.«

Blood stand auf. »Ich weiß. Ihr haltet nicht viel von mir, Caldé, nicht wahr?«

»Ich halte eine Menge von Eurer Verschlagenheit«, erwiderte Silk. »Ich würde mich freuen, Euren Scharfsinn auf unserer Seite zu wissen. Ich bin mir dabei aber durchaus bewußt, daß Ihr keine Moral kennt.«

»Colonel Oosik.« Blood fuchtelte mit dem Azothen herum. »Er ist Euer Mann, wie ich hörte. Diese Generalin Saba handelt im Auftrag der Rani, Colonel Oosik auf Euren Befehl.«

»Generalissimus Oosik.«

Blood schnaubte. »Ihr vertraut ihm, aber mir wollt

Ihr nicht vertrauen. Dabei besteche ich ihn seit Jahren.«

Maytera Marble sagte: »Setz dich doch, Bloody. Oder was hast du jetzt wieder vor?«

»Ich würde mir gern etwas zu trinken holen, aber da der Caldé den Azothen nicht nehmen will, muß ich ihn selbst griffbereit halten, solange die Katze hier drinnen ist. Kannst du mir einen mixen, Mama?«

»Gern.« Sie stand auf. »Mit reichlich Gin, nehme ich an?«

Silk begann: »Wenn es Euch keine Umstände macht, Maytera ...«

»Und mit Eis. Da im Kühlfach ist auch Eis.«

»Ja, gern. Und hier ist auch Brandy, und ...« Sie studierte die Flaschen. »Hier wäre ein schöner Rotwein für Euch, Patera.«

»Nur Wasser mit Eis, bitte. Das gleiche für Mucor, würde ich sagen.«

Blood schüttelte den Kopf. »Kein Eis, Mama. Sie würde damit herumwerfen, glaube mir. Ich kenne sie.«

»Armer Vogel!«

»Und eine Tasse Wasser für Oreb, wenn Ihr so freundlich sein wollt, Maytera. Ich glaube, er wird herunterkommen und trinken, wenn Ihr es oben auf den Schrank stellt.«

»Klares Wasser für Oreb.« Zwei Fingerbreit silbriges Bein wurden freigelegt, als sie sich auf die Zehenspitzen stellte und einen randvollen Becher auf den Schrank stellte. »Wasser mit Eis für Patera, Eis, Gin und Wasser für dich, Bloody. Wasser ohne Eis für meine Enkeltochter. Oh, es ist frisch und kühl.« Als sie Mucors Glas auf den Tisch setzte, fügte sie hinzu: »Ich muß sagen, sie sieht leider so aus, als würdest du dich nicht besonders gut um sie kümmern.«

Blood nahm sein Glas in die Hand. »Wir mußten

sie zwangsernähren, und sie hat sich oft die Kleider vom Leib gerissen.«

»Wer war ihre Mutter?« wollte Silk wissen.

»Sie hat keine Mutter.« Blood trank einen Schluck und beäugte mißbilligend das Glas. »Wißt ihr von den eingefrorenen Embryos? Man kann sie ab und zu kaufen, aber man bekommt nicht immer einen vernünftigen Gegenwert für das Geld.«

Silk erinnerte sich schaudernd an die Klumpen verwesenden Fleisches.

»Der alte Caldé, Tussah hieß er, war angeblich dafür verantwortlich. Das kam nach seinem Tod heraus. Also beschloß ich, es einfach mal zu versuchen. Ich wollte mir einen Embryo mit übersinnlichen Fähigkeiten kaufen. Eins der Mädchen hat ihn ausgetragen.«

»Und Ihr wart so ohne weiteres in der Lage, so etwas zu kaufen? Einen Embryo, der sich zu einem Mädchen mit Mucors Fähigkeiten entwickeln sollte?«

Blood nickte unglücklich. »Wie ich schon sagte, bekommt man nicht immer einen vernünftigen Gegenwert, aber ich war vorsichtig und habe etwas bekommen. Sie hat die Fähigkeiten, aber sie ist verrückt. Ich habe sie nie anders gekannt.«

»Ihr habt einen Spezialisten beauftragt, ihr Gehirn zu operieren.«

»Klar, um sie zu heilen, aber es hat nicht funktioniert. Wenn es funktioniert hätte, wäre ich Caldé geworden.«

»Sie ist meine Freundin«, erklärte Silk ihm. »Sie ist schwierig, aber sie hat mir trotzdem geholfen. Ich glaube, sie mag mich, und der gute Gott weiß, daß ich jetzt auch ihr helfen möchte.«

»Guter Gott?« Oreb hatte die ungewöhnliche Wendung aufgeschnappt.

»Der Außenseiter, hätte ich wohl sagen müssen.«

Mucor kehrte in ihren Körper zurück und sagte: »Sie streiten über uns.« Ihre Stimme klang schwach und schien aus großer Ferne zu kommen. Das Glas, das Maytera Marble ihr eingeschenkt hatte, stand unberührt auf dem Tisch.

Silk nahm einen vorsichtigen Schluck. Er wollte nicht zuviel und nicht zu hastig trinken. »Männer und Frauen geben ihren Impulsen nach und zeugen Kinder. Wir Auguren wettern dagegen, aber obwohl unentschuldbar, ist es doch wenigstens verständlich. Die Emotionen des Augenblicks reißen die Menschen mit, und wenn diese Gefühle nicht wären, dann wäre inzwischen vielleicht der Whorl schon leer. Eine Adoption ist dagegen eine wohlüberlegte Tat, die nur mit Hilfe eines Advokaten und eines Richters durchzuführen ist. Adoptiveltern können nicht sagen: ›Ich wußte nicht, was ich getan habe‹, oder: ›Ich dachte, es würde nichts passieren.‹ So sinnlos diese Einwände auch sind, nicht einmal sie können für jemanden gelten, der ein Kind adoptiert.«

»Glaubt Ihr denn, ich hätte ahnen können, daß sie so werden würde? Sie war doch noch ein Baby.« Blood starrte seine Tochter an. »Ich bin doppelt so alt wie Ihr, Patera, vielleicht ist der Abstand sogar noch größer. Wenn Ihr so alt seid wie ich, werdet Ihr vielleicht auch einige Dinge getan haben, die Ihr im nachhinein bereut.«

»Davon gibt es heute schon eine ganze Menge.«

»Das glaubt Ihr jetzt. Frauen, meint Ihr. Hy. Oh, verdammt, was soll's?« Blood stellte den Drink weg und wischte sich die feuchte linke Hand am Oberschenkel ab. »Ich habe mir nie viel aus Frauen gemacht. Euch wäre es bestimmt nicht anders gegangen, wenn Ihr so lange im Geschäft gewesen wärt wie ich. Ich habe mit sieben oder acht Jahren angefangen. Da war ich ein dreckiger kleiner Strichjunge, der sich auf dem Markt den Männern angeboten hat.

Wie auch immer, Mucor ist wohl das einzige Kind, das ich je haben werde.«

Maytera Marble schaltete sich ein. »Und sie ist das einzige Enkelkind, das ich je haben werde, Bloody. Wenn du nicht ordentlich auf sie achtgibst, werde ich mich um sie kümmern.«

»So, wie du dich um mich gekümmert hast?« entgegnete Blood zornig.

»Es wäre ratsam, nicht zu laut zu sprechen«, warnte Silk sie. »Ihr dürftet überhaupt nicht hier sein.«

»Ich wünschte, ich wäre nicht hier.« Blood lächelte schief. »Wer wäre schon gerne hier? Aber ich hätte damals schon erschossen werden können, als ich auf dem Markt versucht habe, ein paar Kartenbits zu verdienen.«

»Bloody, sprich nicht mehr darüber!«

»Das fällt dir reichlich spät ein, Mama.« Ohne auf ihre Antwort zu warten, fuhr er fort: »Ich will Euch einen Handel vorschlagen, Silk. Wenn Ihr akzeptiert, bin ich auf Eurer Seite und werde alles tun, um Euch hier heil herauszubekommen.«

Silk wollte etwas sagen, aber Blood kam ihm zuvor.

»Mit ›Euch‹ meine ich Euch selbst und den anderen Auguren, den alten Mann, Mama und die große Schnalle aus Orchids Laden. Sogar Euren Vogel meine ich. Euch alle. Alles klar?«

»Sicher.«

»Wenn Ihr nicht akzeptiert, verschwinde ich wieder durch das Fenster. Nichts für ungut, aber dann gibt es eben kein Abkommen.«

»Du könntest erschossen werden, wenn du aus dem Fenster steigst, Bloody«, warnte Maytera Marble ihn. »Es wundert mich, daß ihr zwei, du und meine Enkeltochter, nicht erschossen wurdet, als ihr hereingekommen seid.«

Blood schüttelte den Kopf. »Im Augenblick ist Waffenstillstand. Und ich habe den Azothen unter der Tunika. Sie werden nicht einen unbewaffneten Mann und ein Mädchen erschießen, die der Mauer nicht einmal nahe kommen.«

»So gut wie ein Geheimweg.« Maytera Marbles Augen funkelten belustigt.

»Genau, so ist es.« Blood ging zum Fenster. »Jetzt hört zu, was ich zu sagen habe, Caldé. Ich werde zu Euch und Mint überlaufen mit allem, was ich habe, und versuchen, uns heil hier herauszubekommen. Wenn uns das gelingt, werde ich Euch Euer Manteion unter Vorbehalt für eine Karte überschreiben, und dann seid Ihr mir eine Karte schuldig.«

Er wartete, aber Silk schwieg.

»Wenn wir hier herausgekommen sind, werde ich Euch weiterhelfen. Ich habe viel für das Ayuntamiento getan, und ich kann Euch beiden helfen, und das werde ich mit allen Mitteln, die mir zur Verfügung stehen, auch tun. Vergeßt nicht, daß ich Mucor habe.« Blood nickte in Richtung des Mädchens. »Ich weiß jetzt, welche Fähigkeiten sie hat. Lemurs Leute haben nichts, was auch nur halb so gut wäre.«

Silk trank wieder einen kleinen Schluck.

»Viel reden«, murmelte Oreb. Es war nicht klar, ob das ein Vorschlag oder eine Beschwerde war.

»Und jetzt hört, was ich dafür von Euch haben will, Caldé. Ich will kein Geld, sondern drei Dinge: Zuerst einmal will ich meinen übrigen Besitz behalten dürfen. Ich meine damit meine Grundstücke, meine Bankkonten und alles andere. Zweitens will ich im Geschäft bleiben. Ich bitte Euch nicht, es zu legalisieren. Ich will das auch gar nicht. Ich bitte Euch nur, mir nicht die Häuser zu schließen. Als letztes will ich nicht mehr zahlen müssen als die normalen Steuern. Ich zeige Euch meine Bücher, aber außer den normalen Steuern will ich keine zusätzlichen Bestechungsgelder mehr zahlen müssen. versteht Ihr, was ich damit sage?«

Blood lehnte sich an den Fensterrahmen. »Wenn Ihr es Euch überlegt, werdet Ihr feststellen, daß Ihr dabei ziemlich gut wegkommt. Ich gewähre Euch meine vollständige, uneingeschränkte Unterstützung, dazu einen wertvollen Grundbesitz, und ich erwarte von Euch nichts weiter, als daß Ihr mich in Ruhe laßt. Laßt mich behalten, was mir gehört, und laßt mich meinen Lebensunterhalt verdienen und setzt mir nicht mehr zu als allen anderen. Was sagt Ihr?«

Ein paar Sekunden lang schwieg Silk. Durch die aus Walnußholz gefertigte Tür drang leise das Trampeln von Soldatenstiefeln mit Gummisohlen. Ab und zu waren Pottos scharfe Befehle zu hören. Im Wind, der durch das Fenster hereinwehte, rauschten leicht die schweren, bestickten Vorhänge.

»Ich hatte damit gerechnet, geprüft zu werden.« Silk sah in sein Glas und wunderte sich, daß er schon mehr als die Hälfte getrunken hatte. »Ich wußte, daß mich der Außenseiter auf die Probe stellen würde. Er hat mich körperlich auf die Probe gestellt, und ich war sicher, daß er auch meine Moral prüfen würde. Als Ihr begonnen habt, war ich sicher, daß dies die Prüfung sei. Aber es ist so leicht!«

Lion hob den Kopf und sah ihn fragend an, streckte sich und tappte zu Silk, um den muskulösen, geschmeidigen Körper an Silks Knien zu reiben.

Maytera Marble drohte ihrem Sohn mit erhobenem Zeigefinger. »Was du getan hast, ist böse, Bloody. Du verkaufst Rost, nicht wahr? Ich dachte es mir doch.«

»Als erstes«, sagte Silk zu Blood, »müßt Ihr mir das Manteion überschreiben – das werdet Ihr jetzt sofort tun. Wenn Ihr die Urkunde nicht dabei habt, dann könnt Ihr aus dem Fenster steigen und sie holen. Ich werde warten.«

»Ich habe sie dabei.« Blood fischte ein zusammengefaltetes Stück Papier aus einer Innentasche seiner Tunika.

»Gut. Mein Manteion für drei Karten.«

Blood ging zu einem Sekretär aus Edelholz. Bald darauf stand auch Mucor auf. Sie bewegte schweigend den Mund, als wollte sie nachvollziehen, was Blood aufschrieb.

»Ich bin kein Gelehrter«, verkündete er schließlich, »aber Ihr sollt haben, was Ihr haben wollt, Patera. Ich habe für Musk unterzeichnet, aber das wird wohl in Ordnung gehen, weil ich sein Bevollmächtigter bin.«

Die Tinte war noch nicht trocken. Silk wedelte leicht mit der Urkunde hin und her, während er las. »Schön.« Er nahm drei von Remoras Karten aus der Tasche und gab sie Blood.

»Ihr sollt alles in Eurer Macht Stehende tun, um die Kämpfe zu beenden«, sagte er zu Blood, »und das will ich auch tun. Wenn ich danach Caldé bin, wie Ihr es offensichtlich erwartet, dann wird man Euch wegen aller Verbrechen anklagen, die Ihr begangen habt, wie es das Gesetz verlangt. Abgesehen von dem, was ich gerade bekommen habe, will ich nichts weiter von Euch annehmen. Das ist ein großes Zugeständnis, aber ich bin dazu bereit. Ich warne Euch aber, daß andererseits auch nichts, was Ihr getan habt, übersehen werden wird. Wenn Ihr irgendeines Verbrechens schuldig seid, wie es sich meiner Meinung nach herausstellen wird, dann werde ich das Gericht bitten zu berücksichtigen, daß Ihr in dieser Krise der Stadt geholfen habt. Drücke ich mich deutlich aus?«

Blood sah ihn wütend an. »Ihr habt mir diesen Besitz durch Erpressung abgenommen. Ihr habt ihn Euch unter Vorspiegelung falscher Tatsachen angeeignet.«

»In der Tat«, stimmte Silk zu. »Ich habe ein Verbrechen begangen, um das Unrecht wiedergutzumachen, das den Menschen in unserem Viertel durch ein früheres Unrecht angetan worden ist. Warum solltet Ihr jederzeit tun und lassen können, was Ihr wollt, ohne jemals selbst das Opfer von Heimtücke zu werden? Ihr könnt Euch natürlich über das, was ich gerade getan habe, beschweren, wenn der Frieden wieder eingekehrt ist. Eure Mutter ist ja Zeugin des Vorfalls.«

Er warf einen letzten Blick zum Luchs, bevor er das Schriftstück wegsteckte. »Ich würde Euch allerdings abraten, Eure Adoptivtochter als Zeugin zu benennen, denn sie ist erstens wohl nicht alt genug und könnte zweitens auf die Idee kommen, dem Gericht etwas über die Herkunft der Luchse zu erzählen.«

»Mich solltest du lieber auch nicht bitten, als Zeugin auszusagen, Bloody«, warf Maytera Marble ein. »Ich müßte dem Richter sonst sagen, daß du versucht hast, unseren Caldé zu bestechen.«

»Sie kommen«, sagte Mucor. »Ratsherr Loris hat sich mit Ratsherr Tarsier über das Glas unterhalten und das Gespräch soeben beendet. Sie haben beschlossen, dich zu töten und deine Leiche zusammen mit der Frau, die Musk getötet hat, in die Stadt zu schicken.«

Silk sah Blood unverwandt an.

Oreb quakte: »Aufpassen!«

Instinktiv wollte Maytera Marble ihren Sohn berühren, eine Geste, die ihn um Vergebung und Verstehen anflehen sollte.

Doch er faßte den Azothen fester, und die schimmernde Schrecklichkeit, die seine Klinge war, teilte den Kosmos, und Maytera Marble war auf einer Seite, und die Hand, die sie ausgestreckt hatte, war auf der anderen. Die Hand fiel auf den Teppich, während die entsetzliche Diskontinuität nach oben fuhr und Stuck und Holzsplitter auf sie herabregnen ließ. Silk rief eine Warnung, während er versuchte, sie mit Xiphias' Stock vor Blood zu beschützen, der die Klinge senken und sie noch einmal treffen wollte.

Die dünne Holzscheide zerbrach in tausend Splitter, und als die Lanze des Azothen die doppelschneidige Stahlklinge traf, biß sie Scharten hinein.

Es schien Silk, als bewegte sich sein Arm aus eigenem Antrieb – als beobachtete er nur, ein ebenso entsetzter Zuschauer wie Maytera Marble, der mit den Bewegungen des Arms überhaupt nichts zu tun hatte. Als die Tür mit einem Krachen aufflog, stieß er mit der schartigen Klinge zu.

Hinter Sergeant Sand und einem zweiten, genauso großen Soldaten stehend, rief Potto: *»Erschießt ihn!«*

Die Klinge glitt weiter, durchstach Bloods Hals so mühelos, als hätte Silk mit dem alten Opfermesser im Manteion einen Widder getötet.

»Den Caldé erschießen?« Sand legte die Hand auf die Muskete des zweiten Soldaten.

Bloods Knie gaben nach, während das Licht aus seinen Augen wich. Die doppelschneidige Klinge, von Bloods Blut scharlachrot gefärbt, zog sich aus der Kehle zurück.

»Ja, den Caldé!«

Einen Augenblick schien es so, als sei Maytera Marble niedergekniet, um Bloods Blut aufzufangen; vielleicht war das sogar wirklich ihre Absicht, denn sie bückte sich und streckte die verbliebene Hand nach ihrem stürzenden Sohn aus.

Silk drehte sich um, immer noch das Schwert in der Hand haltend. Sands Muskete zielte nicht mehr auf ihn, falls sie überhaupt auf ihn gezielt hatte. Sand schoß, der zweite Soldat feuerte einen Sekundenbruchteil später. Potto stürzte zu Boden, und sein gerade noch fröhliches Gesicht verriet sein Entsetzen und seine Überraschung.

»Nehmt das, Patera.« Maytera Marble drückte ihm

Bloods Azothen in die freie Hand. »Nehmt ihn, bevor ich Euch damit töte.«

Er nahm die Waffe, und sie nahm ihm Xiphias' ruiniertes Schwert ab. Sie klemmte sich den Griff zwischen die kleinen schwarzen Schuhe und wischte die Hand mit einem Taschentuch ab, das sie aus dem Ärmel gezogen hatte.

Hacken krachten und Waffen klirrten, als Sand und der zweite Soldat salutierten. Soldaten und Männer in silbernen Rüstungen lugten herein und salutierten ebenfalls. Silk antwortete nickend, und als ihm das nicht auszureichen schien, machte er das Zeichen der Addition.

Epilog

Er war in großer Eile erbaut worden, dachte Caldé Silk, während er den Triumphbogen betrachtete, der die Alameda überspannte. Sehr hastig gebaut. Aber die neue Kommandantin aus Trivigaunte würde die Situation sicher verstehen, sie würde um die Schwierigkeiten wissen, die eine Stadt bei solchen Unternehmungen hatte, während in manchen Vierteln noch die letzten Anhänger des Ayuntamiento kämpften.

Aber dieser Wind.

Er fegte gelben Staub aus den Gossen hoch, pfiff um die Kamine und rüttelte am improvisierten Triumphbogen, daß dieser zitterte wie Espenlaub. Es wäre schön gewesen, wenn sie den Bogen hätten mit Blumen schmücken können, aber die vorübergehende sengende Hitze am Hieraxday hatte alle Blumen verwelken lassen. Auch gut, dachte Silk, denn der Wind hätte die Blumen, wenn sie welche angebracht hätten, sowieso wieder heruntergerissen. Und richtig, genau in diesem Augenblick wurde ein langer Streifen bunten Papiers losgerissen und flog als sich windende Schlange durch den Himmel.

Das Luftschiff aus Trivigaunte zerrte am Ankerseil. Es war so hoch angedockt, daß es, wenn auch nicht gerade majestätisch, so doch wenigstens ungefährlich wirkte. Von diesem Ausguck aus wäre es leicht gewesen, den genauen Zeitpunkt auszumachen, wenn Kommandantin Siyufs Truppen in die Stadt einmarschierten. Silk wünschte, man hätte die Zeit gefunden, eine Art Signal zu verabreden: zum Beispiel eine Flagge, die aus der Gondel gehalten wurde, wenn sie den Stadtrand erreichte, oder ein Räuchertopf, dessen Rauch den Beobachtern zeigte, daß sie sich verspäten würde. Sehr zu seiner Überraschung stellte er fest, daß er gern einmal mit dem Luftschiff gefahren und Viron und die Himmelsländer von oben betrachtet hätte. Es mußte schön sein, wie die Flieger zwischen den Wolken zu reisen.

Es waren viele Flieger unterwegs, die den starken, kalten Wind ausnutzten. Mehr, dachte er, als er je zuvor gleichzeitig gesehen hatte. Ein ganzer Trupp tauchte gerade hinter dem Luftschiff auf wie ein Storchenschwarm. Welche Stadt mochte sie aussenden, die Längsachse der Sonne abzufliegen, und welchen Sinn hatten diese Kontrollflüge? Alle Spekulationen über die Flieger waren auf der Schola als unsinnig abgetan worden, und letzten Endes hatte das Ayuntamiento sie als Spione bezeichnet.

Ob das Ayuntamiento das wirklich so genau wußte? Ob Ratsherr Loris, der jetzt die schwindende Macht des Ayuntamiento verkörperte, seiner Sache wirklich sicher war?

Wäre es nicht möglich, die Flieger mit einem Luftschiff zu verfolgen und in ihrer sagenhaften Stadt vor Anker zu gehen, ihren Namen zu erfahren und die Hilfe Virons und Trivigauntes bei den heiligen Werken anzubieten, die dort getan wurden?

(Als er verschüttet gewesen war, hatte er sich an jeden beliebigen Ort wünschen können.)

Eine neue Bö, kälter und wilder als alle vorher, fuhr die Alameda herauf und schüttelte die zerzausten Pappeln, wie ein Hund eine Ratte schütteln mochte. Rechts neben ihm stählte sich Generalin Saba gegen den Wind, während er selbst hemmungslos schauderte. Er trug über der Augurenrobe das Gewand des rechtmäßigen Herrschers. Es reichte ihm bis auf die Schuhspitzen, und es war aus dickem, braunem Samt gewebt und mit eingearbeiteten Goldfäden verziert. Eigentlich hatte er in seinem eigenen Schweiß ertrinken müssen, aber er sehnte sich nach einer Kopfbedeckung. Generalin Saba trug eine sandfarbene Uniformmütze, und Generalissimus Oosik, der hinter ihr stand, hatte sich einen hohen Helm aus grünem Leder aufgesetzt, auf dem eine Feder befestigt war. Silks Kopf war nackt.

Er erinnerte sich an den breitrandigen Strohhut, den er getragen hatte, als er das Dach des Manteions repariert hatte – dieser starke Wind hatte sicher eine ganze Menge weiterer Dachschindeln heruntergerissen. Silk hatte sich später den Hut tief ins Gesicht gezogen, damit der Talus ihn nicht erkennen konnte, aber der Talus hatte ihn trotzdem erkannt.

(Blood und sein Talus, beide waren durch seine Hand gestorben.)

Er mußte den Hut irgendwo verloren haben. Ob der Wind ihm den Hut nicht zurückbringen konnte? Er wehte eine Menge Unrat in der Gegend herum, und es waren schon erstaunlichere Dinge passiert.

Die Verletzungen pochten. Silk schob den Gedanken daran zur Seite und zwang sich, die kalte Luft tief einzuatmen.

Die Aufblendung war noch nicht weit vorgeschritten, aber was eigentlich ein heller Strich aus strahlendem Gold hätte sein müssen, war nur ein schwacher Abglanz, mit braunen und purpurnen Farbtönen versetzt. Der Goldene Pfad war leer und fast unsichtbar. Ein Symbol für das Ende der menschlichen Träume vom Paradies, ein Symbol für das Ende der unvorstellbaren Bruderschaft der Menschen mit ihren Göttern. Iolar fiel ihm wieder ein, der Flieger, der gestorben war.

Natürlich war die Sonne im Augenblick nur vom Staub verhüllt und gedämpft. Der Winter hatte schon zu lange auf sich warten lassen. Ob Maytera Mint, die sich auf dieser ihrer eigenen Siegesfeier so auffällig rar machte, ebenfalls fror? Wo steckte sie überhaupt?

Ob Hyacinth fror? Silk schauderte wieder.

Weit entfernt begann eine Kapelle zu spielen, und im gleichen Augenblick hörte er Signalhörner, den Tritt marschierender Füße und das Hufeklappern der Kavallerie.

Das war gewiß ein gutes Zeichen.

Götter, Personen und Tiere, die im Text erwähnt werden

Anmerkung: In Viron werden biochemische Männer nach Tieren oder Tierprodukten benannt: Macaque, Mattak, Oosik und Potto sind Beispiele dafür. Biochemische Frauen werden nach Pflanzen (hauptsächlich Blumen) oder pflanzlichen Produkten benannt: Mucor, Nettle, Rose, Teasel. Chemische Personen, männliche wie weibliche, werden nach Metallen oder Mineralien benannt: Moly, Sard, Shale.

Ah Dam: ein Mann, der alle Männer repräsentiert.

Ah Lah: ein vergessener Gott, vielleicht ein anderer Name für den Außenseiter.

Aloe: eine fromme Frau aus dem Stadtviertel um die Sun Street.

Asphodella: ein junges Mädchen aus einer unteren Schulklasse in der Palaestra.

Aster: ein etwas älteres Mädchen aus einer höheren Schulklasse.

Auk: der kräftige Einbrecher, der Silk im Einbrecherhandwerk unterwiesen hat; wird von Hammerstone als »Kämpfer« bezeichnet.

Der **Außenseiter:** der Gott der Gebrochenen und Entmutigten, dessen Reich außerhalb des Whorl liegt.

Babirousa: Lehrling eines Schmieds, einer von Mints Freiwilligen.

Bass: ein muskulöser, kahlköpfiger Mann, der bei Orchid beschäftigt ist.

Maytera **Betel:** die dunkle Sibylle mit den schläfrigen Augen, die Silk in seiner Erleuchtung gezeigt wurde.

Bison: ein großer Mann mit einem schwarzen Bart, der Mints Truppen führt.

Blood: ein reicher Drogenhändler und Bordellbesitzer, der gelegentlich ohne Bezahlung für das Ayuntamiento tätig ist.

Bream: der Dieb, der bei Roses letztem Opfer der Göttin Kypris eine weiße Ziege anbieten will.

Brocket: ein entfernter Vetter von Maytera Mint.

Patera **Bull:** Quetzals Protonotar.

Bustard: Auks älterer Bruder, verstorben.

Cassava: eine fromme alte Frau aus dem Viertel an der Sun Street.

Cavy: einer der älteren Jungen in der Palaestra.

Chenille: die größte Frau in Orchids Bordell.

Major **Civet:** der Offizier, der Doktor Crane tötete, als er versuchte, Silk zu befreien.

Doktor **Crane:** der Spion aus Trivigaunte, der den Ratsherren Lemur tötete, verstorben.

Kapitän **Dace:** der Kapitän eines Fischerbootes, das Scylla in ihre Gewalt bringt.

Dahlia: eine ehemalige Schülerin Maytera Marbles.

Echidna: die Mutter der Götter, die mächtigste Gottheit.

Sergeant **Eft:** Mattaks wichtigster Untergebener.

Eh Vah: eine Frau, die alle Frauen repräsentiert.

Eland: einer aus Urus' Sträflingsmannschaft; er hat zwei Tunnelgötter gezähmt und ausgebildet.

Elodia: Geladas frühere Geliebte.

Ermine: Besitzer des teuersten Hotels in Viron.

Brigadier **Erne:** der Kommandant der Vierten Brigade in Virons Zivilgarde, die früher die Garde des Caldé war.

Femur: Incus' älterer Bruder.

Gaur: einer aus Urus' Sträflingsmannschaft.

Gayfeather: eines der älteren Mädchen in der Palaestra.

Captain **Gecko:** Ein Offizier aus Oosiks Stab.

Gelada: der Bogenschütze in Urus' Trupp, der auf Chenille schießt.

Gib: der Riese, dem Auk das Leben rettete.

Ginger: eines der älteren Mädchen in der Palaestra.

Goral: ein arbeitsloser Stallknecht, einer von Mints Freiwilligen.

Patera **Gulo:** Silks Akoluth.

Corporal **Hammerstone:** der Soldat, der (zusammen mit Sergeant Sand) Silk in den Tunneln festnimmt. Chenille nennt ihn manchmal »Stony«.

Hart: ein junger Laie in Silks Manteion.

Hierax: Echidnas zweiter Sohn, der Gott des Todes.

Holly: eines der älteren Mädchen aus der Palaestra.

Horn: der Schüler, den Rose bestraft hat, weil er Silk nachahmte.

Hyacinth: die schöne junge Frau, die in Bloods Haus lebte und Crane überzeugte, Silk einen Azothen zu geben.

Patera **Incus:** der Schwarzmechaniker, der Hammerstone repariert und umprogrammiert.

Iolar: der Flieger, der von Musks Adler vom Himmel geholt wurde.

Patera **Jerboa:** der Augur des Manteions in der Brick Street.

Kingcup: die Besitzerin eines Mietstalls.

Kypris: die Göttin der Liebe, die als erste von Chenille Besitz ergreift.

Ratsherr **Lemur:** der Vorsitzende Ratsherr des Ayuntamiento, der von Crane getötet wurde.

Liana: eine von Zorils Untergebenen.

Lily: Auks Mutter, verstorben.

Lime: Mints oberster weiblicher Leutnant.

Linsang: Lianas Geliebter.

Lion: größtes Männchen unter Mucors Luchsen.

Ratsherr **Loris:** nach Lemurs Tod der Vorsitzende Ratsherr des Ayuntamiento.

Macaque: einer der älteren Jungen in der Palaestra.

Mamelta: die Schläferin, die zusammen mit Silk in den Tunneln festgenommen wurde.

Mandrill: Geladas Vetter, geflohen.

Maytera **Marble:** die Sibylle, die in der Palaestra die jüngeren Kinder unterrichtet.

Marmot: ein arbeitsloser Tagelöhner, einer von Mints Freiwilligen.

Junker **Mattak:** Oosiks Sohn, ein junger Kavallerieoffizier.

Maytera **Mint:** das Schwert der Echidna, die Sibylle, die in der Palaestra die älteren Mädchen unterrichtet. Sie wird von den Aufständischen als Generalin Mint bezeichnet.

Maytera **Mockorange:** eine Sibylle im Manteion in der Sun Street, verstorben.

Molpe: Echidnas zweite Tochter, die Göttin des Windes und der Künste.

Moly: Hammerstones große Liebe, ein Hausmädchen.

Patera **Moray:** der Augur, der von Eft ermordet wird.

Mucor: das heranwachsende Mädchen, in dessen Schlafzimmer Silk bei seinem Einbruch in Bloods Haus eingedrungen ist.

Murtagon: ein berühmter Künstler.

Musk: Bloods sadistischer junger Mordbube, ein guter Tenor und ein Liebhaber von Raubvögeln.

Nettle: eins der älteren Mädchen in Maytera Mints Klasse in der Palaestra.

Oont: ein Träger.

Colonel **Oosik:** der Kommandeur der Reservebrigade.

Orchid: die Puffmutter eines Bordells, das Blood gehört.

Oreb: ein Vogel, den Silk als Opfergabe kaufte, der aber nicht geopfert wurde.

Orpine: Orchids Tochter, wurde von Mucor besessen und von Chenille getötet.
Pas: der Vater der Götter, der Gatte der Echidna und der Vater von Scylla, Molpe, Tartaros, Hierax, Thelxiepeia, Phaea und Sphigx.
Phaea: Echidnas vierte Tochter, die Göttin der Nahrung und Heilung.
Pork: der Besitzer des Restaurants, in dem Silk mit Auk speiste.
Ratsherr **Potto:** ein Mitglied des Ayuntamiento; hat zusammen mit Sergeant Sand Silk nach dessen zweiter Verhaftung verhört.
Patera **Quetzal:** der oberste Augur in Viron und seit dreiunddreißig Jahren Vorstand des Kapitels.
Quill: ein armer Schüler in der Palaestra.
Patera **Remora:** Quetzals Koadjutor und höchstwahrscheinlich sein Nachfolger.
Rook: einer von Mints Leutnants.
Maytera **Rose:** die Sibylle, die die älteren Jungen in der Palaestra unterrichtet hat; verstorben.
Generalin **Saba:** die Kommandantin des Luftschiffs aus Trivigaunte und der Truppen, die mit ihm nach Viron kommen.
Sergeant **Sand:** Hammerstones Truppführer.
Sard: der Besitzer einer großen Pfandleihe in der Saddle Street.
Scale: einer von Bisons Leutnants.
Gemeiner **Schist:** ein Soldat in Sands Trupp.
Scleroderma: die dicke Frau, die Mints Pferd hält; die Gattin eines Metzgers aus dem Viertel an der Sun Street.
Captain **Scup:** der Kapitän des Fischerbootes, das Crane eingesetzt hatte, um den Pilgrim's Way zu überwachen.
Scylla: Echidnas erstes Kind, die Schutzherrin Virons.
Gemeiner **Shale:** ein Soldat in Sands Trupp.